U0934442

重庆市社会科学界联合会专项资助成果

《西南大学学报》建设丛书

文学与中国侠文化文集

西南大学期刊社 / 编

主　　编　黄大宏
执行主编　韩云波

西南师范大学出版社
国家一级出版社　全国百佳图书出版单位

图书在版编目(CIP)数据

文学与中国侠文化文集 / 西南大学期刊社编. — 重庆：西南师范大学出版社，2018.12
(《西南大学学报》建设丛书)
ISBN 978-7-5621-9404-0

Ⅰ. ①文… Ⅱ. ①西… Ⅲ. ①侠义小说—文学研究—中国—文集 Ⅳ. ①I207.4—53

中国版本图书馆 CIP 数据核字(2018)第 252790 号

文学与中国侠文化文集

WENXUE YU ZHONGGUO XIAWENHUA WENJI

重庆市社会科学界联合会专项资助成果

西南大学期刊社　**编**

主　　编　黄大宏
执行主编　韩云波

责任编辑： 秦　俭
责任校对： 杜珍辉
封面设计： 王玉菊
出版发行： 西南师范大学出版社
地址：重庆市北碚区天生路 1 号
邮编：400715　市场营销部电话：023-68868624
http：//www.xscbs.com
经　　销： 新华书店
印　　刷： 重庆荟文印务有限公司
幅面尺寸： 165mm×235mm
印　　张： 23.25
字　　数： 500 千字
版　　次： 2018 年 12 月　第 1 版
印　　次： 2018 年 12 月　第 1 次印刷
书　　号： ISBN 978-7-5621-9404-0

定　　价： 68.00 元

《西南大学学报》建设丛书

社会科学编辑委员会

《西南大学学报》建设丛书

自然科学编辑委员会

分册主编

《马克思主义与哲学文集》	主　　编	黄大宏
	执行主编	毛兴贵　高阿蕊
《文学与中国侠文化文集》	主　　编	黄大宏
	执行主编	韩云波
《明清史研究文集》	主　　编	黄大宏
	执行主编	张颖超
《教育学研究文集》	主　　编	李远毅
	执行主编	曹　莉
《心理学研究文集》	主　　编	李远毅
	执行主编	曹　莉
《“领跑者5000”论文集》	主　　编	欧　宾

编集说明

BIANJI SHUOMING

本丛书是《西南大学学报》改版10年来，首次精选所刊发的各学科领域代表性论文编纂而成的系列文集，比较全面地展示了办刊的成绩，并作为创刊60周年的纪念。

《西南大学学报》的前身是创自1957年的《西南师范学院学报》(人文社会科学版)和《西南农学院学报》，两刊都属1949年以来，创办时间最悠久的高校综合性学术期刊之一。1985年以后，随着两校办学的发展，先后分别改为《西南师范大学学报》(人文社会科学版)和《西南农业大学学报》(自然科学版)，至2005年两校合并组建西南大学，各自走过了近半个世纪的发展历程。

2005年，世所熟知的“西师”“西农”两校，皆源出于1906年创建之官立川东师范学堂，在各经百年发展后，又重新融合，合并组建为西南大学。在2016年迎来合并组建10周年暨办学110周年的历史节点。在这12年间，随着西南大学成为国家“211工程”建设高校，并获准为“985工程优势学科创新平台”，原来的两刊也变更为《西南大学学报》社会科学版和自然科学版，秉承“含弘光大　继往开来”的校训，以新的面貌继续发挥着沟通西南大学与学界、业界的纽带与桥梁的作用。

两刊创立伊始，就以繁荣学术、发展科学文化事业、促进社会全面进步为宗旨。几代编辑同仁数十年如一日，在各自的学科领域内，孜孜矻矻，甘作嫁衣，以广交天下英才，提高办刊质量和学术水准，扩大期刊学术影响力，使之成为学界重要成果的主要发表平台为追求。以今视往，《西南大学学报》在政治与学术上的导向作用、优秀学术成果的推广作用、对外交流中的形象作用、对学术人才的扶持作用、反映本校教学科研水平的窗口作用日臻显著，也锻炼了一支业务精湛的学术型编辑队伍，得到学界和业界的高度认可。《西南大学学报》(社会科学版)是CSSCI(中文社会科学引文索引)来源期刊，被重庆市人民政府授予“第一届重庆出版政府奖”，获得“全国高校三十佳社科期刊”“全国高校精品社科期刊”称号，作为重庆市社会科学学术期刊界的代表性刊物，在全国同类学术期刊中位居前列。《西南大学学报》(自然科学版)近年来四次荣获“百种中国杰出学术期刊”称号，多次荣获“中国精品科技期刊”及“中国高校百佳科技期刊”称号。两刊多次被重庆市评为一级期刊，2012年以来各年度均获得重庆市重点学术期刊建设工程出版专项资金资助。总结和展示两刊60年来的办刊成绩以及组建后的西南大学办学成就，是我们编集本丛书的源起和初衷。

在2017年6月动议之时，本丛书只是基于《西南大学学报》(社会科学版)多年设立的几个主要栏目，精选历年高转载、高被引论文，分别编集系列专题论文集，即《马克思主义与哲学文集》《文学与中国侠文化文集》《教育学研究文集》《心理学研究文集》和《明清史研究文集》5种，拟入选论文100余篇，暂定名为“《西南大学学报》(社会科学版)建设丛书”,共一百多万字,由西南师范大学出版社出版。

在社科版论文集的编纂过程中,我们一直希望涵容自然科学版刊发的高质量论文,使本丛书真正成为《西南大学学报》创刊60周年暨改版10周年的纪念文集。但因编选体例难于确定,这一想法一直悬而未决。10月底,国家科技部中国科学技术信息研究所发布“2017年中国科技论文统计结果”,知自然科学版第3次入选“中国精品科技期刊”,即“中国精品科技期刊顶尖学术论文(F5000)”项目来源期刊,又新入选3篇“‘领跑者5000’(F5000)中国精品科技期刊顶尖学术论文”(即各学科年度所发表论文中的前1%高被引论文)。至此,共有30多篇论文入选“领跑者5000”项目,既体现了自然科学版的学术影响力,也落实了文集编选体例,使《“领跑者5000”论文集》与前5种社科文集一起,共同构成《〈西南大学学报〉建设丛书》的完整面貌。

本丛书的编纂,固然是基于本刊同仁数十年来励志耕耘的心血,也有赖于西南大学领导、各院系及党政部门的大力支持,学界大批专家学者的信任,以及业界先进的指引,我们对此深怀感激。这次旧文新刊,就是一次总结性的汇报。“嘤其鸣矣,求其友声”!我们希望得到来自各方面的批评和指导,使我们能不忘初心,继续前进。

西南大学期刊社

2017年12月

目录

MULU

上篇

语言文学研究

三大重建：新诗，二次革命与再次复兴

吕 进

摘　要：科学地总结中国新诗诞生以来的经验和考察新诗的现状就会发现，中国现代诗学正面临三大前沿问题：实现“精神大解放”以后的诗歌精神重建、实现“诗体大解放”以后的诗体重建和在现代科技条件下的诗歌传播方式重建。新诗面临二次革命，以迎接新的复兴。三大前沿问题就是二次革命的内容，直接关系到新诗的兴衰。

中国现代诗学需要科学地总结近百年积累的正面和负面的艺术经验，肯定应当肯定的，发扬应当发扬的，批评应当批评的，推掉应当推掉的；向伪诗宣战，向伪诗学宣战，向商业化和“窝里捧”的诗评宣战，摆脱边缘化的尴尬处境；探讨诗歌精神重建、诗体重建和诗歌传播方式重建，推动当下中国新诗的振衰起弊。这是现实提出的问题，时代提供的条件，诗界普遍的希望，历史赋予的使命。

中国正处在文化转型的时代。旧“型”文化日趋消解，新“型”文化浮出水面。作为中国文化与文学在20世纪现代转型的排头兵和急先锋，新诗在“转型”上的文化价值已是不争之论。然而，这一价值绝对不能取消这样一个艺术事实：排头兵只是排头兵，急先锋只是急先锋，不到百年历史的新诗只是有待成熟与有待完善的中国诗歌的现代形态和现代诗歌的中国形态而已。和后起的小说、散文等文学品种相比，新诗在中国读者那里获得的认同度很不理想，新诗的一些似曾相识的危机在近百年间不断地去而复来。

呼唤新诗的二次革命，推动新诗的再次复兴，面临三大前沿问题：实现“精神大解放”以后的诗歌精神重建、实现“诗体大解放”以后的诗体重建和在现代科技条件下的诗歌传播方式重建。这三个问题,关涉到新诗的兴衰,甚至存亡。

一、关于诗歌精神重建

从诞生以来,现代诗学就在重建属于自己时代的诗歌精神。在比较长的时期里,新诗比古诗更加强调诗的政治属性,更加看重"大我",更加张扬"炸弹"和"旗帜"的社会功能。这是现当代中国历史环境使然,有其历史的合理性。需要历史地研究历史问题。离开历史条件的空论,主要是作秀,是没有价值的耸人听闻之论。应当说,在多灾多难的中国,除了加强自身的社会关怀,诗别无出路。在生存的苦难下,在战争的硝烟中,在革命的大潮里,诗不可能脱离民族的忧患去一味地抒发生命关怀。离开历史条件去评价历史,将是危险的。但是,以"文革"时代为极致,庸俗社会学困扰着、折腾着、毁灭着诗歌。许多诗歌偏离了艺术本质和艺术轨道,成了单纯的政治工具和传声筒。在20世纪的新时期,现代诗学在思想解放运动中获得精神大解放。诗学界批判"左"的桎梏,革除思维惰性,打破习惯定势,围绕诗歌本体解决了一系列诗学理论问题,推动诗歌摆脱长期以来的诗外承载,使诗得以回归自身。

新时期是人们精神解放的重大节日,所有既存的一切,都要在新时代的精神法庭上接受审判,由严峻的时代法官判定:继续生存,还是失去生存的权利。现代诗学也是如此。

但是,从80年代后期始,有点出乎意料,新诗渐入困境。于是,精神重建中的某些偏颇也暴露在人们面前。新诗出现的精神危机主要表现为新诗的社会身份和承担品格的危机。在艺术上有了长足进步的同时,新诗又在相当程度上脱离了社会与时代。诗回归本位,当然是回归诗之为诗的美学本质,但绝不是回归诗人狭小的自我天地。

当前诗歌精神重建的中心,是对于诗歌和社会、时代关系的科学性把握。诗是一种心灵性、情感性很强的非常特殊的文学品种。如果说,散文是世界的反映,诗则是世界的反应。"反映"更具客观性和逻辑性,"反应"更具主观性和随意性。和散文相比,诗最缺乏宏大叙事的本领。散文叙述世界,诗吟唱世界。散文的第一原则是情节，诗的第一原则是情感。散文具有较强的历史反省功能，诗则以它对世界的情感体验与心灵发现来证明自己的优势。散文作家将他对外部世界的感知在作品中还原为外部世界，使他的故事虽非实有之事，却是应有之事；诗人却是文明的原始人，开放五官的通感者，他的美学使命是化客观为主观，化事件为体验，他的旨趣不在世界本来怎么样，而在世界在诗人看来怎么样——诗的世界是诗的太阳重新照亮的世界，它与现实世界有许多“不似”，它是以不似而似之的艺术；散文家将自己对外部世界的审美评价淹没在叙事里，诗却是直接地将审美评价作为诗的内容；和音乐这种无语言的节奏相反，散文是无节奏的语言，而诗是有语言有节奏的艺术。但是，无论有多么个性化的文体特征，诗却与其他文体一样，与社会、与时代处于无须、无法割断的联系中，其区别无非是联系渠道的不同而已。并非诗一沾上社会与时代就会贬值甚至毫无价值。因为：首先，诗是一种社会现象，诗人总是属于自己的时代；其次，关心中国改革开放的中国读者要求诗不仅具有生命关怀，也要具有社会关怀；最后，中国诗歌史、新诗史上的不少名篇佳作都是以艺术地关注社会、拥抱时代获得读者承认和喜爱的。拒绝所有社会和时代维度的诗学和曾经长期流行的庸俗社会学诗学一样片面而荒唐。

诗不应充当政治和政策的工具，但是也不应与社会和时代脱离，更不应将此一隔离当作诗的“纯度”。当下的中国正处在文化转型的剧变期，政治文化、体制文化、意识形态文化以及狭义文化都在发生巨变。文化转型冲击着小生产的习惯势力及其思想方式、行为方式、生活方式，促进竞争、创新、效益、个性等新的观念产生，但是它也易于诱发道德评价的失范。文化的本质是人化。作为心灵艺术的诗歌理应在这个大时代背对嘲弄意义、反对理性、解构崇高、取消价值的思潮，承担起自己的美学责任，创造中国诗歌的现代版本和现代诗歌的中国版本。应当指出，中外优秀的诗歌无一例外地都具有“不纯性”——杰出的诗人不但要关怀艺术技法，更要关怀人的终极价值，发挥公共文化人、社会良知的功能，通过诗的渠道投入时代大潮，消解旧价值观，建构新价值观，参与对现实的“诗意的裁判”（恩格斯语）和人们“人性地栖居在这大地上”（海德格尔语）的精神家园的建造。

和其他文学品种一样，诗歌与政治是一种对话关系。诗逃避不了社会和时代，但是诗歌又常常超越现实政治。诗通过对生命的体验发挥政治的作用又影响于政治，诗以它的独特审美通过对社会心理的精神性影响来对社会进步、时代发展内在地发挥自己的承担责任，实现自己的社会身份，从而成为社会与时代的精神财富。拔掉诗与社会、时代的联系，就是从根本上拔掉了诗的生命线。

诗歌园地里正常的生态平衡是：有大树，也有小草。由诗的文体可能所规定，除了国难当头，一般情况下，相当部分诗歌作品肯定不愿选择社会和时代的重大事件作为直接题材，更多的诗是对人性、人情、人道、人格的咏唱。但是我们可以发现，生命关怀的诗作之所以优秀，就在于它们往往有两个通道保持着与人群、人际、人世、人间的连接。

第一个通道是它们的普视性。诗的生命在诗中，而不在诗人的身世中。诗人发现自己心灵的秘密的同时，也披露了他人的生命体验。他的诗不只有个人的身世感，也富有社会感与时代感。这样的诗人就不会被社会和时代视为“他者”。对于读者，诗人是唱出“人所难言，我易言之”的具有亲和力与表现力的朋友与同时代人。难怪朱光潜要说：“普视是不朽者所特有的本领。”[1]

另一个通道是诗人的自我观照和内省。诗离不开诗人的个性张扬。但是，这一张扬显然要以自我观照和内省为条件。对于诗人而言，自我观照和内省的过程就是以社会与时代的审美标准提炼自己，提升自己，实现从现实人格向艺术人格的飞越与净化的过程。现实与艺术之间总是存有“缝隙”。现实不等于艺术，现实人格不等于艺术人格。作为艺术品的诗歌是否出现，取决于诗人对自己的提炼程度，取决于诗人的艺术化、净化、诗化的程度。1929年，闻一多在一封致梁实秋的信中这样称道宋代诗人陆游：“放翁真‘诗人’也。彼盖时时退居第二人地位以观赏自身之人格，故其作品中个性独显。”[2]“观赏”二字的分量是相当重的。

二、关于诗体重建

诗体重建是当前现代诗学界的又一热门话题。全世界的华文诗歌界都在热烈讨论。

新诗是从诗体的突破中诞生的，它是“诗体大解放”的产物。胡适当年提出的“诗体大解放”是顺应了时代的潮流的。

诗在中国历来被视为“文学中的文学”，中国纯文学是具有诗化特征的文学——诗在中国文学中无处不在，散文的语言与结构受到诗的影响。尤其是散文作品都在追求诗魂——“如诗”，是对散文作品的最高赞誉。“诗体大解放”的意义远远超出诗歌范畴，它为中国现代文学杀出了一条血路。从“诗体解放”到“诗体重建”本是合乎逻辑的发展。现代诗学的早行人刘半农在新诗出世之初就提出了“重建诗韵”的创意。从郭沫若的“内节奏”论到艾青的“散文美”论，从闻一多的“创格”论到何其芳的“现代格律诗”论，现代诗学在诗体重建上做出了巨大努力。诗人毛泽东对他提出的“新体诗歌”也多有阐述。然而，由于长期战争、动乱的外部环境的局限，更由于在理念上对“新诗”的“新”的误读。（就像梁实秋在《新诗的格调及其他》一文中所说：“新诗运动最早的几年，大家注重的是如何‘白话’，不是‘诗’，大家努力的是如何摆脱旧诗的藩篱，不是如何建设新诗的根基。”[3] 其实，岂止是“最初几年”。可以说，对新诗的这个“根基”的忽略是长期的。）总体而言，新诗的诗体重建在 20 世纪里的进展比较缓慢。极端地说，不少旧体诗是有形式而无内容，而不少新诗则是有内容而无形式。毛泽东的“迄无成功”之说，也当指诗体重建。诗体重建的缺失使诗人感到新诗诗体缺乏审美表现力（所以包括郭沫若、臧克家在内的不少诗人在晚年出现了闻一多说的“勒马回缰写旧诗”的现象），使读者感到新诗诗体缺乏审美感染力（所以不少读者在走出青年时代后就不再亲近新诗，而是去读唐诗宋词了）。

诗体问题关涉到新诗的文化身份和民族归属。以“热爱自由，反对束缚”为由来避开此一问题是无济于事的，以“大家都习惯这样写了”的懒汉心态来否认此一问题是不负责任的。“只有限制才能显出能手，只有法则才能给人自由”之论对当下的中国新诗特别适用。

有些论者以为，诗体重建就是建立现代格律诗，甚至将主张诗体重建的人称为“格律诗的代表”，显然毫无根据。

提升自由诗、成形现代格律诗、增多诗体是诗体重建的三个美学使命。

自由诗的冠名并不科学。我们从来没有听过“自由散文”“自由音乐”“自由绘画”“自由戏剧”的说法。凡艺术都不可能享有无限的自由，何况是诗——以形式为基础、以形式为生命的艺术。近百年的中国新诗的成就主要是自由诗的成就。同样，近百年的新诗危机，从诗体看，也主要是自由诗的危机。既然是诗，自由诗当然也当有诗的规范。哲学的著名命题“自由是对必然的认识”对诗同样有效。既然是诗人，自由体诗人也当有强烈的形式感和诗体制约感。把握诗的形式美学是“自由”的前提。任何艺术门类都有形式的制约，每种艺术门类的美正是在自己受到的特定“制约”中，在艺术形式的规范性和审美容量的广阔性的交融中产生的。没有舞台的制约，哪有舞台艺术？没有色彩和线条的制约，哪有绘画艺术？没有音调的制约，哪有音乐艺术？古代诗人中，李白自由体写得较多。朱熹对他有这样的精彩评价：“李太白诗非无法度，乃从容于法度之中，盖圣于诗者也。”[4]圣者知法，至法无法，这就是自由诗的审美辩证法。

自由诗的理论基础是内节奏论，从郭沫若到艾青均是内节奏的倡导者。郭沫若在《论诗三札》中写道：“诗应当是纯粹的内在律，表示它的工具，用外在律也可，便不用外在律，也正是裸体美人……”“诗的本职专在抒情。抒情的文字便不采诗形，也不失其诗。”[5]音乐性是外节奏的中心一环，艾青不赞成外节奏，他写道：“自从我们发现了韵文的虚伪，发现了韵文的人工气，发现了韵文的雕琢，我们就敌视了它；而当我们熟视了散文的不修饰的美，不需要涂脂抹粉的本色，充满了生活气息的健康，它就肉体地诱惑了我们。”[6]其实，内节奏作为一种音乐精神，蕴含于一切高品位的文学作品、艺术作品中（这样的作品给人“像诗一样的感觉”）。而外节奏才是诗的专属，诗的定位手段。诗歌史（包括新诗史）上的几次废韵的尝试不成功便是证明。一种感情体验可以外化为小说、戏剧、散文，但有了外节奏，它就外化成了诗。诗歌史上不乏这样的作品，它们得以久传不衰的主要原因，与其说是它的内在诗情，不如说是它的外在音乐性。比如《诗经》的第一篇《关雎》难道不是这样吗？如果只是内容，鲁迅说：“现在的新诗人用这意思做一首白话诗，到无论什么副刊上去投稿试试罢，我看十分之九是要被编辑者塞进字纸篓去的。‘漂亮的好小姐呀，是少爷的好一对儿！’什么话呢？”[7]

外节奏是中国古诗自《诗经》以降最有成就的一环，但很遗憾，它却是中国新诗最贫弱的一环。随着近年来经过翻译的失去了原诗风貌的西方现代诗的涌入，中国新诗的外节奏就更加理直气壮地贫弱了。

自由诗的提升，还有一个篇幅规范问题。

在篇幅上，散文最自由。戏剧文学由于是戏剧与文学的联姻，受到舞台的种种限制，在篇幅上失去了不少自由（欧洲古典主义文学的"三一律"正是对戏剧文学的篇幅的限制）。诗虽然是最自由的直接抒写感情的艺术，在篇幅上却最不自由。由于表达的情感体验不同，新诗留下了一些长篇佳构。但就美学本质而言，诗总是对短小篇幅更钟情。羊大为美，诗小为佳。从鉴赏角度，散文作品设计"悬念"来维持读者的阅读兴趣，诗歌不是叙事，没有这个"绝招"。诗歌读者一般不可能断断续续地读一首诗，他总是一次性完成对一首诗的鉴赏。篇幅太长，诗就会失去吸引力和魅力。

篇幅规范规定了诗是计白为墨的艺术。苏汶几十年前说得对："我们体味到诗是一种吞吞吐吐的东西，术语地来说，它的动机是在于表现自己与隐藏自己之间。"[8]诗重暗示。像海明威的"八分之一"理论所说："冰山在海里移动很是庄严宏伟，这是因为它只有八分之一露在水面上。"说破情思的名称，是缺乏诗才的可靠标志；把话说尽，是使读者厌倦的最佳秘方。诗情往往是凭借一般语言说不出的。有才华的诗人，往往将那"说不出"推到诗外，以"不说出"表现"说不出"，"恰似未曾落墨处，烟波浩渺满目前"。

20世纪初期以冰心、周作人领军的小诗运动，不仅显示了新诗由动到静，由外露到内敛，由向西方诗歌艺术借鉴到向东方（印度、日本）诗歌艺术借鉴的过程，更主要的是，它显示了新诗人在篇幅上的文体觉醒，表现了新诗人对传统诗歌（《诗经》部分作品、唐及其以后的绝句和小令、古代民歌如《子夜歌》等）的篇幅简短的确认。近20年小诗的又一次热潮，显示了诗人目下在篇幅上的又一次努力。

意蕴的由简而繁，篇幅的由繁而简，这是自由诗站稳脚跟、繁荣发展的通途。

现代格律诗成熟的标志是成形，成形的关键是诗语的音乐性，由此创造出有规律的韵式和段式。

任何一种诗歌，其音乐性总是来自该民族语言的语音体系。不管自由诗如何完善，只有自由诗，总非诗歌的正常状态。除了有民族传统可以承续，有西方诗律可以借鉴，近百年的新诗已经积累了不算太少的理论与实践的财富。

被誉为“新格律运动的前驱”的陆志韦最早尝试写现代格律诗。他主张“节奏千万不可少，押韵不是可怕的罪恶”[9]。在后来致力于现代格律诗理论探索的诗人中，最有影响的是闻一多和何其芳。闻一多从视觉和听觉两个方面去建立格律，达到音乐的美（音节）、绘画的美（辞藻）和建筑的美（节的匀称和句的均齐）。闻一多更看重从视觉去建立格律，也认为自己对于格律诗的贡献在于“增加了一种建筑的美”。闻一多重整齐，何其芳看出了“豆腐干”体的局限，更重整齐中的变化，更看重从听觉去建立格律。他的理论是对闻一多的发挥，又是对闻一多没有区别中西诗歌和古汉语与现代汉语而产生的形式主义倾向的补救。

诗之有律，犹如兵之有法。无论哪个民族的诗歌，格律体总是主流诗体，何况在具有悠久而丰富的格律诗传统的中国。中国新诗急需从艺术实践上和理论探索上倡导、壮大现代格律诗，争取在现有基础上将现代格律诗建设迅速推向成熟。严格地说，自由诗只能充当一种变体，现代格律诗才是诗坛的主要诗体。

现代诗学与古代诗学的重大差异在于：前者是描述性的，后者是规范性的。格律诗是一个艺术实践的问题。没有李杜，五、七言就不可能成为古诗的统治形式；没有苏辛，就没有词的辉煌。现代格律诗不是谁可以人工制定的，也不是一种单一的格式就可以完成抒写现代人丰富敏感复杂的内心世界的。

完善自由诗，倡导现代格律诗，都有一个前提——诗体的无限多样性。

完善自由诗，倡导现代格律诗，是复引百川归海，而海是广阔博大的。

在古代，中国以格律诗为主流的诗歌的体式是颇多的。仅以宋词为例，陈廷敬、王奕清等编修的《词谱》，收 862 调，计 2 306 体之多。相形之下，新诗在诗体上就太单薄和单一了。安徽文艺出版社 1994 年出版的《新诗大千》一书，从现代格律诗、自由诗、韵式三个角度入手，列出了 200 余种体式——其中相当数量的诗体根本还没有完全成形。可见新诗诗体之贫乏。

在谈到增多诗体的时候，我们应当记得刘半农，他的《我之文学改良观》是增多诗体的重要文献。刘半农将诗体较多的英诗和诗体较少的法诗做了比较，认为：“法国文学史中，诗人之成绩，决不能与英国比。”[10]刘半农将“增多诗体”与“诗人辈出”联系起来，很有见地，值得今日诗坛注意。

三、关于诗歌传播方式的重建

创造新诗体，有两个层次的含义：一是诗歌体式多样化；一是各种体式诗歌的多样化。

诗歌体式多样化离不开现代科技提供的条件。新的科技会造就新的艺术形式，电影是一个证明，被称为"第八艺术"的电视艺术是又一个证明。诗歌同样如此。

网络是一个虚拟化的世界。网络为诗开辟了新的空间，在诗歌领域，近年特别令人瞩目的是网络诗。日益发展的网络诗对诗歌创作、诗歌研究、诗歌传播都提出了许多此前从来没有的理论问题。信息媒介的变化能够导致人的思维方式和审美方式的变化。作为公开、公平、公正的大众传媒，网络给诗歌带来了革命性的变化。网络诗以它向社会大众的进军，向时间和空间的进军，证明了自己的实力和发展前景。

所谓网络诗其实有两种。第一种是在网络上发表的诗，现在中国就有好些网络诗刊。第二种是网络上的诗：它们是在网络上第二次发表的诗——首发是在平媒上，网络仅具传媒意义。

与平媒诗相比，网络诗具有三个特点：(1)创作的自由与发表的迅捷；(2)诗人的年轻与诗语的口语色彩；(3)诗人与读者的互动与对话。巴赫金曾说，人类有两种生活：现实的或狂欢式的。这些特点，使网络诗具有诗语狂欢的性质。当然，网络诗歌是凭借网络传播的诗歌，它首先应当是诗歌。如果在狂欢中失去诗的美学身份，网络诗歌就会失去在诗歌领地的生存权——这正是现在诗歌理论应当探讨的问题。

诗歌体式多样化和社会物质条件、社会文明程度是互动的。这些特点与社会和大众文化的发展趋势相当地吻合，促进了诗歌观念和诗体的刷新。

现代人在生产方式、生活方式、交往方式、休闲方式上的大变化，都为增多诗体提供了条件和可能。比如，凭借声光音像，丰富自己的体式，就是增多诗体的一条坦途。当下的歌词不仅具有操作意义，也很有诗学的理论价值。乔羽这样的歌诗诗人，比一般诗人给人留下了更深刻的印象。他的《我的祖国》《让我们荡起双桨》《人说山西好风光》《难忘今宵》《思念》等等可以说是家喻户晓。晓光、张藜、陈哲、阎肃等的“能歌的诗”传之久远。中国诗歌，诗与音乐本来就保持着强烈的依存关系。在中国诗歌发展史上，“以乐从诗”（上古至汉代）、“采诗入乐”（汉代至六朝）和“依声填词”（隋唐以降）构成了一条发展的风景线。后来诗与音乐逐渐分离。这种分离以新诗的出现为极致——离开诗，音乐似乎发展得更好；离开音乐，诗在迷惑中走向探寻、开发与音乐相似的自身媒介的音乐性，而音乐性是诗的首要媒介特征。但是，新诗不起于民间，离开了音乐，给自己带来很大的局限性。古诗原有的音乐优势没有了。所以恢复和发展诗乐联谊，是新诗传播方式重建的重要使命。

各种诗歌体式各自都是一种多样化存在。对此，自由诗似乎不言而喻。在现代格律诗的形式建设上，闻一多和何其芳都强调与古诗相比，现代格律诗不但在格律上具有宽泛性，而且在体式上也具有多样性。在《诗的格律》中，闻一多写道：“律诗永远只有一个格式，但是新诗的格式是层出不穷的。”[11]当下常见的中国现代格律诗的诗体就有民歌体、同顿体、同字体、对称体、回文体、十四行、汉俳、郭小川体等等。

总之，增多诗体是诗体重建的题中之义，因为诗体重建不是为了束缚新诗，相反，正是为了新诗在新的历史条件下的繁荣。

多样诗体并不取消盛行诗体的存在。在某一时期，总有一种或一些诗体是诗人和读者最喜爱的，因而广为流传，十分盛行。盛行诗体是一个时代诗歌的形象代言人，代表了那个时代诗歌的水平。盛行诗体的出现也是一个时代诗歌美学的成熟。

我们一定要重视诗歌的三大重建。非有二次革命，不能振衰起弊，不能推动新诗的再次复兴，三大重建就是二次革命的逻辑起点。

俞平伯半个多世纪以前就曾警告说：“白话诗可惜掉了底下一个字。”[12]半个多世纪以后的诗坛现状告诉我们，他的警告可不是空穴来风。

参考文献：

[1]朱光潜. 朱光潜美学文集：第 2 卷[M]. 上海：上海文艺出版社，1982：338.

[2]闻一多. 闻一多全集：第 12 卷[M]. 武汉：湖北人民出版社，1993：36.

[3]梁实秋.新诗的格调及其他[J].诗刊,1931,(创刊号).

[4]朱熹.朱子诸子语类[M].上海:上海古籍出版社,1992:800.

[5]田汉,宗白华,郭沫若.三叶集[M].上海:亚东图书馆,1920:46.

[6]艾青.艾青全集:第3卷[M].石家庄:花山文艺出版社,1991:64－65.

[7]鲁迅.鲁迅全集:第6卷[M].北京:人民文学出版社,1981:94.

[8]苏汶.《望舒草》序[G]//王永生.中国现代文论选:第1册.贵阳:贵州人民出版社,1982:138.

[9]陆志韦.我的诗的躯壳[G]//王永生.中国现代文论选:第1册.贵阳:贵州人民出版社,1982:70.

[10]北京大学,北京师范大学,北京师范学院中文系中国现代文学教研室.文学运动史料选:第1册[G].上海:上海教育出版社,1979:42.

[11]闻一多.闻一多全集:第10卷[M].武汉:湖北人民出版社,1993:141.

[12]俞平伯.社会上对于新诗的各种心理观[G]//杨匡汉,刘福春.中国现代诗论:上编.广州:花城出版社,1985:25.

作者简介：吕进(1939－　),男,四川成都人,西南大学中国诗学研究中心,教授,博士生导师,主要研究中国现代诗学。

原文出处：《西南师范大学学报》(人文社会科学版)2005年第1期。

转　　载：1.《新华文摘》2005年第8期长文转载;2.人大复印资料《现当代文学文摘卡》2005年第2期文摘。

被书写的叛逆：质疑“娜拉精神”

王桂妹

摘　要：娜拉，作为中国女性觉醒和五四叛逆精神的表征，在进入中国语境后发生了未被觉察的精神变异，从而显示出女性解放话语的裂痕。从易卜生笔下决绝的“女儿娜拉”到进入中国的软弱的“妻子娜拉”，表明“娜拉”作为一种被书写的叛逆精神浸染着浓厚的传统色彩，而五四时期中国觉醒的女性新文学作家对于娜拉的自我书写，则显示出与时代主流话语的疏离。

“娜拉”作为中国现代女性觉醒和整个五四叛逆精神的表征，其巨大的历史价值是内置于五四现代思想启蒙中被认证的，但是当“娜拉精神”被时代宏大叙事整合并分享历史价值的同时也被忽略掉了一些细节，而正是这些被遮蔽的细节透露出五四女性解放话语的裂痕。作为被书写的叛逆者，中国“娜拉”的现代品性在被命名和界定的过程中产生了未被觉察的精神变异，从而与易卜生笔下的“娜拉”原型产生了疏离。

一、“女儿娜拉”的决绝

“娜拉”作为易卜生主义的形象代言者在五四时期进入中国思想和文学视野，进而也成为个性解放以及中国现代女性觉醒的一个伟大象征。最早提倡易卜生主义并把“娜拉”转化为中国文学形象的是胡适，他的《终身大事》既是中国现代话剧的开端，也塑造了中国现代文学史上第一个“娜拉”——田亚梅。同是被命名为具有划时代意义的“叛逆女性”，但是从西方到东方，由易卜生笔下的娜拉到胡适笔下的田亚梅，却发生了一个为人所忽视的转化，而正是这个看似不经意的改写却使叛逆者发生了巨大的精神变异，进而设定了五四时期中国女性反抗的路向、反抗的限度以及反抗的结局。

出现在易卜生笔下的娜拉，是以现代觉醒女性的姿态发起的以男女平等为价值支点的“妻子”对“丈夫”的反抗，以对依附性“爱情”的弃绝，实现自我的独立价值；而进入中国的娜拉则被置换成女儿对父亲的叛逆，并以对自主婚爱的追求最终达成对丈夫的归依。二者的巨大差别在于一个是对现代男权意识的反抗，一个则是对以父亲为象征的传统家长制和封建礼教的叛逆。这种变异有着自身的时代语境性特征，其历史合理性自然源于五四时期的思想启蒙需求。五四时期“人”的解放首先始于家庭革命，封建旧家庭曾被觉醒的青年称为“万恶之源”，在以父子对抗为基本历史模式的新旧思想的较量与更迭中，“父亲”是作为封建家长制的表征遭到批判的，正是在这种对峙中，“女性”被启蒙者塑造为激情的家庭反抗者，以觉醒者的姿态与“儿子”自然结成了同盟，共同为争取“人”的资格而斗争，实际此时的反抗者并没有鲜明的“性别”认定，或者说，中国女性的解放和整个中国历史的进步是以一种同构的方式受到五四启蒙推动的。但是中国历史的解放进程与中国女性的解放进程实际上并非是一个时时重合的同一性进程，而长期以来正是对于启蒙所带来的历史进步价值的整体性认定掩盖了女性解放中的一些盲区。当男性启蒙者所建构的时代主流话语把女性反抗与历史做同构性书写时，也回避了女性对于既定男权意识的反抗，换言之，在这种时代性的叛逆中，整个男权社会不经意地被做了分层处理，代表现代道德的“子辈”对代表封建传统道德的“父亲”的批判遮蔽了“女性”对于“男权”的现代批判。在依旧强固的父权社会意识形态中，“儿子”必将代替“父亲”重新获得“家长”的权威，因此，对于五四时期的中国女性而言，当娜拉以“女儿”的身份以决绝的姿态关闭了父亲的家门之后却走入了“海尔茂”的家。经过了时代性的抗争，女性不过是获得了未出走之前的“妻子娜拉”的身份和地位，作为历史上最富激情的叛逆者在被书写的过程中重新归顺于男权/父权同位一体的话语。因此，“娜拉”作为现代女性觉醒的一个隐喻，涵载了更多的传统价值导向。在中国历史文化进程中，甚至一直到五四女性“被发现”之前，“女性”就已经作为大胆的爱情追求者和决绝的家庭反抗者被书写进既有的历史、文化和文学艺术当中了，其中不管是为追求爱情与父亲反目，最终离家出走的卓文君与王宝钏，还是抗争到底为爱情殉身的祝英台与刘兰芝，乃至民间传说中被囚禁的白娘子和七仙女都已经转化为生动的戏曲舞台形象，成为深入人心的经典审美范型乃至生活楷模。尽管与传统相关的一切“旧物”，尤其是传统旧戏在五四时期招致彻底抨击，但唯独这些叛逆的女性形象脱离了旧载体而进入新文学的叙事，最为典型的莫过于郭沫若以现代价值观念所塑造的三个叛逆的女性：王昭君、卓文君和聂嫈①。这实际也从另一个角度说明女性的反抗始终处于被书写的历史状态。当女性再度以反抗者的形象被整合到现代启蒙叙事中并获得了一个全新名称——“娜拉”时，依旧重复着她们相似的叛逆道路和命运归依：追求爱情—反抗父亲—离家出走—归依丈夫，女性在被书写为叛逆者的同时始终被强固的男权话语所规约。实际“女儿娜拉”这种决绝的叛逆并非纯粹地起源于五四时期新思想的召唤，而是有着自身的传统承传及固有道德的合理性认定。首先，在中国传统家族观念中，所谓的“生女外向”，即认为女儿始终是别人家的人，其最终归宿是丈夫家，女人结婚被称为“大归”正是一个最确切的注脚，父母家只是一个暂时的居所，虽然女儿要遵循闺训，终身大事要听命于父母，但是只有丈夫才是女性的最终主宰，因此，这就给女性反抗父母、归依丈夫提供了礼教之内的可能性。其次，在被书写的女性反抗中，被反抗的父母多数都是因为“嫌贫爱富”而阻挠儿女婚姻：《三击掌》中王宝钏的父亲宰相王允、《英台抗婚》中祝英台的父亲祝员外、《西厢记》中崔莺莺的母亲崔老夫人、《卓文君》中卓文君的父亲卓王孙无不是因为嫌贫爱富而阻挠女儿的爱情；同样，《天仙配》、《宝莲灯》和《白蛇传》虽然以仙—人、天—地作为爱情的界限，但是其中以具体形象出现的爱情破坏者：“王母娘娘”、“二郎神”以及“法海”仍是人间贫富思想的延伸与变种，而这些本来就是传统道德中的被谴责者。另一面，女儿的反抗家长实际又是以“慧眼识英雄”作为叙事模式：小姐后花园赠衣物，公子落难中状元。这为爱上穷书生的女儿提供了反抗的道德勇气。再次，作为书写主体的中国传统文人实际在经济上、政治上始终处于弱势地位，所谓“君子固穷”只不过是为自己的穷酸寻找堂皇的理由，因此，书

①郭沫若的本意是把卓文君、王昭君、蔡文姬塑造成“在家不必从父，出嫁不必从夫，夫死不必从子”的三个叛逆女性。这一创作意图因为“五卅”而有所改变，最终使聂嫈代替了蔡文姬。

生落难—花园相会—小姐赠金—私订终身—父母反对—金榜题名—奉旨完婚这一完美的爱情程式便成为中国文人反复书写了几千年也不厌倦的主题和梦想，更为女性的反抗提供了最后的价值保障。因此，尽管女儿不断被书写为家长的反抗者，不仅没有遭到传统礼教的抨击，反而成为正面角色，是大有深意的，其中不乏对两情相悦的美好爱情的向往，但也有着书写主体——男性文人的情感需要和心理需要。

作为历史、文化中真正的弱势群体乃至沉默者，中国女性始终是被启蒙的对象，甚至一直到五四时期，无论是从觉醒的程度上讲，还是从反抗的力度上讲，女性都远远逊色于始终居于社会主导地位且掌握了现代思想武器的男性启蒙者，但是却又最终站在了反抗的最前沿。正是通过把女性书写为激进的反抗者，缓解了启蒙者以“儿子”的身份直接与父亲对抗的内在焦虑。与鲁迅《我的节烈观》所抨击的历代男性把亡国的责任推卸在女性身上不同，作为新时代的启蒙者，他们则是把被囚禁在社会和礼教最底层的女性塑造成强有力的叛逆者。这两种性质极端相反的做法可以找到近似的深层心理基础：作为五四时期的现代思想启蒙者，他们同时也是传统与现代无可回避的连接主体，传统与现代的心灵矛盾正是这一代历史主体的集体症候。西方文化中由俄狄浦斯情结导致的父子之间的本能对峙在中国传统文化中几乎是鲜见的，相反，由血缘与传统礼教所共同构筑的父子关系正是中国传统家族制度和利益统一体，同时也是整个男权社会的基本架构，儿子的反叛父亲在最终的意义上是在反叛自身，但是通过把女性塑造成觉醒者和反抗者的方式，转化了这种内在的焦虑，进而又以女性对爱情的归依使之重新建立了家长的权威，正是在未经现代思想解构的男权社会中，逃离了父亲的女性并没有获得真正的独立的自我价值，甚至重新陷入新的依附性困境之中。

二、“妻子娜拉”的无奈

“人的解放”作为五四时代统摄性的时代主题，对于觉醒的女性而言既是一个对外反抗的显在的支持性力量，同时也是一个隐性的内在压抑性的结构。反抗家长、追求自由爱情作为个性解放的具体实现方式虽然也使女性解放寻找到了更有力的思想依据，为始终禁锢于家庭和礼教的女性提供了解放自己的良好时机，但是这种反抗依旧限定在与时代同构的背叛父亲的层面，以爱情为归宿的时代主题最终置换为对丈夫的归顺与依附，与易卜生笔下真正的现代娜拉精神产生了相当的差距。虽然在现代作家的笔下也出现了一些离开丈夫的妻子式的娜拉，但是这种反抗也显示出更多的无奈和悲哀，她们即使在行为上做出“娜拉式”的举动——离开丈夫，走出家庭，也并非完全出于寻求自身独立价值的现代思想追求，甚至是以自身的被遗弃为再次离开的悲剧性前提。

易卜生笔下的娜拉是从丈夫的“玩偶式”宠爱中体会到了“人”的压抑，认识到了自我应有的独立价值，而中国五四女性在某种程度上恰是以娜拉的起点作为自己的归宿——离弃父亲而归依丈夫，在以获得爱情为追求的过程中，重新陷入失爱的恐惧中。这是以鲁迅《伤逝》中的子君为代表的中国“女儿娜拉”的一个共有情状。丈夫，作为女性思想的启蒙者、爱情的诱导者，也是陷入孤立的女性唯一的生存保障者，最终也成为女性悲剧命运的制造者之一。娜拉作为妻子是丈夫手中的泥娃娃，娜拉的觉醒正在于要摆脱女性作为妻子的“儿童化”精神状态而成为一个真正的人，而子君的被启蒙却恰恰促成了这种妻子——儿童的依附性人格特征，同时也是觉醒者的最初精神面貌：当子君得到爱的启迪时，“两眼里弥漫着稚气的好奇的光泽”；当涓生向子君表白自己的爱情时，子君“孩子似的眼里射出悲喜，但是夹着惊疑的光”；在吉兆胡同里再次回想会馆里的爱情时，“子君的眼里忽而又发出久已不见的稚气的光来”；直至最后，当涓生终于向子君说出自己已经不爱她的时候，“她脸色陡然变成灰黄，死了似的；瞬间便又苏生，眼里也发了稚气的闪闪的光泽。这眼光射向四处，正如孩子在饥渴中寻求着慈爱的母亲，但只在空中寻求，恐怖地回避着我的眼”。而在子君被领走后，涓生眼前再次“浮出一个子君的灰黄的脸来，睁了孩子气的眼睛，恳托似的看着我”[1]。被涓生抛弃的子君最终依旧像一个孩子似的被父亲领回了家。周作人讲，妇女解放是基于女性为人和为女的两重自觉，这是妇女解放运动的常识。[2]涓生对子君的两次启蒙正是中国女性觉醒历程的一个寓言，仅只促成了女性的一重自觉。第一次启蒙使子君义无反顾地成了家庭的叛逆者，在行为方式上完成了启蒙者预期的时代使命。而正是这种大胆的行为自身掩盖了思想的真正觉醒，实际上，许多热恋中的女性为爱所驱动而义无反顾地抛弃一切，是一个不用证明的事实，不一定与某种“现代思想”相关。中国五四时期的娜拉所延续的依旧是传统的出走母题。涓生对子君的第二次启蒙才真正与易卜生笔下的娜拉精神有着相一致的路向，这种启蒙以第一次的启蒙为逻辑前提，但是又必须是超越性的，是以“人”的觉醒为基础的“女性”的再次觉醒，而再次觉醒却成为一个虚妄，涓生也终于了然：她当时的勇敢和无畏是因为爱。二次启蒙无法完成，甚至导致了被启蒙者的死亡。

子君的“死”固然是源于自身思想的停滞，最为关键的当然是社会没有给女性提供经济上的独立，使她无法选择真正的娜拉的行为。而那些选择了再度离家出走，在行为方式上类似“真正娜拉”的女性，在心理上也难逃一种被抛弃后的无奈，依旧是出于被动的选择。欧阳予倩发表于1925年的《泼妇》正是一个最好的例子：素心与慎之是经过了自由恋爱而结合的，成为妻子的素心一边照料孩子，一边念书，在百忙之中还经常为从来不认可这种自由婚姻的公公婆婆送饭菜、做衣服和鞋子。素心也许是不自觉地在现代女性和贤惠媳妇之间寻求统一，但是丈夫却是阳奉阴违地一面继续用爱情哄骗素心，一面却学自己的父亲买来了小妾。正是丈夫的欺骗行为迫使素心脱离了贤惠妻子、孝顺媳妇的轨道，选择了离婚，并以杀死自己的亲生儿子相要挟逼迫丈夫写了离婚书，成了人们眼中的“泼妇”，这种选择的无可奈何是显而易见的。鲁迅和老舍都曾经写了同名小说《离婚》，这近乎是一个反讽。“离婚”这一现代词汇较之中国传统道德的“休妻”自然体现了更多的人性价值和男女平等意识，但是这一承载着现代价值观念的词语却呈现出“能指”和“所指”的分离。以现代男女平等为价值依据的“离婚”所展现的依旧是古老的两性关系：女性对男性的依附和男性对女性的主宰。老舍的《离婚》中，每一位太太都煞有介事地嚷着要离婚，包括大学毕业的邱太太和冲破家庭与自己的老师自由结合的马少奶奶，但实际上她们又无一不在胆战心惊、竭尽全力地维护着不被抛弃的地位，最终也只能在丈夫纳妾之后，忍气吞声，接受了更具有封建色彩的妻妾成群的婚姻形式。而鲁迅《离婚》中爱姑的离婚更非出于一种现代意识，当爱姑既无法挽回“小畜生”的心又无法保持自己“三茶六礼”的合法妻子地位时，只得顺从七大人，依照自己的父亲和哥哥的意愿把自己卖了一个稍好的价钱。在中国社会还没有赋予女性以真正平等的地位时，作为现代价值范畴的“离婚”也是徒具招牌而已。

三、"娜拉"的自我书写

中国女性"被书写"的状态可以从两个角度理解:从被书写的对象看,在以男性为政治、经济、思想、文化和文学创作主体的社会中,未获得自我主体性的女性,只能处于被男性塑造的状态,而女性在接受这种镜像的过程中不自觉地认同了潜在的男权价值观念,并内化为自己的准则,把他塑转成自塑,因此,单从书写主体看,并不能简单地基于自然性别而认定只有男性才是唯一书写主体,相反,一些女性基于有意无意的男权意识形态的叙事,实际与男性的书写并无二致,甚至一些接受了五四启蒙思想的女性作家,也在不自觉中显露出端倪,比如白薇在《打出幽灵塔》中对于月林"处女美"的由衷赞赏以及萧森对于自己的"处女身"被破坏之后的巨大痛苦,无不显示出贞操观念——作为传统男权社会对于女性道德的片面规定——已经成为一种普遍的价值标准,即使经过五四现代思想的解构性抨击,依旧存留于人们的观念中,像白薇这样的五四新女性也身陷其中而不自知。同样,在淦女士笔下,一面是以越轨的笔致大胆地追求、叙写男女情爱,一面又不自觉地表白两人在爱情方面的高尚与纯洁:"我们的爱情在肉体方面的表现,也只是限于相偎倚时的微笑,喁喁的细语,甜蜜热烈的接吻罢。我知道别的人,无论是谁都不会相信。饮食男女原是人类的本能,大家都称柳下坐怀不乱为难能,但坐怀比较夜夜同衾共枕,拥抱睡眠怎样?"[3]这和启蒙先驱周作人在《人的文学》中所提倡的"灵肉合一"的现代爱情还有着相当的距离,其潜藏背后的依旧是女性对于"贞操"和"贞洁"传统价值观的潜在认同和维护。正如白薇在《打出幽灵塔》中借萧森之口所言:"横直男性中心的社会,女子任是怎样被污辱,社会不会恕她的。"[4]因此,新思想的超前性和社会道德演进的迟滞性使新女性处于新旧道德的两难状态,即使女性成为书写者,也无法一下子彻底改变自身被认定的思想状态,驱除这种已经内化的他性意识,建立主体批判意识,打破女性被书写的历史状态,不仅需要觉醒的女性不断自省,同样需要整个社会的觉醒。

五四时期的觉醒女性不但亲身践行娜拉的行为,而且开始以自己的眼光审视自身的命运,开始以疏离性的、拆解性的书写姿态对抗男权话语,并发出了自己的声音。中国五四时期以娜拉的姿态走向社会并登上文坛的文学女性，大多都经历了一个由大胆叛逆到消沉落寞乃至消亡的人生轨迹，研究者往往把这种精神嬗变归之于中国新一代知识分子由启蒙高涨到落潮所必然经历的心路历程，这种判断实际上是以整体判断抹杀中国五四女性所特有的心理体验和人生感悟。她们并非如男性启蒙者笔下的娜拉那样，受到新思想的启蒙之后便义无反顾地奔赴爱情，以决绝的态度同家庭彻底决裂，而是时时处于犹疑、怀疑和痛苦当中：“我的爱情是坚贞不移的，我的理智是清明独断的，所以发生了极端的矛盾。为了完成爱情，则理智陷于绝境，我不愿作旧制度下之叛徒，为了成全理智，则爱情陷于绝境，我又不愿作负义的薄幸人。”她们本来“骄傲着自己的青春和爱情，而不愿轻易施与和抛掷的。那料到爱情偏是盲目的小儿，我们又是在这种新旧嬗替时代，可怜我们便做了制度下的牺牲者”[5]。这是以庐隐、石评梅等为代表的“海滨故人”的共同心境，这种情绪从根底处讲固然来源于光明与黑暗交替的社会，但就这些感受着时代气息而走出家门的女性而言，她们首先把爱情当作一种生命追求，期盼能从中汲取精神力量，但爱情却带给她们惨痛的心灵伤痕，由失望而怀疑，由怀疑而更为失望，成为她们人生苦闷的源泉。1927 年石评梅在写给庐隐的信中讲：“青年人的养料唯一是爱，然而我第一便怀疑爱，我更讪笑人们口头笔尖那些诱人昏醉的麻剂。我都见过了，甜蜜，失恋，海誓山盟，生死同命；怀疑的结果，我觉得这一套都是骗，自然不仅骗别人连自己的灵魂也在内。”[6]与这些女性相对应的是出于同一语境中的男性。他们虽然也始终是在传统的道德与新思想的矛盾中痛苦，但其结果往往是一方面既顺承家长意愿接受传统婚姻，同时又按照现代观念追寻自由爱情，在双重道德准则同时产生效用的新旧过渡时代，男性处于看似两难而实际两可的选择中，而女性则陷入无处容身的道德夹缝之中，这种情感和道德的不对等状态使得她们在唾弃旧道德的同时也被旧道德所唾弃，渴望以新道德存身却又找不到心灵的安放之地。以庐隐和石评梅为代表的新女性的人生遭际本身就是以真实的生命文本所书写的中国娜拉的真实境况——彷徨无依的生存状态。在依旧强大的父权制思想文化中，走出家门的新女性所遭受的是叛逆后的痛苦，这种切肤之痛也使她们以同情之心感受到了依旧固守于传统礼教的旧式女性在新时代的遭遇，她们被当作封建道德的“遗形物”，是传统带给启蒙者痛苦与压抑的一个"物证",即使在提倡平等、人道的启蒙者眼中,也只是母亲送给自己的一件礼物。她们虽然与同时代的娜拉处于思想的两极,但在这个道德过渡时代,男性给予她们的身心伤害却是相同的。淦女士和石评梅曾写过类似的小说《贞妇》和《弃妇》,就是一种共识,是对于时代的光明所偕同的阴影的一种清醒谛视,在书写这些被接受了新思想的男性抛弃的弱女子同时,也是在书写自我。"多少男人都是弃了自己家里的妻子,向外边饿鸦似的,猎捉女性。自由恋爱的招牌底(下),有多少可怜的怨女弃妇践踏着!同时受骗当妾的女士们也因之增加了不少。"[7]而这正是石评梅和庐隐的亲身遭遇。

"娜拉精神"作为五四叛逆精神的一种表征,并非是一个均质化、透明性的概念,除了与西方呈现出必然的意义上的时差与异质之外,在其自足性的五四时空内也呈现出所指层面的歧义和断点:首先是男性作家对于娜拉的塑造所构成的启蒙形象的符号化和规定性,与女性基于切身体验对于娜拉的书写所造成的这种给定性意义的突破;其次是对于五四觉醒的女性作家而言,由认同娜拉精神并亲身践行娜拉行为的生命历程所激发的对于"娜拉"的反思。这些都与五四所界定的娜拉精神呈现出一种疏离性的理解。但正是以主流意识形态为标准的价值判断使得与时代主流话语同构的叛逆精神得到张扬,而与之不和谐的音节或被忽略不计,或经重新编码再次被宏大叙事整合。对于以庐隐为代表的文学叙事,茅盾的解读几乎已成为历史性的价值定评,他认定如果庐隐继续向革命性的社会题材努力不会没有进步,可惜很快改变了方向,"在数量上十倍二十倍于她最初期诸作,然而她告诉我们的,只是一句话:情感与理智冲突下的悲观苦闷","我们也承认这一串的'现身说法'也有其社会意义……然而我们很替庐隐可惜,因为她的作品就在这一点上停滞"。[8]居于文坛盟主的文学评论家基于时代主流意识对这些文学叙事所做的评价虽然在一定程度上提高了这些女性文学的历史价值,但也正是以社会、革命为核心的意识形态话语压抑了女性写作特有的私人化特征以及对主流话语的疏离姿态:对于真正的自由平等爱情的追求,对于幸福家庭生活的渴望是刚刚获得自我意识的女性最为本真的生命追求,这种普通的生活追求的意识形态化使女性叙事消泯在时代的整体话语之中,而失却了获得个别阐释的机会。

参考文献：

[1]鲁迅.伤逝[M]//鲁迅.鲁迅全集:第2卷.北京:人民文学出版社,1981.

[2]周作人.妇女运动与常识[J].妇女杂志(上海),1923,9(1):8－11.

[3]淦女士.旅行[J].创造周报,1924(45).

[4]白薇.打出幽灵塔[M]//白薇.白薇作品选.长沙:湖南人民出版社,1985:279.

[5]石评梅.婧君[M]//杨扬.石评梅作品集(散文).北京:书目文献出版社,1983:51.

[6]石评梅.给庐隐[M]//杨扬.石评梅作品集(散文).北京:书目文献出版社,1983:44.

[7]石评梅.弃妇[M]//杨扬.石评梅作品集(诗歌　小说).北京:书目文献出版社,1984:162.

[8]茅盾.庐隐论[M]//茅盾.茅盾论创作.上海:上海文艺出版社,1980.

作者简介：王桂妹(1970—),女,天津静海人,吉林大学文学院,副教授,文学博士,主要研究中国现代文学。

原文出处：《西南师范大学学报》(人文社会科学版)2006年第3期。

转　　载：《新华文摘》2006年第18期长文转载。

压抑与反抗：身体美学及其进展

代　迅

摘　要：在当今中国大众审美文化领域，身体美学成为引人注目的热点和富有冲击力的研究课题。尽管历史上遭到传统禁欲主义的严重压抑，但是身体美学进行了激烈的反抗，从西方艺术殿堂里的古典芭蕾，到中国古代社会日常生活中的缠足，再到当今仍然风行世界的高跟鞋，乃至长达数千年的妇女美容术的积累，都是身体美学进行的大胆尝试和多方面探索的重要组成部分。身体美学揭示了美学的自然科学基础，它与环境美学等美学研究中的新的分支学科汇合在一起，推动美学研究走向科学化。对于美的哲学思辨一直占据主导地位的美学学科来说，推动这个汇合点成为一个发展方向具有重大意义。

一

近年来，我国和身体有关的大众审美事件接连不断。

2004 年 5 月，“2004 环球洲际小姐北京大赛”的主办者北京天九伟业文化传媒公司宣称，鉴于杨媛是“人造美女”，也就是因杨媛做过美容手术而取消了她的决赛资格。杨媛和她的律师约见部分记者，表示要向大赛组委会讨一个说法，并称组委会的这一做法是对做过美容手术的整形人群的歧视。此事很快闹得沸沸扬扬，引起国内外主流媒体的普遍关注，在社会上引发了关于“人造美女”的大讨论。2004 年 7 月在长春召开的中华美学学会年会上，“人造美女”首次列入中华美学学会的议事日程，并成为颇富争议性的大会议题之一。

2005 年“芙蓉姐姐”再次轰动海内外。芙蓉姐姐真名史恒侠，来自陕西一个县城，曾经多次报考北大和清华的研究生，但都没有成功。2002 年末，芙蓉姐姐在北大 BBS 张贴了她的第一篇文章和第一张照片，此后便一发不可收，到 2004 年下半年，各种各样的网站上已经贴满了芙蓉姐姐发的各种情意绵绵的文章，还有她"妖媚性感的外形和冰清玉洁的气质"（芙蓉姐姐自我描述的"经典性"文字）的相片，开始在北大、清华等高校受到学生们的追捧，到 2005 年，芙蓉姐姐红遍大江南北，还成为《华盛顿邮报》专访人物。

冰冻三尺，非一日之寒。这些审美文化事件的出现，是当下中国现实生活逐渐累积的结果。其实从 2000 年起便出现了"身体写作"的称谓，用来概括卫慧、棉棉的《上海宝贝》《糖》等小说创作，同年，还有诗歌界的《下半身》杂志创刊，春风文艺出版社的"阅读身体系列"丛书出版等文坛事件的发生，"身体写作""下半身写作""乳房写作"等概念不胫而走，在娱乐圈里歌手的"偶像派"和"实力派"区分也延伸到文艺创作与批评领域，出现了所谓的"美女作家"和"实力派"作家，身体作为一个富于冲击性的话题，便已经引起了文艺创作和理论批评中的广泛注意。

短短十余年间，"美女经济"在中国已经成为一个利润巨大的产业，美容院从星星之火到燎原之势，化妆品商店遍布中国大地的大街小巷，各种各样的选美比赛消息频频出现在荧屏和报端。2005 年 9 月，新浪伊人风采频道与《中国美容时尚报》联合发起"中国式美女标准"大型主题讨论，10 万网民参加了搜狐女人频道"谁是最能代表中国美的美女"评选。同年 10 月，一本名为《中国美》的粉皮书正式诞生，被称为是我国美容界首次界定"中国美女"的标准条文，书中罗列出了眉、目、鼻、口等器官的标准美及其相关代表人物，并以此为依据制作出了"中国标准美女"模拟图。随着图像时代的到来，作为大自然完美的杰作的身体，在经历了数千年的压抑之后，终于释放出巨大的能量，强有力地吸引了当今中国人的眼球。

从更广阔的学术背景来看，从 20 世纪七八十年代开始，由于受资本主义消费文化和日益发达的女性主义论述的影响，身体逐渐成为西方人文科学和社会科学新的研究关注点，特别是福柯将身体挖掘为一个批判现代理性话语的富有冲击力的思想主题。福柯之后，身体研究在西方人文社会科学领域获得了迅速推进并呈现出一种多元化的发展态势，取得了丰硕的研究成果。与整个人文社会科学领域内身体研究成为一个新的理论热点和重要的思想主题相适应，身体美学，已经无可争辩地成为今日中国大众审美文化现象中的焦点问题之一，对于我们固有的审美趣味和伦理观念形成了强烈冲击，包含了多方面富于启示性的内容。

二

自从人类社会诞生以来，就出现了精神与身体、灵魂与肉体的分别，一般认为，这个重要的区分意味着人类脱离了动物界。不仅如此，在灵与肉这个简单的二元对立结构中，对灵的褒扬和对肉的贬斥，在意识形态领域的权力机制中，身体被伦理化之后未能取得合法的地位，在历史上受到长期和持久的压抑，构成了人类文化的一个基本特征。

“人的全部尊严在于思想”“我思故我在”“存天理，灭人欲”“饿死事小，失节事大”“万恶淫为首”等，这些我们耳熟能详的观点和主张，尽管其中存在着这样那样的差别，但是在忽略乃至贬低身体及其欲望这一基本立场上，却是完全一致的。我们有过汗牛充栋的思想史和艺术史，但是我们缺少关于身体的历史。这种思想的具体展开，就是禁欲主义思想在人类历史上的盛行。无论在现实生活中还是思想艺术领域，禁欲主义都曾经是一种强大的历史潮流。

“是什么东西构成了人的伟大，难道不是思想吗?”这是受到人们赞颂的普希金的著名诗句，普希金本人的妻子被誉为“莫斯科第一美人”，普希金在给妻子的热情洋溢的情诗中写道:“你的美貌无与伦比，天下无双/我爱你的心灵，胜于你的容貌。”从这里可以看出，即使是在激情洋溢的俄罗斯诗人普希金看来，思想的伟大，其价值远在身体之上，二者不可同日而语。

保加利亚学者瓦西列夫准确地指出:“在封建制度下，对肉欲的诅咒被宣布为基督教信仰的原则，其目的在于拯救人类。……后来对性接近的诅咒形成了一种传统，造成了对人的禁欲主义的、清教徒式的变态认识。”[1]38-39 他在这里的描述是符合历史事实的。爱美本是人的天性，美容术是人类文明发展的重要成果，但是在中世纪，美容术受到教会的排斥，修饰人的“罪孽的肉体”被说成是魔鬼才喜欢的勾当[1]363。

但是，伦理上的描述并不能替代人们的现实欲望，本能的力量是强大的。由于两性之间的情爱始终是现实生活中不可忽视的巨大能量，人类男女之爱经常与人类对上帝之爱发生冲突，因此中世纪的文人学者们对此进行了不断的探究。按照基督教的教义，人类是迷途的羔羊，上帝的仆人，人类所有的情感都应该服从于上帝，人类所有的爱都应该服从于对上帝的爱，但是，男女之爱往往使人无法抗拒，甚至教士和修女也难以避免，如何解决“神圣的爱”与“世俗的爱”的矛盾呢？

中世纪是采取严厉的禁欲主义。但是到了文艺复兴时期，这种情况开始有了改变，随着人性的逐渐觉醒，意大利的文人学者们尝试在基督教教义的框架内解决这个矛盾，使两种爱能够和谐地统一起来，做出令人信服的解释，当时意大利以写爱情为主题的“温柔的新体”的解释是：

> 上帝将女人放置人间，启迪人类的灵魂，帮助人们的灵魂升入天国；女人“与天使一样”美丽，高尚的心灵必然会被“天使”的美而吸引，因此，爱女人正是品德完善的表现。[2]26

意大利的圭托内诗派也认为，爱情寓于高尚的心灵之中，女人是天使，上帝通过女人表现出自己的力量；女人的美可以给人以启迪，“当人们看见她时，便不会去想邪恶之事”；爱不是疯狂的表现，而是美德的起源，“无爱即无善，爱是善的源泉”。[2]25 这些别开生面的解释令人耳目一新，女人身体的美及其相关的两性之爱被赋予全新的意义，为身体与欲望在西方世界的合法化打开了宽阔的大门。

就正统的美学观念来说，美学是艺术哲学，身体美学的核心理所当然应该是人体艺术。但是中国人的身体压抑远胜于西方，中国有一种根深蒂固的传统观念，也就是人体艺术与“色情”和“黄色”联系在一起，难以登堂入室，被拒斥在艺术殿堂之外。古代中国的人体艺术处于一种什么地位呢？就是《红楼梦》中傻大姐拾到的“两个妖精打架”，换言之，也就是从来不被当作艺术的春宫图，而山水画才是位居古代中国正统地位的最具代表性的艺术品种。[3]229－230 由于主流意识形态对于身体充满偏见，这严重地制约了我们对身体结构的科学研究，局限了我国的人体艺术，使中国古代人体艺术处于极不发达的地位，相反，远离“邪恶的”身体的山水花鸟文人写意画数量繁多,并且取得了很高的成就,这种不同艺术品种发展的不平衡现象,也可以从这里得到理解。

长期的过度的性压抑造成中国文学中的变态现象,这不仅表现为对女性的禁忌与敌视,而且表现为男性自身形象的扭曲。在中国传统文学里,武艺超群又对女人充满柔情与绅士风度的男子汉形象极为罕见,实际上,出现在中国古典作品中的男子汉形象大多不外乎两种:一种是文弱书生(风流文士),相貌俊秀,能解风情,懂得怜香惜玉,甚至能偷香窃玉,喜爱红袖添香,但是除了吟诗作文就一无所长,不谙世故,手无缚鸡之力,如女人般惹人怜爱,但毫无男子汉气概,日常生活中的一切事务,包括男女约会的牵线搭桥,全仗女人(侍女)打理,如《白蛇传》中的许仙,《西厢记》中的张生等;另一种是赳赳武夫,体魄健壮,武艺超群,强壮得似乎无所不能的英雄人物,但是不近女色,只懂哥们义气,拒斥男女之情,从关羽到梁山好汉可谓典型代表,其实两者都带有较为强烈的性变态色彩。

对于中国古代经典名著《水浒传》,研究著作可谓汗牛充栋,但是关注梁山好汉私生活的研究论著似不多见,这牵涉到以梁山好汉为代表的中国民间社会对身体观念的理解,中国民间由于一直流传女色伤身的说法,这种观念把女人等同于性,等同于物,并且这种物足以伤身,以习武为生的英雄好汉对此尤为忌讳。以梁山英雄而论,他们充满男子汉气概,武艺超群,除暴安良,其故事不仅历史上流传民间,深受大众喜爱,并且新中国成立后他们也长期被视为农民起义的优秀代表。但是他们对于女性身体持一种极端排斥的态度,梁山领袖晁盖“不娶妻室,终日只是打熬筋骨”;他的继任者宋江“只爱学使枪棒,于女色上不十分要紧”;梁山的重要首领卢俊义“平昔只顾打熬气力,不亲女色”;军师吴用也没有妻室,最后自杀时仍然是单身;李逵一听到男女之事便焦躁不安,极为厌烦。梁山英雄的本色之一便是对女性的厌恶。[4]

这种关于身体观念的理解延续至今,甚至远及海外。李希光等著的《妖魔化中国》一书,20 世纪 90 年代以来在华人世界产生了广泛影响,此书第 5 章名为《好莱坞与丑陋的中国人》,读来饶有兴味,但是作者的观点值得商榷。在“李小龙的呆板形象”这一节中,作者认为,在好莱坞电影中,李小龙尽管是真理和正义的化身,扬善惩恶,淋漓尽致地展示了中国的武功,但是依然是一个否定性的形象。作者做了这样的评述：

> 李小龙这个银幕形象，仍然是一个刻板、单薄的好莱坞类型化人物。道德上，他完美无缺；武艺上，他盖世无双。这一切都赋予他超然的不真实感。……作为一个无所不能的男子汉，李小龙却始终不近女色，面对种种色情诱惑，他一直坐怀不乱，目不斜视。……在李小龙这个形象身上，我们可以看到一个传统的继续，即剥夺东方男子的性象征，把东方男子刻画成性无能、性冷淡的无用之徒。李小龙毫无浪漫情调的呆板形象，又把东方男子刻画成为根本缺少人情味、除了一味蛮打蛮拼，毫无对女性的温情和绅士风度的粗人。[5]252－253

作者的结论是，好莱坞电影歪曲了中国人的形象，“将种族主义偏见揉进老少咸宜的娱乐故事之中”[5]253。其实，只要稍稍对照我们自身的文学传统，不难发现，就这个问题而言，这些指责是不公正的，好莱坞电影并未歪曲中国人的形象。事实上，如果认真观看李小龙的电影并且实事求是地加以评论而不是曲为之说，就会发现，尽管银幕上的李小龙也被赋予了传统中国英雄好汉的伦理道德内涵，如除暴安良，扶危济困，性格老成内敛，甚至多少有些刻板，但是也明显带有西方语境中的西化或者说是现代色彩，换言之，在置身海外西化语境中，即使是传统的中国伦理关于身体的理解已经有了某种新的变化。

在影片《精武门》中，李小龙饰演的陈真也有着自己着墨不多的但是纯真的爱情生活，李小龙主演的另一部影片《猛龙过江》，则带有较为明显的轻松幽默的轻喜剧色彩。因此，事实和《妖魔化中国》的论述相反，李小龙不仅是真正的中国武术之魂，第一次使武术作为中国的国术光大于世界，而且更准确地讲，李小龙的银幕形象其实并不呆板，已经在很大程度上改变了梁山好汉式的敌视身体的态度，因此比梁山好汉式的传统形象的伦理内涵更加丰满，人物情感更为丰富，更具好莱坞英雄所惯有的人性化特点。

三

通常人们总是以为，身体在历史上始终陷于灵与肉的二元对立中被视为罪恶的渊薮，而总是处于一种被放逐的状况，所以我们现在更多地倾向于强调身体被压抑的历史，而忽略了身体在长期的压抑下也有反弹的一面，有时候甚至比较张扬，因为在外在伦理与内在欲望的冲突中，身体并非总是处于消极屈从的位置。实际上，身体并非总是在历史上处于被压抑的过程中，在某些情况下，借助于男权主义体制的审美眼光，身体，特别是女人的身体，作为大自然完美的杰作，反而得到了极度的张扬。

欧洲中世纪由于基督教的基本要旨是禁欲主义，人的肉体被认为是肮脏的，是罪孽的根源，这个时期的艺术竭力贬低人的肉体形态，人体显得僵硬和干瘪，借以显示人的“原罪”，对身体的压抑众所周知。直到今天，某些阿拉伯国家的妇女出门在外还必须穿上厚厚的黑袍，戴上黑面纱，从头到脚遮裹得严严实实。中国人忌色欲，戒好色，把女色视为不洁甚至是灾祸的根源，所谓“色字从刀”，“色字头上一把刀”。但是，另一方面的事实是，人体美从来都是最重要的审美对象之一，甚至可以说就是最重要的审美对象，从古代希腊罗马的人体雕塑，到文艺复兴以来的人体绘画，到中国古代的春宫图和当今的色情网站，都向我们昭示着这一点。人体艺术是西方艺术史的中心内容，从某种意义上讲，一部西方艺术史就是一部人体艺术的发展史。[3]1

中西之间关于身体美学的某些基本观念基本达成一致，男性的身体是体魄强健、高大魁梧，女性的身体则被视为美的极致，除了中国古典美的“樱桃小嘴”和西方略有差别之外，中西之间存在着大致相同的审美标准，古代中国关于美女诸多描述，从“花容月貌”、“明眸皓齿”、“弱柳扶风”到“楚王好细腰，宫女多饿死”，再到“三寸金莲”的纤纤玉足；车尔尼雪夫斯基论述过的俄罗斯贵族妇女以纤手细足为美，西方女子的束腰、穿高跟鞋，乃至古典芭蕾舞，博克描绘欧洲妇女走路故作摇摇欲坠的样子，装弱不禁风甚至装病，传达的都是基本一致的审美观念，中外皆然，几乎已经成为程式化的审美心理定式。

自从近代中国废除缠足以来，和历史上中国文人对于缠足的赞颂与对于纤足的偏爱相反，人们通常对缠足一边倒地加以严厉抨击，归咎于歧视、束缚和压迫女性的结果，试图把女人囚禁在家中围着男人转，实际上作为一种现代诠释，可能只是说明了部分原因。而真实的情况可能并非完全如此，如果真是这样简单，那就很难解释缠足为什么会在女性群体中得到广泛认同。不仅如此，西方国家也有以小脚为美的类似审美经验。

从生理特征上讲，由于女子在体形上比男性矮小，因此女子的脚本来就比男性的脚要小，在此基础上形成的以女子小脚为美的观念，是合乎逻辑的结果，如果实际情况与此相反，我们反而无法解释。困难仅仅是在于，为什么需要通过缠足来达到异乎寻常的小。小脚是美的，这种观念不仅在中国古代盛行，在西方同样获得认可，格林童话《灰姑娘》可为佐证，王子把灰姑娘慌乱中扔下的水晶鞋，让整个王国的年轻姑娘逐一试穿，结果脚最小的灰姑娘穿上正好合适，她就是真正的王妃，也就是王子的梦中情人。为什么不是脚最大而是脚最小，试鞋这个细节作为支撑整个故事的一个关键性环节，有力地阐明了西方人的审美观念。这可以说明，小脚为美，中西之间完全一致。

不仅如此，我们还可以找到更多的佐证材料。博克在论美的时候认为，美的事物具备这样一种性质：首先就是小，许多民族的语言都用“小”来称呼爱的对象，博克还找出一些与小类似的性质，例如娇弱、柔滑等。古代中国以小脚为美的观念，与此是相同或相通的，“三寸”之后加上“金莲”二字，其实本无独特之处，仅仅是借助汉字所特有的象形特点，加以一种视觉美的修饰而已。

那么，为什么只有中国才存在着这种独特的缠足风俗呢？产生这种差别的原因在于，西方人把注意力转移到女鞋的设计上去了，中国人则执着于对脚本身加以改造。现代社会中遍及世界的高跟鞋，只不过是这一古老审美观念的延续和迁移。并且西方人对于女鞋的设计明显更为成功，也更为人性化。因此，相同或相通的审美观念，但是不同的做法导致不同的命运，缠足早已被废除，而高跟鞋则风靡全球。我们还应当注意的是，虽然女性缠足早已退出了历史舞台，但是三寸金莲的美学原则“小”“瘦”“尖”“弯”至今依然在女性美足与女鞋设计中广泛流行，这些观点在因特网上已经有广泛的讨论，甚至开辟了专门的网站，陈列有大量的实物图片。辩证法的基本要义就是对立因素的存在，在缠足已经废除并被批臭了百年后的今天，身体美学引起广泛关注的时候，也许我们可以从相反的方面略加思考。

几千年来，从美发到美足再到美甲，从瘦身到隆胸再到剃除腋毛，身体特别是女性的身体，每一个部位无不作为审美对象的有机组成部分加以精雕细刻，美容术，应当说其主体部分是妇女的美容术，作为人类审美文化的一个重要组成部分，已经达到了极高的水平，这是人类文明长期发展的一个重要成果。三寸金莲的实质，无非是古老的妇女美容术的一个组成部分，是人类探索和重塑人体美的一种重要尝试。缠足以追求小脚美，与束腰、隆胸一样，不管成功与否，其成败得失，都应当理所当然地成为人体美学理论与实践的一个重要组成部分，仅此而已。

任何事情都是复杂和多方面的，在获得审美愉悦的同时，无数的女人为此承受了身体上的痛苦，我们已经做了大量的谴责，这当然是正确的，但是这仅仅是一个方面。我们还必须注意到，美不是善，美学不是伦理学，人类审美活动的全部历史都向我们证明，身体的美本身存在一种独立的客观的审美价值，而不是像我们经常鼓吹的那样，必须依附于某种美德或者是才能。尽管我们习惯于拼命地否认，但是实际上可能是如同在网上流传的一种观点所宣称的那样，三寸金莲是古代中国人在重塑人体美的过程中，做出的一个大胆和极端的尝试。一方面，其中男权主义审美眼光所起到的支配性作用不容回避，需要我们继续加以反思，另一方面，按照现代解释学的观点，这个问题的答案并未终结，而是应当向着未来的历史开放。我们现在所能回答的是，做出美学的解释是一回事，做出伦理学或社会学的解释又是另一回事。

其实，西方很早就有对于人体美的展示与欣赏。在公元前所举行的一次奥运会上，奥尔舍波斯偶然因裸体出现在运动场上，给观众留下深刻印象，从此古代希腊奥运会上开设了裸体竞技项目，并请雕塑家为三次获得冠军的运动员塑像，以展示美的人体。由于受到这种观念的影响，很多雕塑家注重表现运动中的人体美，米隆的《掷铁饼者》就是著名的一例。亚里士多德还在《体相学》中主张对人体自身的美进行欣赏，并明确断言女性的身体比男性更美。博克在分析美的性质时，明确指出女性的美在于身材娇弱[6]。

如果说，中国古代社会的缠足是针对身体某一部分的规训的话①，那么，在欧洲，起源于17世纪法国的古典芭蕾，则是一种对于身体的整体的规训，这种规训使古典芭蕾成为一种大胆地甚至是完美地展示人体美的主要是女性人体美的身体美学，因为尽管芭蕾舞剧中也有男演员，但是"芭蕾是女人"（The ballet is a woman），在古典芭蕾中女演员居于支配地位，男演员必须隐身于女演员的裙摆和足尖的光晕之中，被边缘化了，成为女人的陪衬，使女人变得更加娇媚动人，因此古典芭蕾的身体主要应当理解为女性的身体。

古典芭蕾建立在梦幻般的足尖舞技术的基础上，以黄金分割作为舞蹈中身体造型设计的基本美学原则，以"开、直、绷、立"作为演员形体表演的基本技术操作原则，突出了舞蹈演员体态的优美、高贵和典雅。古典芭蕾极力夸张人体的美，女演员要求"瘦胸、窄胯、扁腹"，其先天体态要合乎黄金分割律，并且将这些特点在日复一日的日常训练和舞台表演中不断加以强化，它的舞美设计最大限度地裸露女演员的颈部和手臂，束腰的曲线推起女性的胸部，"钟式"的白纱裙扩张女性的臀部，肉色紧身袜将女性的臀部和大腿曲线展露无遗，足尖鞋展示了女性的娇媚，芭蕾舞的舞步与日常生活中的行走完全不同，将步幅切碎为许多细小的小碎步，而且迈步时总是足尖轻盈落地，而不是足跟落地。所有这些，将女性完美的身体曲线——溜肩、细腰、丰臀展现出来，显示出女性楚楚动人的柔弱和性感魅力。[7]

如果说，中国古代的三寸金莲是在文人写意艺术的基础上，将女人身体的局部的美加以浪漫的想象和大胆的夸张，那么欧洲的古典芭蕾则是在基于西方数理美学传统的基础上，将女性身体整体的美进行完美的造型和充分的展示。观赏古典芭蕾的时候，在梦一样的虚幻境界、微风一样的轻柔音乐、白雾一般的白色剧装的衬托下，经过长期艰苦训练获得的人体形态，是那样的美丽绝伦、纯洁、轻盈。人们会真正感受到如莎士比亚所说，人是一个了不起的杰作，体态高贵典雅，是宇宙的精华，万物的灵长。我们是否可

①"规训"是刘北成等翻译福柯《规训与惩罚》时杜撰的一个新词，近年来逐渐在学术界推广使用，意为"规范化训练"，英文为discipline，既可作名词，又可作动词使用，具有"纪律、教育、训练、校正、训诫"等多种释义，还有"学科"的释义，在福柯笔下指用权力干预、训练和监视肉体的技术，考虑到福柯把"规范化"看作现代社会权力技术的核心，译者采用了此种译法。参阅福柯著，刘北成等译：《规训与惩罚》，第375—376页，北京：生活·读书·新知三联书店，1999年。

以这样认为:古代中国妇女缠足也好,古典芭蕾也好,还是化妆与美容手术也好,这些身体美学的实践活动,都是通过对身体的严格控制与规范化训练,使审美活动与日常生活融合在一起,使身体从一个大自然的作品变成一件真正的艺术品,变得更加美丽动人。

在萧红的《呼兰河传》和王安忆的《69 届初中生》中,在我们所了解到的关于西方中世纪的材料之中,即使是在 1920 年代哈尔滨附近一个贫穷、落后和愚昧的小县城里,即使是在“文革”十年谈美色变,美成为禁区的日子里,即使是在欧洲黑暗的中世纪,人们关于人体美的理想、追求与实践活动也从来没有完全泯灭过。实际上,不管人类历史上的主流意识形态如何加以压抑和阻拦,人的身体作为最重要的审美现象之一,从来都存在于人类的美学视野中,与此有关的理论和实践从未停息,是任何力量都难以完全压制的。在和强大的主流意识形态的冲突或者对抗中,它从厚厚的石板下面伸出头来,顽强地表现自己,与敌对的主流意识形态或是进行运动战,或是进行游击战,差别只是在于,转移了方式和阵地而已。

四

身体美学的兴起,是身体写作、人体艺术等诸多相邻学科互动的结果,也是美学研究中近年来一个新的重要方向。自从 1990 年代美国美学家理查德·舒斯特曼(Richard Shusterman)提出身体美学的概念以来,试图重新组织思想史上关于身体的零散资源,将身体美学体系化,进而提升为一个学科,准备测定和建立一个新的学科疆界,美学界已经做了多方努力。身体美学尽管还在一个展开的动态过程中,具有某种不确定性,但是它已经足以给美学研究多方面的启示。

一个长期困扰着美学研究的话题是:美能够科学化吗?这是一个中外美学史上人人言殊的观点,很难设想有一个最终答案。按照美学作为哲学一个分支学科的思辨传统,问题的答案通常是否定的,从休谟的“趣味无争辩论”到当今仍然盛行的“审美乃是一种价值论”,都向我们昭示着这一点,但是美学史上也有过不同的思考。实践派美学作为中国当代美学主流,对我国当代美学的影响是巨大和多方面的,但是实践派美学的领袖人物李泽厚的一个重要观点，由于多数人不赞成，因此一直鲜为我们所提及，这就是李泽厚主张将美学研究科学化，更精确地讲是数学化的观点。李泽厚曾经提出，美学研究的最终结果，就是将美的本质简化为一个数学方程式，李泽厚多次提到这一点：

> 审美是这个统一的主观心理上的反映，它的结构是社会历史的积淀，……其具体形式将来应可用某种数学方程式和数学结构来作出精确的表述。[8]
>
> 美感作为心理科学研究的对象，将在未来世界占有极为重要的地位，它大概是某种具有多个常数和变数的数学方程式（着重号为原文所有——引者注）。[9]19
>
> 美感是尚待发现和解答的某种未知的数学方程式。[9]275

李泽厚本人只是提出了这个设想，他本人没有找到这个数学方程式。当一门学说可以用精确的数学形式表达的时候，它才成为科学的。李泽厚常说美学处于前科学状态，就是指这点而言。将美学研究数学化，是美学进入到科学王国的重要途径，这是一种非常有价值的思想，就我国美学界来看，这还是一块空白的处女地，许多著名美学家还未提到过这个问题。[10]

把丰富多彩的审美现象纳入一个简洁明快的数学方程式之中，这是不是天方夜谭呢？许多人会做出肯定的回答。但是，如果我们从身体美学出发来思考这个问题，可能就会得出不同的答案，因为身体的美恰恰可以用数学来精确地标示和衡量。人体雕刻艺术和人体绘画艺术就是建立在人体解剖学的基础之上，传统的美术教育一直把“人体解剖造型学”作为人体造型必备的技法理论知识，理想的人体比例、肌肉构成等，都在研究之列。

身体美本身的存在是作为大千世界自然美的一个组成部分，是肉体的美、外貌的美、体态的美，它和人的生理特性直接相关，属于形式（对称、均匀）和质料（光滑、白皙）的形式美范畴。如果我们不是仅仅偏执于伦理学角度，而是换一种思路来思考，这可能说明了美的事物具有某种客观标准，而这种标准可能从数学或是物理学等自然科学的角度来精确地加以度量。

文艺复兴时期的美术家将人体比例的研究和运用看作是视觉美的基

础，是塑造美的人体的不二法门，称为“神圣的比例”。比例说也就是用数学方法来表示标准人体，以同一人体的某一部位为基准，制定出这个部分和整个人体的比例关系，一般认为身长是头高的8倍，最理想的女性人体比例是以肚脐为界，恰为黄金分割的比例关系。根据因特网上公布的统计数据，亚洲女性的标准三围（胸、腰、臀）分别是84厘米、62厘米和86厘米，不仅如此，因特网上还公布了最美的标准女性身材的“三围”计算方法，胸围＝身高×0.51，腰围＝身高×0.34，臀围＝身高×0.542。

从这个意义上讲，人体美本质上乃是数学构造之美，是物理事实之美。宽肩是男子身体的自然生理特征，男子的肩宽于女子。于是便发明了肩垫，赋予男子肩宽以超常的特征，所以这种突出男性特征的事情发生在最具男性气概的工作领域，便不足为奇。军队中，挺拔的肩章使男性的宽肩显得更加突出。反之，隆胸、束腰、缠足、高跟鞋、短裙等，则使女子的女性特征更为突出：胸部更加突出，腰肢更加纤细，美腿更加修长，脚部更加小巧。[11]所有这些，都是身体美学数学化的延伸。

其实这种方法古已有之。古代希腊美学家坚信客观的美确实存在，这种美建立在数与比例的关系之上，只要发现了这种关系，也就把握了美的基本原则，按照这种原则所创作的艺术作品就必然是美的。这是一种形式美学观，它偏重于人体和事物的外形、比例、尺寸的探究，以科学计算为主要工具，以数的比例关系为基础，是经验分析、研究的结果，坚持美的法则的客观性，毕达哥拉斯学派就是其中的显著代表。[12]

毕达哥拉斯学派认为，所有事物之间都存在着一种数量关系，数是万物的本原，万物都模仿数而存在。据说毕达哥拉斯本人凭借对数学的高度造诣，从铁匠铺的打铁声中得到启发，经过进一步的测试，发现了音乐中的八度、五度和四度音程之间的比例关系，也就是发现了谐音的数学基础，毕达哥拉斯因此而被认为是科学的声学理论的奠基人[13]273。并且，在毕达哥拉斯看来，既然乐音能够归结为数，还有什么不能归结为数呢？[13]274

毕达哥拉斯学派据此提出了“和谐”的美学范畴，凡是合乎一定数量关系的，就是和谐，就能够产生美的效果。他们侧重于从数学关系去探讨美的规律，并认为美就是和谐与比例，按照这种比例关系就可以组成美的图案。实际上黄金分割定理是一种数字的比例关系，即将一条线分成两部分，较长的一段与较短的一段之比等于全长与较长的一段之比，它们的比例大约是1.618：1的关系，他们把这种简单的比例关系向绘画、雕塑、建筑等领域推广，使之成为一条重要的美学法则。毕达哥拉斯学派的“本原”一词在英文中翻译为“principle”（意为原则，原理），数学乃是万物也是美学的根本原理，这是合乎毕达哥拉斯学派的原意的。毕达哥拉斯学派的观点得到了后代学者的肯定和追随，亚里士多德这样写道：

> 美的最高形式是秩序、对称和确定性，数学正是最明白地揭示它们。[14]

值得注意的是，这些古典美学观，在现代自然科学领域获得了强有力的响应与支持。杨振宁认为：“自然总是选择最优雅、独特的数学结构去构造宇宙世界”，“数学的简单和美在物理学中起着越来越重要的作用”，理论物理的“创造性原则寓于数学之中”，试图要“把世界统一于几何、统一于数”，“仅仅凭借……几个方程式”，我们就“以不可思议的方式进入了自然界的本质”，这是因为“自然界是有序的。……我们越是研究下去，就越能理解物理学广阔的新天地，它们是美的，有力量的”，大自然的美源于它们内在结构所具有和谐、简单、对称和巧妙的秩序，这本身就是数学化的。[15]对于这些古老的美学观，杨振宁从现代自然科学的高度做出了令人信服的解答，这也是李泽厚关于美学设想的一个令人鼓舞的回应。是否可以这样预计，在身体美学的冲击下，美学的数学化，既然过去是美学研究中一个源远流长的方向，那么今天在与相关自然科学领域的互动中，也将成为一个重要发展方向。

不仅如此，对于长期缺乏自然科学基础支撑的中国美学而言，这个发展方向我们还可以继续延伸。从更为广阔的学术背景来看，我国当代人文社会科学领域曾经长期盛行过把人性仅仅看作社会性、甚至偏狭地等同于阶级性的观点，把学术问题高度地政治伦理化，抹杀了美学的生物学内涵，而身体美学恰恰具有不容置疑的生物学基础，在推动美学走向科学化的过程中，我们不能中断这样一条逻辑线索。其实从生物本能和性的因素来研究美学，有着古老的传统，这些都和身体美学密切相关。古罗马的西塞罗就认为，和威严相比，秀美的“明媚”犹如女性之美，达尔文曾经谈到过雄鸟凭借美丽的羽毛在雌鸟面前卖弄风情，康德认为，优美与崇高两种审美范畴与男女不同的性欲对象相关，男人喜欢女人的优美，女人喜欢男人的崇高。他说：我们对异性的向往（我们总是以沉默来掩饰这一点）归根到底还是所有其他动机的基础，人性中最精细、最生动的欲望恰好与本能相关。

和我们历来致力于从社会学视角区分美感和快感、动物性与社会性的所谓“本质区别”相反，达尔文在《人类原始及其类择》中，引证了大量事实，雄辩地证明美感在动物快感中起着十分重要的作用。达尔文指出：

> 美感——这种感觉也曾经被宣称为人类专有的特点。但是，如果我们记得某些鸟类的雄鸟在雌鸟面前有意地展示自己的羽毛，炫耀鲜艳的色彩，而其他没有美丽羽毛的鸟类就不这样卖弄风情，那末，当然，我们就不会怀疑雌鸟是欣赏雄鸟的美丽了。其次，因为世界各国的妇女都用这样的羽毛来装饰自己，所以，当然，谁也不会否认这种装饰的华丽了。……关于鸟类的啼声，也可以这样说。交尾期间雄鸟的优美的歌声，无疑地是雌鸟所喜欢的。假如雌鸟不能够赏识雄鸟的鲜艳的色彩、美丽，以及悦耳的声音，那末雄鸟使用这些特性来诱惑雌鸟的一切努力和劳碌就会消失，而这显然是不可设想的。

达尔文根据亲身观察到的大量第一手材料，而不是纯粹的理论思辨，得出了如下结论：“我们可以有把握地说，我们和下等动物所喜欢的颜色和声音是一样的。”达尔文还进一步阐述说：

> 从大多数野蛮人所喜欢的令人讨厌的装饰和同样令人讨厌的音乐判断起来，可以说他们的美的概念较之某种下等动物，例如鸟类，是更不发达的。

达尔文明确地向我们指出，和我们习惯化的理解相反，动物例如鸟类和我们一样，具有同样的美感，这种美感就是快感，而且有时候动物的美感甚至在某些特定人群例如野蛮人的美感之上，因此美学可以从生物学的视角得到合理的说明，这当然不是唯一的视角，但是应当是一个重要视角，而且是恰恰被我们的主流美学观念所忽略或蔑视的一个视角，是我们美学研究中的理论盲点。

对美的生物学基础做了较为集中和充分论述的是弗洛伊德，根据弗洛伊德本人的描绘，精神分析学是继哥白尼天体论、达尔文进化说以来最重要的科学发现，渴望性的快乐是人类所有情感中最古老、最基本，也是最强烈的欲望，弗洛伊德不仅继承了达尔文认为美感是快感的观点，甚至认为审美愉悦感也是性快感，“利必多”即性本能冲动是弗洛伊德全部理论的基础。按照弗洛伊德的观点，没有性的欲望转化成更多的生产性领域，就不会有文明，也就不会有美。美的观念植根于性刺激的土壤之中，艺术家和平常人一样无法摆脱本能的欲望，但是他能在一种幻想生活中去放纵他的情欲，这样他就把自己的本能冲动转化为艺术作品。艺术正是这样的本能欲望升华的结果，弗洛伊德明确指出：

> 美导源于性感的范围看来是完全确实的。……“美”和“吸引力”首先要归功于性的对象的原因。[16]

这样，关于美学的生物学解释就扩展到了整个艺术领域，而在中国囿于源远流长的儒家诗教观念，美感与性感的关系从来就没有在我国获得过深入的展开。事实上，艺术是人类审美意识的结晶，美学乃是艺术哲学，而在艺术领域，身体是艺术最重要的表达对象之一，其生物学基础与性快感因素更为彰显。因此，杨春时近年来写入美学教科书的观点值得引起我们的注意，在对艺术史作了综合考察之后，他写道：

> 性欲和攻击性是人类两大本能和原始欲望，成为人类行为基本的深层内容，也成为艺术活动的原始动力和深层内容。在艺术活动中，尽管表现了广阔的社会生活，但最基本的内容仍然是爱情与死亡，它们成为艺术的永恒的主题，而爱与死又是性欲与攻击欲的文明形式。

身体美学的生物学内容在艺术中以不同的形态获得了充分表达，这在我们通常所称的“通俗文艺”和“严肃文艺”中概莫能外。通俗文艺的主要内容有两类：言情和打斗（警匪、武打），这都是性欲和攻击性的宣泄形式，而严肃文艺对此做了净化处理：性欲表现为爱情，攻击欲表现为正义与邪恶的斗争，不健康的通俗艺术则有渲染暴力和色情的倾向。实际上，哪怕是在严格禁欲主义艺术的后面，也跳动着身体及其引发的情欲的影子，只不过是以一种极端恐惧和禁绝的形式出现的，是欲望冲动的另一种版本而已。实际上，自从有了人类社会以来，身体及其欲望作为审美活动的生物学基础，从来都是以这样那样的形式，与人类的审美和艺术活动粘连在一起，成为人类审美意识的一个极其重要的源泉，甚至有可能是唯一的源泉，只要回顾一下历史上常写常新的爱情主题和不计其数的人体素描、绘画与雕塑，就不难明白这一点。

尽管美学研究中美和美感是紧密粘连在一起的，但是美和美感毕竟是有区别的，如果说限于现在的科学技术条件，对于审美心理的奥秘，如李泽厚设想用数学方程式来表达，可能还显得遥远了一些，但是对于美的事物，作为一种外在于人的客观物质存在，用数学方程式来简洁有力地加以表达，却并非遥不可及，将这种努力拓展为美学研究的一个发展方向，也不过是历史上曾经存在过的美学研究路径的继续延伸。问题只是在于，这要求美学研究者具有很高的自然科学特别是数学方面的造诣，而对缺乏自然科学传统的中国美学研究领域而言，并非易事。

在美学作为一门学科的诞生地西方，美学一直是哲学的组成部分之一，对美的本质进行思辨，给美下一个完善的定义，构造一个又一个庞大的美学体系，这一直是美学研究的正统途径和古老传统。但即使是在西方学界，也有学者持不同看法，美国美学学会的创立者托马斯·门罗就多次指责传统的形而上学的思辨美学内容模糊不清，令人失望，那些关于“美的含义”的问题所进行的“冗长而博学的讨论并没有使自己的思想变得更加清楚一些”，“每一个美学家都只是总结前人的观点，然后再加上一点自己的看法，因而就使这门科学在原来的水平踏步不前”等，并由这里得出了一个悲观的结论：

在哲学所属的全部分支中，美学可能是最没有影响和最缺乏生气的了，虽然美学的研究课题——艺术及与之有关的经验类型——是最容易产生影响和最富有生气的。[17]

问题总是存在着相反的方面，很难设想一个没有哲学理论的人，能够在总体上把握世界和了解自己，任何实验和其他科学的研究，都代替不了美的哲学的思辨，这是完全正确的，但是任何解释都是在一定的历史语境中进行的，解释者总是从当下的现实需要出发唤醒了解释对象的某些方面。如果我们更多的是从美学这门学科的历史沿革和现实发展来考虑，就不难理解，关于美的哲学思辨一直具有丰厚和悠久的历史传统，而将美学研究置于严格的数学、生物学以及相关自然科学的基础之上，则是一个显著薄弱环节，这在中国美学界尤为突出，在环境美学和身体美学成为当今美学研究的热点问题之际，可能一些美学研究的新的分支学科，会在美学研究走向科学化这一点上会合，并逐渐推动这个会合点成为美学学科发展的一个具有重大意义的生长点。

参考文献：

[1]瓦西列夫. 情爱论[M]. 赵永穆，范国恩，陈行慧，译. 北京：生活·读书·新知三联书店，1984.

[2]王军，徐秀云. 意大利文学史：中世纪和文艺复兴时期[M]. 北京：外语教学与研究出版社，1997.

[3]王端廷. 人体艺术欣赏[M]. 太原：山西教育出版社，1996.

[4]王宜庭. 红颜祸水：《水浒传》《金瓶梅》女性形象的文化思考[M]. 天津：百花文艺出版社，1996：105－106.

[5]李希光，等. 妖魔化中国的背后——康德述评（修订本）[M]. 第2版. 北京：中国社会科学出版社，1996.

[6]席格. 身体美学与美学史写作[J]. 中州学刊，2005(3)：245－246.

[7]刘青弋. 国家规训下的超人身体——古典浪漫芭蕾身体美学研究之一[J]. 北京舞蹈学院学报，2004(1)：5－14.

[8]李泽厚. 批判哲学的批判[M]. 北京：人民出版社，1984：415.

[9]李泽厚. 美学论集[M]. 上海：上海文艺出版社，1980.

[10]王生平.李泽厚美学思想研究[M].沈阳:辽宁人民出版社,1987:164－165.

[11]莫里斯.人类动物园[M].周邦宪,译.贵阳:贵州人民出版社,1987:154.

[12]方珊.美学的开端:走进古希腊罗马美学[M].上海:上海人民出版社,2001:67.

[13]汪子嵩,范明生,陈村富,等.希腊哲学史:第1卷[M].北京:人民出版社,1988.

[14]苗力田.亚里士多德全集:第7卷[M].北京:中国人民大学出版社,1993:296.

[15]程民治.杨振宁的科学美学思想述评[J].自然辩证法通讯,1997(6):25－31.

[16]朱狄.当代西方美学[M].北京:人民出版社,1984:25.

[17]门罗.走向科学的美学[M].石天署,滕守尧,译.北京:中国文联出版公司,1985:1.

作者简介:代迅(1963—),男,四川自贡人,西南大学文学院、中国诗学研究中心,教授,文学博士,博士生导师,主要研究美学和文艺学。

原文出处:《西南师范大学学报》(人文社会科学版)2006年第5期。

转　　载:1.人大复印资料《美学》2006年12期全文转载,2.《高等学校文科学术文摘》2006年6期长文转载。

人民需要与中国当代文学对读者的想象

王本朝

摘　要：在中国当代文学对读者的设计、利用和想象的层面上，当代文学读者在理论上被置于一个有决定权的地位，但实际上却处于被给予和被利用的存在状态，成为一种想象性的文学力量。由于文学功能和作用的被设定，文学的价值取向也被规定下来，文学阅读变成了文学教育，文学读者成了一个虚构的符号，读者的需要成为一种政策预设，成为政治意识形态想象和设计的产物。由于文学阅读的统一，文学感受的一致，最终会带来文学创作的趋同化，形成文学生产的循环和等质现象。

文学读者也是规范中国当代文学的重要力量。当代中国文学所呈现的计划性不但直接控制着生产，而且也借助对消费的控制来实现对生产的控制。“在一个有计划的社会中，当局所掌握的对所有消费的控制权的根源，就是它对生产的控制。”[1]当代文学被看作是一项伟大的事业，关系到国家、阶级和人民的利益，成为“国家的人民事业的一个重要部分”，“除了国家和人民的利益以外，再也不能够有其他任何的利益”。[2]137 那么，文学就成了国家的文学、人民的文学，有别于现代文学时期的人的文学。“人民”既是文学的表现对象，也是文学的接受对象，还是文学的创作主体者。“人民”的三种身份没有固定，而是随着现实运动和政治需要而变化。理论上，“人民”被看作是历史进步力量的代表，是无产阶级革命的参与者，是社会主义革命和建设的主人翁。文学自然要被纳入由“人民”所构建的社会主义价值体系，成为与人民利益攸关的事业。“我们党所以十分注意文艺工作，是因为文艺联系群众最广泛，影响群众最深远，特别是影响青年一代。因此，作家写了些什么，艺术家创作了些什么，工农群众自己创作了些什么，读者和观众喜欢什么，他们在看、在听些什么东西，看过听过之后，到底在精神上起些什么反应，这是我们党不能不注意的问题。”[3]当然，这也与对文学本身的看法有关，文学被认为是有着巨大精神能量的魔杖，可以支配或改变人的世界观、人生观和价值观，尤其当社会物质发展还不足以满足人们生活需求的时候，控制或引导人的精神和欲望就成了一种政治策略。在一个物质资源稀缺的时代，人的思想意识也容易被看作是物质的替代品，甚至被作为社会和个人的决定力量。文学在这样的背景之下被创造成为国家神话，成为国家意识形态的重要支撑，文艺的社会功能才得到了极端化的想象和生长。

文学与政治的一体化也是非常自然的结果，文学体现了政治的意图，并实现着政治功能，社会主义文艺被看作是“思想工作中的一个重要部分，是整个党的宣传教育工作中的一个重要部分。其理由其原因就是它是对广大人民进行教育的一个强有力的武器”[4]。文艺的被武器化和工具化是社会主义文艺的基本特征，它是由社会主义文艺本身的性质所决定的。当代文学信奉列宁所说的社会主义文学是替千千万万劳动人民服务的文学，“二为”方向中有为工农兵服务的要求，“‘百花齐放、百家争鸣’就是建立在尊重人民、信任人民的基础上”[5]366。一是政治意识形态需要文艺，二是人民群众也需要文艺。前者是政治利益，后者是文化需求。因为人民需要文艺，所以意识形态就需要利用它。“人民要看电影、戏剧等，这就是需要。人民看了戏、电影、文学作品以后，要能够教育他，提高他的社会主义觉悟，提高他的文化水平，这就是利益。所以文艺是党和国家对广大群众进行社会主义教育、共产主义教育的强大武器之一。所以创造社会主义新文学、新艺术是建设社会主义新文化的一个极重要的部分。”[6]283 实际上，利益也是一种需要，是一种更大的政治需要。这样，在文艺与人民构筑的需要结构里，存在的也是政治利益。“对人民进行社会主义教育，是社会主义的需要”[7]194，因为文学影响的面大，效果明显，方式也非常便捷。“说它重要，是因为它每天都联系千百万群众，影响千百万群众的精神生活，因为每天，人们都要看戏、听广播、看书。我们党就应当利用这个工具来影响人民的精神生活，提高人民的精神生活，培养人民新的道德品质，建立新的社会风气，要移风易俗。所以我们党一定要抓住这个武器。”[6]283－284 1953年，在第二次文代会上，周扬就对文学的任务做了这样的说明：“劳动人民作了国家的主人；随着他们的物质生活状况的改善，他们需要新的精神生活。为满足群众的日益增长的文化需要，创造优秀的、真实的文学艺术作品，用爱国主义和社会主义的崇高思想教育人民，鼓舞人民向着社会主义社会前进。”[8]234 由于做了国家主人的劳动者“需要精神生活”，在特定的历史时期，文学艺术就成了满足人民群众精神生活的唯一方式。这里的“精神生活”主要还是指一种情感的娱乐和满足，是在物质生活之外被规定的情感“生活”，而不是精神层面的自由思考和创造。

文学的功能和作用一旦被设定，文学的价值取向也就被规定下来。人民的利益是国家的政治利益，也是文学的根本利益。“新的人民的文学艺术已在基本上代替了旧的、腐朽的、落后的封建阶级和资产阶级的文学艺术。它们在联系群众最广的领域内占领了阵地，并正在继续扩大阵地。”[8]235 社会主义文学要实现与人民群众的结合，占领他们的思想意识领域，要形成自己的读者和接受群体，这恰恰被看作是社会主义文化优越性的标志，他们认为资产阶级社会把雅俗分得很清楚，是双轨制，“我们是按人民的需要，接受程度，把他们今天能接受的东西给他们，而且不断随着他们文化的提高，把人类文化最好的东西交给他们。劳动人民是全部文化遗产最合法的继承人，我们要为他们而创作，要逐步把全部文化交给他们。”[9] 让劳动人民成为全部文化遗产的“合法的继承人”，这是多么崇高而伟大的文化梦想。但要真正变成社会实践，则是一件非常困难而漫长的事。

文学的人民利益被确定为文学的道德和纪律，成为规范作家和文学的制度力量。“文艺工作和群众结合是永远需要的，文艺工作永远要在党的领导下跟群众紧紧相结合的”[10]，这是对作家提出的要求。“人民是有完全的权利要求文艺工作者产生比现在更多而又更好的作品的。因为人民在政治上和文化上迅速地成长了，他们对艺术的要求和趣味迅速地提高了，他们就不但要求新的文学艺术创作有足够供应他们需要的数量，而且还要求这些作品有适合于他们要求的水平”[8]239，这是“人民”对文学作品的要求。西方的接受美学也把文学阅读和消费纳入了文学的意义生产过程，“只有当作品的连续性不仅通过生产主体，而且通过消费主体，即通过作者与读者之间的相互作用来调节时，文学艺术才能获得具有过程性特征的历史。”[11]文学史是作者的历史，更是读者的历史，文学读者进入了文学史的书写，有权利改写文学的意义，从此，文学意义失去了稳定性和权威性，而进入了一个相对主义时代。但他们并没有权利要求作家应该怎样，作家可以满足读者的需求，也可以对他们置之不理。读者所起的作用只是参与文学意义的发生，而不能完全决定或支配文学。当代文学中的“人民”则不同于接受美学意义上的接受者和读者，尽管其地位和作用远远高于一般意义上的文学读者，但并没有文学接受的选择性和主体性，也不能真实表达自己的文学欲望，更不可能在文学阅读、接受过程中敞开自身的历史经验，不被承认文学阅读的历史惯性，也不允许历史语境的进入。早在 1949 年，《文艺报》就举行过传统连载、章回小说的作者座谈会，研究该类小说的创作经验和文学读者情况。陈企霞在会上说：“不管哪一种文艺形式，当其被许多人所欢迎或注意时，我们就不能置之不理。”丁玲也希望大家团结起来，争取小市民阶层的读者，她认为，“过去新小说没有打进这一小市民读者层，今天我们也须要团结原来的这批人打进这一层去”，改变小市民读者的思想和趣味，要和它“作战”，“改变自己对那些琐碎的人间私事的趣味，要对人民事业有趣味”。[12]文学“趣味”是文学欣赏的前提，如果不允许文学趣味的存在，也就只有接受文学中的“道理”了，文学阅读就变成了文学教育。无论是用文学方式去实现教育功能，还是在文学阅读中获取教育，都与文学趣味、文学审美的发生越来越疏远了。

“人民”是否可以对文学提出自己的要求呢？人民对文学是有自己的要求和期待的，但基本上处于被动的沉默状态，缺乏自觉性和参与性。“人民的要求”不过是一种政策预设，体现的主要还是政治和政党的要求。的确，文艺关系着千百万人的事情，作家应用“千百万人的观点来观察事情”，不是按照抽象的标准去观察，而是按照千百万人的实际去看，从千百万人的关系去看。[7]231 这里的“千百万人”主要是指作者的思想立场和出发点，是文学创作获取合法性的依据。由此，对作家进行思想改造也就有了合理性，因为“文艺工作者的职责就是通过自己的作品去教育人民和改造人民的思想。

要教育和改造别人，首先就得教育和改造自己”[2]133。文学要教育人民，正人先正己，还得先改造好自己，这样的结论是完全合乎逻辑的，在这样的逻辑里，作家就成了一种工具和桥梁。“一个作家如果不努力去熟悉人民的新的生活，努力用社会主义精神去教育群众，帮助他们前进，那他就将要不可避免地为人民所不需要，而成为时代的落伍者。”[8]248“人民”可以主宰和判断作者的进步与落后，与“人民”同行，就是作家选择的人生目标。不然，就成了时代的落伍者，这应该说是比较轻的判决，严重的将取消做作家的资格，“如果说一个作家想写什么就写什么，对社会没有一点责任感，对于人民他都没有责任感，对于党他也没有责任感，那还成什么作家？”[13]那么，什么样的作家才是合乎要求的呢？就是那些“真正愿意为工农兵服务”，“把创造能为千百万群众所理解和爱好的作品当作自己最光荣的任务”的作家才是“进步的”。[8]259

作家不但被要求与人民群众同呼吸，共命运，还要有“共同的思想、语言和情感”[5]368。在思想、语言和情感上，要达到作家与人民群众完全的一致，显然是有困难的。因为这里的“人民群众”是一个政治意义的社会群体，而不是接受意义上的读者概念。说“新文艺是社会主义的，人民的新文艺”[6]285－286，“人民的创造力是无穷的”[14]，都是历史唯物主义的人民概念，而不是文学传播和接受层面上的读者角色。周恩来在1949年9月的中国人民政治协商会议第一次全体会议上，把“人民”的构成解释为“工人阶级、农民阶级、小资产阶级、民族资产阶级，以及从反动阶级觉悟过来的某些爱国民主分子”[15]。这里的“人民”成了阶级的集合。周扬认为：“人民的内涵因各时代而不同”，“今天我国，人民是指工人、农民、进步知识分子和进步资产阶级”，“今天一切都是人民的”，“首先是人民共和国，还有人民文学、人民美术、人民出版社，都是人民的”[16]。这里的“人民”是物质和精神财富的生产者和拥有者，是社会主义的劳动者，是接受教育的多数人。由此可见，人民主要是指一种阶级属性，带有强烈的政治意识形态特性，也可以说是一种话语方式，是政治利益的话语表达。对文学创作、流通和接受而言，既是实实在在的对象，也有想象和虚构的成分。人民和政治是社会主义文学两个基本命题，人民是一个复数的集合，它的意义既抽象又实实在在，既确定又漂移不定，在不同场合有不同的含义。“人民”的文学更多的是强调作家要为人民写作，“人民”和“作家”都是政治意识形态想象和设计的符号。

事实上，人民是否真正获得了文学的精神享受，那又是另一个问题。文学读者本来不过是文学生产过程中的一个环节，它能影响文学意义的发生，但不能控制作家的创作。一个作家的写作，他考虑的读者可以是目前的，也可以是未来的，可以是明确的，甚至是具体的，也可以是模糊的、不清晰的。读者对他的约束力是间接的，当然，在市场经济时代，那些专门为市场读者写作的作家，读者对他的影响非常明显，包括题材选择、主题模式乃至艺术技法都有一定的牵制作用。但这里的文学读者却变成了“人民的要求”，在政治主宰文学的时代，读者的需求成为人民的要求，它对作家的潜在控制也是决定性的。有了人民的要求，文艺就“必须高度地反映我们伟大的现实！而不是低级的反映，更不是缺少反映”，必须创作出“充分真实地、生动地反映我们的现实、思想性和艺术性都高强的优秀的作品”，不然，“人民对于我们的怠惰、敷衍了事、粗制滥造，以及公式化、概念化的作品”，就会表示“大大的不满”。[17]“人民的要求”也就等同于政治的要求。如果人民真正到了要求自己接受教育的地步，这个时候的“人民”就有了思想的主体性，也就不会被动地接受教育，实际上也就知道了该如何教育自己。如果始终停留于受教育，这也说明他们多数时候还处于一种思想的被动状态，没有能力和机会表达自己的真实需要。这时的“人民的要求”也就成了一种理论的假设和利益的替代。

作为文学读者的“人民”在没有意识到自己对于文学到底有什么需求的时候，或者是没有可能表达自己的要求的时候，他们只能按照传统习惯选择自己的文学阅读。事实也是这样。1962 年 12 月，中国作协创作研究室在河北进行一次“小说在农村”的调查，并写出了调查报告发表在《文艺报》上，文章一开篇就问：“我们的小说在农村普及的程度怎么样？还有哪些问题值得注意？”他们在调查中发现，具有强烈战斗性、鼓舞性的长篇小说如《红岩》受到了农村读者的普遍欢迎，“读《红岩》形成了高潮，成百册书，转眼便销售一空”。另外，《青春之歌》《林海雪原》，赵树理、孙犁的作品也受欢迎，鲁迅、巴金、老舍的小说“不乏读者”。得出的结论是“战斗性、鼓舞性，情节生动”，

“语言群众化”，人物形象有“生活气息”，艺术风格有古典小说特点的作品比较受农民喜欢。反之，“即使写得比较深刻，但由于写法上离群众的习惯较远，语言不够群众化，也会限制更多的农村读者接受”。另外，他们还喜欢古典小说，如《水浒传》《三国演义》《西游记》《聊斋志异》，“在书店中，常年陆续不断的供应，销售量也很大”，《杨家将》《施公案》《大八义》《小八义》也有很大的市场。调查还发现，传统曲艺对农民的文化生活有非常大的影响，经过报纸转载、流行媒体二次传播的文学作品也容易受到农村读者的欢迎。[18]

这份有着官方色彩的“调查”报告，有着调查者自身的目的和意图。在不怀疑调查真实性的基础上，我们也可以从中看出一些问题的端倪来。《红岩》在1961年12月第一次出版，一年多时间就连续发行了500多万册，读者还在新华书店排着长队争相购买，创下当时长篇小说发行量的最高纪录。当然，发行量大并不等于一部文学作品就有价值，更不能借此判断它就是经典作品，但说明了在政治与文学一体化的时代，发行量大的确实现了文学满足了广大人民群众的需要。另外，从农民喜爱的作品里可以看出，老百姓依然生活在一个传统的文学世界里，无论是他们的欣赏方式，还是欣赏类型，都是传统的延续。实际上，对新旧文艺在人民群众中影响的大小和接受程度，周扬有过实事求是的估计，他认为：“今天人民解放了，但绝大部分还是生活在封建文艺中，在这一点上，人民的精神上还是没有解放”，“广大人民缺乏文化，或是只有封建旧文化。他们还没有机会享受新的文化生活，我们还是要‘雪中送炭’。不要看到这儿上演《莫斯科性格》，那儿上演《战斗中成长》，就以为自己新文艺的力量很大了，那是错觉。我这并不是长旧文艺威风而灭新文艺的志气，这是冷静的估计。”[19] 真正要使新文艺成为广大人民群众的接受对象，而不是思想教育的武器，让人民成为真正的文学读者，首先就应该尊重他们的爱好和选择，承认阅读兴趣的多样性和差异性，充分调动并激活他们的阅读欲望。

应该说，当代文学注意到了这个问题的存在。周扬就有过这样的认识：“人民的需要是多方面的。这一部分人民与那一部分人民，这一时候与那一时候，需要都是不同的。斗争高涨的时候，人民需要战斗性、政治性强的东西鼓舞自己，有时他们又需要一些娱乐节目，既能娱乐娱乐，又能教育自己。"[5]366 他还举例说，他与刘白羽都反对政治上有害的作品，但却喜爱不同形式的作品。这肯定是一句掏心窝的话，有留学背景，对西方文学尤其是俄罗斯文学情有独钟的周扬，自然与有革命经历的刘白羽在文学感受和理解上有很大的不同。他曾主张让新旧文艺实行竞争和比赛，让群众去做选择："新旧文艺两种货色摆在前面，群众要比较的，要选择的。新旧文艺的斗争是关涉到广大群众的思想，爱好，习惯的问题，因此就不能采取简单行政办法解决问题。我们发展新文艺，并提高它的质量，使新文艺在量和质两方面都胜过旧的文艺，经过竞争最后完全代替旧文艺，只有这样才是唯一正确的办法。新文艺是新中国统治的文艺，但它现在还没有充分实现与发挥这种统治的作用，这就是说，它在广大的人民中间，在与旧文艺的竞争中，还没有取得事实上的优势，这是一个十分严重的问题。新文艺，第一没有普及，第二普及了，若不跟着提高，叫群众老是看《兄妹开荒》，群众要厌倦的，旧文艺就会卷土重来。"[19]264 周扬这里主要强调的是文艺普及的问题，显然他对新文艺有一种焦虑，他承认文艺关涉到人的思想、爱好和习惯，"思想"有独立性，"爱好"也有个人的差异，"习惯"是长期形成的，这无形之中也承认了文学读者的个体性和主体性。

政治构想的"人民需要"却与真实读者的文学阅读存在一定的差异性。"人民要求既有充实政治内容，又有适当艺术形式的作品，思想性和艺术性统一的作品。这样的作品的形式又必须是大众化的。"[20] 这从理论上虚构了一种理想化的读者，确立了统一的阅读需求心理，否认了不同读者群、不同阅读需求存在的合理性和正当性。周扬又说："作为一个革命者，有责任对群众进行宣传教育，传播社会主义思想。但是从人民角度来看，喜欢哪些，不喜欢哪些，只能由人民自己决定。我们应该充分尊重人民的需要，尊重人民的爱好，而不能强加于人民。人民是最好的裁判员，他们没有宗派主义，好的东西一定会被他们接受。"[5]366 这里的"人民"就有矛盾和痛苦，既要被动地接受文学的宣传和教育，又要有自己的"喜欢"和裁判权。于是，在理想读者与现实读者之间，就会留下一定的矛盾和遗憾，最后受责难的又总是文学本身。"无可讳言，我们的文学艺术事业同整个人民和国家的事业相比，同人民的需要相比，是远远地落后了"，"新的文学艺术创作还是贫弱的。群众感觉新的文学艺术作品太少”。[8]239

那么，当代文学的真实读者又是如何参与文学生产的呢？应该说，当代文学培养并形成了自己的读者群，文学读者也有自己的表达方式。“由于群众在政治上、思想上和文化上成长了，群众对文艺经常提出批评意见。群众批评，这是文艺领域内的一个新的现象，一个值得十分重视、拍掌欢迎的现象。”[2]138 这里说的“群众批评”就是当代文学读者参与文学的一种方式，在《文艺报》《人民文学》等文学刊物上都刊载有大量的“读者来信”，甚至也有读者直接写批评文章，对某个作品发表意见。《青春之歌》出版后，出身工人的郭开就对《青春之歌》进行批评和责难[21]。另外，文学刊物和书籍的发行量也能从一个侧面证明文学读者的存在。如同茅盾所说：“我们的文学日益广泛地取得了工农兵群众的关怀和支持，文学普及的范围更扩大了。文艺成为他们生活中重要的思想武器。文学书籍的发行数量达到解放前的十倍到二十倍。”“过去和文艺作品没有接触或很少接触的劳动人民今天已成为文艺的基本读者和观众了。广大读者不仅热情地关怀和支持作家的创作活动，并且认真地监督了我们的文学活动。来自读者的意见不但很快，而且非常热烈和尖锐。我们的作家和各个文学刊物的编辑部经常收到大量的来信，对于作品提出了宝贵的意见。工厂、部队、机关、学校的读者，用座谈的方式讨论一部作品的情形，已经愈来愈多。”“群众还经常提出意见，要求我们给他们怎样的作品”。[22] 我相信茅盾所说的是真实的情况，无论是发行渠道，还是发行方式都有助于文学的流通和消费，在生产资料被完全统一的背景下，当代文学很容易实现与读者的交流。作家与读者的关系比以前变得更加直接而方便，只不过，在流通媒介和渠道被完全统制以后，文学读者的选择性反而变小了，他的审美趣味和阅读心理也变得一致和简单。有怎样的阅读就会有怎样的写作，在秩序中阅读也必然会产生阅读秩序，什么能被阅读，什么不能阅读，一目了然。阅读秩序的形成也自然会影响到创作的动力机制。

茅盾认为当代文学“读者”主要有三个方面——作家、读者和批评家（包括领导）。他们三个方面的“共同努力、共同配合”，推动了文学的发展。[23] 三种身份的读者参与了当代文学的生产，有着双重身份的作者和文学批评者是非常特殊的读者，数量相对较少，如果仅仅依靠他们肯定不能适应社会主义的文学生产。真实的文学读者被看作是接受教育者，公共阅读不断挤压着私人阅读，文学领导、管理者和文学批评者的评价与阅读还代替了个人阅读，他们对作家和作品的看法常常成为普通读者的指导意见，他们说好就好，说是毒草就是毒草，即使一般读者在阅读过程中有了自己的爱好和感受，也会被压抑、被否定乃至被批判。比如，在 20 世纪 50 年代处理反动、淫秽和荒诞图书的过程中，由于标准的过于模糊和意识形态的严密防范，而把部分通俗作品，包括言情小说划在了查禁之列，这就限制了通俗小说的创作。一般的大众读者对通俗作品的喜爱无法得到认同，实际上就忽略了社会读者的真实愿望和阅读期待。即使在现代文学史上深受读者喜爱的张恨水也要重新获取创作的通行证，“张恨水的言情小说算不算黄色书刊?”这本来不是一个问题却成了问题，需要重新回答[24]。1949 年以前就已经出了 27 版的《啼笑因缘》在中华人民共和国成立后虽得以再版，但却没有一篇评论谈到它。是没有读者呢，还是不敢或不愿发表评论？估计主要原因还是后者。1957 年，通俗文艺出版社邀请张恨水、张友鸾、陈慎言、王亚平、苗培时等通俗文学作者举行了座谈会，发出了“通俗文艺作家的呼声”，认为通俗文艺和作者在社会上备受歧视，“瞧不起通俗文艺”，通俗作者被看作是“旧文人”，一提到通俗文艺，就是“概念化、公式化、粗制滥造”，使通俗作者和创作不得不在“棍棒下讨生活”，一些通俗作家也不敢动笔，他们感到“这样下去，通俗的东西怕要绝种了”。但“广大的人民，却是很欢迎章回小说，喜欢通俗文艺的，它的销量远超过新文艺书籍”。于是，通俗文艺作者发出了这样的疑问:“今天为什么我们不拿这种为群众喜闻乐见的东西给群众呢?”[25]

如果不尊重文学读者的真实感受，文学阅读就不成其为文学欣赏，没有了文学感受的阅读，就会成为政治教育手段。在无法得到社会读者的真实而多样的反馈信息的前提下，文学作者的审美感受也会日益趋向粗糙和麻木，没有了创作的激情，也就失去了丰富的想象，自然也就没有了伟大的作品。文学读物的统一，文学感受的一致，或者是单一和粗糙，直至麻木和僵化，最后必然带来文学创作的趋同化和概念化，也必然会出现文学意义的循环、等质和一体化。文学阅读没有起到促进文学创新的作用，而是促使文学生产走向了规范和统一。

在文学的生产、流通与消费过程中，文学消费是文学作品实现社会价值的最后阶段，它制约着文学的生产和传播，生产着生产者的意愿。生产生产出消费，消费消费着生产，消费制约着生产模式和生产理念。文学是审美意识形态的生产，它也要受到社会意识形态的制约和支配，同时，文学又生产着社会意识形态。但是，在当代文学的生产体系之中，作为意识形态的文学生产，它自身的审美意识形态却处在一种被压制的状态，受到了社会意识形态的强力制约和规范。尽管要求“文学家、艺术家所创造的一切优秀的艺术作品都迅速地为广大群众所接受，成为他们共同的精神食粮”，满足“人民的政治觉悟和劳动热忱的提高及其新的品质的生长”[8]235，文学也产生了相当的社会效益，但它并没有形成自己的审美意识形态。“政治觉悟”和“劳动热忱”都是政治意识形态，“新的品质”包含哪些内涵？也不得而知，但肯定离不开社会的政治利益。当代文学读者不可能创造和拥有自己的审美意识形态，也无法提供新的思想观念和思维方式，自然也就无法对文学的生产活动产生应该产生的巨大影响。虽然在理论上，文学的读者——人民群众被置于一个有决定权的位置上，但在文学的实际接受过程中，它却处于被给予和被利用的状态，成为一种想象性的文学力量。

参考文献：

[1]哈耶克. 通往奴役之路[M]. 王明毅，冯兴元，马雪芹，等译. 北京：中国社会科学出版社，1997.

[2]周扬. 整顿文艺思想，改进领导工作——一九五一年十一月二十四日在北京文艺界整风学习动员大会上的讲演[M]//周扬. 周扬文集：第 2 卷. 北京：人民文学出版社，1985.

[3]周扬. 建立中国自己的马克思主义的文艺理论和批评[M]//周扬. 周扬文集：第 3 卷. 北京：人民文学出版社，1990：31.

[4]周扬. 在中国共产党第一次全国宣传工作会议上的报告[M]//周扬. 周扬文集：第 2 卷. 北京：人民文学出版社，1985：66.

[5]周扬. 与日本作家的谈话[M]//周扬. 周扬文集：第 3 卷，北京：人民文学出版社，1990.

[6]周扬.在中国共产党第二次全国宣传工作会议上的发言[M]//周扬.周扬文集:第 2 卷.北京:人民文学出版社,1985.

[7]周扬.在全国第一届电影剧作会议上关于学习社会主义现实主义问题的报告[M]//周扬.周扬文集:第 2 卷.北京:人民文学出版社,1985.

[8]周扬.为创造更多的优秀的文学艺术作品而奋斗——一九五三年九月二十四日在中国文学艺术工作者第二次代表大会上的报告[M]//周扬.周扬文集:第 2 卷.北京:人民文学出版社,1985.

[9]周扬.关于普及和提高问题[M]//周扬.周扬文集:第 3 卷.北京:人民文学出版社,1990:144.

[10]周扬.关于电影《鲁迅传》的谈话[M]//周扬.周扬文集:第 3 卷.北京:人民文学出版社,1990:286.

[11]姚斯.接受美学与接受理论[M].沈阳:辽宁人民出版社,1987:19.

[12]杨犁.争取小市民层的读者[J].文艺报,1949(1).

[13]周扬.文艺创作和艺术表演[M]//周扬.周扬文集:第 3 卷.北京:人民文学出版社,1990:109.

[14]周恩来.当前财经形势和新中国经济的几种关系[G]//中共中央文献研究室.建国以来重要文献选编:第 1 册.北京:中央文献出版社,1992:84.

[15]周恩来.人民政协共同纲领草案的特点[G]//中共中央文献研究室.建国以来重要文献选编:第 1 册.北京:中央文献出版社,1992:17.

[16]周扬.对编写《文学概论》的意见[M]//周扬.周扬文集:第 3 卷.北京:人民文学出版社,1990:265.

[17]冯雪峰.克服文艺的落后现象,高度地反映伟大的现实[M]//冯雪峰.冯雪峰论文集:下册.北京:人民文学出版社,1981:4.

[18]中国作家协会创作研究室.记一次“关于小说在农村”的调查[J].文艺报,1963(2).

[19]周扬.文艺思想问题[M]//周扬文集:第 2 卷.北京:人民文学出版社,1985:263—264.

[20]周扬.毛泽东同志《在延安文艺座谈会上的讲话》发表十周年[M]//周扬.周扬文集:第 2 卷.北京:人民文学出版社,1985:152.

[21]郭开.略谈对林道静的描写中的缺点——评杨沫的小说《青春之歌》[J].中国青年,1959(2).

[22]茅盾.新的现实和新的任务[M]//茅盾.茅盾文艺评论集(上).北京:文化艺术出版社,1981:86.

[23]茅盾.五个问题——一九六一年八月三十日在一次座谈会上的讲话[M]//茅盾.茅盾文艺评论集(下).北京:文化艺术出版社,1981:502.

[24]李兴华.评张恨水的《啼笑因缘》[J].文艺学习,1956(2).

[25]木杲.通俗文艺作家的呼声[J].文艺报,1957(10).

作者简介:王本朝(1965—),男,重庆梁平人,西南大学文学院,教授,文学博士,主要研究中国现当代文学和美学。

原文出处:《西南大学学报》(社会科学版)2007 年第 1 期。

转　　载:人大复印资料《现当代文学文摘卡》2007 年 2 期论点摘要。

兴即呼：对中国传统诗学一个基本概念的再认识

陆正兰

摘　要：兴是中国传统诗学的一个重要概念，历代受到学者重视，但对有关兴的许多问题至今争论未休。兴本是一种歌词文体特征，将其还原到古今歌词创作的实践中加以考察，会解决很多争论问题。歌词的基本结构是呼应，而兴是呼的一种方式，呼的目的是召唤歌词下文做出应和。既然兴是呼唤后文，其位置必定在歌词开首，它可以“谐音”“写景”“点曲”等各种理由出现，不必与“比”合一。

一、兴与呼

兴是中国传统诗学的一个重要概念，也是《诗经》的一个明显的形式特征，历来受到学者重视，但究竟兴是什么，自东汉起争讼未休。本文把兴视为自《诗经》一直延续到当代中国歌词的一个重要风格特征，提出歌词的基本结构是呼应，而兴是呼的一种方式。

呼应结构是由歌的基本传达方式（我唱你应）决定的，歌的起源，就伏下了呼应的基本态势。《淮南子·道应训》：“今夫举大木者，前呼‘邪许’，后亦应之，此举重劝力之歌也。”这种最原始最明显的呼应，即使在当代社会，歌词艺术发展得很成熟，歌词结构相对复杂，呼应出现了各种变体后，依然存在。传唱目的不变，歌的呼应结构就不会改变。如中国最早的一行式情歌《吕氏春秋·音初篇》所记《候人歌》：“候人兮猗。”又如《隋书·地理志》所记一行歌：“何由得渡湖？”爱尔兰当代女歌手奥康纳（Sinead O’Connor）的歌

“Thank you for loving me”，同句反复四次成段。这些歌曲，虽然在歌词中悬置了文本的内部呼应结构，却在外部情感上，依然有呼应的要求。

从词义上说，兴的甲骨文原形是四手托物，刘勰《文心雕龙·比兴》中写道：“兴者，起也。”托以待接取，起而待后文承接，钱锺书说兴为“功同跳板”[1]128。兴的确是一种待应之呼。

从歌词文体学上来说，呼应方式多种多样，变化多端。在现当代歌词中，常见的有问答式（如《花儿为什么这样红》）、召唤式（如《义勇军进行曲》）、排比式（如《爱的奉献》）、由景入情式（如《太行山上》）、叙事式（如《香水有毒》）、悬疑式（如《在希望的田野上》）等等，本文无法就此一一详谈。就当代词人晓光《在希望的田野上》举例，它的呼应方式，就接近中国歌词传统的兴。

我们的家乡在希望的田野上
炊烟在新建的住房上飘荡
……
一片冬麦（那个）一片高粱
十里（哟）荷塘十里果香

首句虽然是陈述句，并没有提出疑问，却是个抽象形容词暗含比喻（田野如希望），这样就出现了一个语意悬念作为呼唤：为什么田野是“希望的”？下面的歌词提出三重解释来应答这个呼唤：因为有炊烟，有冬麦高粱，有荷塘果香，由此语意悬念被实的形象所应答。我们可以看到，这首歌词并非仿民歌。现代仿民歌，兴呼更为明显。例如乔羽为电影《我们村里的年轻人》作的两首插曲：“杏花村里开杏花，儿女正当好年华”；“樱桃好吃树难栽，不下功夫花不开。”兴句成了这些歌曲的风格化标记。相比而言，《在希望的田野上》歌词的起句，在现代歌词中非常自然，但若不注意，我们就不会觉察这个起句符合兴的一系列特点。可见兴已经成了中国歌词艺术的内在特征，正如散文与小说必有起承转合，无呼应的歌词很难想象，而呼的目的，是召出下文做出应和。

二、兴是歌词的一个文体特征

风、赋、比、兴、雅、颂,《周礼·大师》称作“六诗”,《毛诗大序》称作“六义”,顺序相同,或许是互相袭用,二者孰先孰后已不可考。顾颉刚认为这种说法是汉初经师所定[2]677,颇为成理,它离《诗经》之成文已有六百年之遥。汉时《诗经》是否还在唱,已无记录。汉代与魏晋六朝学者讨论《诗经》,并不认为他们讨论的是歌词,郑众、郑玄、刘勰把《诗经》当作典籍,既然“六经皆史”,他们用《左传》一一对应解《诗经》,处处有讽喻美刺。而孔子却很明白他在讨论歌词,他提到《诗》时,两次用了兴字。《论语·泰伯》说:“兴于诗,立于礼,成于乐。”《论语·阳货》说:“诗可以兴,可以观,可以群,可以怨。”这两处兴,与赋比兴之兴,不是同一个意义,但孔子的话却足以使兴在六义中得到特别重视。偏偏六义中兴最为说不清:风、雅、颂常被认为是文体内容之别,近人认为是《诗经》中按乐调的编排方式,如顾颉刚就说:“我始终以为《诗》的分为《风》《雅》《颂》是声音上的关系,态度上的关系,而不是意义上的关系。”[2]590 赋与比也容易理解,古今论者的解释也只是用词略变,大同小异;兴却成了至今论者争讼不已的难题,以至于刘大白对两千年讨论的总结是比较费解[3]3;何定生的总结更加苦恼:“对于诗的起兴,自来都可以说不尝会说错,却是一应用就错,所以也可以说没有人说得不错。”[4] 至今学界关于兴的论说更多,有的体系庞大,哲理深奥,却都未摆脱当年何定生挑明的困境:每人都言之成理,自成一说,具体一用却难圆其说。欧美汉学家也加入了关于兴的争论。“兴”的英文译法多达十几种,几乎每个论者都提出了一个新译名。叶嘉莹认为:“英文的批评术语中,根本就找不到一个相当的字可以翻译。”[5] 有的汉学家就干脆用拉丁字母拼音 Hsing 或 Xing,表示这是中国特有的概念。

对此久悬未决的争论,本文强调兴本是一种歌词的文体特征,应将其放在古今歌词创作的实践中考察。钱锺书很早在《管锥编》中就点明难题的关键:兴之所以造成论者困惑,是因为他们没有注意到兴不是出现于一般的诗篇中,而是“歌诗之理”[1]127,“作诗者乃词人”[1]126。

的确,兴集中出现在歌词中,在歌词中又多见于民歌或歌谣。而且,兴基本上是中国歌词绵延至今的一个传统，因此，本文把兴当作中国歌词文体的一个特征，而不在诗歌研究的大范围中讨论，只有这样，才能说清兴究竟是什么。

三、兴的几个基本形式特征

汉初以来讨论兴的学者极多，但连兴最基本的形式条件，都没有取得一致意见。一旦把兴看作只是歌词的形式特征，就很容易确定兴的形式要求。

首先，兴的位置必在整首歌词或章节的开头。

朱熹《诗集传·关雎》中指出："兴者，先言他物以引起所咏之词也。"刘大白说："简单地讲，兴就是起一个头。"[3]3 兴的这个最直观的特征，不应有争议，但古今都有学者认为兴可以在任何位置。王季思认为："杜甫的'无边落木萧萧下，不尽长江滚滚来'，便是篇中之兴。李白的'相思黄叶绿(落)，白露点苍苔'，李长吉的'今日菖蒲花，明朝枫树老'，便是篇末之兴。"[6]冯浩菲也细说《诗经》中有"章中兴""章末兴"。这些例证，是否都为兴呢？比如，冯浩菲的例证，《卫风·氓》末章："及尔偕老，老使我怨。淇则有岸，隰则有泮。总角之宴，言笑晏晏。信誓旦旦，不思其反。反是不思，亦已焉哉！"其中"淇则有岸，隰则有泮"，在文中就是一个比喻，不能算兴。王力坚认为《王风·君子于役》中间"鸡栖于埘"三句为中间兴，那明显是写景。冯浩菲举"章末兴"例：《小雅·正月》三章："忧心惸惸，念我无禄。民之无辜，并其臣仆。哀我人斯，于何从禄。瞻乌爰止，于谁之屋。"最后这个形象句，是隐喻，不是兴。冯浩菲还提出了一个"前后兴"说，例证为《周南·汉广》首章："南有乔木，不可休息。汉有游女，不可求思。汉之广矣，不可泳思；江之永矣，不可方思。"后面四句，样式的确雷同首二句，导致冯浩菲认为都是兴。《周南·汉广》前二句是兴，后四句不是兴，即便句式语义相类，皆涵兴意。

可以说，确定兴句，位置是决定性的。既然是歌，文本展开就有个时间向度：必定是前呼后应，不可能是前应后呼。不在章首，就不能称为兴。唯一可以勉强说是"章中兴"的是歌隔成小段，分别起兴，比如《鲁颂·有駜》首章："有駜有駜，駜彼乘黄。夙夜在公，在公明明。振振鹭，鹭于下。鼓咽咽，醉言舞。于胥乐兮！"一二句与五六句都是兴。这是因为一节歌隔成了二小段，每个兴呼分别得到应和。这就有点像陕北民歌《信天游》，二句一段，连续起兴，连续应和。再例如当代歌曲《三毛》："那个叫三毛的女孩她从远方来/ 飘飘扬扬的长发带着淡淡的悲哀/ 那个叫三毛的女孩她从远方来/ 画出温柔的夜晚还有沙漠和大海// 风悠悠地吹耶浪轻轻地拍/ 她说家里太寂寞/独自走出来。"其中的兴句"风悠悠地吹耶浪轻轻地拍"，看似在诗中，但从音乐结构来分析，它却是另一段音乐扩展部的起头。所以，兴必在诗节之首，这个形式原则，不应当成为问题。尤其将诗放入音乐结构中来分析，兴的起首位置，就非常鲜明地被标记出来。

第二，兴只有一句两句。

顾镇说："诗之取兴全以发端两言为主。"《诗经》中的兴一般是一句两句，偶尔有长于两句的。《诗经》中有两个兴相连，一正一反，就变成了四句兴[7]，例如《小雅・沔水》首章："沔彼流水，朝宗于海。鴥彼飞隼，载飞载止。嗟我兄弟，邦人诸友。莫肯念乱，谁无父母。"此章八句中，前四行为兴呼，后四行为应词。但这样的例子不是很多，大部分"起兴"只有一句两句。

不少学者认为可有"全篇兴"。清人郝敬举《黍离》《清庙》《绿衣》《闷宫》为例，说："本直赋其事，而托黍稷、衣服、宫室，亦即是比，臣子忠孝诚敬之情即是兴。"[8]今人冯浩菲也依然坚持有"全篇兴"，举例《小雅・鹤鸣》二章各九句，《大雅・卷阿》全章六句，全部是兴，他实际上是把讽喻全部当作兴。全篇皆兴，歌词就有呼无应，兴也就不成为兴。

当代汉语歌词风格变化多端，有时见到相当长的兴呼，张藜《山不转水转》，共分三节，第一节长达八句，可以说全部是兴，后二节应之，三节合成一首歌。这样的"长兴"歌，哪怕在现代歌词中也不多见，张藜这首歌的歌词风格相当别致。

兴是歌词"呼"的方式，呼而求应，只能是章首几句，否则应词的位置和篇幅就会难以安放。

四、兴呼与应词的关联方式

兴作为特殊的呼，与下面的应词有语义上的关联。我认为大致可以有五个关联方式，这五种方式又可以分成二组：一组是不相关，包括语音兴呼、触物兴呼；一组是相关，包括写景兴呼、比喻兴呼；此外还有曲式兴呼，介于二者之间，既可有关联，亦可无关联。后世歌词中的兴大致依循这五种方式。

首先，兴与歌的“正文”是否应当相关？自汉以来，大部分学者主相关论，因《诗经》被尊崇为典籍，典籍不能词句不相关。朱熹开始主张无关，现代古史辨派更主无关论，但当代中国学者很多人反对古史辨派的立场，又用各种方法恢复相关论。

关于兴的讨论之所以纠缠不清，一方面是典籍文字过于简略，主张“微言大义”的经学家可以任意附会。更重要的原因是讨论者经常不加分类：不同的兴有不同的呼应方式，要统一各种兴与某一个定义（例如刘勰“比兴”论，或朱熹“绝不相干”论）就会削足适履。钟敬文断然建议把“兴诗”分为两种：一是只借物以起兴，和后面的歌意不相关的，为“纯兴诗”；二是借物起兴、隐约中兼暗示其后面歌意的，为“兴而带有比意的诗”[9]。也就是说，兴有相关联与不相关联两大类。钟敬文意见是对的，但是相关与否不仅在“比”。要做此类考察，最好的办法是看今日的民歌。顾颉刚说，他开头弄不明白兴，“数年后，我辑集了些歌谣，忽然在无意中悟出兴诗的意义”[2]674。而其悟就是苏州唱本中的两句词：“山歌好唱起头难，起仔头来便不难。”兴与下文完全无须关联。钱锺书论兴时嘲笑“经生解诗”，而取窗外庭院中“儿歌市唱”。从绝对不可能“微言大义”的当代歌谣回过头来看《诗经》，摆脱经学家的纠缠，方可见出真相。

五、语音兴呼

第一种兴呼与应词的关系是语音兴呼：靠语音（音韵、节奏等）做出呼唤以求应和。语音应和，是兴呼最起码的要求，下面论述到的其他关联方式，也都是以兴呼做语音上的铺垫。

最早的《诗经》学家已经觉察到这个问题。郑樵说：“诗之本在声，而声之本在兴。”[10]也就是说：兴之谓兴，主要在声音。虽然坚持这种说法的《诗经》学家不是多数，因为这样有可能使兴简单化，但依然有不少现代学者大为赞赏并加重申。顾颉刚说到“关关雎鸠，在河之洲”，“它最重要的意义，只在'洲'与下文'逑'的协韵"。朱自清基本同意这个看法:"'起兴'的句子与下文常是意义不相属,即是(使)没有论理的联系,却在音韵上(韵脚上)相关连着。"[11]朱自清精确地用了"常是"二字,表示不一定如此,因为还有意义"关连"的可能。的确,"音韵上相关连"是任何兴以呼求应的必然条件,而不一定是所有条件。钱锺书引阎若璩《潜邱札记》解《采苓》首章以"采苓采苓"起兴,下章以"采苦采苦"起兴,"乃'韵换而无意义,但取音相谐'"[1]127。另采一物,只为换韵,与应词内容无关。钱锺书又把这个原则用于《诗经》后的歌谣中,汉《铙歌》"上邪!我欲与君相知,长命无绝衰",一般解作指天为誓的"天也",而钱锺书认为是"有声无意"的发端兴呼。

这种语音兴呼传统在现代歌谣中依然存在,比如彝族民歌《妹家大门开朝坡》:"哩是哩来罗是罗,妹家大门开朝坡;有心郎来才找妹,不怕别人是非多。"编者注首句:"这句是衬词,无实意。"[12]102 再如陕北民歌《蓝花花》:"青线线哩格,蓝线线,蓝格英英格采,生个蓝花花实在个爱死人。"兴与应语音配合的不是脚韵,而是关键词韵"采"与"爱"。钱锺书认为儿歌的起首"一二一"之类,是兴。[1]128 依此类推,以音乐唱名"哆来咪"或其他"类语言"开头的歌,也是语音兴呼。另外,钟敬文还指出过双关语兴,他从他自己编集的《客音情歌》中举了一例:"门前河水浪飘飘,阿哥戒赌唔戒嫖。"[9]682 现代民歌也有"太阳落坡又不落,小妹有话又不说;有话没话说两句,莫叫小哥老等着。"实际上,双关语起句是一种谐音的语音兴呼。

六、触物兴呼

"触物"是《诗经》中一种特殊的兴:信手随机抓到眼前事物,任意引起后文应词。钱锺书引李仲蒙语:"触物以起情,谓为兴。"钱先生赞扬其中"触物"二字用得好,把问题说得简洁而清楚:"'触物'似无心凑合,信手拈起,复随手放下,与后文附丽而不衔接。"[1]126 郑樵认为《诗经》第一首《关雎》就是这类兴呼:"'关关雎鸠'……是作诗者一时之兴,所见在是,不谋而感于心也。凡兴者,所见在此,所得在彼,不可以事类推,不可以理义求也。"[10]刘大白说:"把看到听到嗅到尝到碰到想到的事物借来起一个头。这个起头,也许合(和)下文似乎有关系,也许完全没有关系。"[3]4 如果我们能断定其中

“完全没有关系”的，那就是“触物兴呼”了。

触物兴呼让论者大感困惑，无法说清。形象与后文有无关联，是诠释者的任务，而诠释者各有所见，说有关联，似乎也难以反驳。尤其是从汉代起经学家解《诗经》，一首首都有历史背景，一个个都是政治讽喻，这样就没有“触物”可言了。陆玑《毛诗草木鸟兽虫鱼疏》统计，《诗经》中用于比兴的有草木100多种，虫鱼40余种，兽类20余种。这种“语言兴奋”后人已难以体会。朱自清说“初民心理简单，不重思想的联系，而重感觉的联系”[11]684。“感觉”，即是没有语义关联可言。初民的触物起兴这种手法，一直延续到当代。刘禹锡《竹枝词》“杨柳青青江水平，闻郎江上踏歌声。东边日出西边雨，道是无晴却有晴”，当代民歌“石榴开花叶叶青，郎将真心换姐心”[12]141，都是首句与后文不相干。

语音兴呼与触物兴呼，这两种“无关联‘兴’”，一直引起很大争议。朱熹主“全不取义”说，但是《诗集传》笺注《诗经》，几乎每个起兴都有深义，连“关关雎鸠”都是“纲教之首，天教之端”。所以钱锺书气愤地说解经家“鬑钻牛角尖乎？抑蚁穿九曲珠耶?”但是当代学者主张兴必有关联的人，依然不少。王季思反对主张无关联论的顾颉刚：“说兴只是随口开头，用以凑韵。却未免把兴说得太随便，也太无聊了。”[6]7 王力坚认为：“仅是协韵而无其他意义的话，这兴也未免太简单，太粗糙了。”此种争论，都是拒绝把《诗经》看作民间歌词引起的。钱锺书引徐渭的话说：“《诗》之‘兴’体，起句绝无意味，自古乐府亦已然。乐府盖取民俗之谣，正与古国风一类。……此真天机自动，触物发声，以启其下段欲写之情，默会亦自有妙处，决不可以意义说者。”认为徐渭这段“触物发声”之论，也完全是“深有得于歌诗之理”。

七、写景兴呼

写景兴呼虽然也是描写一物一景，与触物之不同处，在于这种兴起首写一个“环境”或“氛围”，作为景物呼唤，以待写情句来应，景与情之间是有关联的。四川民歌《太阳出来喜洋洋》：“太阳出来啰呵喜洋洋啰啰/挑起扁担郎郎扯光扯/上山岗啰咉呵。”首句与下文关系相当清楚：写景以待情生。云南民歌《小河淌水》“月亮出来亮汪汪，亮汪汪，想起我的阿哥在深山”，首句之兴，是写月景，正是应句思念之境。这类歌在现代歌词中也深得青睐。纪如璟《一江水》“风雨带走黑夜青草滴露水，大家一起来称赞生活多么美”，兴呼句与应词是景与情的关系。

历代《诗经》学中几乎没有人提到这种明显的“写景兴”。只有唐人《诗格》的十四体有“景物入诗”一体。但略一查，就可以发现，《诗经》中写景兴呼数量极大。《秦风·蒹葭》“蒹葭苍苍，白露为霜，所谓伊人，在水一方”，《邶风·谷风》“习习谷风，以阴以雨”，《齐风·鸡鸣》“虫飞薨薨，甘与子同梦。会且归矣，无庶予子憎”，这些歌中首句都不只是触物，而是描写了一个环境，以境呼情。同样，当代民歌中的《四季歌》《五哥放羊》之类，用季节、月份等作眉端之首的歌谣，季节提供了一个景物之呼，每个季节应词不同，实际上也应当属于写景之兴。

八、兼比兴呼

“比兴”关系是中国文学史的老题目：兴既然是一个事物或景色的描写，自然能兼具作比喻。但《诗经》学者所争论的，不是兴能否兼比，而是兴是否必然兼比。

钱锺书《管锥编》在补订版中有一处增订：“孔安国《注》：‘兴、引譬连类’，刘宝楠《正义》：‘赋、比之义，皆包于兴，故夫子止言“兴”。’”强调说：“诗具‘兴’之功用者，其作法不必出于‘兴’。孔注、刘疏淆二为一。”[1]125 汉代经学已经混淆比兴，后世兴的概念越来越扩大，论者做出叫人如坠云雾的大文章。刘勰《文心雕龙》长篇论“比兴”，越论越乱，甚至以兴统领赋与比。郝敬《毛诗原解序》：“诗始于兴……兴者，诗之情。情动于中，发于言为赋……托于物为比。”这种混淆遗祸至今，近年教科书中，讲不清兴，就常以“比兴”这个双音词搪塞，避免谈“兴”这个难题，这就支持了“兴比兼比”之说。

应当说，这个问题不再有争论意义，许多兴明显并无比义，在兴中找比，经常很牵强。

九、曲式兴呼

兴呼有可能是点明曲谱，有可能直接是曲子的标题，也有可能是曲子程式的首句。此时与兴呼相应和的，是整首歌的音乐歌唱，不再是下文的词句。

朱熹关于兴的看法，眼光独特，但也被钱锺书挑出问题。《朱子语类》卷八："诗之兴，全无巴鼻。后人诗犹有此体，如：'青青陵上柏，磊磊涧中石；人生天地间，忽如远行客。'又如：'高山有崖，林木有枝；忧来无端，人莫之知。'"钱锺书认为朱熹这二例属于"触物起兴"，触物就不是纯用音节，纯用音节才是"全无巴鼻"。因此他认为朱熹此二例不当，在汉代诗中"全无巴鼻"的兴呼，应当举窦玄妻《怨歌》"茕茕白兔，东走西顾。衣不如新，人不如故。"或《焦仲卿妻》"孔雀东南飞，五里一徘徊。十三能织素……"为什么钱锺书认为朱熹道理说对了例子却引用出错？钱先生引项安世《项氏家说》："作诗者多用旧题而自述己意，如乐府家'饮马长城窟''日出东南隅'之类，非真有取于马与日也，特取其章句音节而为诗耳。"[1]126 这两首才是特取章句音节为诗。钱锺书说的"章句音节"就是所用乐曲的程式性起句。

钱锺书对朱熹的这个驳难，引出了兴呼的一个特殊变体：曲式兴呼。它介于语音兴呼与触物兴呼之间，既非取音，又非取物象，而是因某种曲调要求如此开头。究竟是否指曲调，取决于我们对音乐史的研究，而这方面远远不足。办法是看是否有多首存留至今的同类歌曲，均用相同的兴呼句开场。汉诗有多首以"青青河畔草"或"步出东门行"开场，很可能是曲式要求。早期词中也多有"忆江南"等"章句音节"开场，后来渐渐演变成词牌名。

曲式兴呼的作用非常类似乐曲的过门，是音乐上的准备，只是过门为曲呼待词应，曲式兴呼为词呼待曲应。

十、各式兴呼的混合使用

以上对兴呼的五种分类，其实并不难解。优秀的歌词家经常在这几种兴之间跳动选用。试看曹操的《短歌行》,其中有语音兴呼：

呦呦鹿鸣,食野之苹。我有嘉宾,鼓瑟吹笙。

有触物兴呼：

青青子衿,悠悠我心。但为君故,沉吟至今。

有写景兴呼：

明明如月,何时可掇?忧从中来,不可断绝。

有兼比兴呼：

山不厌高,海不厌深。周公吐哺,天下归心。

唯一没有找出的是曲式兴呼,这可能是因为我们已经不了解汉末乐府歌曲的程式:有可能开首的“对酒当歌,人生几何”是当时及时行乐劝酒歌的程式化开场,也有可能“呦呦鹿鸣”“青青子衿”引《诗经》兴句,也是导引音乐。这首乐府歌词驾轻就熟地用各种兴,似乎在嘲弄汉代经学关于兴的严肃讨论。清陈沆《诗比兴笺》一书,继承汉儒传统,把从汉乐府到晚唐诗作中的兴全部笺释成政治事件之美刺,对这首却态度不同,认为此诗“无烦笺释”[13]。齐梁之后,乐府诗变成徒诗,兴几乎消亡。作诗与作歌很不同,往往先有主旨,用心苦吟,呼应结构内化,不太会把首句抛出作为引呼。但此后每次的中国诗回到歌词,例如刘禹锡让《竹枝词》成为热门曲调时,兴又出现。唐宋词的兴起,也引来兴的潮流。清沈祥龙《论词随笔》指出:“词则比兴多于赋。”张惠言《词选》强调词以比兴寄托为特色,成为常州词派的理论根据。虽然清人解宋人词多穿凿,但宋词中的确多“兴”。甚至可以宽泛地理解说上阕常为兴呼,下阕多为应词。

兴归根结底是一种歌词的呼,应词是歌的主要意义所在,但是兴呼在形式上的多变，往往给人印象更为深刻。试看现代民歌用兴最多的《信天游》，其格局多是一句兴呼跟着一句应词：

一对对木鸽一对对鹅，一对对毛眼照哥哥。

二不流流山水滔河楞，难活不过人想人。

马里头挑马一搭手高，人里头挑人就数哥哥好。

石榴子开花看叶叶子黄，谁的娘教子女最贤良。

兴呼的各种类别——语音、触物、描景、兼比——交替出现，使呼句别有风致，呼句比应句更为生动，更让歌者费心，也更令闻者动容，这也是《诗经》的经久魅力之一。兴对歌词的重要性可见一斑。而兴作为中国歌词中经常出现的特殊的一种呼，是中国歌词艺术的一个重要民族特点。至今我们只找到很少国外歌曲类似兴的例子，在世界诗歌史上，其他民族的歌曲看来没有可比规模的“兴呼”形式传统。因此，歌词中的兴呼值得我国学界进一步深入研究。

参考文献：

[1]钱锺书. 管锥编：补订重排本. 第1册[M]. 北京：三联书店，2001.

[2]顾颉刚. 起兴[G]//顾颉刚. 古史辨：第3册. 上海：上海古籍出版社，1982.

[3]刘大白. 说毛诗[M]//刘大白. 白屋说诗. 北京：中国书店，1983.

[4]何定生. 关于诗的起兴[G]//顾颉刚. 古史辨：第3册. 上海：上海古籍出版社，1982：694.

[5]叶嘉莹. 中国古典诗歌中形象与情意之关系例说[G]//古代文学理论研究编委会. 古代文学理论研究：第6辑. 上海：上海古籍出版社，1982：43.

[6]王季思. 王季思文集[M]. 广州：中山大学出版社，2004：10.

[7]冯浩菲. 历代诗经论说述评[M]. 北京：中华书局，2003：91.

[8]郝敬.毛诗原解序[M]//郝敬.毛诗原解.北京:中华书局,1991:9-10.

[9]钟敬文.谈谈兴诗[G]//顾颉刚.古史辨:第3册.上海:上海古籍出版社,1982:681.

[10]郑樵.通志[M].北京:北京图书馆出版社,2006.

[11]朱自清.关于兴诗的意见[G]//顾颉刚.古史辨:第3册.上海:上海古籍出版社,1982:684.

[12]陈子艾,李耀宗,李绍尼等.民间情歌三百首[G].上海:上海文艺出版社,1981.

[13]陈沆.诗比兴笺[M].上海:上海古籍出版社,1981:36.

作者简介:陆正兰(1967—),女,江苏扬州人,西南大学中国新诗研究所,副教授,文学博士,主要研究中国现当代文学与音乐文学。

原文出处:《西南大学学报》(社会科学版)2008年第4期。

转　　载:1.《新华文摘》2008年23期论点摘要;2.《高等学校文科学术文摘》2008年5期卡片;3.人大复印资料《中国古代、近代文学研究》2008年11期全文转载。

论梁代诗人王筠

黄大宏

摘　要：王筠的文学创作活动与萧梁立国相始终，具有重要的文学史地位；作为昭明集团的重要成员，他的命运也随着梁代政治的变迁而时有起落。王筠在唱和诗创作中确立了同韵自和方式；在闺情题材方面与沈约、萧统的风格接近，具有语言清丽、音声婉转、风格柔婉细腻、长于经营末句的特点。其"一官一集"体是按任官顺序编定编年体系列文集的典范，开创了文集体例史上的一个重要类型。

梁代文学家、书法家王筠字德柔，一字元礼，小字养，法号慧炬，生于齐建元四年(482)，卒于大宝元年(550)侯景乱中。他从齐明帝建武四年(497)开始文学创作，秉承永明文学流风遗韵，驰骋文坛54年。王筠积极实践永明声律理论而得到沈约赏识，后来又深得昭明太子礼敬，其创作与萧梁立国相始终，经历了梁代文学的主要发展阶段；又与帝室、高门贵族、上层僧侣及众多文学家有复杂的姻戚与师友关系，同时作家罕有其例。了解王筠，对深化梁代文学及古典诗史研究具有重要的意义。

一、仕途人生与文学历程

王筠今存诗文仅67篇，创作背景和系年多不可考，但《梁书》有传，结合相关史料，能够大体了解他与梁代政治和文坛的依违关系。

自天监三年(504)起家，至普通元年(520)丁母忧去职，是王筠入仕后的第一个阶段。此前他已享有文学声誉，"幼警寤，七岁能属文。年十六，为

《芍药赋》,甚美"[1]卷33,王筠传,484。23岁释褐为中军临川王行参军,迁太子舍人,侍从幼年的昭明太子,踏上近30年的追随历程。天监六年(507),任南徐州刺史豫章王综主簿,参与神灭与神不灭的大论战;随着沈约迁尚书令、行太子少傅,又除尚书殿中郎,与之建立起密切的文学交往。此数年间,王筠在府、宫、朝之间不断迁转,关键即是文学。殿中郎用人首重文学,梁武帝曾指出:"此曹旧用文学,且居鹓行之首,宜详择其人。"[1]卷34,张缅传,491 但因职非清要,素为琅琊王氏所轻。王筠态度却很积极,传曰:"王氏过江以来,未有居郎署者,或劝逡巡不就。筠曰:'陆平原东南之秀,王文度独步江东,吾得比踪昔人,何所多恨。'乃欣然就职。"[1]卷33,王筠传,484 他引陆机、王坦之故事为受职依据,倾向于以文华著称的陆机,所谓"何所多恨"显示出他作为文人的价值取向。

天监九年(510)六月,吴均随建安王赴任江州时,王筠与萧子云为之送行,吴均作《酬萧新浦王洗马二首》以留别,时王筠已任太子洗马。洗马掌文翰,既需文学素养,也用以积累官资。王筠在10年中已迁至太子中舍人,掌东宫管记,地位不断攀升,本传云:"昭明太子爱文学士,常与筠及刘孝绰、陆倕、到洽、殷芸等游宴玄圃,太子独执筠袖,抚孝绰肩而言曰:'所谓左把浮丘袖,右拍洪崖肩。'其见重如此。筠又与殷芸以方雅见礼焉。"可见王筠在入侍东宫数年后,已成为昭明集团的中坚。更因文学追求的接近,尤得沈约激赏,时王筠为其郊居阁斋作有《草木十咏》,并受邀鉴赏《郊居赋》音律之妙,因表现突出,成为沈约眼中独步一时的晚来名家。随着王筠陪侍宫朝宴游活动的频繁,其文学才能也得到梁武帝的承认。天监十三年(514)十二月六日,释宝志卒于建康,武帝于十四年(515)八月将其葬于钟山独龙阜开善寺,并敕"王筠勒碑文于寺门"[2]卷41,时王筠已迁为中书郎。另外,王筠在天监十三年(514)至普通元年(520)十月间又曾以中书郎兼湘东王长史,绎府国郡事。此期累官至太子家令,复掌东宫管记,直到母亲亡故。16年间,王筠累佐强藩,侍从东宫,又自尚书至中书,在40岁前班升七阶,仕途平顺,虽居官不高,却职属清要,尤其在文学方面比较活跃。但在政治上与晋安王萧纲却始终未见关联,埋下了很大的隐患。

王筠仕途的第二个阶段以居丧复起始,至出守临海被讼落职终,历时10年。普通六年(525),王筠以吏部郎复职,约在大通初(527)迁太子中庶子,再入为昭明僚属，又相继领羽林监及步兵校尉，中大通二年(530)迁司徒左长史。就在此时，变故突降，三年(531)四月乙巳，昭明太子薨；五月庚寅葬安宁陵，诏王筠为哀策文；丙申立萧纲为太子，七月乙亥临轩策拜。政局的重大转折令王筠的人生随之发生变迁。王筠入侍东宫以来，主宾融洽，备受礼敬，故在昭明卒后，尚被敕撰哀策，也是他的代表作之一。萧纲继立，王筠自东宫出守临海，人生走入低谷，诗风在圆转流美的追求上流露出“穷而后工”之貌。王筠此前历事临川王宏、豫章王综、湘东王绎，但普通六年(526)豫章王叛魏，次年临川王薨；昭明卒时，湘东王年方弱冠，故当东宫易主时，王筠的政治基础已经崩溃。昭明逝后，萧纲排斥王筠的迹象甚为明显，如中大通后期完成于湘东王雍府的《法宝联璧》一书就与王筠无关，而参撰诸臣中不乏昭明旧属，且王筠尚是佛徒；其在中大通五、六年间还朝时，又因侵刻被劾。自大同元年(535)王筠二次复起至萧纲即位前，始终未能再入东宫。临海属扬州，至中大通三年(531)六月，扬州刺史仍是萧纲，王筠出至临海，显为萧纲之意，种种迹象都应是王筠与萧纲长期疏离隐患爆发的结果。但应指出，王筠存诗中仍有与萧衍、萧纲父子在中大通三年九月相与唱和的三首作品，将新主旧臣再次联系到一起的媒介仍是文学，只是与新太子集团之间的隔阂尚有待于消除。因此，他在《早出巡行瞩望山海》一诗中流露出飘零落寞的心理，五年(533)秋所作《和刘尚书》一诗仍惆怅不已，六年(534)中所作《答元金紫饷朱李》《摘园菊赠谢仆射举》尚具明显的干谒意味，在其诗中都很特别。

王筠在大同元年(535)二月二次复起，走过一段较为畅达的仕途之后，于侯景之乱中惨淡谢世。这最后的16年是王筠文学创作的成熟期，但连绵的战火将他的成就永远尘封在久逝的历史之中。王筠先复起为绍陵王纶长史，萧纶三年正月出任江州刺史，王筠方出府迁秘书监，随后历太府卿、度支尚书，数年间已渐近权力中枢。大同七年(541)，这一不断上扬的升迁之旅又遇到了一次挫折，萧介出任侍中，阻断了王筠的入相之路。至再徙为光禄大夫，复迁云骑将军、司徒左长史时，已至中大同元年(546)。太清三年(549)五月，萧纲即位；六月立长子宣城王大器为太子，以王筠为詹事。太子詹事为东宫职僚之首，任总宫、朝，是王筠一生居官的顶峰，依当时情势，虽有临危受命意味，亦只是备位而已。大宝元年(550)，有盗夜入其宅，王筠因惊惧坠井而卒，终年69岁。晚年的王筠完成了其100卷文集中的40卷，分别编成《太府》《尚书》二集；但《太府》10卷已不见于《隋志》，《尚书》30卷也仅存4篇诗文，其成熟期的文学成就遂不可复睹。

二、“一官一集”与诗文辑考

文集体例不仅是作品的编排方式，更是作家对文学创作的性质与过程的理解与记录方式。王筠对文学史的一大贡献，是确定了以仕历为断限，按任官顺序编定系列文集的体例，即“一官一集”体，依此编成的8部文集，包括《洗马》《中书》《中庶子》《吏部》《左佐》《临海》《太府》各10卷及《尚书》30卷。其意义是突破以文体类型为撰集标准的做法，在“一官一集换头衔”[3]的架构下，以任官的时空线索编集作品，在一集之中及各集之间建构起作家的创作编年史，使文集成为一生居官为文之迹的记录，这是文集体例史的创新。

文集编集体例起于梁代。《四库全书总目》卷一四八别集类叙称：“集始于东汉。……其区分部帙，则江淹有前集，有后集；梁武帝有诗赋集，有文集，有别集；梁元帝有集，有小集；谢朓有集，有逸集；与王筠之一官一集；沈约之正集百卷，又别选《集略》三十卷者，其体例均始于齐梁，盖集之盛，自是始也。”上举诸集除王筠外，以文体类型为主要编撰方式，或为全集与选集，或为后人补辑，多无编年特征。只有江淹前、后集是各录建元初以前与永明以后诗文而成，才有大致的时间区分。因此，王筠按“一官一集”原则编成的8种文集是一个更大的发展，它对创作历程的划分更细致，体现的变化更清晰，自觉意识更强烈，正如宋祁所云：“每官各为一集，独有王筠。由是而观之，其有意乎作者之事矣！”[4]王筠集更是一部梁代文学编年史，它的散佚不仅是王筠的损失，更是梁代文学研究的损失。“一官成一集，诗学源流正”[5]，这一创举引来历代追随，以对《临海集》的模仿最突出，用所经历或任官地名取代官名为命集之例，使文集的编年纪行特征更鲜明，“一官成一集，尽付古河头”[6]，一生行迹，开卷了然。如《浩然斋雅谈》卷上：“坡翁谓陈师仲曰：‘足下所至，诗但不择古、律，以日月次之，异日观之，便是行记。’”合于此体的，唐人有郑谷《云台编》《宜阳集》二种，《四库全书总目》集部二《云台编》提要称其“乃随时裒订，分帙各行者”；宋人仿效最夥，杨亿“所著《括苍》《武夷》

《颍阴》《韩城》《退居》《汝阳》《蓬山》《冠鳌》等集，《内外制》《刀笔》，共一百九十四卷”皆属此类[7]卷305；杨万里有《江湖集》《荆溪集》《西归集》《南海集》等9种，是仕途迁转记录与诗风变化之迹的结合，即“杨诚斋诗一官一集，每一集必一变”[8]。范成大也是一个显例，“初效王筠一官一集，后自裒次，为《石湖集》一百三十六卷”[9]，包括《骖鸾录》《桂海虞衡志》《吴船录》等，有“一官一集之传远，尚得垂身后之名”的称誉[10]。徐铉《骑省集》与苏辙《栾城集》《栾城后集》《栾城第三集》，以及陶弼《邕州小集》、陆游《剑南诗稿》、洪皓《鄱阳集》、董嗣杲《庐山集》与《英溪集》等皆属此类，沿至明清，足见文人对此体的钟爱。

王筠集至唐初已不完整。若不计目录，《隋志》著录5种48卷，无《吏部》《中庶子》《太府》3集。《旧唐志》增出《中庶子集》10卷，共6种61卷；入宋未见著录，当散失殆尽。至明代始有辑本，《诗纪》卷九六收诗41首，《梁文纪》卷十四收文8篇；《汉魏六朝一百三家集》卷九五《王詹事集》又另补文9篇，除误收《云阳记》外，共得57篇。《全梁诗》卷十与《全梁文》卷六五大体沿袭了这一格局，至逯钦立又略有突破，依据《初学记》和《韵补》得6首，收于《梁诗》卷二四。经考，《观海诗》乃王微佚作，《以服散枪赠殷钧》是吴均诗，故实得4首。笔者又辑得文2篇、诗1首及残诗4组，其中一组是对逯氏所辑的补充，即，(1)“非惟灭皇祠，将欲湮天祭。谁止戮玄差，于兹扫胡羯。”逯本据《韵补》卷四“五寘”部“题、迭、窃”3条补入3组12句，但同卷“羯”字下有此4句，俱同署，当属一诗。(2)“扁舟泛西池，冲波碧琉璃。”出《补注杜诗》卷二《渼陂行》“波涛万顷堆琉璃”句注。(3)“临风长想英猷，时复回首东望。”出上书卷六《白沙渡》“临风独回首”句注。(4)《野中吟》：“兰薰种而不茂，樗莸剪而还多。”出上书卷二二《恶树》“幽阴成颇杂，恶木剪还多”句注：“苏曰：王筠《野中吟》曰‘……’此明君子道消，小人道长也。”(5)《刘孝绰元广州景仲座见故姬》：“留故夫，不峙躇，别待春山上，相看采蘼芜。”出《玉台新咏》卷九，在王筠《行路难》及刘孝威《拟古应教》之间；因诗题前所加人名例指作者，故《诗纪》卷九七属之孝绰，注：“杂言，一作《代人咏见故姬》。”又见《百三家集》卷九六《刘孝绰集》。但《〈玉台新咏〉考异》说：“按：此诗语意不似孝绰自作。疑孝绰于元景仲座见故姬，而王筠嘲之。宋刻因题上有孝绰姓名，时代先后又适与王筠相接，遂误以为孝绰作，而目录别出一条耳。《诗纪》注

‘一作《代人咏见故姬》’,则又明人觉其未安而改之,然‘代’字仍未安也。”又曰:“留字未详。”案纪说是。此作当从古诗《上山采蘼芜》化出,原写故夫前妻相逢时的怨悔心理;王诗借此生发,实是以第三者口吻对孝绰故姬的戏谏,以嘲刘孝绰的尴尬。题中用“代”字,等于说乞求之意出自“故夫”,孝绰断不至于自取其辱,故觉“仍未安也”。原题未能点明嘲作之意,若在题前著一“嘲”字,似较妥当。(6)《习战备教》和《造立腾霄观教》,出《文馆词林》卷六九九。

王筠存文18篇,诗49首,仅当数卷规模。《〈王詹事集〉题词》曰:“隐侯遗文颇广,元礼则寥寥鲜存。……其文传不传,亦各有命也。”

三、诗艺特色与“能压强韵”

王筠一生经历未广,与社会下层很少接触,多少限制了视野,未能树立起独树一帜的个性化诗风,其个人特色恰恰与主流文学风气有关。其诗以应和酬唱为多,有五言20首、四言1首,重对偶,用典密,句式整饬,有板滞、堆砌之病。《古诗镜》卷二三评其《寓直中庶坊赠萧洗马》曰:“王筠下语方整如砌,绝少气韵流动,‘霜被守宫槐,风惊护门草’,此是小儿排语。”即指这类作品的不足。这与王筠以学识为诗的倾向有关,其“清静好学”,《自序》又讲到一生苦读并手抄经史子集的情况;且与王筠唱和者,主要是梁武帝、萧纲及士族名流,其诗难免有借隶事以炫博、因对偶以求工的特点,与沈约、任昉等人情形非常接近。但这类诗体现了王筠与永明文学的渊源,以及艺术技巧上的特点。

王筠在齐末开始创作,却与永明文学渊源深厚。祖父王僧虔与族叔王俭不长于文学,但对永明文学都有影响,特别是作为永明体奠基人的王融是他的从兄弟。王融母为谢惠宣女,王筠少时又与谢览、谢举兄弟交好。永明文坛宿将刘绘与王融是内亲,故王筠与刘孝绰兄弟也是世交兼同道;加之沈约对青年王筠的提携褒奖,都是造就王筠诗风的重要条件。沈约说“自谢朓诸贤零落已后,平生意好,殆将都绝,不谓疲暮,复逢于君”[1]卷33,王筠传,485,视之为永明文学的传人。在应和酬唱领域,王筠开创了“能压强韵”的同韵自和技巧,对永明文学重声律的特点有所发展。王筠作诗以长于声韵为突出特点，王、沈之交，就建立在善于运用声韵调和诗歌音乐美的基础之上，传云："约制《郊居赋》，构思积时，犹未都毕，乃要筠示其草。筠读至'雌霓（注：五激反）连蜷'，约抚掌欣抃曰：'仆尝恐人呼为霓（注：五鸡反）！'……约曰：'知音者希，真赏殆绝，所以相要，政在此数句耳。'"按：此乃善于辨声之显证。《古今通韵》卷三"霓"字注："范蜀公镇曾召试学士院，其诗用'彩霓'字，学士判为失韵，引沈约《郊居赋》'雌霓连蜷'作入声读为据，当时士子为之愤□。司马文正公光曰：'约赋但取声律便美，非霓不可读平声也。'……盖以赋句为'驾雌霓之连蜷'，连五字平，为不谐叶，故云。原非谓'霓'只读'臬'，不读'倪'。"按：司马光是说，在"驾雌霓之连蜷"中，除"驾"属去声外，余五字连平，有失谐美；王筠将平声八齐的"霓"读为入声，便使全句语流平中见折，吞吐有致。关于永明文学重视声律的记载中很少有如此生动具体的事例，只有王筠长于借助音声变化营造诗歌的节奏美，才能在初见草稿即能有此出色表现。谢朓的"好诗圆美流转如弹丸"一语出现于《王筠传》中也绝非偶然，所谓"圆美流转"，以语言流畅、声韵协调为标志，正是沈约对王筠诗歌的一贯评价，"语如转弹逢真赏"，《报王筠书》称道其诗"声和被纸，光影盈字；……会昌昭发，兰挥玉振。克谐之义，宁比笙簧"，故"擅美推能，实归吾子"，与论谢诗"调与金石谐"相一致，体现了沈约对王、谢在诗美上追求共通性的认识，这是王筠在唱和诗创作中形成"能压强韵"特色的基础。

晚唐以前，"强韵"一词独见于《梁书・王筠传》："筠为文能压强韵，每公宴并作，辞必妍美。"应是对王筠诗歌艺术特点的普遍看法。"能压强韵"的特点在天监前期已经形成，出在"公宴"之际，又当与唱和时的用韵方式有关。宋孙何汉曰"压强韵，示有余地"，宋祁说"已轻安仁为老声，更恼王筠赋强韵"，均极言其难，也应是《梁书》记载的本意。由于唐前文献没有说明"强韵"的内涵，须从后来用例探其原意。对"强韵"一词的使用首见于晚唐，以宋人使用最多，所有诗例皆涉及与用韵相关的三种唱和方式，即出韵、叠韵与分韵。先是出韵，即李商隐称"呼唱首曰强韵"[11]；另如皮日休《寒夜文宴联句》"清言闻后醒，强韵压来艰"与黄滔"强韵押难，非才颇愧"[12]二例。宋有苏轼《广倅萧大夫借前韵见赠，复和答之》"赠我皆强韵"与陈师道《和舅氏公退言怀》"追陪强韵愧难过"等例。出韵难押，《金玉诗话》"押箍字"条载王师灵戍江左，有人夜梦女子在空中以巨箍箍物，散落如豆，落地者皆成人，这些人都将死于战乱，其中就有徐锴，后果知徐锴已死于围城之中；此后“王文公兄弟在金陵，和王微之晳《登高斋》诗，押‘箍’字。平甫曰：‘当时徐氏擅笔墨，夜围梦堕空中箍。’此事奇谲而盘屈，强韵中可谓搜虎手也”，说的就是这种情况。当然，若酬唱者次韵相和，原韵更是强韵，如陈造《次韵王签判二首》“向君草草追强韵”。其次是叠韵，即诗人同韵自和。范成大《明日夜雨陡凉，复次前韵呈时举》所次“前韵”者，指其《丙戌闰七月九日与王必大登姑苏台，招王浚朋、陈渊叔、耿时举避暑，次时举韵》诗，有“赓诗代仆呐，非敢玩强韵”句，知为次韵自和。第三是分韵，有蔡襄《忆弟》“酒酣襞纸探强韵”等例。

“强韵”内涵又可用王筠诗来验证，叶梦得《玉涧杂书》说：“唐以前人和诗，初无用同韵者，直是先后相继作耳。顷看《类文》，见梁武同王筠《和太子忏悔诗》，云仍取筠韵，盖同用‘改’字十韵也。诗人以来，始见有此体。筠后又取所余未用者十韵别为一篇，所谓‘圣智比三明，帝德光四表’者，比次颇新巧。古诗之工，初不在韵，上盖欲自出奇，后遂为格，乃知史于诸文士中独言筠善押强韵以此。”这对明确“强韵”的内涵有很强的指导性。中大通三年九月，萧衍父子与王筠唱和，萧纲作《蒙豫忏悔诗》，武帝及王筠各以《和太子忏悔诗》与《和皇太子忏悔诗》一首相酬，即“梁武同王筠《和太子忏悔诗》”，今三诗俱存，在用韵上没有关系。但王筠尚有《奉和皇太子忏悔应诏诗》，其小序记载第二轮唱和的情况说：“《奉和皇太子忏悔诗》，仍上皇宸极，圣旨即疏降，同所用十韵。私心庆跃，得未曾有，招采余韵，更题鄙拙。”武帝据王筠诗韵另作一首，即“同所用十韵”，也即叶氏所说“仍取筠韵，盖同用‘改’字十韵”。接着，王筠“招采余韵，更题鄙拙”，又作《奉和皇太子忏悔应诏诗》。在此两轮唱和中，王筠出韵，梁武同韵相和，王筠同韵自和。按王筠《和皇太子忏悔诗》今存“改、采、罪、海、待”五韵，《奉和皇太子忏悔应诏诗》则用“海、在、殆、凯、宰、彩、亹、倍、琲、彩”十韵，皆属“十贿”部；除“海”“彩”重出外，与筠序所称“招采余韵”合，也与叶氏所说“筠后又取所余未用者十韵别为一篇”者合，即王筠以同韵自和是事实，只非次韵而已。武帝和诗已佚，但叶氏据《类文》对第二轮唱和的描述与筠序一致，则武帝以同韵相和亦是事实。因知所谓“能压强韵”，至少指王筠长于叠韵；同韵相和则创自武帝，“诗人以来，始见有此体”，叶氏未加甄别，“上盖欲自出奇，后遂为格，乃知史于诸文士中独言筠善赋强韵以此”的判断失之含混。至于以出韵和分韵为强韵则是后来理解，梁代尚无此意；特别是当时盛行的分韵赋诗风气应与王筠无关。在唱和诗中强化用韵的地位，在当时是一种新奇的技巧，在诗史上是对唱和诗创作方法的重要贡献。《蔡宽夫诗话》说：“前史称王筠善押强韵，固是诗家要处，然人贪于捉对用事者，往往多有趁韵之失。”但已是另一个话题了。《唐诗纪事》卷六四称“《梁书》云：昭明善赋短韵，吴均善押强韵”一语，显然也是错误。

王筠应和酬唱诗的成就不高，但他与吴均的唱和组诗《和吴主簿》六首和他所擅长的闺情题材与柔婉风格相通，又是一番面貌，另有渊源。王筠还有五言诗 23 首，包括乐府古题 7 首；另有七言乐府、六言、楚歌各 1 首，及杂言 2 首，多是闺情与咏物题材。若将《和吴主簿》按题材纳入，则闺情诗是王筠诗美风格与成就的主体，很少专事写景，大多语言清新秀丽，音声婉转，风格柔婉细腻；尤长于经营末句，有余音袅袅、风情摇曳的韵味。《诗品》说沈诗“长于清怨”，文辞工丽，善写恋情，对王筠有所影响；王筠又在《哀策文》中说萧统“属词婉约，缘情绮靡”，也是自评。如《闺情》：“月出宵将半，星流晓未央。空闺易成响，虚室自生光。娇羞悦人梦，犹言君在旁。”刻画思妇好梦初醒，犹自回味的刹那心理；以空闺成响，虚室生光表现思极入幻的感受，表现力很强。《三妇艳》诗曰：“大妇留芳褥，中妇对华烛。小妇独无事，当轩理清曲。丈人且安卧，艳歌方断续。”格调雍容轻缓，寓艳于质，深得汉魏乐府的神韵。《春游》云：“丛兰已飞蝶，杨柳半藏鸦。物色相煎荡，微步出东家。既同翡翠翼，复如桃李花。欲以千金笑，回君流水车。”借物象之春色喻少女春情萌动的情态，手法亦不俗。《杂曲二首》其二：“可怜洛城东，芳树摇春风。丹霞映白日，细雨带轻虹。”以工丽的景句结篇，颇有唐人五绝风韵。《竹庄诗话》卷三引《乐府录》曰：“此篇叙景，不言意而意自彰耳。”《东阳还经严陵濑赠萧大夫》曰：“子陵洵高尚，超然独长往。钓石宛如新，故态依可想。”句法顺接流走，古意盎然。《向晓闺情》表现长夜相思的羞恨，《五日望采拾》倾诉对恩光应接的期待，以及《苦暑》对清旷神情的刻画，无不婉转动人。尤以《行路难》最为突出：“千门皆闭夜何央，百忧俱集断人肠。探揣箱中取刀尺，拂拭机上断流黄。情人逐情虽可恨，复畏边远乏衣裳。已缫一茧催衣缕，复捣百和裛衣香。犹忆去时腰大小，不知今日身短长。裲裆双心共一抹，袙复两边作八襵。襻带虽安不忍缝，开孔裁穿犹未达。胸前却月两相连，本照君心不照天。愿君分明得此意，勿复流荡不如先。含悲含怨判不死，封情忍思待明年。"描述思妇在秋夜为游子制衣时心理与情感的变化，情致婉转，音节和畅，与曹丕《燕歌行》风调相近。"犹忆"一句以下，杨慎《升庵集》卷五七"王筠咏边衣"条曰："数句叙裁衣，曲折纤微，如出缝妇之口。诗至此，可谓细密矣。"晚年杜甫据此作《百忧集行》新题，又写下"悲见生涯百忧集"句，可谓心有戚戚焉。"裲裆"句本是对少妇借衣传情心态的描写，段成式在《嘲飞卿》其四中与乐府名作《陌上桑》同用，以"见说自能裁袙腹，不知谁更著帩头"讥刺妓女之假意虚情；清陈世祥则效其笔法，细刻佳人自制春衫的经过，谓"一抹双心，两当八襵，曾入诗人体贴间"，也深得原诗三昧。这些诗贴近闺阁生活，体情细微，又绝不轻薄，应是梁代前中期的作品。另外，《(嘲)刘孝绰元广州景仲座见故姬》与《摘安石榴枝赠刘孝威》二诗诗意分别出自古诗《上山采蘼芜》和《古诗十九首·庭中有奇树》，《和吴主簿》等诗的意象、句法也与汉魏文人五言诗有关，这种风格倾向可以归到与昭明集团的渊源上。

还要提及的是，陈绎曾《诗谱》称沈约、何逊、王筠等人的诗是"律诗之源，而尤近古者"。从用韵的特点来看，《楚妃吟》平入通押，《赠萧大夫》《三妇艳》全用仄韵，《韵补》卷四"灵图白玉检"与卷五"烧山多鬼怪"二首是去入通转的例证，但《闺情》《杂曲二首》其二与《春游》却全押平声韵，丝毫不紊，仍体现出王筠长于声韵的特点，这显然是着意锤炼的结果，是唐律的先声。王筠对诗体也有创新，《草木十咏》是较早的连章体咏物诗，《楚妃吟》则颇类词体。《诗纪》卷一五一称"王筠《楚妃吟》句法极异，……大率六朝人诗风华情致，若作长短句，即是辞也"，当是南朝乐府与词体关系之一证。

在王筠存诗中，像《侠客行》那种英挺豪放的风格自是别调，若《早出巡行瞩望山海》一般略具"穷而后工"意味的作品也是峥嵘乍现，总体上他仍是一个主流诗人，易为文学史家所忽略。但上述问题对理解当时文坛面貌仍有帮助，应给予必要的讨论。

参考文献：

[1]姚思廉.梁书[M].北京：中华书局，1973.

[2]道世.梁沙门释宝志[M]//道世.法苑珠林.

[3]厉鹗.南宋杂事诗：卷6[G].文渊阁四库全书本.

[4]宋祁.宋同年剑池编序[M]//宋祁.景文集：卷45.文渊阁四库全书本.

[5]洪焱祖.次韵奉酬孟能静见贻之什[M]//洪焱祖.杏庭摘稿.文渊阁四库全书本.

[6]陈与义.客里[M]//陈与义.简斋集：卷9.文渊阁四库全书本.

[7]脱脱，等.杨亿传[M]//脱脱，等.宋史：第29册.北京：中华书局，1977：10083。

[8]方回.瀛奎律髓汇评（上）[M].李庆甲，集评校点.上海：上海古籍出版社，1986：44.

[9]周必大.资政殿大学士赠银青光禄大夫范公神道碑[M]//周必大.文忠集：卷61.文渊阁四库全书本.

[10]楼钥.范成大赠五官[M]//楼钥.攻媿集：卷38.文渊阁四库全书本.

[11]任广.词章诗阕下[M]//任广.书叙指南：卷5.丛书集成初编本.

[12]黄滔.翁文尧员外捧金紫还乡之命，雅发篇章，将原交情，远为嘉贶。洎燕鸿陆犬，楚水荆山，又吐琼瑶，逮之幽鄙。虽涌泉思触，逸兴皆虚，而强韵押难，非才颇愧，辄兹酬和，以质奖私[M]//黄滔.黄御史集：卷3.文渊阁四库全书本.

作者简介：黄大宏（1966—），男，天津宝坻人，文学博士，西南大学文学院，副教授，主要研究唐宋文学。

原文出处：《西南大学学报》（社会科学版）2008年第5期。

审美意识形态与文学文本批评

童庆炳

摘　要：文学审美意识形态论成立的一个理由，在于“审美意识形态”是可以在文学艺术文本的批评实践中得到检验的。“文学审美意识形态”首先是在指明文学作为一种活动在社会结构中的地位来说的，并不完全指一篇篇具体的文本的性质；但是既然文学活动具有审美意识形态性质，那么它就不能不在文学活动中的一环——文学文本——中体现出来。讨论这个问题的前提是要寻找出“审美意识形态”与“文学文本”之间的对应点，或者说中介。通过对陶渊明的《饮酒》和《红楼梦》第四十一回的个案分析，可以发现，“意蕴”是文学审美意识形态在文学文本中的对应点，它承载了文学的审美意识形态，故可以进行审美意识形态批评。

文学是话语蕴含中的审美意识形态，是我们多年来主张的一个论点。在我主编的《文学理论教程》(1992 年)中根据中外学者的理论已有充分论述，并逐渐在文论界形成共识。一段时间以来，又有人提出质疑。他们总觉得中国学者提出的理论是有问题的，我们只能永远跟西方学习，否则就会遭到西方学者耻笑。但我们从不这样认为，我们根据中国实际情况提出的理论不但有其不可替代的问题意识，而且也是合理的。中国人根据自身历史语境的理论创造，为什么就一定不可行呢？当然，也许我们对一些问题还没有完全说深说透。这样，继续完善文学审美意识形态理论，仍然是我们今后的任务。

文学审美意识形态论能够存在的一个理由，在于“审美意识形态”是可以在文学艺术文本的批评实践中得到检验的。在文本批评实践中，审美意识形态理论能不能被运用和验证呢？这就是我这篇文章试图考察的问题。

一、审美意识形态与意蕴

大家都知道，按照马克思的理解，人类历史的发展，每一步都要克服始终存在的冲突和矛盾。其中包括生产力和生产关系的矛盾、经济基础与上层建筑的矛盾等。为了解决这些矛盾和冲突，就需要变革。变革可分为两种：一种是物质世界的变革，这种变革是“可以用自然科学的精确性指明的变革”；另一种就是精神世界的变革，即意识形态的变革，即政治的、宗教的、艺术的、哲学的诸种意识形态的变革。需要看到的是，“艺术的”变革包括了艺术的观点和创作的变革，始终是为了解决社会的冲突和矛盾相关的一种变革。尽管各个时期的艺术都有一些写山水、花鸟等的消闲的、游戏的作品，没有被卷入这种社会变革中去，因而不能轻易给这类作品戴上意识形态和阶级性的帽子，但大多数创作则不由自主地被卷入这种社会变革中去。尽管被卷入的方向和方式不同，有的是呼吁、推进这种变革，有的是逃避、抵制这种变革，然而不论哪一种方向和方式，都不能不和社会矛盾冲突的解决相关。也正是艺术无论如何都要向社会变革“表态”这个原因，艺术的社会性始终是存在的，艺术的思想情感价值取向始终是存在的，艺术不能不是社会意识形态。文艺是社会意识形态之一种，自马克思的《〈政治经济学〉序言》(1859 年)发表之后，就已经被确立。如前所述，马克思在讲到后一种变革时说道：“……一种是人们借以意识到这个冲突并力求把它克服的那些法律的、政治的、宗教的、艺术的或哲学的，简言之，意识形态的形式。”[1] 有人现在提出，马克思这里所说的“艺术的”“社会意识形态”，只是指艺术观点而言，不包括艺术创作，用此种观点否定文学是一种社会意识形态，这能做得到吗？这是做不到的。马克思在这里所说的诸种意识形态显然是都是指与物质变革相对的精神方面的变革，文学创作自然也在其中，文学创作自然也成为解决社会冲突的社会变革的一个方面。马克思怎么会单独把文学创作这一重要的精神方面排除在意识形态的范围之外呢？正是基于这种理解，自马克思提出这种观点之后，许多革命领袖、革命家、各种马克思主义的学者，其中也包括“西马”学者，都纷纷把文学看成是促进社会变革的精神力量，即社会的意识形态之一。这一点，我在《意识形态与文学艺术——与董学文先生商榷》一文[2]中已做了详细的论证，这里就不重复了。

需要说明的是，我们讲“文学是审美意识形态”，首先是在指明文学作为一种活动在社会结构中的地位来说的，并不完全是指一篇篇的具体的文本的性质；但是既然文学活动具有审美意识形态性质，那么它就不能不在文学活动中的一环——文学文本——中体现出来。换言之，文学文本在多数情况下，也就必然会这样或那样地承载审美意识形态的价值意向。上述两个层次既有区别又有联系。

进一步的问题是，艺术以什么来体现它的价值取向，显示它对社会变革的态度呢？表明它的意识形态的身份呢？用标语口号吗？用抽象理论吗？或者相反，用纯粹的生物性的感受吗？用不甜不淡的故事吗？都不是。讨论这个问题的前提是要寻找出“审美意识形态”与“文学文本”之间的对应点，或者说中介。就是说，审美意识形态作为文学活动的性质，需要通过一种中介才能沉落于文学文本这一环节中。这个中介必须是符合审美意识形态基本特征的，它既是情感的、具体的，又是思想的、概括的。这个中介也许就是黑格尔所说的“情致”。

艺术，特别是文学，是以 pathos 体现它的价值取向，显示它对社会变革的态度，表明它的意识形态身份的。那么，pathos 是什么呢？用汉语翻译就是情感与思想的交织。朱光潜先生在黑格尔《美学》的译文中用了“情致”这个词。黑格尔在《美学》中说：“情致是艺术的真正中心和适当领域，对于作品和对于观众来说，情致的表现都是效果的主要的来源。情致所打动的是一根在每个人心里都回响着的弦子，每一个人都知道一种真正的情致所含的意蕴的价值和理性，而且容易把它认识出来。情致能感动人，因为它自在自为地是人类生存中的强大的力量。”[3]296 情致既然能感动人，成为读者心中回响的弦子，它显然不是抽象的思想，但也不是单纯的情感。如果说它是思想的话，那么它是诗的思想；如果说它是情感的话，那么它是融合了思想的情感。对于作品的“情致”，别林斯基也十分重视，他显然是从黑格尔那里吸收了这个词的，但中文翻译成“热情”。别林斯基说：“在真正诗的作品里，思想不是以教条方式表现出来的抽象概念，而是构成充溢在作品里面的作品灵魂，象光充溢在水晶体里一般。诗的作品里的思想，——这是作品的热情(лафос)。热情是什么？——就是对某种思想的热情的体会和迷恋。”[4]这就是说，黑格尔和别林斯基都认为在艺术中，它的活的灵魂，既不是单纯的思想、理性、理念，也不是纯粹的情感，而是思想与情感合一而成的情致。我不知道在文论里用什么来表达“情致”这个概念，也许就用意蕴这个概念是可行的。一方面，黑格尔论述中有“真正的情致所含的意蕴的价值和理性”这句话，其中就有“意蕴”这个词；另一方面，文学中的意蕴恰好既是感性的，又是理性的，既是形而下的，又是形而上的，具有包孕性的、深层的意味。

“意蕴”(das Bedeutende)属于德国古典美学范畴。黑格尔在《美学》第一卷中引了歌德的话，歌德说：“古人的最高原则是意蕴，而成功的艺术处理的最高成就就是美。”[3]24 黑格尔接着解释说：“遇到一件艺术作品，我们首先见到的是它直接呈现给我们的东西，然后再追究它的意蕴或内容。前一个因素——即外在的因素——对于我们之所以有价值，并非由于它所直接呈现的；我们假定它里面还有一种内在的东西，即一种意蕴，一种灌注生气于外在形状的意蕴。那外在的形状的用处就在指引到这意蕴。”[3]24 黑格尔继续解释说：“文字也是如此，每个字都指引到一种意蕴，并不因为它自身而有价值。同理，人的眼睛、面孔、皮肉乃至于整个形状都显现出灵魂和心胸，这里意蕴总是比直接显现的形象更为深远的一种东西。艺术作品应该具有意蕴，也是如此，它不只是用了某种线条，曲线，面，齿纹，石头浮雕，颜色，音调，文字乃至于其它媒介，就算尽了它的能事，而是要显现出一种内在的生气，情感，灵魂，风骨和精神，这就是我们所说的艺术作品的意蕴。”[3]25 黑格尔在他的《美学》开篇之际引用了歌德述评过的意蕴范畴，显然是为了给他的“美是理念的感性显现”找根据，即在黑格尔看来，所谓“外在的因素”是指“感性的显现”，而“意蕴”就是“理念”了，因为“意蕴”是“内在的东西”。黑格尔的美学观念显然具有唯心的性质，但不妨碍我们借用歌德提出和由他解释的“意蕴”说来解释我们准备解释的问题。的确是这样，一切艺术，其中包括文学，外在的因素作为手段最终都要指向深层的意蕴。当然，黑格尔的解释过分强调意蕴这最终的结果，对于作品外在的因素，如语言、线条、音节、韵律等重视得不够是有缺陷的，因为没有很好的外在的因素及其审美的特性，内在的意蕴不可能或很难显现出来。也许我们用中国古代诗论的一些说法来解释，更能得其精髓。清代学者叶燮在《原诗》中提出“诗之至处”，与“意蕴”就有相似之处，他说：“诗之至处，妙在含蓄无垠，思致微渺，其寄托在可言不可言之间，其指归在可解不可解之会，言在此而意在彼，泯端倪而离形象，绝议论而穷思维，引人于冥漠恍惚之境，所以为至也。”[5]584 又说：“可言之理，人人能言之，又安在诗人之言之？可征之事，人人能述之，又安在诗人之述之？必有不可言之理，不可述之事，遇之于默会意象之表，而理与事无不灿然于前者也。”[5]585 叶燮这些话，有几点值得我们思考：第一，他明确提出了“诗的至处”。“至处”就是根本处、深邃处，这与内在的“意蕴”很接近。第二，他认为，诗的至处不在一般的事与理，诗要写理但非“名言之理”，诗要写事但非“可征之事”，诗所写的事与理，要有寄托，是一种“可言不可言之间”的寄托；要有指归，是一种“可解不可解之会”的指归，具有包孕性、模糊性和多义性，有一种“说不尽”的深刻性质，这与意蕴的是理智但又不完全是理智、是情感但又不完全是情感的特点也很相似。第三，那么“诗之至处”，就近似于作品的审美意蕴，它的特点是“言在此而意在彼，泯端倪而离形象，绝议论而穷思维”。言、端倪、议论是外在的因素，但指向“至处”这内在的东西。因此，需要反复阅读，深入体会，由外而内，才能领悟到这种“至处”，这一点与意蕴也很近似。

以上对意蕴的解释，似可说意蕴是文学审美意识形态在文学文本中的对应点，它承载了文学的审美意识形态。或者说文学审美意识形态的种种特点都在文学意蕴中得到了体现。如果这个判断接近实际的话，那么我们就可能通过分析文学文本的意蕴来进行审美意识形态的批评。换句话说，既然意蕴是艺术作品的真正中心，那么我们就有可能把“意蕴”与“审美意识形态”联系起来思考，从而把意蕴作为审美意识形态与文学文本的中介。文学审美意识形态是文学的特征，那么它就不是完全外在于作品的，它必然隐含在文学文本的话语中，它既是审美的（情感评价的），又是意识形态的（具有思想价值取向的），是这两者的有机统一。这样，我们就可以说，思想与情感结合、形而下与形而上的结合而成的“意蕴”及其价值取向，作为作品真正的中心，就是审美意识形态在文学文本中的具体显现。

此外，要揭示文学审美意识形态在文本中的显现，还必须理解文学审美意识形态的功能或作用。我曾在《文学艺术与意识形态》一文中引了恩格斯的一段话，并做了解读。恩格斯在《费尔巴哈与德国古典哲学的终结》中说：“任何意识形态一经产生，就同现有的观念材料相结合而发展起来，并对这些材料作进一步的加工;不然,它就不是意识形态了,就是说,它就不是把思想当作独立地发展的、仅仅服从自身规律的独立存在的东西来对待了。人们头脑中发生的这一思想过程,归根到底是由人们的物质生活条件决定的,这一事实,对这些人来说必然是没有意识到的,否则,全部意识形态就完结了。”[6]恩格斯这段话包含什么意思呢?实际上恩格斯是在讲解社会意识形态的功能。他的意思是说:社会意识形态作为一种阶级、阶层、集团、群体、民族等价值取向的产物,作为阶级、集团、群体、民族等的价值选择的感觉、评价、理解和信仰的模式,往往具有强大的整合力,有时候是一种顽强的吸引力,一种偏执的情感力,甚至是一种疯狂的联想力,从而不会作为某种具有科学的思想而独立地发展。只要某种意识形态生成之后,它就把现有的感性的材料、理性的材料、抽象的材料、具象的材料、理论的材料、情感的材料,包括对社会各种问题的想法、看法和做法,文学与艺术的作品,甚至很微小的事情,都结合进去,在加工之后,也都带有某种意识形态的色彩,即意识形态化了。例如“文革”的意识形态一经产生,那么拥护“文革”的“红卫兵”的一切想法和看法,都被“文革”意识形态“刷新”,连生活中的任何微小的事情,都不能不变成那种具有“文革”色彩的意识形态。任何一点不同的看法,任何一点个人情感的表现,任何一种文学艺术及其色彩,都可能被当成“阶级斗争新动向”。“文革”时期,八个“样板戏”宣扬了阶级斗争路线,自然是“文革”的意识形态。此外,除毛泽东肯定过的作品,几乎所有的文化遗产都被看成是“封资修黑货”。所谓“封资修”不就是给这些作品扣上“反动”阶级的意识形态的帽子吗?这样疯狂的行为,似乎是不可理解的。但在“文革”期间,这种事情就如此自然地发生了,这就是“意识形态”的功能与作用,个人是无法也无力改变的。在“文革”中,一些无关紧要的生活材料与社会意识形态往往是合一的。一言一行,一举一动,都具有意识形态意涵,连吃饭也要举行“革命”仪式。“文革”中被整肃的人的任何言论和举动,任何文学艺术作品,哪怕是完全不带政治性的言论,如他们以前写的历史题材的作品,如他们以前写的山水花鸟的作品,如他们表达个人感情的诗篇,都可能被解读成要对抗“文革”的意识形态,而遭到可悲的“下场”。当然在1978年党的十一届三中全会之后,决定“文革”的意识形态的“物质生活条件”——如“文革”仅仅为“四人帮”等少数人的利益而篡党夺权的事实、谋取小集团的私利的事实等——一旦被揭露，被人们意识到，那么“文革”意识形态也就“全部”“完结”了。特别是“四人帮”被审判之后，他们的“意识形态”背后的见不得人的功利目的全部曝光，“文革”意识形态也就总体上“完结”了。

文学审美意识形态也具有这种症候，即作品中的作为审美意识形态的显现的意蕴一旦形成，那种顽强的吸引力、情感力和疯狂的联想力一旦形成，就会把一切细节和言行都整合到意蕴中去。如鲁迅的《狂人日记》，主要意蕴就是封建礼教吃人，于是其中的主角发狂后，把他眼见周围的一举一动，细枝末节，与主要意蕴毫无关系的事情，都归结到要“吃人”这上面去。狗看了他几眼，是想吃人；几个人交头接耳议论，是想吃人；街上女人骂孩子，说了“咬你几口才出气”，也是想吃人；翻开历史书，书上写着“仁义道德”，但字缝里面满本写的都是“吃人”；医生来看他的病，最后说“不要乱想，静静养几天就好了”，这“静静养”也被理解为养肥了好吃；自己大哥与人议论，也疑心是大哥要吃人，联想起以前大哥谈到“易子而食”，就更肯定大哥也要吃人……狂人是《狂人日记》中的主角，作品的意蕴就是批判封建礼教的吃人，这就是《狂人日记》的艺术中心，即它的审美意识形态的具体显现。就是说，“吃人”这一情致的偏执力和联想力是如此强大，把所有无关紧要的细节、材料都整合进去了，并进行加工，经过这种加工，几乎所有的一切都成为审美意识形态话语。

如果上面的考察可以成立，可以把意蕴理解为审美意识形态在文本中的具体显现的话，那么我们就可以用对文本的“意蕴”的分析，来进行文学文本的审美意识形态批评。这种尝试能否获得成功呢？让我们来检验一下吧。这里，我不想去批评和分析那些意识形态性比较强的作品，如《诗经》中的《硕鼠》一类，因为这些作品的“意蕴”是显而易见的，如上面我们谈到的鲁迅的《狂人日记》，稍加分析，就可以见出它们的审美意识形态话语来。我这里准备两个案例，一篇抒情诗歌，一回叙事小说，一般地看，似乎看不出有什么“审美意识形态”话语，但我们如果深入下去，运用“意蕴”这个中介去分析，由外及里地分析，就有可能见出其中的具体的审美意识形态的具体话语来。

二、陶渊明的《饮酒》与审美意识形态话语

第一个例子，陶渊明的《饮酒》之五：

> 结庐在人境，而无车马喧。问君何能尔？心远地自偏。采菊东篱下，悠然见南山。山气日夕佳，飞鸟相与还。此中有真意，欲辨已忘言。

在封建社会，是出去当官，替封建统治者服务，还是退居村野，不与贪官污吏同流合污，这对当时的士人是一种具有意识形态意涵的选择。陶渊明不为五斗米折腰，毅然退去官职，返回村里种地，每天喝酒，当起隐士来，拒绝与仕宦来往，这是大家都知道的事情。但他宣称是“自娱”的诗篇实际上是为他的归隐生活辩护，完全是一种审美意识形态话语。我们必须认识到，陶渊明是在作诗，这显然是一种审美体验活动，一种审美创造活动，用他自己在《饮酒》序言里的话说是“自娱”和“欢笑”。那么，他的审美体验和创造活动，是如何转变为审美意识形态话语的呢？从诗的开头两句，我们知道他与过去的隐士不同，他没有到深山老林里面去当隐士，只是回到自己的家乡闲居，这就是“结庐在人境”的意思，虽然还生活在“人境”，但已经没有“车马”的喧闹了。这句诗表面写他村居的安静，内在的意涵是写他不与统治者合作，疏离主流社会，选择了退隐。这里的“车马”一词，看似写的是器具、动物，实际是十分重大的事件。过去当官，自己要坐车骑马，来往的官宦也都坐车骑马。“无车马喧”是一种典型特征，它反映了诗人已经成功地离开了功利场的竞争，避开了官场的纷扰，可以独立地享受生活了。三四两句“问君何能尔？心远地自偏”，承接一二句来，虽然没有到深山里去，但只要自己的心远离了功利的竞争和官场的纷扰，哪怕你住的地方仍然在路旁，也不会感受到车马的喧闹了，相反，如果你的心没有远离功利的竞争和官场的纷扰，就是住在深山里，你耳边仍然会有车马的喧闹。这两句诗看似不通，实际上充满了哲学意味。读者可以通过这两句诗来体会陶渊明所选择的生存方式和生活方式。第五六句“采菊东篱下，悠然见南山”，表面是写景致，实际上有深刻的社会内涵。他笔下的“菊”，在古代是高洁的象征，屈原《离骚》

“朝饮木兰之坠露兮，夕餐秋菊之落英”，早晨饮用的是木兰花上滴下的露水，晚上吃的是秋菊的花瓣。“秋菊之落英”代表一种高洁的修养。陶渊明的诗句不仅写在东篱下采菊，还写他更放开眼界，悠闲自得地瞭望远方的南山。这里有两层意思，东篱采菊是自守，而悠然见南山则是超越。既保持生活上的自守，又追求精神上的超越，这是陶渊明寻找到的一种与官场名利竞争不同的生活理想。七八两句“山气日夕佳，飞鸟相与还”，表面写的是黄昏时刻景色的美丽，飞鸟结束一天的生活都结对回来了，实际上是写对归隐生活的满意，对回归的欢欣。这里重要的是一个“还”，飞鸟在黄昏时刻还要回到自己的老巢，何况人呢？人也要回归，回到一个归宿点，回到一个家园，回归到自己的精神“根基”。名利场上的竞争是失去家园的赌博，唯有拒绝这种赌博，回到家园，才会有自己精神的根基。最后两句“此中有真意，欲辨已忘言”，表面写这种田园乐，乐得说不清楚了。实际上这“真意”就是归隐生活方式所包含的人生真谛，这种真谛是如此丰富、美妙和辽阔，你就想说也不易说明白啊。

这首诗的意蕴，有表面一层，有里面一层。表面一层写田园之乐；里面一层则是写逃避、拒绝、远离统治者的官场的纷扰和名利的竞争，认为这才是人生真正的归宿，才是人应该有的生活方式。整首诗的主要意蕴似可以归结为诗的最后一个字，即“还”。“还”，就是回归。从哪里回归？从官场的纷扰中回归到田园。这种“还”，这种回归，有何意义？意义就在逃离、摆脱、拒绝统治者设置的统治人民的封建官场，也可以理解为一种反抗。这种“还”，是感性的，又是理性的，是情感的，又是理智的，因此这就是古代隐士的审美意识形态话语。陶渊明的这种“还”和“归隐”有时候是很偏执的，生活很穷苦，甚至沦落到当乞丐的地步，他写过《乞食》一诗，乞食般的生活有什么可以赞美的吗？可是陶渊明的《饮酒》诗，就是要鼓吹他所选择的回归人的精神根基的生活方式，这种意蕴的力量如此之大，联想力如此之强，可以把“车马”“东篱”“菊”“南山”“山气”“飞鸟”等许多自然景物都整合到诗中，进行艺术加工，使这些看似不相关的事物都与他的诗的主要意蕴“还”密切联系在一起。这是一首看似写景抒情的诗，但它的情致的基调是不与统治者合作，要寻找回自己的精神自由，可以说，满篇的诗情画意却自然流露出一种审美意识形态话语。

陶渊明的《饮酒》所流露的审美意识形态话语,来源于陶渊明归隐的实践和创作的实践。陶渊明无力改造那个黑暗的社会,也不允许自己与那个社会共处,那么他可不可以选择一种生活方式来逃避或反抗这个社会呢?他确定了一个不与统治者合作的独善其身的理想,并付诸实践,退回家乡种田,自食其力。在饮酒中获得了乐趣,获得了心灵的自由,于是又以写诗的方式进行创作实践,终于完成《饮酒》诗二十首,以抒情写景、歌颂自然的艺术方式,写出了他的审美体验,但这种体验延伸为一种结合了审美与意识形态的审美意识形态话语。它是审美的,其中有作者对自己所选择的生活方式的情感评价,并呈现出一种境界、一种美;它又是意识形态的,其中反映了作者对"车马喧"的封建社会官场生活的对抗,反映了不同于世俗的隐士群体(隐士在陶渊明之前就有,在他之后逐渐成为群体)的愿望、思想、感情、理想和价值取向。在实际的诗歌中,审美和意识形态看起来是相反的,但又如此紧密地结合在一起。

三、曹雪芹笔下的妙玉、她的茶杯及审美意识形态话语

文学文本的审美意识形态话语,往往是作家不经意间流露出来的。他自己的审美意识形态话语是这样流露的,他笔下的人物的审美意识形态话语也是如此流露的。《红楼梦》第四十一回写刘姥姥二进荣国府,来到了新建的大观园。在参与了贾母的宴会后,贾母带领一伙人来到妙玉的栊翠庵。妙玉招待大家喝茶,宝玉趁机要看妙玉如何行事。当然,虽然是吃一回茶,一切都十分讲究。每人用的茶杯是不同的,泡茶所用的水也是不同的。面对贾母,妙玉"亲自捧出了一个海棠花式填金云龙献寿的小茶盘,里面放一个成窑五彩小盖钟"。问题就出在这成窑五彩小盖钟上面,原来贾母端起这个成窑五彩小盖钟,只喝了一小口,然后就递给了跟在后面的刘姥姥,让刘姥姥也尝尝这用旧年蠲的水所泡的老君眉是什么滋味。刘姥姥端起来一口就喝尽,还嫌太淡。大家都笑了。对于黛玉、宝钗和宝玉是特殊待遇,妙玉专门请他们到自己平日起坐的耳房内,给黛玉、宝钗拿出来的杯子是古色古香的晋朝王恺珍玩过的宋代苏轼题款过的古董杯子,茶水则是五年前从梅花上扫下封起来的雪水。茶杯缺了宝玉一个,妙玉就特别把自己平日用的

"绿玉斗"杯拿了出来。在品茶间,妙玉看见给贾母用的成窑五彩小盖钟被刘姥姥用过,十分不高兴,就特别让佣人把它放在一边,准备扔掉。这一切宝玉都看在眼里。临离开的时候,宝玉就对妙玉赔笑说:"那茶杯虽然脏了,白撂了岂不可惜?依我说,不如就给那个贫婆子罢,他卖了也可以度日,你道可使得?"妙玉听了,想了想,点头说:"这也罢了。幸而那杯子是我没有吃过的,若是我吃过的,我就砸碎了也不能给他。"意思是你要拿给他,我也就不管了。

要知道,这是曹雪芹的一种文学创造,其中的人物、人物关系、细节等都是艺术的审美建构。在这一段很有意味的描写中,表面看是写妙玉有洁癖,事事讲究,实则不仅如此。她之所以把刘姥姥用过的那个高贵的杯子放在一边,准备扔掉,是因为她嫌弃、厌恶甚至仇恨那个出身寒贱的刘姥姥,她怎么敢怎么配用自己的那么高贵的杯子?她根本不是怕脏。如果怕脏的话,刘姥姥喝过一回茶的杯,拿去洗洗不就干净了吗?如果怕脏的话,为什么愿意把自己平日用过的茶杯让贾宝玉用呢?根本是对贫苦农妇的一种蔑视。这里的意蕴不是"洁癖",而是"界线"。就是说,在妙玉看来,她与刘姥姥是两种完全不同的人,处于不同的两个世界,这种"界线"是不容混淆的。你用过的东西,怎么洗都是洗不净的,怎么洗都是脏的。要是自己用过的这个杯子,现在被刘姥姥用了,就是砸碎了也解不了恨。因为"界线"不清,就是原则问题了。大家读完这段小说,一定会想,这妙玉也太过分了,太偏执了,然而在这过分和偏执中,意识形态意涵也在其中了。当然,妙玉对刘姥姥的嫌弃、厌恶、蔑视不是用口号表现出来的,不是讲什么大道理,只是对一个小茶杯、一个小事件、一个小细节的艺术描写,可这里流动着的是思想与情感交织的意蕴,意识形态话语就在其中。作者对于妙玉的这种作为和心理,看似没有贬损,没有批判,只是寻踪蹑迹的描写,实则对妙玉的意识形态话语有所批评。我们可以把贾宝玉在这个事件中的言行看作是曹雪芹的态度,其中也包含审美意识形态的意味。有人可能要问,你这里所分析的只是妙玉言行的意识形态性,其中并没有什么审美。实际上,我在这里分析的是曹雪芹的真实的艺术描写,具有诗情画意的艺术描写,这种分析本身就是审美的评价,我是在审美评价中揭示意识形态,因此这里的分析是审美的,也是意识形态的,并且这两者是完全结合在一起的。

审美意识形态话语往往隐含在文学文本中,因为是“隐含”,是背后的东西,是里层的东西,不是明白地宣讲出来的表面的东西,不是意识形态的本身的直接显现,因此我们必须通过对文本具有统摄力量的意蕴的分析,看这种意蕴如何整合文本所描写的事物,如何加工原本分散的材料,最后我们才能深入到文本的深处,揭示出它的审美意识形态的话语。还有,如果能通过文学文本揭示出审美意识形态话语来,那么就从文学批评实践这个角度也证明文学的审美意识形态话语原本就存在于文本中,并不是凭空提出来的。

参考文献:

[1]中共中央马克思恩格斯列宁斯大林著作编译局.马克思恩格斯选集:第2卷[M].第2版.北京:人民出版社,1995:33.

[2]童庆炳.意识形态与文学艺术——与董学文先生商榷[G]//北京师范大学文艺学研究中心.文学审美意识形态论.北京:中国社会科学出版社,2008.

[3]黑格尔.美学:第1卷[M].第2版.朱光潜,译.北京:商务印书馆,1979.

[4]别林斯基.别林斯基论文学[M].梁真,译.北京:新文艺出版社,1958:51.

[5]叶燮.原诗·内篇[G]//王夫之,等.清诗话:下册.上海:上海古籍出版社,1982.

[6]中共中央马克思恩格斯列宁斯大林著作编译局.马克思恩格斯选集:第4卷[M].第2版.北京:人民出版社,1995:254.

作者简介:童庆炳(1936—),福建连城人,北京师范大学文学院,教授,博士生导师;教育部重点人文社科研究基地北京师范大学文艺学研究中心,研究员,主要研究文艺学。

原文出处:《西南大学学报》(社会科学版)2009年第5期。

转　　载:1.人大复印资料《文艺理论》2009年12期全文转载;2.《文学研究文摘》2009年4期文摘。

《诗刊》与"上园派"的形成及其影响

蒋登科

摘　要:"上园派"是20世纪80年代具有重要影响的诗歌理论群落之一,是继"传统派""崛起派"之后形成的具有中间道路特征的诗学流派。它的形成、发展和影响在很大程度上和《诗刊》的诗歌观念、《诗刊》举行的一些诗歌活动、《诗刊》的有关编辑人员等有着密切关系,是文学期刊推动文学观念发展的典型案例之一。《诗刊》这个阵地将这些诗论家集中在一起,又通过这个阵地将他们的诗学主张推向读者。

文学期刊在现当代文学的传播、发展中具有重要的地位和作用,一些文学流派、批评流派的形成也与文学期刊有关。在当代中国,政府或政府领导下的群众组织编辑出版的文学刊物已经和以前不一样,不再是同人刊物。但这些刊物仍然有其自身的导向性,在传播文学作品、文学观念等方面居于主流地位,发挥着重要作用,培育、造就了一些文学群体或批评家群体。在当代诗歌发展中,《诗刊》被认为是诗歌界的"国刊",在坚持多元追求的同时,仍然主要张扬关注现实、关注人生的艺术道路,追求积极进取、乐观向上的艺术格调,追求有中心、有主潮的多元。新时期诗坛上具有重要影响的三个理论群落"传统派"、"崛起派"和"上园派"的形成和影响基本上都和《诗刊》有关——其中包括《诗刊》张扬的诗歌观念、举行的诗歌活动和具体的编辑人员。

"上园派"是20世纪80年代在中国现代诗学领域具有重要影响的诗歌群落之一,它的形成和发展与《诗刊》有密切的关系,也和"传统派""崛起派"在观念上的对峙有密切关系。"传统派"对诗歌艺术新变的反对(至少是质疑)不利于新诗艺术的发展,但它对传统艺术经验的重视值得关注;“崛起派”对西方艺术经验的重视对于打破封闭、僵化的艺术观念不可或缺,但它对传统艺术经验的忽略、对西方艺术经验的过分倚重,也可能带来新诗脱离中国文化与现实的弊端。关于“朦胧诗”的讨论在很大程度上就是“传统派”和“崛起派”之间的讨论。这场讨论在1984年初基本结束之后,迫切需要一些评论家对其进行反思,进一步探讨新诗艺术的基本规律,在两个群体之间架设一道沟通、融合的“桥梁”。“上园派”诗论家就肩负起了这一使命。这其实也是代表国家文学意志和主流意识的中国作家协会及其主办的《诗刊》所期待的诗学格局。《诗刊》在一定程度上具体实施了这一构想。

“上园派”的出现首先是和《诗刊》举行的两次诗歌活动有关。

根据朱先树的记载,1984年4月8日至28日,诗刊社在北京举办了为期半个多月的评论作者读书写作会。参加会议的有孙克恒(已故)、袁忠岳、叶橹、竹亦青(已故)、吕进、陈良运、杨光治、余之、朱子庆,一共9人[1],地点在西直门外北方交通大学旁边的上园饭店。应该说,这个小规模的读书写作会的会期是相当长的,与会者之间的交流机会很多。

1985年12月,诗刊社受中国作协委托举办了第二届全国新诗(诗集)评奖的读书班,地点仍在上园饭店。上一次读书写作会中除孙克恒、竹亦青、余之3人外,其他人都参加了,此外还有阿红、蒋维扬、古远清、陈绍伟、黄邦君、刘强参加。大家除了读诗评诗外,也交换了对诗坛争论的一些看法。正是在这次会议上,几个诗歌观念相同或相近的评论家认为,应该在诗坛上有另外一种声音,这种声音就是后来被称为“上园派”的诗论。

值得注意的是,这两次会议的参与者几乎没有属于“传统派”和“崛起派”核心人物的诗论家,可以看出,组织者对参与人员是进行过挑选的,参与者的诗学观念基本上一致,属于当时的“中间派”,也就是各方面(包括官方、刊物、大多数诗人和诗歌读者)都可以接受的人员。① 袁忠岳回忆说:

①朱先树是“上园派”核心成员之一,在该群体形成之时是《诗刊》的理论编辑,对“上园派”的形成发挥了重要作用。2009年10月31日,朱先树应邀参加重庆市丰都县委、县政府主办的“中国当代著名作家看丰都”采风活动,笔者曾问他:参加这两次活动的诗论家既没有“传统派”的,也没有“崛起派”的,是不是经过了选择?他说,当然是经过选择的,都是观点比较稳妥、可以为多数人接受的诗论家。

> 当时诗坛刚刚刮过去一阵批三个“崛起”的政治风暴，大家对这种在学术领域搞大批判的做法是不满的；但对“崛起”论中全盘西化的主张也不以为然。在半个多月相处和相互交谈中，大家对于当前诗歌的看法，渐渐有了共识。这就是后来形成上园派的思想基础。……吕进、朱先树、阿红、杨光治、叶橹、朱子庆和我7人共同商量，认为在诗坛互相对立的“崛起”与反“崛起”之外，应该有另外一种声音，这是更能代表多数的第三种声音，即：移植要本土化，继承要现代化。[2]

和另外两个群体“传统派”和“崛起派”一样，这个群体也是人才济济。古远清说：“参加这一群体的不仅有诗论家，还有编辑家、出版家。主要成员有以从事基础理论研究见长的吕进、袁忠岳，以50年代研究抒情诗著称的叶橹，善写诗话、评论作品高产的阿红，长于对诗坛作全景式观照的朱先树，出版家兼诗论家杨光治等。”[3]这个名单中漏列了年纪和其他几位相差较大的年轻诗评家朱子庆，他的论文曾获得《诗刊》优秀论文奖，在吕进主编的《上园谈诗》中也涉及，而且有作品入选。后来朱子庆参加这个群体的活动很少，主要精力也不再专注于诗歌评论，所以后来的有些资料和研究文章基本上不提他。这个群体在人数上没有扩大过，但接受或者赞同其观点的人很多，其中包括许多影响不小的诗论家，如吴开晋、古远清、张同吾、陈良运等。作为诗歌研究的松散群体，在这个群落中，实质性从事研究和诗学观念相近是对每个人最基本的要求，同时，其中几个人的特殊身份也值得关注。朱先树当时是《诗刊》编委、理论室主任，他不但是诗歌评论家，而且掌握着追求“中和”观念的重要阵地《诗刊》的理论版面；阿红是诗人、诗论家，当时是辽宁《当代诗歌》主编，思想敏锐，善于接受新的观念；杨光治是评论家，也是出版家，时任花城出版社副总编辑，为诗歌作品和诗歌理论的出版付出了巨大努力，尤其是对上园派诗歌理论著作的出版提供了大力支持，截止到1991年10月，“上园派”的7位诗论家就有5位在《花城诗歌论丛》中出版了著作，包括阿红《探索诗的奥秘》、杨光治《诗艺·诗美·诗魂》、袁忠岳《缪斯之恋》、吕进《新诗文体学》、朱先树《诗歌的流派、创作和发展》。这些具有特殊身份的学者的加入，为“上园派”提供了更广泛的学术阵地。尤其是《诗刊》，它始终代表着诗坛上最主要的、引领主流的声音，“上园派”的诗论家不仅每个人都在《诗刊》上发表论文，张扬自己的诗学主张，而且吕进、阿红还在1988年应邀为《诗刊》评刊，总结诗歌现象，引导诗坛观念，每期选择《诗刊》上的优秀作品或体现出来的某些诗歌现象进行“背对背”的评论，在下一期刊物上发表出来，最终体现出较为一致的诗学主张。吕进说：“被诗界誉为‘国刊’的《诗刊》，在1988年出了一个新招：辟《每期漫评》专栏，由我和阿红搞半年的评刊。阿红在东北，我在四川，一北一南，互不通信息，每接到一期《诗刊》，就各自写一篇评论寄往北京，在同期刊出。四川太远，因此，为了不误期，我每次都是用特快专递将文稿邮出的。”①这些文章大有把握诗坛方向、引导诗歌创作的味道。

“上园派”的旗号是1986年在《华夏诗报》上正式亮出来的。袁忠岳回忆说：“后来，朱子庆到广州参加《华夏诗报》的编辑工作，就在该刊总第9期上刊发了其中5个人的文章，加了编者按，简介了‘上园派’的来历，原来是因为两次聚会都在上园饭店的缘故。这算是一次公开的集体亮相。”[2]

“上园派”诗学主张的集中展示是在吕进编选的《上园谈诗》一书中，该书1986年初编出初稿，1986年8月定稿，1987年9月由重庆出版社出版。主体部分包括四个板块：“上园笔会”收入杨光治、袁忠岳、叶橹、朱先树、阿红、朱子庆、吕进的论文9篇；“上园诗评”收入研究该群体所认同的诗人的评论文章8篇，这些诗人包括傅天琳、刘湛秋、李钢、张学梦、叶延滨、杨牧、周涛、章德益，论文作者中的吕进、阿红、叶橹、袁忠岳、朱先树属于“上园派”，而张志民、周政保则可称为该群体的“同路人”；“上园诗论”收入7位学者的诗学研究论文、通信等12篇；“上园诗话”收录阿红、朱子庆、杨光治的短篇诗论（诗话）20则；另有“附录”4篇，介绍阿红、袁忠岳、叶橹、杨光治4人在诗歌创作尤其是诗学研究方面的成绩②。

在《上园谈诗》中，如果要考察作为诗歌理论群落的“上园派”的诗学观

---

①吕进在1988年共写了6篇关于《诗刊》的“漫评”，刊发在《诗刊》当年的第3、4、5、6、7、10期上，后以《漫评〈诗刊〉》为总题收入《吕进文存》。这段文字是他为《漫评〈诗刊〉》写的著者按，见《吕进文存》第3卷，西南师范大学出版社2009年8月出版，第36页。

②自1982年出版《新诗的创作与鉴赏》之后，关于吕进或其著作的评论文章就很多。据吕进先生当时透露，该书没有收入有关他的评论文章，是因为还没有人为年纪尚轻的朱子庆写过评论文章，也没有找到合适的关于朱先树及其诗论的评论文章，作为《上园谈诗》编者的吕进就放弃了介绍自己。

念,尤其值得注意的是朱先树撰写的卷前语《关于诗的传统与现代追求问题》和吕进撰写的"卷末语"《变革,为了新诗在当代中国的繁荣》。两篇文章比较集中地展示了"上园派"的诗学观念。朱先树说:"物以类聚,人以群分。在当今诗坛创作追求五彩缤纷,诗歌观念众说不一的情况下,本书的作者和所收文章,其思想艺术观点大致有相通处。"[4] 可以看出,群体的形态已经基本形成。他还简要概括了这一群体对于诗歌、诗学研究的基本态度:"概括起来说就是,诗是现代的;它面向中国当代社会现实生活,表现当代中国人的思想情绪,在艺术上创造出适合中国读者审美趣味和接受能力的多种多样的表现方法;宽容一切艺术的追求,实事求是地分析和对待各种艺术存在,促进诗歌创作的繁荣和发展:这就是我们的基本态度。"[4] 吕进说:"入集作品大多曾公开发表过,现在按照一定顺序分辑编集,希望能给读者诸君提供一个学派的整体性印象。"[5]473 很明显,编者是希望通过这本文集来最终确定一个诗学流派在中国诗坛的出现,同时强化诗坛对这个群体的了解。对于这本书的缘起,吕进做了简洁而又富有文采的介绍:

> 这本七人合集的缘起和上园饭店不无关系。1984 年春,一个读书会在上园饭店举行。这是一家新建饭店,位于北京的西北角。一年多过去了。1985 年隆冬,又一个读书会的地址凑巧又是这里。
>
> 从第一个读书会到第二个读书会,上园饭店给一大群诗评家提供了结识机会。他们虽然大多过去不曾谋面,然而早就熟悉彼此的名字,以文会友,上园饭店的相聚使他们一见如故。
>
> 两个读书会的参加者虽然不尽相同,友谊却是相同的,面对面的切磋,北往南来的鸿雁,深化了讨论,也深化了友谊。于是,一个念头应运而生:合出评论集子;于是,又一个念头不谋而合:书名一定得有"上园"二字,以纪念在这家饭店萌生的学术友谊。[5]472-473

这段记述和其他几位当事人的记述没有本质上的差异,只是吕进更注重对其内涵的揭示,而不太注意事实本身的描述。但他所谈的仍然是"上园派"形成的过程。对于这个群体的基本特点,吕进用了三个词组来描述:求实意识、创新意识、多元意识。它们正是"上园派"诗学主张的基本立足点和出发点。后来研究“上园派”及其诗论家的文章也大多认同这几个特点。

第一次在专著中对“上园派”进行评介的是黄子健、佘德银、周晓风合著的《中国当代新诗发展史》：

> 新时期诗歌理论批评中的所谓稳健派代表了企图超越崛起派和传统派各自偏颇的“第三条道路”的努力方向。在新时期围绕朦胧诗展开的论争中，这一派稍为后起，但人数更多，实力较强，是前两派均所不及的。其中包括诸多诗人和诗论家如沙鸥、公刘、牛汉、刘湛秋、杨匡汉、陈良运、吕进、阿红、杨光治、朱先树、袁忠岳、叶橹、朱子庆等。后七人还因合作出版了《上园谈诗》较明显呈现出“一个学派的整体印象”，被称为“上园诗派”，是稳健派的中坚。该派诗歌理论批评的突出特点是力求平稳，力避片面。“求实、创新、多元”则大体反映了这一派诗论的基本风貌。[6]

这个名单涉及多位诗人，他们的诗歌探索方向是“上园派”所赞同的，也可以说是这个群体总结诗歌艺术特征和规律的诗学基础。许多没有加入这个群体的诗论家其实也是和“上园”的道路有着相当契合的，如吴开晋、陈良运、李元洛、吴欢章、古远清、张同吾等等，这些诗论家在诗歌批评领域具有不可忽视的影响，为“上园派”主张的推广起到了一定的推动作用。

其后的许多著作和文章都对“上园派”及其主要成员的诗学主张进行了介绍和研究。古远清曾发表《“上园诗派”主张的生动阐明——读杨光治的〈新诗十年的回顾与展望〉》[7]等文章予以全面分析，在1988年5月由诗刊社主持召开的“运河笔会”上，古远清再次谈到了“上园派”及其形成过程[8]。总体而言，“上园派”在诗学研究上的基本特征是“稳健的开放”，主要体现在艺术追求上的开放和研究方法上的开放。在艺术追求方面，“上园派”主张“多元化”，在他们看来，只要立足于当代中国人的生命体验，各种艺术追求都有其存在的权利，但这种“追求”必须遵循诗歌艺术的发展轨迹，“越轨”之作便不是诗。[8]这种开放还体现在处理现代与传统的关系、诗与现实的关系等方面。开放的艺术追求带来了“上园派”艺术视野的开阔性与科学性，也形成了它的广泛的指导性。研究方法的开放是艺术追求的开放的必然要求。上园诗评家善于吸收和采取各种新的科学的研究方法，系统论、信息论、符号学等现代科研方法常常渗透在他们的文章之中。“求实”和“创新”是他们把握研究方法开放的基本原则。[8]这种开放具体体现在注重探索诗歌艺术发展的特殊规律、注重把宏观研究和微观研究结合起来等方面，最终获得了既符合诗歌艺术发展规律又具有新意、适应当下诗歌发展现状的理论主张，因而能够产生比较广泛的影响。

“上园派”诗论家注重诗的基本理论研究，试图从新诗发展的历史和现状中寻找新诗艺术的特征和规律，吕进的《新诗的创作与鉴赏》(1982)、《中国现代诗学》(1990)是这种研究的代表性成果。“上园派”和“传统派”、“崛起派”的最大差异主要体现在对待开放与传统关系的态度上。传统派过分强调传统，崛起派过分强调开放，“上园派”则是将二者有机结合起来。吕进认为，在历史上，开放往往为诗歌的创新创造了良好环境。新诗的诞生就是遇到了20世纪初叶的文化大开放年代，新潮汹涌，孕育了新诗的胎动。然而，开放只是提供发展的可能性。要将可能性变为现实性还得有几个要素，最重要的就是如何在开放环境中保持、扬弃、丰富本民族传统。诗是民族性最强的文学。……没有传统根基，开放反而可能使得一个民族的诗歌变得芜杂和怪异，损害诗的成长。因此，在开放的环境中开拓诗歌创新之途，看来有两个相互关联的侧面，一是外国艺术经验的本土化，一是民族传统的现代化。这样，才能创造出当代的民族诗歌。[9]对于传统，“上园派”的看法也值得注意，吕进认为：“在某一民族诗歌的永恒的无穷尽的变化中总是有一些有别于其他民族诗歌的恒定的不变的艺术精神和形式特征，这就是民族传统。循着这个线索，我们可以更深刻地把握古代诗歌——鉴赏古代作品中的现代艺术因素；我们也可以更准确地把握现代诗——发现现代作品的艺术渊源；我们甚至可以预测未来——从变化与恒定的矛盾统一中去探知诗歌的路向。”[9]这是吕进一贯坚持的艺术主张，也是其诗学体系的基石，同样是“上园派”得以成立的学理基础。可以看出，辩证法观念在吕进诗学体系的建构中发挥着重要的作用。

在展开基础研究的同时，“上园派”诗论家也非常关注对诗歌现象的把握，对于有成就、有特色的诗人，善于总结和研究，而对于不符合诗歌艺术规律的现象则敢于批评。朱先树就撰写过大量论文总结诗坛现象，其《80年代中国新诗创作年度概评》(长江文艺出版社 1993 年 8 月)就对 20 世纪 80 年代的诗歌进行了全面的关注,《新时期诗歌主潮》(作家出版社 2002 年 7 月)记载了新时期以来诗歌发展的许多重要现象,是研究当代诗歌的重要文献和史料。阿红的诗话清新活泼,诗意盎然;袁忠岳、杨光治等人的论文具有思辨性,对诗坛上的各种新现象发表了具有说服力的观点。

“上园派”的出现打破了 20 世纪 80 年代初期诗坛上二元对立的格局,使诗坛多元化的渴望得以实现。80 年代中期“上园派”出现时,由于诗歌创作现象越来越丰富,诗歌观念的多元化已经成为事实,群体之间的争议已经不像 80 年代初那样尖锐、激烈,融合态势已基本形成。因此,“上园派”的出现在一定程度上不是与“传统派”“崛起派”的抗争,而是在诗坛引领了一种新的潮流和方向,可以认为是“传统派”“崛起派”之外的第三条道路。根据朱先树的记载,参加 1984 年《诗刊》读书会的几位专家基本上都认为:“这些年的诗歌评论工作中,取得了不少成绩,但也出现了一些失误。所谓‘崛起’理论的出现和在诗坛形成的影响就是突出的例证。”[1]“崛起派”是《诗刊》读书会主要针对的对象,在今天看来,这个活动是具有反“崛起”之嫌的,换句话说,“上园派”在一定程度上是反“崛起派”的。不过,如果对他们的理论文本进行更深入的考察,就会发现,“上园派”和“崛起派”之间存在的差异主要体现在对待传统和外国艺术经验的态度上,一个主张“融合”,一个更关注“拿来”,但在创新意识上二者其实是一致的,其共同的“对手”是缺乏创新意识和探索精神的“传统派”。80 年代初,“传统派”和“崛起派”在人数上都不占多数,但后者因其“新”与“破”而受到关注。80 年代中期及以后相当长的时间里,“上园派”的诗学主张代表了大多数诗人和评论家的意见。古远清曾说:“这派抛弃了狭隘的民族意识和单纯的横向移植,把新诗研究置于以现代生活为基础的中国新诗和外国诗歌交叉点上。他们主张新诗既要民族化,也要现代化;既要立足于传统,但又不能株守传统,抱残守缺,而要横向借鉴于西方,赢得了众多的知音。”[10] 由于“上园派”在事实上的认同者和参与者很多,除了《上园谈诗》中的几位诗论家外,其普视性似乎超越了具体的指代性,因此,这个称呼在其出现之后并没有很多人采用,尤其是进入 90 年代,“上园派”核心成员发生了一些变化:朱子庆很少参与“上园派”活动,专门谈诗的文章不是很多;阿红因为年龄和身体原因,退休以后撰写的文章越来越少；叶橹逐渐转移到对“先锋派”的关注上；袁忠岳、杨光治、朱先树等也先后退休。在发展过程中，“崛起派”也出现了诸多变化，一些诗论家对诗坛上出现的非诗现象给予了尖锐批评，比如孙绍振就在1998年1月号《诗刊》上撰文对“后朦胧诗”进行过深度解剖，对由“新潮诗”演化而来的“后新潮诗”进行了全面打量，他并不反对创新，但不再像80年代初那样对所谓的新探索都给予肯定，而是客观分析了“后新潮诗”所存在的致命缺陷，体现出诗学观念上的转向。他说：“但是今天，孙绍振在这里却表示，目前的大量新诗他看不懂了。不但如此，而且还在本年度《星星》的八月号上发表了文章，要‘向艺术的败家子发出警告’。”“在我们的诗坛上，虚假现象可以说是铺天盖地而来。或者用一个年轻诗歌评论家的话来说，就是到处都是‘塑料诗歌’。用外国文化哲学理论廉价包装起来的假冒伪劣诗歌占领了很大一部分诗坛。”“我们希望一切诗人都能把对于诗的使命感，对于自我的使命感，对于时代的使命感统一起来，首先做一个真正意义上的人，然后再谈得上把自己的生命升华为诗。我无法相信，没有真正意义上的使命感，光凭文字游戏和思想上和形式上的极端的放浪，会有什么本钱在我们的诗坛上作出什么骄人的姿态。”[11]这与同一时期吕进的观点非常接近，吕进说：

> 诗，是民族性最强的文学样式。我们主张弘扬传统，因为无论愿意还是不愿意，我们总是生活在传统中。中国诗歌传统有一个中心观念，就是以国家和群体为本位，所谓“话到沧桑句便工”。传统诗美学将此作为评价作品高低优劣的重要标准。这种诗美学与西方的使人与人、人与社会、人与自然相分离、相对立的观念大相径庭。近年一些中国诗却不见“中国”，中国的现状与历史，中国人的生存状态、生活状态、情感体验，中国人身外的文化世界和身内的精神世界，都在诗中消失了。文字游戏、语言狂欢、“解构”崇高、眼光只看得见自己鼻尖的肤浅之作，使人大倒胃口。不要“中国”，又叹息诗在当代中国成了边缘文化，岂非逻辑混乱！将中国的诗歌精神“重铸”为西方诗歌精神，新诗就必然得病，必然被读者所看轻，所疏远，甚至被目为怪诞。[12]

进入90年代，80年代初那种诗学观念之间的尖锐冲突在诗坛上已逐渐成为历史。接续诗歌探索、创新的是另外一些更年轻的诗人和评论家,世纪之交的“盘峰论战”就是“知识分子写作”和“民间写作”之间的观念碰撞。不过,其语境已经和80年代前期有很大差异,是多元文化氛围已经形成之后的论争,已经很少有人用“对”与“错”来加以评价了。

不过,作为“上园派”基地的西南师范大学(2005年与西南农业大学合并组建为西南大学)中国新诗研究所还在①,作为这个研究机构的创始人和学术带头人,吕进一直引导着这个研究机构的学术方向;可以称为“上园派”“盟主”且编辑出版过《上园谈诗》的吕进还活跃在诗学研究领域,他的多种著述和针对诗坛现状所撰写的一系列文章仍然受到诗歌界的关注②。换句话说,“上园派”的目的不是一定要开创一个诗论流派,而是要通过群体的努力开创一种“稳健的开放”的诗学主张,即使这个群体已经成为历史,但这种追求在相当长的时期内仍然具有自己的学术生命力,《诗刊》所发表的许多文章在很大程度上延续了当年“上园派”提出的主张,毛翰提出的“中锋”之说也是上园派主张的延续——“上园派”在本质上就是一个主张“化古化欧”的“中锋派”。

2004年9月,吕进、骆寒超等人在西南师范大学中国诗学研究中心、中国新诗研究所主办的“首届华文诗学名家国际论坛”上提出“新诗二次革命”主张,这实际上是对“上园派”诗学观念在新的文化语境下的升华和延续。值得注意的是,在正式提出“新诗二次革命”之前,吕进关于“三大重建”之一的“诗体重建”的系列论文《诗体解放以后》《论新诗的诗体重建》《作为诗体探索者的贺敬之》等先后于1995年4月、1997年10月、1998年7月发表在《诗刊》上,后来才引发了诗的“精神重建”“传播方式重建”的深度思考。1998年11月12日至16日,在由中国作家协会、江苏省委宣传部主办、诗刊

---

①吕进在《缪斯之恋——我的学术道路》(《重庆教育学院学报》2009年第1期,第5—12页)中说:“这本书(指《上园谈诗》——引者注)编完于1986年2月,距新诗研究所成立只有四个月的时间。新诗研究所后来实际上成了上园派的基地。”

②吕进生于1939年9月,按照西南大学的规定,国家级有突出贡献的中青年专家可以工作到70岁才退休。吕进在1995年获得这一称号。2009年,学校同意他继续工作。吕进是西南大学中国现当代文学学科和中国新诗研究所的学科带头人,也是以中国新诗研究所为核心的重庆市首批人文社会科学重点研究基地“中国诗学研究中心”主任,一直关注、影响着新诗研究所的学术方向。在其他一些“上园派”同人几乎不再从事新诗研究的情况下,吕进仍然发表了大量论文和专著,参与了大量诗歌和诗学方面的活动。

社承办的“全国诗歌座谈会”(张家港诗会)上,吕进再次谈到了“诗体重建”的主张,受到高度关注和肯定。

总括起来看,“上园派”的出现和延续都与《诗刊》有关。在1984年《诗刊》举办的读书会上,多数与会者对诗歌批评中存在的不良现象提出了批评:“大家认为,诗歌评论,重点应该是浇香花,表扬好的。同时也要批评一些错误的理论和作品。”[1]吕进提出的“新诗二次革命”主张其实也是以批评诗歌创作、诗学研究中的非诗现象作为基本立足点的,而且与此相关的很多成果都发表在《诗刊》上。他说:“中国现代诗学需要科学地总结近百年积累的正面和负面的艺术经验,肯定应当肯定的,发扬应当发扬的,批评应当批评的,推掉应当推掉的;向伪诗宣战,向伪诗学宣战,向商业化和‘窝里捧’的诗评宣战,摆脱边缘化的尴尬处境;探讨诗歌精神重建、诗体重建和诗歌传播方式重建,推动当下中国新诗的振衰起弊。这是现实提出的问题,时代提供的条件,诗界普遍的希望,历史赋予的使命。”[13]这是“上园派”诗学主张和学风在新的社会文化语境下的提升和延续,只不过比过去谈得更全面,更直接,也更具有冲击力。

参考文献:

[1]朱先树.要认真重视诗歌评论工作——记《诗刊》举办的评论作者读书写作会[J]/诗刊,1984(7).

[2]袁忠岳.从上园到北碚[J].中外诗歌研究,2005(4):12-13.

[3]古远清.中国当代文学理论批评史(1949-1989大陆部分)[M].济南:山东文艺出版社,2005:514-515.

[4]朱先树.关于诗的传统与现代追求问题——代卷前语[G]//吕进,编.上园谈诗.重庆:重庆出版社,1987.

[5]吕进.变革,为了新诗在当代中国的繁荣——卷末语[G]//吕进,编.上园谈诗.重庆:重庆出版社,1987.

[6]黄子健,佘德银,周晓风.中国当代新诗发展史[M].成都:成都科技大学出版社,1993:288-289.

[7]古远清.“上园诗派”主张的生动阐明[J].当代文坛报,1987(9).

[8]蒋登科.稳健的开放——读《上园谈诗》[J].未名诗人,1989(2):47－48.

[9]吕进.开放与传统——中国新诗谈[J].当代文坛,1990(1):2－6.

[10]古远清.中国大陆40年诗歌理论批评景观[J].诗探索,1995(4):160－169.

[11]孙绍振.后新潮诗的反思[J].诗刊,1998(1):66－71.

[12]吕进.新诗呼唤振衰起弊[N].人民日报,1997－07－22.

[13]吕进.三大重建:新诗,二次革命与再次复兴[J].西南师范大学学报(人文社会科学版),2005(1):130－135.

作者简介:蒋登科(1965—),男,四川巴中人,文学博士,西南大学中国新诗研究所,教授,主要研究中国现代诗学。

原文出处:《西南大学学报》(社会科学版)2011年第1期。

转　　载:1.《新华文摘》2011年12期长文转载;2.《高等学校文科学术文摘》2011年2期论点摘要。

图像意识的四种形态及其认识论阐明

肖伟胜

摘　要：图像意识就是指与图像有关的意识，它在广义上不仅包括以照片、图画、影像等为对象的图像感知行为，也包括了本源性感知和简捷性感知的表象直观行为，甚至还包括非直观的符号表象行为；从现象学角度对这四种图像意识行为进行认识论阐明，不仅可以把握图像的意义结构，而且还可以深究主体观看的行为及其能力，从而进一步深化当前的视觉文化研究。

一、图像意识的内涵

视觉文化是一种以图像为主因（dominant）来表达、理解和解释事物的文化形态，作为基本表意符号的图像不仅是视觉文化区别于其他文化的最重要的标识，而且以它为切入点还可探究眼睛的"观看能力"。从图像入手能够反观甚至深究主体观看的行为及其能力，其中的奥秘就蕴含在图像的意义结构之中。意义结构指的是一种意义－方式的整个网络，这个网络被指认为是存在者的"import"，即"带入、传达"。说某物有意义，也就是说它有某种重要性。[1]按海德格尔的说法，一般问题的形式结构包括三个方面：(1)问之所涉；(2)问之所问；(3)问之所求。[2]195 其内在理路是从问之所涉出发，必须着眼于问之所问去规定源本的经验方式和通达方式，去规定观视之方式和所视见的内容本身[2]197。对图像的意义寻求也应包括三个方面：(1)图像是什么，它的基本结构如何？(2)图像如何呈现和表达，按现象学的说法，就是图像的立义怎样？(3)更进一步的问题是，图像为何有不同的立义，其根源是什么？这些对图像意义的询问不只是简单问问而已，“问”是对话和互省，是问与被问者“之间”的互动，“问”同时也“反思”自己。换句话说，问什么、怎么问及何以如此问，关涉到问者的观视方式和源本的存在体验。与这三个问题相应，在主体的观看方面也有三个问题：(1)看到了什么？(2)怎么看？(3)何以如此看？如果遵循一般问题的内在理路，对图像的意义追问从图像是什么出发，着眼于图像如何呈现和表达，去规定图像源本的经验方式和通达方式，去规定主体观视之方式和所视见的图像本身。上述三个问题分别从本体论、认识论、存在论角度对图像进行全方位勘查，共同构成较完整的图像意识(德文 Bildbewuвtsein，英文 image－consciousness)[3]92。所谓图像意识就是与图像有关的意识，其实质是探寻图像的意义，通过对图像意义的追问反观问者即主体的观视方式和源本的存在体验。把所有与图像有关的意向行为叫作广义的图像意识，不仅包括以照片、图画、影像等为对象的图像感知行为，也包括本源性感知和简捷性感知的表象直观行为，甚至还包括非直观的符号表象行为，而主体方面也相应存在着各自不同的观看方式。狭义的图像意识是指在观看照片、图画、影像等以图像为基本表意符号时的意识体验。它作为一种认识经验，不同于知觉、想象以及符号意识，是一种建立在相似性基础上的非直观行为。为了把握图像意识的本质结构、特征及其形态，必须先从分析以照片、图画、影像等为对象的意识行为入手，看看在这种意识体验中到底是一种怎样的“看”。

以照片、图画、影像等为对象的图像感知是一种意识体验，而意向性是“体验本身的结构”[2]33，图像意识是一种意向性行为。在胡塞尔看来，意识的本质在于它的意向性。意向的意思是自身—指向。正如“意向的”这个形容词在胡塞尔那里具有“意指的”和“被意指的”双重含义，他的“意向”概念也可以得到双重解释：形象地说，与瞄准的动作相对应的是射中(发射与击中)；同样，与此完全相同，与某一些作为“意向”的行为(例如判断意向、欲求意向)相符合的是另一些作为“射中”或“充实”的行为。[4]419 狭义的意向意味着“瞄准”，它是指行为带着它的意义指向一个或多个对象；广义的意向则既包括瞄准也包括射中，它意味着整个行为。意向性有一个基本的结构，由意向行为与意向对象两部分构成。意向行为决定意向对象的存在，没有意向行为就没有意向对象，一定的意向行为必然伴随着相应的对象的呈现，反之,一定的意向对象意味着总有一定的意向行为的被给予,意向对象必定依赖意向行为而存在,即意向对象是意向行为的"意向相关项"。作为一种意向性的图像意识,其意向行为和意向对象到底是什么?不妨以海德格尔所观看的一幅关于魏登豪塞桥的风景明信片为例,来探讨图像意识所具有的基本结构。

> 当我观察一幅魏登豪塞桥的风景片时,在此就出现了一种新的表象方式。现在,风景片本身以具体有形的方式获得给出。正如一座桥、一棵树或诸如此类的东西那样,这一风景片本身也是一个物体、一个对象。但这个物体不是如同桥本身那样的单纯的物体,而是(如同我们说过的)一种图像物(Bildding)。在看这个图像的时候,我通过它所看到的是那被摹状的东西(Abgebildete),也就是这座桥。在图像感知中,我不是在专题地把捉图像物,毋宁说,在一种自然的态度之下,当我看一幅风景片时,我看到的是它上面的被摹状之物,是这座桥,即风景片所反映的东西。在这一实例中,桥梁既不是被空洞地意指,也不是被单纯地观照,亦不是被源本地感知,而是通过一种对于某物的图像化(Verbildlichung)所特有的层级结构得到把定的(按:着重号为引者所加)。现在,桥梁就是在被表象状态(Vorgestelltsein)意义上的被表象者(Vorgestellte),而这个被表象者是通过某物得到显表(Darstellung)的。这一图像把捉,这种通过一图像物而把某物当作一种被摹状物的理解,具有一种与简捷的感知完全不同的结构。[2]51

海德格尔在此把观看一幅魏登豪塞桥的风景片这样的图像感知行为,作为一种新的表象方式来看待。在这种图像意识行为中,如果在本体论层面上追问:我们到底看到的什么?显然是这一幅风景片被摹状的东西,也就是这座桥。接着在认识论层面的问题是:这座桥是以怎样的方式被把捉的?在海德格尔看来,它是通过一种对于某物的图像化所特有的层级结构得到把定的。图像化所特有的层级结构具体构成又如何?为了真正廓清关于这座桥的新的表象方式和图像感知的层级结构,必须要对存在者不同的表象方式逐一分析,对图像意识在认识论层面的问题做出富有成效的回应。从海德格尔详尽的阐发中，我们可以大致总结出四种不同的表象方式：空洞的意指；单纯的观照即简捷的感知；源本的感知即具体有形的一一被给出；图像感知。与之相应，在主体方面也就存在着四种不同的“观看”方式。这四种表象方式或看视方式直接来源于胡塞尔、海德格尔的启发，下文对它们的辨析建立在他们一系列的阐发之上。

二、直观表象

为了把握图像感知行为的基本结构及其内在机制，还是要回到最初对魏登豪塞桥的观照上。我设想我自己处于这座桥的面前。在对桥的直观中，它自身得到了给出，值此，我所意谓的是这座桥本身，而并非它的图像，我意谓的也并非幻象，而是桥梁本身。海德格尔把这种单纯的观照称为简捷的感知。在这种最初和质朴的“观审”之中，我首先、主要和突出地看到的不是桥梁的个别状态即桥梁的区别相，而是首先一般地看到：它是一座桥。也就是说，我所把捉到的是那直接的被给予者，也就是桥梁本身。因此这种单纯观照的“看”，就不能在狭隘的视知觉的意义上去理解，相反，这里的“看”所意味着的无非就是“对显现物的简捷的认知”[2]47。在对这座桥的质朴“观审”之中，为何这样的“看”能够达到“对显现物的简捷的认知”呢？据海德格尔对“观审”这个语词的考证，在古希腊语中它既有名词义，指的是某物在其中显示自身的外貌、外观，某物在其中展示自身的外形。看到了这个在场者在其中显示自身所是的外观，就是知识；它又有动词义，意味着注视某物、察看某物、观看某物。由此可见，观审就是注视在场者于其中显现的那个外观，并且通过这样一种视看观看着逗留在这个在场者那里。[5]而观审这样的视看是对在场者之在场的觉知，因而它就自然能够通达对显现物的认知。不过，这种先于感性认识的对照面的东西的素朴的观看，是没有理性认识和感性认识干扰的先天寻视。这样的寻视仅仅对相遇照面的东西有所领会、解释，而不把相遇照面的东西作为事物现成的东西感受、表述它。这样的寻视只是把相遇照面的东西作为事物本身来把握。海德格尔说：“对上手事物的一切先于命题的、单纯的看，其本身就已经是有所领会、有所解释的。然而，不正是这个‘作为’的缺乏造就了某某东西的纯知觉的素朴性吗?”[6]174 这种素朴的看不是脱离人的生存、脱离万物的内观冥想,相反,它建构了人与世界的先天联系。对事物感性的观察反倒要以这种素朴的看为前提,没有被观察东西的现身在场,就不可能观察到现成事物的颜色等性质。

既然对这座桥的简捷的感知是一种质朴的观审,我们就找不到任何一种属于图像意识的东西。很显然,这里的图像意识是狭义上的,而不是广义上包括直观行为在内的表象行为。但从过去到现在,人们通常在这种单纯观照所具有的简捷中发现这样解释:当我看到这座桥时,似乎我首先感知到了我意识中的一幅图画,于是给出了一个图像物,并且,由此图像物而来,我将此图像理解为某种有所反映的东西,即理解为这座外部的桥梁的内在映象。换句话说,在我的内部有一个主观的图像,而在外部有一个超越的图像、一个得到摹状的东西。海德格尔说,这种把图像意识移植到单纯的对象把握中,一方面并不能对对象的把捉做出任何解释,也不符合现象学式的简捷的发现,还把人引向不能成立的理论。在对这座桥的直观中,是它自身得到了给出,而不是它的图像或幻象,这是一种现象学式观审。所谓现象学,按海德格尔的说法,无非是一种研究方式,亦即某种诉求,如其自行显示并且仅仅就其自行显示那样[7]。这就意味着在对这座桥简捷感知时,这座桥是作为自行显示者显示的东西,它作为它本身在此,并不是以某种方式在场,或者处在间接的考察中,也并不是以某种方式重构起来的,它作为一个对象是从其自身而来的现时存在(present)。在这种纯粹凝视(素朴地看)之际,“仅仅在眼前有某种东西”这种情况是作为不再有所领会发生的[6]175。就其含义而言,“直观”这一表述与上面我们已在充分的意义上规定的“看”是相应的,直观所指的是对具体有形的显现物本身的简捷的把捉,如同这一显现物自身所显示的那样。[2]59 因此,在对这座桥的直观中不存在什么与图像之物和图像化特性的瓜葛,也不存在像图像意识这样的东西。相反,图像意识在根本上只有首先作为感知才是可能的。

退一步说,如果认识在根本上是对于一种客观图像的把捉,即对于外部超越物之内在图像的把捉,那么这超越的对象本身(现实中的魏登豪塞桥)是如何得到把捉的呢?如果每一对象把捉都是图像意识,那么相应于这内在图像,又需要另外的图像物,此图像物是我用于显表内在图像的……如此等等。这无疑会进入一种无限倒退，在这之中什么也不能解释。这种把图像意识移植到单纯的对象把握中的做法，曾经遭到胡塞尔的嘲笑，他认为在意向对象方面以及与它们可能相符的“现实的”和“超越的”对象另一方面进行实项区分，是“一件背谬的事情”，他说：“任何人都会承认：表象的意向对象与表象的现实对象以及在可能情况下的外在对象是‘同一个’，并且，对这两者进行区分是一件背谬的事情。如果超越的对象不是表象的意向对象，那么这个超越的对象就根本不是这个表象的对象。”[4]459－460 这意味着在对这座桥的简捷的感知中，可以指向的唯一对象是我们意向的对象，即桥本身。这并不是说所有的意向对象都是实在的，只是说如果被指向的对象果真存在，它就是这一实在对象，并且没有其他的是我们的意向对象，也就是说，所有被“实在对象”这一表述所指明的东西是显现为存在着的被意指的对象。依据定义，一个实在的对象“就是一个简捷感知的可能对象”[2]79。这意味着实在意义上的“现实”并不意味着“存在于意识之外”，而是意味着“不仅仅只是被误想的”；现实“在绝对意义上它什么也不是，它没有任何‘绝对本质’，它有关于某种事物的本质性，这种事物必然只是意向性的，只是被意识者，在意识中被表象者和显现者”[8]135。在对这座桥的简捷的感知中，没有所谓“主体心象（图像）”对外在客体“物象”的反映，作为意向对象的这座桥既非物质性的也非心理性的，而是在直观中把其特定的结构自行显示出来，是意识中被表象者和显现者，实际上这种感知与被感知物即这座桥是否现成全然无关，这座桥本身还不是以具体有形的方式向我给出。

三、本源表象

如果我真走下去并站立在这座桥本身面前，它就会以具体有形的方式获得给出。这种以具体有形的被给出方式，被海德格尔称为本源的感知。在这种感知表象中，被感知的存在者即这座桥以具体有形的方式当场在此。在简捷的感知中的发现即这座桥自身，并不是非要以具体有形的方式给出不可，恰恰相反，一切以具体有形的方式给出的东西反倒都是这座桥自身给出的。海德格尔说：“具体的形质是某一存在者的自身给出状态的一种特出的样式。”[2]50 在对这座桥的本源感知中，我直接看到了什么？显然是桥的一个特定的面和一个特定的角度，如果我围绕着它打转，我总是只能感知某一新的角度和新的面相。胡塞尔说：任何一个空间对象都必定是在一个角度上、在一个透视性映射中显现出来，这种角度和透视性映射始终只是单方面地使这个对象得以显现。[9]697 这意味着，每一个透视、每一个持续进行着的、个别的映射的连续性都只提供了各个面相。很显然，这种知觉上的“看”或本源性感知具有特殊的有限性。值得注意的是，我首先是在桥那里发现这种有限性；然后，我从桥回到作为视觉角度的有限中心的我。利科指出，事实上，正是在物体即桥那里，我意识到知觉的透视性质。物体是从某个角度被感知的；视觉本义上都是单侧的；人们都知道被感知物的单侧性和时间性是如何联系在一起的；正是因为我每次都从一个角度看物体，所以我应该展现轮廓的流动，在这种流动中，物体从这个角度，然后再从这个角度连续地呈现；因此，在过程中的知觉不一致向我表明我的视觉角度的有限性。[10]327

在知觉上“看”的有限性并不表明我所看到的仅仅只是桥的某一个角度或面相，由于这种本源感知意义上的“看”不仅包括感性的、经验的“看”，也包括“看之一般”。换言之，“本原给予的行为并不仅仅是指自然意义上的‘看’，亦即对一个个体之物的断然的(assertorisch)看，而且它还可以意味着哲学意义上的‘明察’，即对一个本质或本质事态的绝然的(apodiktisch)看。”[3]323 因而就其被感知状态而言，所有关于这座桥的感知的另一个环节还在于：我们所意指(meinen)(也译为表示)的总是作为一个整体的被感知者，也即是桥本身。因为每一个感知的本身意义中都包含着感知对象的意义，即被感知的对象、这个事物：这座被看到的桥。但这个事物并不是现在本真被看到的这个面，而是这整个事物，而这整个事物还具有其他的面相，这些面相不是在这个感知中，而是在其他感知中被感知到。那些未被看到的面相虽然没有实际地显现出来，即对于意识来说不是本真而实际地源本意识到，但确实以某种方式而共同地被意指。

在这个意义上，可以说知觉上的“看视”活动是一种诠释。这意味着在对这座桥的本源性感知中，在一种自然的意指的意义上，不管什么时候，我所意欲去看的都是这座桥本身，而不是它的某一个角度或面相。所谓意指，是指我超越在物体本身中的物体的面相，我判断物体本身的意向。通过这种意向，我迎向不从任何地方，也不从任何人那里被感知的意义。[10]328 这种非直观的超越指向也使人们把真实看到的那个面相仅仅描述为桥的某一面相，并且它使人们不把这个面相当作是桥这个事物，而是将某种超越出这个面相的东西即桥意识为被感知的东西，它使得人们认为，现实看到的东西是这个超越出所看之物的东西即桥的一个部分。

在这种本源性显现方式中，被感知之物本身在感知的每一个瞬间都是一个指示系统，它具有一个显现的核心，它是这个指示的立足点，在这些指示中，被感知之物即桥本身在某种程度上向我们呼唤：这里还有进一步可看的，让我在所有方面都转上一圈，同时仔细观察我、走近我、打开我、肢解我，一再地打量我并全面地翻转我。[9]699 但就这整个被意指的对象而言，对象意义在每一瞬间都是同一个，并且它在瞬间显现的连续序列中是相合的。这意味着，当我围着这座桥打转时，在流动着的感知的任何一个感知阶段上，在任何一个新的显现过程中，这个同一之物始终有效，变化着的和延续着的只是意向的视域而已。在感知的变换着的多维流形中，被感知者自身即桥本身保持不变，它总是作为同一个东西而得到意谓。这就是我凭借观念直观以一种新的方式所看到的东西，也就是桥这一自身等同的统一体。

四、符号表象

如果我现在发现意指是“说”的可能性，那么我不仅是目光，而且也是意指和言说，因为只要我说话，我就谈论其各个面没有被感知和没有呈现的物体。[10]328 这种在关于桥的谈话中出现的表象方式，就是所谓的“空意指”。在海德格尔看来，空意指是“通过念想（Denken an）某物、忆念（Erinnung）某物的途径而表象某物的方式”[2]50。实际上，空意指是一种符号表象方式，其意指符号除了被说出的语音符号，还有被写下的语词符号，它们均被赋予了特定的含义，被用来表述某些东西。如此一来，建立在最广泛图像意识基础之上的视觉文化甚至还可以包括以语音符号方式传递信息的听觉文化。因为具体的谈话是以语词的方式付诸音声，不过声音的特性是源出于逻各斯的原本意义即“让……为人所见”，源出于言说原本所是的东西——开示者、让（某物）为人所见者——而得到规定的。亚里士多德明确地把逻各斯的意义规定为：让某物自在自足地为人所见，确切地说就是让某物出自其本身而为人所见。在付诸音声之际，就已经历过一种“使之可见”“使之能为人所觉知”，已经存在着某种可显现、可成像的东西，人们能够看见的东西。在付诸音声之际，本质性的东西是视像、让……为人所见，那在言说中被道说的东西和作为被说出的东西而得到意指和意谓的东西。[2]112—113 由此可见，广义上的图像或视像实际上就是逻各斯的原本含义即“让……为人所见”，而逻各斯来源于“关于某物的言说”[2]111，因而图像就具有了观念、理念或种的内涵，如此一来，以言语为主的口传文化就可以纳入广义的图像文化之中。

在这种空意指的符号表象中，也就是我在谈论或阅读“桥”这个字时，我到底“看到”了什么，严格意义上不能说我“看到”了什么而只能说我“念想或忆念”到什么。显然，我“看到”或念想、忆念到的就是这座桥本身。既然是空意指，就意味着在意指这座桥时我并没有直接看见它的外观，而是在空意指的意义上意谓它。就其含义而言，空意指是未得到充实的，而空意指中所内含的被意指者能够以某种方式在直观式观照中得到充实。在这种符号表象方式中，被意指者也间接而简单地得到了意谓，只不过仅仅是以空洞的方式，就是说，是在没有任何直观充实的情况下被意谓的。

现在让我以粉笔写的“桥”字的感知为例来看看符号意识是一种怎样的意向行为。胡塞尔指出，符号意识的本质在于，它永远都必须是一个复合的行为、一个建基于直观行为之上的行为。这种意向行为显然不同于本源性感知和简捷性感知等直观行为，而是要奠基于这些直观行为基础之上。一个行为的被奠基并不是指这个行为——无论在哪种意义上——建立在另一些行为之上，而是意味着，就其本质，就其种类而言，被奠基的行为只有建立在奠基性种类的行为上，它们才是可能的。[11]180 这明确地表现在：我在感知以粉笔写的“桥”字时，所意指的东西不是这个符号自身，而是由这个符号所标识的东西。胡塞尔说：“尽管语词（作为外在的个体）对我们来说还是直观当下的，它还显现着；但我们并不朝向它，在真正的意义上，它已经不再是我们‘心理活动’的对象。我们的兴趣、我们的意向、我们的意指……仅仅朝向在意义给予行为中被意指的实事。纯粹现象学地说，这无非意味着：如果物理语词现象构造于其中的直观表象的对象愿意作为一个表述而有效，那么这个直观表象便经历了一次本质的、现象的变异。构成这个直观表象中对象现象的东西不发生变化，而体验的意向性质却改变了。”[4]42 他在“第五研究”中再次说，“我们的兴趣并不生活在”这种感知之中；如果我们不分心的话，我们不会去注意标识，而毋宁会去注意被标识之物；因而，起主导作用的主动性应当属于赋予意义的行为。[4]442 一旦我们的兴趣去注意标识，也就是仅仅朝向感性之物，仅仅朝向单纯作为声响或形状构成物的语词时，语词便不再是语词符号，而至多只是被胡塞尔称作“自在的符号”的东西，例如书写的语词本身、被印刷出来的文字本身等。在我们的例子中，那个“桥”字便只是一个划痕，而不是一个语词。

从对粉笔划痕的单纯感知向符号意识的转变，存在着胡塞尔所谓的“体验的意向性质的改变”。在这个符号意识中，粉笔字“桥”可以被理解为大桥的“桥”，也可以被理解为隐喻意义上的牵线搭桥的“桥”，甚至还可以按其笔画被理解为中文的计数数目“十”。在这里，感性材料即看到的粉笔划痕并没有发生本质的变化，但意指它的行为却发生了本质变化。这里发生了“体验的意向性质的改变”，粉笔划痕被第二次立义为语词“桥”或数目“十”。由此而产生出符号意识中第二个被构造出来的东西，或者说第二个对象。这个对象就是“含义”或“意义”，也就是胡塞尔上述所称的“在意义给予行为中被意指的实事”或“被标识的东西”。在这个赋义行为中，也就是当我进行语言活动或“体验词的表象”时，并非是词的表象在直接行使语言功能，唤起我心中的“秘密的心理配合”或心象，以作为意义的承载者。词的表象功能只在于激发起纯粹的赋义行为，指向被表达者。这是一个完全朝向表达对象的被“事情本身”主宰的一气呵成的意向构成过程，并不是经验论者所说的刺激和反应的映象过程。所以，当我们体验词的表象时，我们根本不活在这个词的表象之中，而是完完全全地活在对于它的含义、它的意义的贯彻实行之中。这个在语言活动中被构成的意义行为，一方面不同于单纯的心理行为，因为它穿透了词的外在（物理）和内在（心理）而直接朝向被表达对象；另一方面也不同于抽象的概念行为，因为它完完全全地“活在”表达经验的赋义活动中。这种行为所赋予表达式的意义也就绝不可能只是经验主义者讲的观念或心象，也不可能是唯理主义者所谓的脱离了经验的概念。总之，这种意义的超实在多样的观念一致性、可分享性和非抽象性都来自赋义行为的纯构成本性。[12]

与简捷的感知和本源性感知的直观行为相比较，符号意识显然是一个复合行为。在这个复合行为中，并非并列地发生着两种构造活动，而是始终有主有次。在这种感知行为中，“起主导作用的主动性应当属于赋予意义的行为”，我们的注意力总是偏重于被标识的东西的显现。符号之所以能够代表被标识之物，乃是因为符号被相应的行为赋予了含义。换言之，一个表述通过一个行为而被赋予意义，因此这个行为叫作“赋予含义的行为”，胡塞尔将它简称为“含义意向”。此外，由于每个表达式不只说些什么，而且还说到些什么；它不仅有它的意义，还涉及某个对象。因而在符号意识的结构之中，除了表述本身以及表述被赋予的含义，还有第三个客体，那就是实在的桥，这个对象不同于被意指的对象，而是一种“观念的相关物”。不管是大桥的“桥”还是隐喻意义上牵线搭桥的“桥”，各自含义虽然不同，但指称同一个对象：桥本身。“桥”本身就是意向对象的组成中“首先突出地涌现了一个中心核，即‘所意指的客体本身’，也就是现象学还原所要求的加引号的客体”[8]236。至此，可以得出这样的结论：“每一意向对象都有一个‘内容’，即它的‘意义’，并通过意义相关于‘它的’对象。”[8]313 这就是说，意向对象相关于一个对象并具有一个内容，借助于这个内容，它与对象相关。由于符号表象作为被奠基的“非本真表象”不是原初给予的，而是一种记忆或念想的意识，因此它“不是一‘看的’意识”[8]329。在此意义上，胡塞尔和海德格尔均把这种符号性的意指称为“空洞的意指”，因而它是广义图像意识中最缺乏“视觉性”的一种。

五、图像表象

如果说不同的感知类型对应于不同的表象方式以及主体相应的不同观看方式，那么本源性感知、简捷的感知和空意指即符号感知则分别大致对应于感知表象、想象表象和符号表象，也就是上面所命名的本源表象、直观表象和符号表象；而在主体方面相应的是知觉性的“看”、简捷性的“看”和回忆性的“看”。这三种不同的表象行为和图像感知行为构成了广义上的图像意识，那么狭义上的图像意识即图像感知行为又是一种怎样的表象方式？它作为一种意向性行为，其基本结构是什么？它与其他三种看的方式在机制上又有何不同？

回到观看魏登豪塞桥风景片这样的图像感知行为中，作为一种新的表象方式，在这种图像意识体验中，我到底看到了什么？是作为一个物体、一个对象的风景片本身？还是这一幅风景片被摹状的东西也就是这座桥？我首先、主要和突出地看到的不是前者，而是后者。在看这个图像时，我通过它所看到的是那被摹状的东西，也就是这座桥。在图像感知中，我不是在专题地把捉图像物，毋宁说，在一种自然的态度之下，当我看一幅风景片时，我看到的是它上面的被摹状之物，是这座桥，即风景片所反映的东西。这里我们要把对图像物的感知与图像感知区别开来，在对图像物的感知中，一个邮差可以把图像物（风景明信片）仅仅看作世间之物，看作明信片，如同一座桥、一棵树或诸如此类的东西那样。但作为纯粹的、单纯的物体感知，对图像物的感知不仅没有达到完成，并且情况也并非我首先只是看见一个物即风景片，而后断定“它是一个关于什么什么的图像”，相反，我立马就看见了一个被摹状的东西，而全然不是一开始就专题地和孤立地看见了图像物，看见了一幅画的线条和色块。[2]54

诚然，当我观看魏登豪塞桥风景片时，风景片本身以具体有形的方式获得给出，但这个物体不是如同桥本身那样的单纯的物体，而是一种图像物。在关于这座桥的风景片的图像感知中，区别于前面三种不同的表象方式，桥既不是被空洞地意指，也不是被单纯地观照，亦不是被原本地感知，而是通过一种对于魏登豪塞桥的图像化所特有的层级结构得到把定的。现在，桥就是在被表象状态意义上的被表象者，而这个被表象者是通过某物得到显表的。这一图像把捉，这种通过一图像物而把某物当作一种被摹状物的理解，具有一种与上述三种感知类型不一样的意义结构。由于图像意识与符号意识均属于非本真表象，从上述图像感知的整个过程中，可以辨析出图像意识具有与符号意识相类似的三个客体，即物理的图像、图像客体与图像主题，分别对应于符号意识中的表述本身、表述所被赋予的含义即内容或意义，以及超越性对象或加引号的绝然对象。这里我们就以“魏登豪塞桥的风景片”为例，来仔细地辨析图像意识中的基本要素，以及在这种图像化的立义行为中所特有的层级结构。

第一个客体即物理的图像，它是印刷的纸张、形状尺寸、颜料色彩等。这一图像的客体是物理层面上的感性之物，只有在我完全滞留在通常的、朴素的感知上，也就是在专题地把捉图像物而像一个邮差仅仅把这个风景明信片看作世间之物时，它才显现出来。此时，这张风景明信片不再是一幅关于魏登豪塞桥的图像，而只是一个被胡塞尔称作“自在的符号”的东西，如同一座桥、一棵树或诸如此类的东西。

第二个客体是图像客体，它是“展示性的客体”。在一幅魏登豪塞桥的风景片感知中，这个展示性的客体就是风景片中的魏登豪塞桥。与前面的物理的图像相对应，胡塞尔将图像客体叫作“精神图像”，他认为“精神图像”的显现也就是对图像客体的立义，就“具有被立义的感觉之感性”而言，配得上本源性感知立义的称号，但又和感知立义存在着一定区别。其一，这个图像立义不同于其他感知立义之处在于，它“缺少”存在设定的特征，“缺少”存在信仰，“缺少”现实性特征，图像意识中的图像客体不是被感知为存在，而只是被感知。其二，这个图像客体并不是作为一个感知对象显现出来，而是更多地显现为一个“精神图像”。这意味着，虽然我们具有一个感知立义，但却通过这种立义而具有一个图像形式的非感知对象[13]206－207。我们并不会将风景片中的魏登豪塞桥感知为现实存在或不存在的魏登豪塞桥，而是将它们感知为现实存在的魏登豪塞桥的图像，但这种感知并不关注魏登豪塞桥的现实性特征。胡塞尔说，这个建立在感性感觉之上的立义不是一个单纯的感知立义，它具有一种变化了的特征，即通过相似性来展示的特征，在图像中观看的特征。[13]207 图像意识中的魏登豪塞桥的显现不同于本原性感知中具体有形的显现，而是通过一种“感知性的想象”立义为某种展示性的东西。

第三个客体是图像主题，它是“被展示的客体”。在上述风景明信片中，指实在的魏登豪塞桥。主题（subject）最初是指东西、事物、事情，在希腊哲学中指现象背后的实体，在绘画中指表征的对象。[14] 与符号意识中的第三个客体绝然的对象即“观念的相关物”相对应，图像主题是图像意识行为中“所意指的客体本身”，它并没有自己显示出来，而只能通过想象而被意指。胡塞尔说，这个被展示的客体并不是有所分离地处于此，处在一个特有的直观之中，相反，它是在图像中显现并且随着图像而显现，并且是通过图像展示的增长而显现。[13]207 图像主题作为图像客体的“观念的相关物”，没有任何显现与它相符合，因此只有图像客体显示出来。胡塞尔说，我们并不具有两个分离的显现，毋宁说，这里是两个立义相互交织在一起。图像客体并不是简单地显现出来，而是在它显现时还有某个东西被带出：图像主题。随着图像客体立义的进行，我们也一致地具有一个展示。[13]210 在图像客体和图像主题之间存在着图像与被展现者的关系，不过，通过感知性的想象而展示的图像客体即魏登豪塞桥，不同于这个图像意识中真正意指的那个绝然对象即魏登豪塞桥本身，在这种图像感知中，实在的魏登豪塞桥仅仅通过风景明信片而被唤入意识之中，并且在这个图像中一同得到展示。

如果我们的注意力不再朝向图像客体，而是转向于图像主题，那么这种感知就成了简捷性的直观感知，而不再是图像意识了。在图像意识中，“图像通过相似性而与实事相联系，如果缺乏相似性，那么也就谈不上图像”[11]53。这意味着，图像客体通过相似性与实在的图像主题相连，也就是展示的图像客体即魏登豪塞桥与它一同被带出的图像主题即魏登豪塞桥本身，二者必须是相似的才能联系在一起，否则就谈不上是图像意识。但另一方面，图像客体虽然必须与图像主题相类似，但一个是作为图像感知意向行为的“内容”或“意义”，而另一个是通过这个“内容”而相关于“它的”对象，它们二者不能完全同一。胡塞尔说，如果显现的图像在现象上与被意指的客体绝对同一，或者更确切地说，如果图像显现在任何方面都与这个对象的感知显现没有任何区别，那么图像意识也就几乎无从谈起了。[13]211 同属于“非本真表象”的图像意识与符号意识，正是表述的含义与实在的对象即图像客体与图像主题之间的相似性关系，才将它们区别开来。

从上述对图像意识行为的剖析中，可以窥见作为与符号意识一样的复合行为所特有的层级结构：物理图像唤起图像客体，而图像客体又表象着另一个图像——图像主题。我们在此可以用一句话来描述图像意识的这个结构：这个印刷的风景明信片（物理图像）是关于魏登豪塞桥（图像主题）的图像（图像客体）。

六、余　论

广义的图像意识行为包括了本源表象、直观表象、符号表象和图像表象等四种样式，这些表象分别对应感性的感知、简捷的感知、空洞的意指、图像感知等意向方式，它们实际上是对象之物或存在者在表象中的被表象方式。在描述这些表象之间所具有的关联时，我们指出了它们从单纯的空意指（符号化行为）到源本的给予性感知的一个确定的阶梯系列。就其含义而言，空意指是未得到充实的，也就是说它所涵泳的被意指者处于空意指的未充实的状态之中。所谓充实，就是当面直接地拥有存在者的直观性的内容，以至于先前只是得到空意指的东西在这里以真凭实据的方式呈示出来。[2]62 一个得到最完美充实的意向应当是这样的："不仅所有被展示的东西都已被意指（这是一个分析命题），而且所有被意指的东西都得到了展示。"[11]79 这就是含义意向的充实过程。胡塞尔认为，只有当一个含义意向通过直观而得到充实时，或者说只有当一个意向在足够的充盈中被直观所证实时，真正的认识才可能。从某种意义上说，对象的认识和含义意向的充实，所表述的是同一个事态。意向本身还不构成认识，例如："在对单纯象征性语词的理解中，一个意指得到进行（这个语词意指某物），但这里并没有什么东西被认识。"[11]31 在上述四种表象方式中，符号表象处于充实的最下层，它根本不具有充盈，建基于感性感知基础之上的本源表象处于最高层，而主要建基于想象行为之上的直观表象与图像表象则处于中间层次。因为感性感知是一种当下拥有的行为，它给予事物本身；而想象是一种当下化行为，无论一个想象有多么完整，它与感知相比还是存在着差异："它所给予的不是对象本身，也不是对象的部分，它只给予对象的图像，而只要这图像还是图像，就永远不会是事物本身。"[9]737

还是以魏登豪塞桥的观照为例：现在我可以仅仅以空洞、清谈的方式，来想起我曾见过的魏登豪塞桥。我可以通过关于魏登豪塞桥的回想对此空意指加以充实，最终我还得需要回到魏登豪塞桥面前，在原本的和最终的经验中去看这座魏登豪塞桥本身，以此来充实此空意指。在这样一种呈示性的充实中，空意指和原本的被直观物就达到了一种相符。海德格尔说，这一达到一相符——被意指者在作为其本身和作为同一物的被直观者之中得到经验——是一种自证的行为。被意指者通过被直观者而自证自身；在此人们所经验到的是同一体。[2]62 在这一自证行为的充实中，我就拥有了对实事本身的洞见，即对于先前的那种仅仅得到意指的东西的真凭实据的采见，胡塞尔把这一作为自证性充实的采见称之为明见。明见意味着出自源本直观的实事而对事态的一种自证性的看取，因而明见是一种确定的意向式行为，确切地说就是对被意指者和被直观者的自证；被意指者经由实事而验明自身。在关于魏登豪塞桥的空意指中，由于我回到魏登豪塞桥的面前，经由“源本的和最终的经验”的充实，使得被意指者魏登豪塞桥本身和被直观物魏登豪塞桥达到了一种相符。可以明见地说：“直观对象与在其中得到充实的思想对象是同一个，而在完全相应的情况下甚至可以说，对象完全是作为同一个对象而被思考（或者同样可以说，被意指）并且被直观。”[11]33

在自证性充实中体验到被意指物和被给予之物本身之间的一致性，就是所谓真理，即真实的东西就是存在者与理解的相符，这一古老的真理定义由此赢得了现象学式的解释。海德格尔认为，被意指者与被直观者的这种同一状态是真理的最初概念。不过我们要注意的是，在这种同一性的合成之中，感知本身是亲历于具体的感知的活生生的行为当中和被意指者的呈示当中。显而易见，“同一性并不是通过比较的和思想中介的反思才被提取出来，相反，它从一开始便已在此，它是体验，是不明确的、未被理解的体验”[11]33。这意味着，在明见的感知中，我不是在专题地探究属于这一感知的真理本身，而是亲历于真理之中。因而成真应被经验为一种被意指者与被直观者之间的行处干连，确切地说就是在同一性意义上的行处干连。如此这般，真理就可以从两个方面得到把握：一方面作为自证的、作为“达到一相符”的相关项，另一方面作为“达到一相符”这一行为本身的规定。前者指涉的是事态与实事的一种关系，而后者则是各种行为的一种特定的关联。此外，如果沿着明见性中体验到的被给予的对象方面加以观察，我们就可以获得真理的第三个概念。这个被给予的对象作为原本被直观到的东西向人们呈示出来，它就是充盈本身，因而也可以被称之为存在、真理、真理之物，它为同一化行为提供了基础与正当性。在这里，真实的所指就是那使得认识成真的东西，真理在这里就意味着存在、成为一真实。[2]65-67 在海德格尔看来，无论是基于事态的理解，还是基于行为的理解，都只是对真理的片面规定，而在希腊哲学中早期就出现的第三种真理概念，才真正切中了真理的源本意义。

参考文献：

[1]波尔特.存在的急迫:论海德格尔的《对哲学的献文》[M].张志和，译.上海：上海书店出版社，2009:85.

[2]海德格尔.时间概念史导论[M].欧东明，译.北京：商务印书馆，2009.

[3]倪梁康.胡塞尔现象学概念通释[M].北京：生活·读书·新知三联书店，1999.

[4]胡塞尔.逻辑研究：第2卷　第1部分[M].倪梁康，译.上海：上海译文出版社，1998.

[5]海德格尔.演讲与论文集[M].孙周兴，译.北京：生活·读书·新知三联书店，2005:47.

[6]海德格尔.存在与时间：修订译本[M].陈嘉映，王庆节，译；熊伟，校.第3版.北京：生活·读书·新知三联书店，2006.

[7]海德格尔.形式显示的现象学：海德格尔早期弗莱堡文选[M].孙周兴，编译.上海：同济大学出版社，2004:130.

[8]胡塞尔.纯粹现象学通论：纯粹现象学和现象学哲学的观念　第1卷[M].李幼蒸，译.北京：商务印书馆，1992.

[9]胡塞尔.胡塞尔选集：下册[M].倪梁康，选编.上海：上海三联书店，1997.

[10]利科.历史与真理[M].姜志辉，译.上海：上海译文出版社，2004.

[11]胡塞尔.逻辑研究：第2卷　第2部分[M].倪梁康，译.上海：上海译文出版社，1999.

[12]张祥龙.胡塞尔的意义学说及其方法论含义[G]//中国现象学与哲学评论(第2辑)：现象学方法.上海：上海译文出版社，1998:6.

[13]倪梁康.意识的向度：以胡塞尔为轴心的现象学问题研究[M].北京：北京大学出版社，2007.

[14]司徒立.构成的主题[G]//孙周兴，高士明.视觉的思想："现象学与艺术"国际学术研讨会论文集.杭州：中国美术学院出版社，2003:154.

作者简介： 肖伟胜(1970—)，男，湖南武冈人，文学博士，西南大学文学院，教授，主要研究西方美学。

原文出处：《西南大学学报》(社会科学版)2011年第5期。

转　　载： 人大复印资料《文艺理论》2012年4期全文转载。

上海租界的空间权力与文学书写

李永东

摘　要：上海租界与华界给人截然不同的空间感。两个上海的存在及其毗邻关系，生成了并置、对照的空间结构，空间权力争夺激烈。外侨采取“空间殖民主义”建构上海“异托邦”，通过标示空间的等级性、设置空间门禁来显示种族身份的优越感，通过象征性空间表明主人翁地位。中国知识分子处于双重帝国的边缘，应对空间殖民主义的话语策略并不一致。通俗作家解构上海空间神话时，倾向于将上海与乡村勾连，叙事风格不无夸饰。新文学家往往是上海的寓居者、漂泊者或闯入者，穿越喧嚣的租界空间，以阶级性的民族主义来观照租界的弄堂、公园和马路。两个上海的存在和空间的对照关系，规约着上海叙事的基本思路，影响了现代文学的文本特征。

一、引言：混搭、并置与对照的空间结构

上海原本属于中国的城市，但自从外国租界嵌入、切割、重组上海的城市空间后，上海空间权力的同质化被瓦解，租界逐渐成了城市的中心。

租界辟设后的上海具有“辐辏”的空间性[1]，不同的人群、制度、文化都赋存于空间，使得上海空间仿佛“一所最复杂的，最奇特的，最丰富的博物院”[2]。上海的城市空间可谓“一粒粟中藏世界。虹口如狄思威路、蓬路、吴淞路尽日侨，如在日本。如北四川路、武昌路、崇明路、天潼路尽粤人，如在广东。霞飞路西首尽法人商肆，如在法国。小东门外洋行街多闽人行号，如在福建。南市内、外咸瓜街尽甬人商号，如在宁波。国内各省市民，国外各

国侨民类皆丛集于此，则谓上海为一小世界亦无不可”[3]51。在社会制度方面，上海也呈现出一种混搭风格。“一个国家存留几种社会制度的现象，在殖民地及其他经济落后的国家，是有的。然而在一个都市，而能容许各种社会制度的存在，那就不能不数东亚的老大中国，被白种人统治下的上海了。”[4]在这里，历史时间的连续性被破坏，空间的意义凸显出来[5]。不同的社会制度与空间文化的“辐辏”，影响了上海人的精神结构。夏征农对之有过精辟的阐释：“在上海，我们就可以看到高入云霄的三大公司，与古香古色的虹庙为邻，看到风驰电掣的电车汽车与独轮手推车同路。由这而反映到人的思想上，于是就成为：提倡科学救国者，同时又在那里提倡念经救国、太极拳救国；出入歌台舞榭者，同时又在那里朝山拜佛、顶礼求神。”[6]于是，徘徊于上海的十字街头，潘汉年观察到的就是“狂叫明天开彩的慈善家”，“演讲‘劳工神圣’回来的阔少”，“刚认识之乎者也，而大卖圣书子书的阔客”，“穿着西装的先生，向人招呼而恭恭如也作揖”，“左手提着白兰地，右手挟着美姑娘要赴跳舞场的革命文学家”。[7]潘汉年所描画的街头人物群像，因古与今、中与外的杂糅以及身份与言行的脱节，呈现出难以协调的矛盾性。文化艺术空间亦是如此，胡适去大舞台看戏，看到在洋房里表演的还是20年前的老角色，虽然用了新式机关布景，却仍然摆不脱旧式的程式动作，明明有了门，还要做手势去关那没有的门。[8]租界化上海的文化空间总给人以脱序与犯冲的感觉。

上海空间的“辐辏”或混搭，遵照对照原则，租界与华界给人以截然不同的空间感。晚清时期作为上海学校乡土教材的《上海乡土志》写道：“租界马路四通，城内道途狭隘。租界异常清洁，车不扬尘，居之者几以为乐土；城内虽有清道局，然城河之水秽气触鼻，僻静之区坑厕接踵，较之租界几有天壤之异。”[3]68 租界与华界的街道状况差异如此之大，以至于“瞎子认得租界”[9]。留日归来的郭沫若认为毗邻的租界与华界简直是一个“骇人的奇迹”，几步之遥，却隔着“好几个世纪”的差距。[10]398 时尚杂志《良友》画报通过图片与文字构设了1934年上海的空间特性，“中国的上海在南市，在闸北，在西门。那里有狭小的房子，有不平坦的马路和污秽的街道”，“外国的上海在霞飞路，在杨树浦，在南京路，在虹口。那里有修洁整齐的马路，有宏伟的建筑物，有最大的游乐场所，有最大的百货商店，还有中国政府要人们的住宅”。[11]

两个上海的存在及其毗邻关系，生成了中国与西方、传统与现代、无序与有序、破败与繁华的空间并置。并置、对照的空间结构，预设了上海在近代中国所扮演的角色：“就在这个城市，中国第一次接受和吸取了十九世纪欧洲的治外法权、炮舰外交、外国租界和侵略精神的经验教训。就在这个城市，胜于任何其他地方，理性的、重视法规的、科学的、工业发达的、效率高的、扩张主义的西方和因袭传统的、全凭直觉的、人文主义的、以农业为主的、效率低的、闭关自守的中国——两种文明走到一起来了。两者接触的结果和中国的反响，首先在上海开始出现，现代中国就在这里诞生。”[12]上海的现代性空间也因此充满硝烟味，混杂着民族的屈辱与自强，成为解读中国现代转型与知识分子现代体验的焦点空间。

二、上海租界的空间殖民主义策略

在上海绵延的城市区域，空间权力处于分割的状态。上海地方政府、工部局、公董局分别为华界、公共租界与法租界的权力机构。空间的并置与权利主体的分离，必然造成空间权力的争夺。自上海设立租界，空间权力的抗衡就没有停止过。上海道台宫慕久最初与英国领事贝尔福商定把城外的一片泥滩租给英国人，就包含对“蛮族”的高度警惕，有着“种族隔离”的考虑。然而，另辟空间的策略并没有阻止“华洋杂居”时代的到来，反而让租界成了一块不可控的“飞地”。上海租界正是在中外人士的“误解”中蓬勃发展的[13]。租界的盛况让外侨备感自满，霍塞在《出卖上海滩》中不无得意地炫耀：贝尔福在租界地址的选择上“极显他的眼光之远大”，“他早已看到这片满目荒芜的泥滩将来必可成为英国在远东的势力根据地”。[14]8 其后租界的扩张，英、法、美三国租界的分合，警察司法权力的易位等，都涉及空间权力的争夺与抗衡。

自晚清到民国，上海地方政府一直致力于改善华界的城市状况，增强华界的现代性质，赋予空间更多的民族尊严。1927 年，上海特别市市长黄郛提出两条设想:“一是筑一条环绕租界的道路”,以限制其越界发展;“另一条是吴淞筑港,并在吴淞与租界之间开辟一新市区,以削弱租界的重要性”。这两项构想成为1929－1930年市政当局制定《上海市市中心区域计划》和《大上海计划》的思想基础和主要出发点[15]。除此之外,中国政府还把空间权力对抗场直接挪到租界。《上海旧事》一书提到,1935年,中国银行决定在外滩造一幢34层的中国银行大厦,由于与沙逊大楼毗邻,跷脚沙逊立即横加阻挠:这是英租界,在沙逊大楼附近造房子,不准超过我这大楼的金字塔顶。中国银行不服,官司一直打到英国伦敦,结果还是跷脚沙逊获胜,中国银行被迫让步,34层削去一半只造17层,两层还造在地底下。大楼造型为近代表现派中国民族式,大门上方有孔子周游列国石雕一组,借以表现礼仪之邦的中国与各国友好相处的愿望,但又忘不掉这幢大楼横遭欺凌之耻辱,所以屋顶上竖了根十米高的旗杆,借以在想象中稍泄心头之恨。[16]60 从中我们可以看到租界空间权力斗争的激烈,孔子周游列国石雕与高高矗立的旗杆,可以看作空间权力的符号,标示着空间权力的主体性与等级性。

空间“永远是政治性的和策略性的”[17]。传统中国城市空间的政治性和策略性是本土权力结构与文化秩序的映射,而上海租界之所以显得另类,很大程度上是因为它的空间政治遵循的不是中国本土逻辑。

租界外侨的空间政治可以归结为“空间殖民主义”。吴家骅曾从建筑学的角度描述了“空间殖民主义”的特征[18],陈蕴茜从文化学角度做了进一步发挥:“空间殖民主义的主要特征是在他人之乡,按自己的生活习性、文化偏爱去构造一个为自己所喜闻乐见的空间环境,以殖民空间移植来满足并宣扬自己的生活方式,表现自己的文化优越感,无视他人、他乡的社会及生态环境,从视觉到物质感受上嘲弄地方文化,奴化他国民众的心身。”[19]上海租界的城市规划、建筑风格、娱乐场所等方面都体现出空间殖民主义的特点。不同于以行政、宗教、园林空间为城市结构主线的上海旧城,租界是按照商业主义的原则来规划城市空间,商业行政区、休闲消费区与生活住宅区有着大致区分,各个区间以马路连接贯通,带有明显的西方都市文化特征。商业行政的集中地为外滩,黄浦江上长期停泊的外国军舰让外侨“感到安全”[14]8,同时也昭示了外滩商业主义的强权性质。进入租界,“耳目之所接触，不啻身入欧美都市也”[20]1。租界的标志性建筑都是欧美风格，大理石等材料有的是直接从欧洲运来的。外侨把自己国内的娱乐休闲方式带到上海，建立了俱乐部、跑马场、公园、跳舞场、咖啡馆、弹子房……供他们闲暇消遣。外侨集中居住于租界的西部，离南京路不远，空间开阔，非常幽静，空气也清爽得多[21]。外侨的洋房依照西方社会的住宅风格而建造。郭沫若对上海西洋人的洋房是这样描绘的：红的砖，绿的窗棂，白的栏杆，淡黄的瓦；壁炉的烟囱头上涌出淡紫色的煤烟；平坦的淡黄的草园，修饰的浅黑的园径，就好像一幅很贵重的兽毯一样铺陈在洋房的下面。[10]387 外侨对租界空间的规划与塑造所采取的空间殖民主义，制造了“异托邦”的实景与幻境。“异托邦”是福柯创造的一个概念，福柯认为殖民地也是一种“异托邦”。上海的外侨通过复制本民族国家的空间文化特性，让他们拥有经验的连续性与权威感。例如，《上海》中的海关职员、英国人丹顿走进外滩海关大楼，便找到了自信，因为在“丹顿看来，海关大楼同恩菲尔德的市政厅没什么两样，都有一个高大的方塔楼和一只大钟，十足的英国风格使他恢复了自信”[22]。因此，上海的外侨很容易产生错觉，以自己民族国家的经验与行动方式来判断、分析、批判租界的空间性质，抱着彭家煌的小说《教训》中西洋女子那种殖民心态。

外侨十分重视租界空间的等级性和掌控权。租界的外侨“对于中国人的宗教视为是野蛮的，对于中国人的一切习俗视为是近乎儿戏的”[14]21。租界的殖民者习惯于在时间上把“被殖民者分析为在种族根源上是退化的种群”[23]，从而在空间上划分出华洋的权力等差。几部欧美作家所创作的关于上海的长篇小说表明了这一点，在克利斯多福·纽的《上海》、乔治·苏利哀莫郎的《留沪外史》[24]、爱狄密勒的《上海——冒险家的乐园》[25]中，都刻意标明“英地界”“法地界”“中国城”的空间属性，叙述雄心勃勃的洋人从高楼俯瞰这座城市的姿态。这些初到上海的洋人，被要求服饰端庄考究，而在空间上他们毫无例外与豪华旅馆、宽敞住宅、巍峨的办公楼相关联，而城中的华人，则显得肮脏瘦弱、麻木卑怯，被置于混乱、低矮、浊臭的棚户区或狭窄街道中来展示。由此，华洋等级与空间等级之间产生了固定的意义联络。并且，外侨还特意强化空间的等级和特权。租界里的华人虽然同样负担捐税，却长期在工部局与公董局中无参政之权，不能享受同样的空间权力：华人没有资格进入外侨的俱乐部；汇丰银行的大门只允许外侨进入，华人办事一律走后面的小门（《官场现形记》第三十三回写到这种情形）；租界里的电车车厢划分为一等与三等两个区间，通过隔离来表明外侨的优越与高贵；租界里的公园直到1928年6月1日起，才取消门禁，向华人开放……

租界外侨还通过象征性空间的建造来表明自己的主人翁身份。1869年英国爱丁堡公爵来游上海，外侨为之举行了盛大的欢迎仪式[20]125；1915年法租界以民族英雄霞飞将军的名字来命名界内最繁华的马路；外侨还在外滩建造了巴夏礼铜像、赫德纪念铜像、伊尔底斯纪念碑和胜利女神纪念碑，在中国的土地上铭刻他们的英雄形象和历史事件。租界外侨的行径，无疑视上海租界为其国土的延伸[16]66，是典型的空间殖民主义。布尔迪厄说："客观的权力关系，倾向于在象征性的权力关系中再造自身。"[26]租界外侨的做法，无疑是以象征性的空间来强化、传播他们的空间权力。

外侨通过"文化移入"[27]的方式来重构上海租界的文化生活空间，通过重现故国的空间以自适，通过标示空间的等级性、设置空间的门禁来显示种族身份的优越感，通过象征性空间来表明他们在租界的主人翁地位。

三、上海空间体验与评判的话语差异

"空间是任何公共生活形式的基础。空间是任何权力运作的基础。"[28]外侨以殖民话语策略来控制租界空间，中国作家则密集地进行纸上的对抗。租界空间在现代作家心中所激发的情感，包含对殖民主义的愤懑，进而传达出阶级与民族的利益诉求。

租界里的中国知识分子处于双重帝国[29]（中华帝国与欧美帝国）的边缘，不仅被北京坚守道统的庙堂知识分子所看轻，亦感受到外侨的种族歧视，因而，应对空间殖民主义时，他们的边缘身份决定了其话语策略并不完全一致。

留日归来的创造社作家更在意租界空间的英伦性质，敏感于民族身份，有着深切的空间屈辱感。他们置身租界文化空间，一时还难以适应，透露出空间的迷惘感，甚至理不清日本、中国、上海、故乡、欧美等多重空间所带来的身份确认问题，容易陷入殖民主义与民族主义纠缠的复杂境况。

文学研究会的作家非常关注空间背后的社会文化指涉意义[30]，倾向于把租界当作人间社会，对空间占有的贫富不均深表不满，如叶圣陶《丛墓的人间》、郑振铎《上海的民宅问题》都从“人”的角度来讨论上海的住宅问题。郑振铎《上海之公园问题》虽以“主人”“客人”来指称租界外侨与华人的身份，但落脚于“少数”与“多数”的权力平等，以“市民权”来声讨租界公园的空间垄断。

北京提倡文学革命的知识分子只是遥远地表示对上海的轻蔑(尽管胡适、陈独秀最初的现代性体验与上海直接相关)，陈独秀四次“论上海社会”的文章以及胡适《归国杂感》、鲁迅《所谓“国学”》、周作人《上海气》等文章皆持这种态度。北京的知识分子不仅鄙视上海，而且把上海往“复古”的怀抱里推，这颇值得玩味。毋庸置疑，“上海是西方文化输入的窗口，中西文化首先在这里碰面、会叙，所以近代中国的新学许多是在这里孕育，再由这里扩散”[31]。然而，在五四时期，倡导文学革命的北京知识分子漠视上海的欧化思想与摩登文化，着意批判上海以新招牌贩卖旧货的行径。1918 年 1 月胡适发表《归国杂感》，嘲笑上海舞台的“旧手脚”和出版界的老套陈腐。1920 年陈独秀《再论上海社会》《三论上海社会》，对上海社会打着新文化招牌兜售旧派黑幕小说，借西方名人宣传“国粹”的做法表示愤怒，认为一切新式的东西到了上海都充满了铜臭味。1922 年鲁迅在《所谓“国学”》中指责洋场上“商人遗老们”与“文豪”，“趁着新旧纷扰的时候”，居然以“国学家”自居，印古书，贩卖鸳鸯蝴蝶体小说。[32]1926 年周作人撰文批评“上海气”，说“上海气的精神是‘崇信圣道，维持礼教’”，有复古倾向。

为什么五四时期北京的新文学家执意要把上海风气朝着守旧复古的路子上推论？这是他们提倡新文学反对旧文学的必然策略吗？是因为新文学家的提倡相对于上海已有的文化变革来说不算新奇，为了标新立异，故在策略上攻击上海的旧？或是传统的“文学神圣”观念对上海文学商业化风气的本能反感？笔者认为，这些假设不是毫无依据，但最根本的解释可能还是租界空间及其所造成的精神状态(可参照前文夏征农的观点)。租界空间文化的混搭风格与商业主义的合谋，造成了上海的文学新中有旧，使命感中混杂着商业的考虑，追逐潮流的同时不忘市民趣味，总之，给人的印象就是上身马褂下身西裤的扮相。提倡文学革命的北京知识分子大致持“全盘性反传统”的态度，自然对亦中亦西、亦新亦旧的上海文坛深表不满，并选择性攻击其“中”与“旧”。这也可以看作空间性的文学话语权力争夺，也就是说，自文学革命始，京海对峙的空间格局就已确立。

实际上，各类作家都对租界空间缺乏认同感。租界空间的变化速度与节奏太快，而稳定的、熟悉的、习惯的空间形态是产生认同的基础，不断变换的城市空间形态无法建立使其存在得以立足的感觉结构[33]。作家旧有的乡村空间经验和城市空间经验难以用来解读租界空间，租界空间显得怪异，阻断了作家空间经验的连续性与一贯性，也阻碍了认同感的萌生。租界空间的殖民性更使得作家对此持拒斥态度。

总体而言，现代作家对上海空间的体验与评判，迥异于外侨的姿态，但是亦存在内部的差异。“上海的时间和空间是分裂流动的。不同而并存的都市想象、多重社会认同体系之间的对抗和交互挪用，是上海现代性的复杂起源之不可避免的结果。”[29]因此，新旧文人、外侨对租界空间的想象呈现出丰富的样态。

四、通俗作家的租界空间叙事

租界空间叠加着历史、民族、阶级、性别、道德的辩证关系，租界化上海的城市空间是一种特殊的社会空间，涉及民族意识、国家权力、阶级观念、种族优劣、文化身份、人身安全等。“海上繁华”是上海租界空间的基本特质。晚清文人对上海的想象与叙事充满道德的忧虑，又掩饰不住对海上繁华的艳羡，把上海当作“危险的愉悦”空间[34]。当晚清文人充满道德热情时，上海空间就被描绘为堕落的深渊；当晚清文人试图寻求黑暗中国的出路时，租界往往成为理想社会的可能选择，他们对租界空间进行了隐喻性的赋义。《海上尘天影》是较早在租界中构设理想社会的一部小说，包含华人的权利意识表达。小说中的核心空间绮香园位于租界区域，其权力结构却是租界现实的反转:绮香园由中国的花总掌管,日本妓女与西洋妓女则处于“属下”地位。《官场现形记》表明了以洋场拯救官场的诉求,在叙述完黑幕层张的系列官场故事后,小说以甄阁学的老大哥病中噩梦收结。他的梦分为两个空间场景:第一个空间场景为豺、狼、虎、豹、猫、狗、老鼠、猴子、黄鼠狼等所聚集的树林,隐喻魑魅魍魉的中国官场;第二个空间场景为上海公共租界的大马路,道路平坦,马来车往,洋楼高耸,一群中国官员安安静静、规规矩矩地坐在洋房廊下的椅子上,洋房里有人编校一本针砭官员劣迹的书(暗指《官场现形记》),准备拿来改造腐败的中国官场。在第一个空间场景中,豺、狼、虎、豹(鱼肉人们的中国官员)等一副凶残嚣张的模样,而在第二个空间场景(租界)中,却显得服帖老实。第二个场景空间中的病人(暗指中国人是“病人”,需要疗治)问那是什么书,洋房里出来的编书人说,“上帝可怜中国贫弱到这步田地,一心要想救救中国”,然而中国人太多,老百姓怕官,只好编一本书先把做官的教育好。[35]把两个空间场景连起来看,就有了以洋场拯救官场、以西方拯救中国的意义指向。

民国之后,通俗作家仍然乐于借“海上繁华”说事,但“海上繁华”本身已成为他们质疑的对象。《上海洋场序》既渲染了洋场的现代繁华景象,又指出租界的繁荣附带着中华“利权”的丧失,因而“但愿洋人海外流”[36]。包天笑《上海春秋》(1922—1926)把上海当作“罪恶之薮”[37],娑婆生(毕倚虹)《人间地狱》(1923)把上海比作“恶汇而魑魅生,法紊而妖魔厉”[38]的人间地狱。

五四时期的通俗作家解构上海空间神话时,倾向将上海与乡村勾连。《乡老儿上海游记》[39]记录的主要是乡老儿游历上海租界的见闻感受,但却从华界半淞园的景观落笔,营造了在半淞园静观江岸夕阳的传统审美情趣。在引出游历者乡老儿之后,首先大肆渲染了乡村空间宁静幸福的生活。从中国乡村空间的旨趣来审视上海见闻,“海上繁华”除了“热闹好玩”,余下的便只有虚假、险恶、淫欲、违背常理。《乡老儿上海游记》以乡下人眼光与身份来暴露上海的本质,挖苦上海,是晚清文学中常见的乡下人在上海出洋相、遭欺诈模式的颠倒。在乡老儿眼中,租界“现代文明”利弊同在,例如汽车就是“极便当之中伏着极不便当”[40]的交通工具。乡老儿以辩证眼光看待租界,包括马路、汽车、火车、电车、住房、服饰、游戏场等,粉碎了“上海的名头真正是了不得”[41]的神话。乡老儿一面解构租界现代空间的神话，一面指出租界空间的殖民性质。他指责上海人真窝囊，无权入公园竟然默默忍受；他感叹南京路上那么多的洋房晚上空着，华人却只能挤在狭窄的住房里；他惋惜那么多的华人丧生于车轮底下，更为汽车见到外国人格外小心而满怀民族义愤；他也注意到上海旧城街道果然不如租界修得整齐的乱糟糟的样子[41]。乡村旨趣与民族意识的结合，让他感觉在上海“一刻也存身不住”。

小说《租界》[42]（作者叶劲风为《小说世界》杂志编辑）以另一种叙事策略对租界的空间权力进行质疑。对七里庙的乡民来说，租界是一个繁华而令人生畏的世界，他们不厌其烦地谈论它，心生向往。小说叙述张老头子游租界的过程，特别强调他在七里庙的威望身份：最年长，有见识，凡是后辈们有什么事，总得去请教他。他进入租界后，乡村经验失去了权威性，不能理解租界管理规则（行人不能在马路中间走、不准随地大小便），虽误读而不自知。乡村长者在租界失去认识与行动的能力，完全被租界所掌控，并以误读的方式认同租界，希望外国人看中七里庙，把七里庙变成租界。张老头子游历租界的故事可以看作空间权力的交锋，中国乡村空间经验难以理解西式租界空间，在后者面前失去了行动能力。租界通过现代景观的视觉冲击和管理规则的规训，越过乡民的民族意识与政治观念的荒芜地带，征服了中国的乡村世界。因为租界以新奇宏伟的现代城市景观为支撑，造成了租界的权势话语地位，游历者也以新获取的租界空间经验为荣，转身向乡村世界炫耀。小说的反讽叙事暗示了乡民艳羡租界的虚妄与愚昧。

《从上海来》《从上海来的客人》则反其道而行之，安排拥有上海空间体验的中国人回乡，借此表达对上海的否定。范烟桥《从上海来》讲述阿金水衣锦还乡的故事。五年前阿金水在村里做长工，五年的上海生活把他驯化成乡村的异己，他穿着皮鞋走惯大马路的脚，已不适应乡村的土路，对故乡的乡亲故旧、生活环境都充满鄙薄，但他回答不了乡村教书先生的问题：外国公园为什么不许中国人和狗进去？乡村空间是停滞的、平静的，从上海来的阿金水打破了乡村的宁静，他对上海繁华景象的描绘，让村人感到乡下生活的暗淡，并对上海满怀企羡。他的离婚事件更是“惹得村上的人们心绪不宁”[43]，“上海之罪恶”渗透到了遥远的乡村。上海在小说中以邪恶的力量出现，上海来的阿金水与村里有名望有权势的倪相公勾结，进一步表明上海文明对乡村的渗透与操纵。杨小仲《从上海来的客人》渲染嘉年村的所有村民对即将从上海回乡扫墓的方坤生的狂热期盼。倒不是因为方坤生是多大一个人物，而是因为他是从神秘的上海来的，对他回乡的狂热期盼，也就是嘉年村对上海的集体幻想。正因为方坤生是村人借以想象、羡慕上海的中介，故其上海装扮在村人眼中焕发出耀眼的光辉。值得注意的是，乡村威望者——村中教书的老先生，他的“一切的行为，都是全村的表示”，然而，他在人前的严肃倨傲与在学生方坤生面前的平和谦恭形成了鲜明对比，老先生这位村里知识最高的人，“不觉神智颓丧，感到自己的低微”[44]，怅然若失。方坤生的现代文化视野挫伤了乡村知识分子的自信。与村民对上海的狂热相比，方坤生较冷静地阐释了上海地狱与天堂的双重特性。最终村民也由狂热转向冷静：“上海是上海人的上海，关我们什么事呵！”

通俗作家对租界空间权力的叙述往往还流于表面，叙事风格不无夸饰。他们常以乡间的上海想象作为叙事起点，这种想象来自道听途说——“到过上海的人，都能确认上海的富丽繁华，回到家乡以后，莫不如海客谈瀛洲一样，说得人们心醉”[45]。通俗文学通过“入城”或“返乡”的故事，最终对坊间的洋场形象进行“祛魅”。在“祛魅”过程中，租界繁华、空间权力的华洋有别与生活状况的贫富悬殊是必不可少的元素。通俗作家表达对租界空间权力的不满时，心态单纯，采取的是作为华人（中华民族）一员的无等差立场，对空间权力的质问源于朴素的民族情感，对空间权力结构并不深究，也不详解。

五、新文学家的空间政治：弄堂、公园和马路

新文学家自然更在意租界的空间权力问题。与通俗作家不同，新文学家不俯就市民趣味，也不从乡民视角来辨析租界空间权力。参与叙述上海租界的新文学家不是“老上海”，他们往往是上海的寓居者、漂泊者或闯入者，如郁达夫、郭沫若、彭家煌、叶圣陶等，穿越喧嚣的租界空间，述说着属己的空间感。“大城市并不在那些由它造就的人群中的人身上得到表现，相

反，却是在那些穿过城市，迷失在自己的思绪中的人那里被揭示出来。”[46]新文学家对租界空间权力的叙述更具个性化，更富有反思色彩。

“民族被想象为一个共同体，因为尽管在每个民族内部可能存在普遍的不平等与剥削，民族总是被设想为一种深刻的、平等的同志之爱。”[47]但上海新文学家民族情感的表达，总是掺杂着阶级观念。上海的民族主义是阶级民族主义。鲁迅批判国民党在上海的“民族主义”时指出：“殖民地顺民的‘民族主义文学’……不是各民族间的平等的友爱。”[48]这在上海的空间叙事中被反复渲染。

空间有内外之分，有私人空间与公共空间之别。租界时代上海地价的昂贵与人口的拥挤，使得空间问题上升为上海住宅的主要问题。逼仄的“内室”让寓居者深感压抑，住进上海的弄堂房子，“您总会觉得这回是进了牢笼了。四外都是房子，除了仰头到四十五度的角度以上才看得见的天空，再不会瞅见其他任何的自然，大都市的激动的神经强烈的刺激，也更到不了您那里来”[49]。五四文学对上海住宅的关注，着意强调空间的压迫感。这种压迫感既源于居室的狭窄，让人产生“黑暗地狱”“丛墓”“牢笼”等空间体验，也与宽阔的花园洋房带给底层社会的挫败感有关。这种挫败感与城市的殖民性有着内在关联，也包含对上海作为“资产阶级生活方式的前沿阵地”[50]的反思，因此任何关于住宅问题的叙述，都喻示着空间的政治性。在《上海人所占的空间》(1925)中，弄堂房子的分租所造成的局促空间，与公共租界南京路上先施公司、永安公司橱窗陈列的物品所占阔大的空间进行比较，得出令人惊讶的结论：“上海人所占的空间，竟不及大公司窗中的货物。”[51]叶圣陶《丛墓的人间》(1924)开头就抛出人与空间的依存关系，指出城乡居民无论穷或富，都拥有宽阔的生存空间。这算是铺垫，接着说到上海，以“丛墓的人间”喻指上海底层市民的空间占位。上海设立租界后，石库门房屋逐渐成为流行样式，就是所谓的“上海式房子”[52]。在这样一套房子里，最大限度可以住七八户，杂乱肮脏。入夜后，楼上楼下横七竖八躺满了人，仿佛“新陈错杂的丛墓”。叶圣陶有感于租界中高大洋房与拥挤石库门的反差，呼唤空间权利的平等。他认为，所有上海人居住空间均等时，丛墓就变成了人间，而这将需要上海“转上那新的轨道”[53]。

远离自然，寓居于狭窄、昏暗、憋闷的弄堂，现代作家迫切需要不时归返自然以调节身心。然而，租界里的华人却为"人与自然的关系"[54]所困扰，这是因为租界中空气清新、花草繁茂、场景开阔的自然空间属于稀缺资源，只有几处公园，且为外侨专享。例如，1916 年公家花园（外滩公园）的"公园规则"规定："本公园是供当地外籍居留者休息的场所。"[55]259 郑振铎抗议说："我们是被放逐于乐园之外了！主人翁是被放逐出自己的公园之外了！……我们的呼吸权是被剥夺尽了！"[56] 华人也不是全不允许入园，1914 年和 1923 年版《上海指南》说："华人除西服或日本装者不得入内。"[55]260 租界公园空间的准入规则明显包含种族、阶层、文化的偏见，现代作家对公园空间的叙事，容纳了作家对民族、阶级问题的思考和对殖民特权的批判。创造社作家在情感与趣味上不与上海通融，故对公园空间包含的殖民意识与民族意识冲突特别敏感。成仿吾《春游》（1924）写道："住在上海好像坐牢，孤独的我又没有什么娱乐，在外人庇荫下嘻嘻恣欲的狗男女又使我心头作呕。外国人办的几个公园，都红着脸去游过多次。"[57] 由于租界公园规定华人只有穿西装才能入内，郭沫若为了带孩子进公园玩，不得不穿件洋服假充东洋人，体验到亡国奴的屈辱感。[10]43 1928 年租界公园对华人开放后，公园所承载的空间政治，由殖民主义与民族主义的冲突，转变为阶级观念。万迪鹤《外滩公园之夜》没有把笔墨集中于外滩公园的景色，而是借助嗅觉与听觉，由公园里的场景联想到公园外苏州河腥臭的气息和生活重压下劳动者的呻吟，指出这就是"外滩公园里最大的特色"[58]，由此完成了对空间阶级性的控诉。茅盾《秋的公园》（1932）把秋天上海的公园看作都市式高速度的恋爱旧战场。其实，浪漫感伤的文字不过是用来遮掩作者真意的烟幕。在唯美颓废的抒情中，插入公园拒绝"短衫朋友"的事实，并在最后以感伤笔调哀叹摩登男女的公园恋爱故事"将来就要没有"，"这样的风光不会久长"[59]，透露出空间权力的阶级性及摩登男女时代行将终结的主题。

马路也是作家们经常着墨的空间。现代中国没有哪个城市的马路会像上海的马路那样，承载着如此浓厚的空间政治意味和性别欲望气息。《夜过霞飞路》[60]、《深夜的霞飞路》[61]、《南京路》[62]、《南京路行进》[63]、《南京路序》[64]、《北四川路之夜》[65]、《神秘性的北四川路》[66]、《北四川路无言的漫步》[67]等等，都把反殖民主义、民族观念与街头色情融为一体，建构起租界马路的空间性质。对租界马路空间的描绘带有“街头政治”的意味，也就是潘汉年《徘徊十字街头》里提到的“街头哲学”。孤岛与沦陷时期上海马路的空间叙事仍大致沿袭这一策略。诗歌《雨霞飞路夜步》写沦陷时期的霞飞路，在飘雨的暗夜，投影出人生选择与出路的彷徨与质问：“霞飞路哀然踏在/无主宰的步伐下；/问一问到何处去吧，因为/你底眸子里藏着一个疑团。”[68]散文《霞飞路》[69]把街景与尚武精神、欧化风尚等联系起来，铺陈尚武精神的策略非常有意思，先引出德意志的尚武精神，接着提供了一幅女性尚武的街景剪影：时尚的青年女郎在街上闲逛，雄赳赳的武夫陪侍在侧，活泼的哈巴狗在前引道。随后，转入法租界霞飞路的类似场景：夕阳西下，晚风如织，打扮入时的外国女人牵着哈巴狗，旁边陪侍着一位浓眉大眼、昂首阔步的水手。霞飞路尚武意味的街景自然带有殖民地色彩。接着追溯霞飞路与法国霞飞将军的关系，进一步把尚武的光荣归到外国人头上。而晨曦之中匆忙赶路的中国女学生形象的引入，最终分享了霞飞路的荣光，成为另一道风景。在此，作者使用了“替代”的策略来叙述霞飞路的空间政治。

六、空间叙事的上海模式

两个上海（中国人的上海与外国人的上海）的存在，以及空间的对照（新旧、中西、贫富）关系，规约着上海叙事的基本思路，二元对立思维是上海书写的基本路子，影响了现代文学的文本特征。

首先，在结构上与行文思路上，上海书写的相关作品，常常通过场景空间的对比、转换来谋篇布局，生发主题。如叶圣陶的散文《丛墓的人间》，浑沌的散文《上海不可久留》[70]，王独清的诗歌《上海的忧郁》[71]，郭沫若的诗歌《吴淞堤上》、散文《梦与现实》和小说《湖心亭》，彭家煌的小说《势力范围》[72]，穆时英的小说《上海的狐步舞》，以及《母性之光》《风云儿女》《野玫瑰》《三个摩登女性》等国产影片都是如此。段可情的《火山下的上海》把上海比作一座无形的火山，而贫富悬殊苦乐两重天的社会现实，正在积累能量，终将摧毁这个“不平等，不自由，黑暗，污浊，腐败，奢侈的都市”，上海革命主题借助惯常的“天堂”与“地狱”相对照的隐喻结构，依靠空间的并置来实现。空间的并置借鉴电影蒙太奇手法，组织起上层阶级在跳舞场、妓院、洋房等空间的奢靡享乐生活，底层市民在工厂辛苦劳作，酷暑的夏夜蜷曲在鸽笼式的房间或马路的水泥地上。通过场景切换与对照生发主题，穷人的酸辛证明了富人豪奢生活的不合理，华界的破败脏乱把租界的繁华推向不正当的境地，穷与富、天堂与地狱的空间对照，对应着租界与华界的分野。因此，阶级革命主题与民族革命主题在空间上达成合谋。这证明了列斐伏尔的观点：“空间里弥漫着社会关系；它不仅被社会关系支持，也生产社会关系和被社会关系所生产。”[73]

其次，近现代作家常常以一分为二的策略来叙述上海。晚清的小说在楔子、开头部分习惯以繁华与罪恶的二分态度进入上海，陆士谔的长篇小说《新上海》(1909)落笔即着眼于“文明”与“野蛮”在上海的奇异结合[74]。现代作家亦是如此。李定夷以“文明为罪恶之渊薮”[75]来为上海定性。何畏《上海幻想曲：1922 年正月的印象》表达了对上海的两种态度：“上海！我要做一曲恁样的赞美歌?”“上海！我要做一曲恁样的吊亡歌”[76]。革命作家殷夫直面上海的双重品质：“是你击破东方的迷雾，/是你领向罪恶的高岭！”“你是中国无产阶级的母胎，/你的罪恶，/等于你的功业。”[77]

上海的空间特性与左翼的阶级斗争观念有内在的逻辑关联，为左翼观念的传播提供现实注脚，并为左翼文学叙事提供便捷模式。“左翼的政治角色之一乃是在空间中进行阶级斗争”[78]，对空间差异的揭示无疑有助于唤起不平的情绪。1923 年，郭沫若《上海的清晨》就写道：“坐汽车的富儿们在中道驱驰，/伸手求食的乞儿们在路旁徙倚。”[79]由街道空间生存状态的差异，郭沫若推导出静安寺路“火山爆喷”的阶级革命主题。丁玲的《五月》《一九三〇春上海》，郑伯奇的《深夜的霞飞路》等，都是以场景、人物、处境的对立来构设左翼文学模式。

这类受到租界化上海空间政治的影响而创作的作品，可以笼统称之为“上海式创作”，其文本结构与主题生成方式所形成的文本模式可称为“上海文本模式”。

参考文献:

[1]刘建辉.魔都上海——日本知识人的“近代”体验[M].甘慧杰,译.上海:上海古籍出版社,2003.

[2]郑振铎.上海的居宅问题[N].文学周报,1929(第4卷合订本):351-358.

[3]胡祥翰,李维清,曹晟.上海小志;上海乡土志;夷患备尝记[M].吴健熙,施扣柱,标点.上海:上海古籍出版社,1989.

[4]段可情.火山下的上海[J].创造月刊,1928(1):91.

[5]赵淳.理论迁移的三个维度:时间·空间·立场[J].西南大学学报(社会科学版),2011(1):131-135.

[6]魏绍昌.鸳鸯蝴蝶派研究资料:上卷　史料部分[G].上海:上海文艺出版社,1984:91.

[7]潘汉年.徘徊十字街头[J].幻洲,1926(1):1-3.

[8]胡适.归国杂感[J].新青年,1918,4(1):20-27.

[9]徐公.瞎子认得租界[J].新上海,1925(1):41.

[10]郭沫若著作编辑出版委员会.郭沫若全集:文学编　第9卷[M].北京:人民文学出版社,1985.

[11]如此上海——上海租界内的国际形象[J].良友,1934(89):20-21.

[12]墨菲.上海——现代中国的钥匙[M].上海社会科学院历史研究所,编译.上海:上海人民出版社,1986:4-5.

[13]白吉尔.上海史:走向现代之路[M].王菊,赵念国,译.上海:上海社会科学院出版社,2005.

[14]霍塞.出卖上海滩[M].越裔,译.上海:上海书店出版社,2000.

[15]张晓春.文化适应与中心转移:近现代上海空间变迁的都市人类学研究[M].南京:东南大学出版社,2006:104.

[16]沈宗洲,傅勤.上海旧事[M].北京:学苑出版社,2000.

[17]列斐伏尔.空间政治学的反思[G]//包亚明.现代性与空间的生产.上海:上海教育出版社,2003:62.

[18]吴家骅.论“空间殖民主义”[J].建筑学报,1995(1):38.

[19]陈蕴茜.日常生活中殖民主义与民族主义的冲突——以中国近代公园为中心的考察[G]//王迪.时间·空间·书写.杭州:浙江人民出版社,2006:278.

[20]卜舫济.上海租界略史[M].岑德彰,编译.上海:勤业印刷所,1931.

[21]梁得所.上海的鸟瞰[J].旅行杂志,1930,4(1):7—12.

[22]克利斯多福·纽.上海(上册)[M].唐凤楼,戴荣华,陈德民,等译.上海:学林出版社,1987:20.

[23]章辉.抵抗的文化政治:霍米·巴巴的后殖民理论[J].吉首大学学报(社会科学版),2010(1):62—69.

[24]苏利哀莫郎.留沪外史[M].张若谷,译.上海:真善美书店,1929.

[25]爱狄密勒.上海——冒险家的乐园[M].阿雪,译.上海:生活书店,1946.

[26]彼埃尔·布尔迪厄.社会空间与象征权力[G]//包亚明.后现代性与地理学的政治.上海:上海教育出版社,2001:306.

[27]德伯里.人文地理:文化社会与空间[M].王民,等译.北京:北京师范大学出版社,1988:124.

[28]福柯,雷比诺.空间、知识、权力——福柯访谈录[G]//包亚明.后现代性与地理学的政治.上海:上海教育出版社,2001:13—14.

[29]孟悦."世界主义"景观与双重帝国边界上的都市社会[G]//刘东.中国学术:第13辑.北京:商务印书馆,2003:37

[30]徐小霞.动态叠合的"文学空间"[J].西南大学学报(社会科学版),2012(3):124—129.

[31]陈旭麓.说"海派"[G]//马逢洋.上海:记忆与想象.上海:文汇出版社,1996:167.

[32]鲁迅.鲁迅全集:第1卷[M].北京:人民文学出版社,2005:409.

[33]吴冶平.空间理论与文学的再现[M].兰州:甘肃人民出版社,2008:82.

[34]李永东.情陷上海洋场的外乡人——评《海上花列传》[J].重庆师范大学学报(哲学社会科学版),2012(1):87—91.

[35]李宝嘉.官场现形记[M].北京:人民文学出版社,1957.

[36]梅鹤.上海洋场序[J].滑稽时报,1915(3):7—8.

[37]包天笑.上海春秋·赘言[M].桂林:漓江出版社,1987.

[38]寒云.人间地狱序一[M]//娑婆生.人间地狱.上海:自由杂志社,1924.

[39]连载于《心声》1922年—1923年,第1卷第1—4期.

[40]张冥飞.乡老儿上海游记(四)[J].心声,1923(4):1—8.

[41]张冥飞.乡老儿上海游记(一)[J].心声,1922(1):1—8.

[42]劲风.租界[J].小说世界,1923(1):1—5.

[43]烟桥.从上海来[J].新上海,1925(1):133—143.

[44]杨小仲.从上海来的客人[J].小说世界,1923,3(7):1—11.

[45]味橄.洋场零语[J].新中华,1935,3(13):149—151.

[46]本雅明.发达资本主义时代的抒情诗人:论波德莱尔[M].张旭东,魏文生,译.北京:生活·读书·新知三联书店,1989:6.

[47]安德森.想象的共同体:民族主义的起源与散布[M].吴叡人,译.上海:上海人民出版社,2005:7.

[48]鲁迅.鲁迅全集:第4卷[M].北京:人民文学出版社,2005:323.

[49]穆木天.上海地方生活素描之二弄堂[J].良友,1935(110):28—29.

[50]张全之.重庆:中国现代文学的"异乡"[J].重庆师范大学学报(哲学社会科学版),2012(1):22—26.

[51]萧萧.上海人所占的空间[J].新上海,1925(1):153—156.

[52]郢.丛墓的人间[N].文学,1924(131):2.

[53]郢.丛墓的人间(续)[N].文学,1924(132):4.

[54]代迅.城市景观美学:理论架构与发展前景[J].西南大学学报(社会科学版),2011(4):173—180.

[55]薛理勇.旧上海租界史话[M].上海:上海社会科学院出版社,2002.

[56]郑振铎.上海之公园问题[N].文学周报,1927(第4卷合订本):363—370.

[57]成仿吾.成仿吾文集[M].济南:山东大学出版社,1985:444.

[58]万迪鹤.外滩公园之夜[J].夜莺,1936(1):284—285.

[59]茅盾.秋的公园[J].东方杂志,1932(8):2—3.

[60]王礼锡.王礼锡诗文集[M].上海:上海文艺出版社,1993:571.

[61]郑伯奇.深夜的霞飞路[N].申报·自由谈,1933—2—15:18.

[62]体杨.南京路[J].市政评论,1935(16):15—16.

[63]洪遒.南京路行进[J].文学青年,1936(2):33—34.

[64]芸斋.南京路序[J].关声,1935(1):100.

[65]李夹人.北四川路之夜[J].中国学生,1935(2):23.

[66]逸子.神秘性的北四川路[J].新人,1934(7):129—131.

[67]乐浪.北四川路无言的漫步[J].大陆,1940(3):25—28.

[68]鲁宾.雨霞飞路夜步[J].人间,1943(1):21.

[69]赵更媞. 霞飞路[J]. 上海生活,1939(7):27－28.

[70]浑沌. 上海不可久留[J]. 小说月报,1923(7):23－24.

[71]王独清. 独清自选集[M]. 上海:乐华图书公司,1933:99－106.

[72]彭家煌. 怂恿[M]. 上海:开明书店,1927:119－129.

[73]列斐伏尔. 空间:社会产物与使用价值[G]//包亚明. 现代性与空间的生产. 上海:上海教育出版社,2003:48.

[74]陆士谔. 新上海[M]. 上海:上海古籍出版社,1997:1.

[75]李定夷. 新上海现形记[J]. 小说新报,1918(1):1－4.

[76]何畏. 上海幻想曲:1922 年正月的印象[J]. 创造,1923(4):43－45.

[77]殷夫:殷夫选集[M]. 北京:人民文学出版社,1958:69－70.

[78]列斐伏尔. 空间:社会产物与使用价值[G]//包亚明. 现代性与空间的生产. 上海:上海教育出版社,2003:54.

[79]郭沫若. 郭沫若全集:文学编　第 1 卷[M]. 北京:人民文学出版社,1982:319.

作者简介:李永东,文学博士,西南大学文学院,副教授。

原文出处:《西南大学学报》(社会科学版)2013 年第 2 期。

转　　载:人大复印资料《中国现代、当代文学研究》2013 年 7 期全文转载。

现代传媒语境下的语言与图像表述

朱全国

摘　要：在表述对象的过程中，从发生学角度而言，语言与图像都是人类古老的重要表述方式。书面语言的出现丰富了语言的内涵，使语言的表述处于强势地位。随着现代信息技术的出现与兴盛，图像已经成为与语言表述并驾齐驱的表述方式。从艺术表述的效果而言，两者都具有伪示呈现对象的功能，但同时也具有各自的特点。图像表述在于其意义表达的直接开放性和一定的写实性，语言表述在于情感性、间接性的传达。从意义理解的角度而言，图像与语言表述在受意图、文本、语境、接受者影响的同时，也受人们艺术互涉理解方式的影响。艺术互涉的理解方式（如语言—图像互涉）使人们在理解艺术时更加立体和丰满。

从艺术的表现来看，如何完整地表述和传达艺术家对于对象的认识与看法、展现作品的意义、体现读者对作品的理解与接受，一直是人们关注的重要问题。立体性传达能最大限度地实现艺术家的意图，同时也可以最大限度地让人们理解艺术所包含的内容。但事实是，人们所面临的艺术种类多样，它们所使用的艺术符号也不同。不同的艺术符号具有不同的表现优势和劣势，受制于艺术符号的不同，这就在事实上形成了艺术传达和表现的局限。在现代传媒语境之下，艺术符号的不同，使不同的艺术发展呈现出不同的态势。而在现代传媒语境中，语言符号与图像符号无疑是最为普遍与重要的两种艺术符号。语言符号自索绪尔的《普通语言学教程》以来，经过雅可布逊、格雷马斯、罗兰·巴特、拉康等人的研究，无论在理论上还是在实践中都得到了长足的发展。图像符号虽然如语言符号一样古老，但长期以来，人们对图像的理解在客观上是基于语言或语言与图像之间的关系之上的，同时受制于传播技术，图像在人类活动之中并没有如语言那样普遍得到运用。随着现代信息技术的发展，长期制约图像传播的技术得到了解决，图像符号开始展示其应有的生命与活力。米歇尔《图像理论》的出版，就是图像得到人们越来越多关注的集中反映。所谓“图像学转向”、“图像时代”、图像对文学的压迫等等，都是在这一语境之下呈现出来的。因此，要理解艺术的立体性传达和诉求，就必须关注不同种类的艺术符号表述的特点。当然，无论是语言符号还是图像符号，它们都有艺术和非艺术的表述，限于篇幅，本文主要关注这两种符号的艺术表述。

一、语言与图像：两种主要的表述方式

人们在以语言表述对象时，对社会生活的感知与表述并不是借助于人们对社会生活的解释，而是直接从语言过渡到所要表达的对象。这个过程得以顺利进行，取决于这些词语意义被人们共同理解与接受。这种意义往往并不是明确的表述，可能只是从事物的一般理解出发。如“桦树”，人们对这种树并不一定有十分清晰的认识，但出于对树的一般知识的了解（因为大脑的词库中有“树”这个词的概念，“正常情况下，词一旦被词库收录便不能删除”[1]），并不妨碍人们的交流。通过对类似例子的了解，不难发现，日常语言表述往往都具有上述特征，即人们在用语言表述一个事物时，一般情况下总是从人们习以为常的对事物的了解出发，进而实现对新的事物的认识。“习以为常”说明认识或描述新的事物所需要的基础。这一点并不奇怪。我们每个人都是从人们的相互沟通、交流中，通过可见的谈话动作从他人那里学会自己的语言的。从语言学上，因而也是从概念上来看，只有那些可公共谈论、可经常谈论并可用名字标志和学习的事物才是处于最中心的事物。

就文学语言来说，情况则有所不同。文学语言建基于一般语言的基础之上，因而在很多时候，文学语言必然具有上述语言的特征。与此同时，文学语言也必然不同于一般日常语言，它必然要体现出自身的特殊要求。文学语言有时需体现出模糊性才有利于意义的表述，有时则需要精确的表述才能更富有表现力。文学语言的表述从本质上讲并无定规，而是依据所要表达事物的需要，以达到完美表现和传达的目的为诉求。所谓形象性、精确

性、模糊性只是在面对不同对象时在传达和表现方面所体现出的特点，而不是先在的要求。文学语言的辩证法在于，它所有的需求在于传达与表现的需要，模糊的语言所体现的往往是最为精确的表达，诗性形象总是从人们的一般语言表述基础上体验并呈现出来。“生命是一个不断行走的影子”，就是在模糊的表述中精确地体现出对生命的真诚认识；“红杏枝头春意闹”也是从人们的日常生活经验之中体现出大自然的诗性形象。

与语言传达一样，图像表述也是人们经常使用的一种表现世界的方式。随着书面语的出现，语言的内涵得到了极大的丰富，语言表述在描述世界方面获得了得天独厚的优势，图像表述的作用与使用范围长期被压缩。但随着现代信息技术的兴起，语言的传播媒介优势正在丧失，图像借助于现代传媒开始大行其道。图像已成为人们表述与传达对象的主要方式之一。

是不是仅仅在当代，图像才是人们经常使用的表述方式呢？事实上并非如此，图像本身就是人们表述对象与世界的主要方式之一。从人类艺术起源的观点来看，不论是何种艺术起源的观点，图像都在其中扮演了重要的角色。在艺术的分类上，较为符合实际状况的艺术分类，首先是由霍尼斯提出的，他把艺术分为三类，即“以人体为媒介的艺术”“为了视觉的需要，在空间中展现的艺术”“为了听觉的需要而在时间中展现的艺术”[2]。第一类艺术的主要内容包括了文身装饰和舞蹈，这两者虽然因为媒介的不同，并不能直接与图像产生关系，但是很显然，它们与图像有着千丝万缕的联系，尤其是文身，其就是附着于身体之上的图像。第二类是在空间中展开的艺术，绘画就是其中之一。第三类则属于语言传达的范围，基本上不涉及图像。从霍尼斯的分类来看，一个不容忽视的现象是，图像涉及了第一类和第二类艺术，它在这两类艺术中重要性的体现显而易见。这说明了一个基本的事实，即图像是艺术分类中最基本的一类，它与语言表述具有同等重要的位置。

图像表述与语言表述在艺术分类中的地位，说明图像与语言在人类表述和传达世界方面所具有的不可或缺的作用。这也许可以进一步从人们所接触的古代艺术中得到确证。就艺术而言，“艺术存在的第一个前提是有意识的人的存在，而且是能意识到自我意识的人的存在，只有在这个大前提下，才可能开始各种各样的艺术行为”[2]。而在现存最古老的艺术形式中，绘画或与绘画有关的艺术作品占据了极大的份额，这从一个侧面说明了图像在人类对世界的表述中具有重要的地位。这在《艺术的起源》中得到了很好的说明，在此书“造型艺术”部分，格罗塞分析了很多原始绘画，他指出，这些绘画实际上并不是偶然的和鲜见的，而是普遍存在的。绘画所涉及的对象多样，动物、植物、人物形象、生活场景、绘画文字等，其中有精雕细刻不亚于今天的艺术品的，也有速写式的[3]123。这在客观上说明，图像表述在人类面临对象和传达世界过程中具有普遍意义，不仅是艺术的一部分，而且更重要的是生活的一部分。

基于上述，一个不可回避的事实是，从现实的角度来看，在现代信息技术急速发展的时代，语言表述正处于被压缩的趋势，图像表述大量充斥于现代传媒之中。图像表述与语言表述双峰并峙的存在，成为人类表述史上一道奇观。而从历史的角度来看，图像表述与语言表述都是人类最古老的主要表述方式，图像表述在当代的兴盛，只不过是恢复了长久以来被语言表述压抑的空间。图像表述和语言表述的共同兴盛，一起成为人类最主要的表述手段与方式，不仅是人类表述史上的盛事，也是人们在长期表述过程中的追求，这对于人们完整地表述对象与世界，对于丰富人们对对象与世界的把握，无疑具有重要的意义。

二、语言与图像：伪示对象时的优劣

不可否认，在当代，图像表述已成为与语言表述同样重要的表述方式。图像表述正如某些学者所言，并不是要取代语言表述，而是借助于现代信息技术，广泛地取得了发展的空间，并获得了极大的发展。但图像表述与语言表述又分属于不同的艺术表述手段，因此在表述的方式与效果上均有所不同。

卢梭指出，从语言的起源来看，语言表述天生具有激情与隐喻的性质，他说：“古老的语言不是系统性的或理性的，而是生动的、象征性的。”[4]14 在他看来，语言源自人们生活和生存的需要。语言起源于何处？精神的需要，亦即激情。激情促使人们联合，生存之必然性迫使人们彼此逃避。逼迫着人类说出第一个词的不是饥渴，而是爱、憎、怜悯、愤怒。[4]15 不过，随着文字的出现，语言在经由文字的记录中发生了重大的变化，其中一个最重要的变化是，语言中天生表现情感的语音等因素趋于弱化，如果仅从文字入手，基本上看不出其中所包含的那些具有具体表现力的情感要素的存在，如在某种场合下具体的、具有情绪性的发音。文字的完善过程，在某种意义上来讲，就是语言中情感弱化的过程，文字固定并延续了语言，但同时也在某些方面束缚了语言的表述。

但是，文字作为一种符号也并不是无能为力的，在文字这种书面语中，人们可以通过间接性的表述，在观念上实现情感的表述。卢梭所谓原始人口中的“巨人”，就是当时人们具体可感的形象，作为常用的“巨人”一词而言，则是一种间接式的、观念性的情感表述，这代表了语言的常态。德里达对这一问题的认识很具有代表性，他指出：“‘巨人’这种观念是情感的指代者的固有符号，是对象（人）的隐喻性符号和情感（恐惧）的隐喻性符号。这种符号之所以是隐喻的，是因为它虚假地表达对象；它之所以是隐喻的，是因为它间接地涉及情感：它是符号的符号，它只有通过另一种符号，通过恐惧的指代者，即通过虚假的符号，才能表达情绪。它只有通过表示虚假的指代者才能确切地表示情感。”[5]

不难发现，在语言的表述中，情感因素看似脱离了语言产生之初的情感性，但总能通过间接性的表述方式实现情感的表达。在这个过程中，语言表述的意义或许并不是词的本来意义，而且这种情况常常出现，尤其是在文学语言的表述中，这种语词意义往往与原义并不相符，这就出现了语言表述的偏移，但这种偏移并不会阻碍语言对情感与原义的追寻，直接的情感表达变成了间接的情感表述，这在文学语言中比比皆是，是文学语言的一种常态。间接性表达作为语言的一个特点赋予了语言一种功能，不仅语言可以通过间接的方式表达情感，而且语言可以通过间接方式实现从概念向具体表述对象的转移。如此一来，语言就具有了一种能在极大程度上满足表现需要的功能，这是其他任何表述方式无法比拟的，这也正是语言表述的最大优势所在。在文学语言中，这一特点更加明显，“诗歌能这样伟大，从而获得尊贵的地位，全靠它的本质特性。在艺术领域，再没有别种艺术，像诗歌那样能无限制地支配着无限制的材料的”[3]205。

尽管语言的最大优势在于能实现以概念向具体的事物转移，但也不能忽视语言本身所具有的形象性特点。不可否认的是，语言所体现出的形象因素与图像表述有很大的差别。王弼在《周易略例·明象》中说:“夫象者,出意者也。言者,明象者也。尽意莫若象,尽象莫若言。言生于象,故可寻言以观象;象生于意,故可寻象以观意。”王弼所说的“象”主要是物象,但对说明文学创作中作家对外物的语言表述,仍然具有十分深远的影响。语言相对于外物而言,是因象所生,用来表述象,进而表达意。不难看出,语言是用来表述意的,但其中有一个中介环节,就是要实现意的表达,还需要通过语言形成象,进而完成对意的表达。事实上,在传统的文论观念里,文学意义的展现在很大程度上需要象的参与,这也是人们往往认为文学是通过艺术形象来表情达意的原因。不过,在日常语言的使用中,或者说就语言的一般意义而言,形象的因素并不是那样明显,而是由语言的概念连接与转化直接形成意思的传达。此外,书面语言中有一些语言本身就具有形象性,如中国古代的象形文字,但随着语言文字本身的发展,这种形象性已经不明显了,具有这样特点的文字也是有限的,它们更是一种“辩证的形象”[6]。

从总体上说,语言表述确实具有形象的特点,尤其是文学语言,“诗歌是极其图象化和暗喻化的”[7]。但语言中的图像并不是直接呈现出来的图像,而是依据人们自身的经验,由语言的概念联系到的具体形象。在这个过程中,图像本身并不是作为符号出现的,而是与意义相混合的既有意又有象地存在着的一种特殊“图像”,其实质依然是属于意义的部分,是人们头脑中的图像,而不是真正视觉中的图像。语言对于意义与概念的表达,清楚地说明了一个事实,即语言在表述意义的过程中,具有视觉意味的图像并非直接出现。语言表述尤其是文学语言表述,渴望语言能展示出形象性,但语言表述本身则很难产生相对具体的图像。这在某种程度上成为语言表述需要加强的地方,语言以概念指向事物的特点往往又成为实现这种需要的阻碍。

语言表述与图像表述都具有虚拟展示对象的能力。如比利时画家雷尼·玛格里特的名作《背叛图像》,在图的下面有这样的话:“这不是一根烟斗。”这幅画和其中所包含的语言都在说明一个事实,即“图像与语言具备表示或伪示世界本真的能力”[8]56。语言和图像尽管都具备这种伪示世界本真的能力,但也正是在这种伪示过程中体现出差别来。还是以上述《背叛图像》为例,无论这个烟斗是真实的,还是表现烟斗的一个符号,人们从这幅画中得到的信息相对于语言的直接表述而言更加直接与具体。人们从这幅作品中至少可以获得如下信息：烟斗的形状，这种烟斗主要使用的人群，使用的历史时代，甚至有可能从烟斗判断出生产地点，等等。这直接说明了图像所具有的一个完全不同于语言表述的特点，即图像具有直接的开放性。

图像所具有的直接的开放性还不只是如此。在诗歌中，艺术家通过对海伦的描述，让人们感受到了一个美丽的女性形象。人们可以通过语言来想象出各种自己所认为的最美的女性形象，并将之附会于海伦。海伦的形象也就不只是希腊的女性形象，而可能是任何与想象者有关的民族的女性形象。但如果是绘画，则不可能出现这种情况，即海伦只可能是希腊的，而不可能是其他民族的。绘画所直接呈现出来的信息，如民族服饰与人种特点，都能直接将海伦限定于希腊。这就昭示了一个近乎常识的判断，诗歌的开放性源于语言在表述对象时的间接性表述，而图像则具有直接开放的特点，并使无论是以模仿还是以表现为基础的图像都具有一定的写实性，只不过侧重点有所不同而已。

图像的直接开放性和一定的写实性，并不意味着图像传达不重视间接性的表达。相反，出色的图像表述总是选取最富有意味的瞬间来实现意义的传达，从图像本身直接进入到意义。这不同于语言—形象—意义的传达，而是图像—意义的传达，在图像传达中，起作用的是构成图像的各种形式方面的因素。因此，语言表述和图像表述，它们都有各自的优势，但同时也有各自的劣势。两种表述方式都能表现情感性的、间接性的、直接性的、模仿性的意义，但却有所侧重。二者相比，语言更善于传达情感性的、间接性的意义，图像更善于传达模仿性的、直接性的意义。

三、语言与图像：意义立体性传达中的影响因素

由上可知，语言表述与图像表述是人类表述特别是艺术表述中十分重要的两种表述方式，同时，它们又有自己不同的表述侧重、优势及不足。在语言表述和图像表述中，人们都不可避免地会遇到一个问题，即语言和图像如何传达出意义，人们如何理解其中的意义。事实上，与意义理解具有紧密关系的四个要素——意图、文本、语境、读者都会产生作用[9]。

作者意图在很长时间内被公认为对艺术的理解具有重要的意义，但到

今天为止,人们也无法清楚地知道在意义的理解过程中作者意图到底在多大程度上影响了人们对意义的掌握。一个无法回避的事实是,当作品一旦完成,作者的意图就以语言或图像的方式隐藏于作品之中,人们根本无法分离出哪些是体现作者真实意图的表述。唯一似乎可信的是游离于作品之外的作者本人关于该作品创作意图的说明。即便是作者本人的说明,也不一定代表了作者在创作时的完整意图。作品体现作者的创作意图以及作者要表达的意义,但这种意义却在作者创作完成之后成为作品中不可分离的部分,再也无法单独提出。

从文本出发来理解意义的观点在20世纪影响深远,似乎人们厌倦了传统的作者决定论的长期统治地位,这种观点一经提出就产生了巨大影响。俄国形式主义、布拉格学派、法国结构主义、英美新批评,从较为宽松的意义上都可以看作是以文本为中心的各种不同侧重的具体体现。但问题同样存在,作品的意义也许与作者所要实际表达的意义有所出入,人们从作品的结构中分析出来的意义不见得就是作者所想表达的意义。“有时我们又说意义在文本之中——也许你本意要说x,可你说出的言语却表示y,这样一来,似乎意义成了语言自身的产物。”[9]并且,这种分析方法很显然与日常人们的交往经验相矛盾,在日常交往中,人们所注重的是交往中意图的相互了解,对语言本身并不重视。在图像表述中,情况也是如此,肖恩·霍尔就曾指出过这样的问题,他在分析辛迪·雪曼所拍摄的一个躺在地上的上半身沾满沙子和泥土的女性照片时指出,“这张照片体现了我们对于一个有关死亡影像的感受同这个影像本身的差别”[8]16。仅从作品出发,无法判断出这给我们带来真实死亡感受的照片是否是一个伪拍的照片。

读者理论的兴起使人们把作品意义的理解重心转移到读者身上,甚至作者本人在面临自己的作品时,也只是读者中的一员。“一千个读者就有一千个哈姆雷特”,读者对作品的理解完全依据自身经验,作品对读者而言只是一个引导。《圣经》中曾提到撒旦用果子诱惑夏娃,但在卢卡斯·克拉纳赫的油画中,果子成了苹果。很显然,克拉纳赫对《圣经》中撒旦诱惑夏娃的果子进行了具体化,苹果代替了智慧之果,同时显示了读者对作品的理解。读者对作品的理解很显然是基于自身经验而产生的对作品的“误读”。这种“误读”是必要的,也是作品具有开放性的体现。但这种取决于读者的意义受不同读者自身因素的影响很大,其意义仍然呈现出不确定性。

不可否认,上述三个因素对作品的理解都具有相当重要的意义,相对于这三者而言,语境的因素同样十分重要,从某种程度上讲,可能是最为重要的理解意义的因素。人们对语境的理解是多方面的,语境本身也从一个纯语言学范畴的术语成为理解文学与艺术的重要范畴。语境所包括的范围不仅只是语言学意义的上下文,而且还是作品本身,以及文化语境。构成语境的因素相当复杂,民族的、地域的、文化的、作者的、作品的、读者的因素都可以成为语境存在的基础。因此,语境本身是无边际的,它只是一个相对的存在。语境最大的优势在于其可设定性,在艺术活动中设定语境,可以使意义在相对封闭的范围内得到较清晰的理解,语境的作用因此显得极其重要,不会使意义流于无法被把握的境地。

上述四种因素在语言表述和图像表述中都存在,这些因素对二者同样有效,可以说是影响艺术意义理解的普遍性因素。但也不可忘记,在理解艺术的同时,人们往往用另一种艺术的特点来理解某一种艺术的意义,这就是艺术互涉。艺术互涉之于艺术意义的理解主要在于借助不同艺术的特点,从而达到对某一艺术的理解。中国古代有体现诗、乐、舞一体的具体文献。其中最具说服力的是诗画之间的论述,如“诗中有画,画中有诗”,以及“左图右书”等。这些艺术观点与实践至少表明如下事实:人们对事物的期望表达是立体式的,只有立体式、全方位的表达,才可以使所要表达的事物逼真地呈现于其他人面前,其他人也才可以清楚地理解所要表达的事物和所要传达的意义。同时也表明,无论是语言表述还是图像表述,在意义的传达上,它们在具有各自优势的同时,也具有自身先天性的不足。

还有一个事实也不可回避,即立体式的传达虽然是人们梦寐以求的方式,但在具体的传达过程中,受制于具体的艺术所使用的符号系统,艺术的传达特性往往由这些符号系统的特点决定。如上述语言符号系统和图像符号系统,对建基于其上的艺术形式的理解就受制于这些符号的特点。艺术的立体性传达和意义的全面理解,以及人们的生活经验使艺术的互涉具有巨大意义。要很好地理解语言艺术的意义,就必然借助于图像的某些功能;同样,理解图像的意义,也离不开借鉴语言表述的优点。“只有坚持文字和图像并重,而不是用图像取代文字,或者排斥图像只要文字,达到这样一种和谐的境界：既坚持文字的语义优先性和意义伸展性，同时又拓宽了图像的在场性和真实性，使媒体文化形式的未来发展有了新的地基和风格：注重图文亲和性和整合性，既不像图像中心主义那样抱持着图像的唯一性和平面性，而是不离文字不贬文字，坚持文字对图像意义的提升。反过来，文字也不取代图像，而是将图像背后的微言大义发掘出来，醒豁起来。”[10]因此，理解艺术互涉的意义对于人们更好地理解艺术所体现出来的意义不可缺少。无论是语言艺术还是图像艺术，其意义要得到更加全面的理解，实现艺术意义的立体性传达，就必然要相互借鉴和利用。[11]

总之，艺术的表述方式无疑是人们在进行艺术研究时关注的主要问题之一。随着图像表述方式的兴起，图像表述与语言表述成为当代最具代表性的两种主要艺术表述方式。这两种表述方式分别侧重于不同的艺术表现，因此在表述方式与表述效果上都有所不同。语言的表述，特别是文学语言的表述，总是直接或间接地体现出情感的因素，同时其优势更体现在能以概念的方式向具体的事物转变，从而体现出形象性。语言中的形象并不是直接呈现出来的图像，而是与意义相混合的一种特殊“图像”，其实质依然属于意义的部分。图像表述具有直接开放性和一定的写实性，图像总是选择最富有意义的瞬间来表现意义。很显然，两种表述方式都能表现各种意义而又有所侧重。语言善于传达情感性的、间接性的意义；图像善于传达模仿性的、直接性的意义。语言表述与图像表述都具有虚拟展示对象的能力，但两者之间相互理解时，却存在“非对称性态势”[12]。要实现对对象的完满表达，就必然要深入理解艺术互涉这一客观存在的事实，力求克服所用艺术符号系统的不足，尽量使语言的表述体现图像表述效果，在图像表述中体现出语言表述的内涵，从而使艺术的表述方式趋向立体，实现艺术的最完美表达。

参考文献：

[1]荣鑫阁.关于词库及其运行原理的一些假设[J].重庆师范大学学报(哲学社会科学版)，2011(2)：84－92.

[2]朱狄.艺术的起源[M].武汉：武汉大学出版社，2007：135.

[3]格罗塞. 艺术的起源[M]. 蔡慕晖,译. 第2版. 北京:商务印书馆,1984.

[4]卢梭. 论语言的起源:兼论旋律与音乐的摹仿[M]. 洪涛,译. 上海:上海人民出版社,2003.

[5]德里达. 论文字学[M]. 汪堂家,译. 上海:上海译文出版社,2005:404.

[6] Walter Benjamin. Theses on the Philosophy of History [G]//Hannah Arendt. Illuminations. New York:Schocken, 1969:256.

[7]孔狄亚克. 人类知识起源论[M]. 洪洁求,洪丕柱,译. 北京:商务印书馆,1989:184.

[8]霍尔. 这是什么意思? 符号学的75个基本概念[M]. 郭珊珊,译. 北京:中央编译出版社,2010.

[9]卡勒. 当代学术入门:文学理论[M]. 李平,译. 沈阳:辽宁教育出版社,1998:69.

[10]王岳川. 网络文化的价值定位与未来导向[J]. 四川师范大学学报(社会科学版),2004(5):99—105.

[11]傅丽莉. 图像符号与文本资源——以德国艺术家安塞尔姆·基弗为例[J]. 文艺争鸣,2011(4):45—49.

[12]赵宪章. 语图互仿的顺势与逆势——文学与图像关系新论[J]. 中国社会科学,2011(3):170—184.

作者简介:朱全国,文学博士,华中师范大学文学院,博士后;九江学院文学院,副教授。

原文出处:《西南大学学报》(社会科学版)2013年第3期。

转　　载:1.《高等学校文科学术文摘》2013年4期长文转载;2.人大复印资料《文艺理论》2013年8期全文转载;3.《文学研究文摘》2013年4期摘要。

青史凭谁定是非：中国现代文学史修撰的迷途与出路

刘保昌

摘　要：中国现代文学史的修撰已经走过了漫长的90余年的历程，但还远未成熟。这种不成熟性表现在诸多方面，甚至“中国现代文学史”的命名本身都已成为一个争执不下悬而未决的问题，没有一个相对固定的说法可被绝大多数现代文学研究从业人员所共同接受。纷纭乱象的背后，是现代文学史观的“一元性”。我们要超越“进化论”“阶级论”“新民主主义论”“现代性”史观的局限，真正开启双重开放的视野，尤其注重对本土传统文化资源的开放，这就要既向五四新文化传统开放，更要向源远流长的中华传统文化开放。

一、现代文学史学科尚未成熟

如果从胡适1923年刊载于《申报》特刊上的《五十年来中国之文学》（商务印书馆1924年出版单行本）算起，中国现代文学史的修撰已经走过了漫长的90余年的历程；从钱基博的《现代中国文学史》（世界书局1933年）算起，则已有了80余年的历史；从王瑶的《中国新文学史稿》（上卷，开明书店1951年；下卷，新文艺出版社1953年）、刘绶松的《中国新文学史初稿》（作家出版社1956年）等著作算起，中国现代文学史的修撰也有了60年左右的风雨历程。对于一门业已存在数十年的学科而言，诚如严家炎早在1995年所指出的：“我们的学科不再年轻。”[1]就物理时间而言，“我们的学科”的确已“不再年轻”。学者们当年信心满满地宣称现代文学史学科“正在走向成熟”，但放在19年后的今天来考量，依然无法得出“现代文学史学科已经成熟”的结论，因而有了现代文学史观的“盛世”忧思[2]。

让我们回顾一下现代文学史学科“正在走向成熟论”的理据：“如果说近、现、当代文学史分期问题的讨论可以看做是学科将进一步发生全面深入的变革的一个序曲，那么，‘20世纪文学’概念的提出更是一种催化剂，使这场变革势在必行。一旦真有一批学者能打通起来对本世纪中国文学（包括它的重要文学现象、重要文学思潮和代表性作家作品）下功夫进行一番较深入的研究，一旦真有这样一批成果出现，突破就很有可能较快到来。”[1]这段论述，是对“我们的学科不再年轻，它正在走向成熟”这一论点的展开，显然，“20世纪中国文学史”的修撰，已经成为现代文学史学科成熟的标志性事件和重要的衡量标准。事实上，在1995年之前以“20世纪中国文学”为题的文学通史，已有张毓茂主编的《二十世纪中国两岸文学史》（辽宁大学出版社1988年），乔福生、谢洪杰主编的《二十世纪中国文学》（杭州大学出版社1992年），顾圣皓主编的《二十世纪中国文学》（河南人民出版社1994年）等；1995年以后，有杨义、中井政喜、张中良的《二十世纪中国文学图志》（台北业强出版社1995年），苏光文、胡国强主编的《20世纪中国文学发展史》（西南师范大学出版社1996年），皮述民等的《二十世纪中国新文学史》（台北骆驼出版社1997年），孔范今主编的《二十世纪中国文学史》（山东文艺出版社1997年），黄修己主编的《20世纪中国文学史》（中山大学出版社1998年），唐金海、周斌主编的《20世纪中国文学通史》（东方出版中心2003年），李平、陈林群的《20世纪中国文学》（上海三联书店2004年），朱栋霖、朱晓进、龙泉明主编的《中国现代文学史（1917－2000）》（北京大学出版社2007年），顾彬著、范劲等译的《二十世纪中国文学史》（华东师范大学出版社2008年），严家炎主编的《二十世纪中国文学史》（高等教育出版社2010年）等，其中大部分作为高校中文系教材使用，应该说“20世纪中国文学史”无论从概念还是内容来说，都已经在学术界产生了广泛而深远的影响。然而，一系列“20世纪中国文学史”著作的修撰出版，就标志着现代文学学科的成熟吗？

学科成熟的标志是什么？有学者认为：“就规范意义而言，理论建设是一个学科成熟的重要标志，是决定其专业合法性存在的主要依据。一门学科如果没有自己独立的理论，即使建立起专业化的理论体系和研究范式，其在学科体系中存在和发展的理由也是不充分的。”[3]也有学者认为：“一个学科是否成熟不但牵涉到学科时间的长短、研究成果数量的多寡这些外在因素，更重要的还取决于这一学科研究成果的内部质量和总体研究水平的高低。同时，具体到现代文学学科而言，是否在学科史料方面完成了伟大而系统的工程，是否形成了从事本学科研究必须遵循的学术研究范式，更是衡量这一学科成熟与否的标尺。”[4]作为一门人文社会科学学科，现代文学史学科的理论建设、研究方法、研究成果的质量和总体研究水平，并没有一个量化的评价标准。判断一门学科是否成熟，与其穷尽诸种标准，进行诸多方面的考评，不如考察该学科是否还存在着指导理论不尽成熟的地方，或者是否还存在着较大的研究视野盲区。如果没有，则该学科是相对成熟的；如果还存在，则该学科就是不成熟的。现代文学史学科还存在着种种不成熟，这种不成熟性表现在诸多方面，如现代文学的起止时间问题，现代文学史的分期问题，现代文学史的观照视野问题，马克思主义历史批评和审美批评方法的应用领域问题，现代文学家的历史评价问题，现代文学研究结构的设置问题，现代文学学科史的评价问题，现代文学研究方法的有效性问题，等等，甚至“中国现代文学史”的命名本身都已成为一个争执不下悬而未决的问题，没有一个相对固定的说法被绝大多数现代文学研究者共同接受。按说一门学科内部，总会存在这样或那样的不同意见和观点表达，但似乎还没有任何一门其他学科会像现代文学史学科这样“众声喧哗”，这样“莫衷一是”，这样“天翻地覆”。当然，在某种程度上来说，这也正是现代文学史学科内部充满张力与活力的表现。

纷纭乱象的背后，其实是现代文学史观的“一元性”。

二、现代文学史修撰的四个阶段

90余年来，现代文学史的修撰历程可以分为四个阶段：第一阶段从1923年到1949年，是“中国新文学史”阶段；第二阶段从1949年到1985年，是“中国现代文学史”阶段；第三阶段从1985年到2001年，是“20世纪中国文学史”阶段；第四阶段从2001年至今，是“后20世纪中国文学史”阶段。这种四分法，其实只是伽达默尔所说的“效果史”划分法，并非决然的“命名”上的划分。在前三个阶段中，“中国新文学史”“中国现代文学史”“20世纪中国文学史"的修撰,在新/旧、现代/前现代、现代性/反现代性等二元对立的述史架构表相之下,隐含着撰史主体深固难徙的选择偏向上的"一元性"。而在第四阶段,现代文学史修撰才开始呈现出多元性的样态和风貌,但这个过程还远未完成,文学史观的偏颇依然存在。

在"中国新文学史"修撰阶段,进化论和阶级论是文学史观的政治依据。如王哲甫的《中国新文学运动史》,在第一讲"什么是新文学"中,探讨了新文学与旧文学的区别、新文学的发生经过、新文学的内容界定和辨析等等。王丰园的《中国新文学运动述评》和吴文祺的《新文学概要》等,则开始表现出现代文学史修撰坚持指导思想方面的阶级论和唯物论的写作原则,尤其注重对链型的新文学纵向历史的系统性追求。在这个阶段,也有一些具备深厚艺术感受力和理论爆发力的学者,在文学史观的偏颇背景下仍然能够做出细致深入的研究。如朱自清的《中国新文学研究》讲义,虽然只留下简略的提纲,并未成书,却足以见出他对新文学创作有独到的体会,如论述郁达夫的部分分为八个小标题:病的青年心理的解剖;现代人的苦闷;对于性的非游戏态度;社会苦闷与经济苦闷;时代精神与都市生活(世纪末的病弱的理想家);爽直、坦白、真诚(对工人的态度);主观的即兴的态度;自然的婉细的表现。这种解读完全不同于一般的文学史著作,而真实地逼近了郁达夫创作的本质,这种体会完全是诗人学者式的独到体会,具有直指人心的魅力。可惜这种文学史论著在第一阶段少之又少,犹如凤毛麟角。

在"中国现代文学史"修撰阶段,以王瑶的《中国新文学史稿》、丁易的《中国现代文学史略》、刘绶松的《中国新文学史初稿》、蔡仪的《中国新文学史讲话》、张毕来的《新文学史纲》、唐弢主编的《中国现代文学史》等文学史著作为代表。"新民主主义论"是指导这批史著修撰的文学史观[5]。"新民主主义论"文学史观来源于毛泽东的《新民主主义论》和《在延安文艺座谈会上的讲话》。毛泽东指出,"中国革命的历史进程,必须分为两步,其第一步是民主主义的革命,其第二步是社会主义的革命,这是性质不同的两个革命过程。而所谓民主主义,现在已不是旧范畴的民主主义,已不是旧民主主义,而是新范畴的民主主义,而是新民主主义"[6]665;"一定的文化是一定社会的政治和经济在观念形态上的反映","帝国主义文化和半封建文化是非常亲热的两兄弟,它们结成文化上的反动同盟,反对中国的新文化。这类反动文化是替帝国主义和封建阶级服务的，是应该被打倒的东西。不把这种东西打倒，什么新文化都是建立不起来的。不破不立，不塞不流，不止不行，它们之间的斗争是生死斗争”[6]695；“所谓新民主主义的文化，就是人民大众反帝反封建的文化；在今日，就是抗日统一战线的文化。这种文化，只能由无产阶级的文化思想即共产主义思想去领导，任何别的阶级的文化思想都是不能领导了的。所谓新民主主义的文化，一句话，就是无产阶级领导的人民大众的反帝反封建的文化”[6]698。正是在《新民主主义论》中，鲁迅被推尊为“文化新军的最伟大和最英勇的旗手”，“是中国文化革命的主将”，“是在文化战线上，代表全民族的大多数，向着敌人冲锋陷阵的最正确、最勇敢、最坚决、最忠实、最热忱的空前的民族英雄”，“鲁迅的方向，就是中华民族新文化的方向”。五四运动从此成为新旧文化的分水岭，五四以前和五四以后从此成为两个完全不同的历史时期，“中国现代文学史”修撰中的“新民主主义论”史观由此形成。在这种历史观指导下，文学创作在观念形态上的正确与否，预设了文学成就的大小与创作水准的高低。如果说反右运动以前的现代文学史著作，尚能“努力尝试运用历史唯物主义的观点来说明现代文学的产生和发展”，“各抒己见，具有不同的特点”，当然也难免“反映了民主革命胜利初期的时代气氛与社会心理”，那么，“随着我国学术思想界‘左’的倾向的抬头，这些著作都受到了不同程度的批判；代之而起的是一批以所谓‘文艺上的无产阶级路线和资产阶级路线的斗争’作为基本发展线索的现代文学史著作。这些著作不仅把研究的重点对象由作家作品转向文艺运动，甚至政治运动，而且模糊、以致否定了现代文学反帝反封建的新民主主义性质。研究的范围越来越窄，‘现代文学史’变成了‘无产阶级文学史’；到了那‘史无前例’的日子，最后就只剩下一个被歪曲了的鲁迅”[7]。以政治意识形态指导文学史修撰，最后的结果必然如此。

在“20 世纪中国文学史”修撰阶段，“文学的现代化”成为评估和衡量文学成就的标准。钱理群等指出，现代文学不仅是一个时间概念，同时还是一个揭示这一时期文学的“现代”性质的概念。所谓“现代文学”，即是用现代文学语言与文学形式，表达现代中国人的思想、感情、心理的文学。[8]文学/文化的现代性，成为指导现代文学史修撰的史观，这是“20 世纪中国文学史”写作的突破性意义之所在。“20 世纪中国文学史”的概念，由黄子平、陈平原、钱理群三人最先倡导(黄子平、陈平原、钱理群在《论“二十世纪中国文学”》中提出了“20世纪中国文学”的概念,本文作者将这一概念亦表述为“20世纪中国文学史”。编辑注),他们提出“20世纪中国文学史”这一概念的目的,并不单是为了把目前存在着的“近代文学”、“现代文学”和“当代文学”这样的研究格局加以打通,也不只是研究领域的扩大,而是要把20世纪中国文学作为一个不可分割的有机整体来把握。他们指出,所谓“20世纪中国文学”,就是由19世纪末20世纪初开始的至今仍在继续的一个文学进程,一个由古代中国文学向现代中国文学转变、过渡并最终完成的进程,一个中国文学走向并汇入“世界文学”总体格局的进程,一个在东西方文化的大撞击、大交流中从文学方面(与政治、道德等诸多方面一道)形成现代民族意识(包括审美意识)的进程,一个通过语言的艺术来折射并表现古老的中华民族及其灵魂在新旧嬗替的大时代中获得新生并崛起的进程。按照他们的构想,20世纪中国文学史写作“大致有这样一些内容:走向‘世界文学’的中国文学;以‘改造民族的灵魂’为总主题的文学;以‘悲凉’为基本核心的现代美感特征;由文学语言结构表现出来的艺术思维的现代化进程;最后,由这一概念涉及的文学史研究的方法论问题”。提出“20世纪中国文学”这一概念的意义,就是将“文学史从社会政治史的简单比附中独立出来,意味着把文学自身发生发展的阶段完整性作为研究的主要对象”,“在‘20世纪中国文学’这个概念中蕴含着的一个重要的方法论特征就是强烈的‘整体意识’。一个宏观的时空尺度——世界历史的尺度,把我们的研究对象置于两个大背景之前:一个纵向的大背景是两千多年的中国古典文学传统……一个横向的大背景是本世纪的世界文学总体格局”[9]。可见,“进程”是“20世纪中国文学史”的关键词,亦即“现代化进程”就是“20世纪中国文学史”写作的核心线索,这是对先前进化论、阶级论和革命论文学史观的整体性扬弃。无独有偶,陈思和提出的“中国新文学整体观”[10],在时间段落、撰史方式与整体性诉求方面,都与“20世纪中国文学史”概念异曲同工。孔范今在主编《二十世纪中国文学史》时曾经充满学术自信,认为“20世纪中国文学史”概念的提出,“实质上是对文学发展过程在史学领域中的重新整合。其意义至少有三:第一,从根本上解脱了社会政治历史分期对文学史考察的教条式束缚,使文学相对独立的品格得到科学的尊重,并使其发展过程得到相对完整的体认。‘20世纪’是一个‘宇宙时间’的概念，用它来标示一个文学过程的时间长度，……完全是出自大体一致的‘巧合’，不含其他的原因。构成这一时期文学主流或曰决定该时期文学史性质的是新文学，它的发生发展，是我们决定其时间长度和基本刻度的主要依据。据此进行的时空定位，应该是比较科学，也比较客观的。第二，对社会政治历史分期的疏离，意味着研究者主体学术观念的调整，意味着他们将从非文学的价值认知系统中超越出来，与对象进行科学的对话和沟通。第三，由于文学发展过程的完整展示，这一过程中许多深在而复杂的因果关系才会变得连贯而明晰，许多长期困惑人们的历史的症结，也便有了释解的可能”[11]。孔范今主编的《二十世纪中国文学史》充分关注了经济、政治、文化变革与中国现代文学的辩证关系，深入把握了历史结构的悖论性与现代文学的补偿性调整之间的复杂关系，尤其是将台湾文学、香港文学、通俗文学等嵌入20世纪中国文学的整体架构之中进行阐述，使得许多以往被遮蔽和“边缘化”的文学事相得以呈现出崭新的学术意义，但由于全书采用的是文化/文学现代性的文学史观，所以对于种种在研究者看来并非现代性的或者现代性因素较少的作家作品，论述很少甚至根本不予提及，这也是所有“20世纪中国文学史”著作的结构性缺陷。

在“后20世纪中国文学史”修撰阶段，文学史观得到了多元化的呈现。虽然在此阶段，现代文学史著作中仍然有不少采用“中国现代文学史”“20世纪中国文学史”“百年中国文学史”等标题，但在名称一仍其旧的表相之下，论述内容和结构体系已经移步换形，产生了很大的变化。我认为，从“20世纪中国文学史”修撰阶段过渡到“后20世纪中国文学史”修撰阶段的标志性事件，当属2001年9月张福贵在一次研讨会上提出要用“中华民国文学”和“中华人民共和国文学”的概念，对“中国现代文学”和“中国当代文学”进行重新命名。张福贵认识到“中国现代文学”和“20世纪中国文学”等概念中包含的“意义的单一性与判断的先验性”的缺失，其中“意义的单一性”表现为两个方面：“第一，内容上必须表现思想启蒙、民族救亡和阶级解放的时代主题，同时，这也是‘人的解放’的总主题在中国现代文学史中不同发展阶段的不同主题呈现。不具备这样一种意义的文学不能算作是现代文学”；“第二，形式上必须是现代的新形式。‘现代’不只是一个时间上的‘代’的概念，而是关涉到文学形式的基本属性的概念。所谓‘现代’亦即西方的现代文学形式，大多表现为对传统文化、传统文学既定形态的突破或者革新。文学本体——文学观念、文学类型、叙述方式、文体形式等都发生了本质的变化”。而“判断的先验性”主要表现为著史者对作家作品的政治判断和道德判断的“先在性”，“判断的先验性”直接决定了作家作品入史的可能性、述史篇幅的大小与文学史地位评判的高低。[12]有鉴于此，他主张采用“中华民国文学史”的概念来代替“中国现代文学史”的概念，即从 1911 年辛亥革命起，到 1949 年中华人民共和国的成立，为一个完整的述史段落。他认为，与现代文学这一意义概念相比，中华民国文学作为一种时间概念具有多元的属性，而相对减少了文学史命名中的意识形态色彩和先入为主的价值观；以历史时间作为断代是一种最持久的命名方式，具有历史的惯性，因为中国文学史的分期，几乎都是以朝代和时代为分界点的，如先秦文学、两汉文学、唐代文学、宋代文学、明清文学等；时间概念的自然属性为文学史写作的个性化提供了更广阔的空间，而“一切历史都是个人史”[13]；“民国文学”的命名“合乎中国文学的本质属性，具有文学的时代特征”[12]。丁帆[14]、李怡[15]、贾振勇[16]等也呼吁以“民国文学史”代替“中国现代文学史”。提出“中华民国文学史”概念的动机其实很简单，就是回归文学史本体，挣脱先前种种束缚在文学史本体之上的政治、道德、现代性等观念枷锁，“少一些学理之外的忌讳和误解，回归于简单和直接，可能会更接近于事实本身”[12]，也更能真正促进现代文学史的研究。在“后 20 世纪中国文学史”修撰阶段，学术界回归现代文学本体的努力方向已经十分明显。如果我们不陷入“文字障”，不在书名上做无谓的纠缠，就会发现此阶段的现代文学史著，已经在修撰史观、研究范围、语言形态等方面有了相当大的突破。

以严家炎主编的《二十世纪中国文学史》为例。这部著作虽然仍采用“二十世纪中国文学史”的书名，但在修撰史观上已经超越了“文化/文学现代性”的局限。这部由十位术有专攻的著名学者合力编纂而成的著作，是对既往相关研究成果的“集大成”，同时也在许多研究领域做出了具有开拓性的突破。严家炎说：“有的学者主张依据社会政治的变动来分期，比方说‘中华民国文学史’啦，‘人民共和国文学史’啦，照我想，都不必，叫‘中国现代文学史’就很好。所谓 20 世纪中国文学史，其实就是中国现代文学史。”[17]在他看来，这几种不同称谓本质上都是同一的，那就是中国现代文学的主体是白话文学，具有鲜明的现代性特征，并且同“世界的文学”相互交流、相互影响。这三个方面构成了它最基本的特点。这部著作将现代文学的起点定位于19世纪八九十年代之交，以黄遵宪1887年定稿的《日本国志·学术志》为标志，在文学史描述空间上，“真正覆盖到了抗战时期的大后方、根据地、沦陷区三类区域，覆盖到了1949年以后一直到上世纪末的海峡两岸包括台、港、澳在内的各地，因而可以说是真正覆盖到了全中国（包括少数民族地区）”。这部著作还将使用少数民族语言写作、使用外文写作的中国作家，古体诗词、文言散文、文言小说等纳入述史框架之中，目的就是“要让文学史真正回到文学自身的历史上来，真正建立起中国现代文学的多元共生体系：严肃文学与通俗文学共生，占主流地位的白话文学与不占主流地位的古体诗文共生；汉语写的文学与非汉语写成的文学共生”[17]。但这种追求尽善尽美、追求内容尽可能完备无缺的主观愿望，在具体的修撰过程中却并不总是能够真正实现，所以还是不能尽如人意，主要表现在以下三点：一是体例前后不一致，“第四章‘辛亥革命前后的文学’介绍了章太炎等人的诗文、苏曼殊的文言小说、宋诗派、桐城派等传统文学流派，这在现代文学史著中可算一个创举，但是旧体诗文并没有在新文化运动后彻底消失，而是一直保持着顽强的生命力，并在某些特定的时期（如抗战期间）焕发过夺目的光彩，而该著介绍了辛亥前后的旧诗文，却对其他时期的只字不提”[18]；二是忽略了通俗文学创作，该著在讨论雅俗对峙文学格局时认为：“文学历来是在高雅和通俗两部分相互对峙中向前发展的。高雅和通俗两部分既互相冲突，又相互推动；既互相制约，又互相影响，构成了文学发展的内在动力，这同样是二十世纪文学的实践所证明了的”[19]，但这种平视雅俗文学的学术视域，却在其后的论述中不再出现，通俗作家中只介绍了张恨水一人；三是台港文学书写的“游离”状态，如同孔范今主编的同题文学史著，台港文学不再作为“附录”呈现，而是按时间顺序打散后，分别插入到大陆（内地）文学的相关主体性叙述之中，还是会让读者颇生“游离”之感，两种处于同一时间段落之中却又具备完全不同风貌的文学类别，很难在这种述史框架中统一起来进行合理性论述。上述三种不尽如人意之处的存在，说明“若想把某一新的对象纳入文学史，决不是一个简单的做加法的过程，而是需要建立一种新的文学史框架以包容新内容，但是已有的文学史框架，无论是以往的‘革命’框架还是这里的'现代性'框架,似乎都不太容易把通俗文学、旧体诗文等内容整合进来"[18]。

从这一角度来说,严家炎主编的《二十世纪中国文学史》堪称"经典"——既是对现代文学研究史的成果总结和学术创新,同时集中反映了现代文学研究领域一直存在的本质问题和根本症结,其所得所失皆有代表性。在"白话文"、"现代性"和"世界性"的现代文学本质属性认知前提下,扩大研究范围,开拓观照视野,纳入通俗文学,打破文学理论、文学史和文学批评等部类的割裂等各方面的努力,都无法在根本上解决现代文学史修撰的深层次问题。既要坚守"白话文"、"现代性"和"世界性"的现代文学标准,又要在此框架内开拓新领域、纳入新对象,种种矛盾冲突便会由此产生。尤其是"现代性"问题,更是一个主观性较强的标准。在发展中国家,现代性表现得更为复杂,政治现代性、经济现代性和审美现代性交织在一起。现代文学史修撰中的"现代性"观念存在的主要问题包括逻辑起点和适用范围两个方面。钱理群就曾发出追问:"什么是现代性?如何看待西方的现代化道路(模式)?什么是我们(中国、东方国家)所需要(追求)的现代化道路(模式)?"而"现代性"的运用范围更是存在着较大的问题,正如有学者所批评:"在如何考察中国文学'现代性'的发生问题上,有的著作的处理明显地表现出先入为主随意取舍的倾向,比如在选择李宝嘉、王韬、黄遵宪、刘鹗、苏曼殊、林纾、曾朴、李劼人等人和他们的创作进行个案分析的时候,是否有足够的把握认定所选择的是足以揭示那个时代文学精神和'现代性'的典范?进行这种研究的学术基础是否有足够的把握认定所选择的是足以揭示那个时代文学精神和'现代性'的典范?进行这种研究的学术基础是否已足够牢固?"[20]在注重"现代性"标准时,遗忘或者有意遗忘"历史性",更是现代文学史修撰过程中经常会出现的问题。相沿成习,习焉不察,现代文学史的修撰工作只要还是在此"故道"上因循既往、惯性行走,就很难真正达到"史"的标准。

三、现代文学史修撰的出路

"重写文学史""反思文学史"的呼吁已近30年了,但效果总是不能令人满意。有学者认为这是“官修”模式的弊病：“即使表面上类似私人撰述，其实质仍是一个官修面目——‘重写’者的最高目标，是希望它能进入高等学府。世俗的雄心过大，立言立论难免受到各种牵累。”[21]相对而言，以追求知识传授和普及的“教材型”文学史的确较难摆脱外在的“观念枷锁”，尤其是集体撰述更是“妥协”的产物，而个人撰写的“学术型”文学史虽然也难免受到观念枷锁的束缚，却更易于彰显学术个性。如林贤治以“思想自由”和“道德批判”为主线的《中国新诗五十年》和《五十年：散文与自由的一种观察》，陈思和以发掘文学史的“民间”写作传统为旨趣的《中国当代文学史教程》（复旦大学出版社 2008 年）等，往往更显学术锋芒，也更能逼近文学史真相。当然也不可一概而论，如程光炜等的《中国现代文学史》（中国人民大学出版社 2000 年），虽然也是作为教材使用，但著作全篇贯注鲜明生动的问题意识，仍然不失为学术史著中的元气淋漓之作。做有学术的启蒙，做有启蒙的学术，这项工作仍然任重道远。

用材料的丰富能不能补救理论的困乏呢？如果涉及的是换剧本的问题，那么只是换演员、描布景、加音乐，恐怕都无济于事。这同样是当下“后20 世纪中国文学史”修撰所面临的问题。我认为，走出中国现代文学史修撰迷途的根本出路，在于重新检视 90 余年来现代文学史编纂所走的弯路，真正回归到中国现代文学史的“历史性”和“本土性”上来。

众所周知，中国现代文学研究从不缺乏来自西方背景下的学术方法和理论资源，尤其是 1980 年代以来，各式各样的西学理论如潮水般涌来，诸如精神分析学、英美新批评、接受美学、传播学、结构主义、解构主义、原型批评、旧三论、新三论等，使得现代文学研究在日益摆脱政治对文学研究的直接作用和深层干预的同时，也导致了现代文学研究从此落入以线性时间序列为主要标志的“现代性”陷阱而无力自拔。表现在现代文学修撰的史观认知上，就是以“现代性的文学史观”代替了先前的“阶级论史观”和“新民主主义论史观”。吴福辉以“唱针”为喻来说明文学史观问题，颇能发人深思：我们搞了这么多年的文学史，不是用“革命”做唱针，就是拿“现代性”做唱针。可以作罢了，再也不用寻找新的“唱针”，而是力图写出一部“驳杂”的文学史，展示中国自有文学以来从没有过的多元景观。[22]展示“多元景观”，需要有面对不同的文学史书写对象时的平常心、无差别心，需要有平视中学、西学及兼收并蓄的雅量和才情。

让我们回到中国现代文学的发生原点，在新文化运动风起云涌的时代大背景下，“在国学与西学、信古与疑古、抵御西学与批判复古截然对立”的学术环境中，“很难平心静气地体会对方的合理之处。于是，兼采东学西学、超越非此即彼的言说，成为本世纪中国学者的最大愿望”[23]11。如王国维主张“学无新旧，无中西，无有用无用”；陈寅恪说“对于古人之学说，应具了解之同情，方可下笔”；钱穆主张“对其本国以往历史有一种温情与敬意”；章太炎说：“饴豉酒酪，其味不同，而皆可于口。今中国之不可委心远西，犹远西之不可委心中国也。”[24]“输入学理”和“整理国故”这两条本来应该并行不悖的治学路径，在学术“新思潮”风尚中却屡屡遭到彼轻此重的价值判断和情绪化选择。所谓“整理国故”，往往只是以“输入之学理”来加以“整理”，如此，陈寅恪和金岳霖在为冯友兰著《中国哲学史》做审查报告时，批评胡适根据一种哲学主张来撰史，对古人学说缺乏“了解之同情”。而这正是以胡适为代表的新文化人“整理国故”时的通病，故而令陈、金二位“长叹息”的非只一人一书[23]。王德威著名的“没有晚清，何来五四？”[25]的追问，目的在于破除学术界对于五四的执迷，真正回归到文学传统之中去。陈思和主张修撰整体观意义上的中国新文学：“我们今天面临的开放，应该是双相的：一方面向外国开放，不但吸取西方古典文化精髓，而且还要大量吸取西方现代文化，使现代意识成为今天人们的生活常识；另一方面向传统开放，破除封建主义对传统文化的长期禁锢与歪曲，使中国文化内核释放出真正的积极的热能，为现代意识所沟通而超越时空，弥布宇宙。它不仅对中国建设本民族的现代化有极为重大的意义，对世界未来也将是一种贡献。”[10]27—28

如果说五四时代将中国传统文化与封建性因素等同起来进行批判尚不失为一种历史选择的策略，那么时过境迁近百年后的今天，当我们重新面对中学西学时理应采取兼容并包的态度，尤其需要补上长期被压抑的传统文化这一课。艾略特说：“一种新艺术作品之产生同时也就是以前所有的一切艺术作品之变态的复生。”[26]传统中国文学作品、文化观念对现代文学创作的影响，如《红楼梦》对林语堂、贾平凹等人小说创作的影响，六道轮回观对莫言《生死疲劳》的影响，诗骚传统对当代文学创作的影响，都至为明显。但现代文学研究却很少顾及传统文学，即便是“整理国故”，也只是将“国故”视为“整理”的对象和材料，而没有从根本性意义上追问和借鉴传统文学思维、概念和学理的积极意义。严家炎主编的《二十世纪中国文学与区域文化丛书》（湖南教育出版社 1995 年），最先启动从区域传统文化角度对现代文学进行研究，的确独具慧眼，从多种角度开启了现代文学的研究视角。但整体性意义上的现代文学史的修撰，尚未真正向传统文化正面开放。

现代文学史修撰的出路究竟在哪里？鲁迅曾经有过“世界之思潮”与“固有之血脉”的双重文化构想：“明哲之士，必洞达世界之大势，权衡校量，去其偏颇，得其神明，施之国中，翕合无间。外之既不后于世界之思潮，内之仍弗失固有之血脉，取今复古，别立新宗。”[27] 此种论述置于当下，仍然无异于晨钟暮鼓，发人深省。“世界思潮”与“固有血脉”的双构性，意味着学者面对本土传统与世界思潮时，绝不做主观的剪裁，而对史料与史观同样重视。即便是为现代学者所诟病的中国传统文化观和历史观，在现代学者的观照下也可得到“惊人之发现”。周作人《中国新文学的源流》借鉴传统文学中的“言志”“载道”两个概念，对中国文学史做出具有原创性的解说。“旧邦新命”其实不仅意味着国家命运的新生，更意味着中华传统文化的新生与传统文学的新阐释。

近年来以文化还原研究备受瞩目的杨义先生说：“如果中国学者不把它的深层智慧充分阐发出来，并以自身的现代性跟世界现代文化接轨，那是中国学者没有尽到责任。西方学者已经把他们的古老文化，包括希伯来和希腊文化都转化到现代化的轨道上来了。我们中国学者不能只是撷取西方文化的只言片语，而要深刻地领悟西方是如何把自己的文化进行逐层深入的现代化改造和发展的过程。”[28] 中国学者应当有这种自信，治现代文学史的中国学者当然也有这种自信。

现代文学研究必须向传统文化史正面开放。人类文化史上的每一次复兴，都是以对先前传统的重新认识为前提的。西方的文艺复兴就是对希伯来文化传统和希腊文化传统的回望与发扬。与“两希文化”同时的中国春秋战国时代，也正是诸子百家争鸣的文化黄金时代。雅斯贝斯总结说：“人类一直靠轴心期所产生、思考和创造的一切而生存。每一次新的飞跃都回顾这一时期，并被它重燃火焰。自那以后，情况就是这样。轴心期潜力的苏醒和对轴心期潜力的回忆，或曰复兴，总是提供了精神的动力。”[29] 现代文学研究和现代文学史的修撰，在当前尤其需要有双重开放的视野，尤其要注重对于本土传统文化资源的开放，这就要既向五四新文化传统开放，更要向源远流长的中华传统文化开放，因为传统永远是我们“复兴”的“精神动力”。

参考文献：

[1]严家炎.新时期十五年的中国现代文学研究[J].中国现代文学研究丛刊，1995(1)：1－12.

[2]郭洪雷.现代文学史观的“盛世”忧思[J].重庆师范大学学报(哲学社会科学版)，2012(1)：69－73.

[3]文军.论社会工作理论研究范式及其发展趋势[J].江海学刊，2012(4)：125－131.

[4]刘进才.跨学科研究的史料问题——关于寻求中国现代文学研究新的生长点的思考[J].平顶山学院学报，2012(1)：62－66.

[5]黄修己.中国新文学史编纂史[M].北京：北京大学出版社，1995.

[6]毛泽东.新民主主义论[M]//毛泽东.毛泽东选集：第2卷.第2版.北京：人民出版社，1991.

[7]王瑶.序[M]//钱理群，温儒敏，吴福辉，等.中国现代文学三十年(修订本).北京：北京大学出版社，1998：2.

[8]钱理群，温儒敏，吴福辉.中国现代文学三十年(修订本)[M].北京：北京大学出版社，1998：1.

[9]黄子平，陈平原，钱理群.论“二十世纪中国文学”[J].文学评论，1985(5)：3－13.

[10]陈思和.中国新文学整体观[M].上海：上海文艺出版社，1987.

[11]孔范今.二十世纪中国文学史：上册[M].济南：山东文艺出版社，1997：24.

[12]张福贵.从“现代文学”到“民国文学”——再谈中国现代文学的命名问题[J].文艺争鸣，2011(13)：65－70.

[13]张福贵.革命史体系与现代文学史写作的逻辑缺失[J].吉林大学社会科学学报，2006(5)：94－98.

[14]丁帆.给新文学史重新断代的理由——关于“民国文学”构想及其它的几点补充意见[J].中国现代文学研究丛刊，2011(3)：25－33.

[15]李怡."民国文学史"框架与"大后方文学"[J].重庆师范大学学报(哲学社会科学版),2009(1):17—19.

[16]贾振勇.追复历史与自然原生态的"民国机制"——"民国文学史观"的一种文学史哲学论证[J].文艺争鸣,2012(3):63—68.

[17]严家炎.拓展和深化中国现代文学史研究的几个问题[J].山东师范大学学报(人文社会科学版),2013(1):5—9.

[18]洪亮.中国现代文学史编纂的历史与现状[J].中国现代文学研究丛刊,2012(7):28—69.

[19]严家炎.二十世纪中国文学史:上卷[M].北京:高等教育出版社,2010:173.

[20]左鹏军."二十世纪中国文学"研究中的一种普遍性缺失[J].汉语言文学研究,2011(1):21—33.

[21]庄周.齐人物论[M].长沙:湖南文艺出版社,2004:334.

[22]吴福辉.自序[M]//吴福辉.中国现代文学发展史(插图本).北京:北京大学出版社,2010.

[23]陈平原.中国现代学术之建立——以章太炎、胡适之为中心[M].北京:北京大学出版社,1998.

[24]章太炎.国故论衡[M].第3版.上海:上海大共和日报馆,1913:149.

[25]王德威.被压抑的现代性:没有晚清,何来"五四"?[M]//王德威.想像中国的方法:历史·小说·叙事.北京:生活·读书·新知三联书店,1998:3.

[26]艾略特.传统与个人才能[M]//曹葆华,译.现代诗论.北京:商务印书馆,1937:112.

[27]鲁迅.文化偏至论[M]//鲁迅全集:第1卷.北京:人民文学出版社,2005:57.

[28]杨义.现代中国学术方法通论[M].济南:山东教育出版社,2009:82.

[29]雅斯贝斯.历史的起源与目标[M].魏楚雄,俞新天,译.北京:华夏出版社,1989:14.

作者简介：刘保昌,文学博士,湖北省社会科学院,研究员。

原文出处：《西南大学学报》(社会科学版)2014年第2期。

转　　载：1.《新华文摘》2014年15期论点摘要;2.《高等学校文科学术文摘》2014年4期长文转载;3.《中国社会科学文摘》2014年8期长文转载;4.人大复印资料《中国现代、当代文学研究》2014年8期全文转载。

口述历史与语言学

陈　墨

摘　要：口述历史是一种言语活动，即采访人与受访人的对话交流和协商建构。采访人须具备交际语言能力和语言学知识，懂得营造和适应语境，熟悉地域和社会方言，遵守会话合作原则。在采访对话中能觉察口误、概念不当等言语事故，设法质询、订正或标记、说明。在口述历史录音抄本的整理过程中，保留口语形态，致力于保持语、文张力。口述历史可作语言学研究路径，可使用访谈和实验方法调查语言现象、研究语言问题；在录音抄本整理中进行语音识别、语义分析、言文差异、言语理解、言语表达等方面研究；录音录像档案即语料资源，可供进行方言、语言历时演变、语言接触和语言变异等的研究。口述历史档案即人类个体记忆库亦即大型语言数据库，可供数据挖掘和数据分析，推进语言学研究方法革新。还可通过口述历史进行"语言人"的研究，通过口述历史，研究言语风格、个人方言、口头禅等因素，探索言说者的思维习惯、心理信息和精神特质。为濒危语言使用者做口述历史，可记录口述者生活阅历和文化经验，同时记录濒危语言的"语言病历"，鼓舞该语言使用者的信心，保护语言资源和语言生态；进而建立"语言种子库"，为语言复兴保留一脉生机。

口述历史与语言及语言学的关系，可谓不证自明：口述历史的来源和形式，是个人的"口述"。它是一种言语活动，由采访人与受访人对话交流和协商建构。"语言能够构筑任何语句，但并非为了满足表现真实的欲望，而是为了回应特定场合下特定讲话者的表达需要"，即"语言在谈论世界的同时，也缔造了一个它所谈论的世界"[1]181－182。进而，"我们也知道词不只是钥匙，它也可以是桎梏"[2]16。进而，口述历史编纂抄本还需录音整理者和编纂者的参与，"你可以很容易理解，将口语语法（spoken syntax）转换成书面语法

(written syntax)有时可能是相当主观的,不同的人会以稍有不同的形式聆听和转录访谈录音,这毫无疑问会导致产生不同的意义"[3]。针对上述种种情况,历史学家只有解决了有关史料的语言问题之后才能进行史料的内考证,即考证史料的陈述是否可信[4]。

口述历史与语言学的关系,可从两方面提问:一是口述历史需要从语言学那里学习什么;一是口述历史能够为语言学研究回馈什么。由于这是一项开创性研究,未见前人相关研究文献,文中引述的语言学家张宜教授的《中国当代语言学的口述历史》,也只是对语言学家进行采访,请他们谈论语言学研究的经历及观点,而不涉及采访中的语言及语言学问题,更没有对"口述历史与语言学"问题进行学理层面的思考和讨论。可见国内尚无这方面的研究,个别口述历史家的文章涉及这个问题也较零碎且随意。本文将进行以下讨论:一,口述历史采访人如何引导创造一场成功的会话合作;二,采访人如何面对口误、概念使用和理解错误、词在唇边说不出等言语事故;三,口述历史家如何制作出真实而准确的文字抄本;四,人类个体记忆库即口语的语料库,口述历史的言语活动及其言语资料,可否作为研究语言变异的一种新路径;五,口述历史的言语活动,可否作为研究语言人的一种路径;六,口述历史能为濒危语言做些什么,是否可以用来诊疗语言的危机。

一、口述历史与会话合作

在一次口述历史研讨会上,主持人要我谈谈自己的"采访经验",如何做才能保证采访的成功,我不知从何说起。我虽做过很多口述历史采访,有经验也有教训,面对突如其来的问题却还是不知该怎么说。因为口述历史采访,要与各种各样的人合作,受访人的社会身份、教育程度、年龄、性别不同,身体状况、心理状况、理解能力和交际能力不同,乃至采访的机遇和具体环境不同,采访的策略和方法也不同,无非两条:一是见什么人说什么话;二是到什么山唱什么歌。我的话引起了哄堂大笑,这说法未免太"那个"了,或许有人听明白了,恐怕也有人以为我在糊弄。

如何做好口述历史采访?与传播和传播学有关,也与语言和语言学有关。传播学话题已经说过,这里专门讨论口述历史与语言和语言学。要想做一个合格的口述历史采访人必须具备一定的语言知识、语言能力、语言敏感性和相应的交际能力，学习语言学——包括社会语言学、应用语言学、心理语言学、普通语言学。为什么在语言能力之外，还要学语言学？假如让一个只会说北方方言或普通话的人，去采访一个只会说广东或福建方言而不会说普通话的人，结果是采访无法进行。普通的新闻采访或简单的社会调查，或许还可以请一个翻译，将方言或民族语言翻译成汉语普通话。但要带着翻译做口述历史采访，恐怕很难达到令人满意的效果，即使能勉强做到也必定事倍功半。

口述历史工作者要学语言学，是因为除了民族语言和地域方言外还有“社会方言”一说：当人们把语言或方言中的某些特色看成说话人的一个社会标记时，这一方言或方音就染上了社会色彩而被称为社会方言。各行各业有自己的用词，木匠、裁缝、牧民、渔民、学生、军人都有好些词是在本行业范围使用，别人不大了解；各门学科都有自己的术语，同一专业的人在一起谈业务问题，外人听来往往莫名其妙，所谓“隔行如隔山”。社会方言可以分为阶级习惯语、行业语、集团语、隐语四类[5]。《智取威虎山》中的杨子荣懂得土匪黑话，懂得“天王盖地虎”要以“宝塔镇河妖”相对，否则只怕即刻丢了性命。让一个对音素、音位、转换生成语法等毫无认识的人去做语言学家的口述历史采访，结果如何？虽无性命之忧，但无法完成任务。

再说一个更简单的话题：采访人如何称呼对方？过去我们对所有人称“同志”，后来又称“师傅”，最新的时尚是称“老师”，假如称呼一个人为“老师”而对方回答说：“我就是一个杀猪卖肉的，不是老师！”或：“我是做生意的，不是老师！”你怎么办？假如你学西方时髦，称男士为先生，称女士为小姐，前者可能问题不大，后者在一些地方说不定会换来一记耳光。假如你到台湾去，接受大陆的教训，不称女士（包括年纪较大的女士）为小姐，又会出现新的情况，人家会觉得你没有礼貌，想要做她的口述历史？门儿都没有。有一个20来岁的年轻人说要做口述历史，我问他一个简单的问题，对一个50多岁的城里女士该如何称呼？对一个同样年龄的农村女士又该如何称呼？他说称“大娘”。这是聪明的回答，但结果却不见得好：他会在50多岁的城市女性面前遭遇白眼——她更喜欢人们称她为阿姨，而不是什么土气又老气的“大娘”；在同年龄的农村女士面前，说不定也要遭遇白眼——她的孙子也近20岁了,怎么还叫我大娘而不称呼“奶奶”? 在城里,如果称呼一个20来岁的女士为“大姐”她会不高兴,称呼她为“美女”才能换来笑颜和应答;若在农村地区称呼一个年轻女士为“美女”,说不定她和她家人都要把你看成不怀好意。称呼语在不同职业、社会身份、年龄和性别的人群中有许多变化,在不同场合即正式场合和非正式场合也还有不同变化。如社会语言学家所说,称呼语使用上的变化,与其他语项的变化一样隐含着潜在规则。

成功的口述历史采访无非是采访人与受访人之间的成功对话。社会语言学家对会话即交际活动有不少专门研究,口述历史工作者最好能了解其中的关窍。格赖斯提出会话中双方都应遵守“合作准则”,包含四个准则:数量准则,即所提供的信息满足并且不多于会话的要求;质量准则,即不说自己相信是错误的事情,不谈缺乏足够证据的事情;关联准则,即所说的话必须是相关的;方式准则,即说话应简洁、有条理,避免模糊、歧义。这每一条都值得口述历史采访人认真揣摩,并在实际采访中实践和发挥。口述历史的目的是要采访、倾听并记录受访人口述的事情,采访人遵守合作原则并主导对话合作显得至关重要。有时候,采访人稍不留意就做出了违犯合作原则的事。我本人就有这方面的教训。一是在写作《采访提纲》时,为了将话题集中并节省篇幅,将同一话题之下的分支话题都放在一起,例如问及电影摄制组的构成时我写的是:“组建摄制组由谁说了算? 导演、制片主任和党支部书记三者谁的权力最大? 他们如何分工合作? 党支部书记都是专职的吗? 党支部书记是否参加创作讨论? 在拍摄时是否干预导演的工作? 每天都要开党支部会吗? 如果导演和党支部书记的意见不一致怎么办? ……”这些问题或许都值得提。问题是将这些写在一起,有时会让受访人无所适从①。进而在早期采访时,我常常忍不住要参与讨论,发表自己对一些问题的看法,后来发现我这么做副作用很大②。无论是话题过于密集还是采访人

①无所适从是指:一方面,不少受访人都喜欢在《采访提纲》的行间写出答案提要——不管提纲打印稿的行距有多宽,都无法写下这么多问题的答案提要;另一方面,将这么多问题放在一起,受访人往往难以抓住重点。对策之一,是将这些问题加以适当的分行;对策之二,是将问题集中成一个,如“这个摄制组的工作流程和工作方式如何?”在正式采访时再将这个问题分解,逐个提问。

②副作用包括:其一,采访人说得太多,让受访人的口述主体的地位受到侵犯;其二,打乱了受访人的口述计划及其讲述节奏,使得后面的口述难以顺畅地进行下去;其三,采访人说得太多,有时还会影响受访人的情绪,尤其是采访人与受访人对某件事或某个人的看法不一致时。

的话太多，都明显违背了对话合作的数量准则，实际上同时也违背了方式准则。上述四条准则中的方式准则，简洁明了固然重要，对采访人而言，提问得体和巧妙同样重要。同样一个问题的不同提问方式，结果很可能如俗话所说，“一句话让人笑，一句话让人跳”。

利奇等人对格赖斯的观点有所补充和发挥，认为人们的言语行为受“人际修辞”和“语篇修辞”支配，各由一套准则构成。在“人际修辞”中，利奇提出“礼貌原则”，具体包括得体、慷慨、赞誉、谦逊、一致、同情六个准则①。其中言语得体最为重要。“在适当的时间、适当的空间(场合)，对适当的人说了适当的话，这便是言语得体”[6]183，倘若“说话人在言语交际中使用了符号关系正确的句子，但不自觉地违反了人际规范、社会规约，或者不合时间空间，不看对象，这样性质的错误就叫语用失误”[6]223。我相信每个采访人都相信并愿意遵守言语得体准则，多数采访人也都会努力做到言语得体。问题是，其中有时间、场合、对象三个变数，想要完全避免语用失误，不是想象的那么容易。我就有过多次语用失误。例如在采访中国电影发行放映公司原经理胡健先生时，一句不恰当的追问，让胡健先生非常生气，拂袖而去。另一次是采访中国电影出版社原总编辑富澜先生时，一句不恰当的幽默，让富澜先生相当不快，警告说：“不要跟我乱开玩笑！”②还有一次更严重，那是精心设计的实验性重复采访③，采访对象是我熟悉的一位著名教授，事先我已

①利奇的“人际修辞”六条准则的具体内容是：(1)得体准则：最小限度使别人受损，最大限度使别人受益。(2)慷慨准则：最小限度使自己得益，最大限度使自己受损。(3)赞誉准则：最小限度地贬低别人，最大限度地赞誉别人。(4)谦虚准则：最小限度地赞誉自己，最大限度地贬低自己。(5)一致准则：使交际双方的分歧减到最小，使交际双方的一致增到最大。(6)同情准则：使对话双方的反感减到最小限度，使对话双方的同情性增到最大限度。见于根元主编《应用语言学概论》，第254—255页，北京：商务印书馆，2003年。

②采访胡健和富澜的录音及录像档案由中国电影资料馆保藏，尚未向公众开放。《胡健访谈录》(边静主编)和《富澜访谈录》(蒙丽静主编)作为《中国电影人口述历史》30卷中的两部，将由中国电影出版社出版。那一次胡健先生拂袖而去，半小时后他就平静下来，继续接受我的采访。富澜老师不喜欢乱开玩笑，是因为他经历了22年右派生涯，性格坚强固执但内心却脆弱敏感。这两位前辈分别于2009、2014年先后辞世，回想起当年采访二位前辈的情形，心中充满感激和怀念。

③“实验性重复采访”指：由两个采访人对同一个受访人进行重复采访，实验目的是希望了解不同的采访人采取不同的采访策略、不同的提问方式，会有怎样的采访结果。实验方法是一个采访人按照自己的方法采访结束后，另一个采访人进行重复采访。重复采访会提出一部分新问题，也会就前一个采访人提出的一些问题换一种方式进行重复提问。重复采访计划，要事先征得受访人和第一采访人的同意，且第二采访人还要与第一采访人就实验目的、实验方式等问题进行充分讨论和协商。

向第一采访人及受访人说明了实验采访的目的和方法并征得同意，我将精心准备的几十页采访提纲打印出来送交受访人，商定了正式采访时间，没想到在正式采访前，受访人给我打电话说他要取消采访！此事让我猝不及防，完全不知何故，仔细反思与受访人交际的经历才想起我有一次“语用失误”，或许让老人家不快。①

塞克斯、齐格洛夫、杰费森等民族方法论者提出“话轮交替”(turn-taking)概念，是在对话中说话人和听话人进行角色互换的现象。支持话轮交替的机制是一套依次选用的规则，它是仅对会话发挥作用的一种局部支配系统。受支配的最小单位就是话轮(a turn)，表现为角色互换的过程中说话人每一次说出的话语。两个形式和内容紧密联系着的话轮构成“相邻对”(adjacency pairs，包括刺激话语和反应话语，即问和答，又称对话统一体)，相邻对进一步划分为第一配对部(the first pair-part)和第二配对部(the second pair-part)。两个配对部之间进行切换的位置就是说话人和听话人角色互换的位置，叫作“转换关联位置”(transition relevance place，TRP)[7]227。换言之，“对话是言语交谈的交换体系，它有规则保证交谈依次顺利进行。根据对话分析的结果，对话时存在轮流规则、打断规则、引进话题的规则和沉默规则”[8]。口述历史采访人要熟练掌握这些规则。口述历史采访与一般性日常会话不一样的地方，是采访人要少说多听，不能简单按照“你一言、我一语”的日常对话规则进行话轮转换，而是在提出一个问题之后，要等到受访人将这个话题说完才能进行话轮交替。有时候，受访人说得兴起，从一件事联系到另一件，不按话轮交替规则说话，维持“相邻对”的齐整常常只是一种理想。一般情况下，采访人不宜随意打断对方。特殊情况下，诸如受访人信马由缰、离题太远时，尤其是受访人口述时经常出现离题的情形；当受访人出现明显的记忆错误、知识错误或口误，需要及时订正，或受访人所说出现

---

①我的语用失误，是我在到受访人家里去商谈正式采访日期之际的闲聊中，受访人说起胡风文艺理论思想对他的影响，充满钦佩之情；谈及“胡风反党集团案”，愤懑溢于言表。我虽然也钦佩并且同情胡风，但对他的诗作《时间开始了》有点不以为然，就说了胡风的糊涂和天真，这很可能引起了受访人的不快——我说“很可能”，是因为受访人无论如何都不说他拒绝采访的真实原因，我只能猜测。我对这位前辈一向尊重且敬佩，应该没有别的得罪之处，唯一的语用失误只能是这个。此次实验性采访未能如愿进行，是我做口述历史经历中最大的遗憾之一，此后因为时间关系和其他因素，此类实验性采访就再也没有启动过。

明显歧义以及采访人对其使用的概念有疑问时，采访人必须及时打断对方，或提出新的问题，或对其中错误进行及时订正，或对其中歧义或模糊性提出具体的咨询。此时打断对方的理由是，若不及时打断、及时订正或求证，采访人自己也会忘记，从而导致整理抄本时跟着出错。还有一种情况，是进行集体采访，采访人要一对多，需要根据现场人数及受访人的踊跃程度等多种因素"分配"话轮：让甲说，暂时不让乙或丙说。此时，采访人需眼观六路、耳听八方，随时注意在场者的具体情形，以便恰当地分配话轮，稍有不周就会出错。下面是我出错的例子。

袁：当时把这个张学华就法办了，法办了不知道是多长时间，一年半。

……

袁：我当时不在，后来我听说是张学华发电机着火了。

……

袁：我是队长，不知道为什么没到队上去。

姜：那时候张学华……

陈：姜老师不在，那时候不在，已经离开了，是吧？

袁：那时候就是我，我跟张学华两个人在队上……[9]

在这段对话中，我的错误是不恰当地打断了姜的话。尽管有打断的理由①，但实际结果却不好：一是此次打断挫伤了姜老师的情绪，此后她就很少说了；二是袁老师当时也不在事故现场，并不能提供更多的细节。事后反省，假如当时我没有打断姜老师，让她说，她至少能说出对张学华的认识和对此次事件的看法，说不定还能引发袁老师对此人和此事的更多回忆。无论如何，我该认错。

①这是一次小型的集体采访，受访人只有3位，分别是陕西省第一支女子放映队的第一任队长卢、第二任队长袁、队员姜。这一小段话题是放映队出了一个事故，放映员张学华一个人既发电又放电影，不小心酿成火灾，被判刑。此时卢和姜都已调离女子放映队，袁任队长。在采访现场，我打断姜，将话轮分配给袁，理由之一是姜那时候已经离开长安女子放映队；理由之二是我发现袁当时说话极少，不问就不说话，我希望袁多说；还有一条理由是此前我已经采访过姜，较熟悉了，所以就不礼貌地打断了姜。

引进话题的规则看起来相对简单，只有当受访人对一个话题陈述结束时，采访人方才可以引进新话题。如上所说，若受访人无节制地“信天游”，采访人应及时引进新话题，即同时执行打断规则和引进新话题规则。还有一种情况，是采访人在受访人陈述时发现了新的线索，产生新问题，该怎么办？假如这个新线索或新问题与原有话题密切相关，那就需要采访人见缝插针，找机会提出新话题。若非关系密切，通常情况下，需要等受访人的陈述告一段落再提出新问题。有些受访人相对严谨，习惯于三思而后言，即对所有话题都要进行思考和编辑，那就要在中间休息或当次采访结束时专门与受访人协商什么时候引进新话题。

最后，沉默规则最微妙，因而最难办。语言学家说，在现实交际中，沉默无声的现象可以被赋予各种含义：默认、羞涩、沉思、不满、放弃、威严、挑衅、拒绝、暧昧等等[7]237。这需要采访人具有“阅读沉默”的能力——日常生活中我们也会遭遇沉默——多数人都能从沉默者的表情中读出大体的内容。在口述历史采访中还有另外几种沉默：一是思考短路，需要采访人及时提示；二是话题说得差不多了，还有一些话怎么也想不起来，此时需要采访人帮助，或者提供思考线索，或者提出新问题；三是如果采访对象是老人，那就还要考虑最后一种因素，或许老人累了，不想说了。采访人不仅要有阅读沉默的能力和应对沉默的技巧，还可以运用沉默作为“问题标记”方式，例如在受访人讲述了不真实信息时，再三质询也无济于事，采访人此时应短暂沉默，作为标记。[10]

二、口述历史与言语事故

口述历史采访现场就是言语交际的现场，即言语产生/生产、词语提取、句子组织及语音辨析、话语理解的现场。在任何一个真实的言语活动现场，都免不了有这样那样的“言语事故”，包括编码失误和解码失误。在口述历史采访中，言语事故的类型有多种，经常遇到的包括：(1)口误现象；(2)概念理解和使用时出错现象；(3)话在嘴边/词在唇边现象。

先说口误现象。在言语活动中，口误是最常见的言语事故，口述历史采访会话也一样。心理语言学将口误称为言语错误。在日常言语活动中,说话人将"张三"说成"李四",将"春天"说成"秋天",将"1937 年"说成"1973 年",类似例子不胜枚举。口述历史采访也常遇到类似情况,如:"我父亲这个人,他在国民党时候干的究竟咋样,也不清楚。后来解放,让他当参议长他不去,就在家里赋闲。"[11]71 这句话中把"光复"(1945 年)错说成"解放"(1949 年)。这处口误在采访现场难以辨别,上下文本身含糊,按照下文"让他当参议长",应是指光复后解放前(解放后的政治体制中没有参议长这一职位);问题是上文却又有"他在国民党时候干的究竟咋样"一说,暗示后文指的不是"国民党时候",即解放后。又如:"一位受访者在访谈时回忆自己毕业论文的题目是《〈楚辞〉的思想性和艺术性》,而在后来的确认稿中将《楚辞》更正为《离骚》;另外一位受访者回忆,1939 年在日本占领区北平没有受到日本影响的大学'有美国办的燕京大学和日本人办的辅仁大学',在确认稿中,将'日本人'改为'德国人'。"我注意到,正式发表的访谈录文本按照口述人的更正说明进行了修订,并没有留下口误的现场痕迹。口述历史的采访现场或多或少会存在口误现象,但绝大部分口述历史著作中都没有留下这方面的痕迹。原因很简单,人们把口述历史现场的口误当作"错误"删除了。编纂时进行某些删除、更正,不难理解,只不过它也遮蔽了口述历史言语活动的现场情况。

口误现象并非受访人/口述人的"专利"。采访人的话相对较少,出错率相对较低,但也有口误现象。我自己就出现过:"《卖花姑娘》是 1974 年的。"[11]150——正确答案是:朝鲜故事片《卖花姑娘》于 1972 年 8 月由长春电影制片厂译制,当年在全国发行放映。幸亏受访人说"哦,这个记不清了",没有引起一连串的错误。受访人/口述人的口误,仅仅是出现单纯的错误信息,只有极少数情况下会引起连串的信息紊乱或错误;而采访人出现口误,引起连串信息错误和信息紊乱的可能性更大,因为采访人是提问者和主导会话的人。

言语错误即口误现象,心理学家和语言学家各有一套解释。心理学家弗洛伊德曾相当肯定地说:"我发现大量语言表达的混乱和那些被冠之于'语误'的微小差错都不是'音节联系作用'的影响,而是潜藏在表层交谈下决定语误出现的思维的影响而造成的"[12]82,即"每一个错误的背后,都有被潜抑着的心理内容。更明确地说,每个'错误'都隐藏着一份'不真实性',一份来自潜抑思想的扭曲"[12]225。在《日常生活的精神病理学》中,弗洛伊德列举了大量口误及其他言语错误的例子进行分析,证明他的上述猜想。不只是弗洛伊德这样想,弗洛姆也说:"一个即便主观上真诚的人,也经常会受到潜意识动机的驱使,它与个人确信的主观动机不同,他可能会使用一个逻辑含义确然的概念,然而在潜意识里,该概念又另有所指,异于这个'官方的正式'含义。"[13]48

对于口误现象,语言学家也有其专业解释。Fromkin 等人认为言语错误是有规律性的,它表示了语言系统的基本表征和组织原则,即言语错误可用不同方法来归类。Carroll 总结了 8 种失言:(1)转移(shift),一个音段从它的合适的地方消失而在别的地方出现;(2)倒置(exchange),实际上是双重的转移,两个语言单位互换位置;(3)提前(anticipation),把后面的音段提到了前面;(4)延缓(perseveration),与提前相反,把前面的音段延缓到后面;(5)增加(addition),增添了一些语言材料;(6)减少(deletion)(桂诗春《新编心理语言学》原译),略去了一些语言材料;(7)代替(substitution),一个部分被另一个部分所取代;(8)混合(blend),把两个项目混合成一个,有些混合是一次性的产物,也有些混合词经过多人使用后已为公众所接受,如 brunch、motel 等。[14]468-469

口述历史工作者面对口误现象时,自然要向心理学家和语言学家求教。但如上所述,心理学家和语言学家的说法不一致,怎么办?弗洛伊德之说虽然不无道理,但若要说所有的口误都是由潜意识所决定,只怕有些武断。此时要兼听语言学家的意见,不过又有另一个问题,那就是关于口误的研究者大多是西方语言学家,口误举例及原因分析自然以西方语言为据。西方语言口误形式与汉语口误形式是否一致?在中国语言学家对汉语口误进行精确研究之前,口述历史工作者只能直接面对言语活动现场的实际问题——最好是能够得到语言学家的指导。口述历史中的言语错误即信息错误有三种情况:(1)单纯的口误;(2)一部分记忆错误;(3)一部分知识错误。单纯的口误与记忆错误、知识错误并不是一回事。记忆错误和知识错误各有缘由,也各有表现形态，在许多情况下，是能够明确区分的。但在实际语境中，有一部分记忆错误和一部分知识错误则无法简单辨析，例如口述人将“1945年”误说成“1949年”，是口述人的记忆错误，还是口述人的单纯口误？再如：“比如说，湖北东边跟浙江交界地区的方言就是浙江方言。”这里的错误是明显的，湖北东边只跟安徽、江西交界，即湖北不跟浙江交界。说这话的是一位语言学家，根据常识推理，我们不能说这位语言学家不知道湖北与浙江不搭界这个简单知识，只有假设话语中的“浙江”为“江西”的口误才说得通。

更重要的问题是口误的原因何在。权且提出一个假设：口误是由心理潜意识作怪、神经元联结失误、语境中的特殊诱因三者单独或综合作用的产物。这一假设的理论依据是，人类语言是心理、生理和社会三者相互作用的产物，言语失误自然应从这三方面去找寻原因。说口误的部分原因是由潜意识作怪，弗洛伊德已经提出了假设，并提供了一些证据。弗洛伊德的话不可全信，也不可不信。说口误是受到语境中某些特殊诱因的影响，这也有社会语言学方面的理论依据，同时可以在言语活动中找出例证。说它是神经元联结失误，这正是神经语言学要解决但尚未解决的问题。这一假设，盼望心理语言学家能够给出更完美而又实用的理论假说。毫无疑问，口述历史需要这方面的假说，知其所以然，才能在实际工作中准确识别口误、记忆错误和知识错误，尽量减少口误，及时订正信息错误，以保证口述历史信息和知识的准确性和真实性。退一步说，即使无力阻止口误现象的发生，也没有办法将所有口误及时纠正过来，也该能纠正多少就尽量纠正多少。

口述历史的言语活动现场也是语言学家的大好用武之地。在口述历史采访中能够验证有关口误的理论假说，语言学家也能通过实际观察和数据统计等方法发现实际言语活动中口误现象的类别及因由。在口述历史采访中，口误现象比想象的要多得多，辨析及纠正程序也有不少。(1)大部分被说话人自己纠正了，有时话刚刚出口，说话人就意识到发生了口误，立即予以纠正。(2)另一部分能被有很强的语言意识且注意力集中的采访人所纠正，部分是根据采访人的知识进行纠正，部分是根据实际语境及语篇上下文信息进行纠正。(3)剩下的部分由说话人在审阅口述抄本时进行纠正，如上举将《离骚》错说成《楚辞》、将“德国”错说成“日本”两例。(4)剩下的另一部分是由口述历史文本编纂人发现并纠正，如上举“光复”错说成“解放”等例子。(5)还有极少数漏网者，如上举将“江西”错说成“浙江”的例子，这就只能让读者去辨析了。漏网者只是极少数，因为绝大部分口误都被口述人、采访人、审查者、编纂者发现并纠正，进而在公开发表的编纂抄本中，口误痕迹也一起清除了。有心研究口误现象的语言学家，最好是亲临口述历史现场，其次是观看口述历史采访录像，再次是听采访录音。方法之一是通过口误纠正程序去逆推口误形成的原因。方法之二是仔细观察并记录哪些人更容易发生口误，口误是否与年龄、性别、教育程度、语言能力、心理状况有关，有怎样的关系；进而，同一个人在同一语境的不同上下文中发生口误的频次是否有差异，有怎样的差异；进而通过观察研究和统计分析，能不能建立及如何建立有关口误预防和纠错的机制；最后，能不能通过对口误现象的统计分析去验证某种口误理论假说的正确程度或真伪差异。这些问题只有专业语言学家才能解答。在获得语言学的确切理论知识之前，口述历史人只能依据经验行事。

下面要说言语事故的第二类，采访人和口述人在言语活动中的用词错误，即概念使用或理解方面的错误。此类言语事故，并非口误。且看我的错误实例：

> 陈墨：您这时候仍然是“逍遥”，对这些都不太热心了，是吗？
>
> 口述人：对，不是太积极，不像“文革”刚开始那一阵！

这两段话看似无问题，但口述人审稿时在“逍遥”一词后加了120字的注释：“我不记得在口述时什么时候说过‘文革’当中我曾变得‘逍遥’的话。实际上，在‘文革’的全过程，我从来就没有真正‘逍遥’过，包括在‘干校’时期，我曾被‘冷落’，情绪稍显低沉，但依然不‘逍遥’，不洒脱，该干的事还是照干。这大概也是我人格的一大缺陷。”虽然没有直接批评我用词不当，但明确指出了问题的关键：确实是我用词不当。我写下了《采编人杂记：关于“逍遥”

和“低沉”》作为附录①。再如：

口述人：……第一本电影还没有演完，发动机就出问题了。我们没有用过那个发电机，临出发前，修配组的发电技师简单教了一下，谁发电我记不清了，那时发电也是两个人。

陈墨：那是八个人阶段？

口述人：对。结果出问题了，咋都修不好。[11]84—85

这里“那是八个人阶段？”是错误的提问引出错误的答案。这并非口误，而是我对上文“那时发电也是两个人”错误理解和错误推断造成的②。我的理解和推断错误又让口述人跟着出错。在口述历史中，采访人出错，口述人当然也会出现此类错误。如：“对。那没办法，有啥办法？我说就是这样子。人家卢树坤在这儿待了一年多，调回去了；别的人像李晶莹啥的，都调回去了。就剩我一个人了。”[15]这段话中说卢树坤“调回去了”，指从长安县调回西安市，这一信息并不准确③。上面几例看似简单，但这些言语事故若不订正解释，肯定会影响到口述历史言语的真实性和准确性。在语言学方面，这类事故恐怕要比口误现象更为复杂。它牵涉到言语的生产，也牵涉到言语的理

①《采编人杂记：关于“逍遥”和“低沉”》的要点是：“逍遥”和“低沉”确实有重要差异，是两种不同的状态，有完全不同的心理机制。逍遥是积极主动的行为，是觉得政治运动和派性斗争不合意，于是主动选择脱离，穷则独善其身，是情绪饱满、内心平和、积极飘逸，用陈老师的话说，那叫洒脱。“情绪稍显低沉”并不是自己不想玩，而是得不到组织的信任，被组织冷落，不得不看别人热闹，是情绪低落、内心纠结、消极懈怠，是不得已。陈老师的注释提醒了我，在口述历史工作中，若有一个关键性词语使用得不准确，会有怎样的误读、误解和误导。见陈墨采编、陈骏涛口述《陈骏涛口述历史》，将由人民文学出版社出版。

②此前我已知道，女子电影队成立前，女队员们曾经在陕西电影三队实习过，实习时三队共有8人，即4个师傅（男性）和4个学员（女性）。我也知道，在女子放映队成立之初，只有5个人，女子放映队从未有过8个人同时的情况。之所以犯错，应该是听到“发电也是两个人”这话后想当然地推断：放映、卖票、宣传等也各有两个人，加起来就有8个人。犯错的根本原因可能是那一刻注意力不集中。

③实际情况是：卢树坤并没有直接从长安县调回西安市，而是因为怀孕，受到组织照顾，从长安县农村巡回电影队调到咸阳市电影院——咸阳离西安比长安离西安还要远——在咸阳工作一年之后，才调回西安。口述人并非不知道此事，但因为她在长安县工作时间最长，丈夫在西安，夫妻分居头尾25年（1953—1978年），说到这一段往事不免有些情绪。更重要的是，她和卢树坤之间还有些矛盾（是在“文革”中由政治社会压力造成的），多少有些成见，因此对卢树坤是否直接调回西安一事，就不加分辨地陈述了。

解;涉及语言知识和语言能力,也涉及言语习惯或言语惯性;涉及说话人言语时的心理状态及情绪因素,也涉及言语时的具体语境和上下文;涉及对话关系,也涉及对话主题中的复杂人际关系。这样的言语事故作为一种现象,需要语言学家的专业解释。

再说言语事故的第三类,就是我们常说的“话在嘴边,就是说不出”现象,心理语言学称之为“词在唇边现象”(Tip-of-the-tongue phenomena)。生活中的人们肯定都有过这样的经验,有些明明记得很熟的信息,在说话时瞬间短路,怎么也想不起来;即使用心回忆,也只记得起其中某些片段,但却提取不出整个词。有时候当时说不出来,过一会儿就想起来了;有时候则要过很长时间才会想起来。在口述历史采访中,这类言语事故也常常发生。例如:“一个叫……我想不起来。现在就是一个死了,叫吕志平,搞幻灯的,就是他画画。还有一个叫啥来着,一下想不起来,一会儿想起来再说。”[15]219—220 对此,心理语言学家指出:大概有70%的词在唇边的错误都是声音上和目标词相近的,意义上相近的只有30%。这说明,一旦受试在心中已经有了一个以意义为基础的词,他们在提取不出该词时很容易接受一个在语音上相近的词。所以意义和声音两者在词语提取和产生中都起作用。知道意义可以引导受试正确提取一个词,但如果语音记得不清楚,和目标词的语音相近的词就会被“误认”[14]273。遗憾的是,我还没有看到有哪一位心理语言学家指出,如此话在嘴边或词在唇边现象产生的机制和缘由究竟是什么?是不是一种“神经瞬间短路”?

三、口述历史抄本:言语与文字

本节讨论将口述历史录音转换为纸质抄本的问题。“纸质抄本(paper transcript)仍然是实现以下工作的最有效率和最划算的方法,包括组织与管理访谈,创建诸如摘要、目录条目与索引的检索工具,以及方便研究者使用。”[3] 口述史家曾乐观地认为:“录音机可以使普通人的言语——例如他们的叙事技巧——首次得到真正的理解。”[16]21 实际情况远没有那么简单,当我们将口述历史抄本——原始抄本或经整理及改写的编纂抄本——交给受访人审查时,许多受访人会大吃一惊甚至无法接受:这是我说的吗?怎么会这么琐碎、凌乱、啰唆、跳跃、含糊?!有些受访人干脆拒不承认那是自己的言语,或责怪抄本整理者"没有水平";有文字能力的受访人干脆动手改写,极端情况是将口述抄本全部重新写过。为什么口语会如此?语言学家指出,口头语是第一性的,而且一些特点如传播的多向性和接受的单向性、即时性、反馈性、羡余性、经济性、题材的随机性等,是口头语独有的[14]346。口语是听的,听和说连在一起,要求快,因而说话是随想随说甚至不假思索脱口而出。说话时除了连词成句以外,还可利用高低快慢的变化、各种特殊的语调、身势等伴随的动作及说话时的情景。口头交际讲求效率,有这么多的条件可利用,口语用词范围可以比较窄,句子比较短,结构比较简单,还可以有重复、脱节、颠倒、补说,也有起填空作用的"呃,呃""这个,那个"之类。口语之所以会出现琐碎凌乱现象,原因如下:(1)说话人现场表述时计划及执行出错。说话人若没有都计划好,执行起来就有很多失误。有时句子成分尚未计划好,说话人就开始说话了,当然容易出错,这时需要停顿或改正,由此又产生凌乱①。(2)"在语言上(不但是文字上)也有同样的两个相反的势力在那儿对敌:一个就是说话的人或写字的人总喜欢偷懒,能够多方便多快就马马虎虎过去了;可是听的人或看字的人,他要求清楚……熟人他知道我要说什么,他听惯了我的声音了,我就用不着说得很清楚……所以人总是求懒,总是望糊涂里去。"[17](3)口语的意义表达有时是"因语调的作用而凸显出来,而语调是一个任何已知文字都无法记录的关键的现象"②。(4)现实语境中的交流是通过多渠道进行的,"毫无疑问,身体语言经常能够展现更多

---

①桂诗春编著《新编心理语言学》,第467页。书中还说,话语生成大体上经历四个阶段:首先是把意念转换成要传递的信息;其次是把信息形成为言语计划;第三是执行言语计划;第四是自我督察(第483页)。

②克洛德·海然热《语言人:论语言学对人文科学的贡献》,第94页。有一个经常被语言学家谈及的例子,即"小于不会唱戏"这句话,在书面语中看起来只有一个意义:即小于这个人不会唱戏。在实际的口语中,根据重音的不同,就有以下多种意思:(1)小于不会唱戏(小李会唱);(2)小于不会唱戏(谁说他会唱?);(3)小于不会唱戏(不是不肯唱);(4)小于不会唱戏(他只会看戏);(5)小于不会唱戏(他会唱歌)。见王德春《现代语言学研究》,第54页,福州:福建人民出版社,1983年。这个例子的另一个版本是:"我不会唱歌"这句话,根据强调的不同,可以说成"我不会唱歌"(你来唱);"我不会唱歌"(谁说我会唱);"我不会唱歌"(不是不肯唱);"我不会唱歌"(听唱歌倒是喜欢的);"我不会唱歌"(说段相声吧);等等。见戚雨村主编《语言学引论》,第91页,上海:上海外语教育出版社,1985年。

的人的心理状态”。精神分析专家说:“我习惯于不仅仅听病人说话,还观察他们的动作、姿势和手势。”[18]43 语言学家伯德维斯特尔指出,人们进行面对面的交谈时,其有声部分提供的交际信息不足35%,其余65%的信息是无声的非语言信号(包括体态、服饰、环境等)传递的。艾伯特·梅瑞宾的调查证实了上述观点,他还就此提出了一个著名的公式:交谈双方的相互理解=语调(38%)+表情(55%)+语言(7%)①。(5)自然语言中的任何一个句子都是有歧义的,准确意思只有在一定上下文中才能确定。[19]192 在实际语境中,人们对口语中的凌乱琐碎及颠倒跳跃等并不感到困扰,甚至没啥知觉,是因为我们不仅在听对方的语句,且在听语句中的语调,同时还在看对方的表情,感受对方的言语执行计划,通过多种信息渠道并联系语篇上下文,全方位地理解对方的意思;在对话交流过程中不断通过自己的理解和编辑,将对方话语中的缺漏、颠倒、凌乱、啰唆和模糊等处进行现场修订。

将口述录音转成文字抄本,离开了具体语境,情况就完全不一样了。“话语一旦被誊写下来,便脱离了说出口的外部自然条件,就像柏拉图在《斐多篇》里说的那样,‘无法单独勉强自卫或自助’,丧失了‘父亲的帮助’,并且是‘活生生的话语’的脆弱的‘崇拜对象’。”[1]93－94 口述人惊讶于自己讲话录音的凌乱破碎,甚至不相信或不承认是自己说的,原因就在于此。并不是只有普通人的口语转换成文字时才会出现这样的情况,语言学家们在日常言语对话中也有口语凌乱的尴尬——在一次心理语言学讨论会上,把一些学者在小组讨论时的发言录了音,发现人们自然言语失误颇多,如果照写下来,不大容易理解。[14]466 忠实于录音的文字抄本之所以让人难以理解,是由于人们习惯了文字书面语。如语言学家所说,书面语是看的。看和写连在

①赵蓉晖《语言与性别:口语的社会语言学研究》,第202页。伯德维斯特尔说:“通过我自己的研究,我再也不愿意把语言体系和非语言体系视为孤立的交际体系了。越来越多的资料都证明了这一论点的正确性:语言体系和体语体系都不能单独构成交际体系,只有二者相结合并与其他感官渠道的相应系统相配合,才能形成完整的交际体系。”见毕继万《跨文化非语言交际》,第3－4页,北京:外语教学与研究出版社,1999年。毕继万指出,非语言交际手段的种类繁多,大致可分为四个大类。(1)体态语(Body Language):包括基本姿态、礼节动作及人体各部分动作。(2)副语言(Paralanguage):包括沉默、话轮转接和各种非语义声音。(3)客体语(Object Language):包括修饰、气味、衣着、化妆以及个人用品。(4)环境语(Environmental Language):包括空间、时间、距离、建筑及室内装修、颜色、标志等。

一起，可以从容推敲、仔细琢磨。但是口语中的快慢高低变化、特殊语调、身势和说话场景都不起作用了，只有标点符号还起一点作用，但也有限。书面语只能用别的手段来弥补不足：扩大用词的范围，使用比较复杂的句子结构，尽量排除废话，讲究篇章结构、连贯照应等。口语和书面语的这些差别是由表达媒介的不同决定的，它们是同一种语言的不同的风格变异①。从理论上说，文字的基本性质是对语言的再编码，是语言的书写/视觉符号系统；但问题是，文字相对于所联系的语言，既有关系密切的适应性，又有相对的独立性。因此，必须正视文字与口语间的明显差异。

如何将口述历史的录音转换成可以阅读的文字抄本？亦即应按照怎样的规则去整理和编纂口述历史？这是口述史学的关键性问题之一。从原始抄本到最终抄本的形成过程，“所有这一切都是权威体系(systems of authority)对于文本的强加”[3]，问题在于是怎样的权威体系，怎样强加。口述历史抄本多数由采访人根据录音整理出原始抄本或编纂抄本，送交口述人审查，经双方协商后定稿，即完成标准抄本。少数情况如李宗仁口述、唐德刚撰写的《李宗仁回忆录》和杨晓主编的《蜀中琴人口述史》等，由采访人自

---

①叶蜚声、徐通锵著，王洪君、李娟修订：《语言学纲要》(修订版)第185页。口头词语(spoken words)和视觉词语(visual words)的差别可以归纳为下面几点。(1)口头语在时间上分布，而书面语在空间上分布。这个差别对知觉分析来说有两个重要的影响：(a)理论上的解释应该考虑信息是怎样跨越时间来组织的。一般来说，口头语的模型使用一种策略来把输入信号和记忆中的模块或静态的表征相匹配。这种以模块为基础的方法忽略了口头语信息在时间上的分布。(b)书面语和口头语存在重要差别。在正常情况下，书面材料在遇到歧义时可以反复阅读和分析；而口头语是一次性的，很快就从听觉场消失。所以理论上必须解释听者在信号具有内在的短暂性的情况下怎样正确处理言语。(2)口头语和书面语的输入方式有不同的特点。书面语是稳定的，例如我们在打字机或计算机上不断敲一个字母，打出来的都是同样的字母。但是口头语变化很大，说话人把一个音素说几遍，它的波形图都不一样。不同的说话人说同一个音素，它的音质在不同的语音环境里不一样，说话的速度也不一样。(3)口头语和书面语的另一个差别和信息的线性有关。印在纸上的字母有明显界限，而且是线性排列的。连续的声音可表示为一个字符串。口头语却没有这样的对应关系：用来标音的语言符号和言语的波形往往没有次序上对应。在实际的语言里，音素是重叠的和同时发出音来，以取得每秒钟传递10个音素的速度。这个特点对那些从左到右按次序提取的模型也提出了挑战。(4)口头语和书面语在切分方面也有差别。字母和词在书面语中是分开的，但在口头语中却不然……在连续性的发音里，词与词之间并没有截然可分的界限。在流利的口头语中，切分几乎是不存在的。语音和音素之间缺乏切分对理论模型的建立者也是一个挑战。见桂诗春《新编心理语言学》，第262—263页。

己整理甚或直接“撰写”①。还有极少数情况如舒芜口述、许福芦撰写的《舒芜口述自传》，由采访人整理录音，受访口述人多次增删并定稿。问题的关键不是由谁来整理，而是如何整理。我所见到的口述历史出版物，大多以书面语形式按书面语规则将口述历史的口语化内容“撰写”出来，实际上是重新表述口述人的话语。有些撰稿人有意识地想要保持口述者的口语特点，如《师哲回忆录》的撰写者说：“由于师哲有其独特的语言风格，如半文半白，形容词、定语使用频率高（俄文的特点），倒装句较多、口语化等，我在整理的过程中尽量予以保留，同时力求使本书的语言朴素流畅，采用白描手法，同师哲的身份更加贴切。”②但多数口述历史撰写稿却无意保持口语形态，自觉或不自觉地抹去口语痕迹。口述历史的整理人及撰写者通常不大注意口语和书面语的差异，以为只要在撰写文本中传达出口述人的意思就好。这就出现了问题：(1)假如不是对受访人的口述做忠实呈现，而是由整理人或撰写人按自己的理解进行再表达，如何能肯定整理稿和撰写稿呈现的是受访人的真实想法和说法？有人会说，整理稿或撰写稿经过受访人亲自审阅，有些口述历史文本实际上还是由受访人亲自定稿，如此即可确保整理稿和撰写稿准确无误；(2)假如书写可以解决问题，让采访人直接采写，或由受访人直接写出回忆录、自传或有关专题证明材料，不就可以了吗？为什么还要做口述历史呢？人们通常认为，口述与书写只是媒介形式不同，很少想到“书面语并非抄写下来的口语，而是一种既是语言学的，也是文化的新现象”；语言学家甚至警告说，文字遮掩住了语言的面貌，它不是一件衣服，而是一种乔装改扮。[1]107

口述历史抄本制作中如何最大限度保持采访现场感、保持口语形态及

①杨晓说：“撰写口述文本，对我个人来说真是巨大的挑战。如何以第一人称撰写口述文本？用什么样的逻辑撰写？如何取舍材料？如何用贴近琴人个性的语言去书写？它不仅需要对书写对象深刻理解，还需要根据口述文本广泛寻求更丰富的文献与口碑资源。”见杨晓主编《蜀中琴人口述史·跋：七弦后学四人谈》，第424页，北京：生活·读书·新知三联书店，2013年。

②李海文《整理者序》，见师哲口述、李海文著《在历史巨人身边：师哲回忆录》，第7页，北京：九州出版社，2015年。按：《师哲回忆录》并非标准意义上的口述历史，它的基础是师哲本人撰写的若干回忆录，再加上撰写人与师哲的对话记录以及有关档案资料综合撰写而成。有意思的是，李海文认定这是师哲的口述史：“他讲的有些观点我虽然不完全同意，但因是他的口述史，作为整理者，我只能忠实原意，照录无误。”见李海文《整理者序》，第6页。

口语痕迹,不仅是抄本整理和编纂的操作技术层面的问题,更是需要口述史学研究者思考和讨论的重大理论问题:口述历史的口语对话形式关乎口述历史的价值与本性。口述历史不仅具有历史学、社会学、心理学、传播学、教育学的资源价值,还有语言学的资源价值,口述历史整理人和编纂者当明白并牢记:语言是第一性的,文字是第二性的,文字是对语言的再编码系统。按此共识,口述历史的编纂抄本应努力向现场口语靠拢,须特别警惕书面语对口语的遮蔽、改写和扭曲。如唐纳德·里奇所说:语言学家特别强调创作出忠实地复制人们语言的抄本,他们应用的是从语音到细节都有明确概念的系统,有时甚至要计算说话者停顿的秒数……抄本制作者的责任是尽可能精确地重现所听到的录音带内容。抄本制作者切不可重组文字或为文章的风格删减字句。有些计划允许抄本制作者删除一些"错误话头"。就是受访者开口先说出的话,后来因为心意一转,改变语调,就被打断了……不过有些"错误话头"所显示的是心理过程、弗洛伊德式口误(Freudian slips,指下意识脱口而出的内心话)以及企图隐藏的信息[20]56-59。会话分析学创始人萨克斯、谢格罗夫和杰弗逊在研究大量日常会话的基础上,提出了一整套研究方法(包括十分精细的会话录音转写符号),值得参考和学习。

在口述历史界尤其是中国口述历史界,并非所有人都遵守忠实于口语这一原则,更非所有人都有自觉的语言学意识。中国出版的口述历史著作有些本身就是采访人或口述人撰写的;有些即使有录音依据,但整理/编纂者和口述者/审稿人往往会理直气壮地加以改写。这样做的理由很多,诸如让口述历史保有话语的明确性、句子的完整性、意义的清晰性、文本的可读性等等。甚至有人认为,在人类当前的各种语言中,其他语言甚至难以成为一种独立有效的交流手段,而退化为文字语言的一种补充,以至最终只有依赖于文字语言才可能获得意义,甚至只有表现于文字语言中才可能成为一种真正的语言。这不难理解,因为我们熟悉并习惯书面语,且被书面语所教化;更深层的原因,在潜意识中多少遗存了对文字的原始敬畏和崇拜——文字仍然带着令人恐惧和尊敬的光圈,人们还是保持着对书本文献的迷信。口述历史被某些历史学家所轻视,部分原因或在于此;口述历史工作者试图用完整、清晰和可读的书面语改写口述录音,部分原因亦在此吧?

那么究竟如何是好？口述历史先驱者早已有所探索且做出了范例，方法是将口述历史录音整理和文稿编纂分成两道工序，并在规则上稍作区别。即原始抄本须按录音逐字抄录，以备他人查证和语言学家研究。在原始抄本基础上制作的编纂抄本则可稍微变通，即在保持口语形态的前提下兼顾文字书面语的阅读习惯；也即口述历史编纂抄本要在口语真确性和文字可读性之间进行必要的妥协，努力使二者平衡，并保持一定的张力——可称为“语、文张力”——完全按照录音档案呈现，丝毫不加编纂整理，有些含混词语和残损句段怕读者不知所云，那就不切实际。毕竟口述历史的编纂抄本是要让人看，而不是让人听。要公开出版，进入大众传播领域的编纂抄本就更需保持语、文张力。之所以要这样，首先是因为语言学家指出，标准口语的内容包括中态成分、纯口语成分、俚俗和地域方言成分、纯书面语成分，后两者所占比例是很低的，从理论研究和具体言语实践看，要想从口语中完全剔除这两种成分是不可能的。随着社会的进步、教育的普及和大众传播手段的丰富与完善，当代口语与书面语相互影响、相互渗透，在许多领域中两者之间的界限已经不很清晰了。[9]22－23 口语和书面语本身并非泾渭分明，只不过有些受访人的口述更接近书面语，如同口述文章；而另一些人的口述则更加口语化，且更加破碎凌乱或含混多歧义，需要编纂人花费工夫填充理顺或注释说明。其次，编纂人一定要领会语言学家的提示：对于实用目的和科学分析两个方面来说，语言是人们说话的方式，而不是某些人认为人们应当怎样说的方式[21]143。“书面语，这就是河面的冰层。被冰层禁锢住但仍在下面流动的水，这就是人们的自然语言。结水成冰，立意把河流止住的寒冷，这就是语法学家和教育家所作的努力。还语言以自由的阳光，这就是战胜常规、打碎传统镣铐的不可克制的生命之力。”[22]325 最后，口述历史是电子时代的产物，口述历史编纂文本决不可让标准书面语将口述历史的言语之河彻底冻实，从而失去言语之流的真相。麦克卢汉在一次有关现代性的辩论中表达了这种不安和怀旧，他称颂新的电子时代并不是因为其新，而是因为向人类创造力本源的回归，他把这看作古老的口语文化的复兴。口述历史正是口语文化复兴及向人类创造力本源回归的重要路径，供人阅读的编纂文本也不能抹杀口语的痕迹，遮蔽口语的活力。

四、口述历史与语言学研究

本节探讨口述历史对语言学研究能否提供帮助。能或不能，要看它如何落到实处，如何为语言学研究提供帮助。这可以分为两个具体问题：一是口述历史能否成为语言学研究的一种特殊路径，二是口述历史录音录像档案——人类个体记忆库——能否作为语言学研究资源即语料库。在我看来，这两个问题都是肯定的，下面说具体证据。

先说第一个问题，已有语言学家将口述历史作为语言学研究的一种路径，如张宜的《中国当代语言学的口述历史》，该书第二章“口述历史在中国语言学史研究中的新视角”、第三章“语言学史口述研究的技术规程”、第四章“中国当代语言学家口述档案研究”，提供了理论和实践两方面的例证[4]。由语言学家做语言学同行的口述历史，不仅可以获得当代语言学史的鲜活史料，也可以现场讨论和记录语言学家在自己研究领域的新思想、新方法、新理论、新材料、新实验和新证据；还可以将语言学家口述历史过程当作言语现场，记录语言学家会话过程的音变、词汇、句法以及口误等各种真实言语现象。对此言语过程中自然出现的各种语言学问题，采访人和受访人可以现场讨论，也可以记录下来作为专门的语料留作其他同行的研究资源。语言学家对口述历史过程中的各种言语问题或语言现象肯定比常人更为敏感，也比外行更能抓住问题的要害。

进而，口述历史作为语言学研究的路径，不仅可以作语言学家的口述历史，还有另一种选择，可以作非语言学家即特定语言调查对象/新鲜语料提供者的口述历史。语言学家指出，最好的语言素材的来源是被咨询的人，也就是一个说本地话的人。[21]8 语言学研究早有行之有效的访谈法，通过个别访谈法或集体访谈法两种方式，诱导受访人说出调查人员所需了解的内容，提供有关语言变化的原始资料。① 为什么还要借用口述历史的访谈方法呢？

①于根元《应用语言学概论》，第 64 页。语言学访谈法的主要技巧包括：(1)念词表、句子或语段，这是调查方言语音体系用得最多的技巧；(2)提问，由调查人员提出问题，要求受访人回答，从中获取信息，采集材料；(3)测验，给受试人以某种刺激，使其立即做出语言反应，以观察受试人的语言能力，了解其语言体系的特定规则。

因为,(1)虽然口述历史访谈与真正的日常会话仍然有所不同,但因为受访人所谈的是自己的成长经历和人生记忆,在言语态度和言语方式上更具日常性,因而比纯粹的语言学访谈更接近真实的言语现场。在口述历史访谈中,虽然不能让受访人念词表,但多数人都会自然地谈及相近的内容,如家乡、家庭、家人、父母、童年、小学、中学、老师、上课、考试、阅读、思考、交友、青春期、职业、工作态度、人生目标、社会环境等等,由这些相同的关键词,会很自然地形成相似的语句或语段,以满足语言学研究的需求。(2)口述历史访谈不仅更具日常性,而且话题更广泛,可以观察和研究的语言现象更丰富,语言学访谈的提问法和检测法,经过精心设计和改头换面,照样可在口述历史访谈中使用。因此,将语言学访谈方法与口述历史结合起来,可能会发现新的语料、新的言语问题和新的语言现象,提出新问题,或求得新证据。(3)口述历史不仅可以作为普通语言学和心理语言学的研究路径,在社会语言学研究方面更是大有用武之地——口述历史不仅直接呈现鲜活生动的语料,同时还直接呈现这些语料背后的人及其社会关系、地域生活环境、家庭教养、文化传承、政治态度、经济状况、社会阶层属性、职业特点、性别特征和年龄特征等等,这些都是社会语言学研究的重要线索。

进而,语言学家做口述历史,不仅可以在采访现场进行观察研究,还可以设计一些口述历史语言的实验研究。在"中国电影人口述历史"采访中,受访人使用的语言不同,有的说方言,有的说普通话,有的说方言口音浓重的普通话或地方官话,对此,我们通常都不怎么在意。采访吴天明导演时,就热闹了,他不仅说,而且唱,有时还带表情和动作,甚至站起身来表演;有时候说陕西(三原/西安)方言,有时候说普通话,有时候还说粗话(方言和普通话)。[①] 面对这样的情况,语言学家大可设计实验性采访,使用同一个采访提纲对同一对象进行多次采访:一次用方言采访,让对方说方言,只能说方言;一次用普通话采访,让对方只能说普通话;还可以有一次让对方自由使用方言或普通话,以观察言语实际情况。具体设计目标是:(1)观察语音变化情况,说方言时是否及如何受普通话语音的影响?说普通话时是否及如

①见陈墨《口述历史杂谈·关于吴天明:未完成采访的手记》,第227—238页,北京:海豚出版社,2014年。吴天明口述历史的录音录像档案现藏于中国电影资料馆,尚未对外开放。

何受方言的影响？自由转换的言语中的语音变化情况如何？（2）观察词语使用的情况，说方言时与说普通话时在词汇使用方面有怎样的变化？（3）观察语句和语篇的情况，对同一段经历，用方言说和用普通话说，在语句和语篇方面有哪些不同？如果这样的实验性采访切实可行，就还可以进行一系列实验，观察同一方言区的双言使用者的方言和普通话在语音方面如何相互影响，有哪些规律；进而，在同一方言区的双言使用者因为性别、年龄、教育程度、职业及社会身份的不同，会有哪些不同，是否有规律可循。我相信，只要语言学家参与口述历史工作，肯定能够设计出更好的实验性采访方案，并证明这是语言学研究的一条可行路径。

语言学家做口述历史，还可在抄本整理过程的参与和观察中进行语言学研究。这分两种情况：（1）语言学家直接参与采访与采访录音抄本整理工作。就主访者而言，要对受访者的个人经验进行诠释、辩解、删节、合并等，而如何将受访者的话语转变为文字记录也是一个挑战，这一过程同样会有诠释、辩解、删节、合并等可能，最值得推敲的是口语记录和整体情境的差距以及口语与文字的差距。（2）语言学家若不直接参与采访和抄本整理，也可观察和研究口述历史采访和抄本整理工作中存在的各种语言学问题。唐纳德·里奇指出：抄本制作更多的是艺术而不是科学。美国加利福尼亚大学伯克利分校地方口述历史研究室曾做过一次实验，让 4 位有经验的人为同样 10 分钟的录音制作抄本，结果由于要编辑表明声音和行动的词语变化太多，4 个抄本从缺乏创造性的逐字抄录到进一步的词汇润色，面貌截然不同。每一个版本的表述都是合理合法的，但与访谈者和计划主持人要求抄本制作者最终完成的风格差距甚远。[20]60 在口述历史实际工作中，多人参与尤其是大规模口述历史项目，如我参与的“中国电影人口述历史”项目，由于采访和录音整理的工作量都很大，需要分工合作，采访人、录音整理人、编纂人往往并非同一人，采访人是 A，录音原始抄本整理人是 B，抄本编纂人是 C，三者对同一份录音的理解会有所不同，这成了口述历史工作中的一大问题，不仅是录音抄本整理的技术规范问题，更是对言语的理解差异问题。

在录音抄本整理和编纂中还有更大的语言学难题：采访人和受访人如何做到相互理解？他们是否都能准确理解对方的表达？录音抄本整理人、

抄本编纂者又如何理解以及能否准确理解采访录音？对人际间的言语理解和相互沟通，别什科夫斯基说："我们就如同是一群盲人，向空中伸出双手相互寻觅。每个人能够完全懂得的——只有他自己的言语。"[7]250 无论在日常会话还是在口述历史访谈中，的确经常会遇到各种各样理解的困境，并因此发生误会和错解。洪堡特指出：运用词语时，每个人都跟别人想得不一样，一个极其微小的个人差异像一圈波纹那样在整个语言中散播开来。所以，任何理解同时始终又是不理解，思想和情感上的所有一致同时也是一种离异。[23]77 。这又涉及另一个语言学难题：在口述历史中人们如何表达自己所思所感所忆？是否每个人都有能力准确表达自己？在口述历史中，记忆要由语言来表达，个人的原始经验往往处于模糊的状态，此模糊经验必须透过语言的陈述、命名、认定才得以落实。而透过语言叙说经验的过程，已脱离了原始经验的模糊与混沌，也开始新的诠释与创造。爱因斯坦曾质问：我们难道没有经历过，要想通过语言来表达我们所想所感是多么的困难，甚至经常无法做到吗？[18]41 如果爱因斯坦这样的天才都感到语言表达的困难，甚至承认经常无法做到言语表达的准确性，普通人又如何保证口述的准确性？人们如何理解及能否精确理解他人的言语，人们如何表达及能否精确表达自己，这两个问题是口述历史的难题，也是语言学——社会语言学、应用语言学和心理语言学——的难题，涉及言语的理解和言语的产生。口述历史工作者的头疼之地，或许就是语言学家的用武之地：参与口述历史录音档案整理和编纂的人越多，出错的概率就越大，语言学家研究的具体语料也就越丰富。通过对口述历史采访现场、录音录像档案、录音原始抄本整理、原始抄本编纂等多个环节的观察和研究，语言学家当能发现言语理解及其失误的大量语料，对这些语料进行不同方式的统计分析，当能对那些言语理解错误或表述缺陷进行分类研究，找出产生失误或缺陷的具体原因。进而还能察觉、研究和分析口述历史工作参与者言语表达和言语理解的精确性，其具体语境以及参与者的语言能力、受教育程度、内心丰富程度、精神活跃程度及语言敏感程度等因素的关联程度。

下文讨论第二个问题：口述历史录音录像档案能不能成为语言学研究的资源？答案也是肯定的。我国已有语言学家对口述实录文学《北京人》中的语气词使用频率进行统计，从篇幅字数基本相等的男女话语材料中看到：在疑问句中使用“吗、呢、吧、啊”等语气词的频率，女性大大高于男性（平均比率为72%：33%句次）。这证明可利用口述历史语料做语言学研究。在理论方面，口述历史录音录像档案库可以作为语言学研究的语料库。也就是说，假如有更大规模的口述历史，假如我国各民族、各行业及各地区乃至城乡各社区都开展口述历史工作，建立各自的录音录像档案库——人类个体记忆库、国家记忆意义上的口述历史档案收藏——那么中国语言学家将会获得极其丰富的研究资源。利用口述历史录音录像档案，中国的语言学家在民族语言、方言乃至语言历时演变（语言史）等方面，可做规模更大、更细致和更精准的调查研究。

语言学家为什么要利用口述历史录音录像档案进行研究？要从两个方面说。从语言学方面说，我国语言学研究开始时间晚、专业人员少、“欠账”也多。（1）中国的语言——包括少数民族语言和汉语的方言、次方言、土语（分得更细一点则是方言大区、方言区、方言片、方言小片、方言点）——尚未得到真正充分的研究。（2）最近30多年来，中国语言进入了前所未有的语言接触和语言变迁时期，包括：随着留学潮、出国热和出国旅行机会的增加，中国语言与外国语言的接触机会有极大增长；因为就业、就学、入伍及商业贸易等原因，少数民族语言和汉语的接触频度有极大增长；由于农民工进城，汉语方言与普通话的接触频率有前所未有的增长，在每个城市都有居民来自全国各地的社区，农村社区中则有同村人员远赴全国各地打工又将全国各地方言或官话带回本村。如此大量的语言接触，必然带来语言的变迁。对此，语言学家进行即时跟踪调查和分析研究，不免心有余而力不足，但语言学家可以求助于口述历史所记录积累的语料。有太多的理由应该做口述历史，也有更多的人可以做口述历史：历史学家、社会学家、人类学家、民族学家、民俗学家、社会心理学家，当然也包括语言学家，地方志、行业志、党史办、档案馆、博物馆、图书馆、文化馆、报社、杂志社、传播公司、电台、电视台、网络公司等机构工作人员，大中小学学生、社区工作者、志愿者、口述历史爱好者，乃至每一个家庭的普通人（为各自家庭的长辈留下口述历史录音录像作为永久纪念）都可以做口述历史。也就是说，口述历史档案库的建立规模和速度,是专业语料库无法比拟的。因此,语言学家可以利用也必须利用口述历史录音录像档案进行语言学的专业研究。对口述历史语料库的大规模数据挖掘和研究,还很有可能会改变现有的语言学研究方法与模式。

五、口述历史与语言人研究

这里讨论能否通过口述历史语言学路径研究人。这涉及口述历史、语言学和人的研究三者的相关性。语言和人的研究的相关性自古以来就是诱人的难题。推进这一课题的是人类学家,他们从种族、语言和文化这三个纲目来研究人[2]191。而在这三个纲目中,语言无疑是最重要的研究入口;进而,语言研究的深度决定了种族和文化研究的深度。语言学界有其先行者,洪堡特曾提出语言结构的差异对人类精神发展影响的学说,明确指出:语言发生的真正原因在于人类的本性之中。对于人类精神力量的发展,语言是必不可缺的;对于世界观的形成,语言也是必不可缺的,因为个人只有使自己的思维与他人的、集体的思维建立起清晰明确的联系,才能形成对世界的看法。[23]25 可惜很长时间以来,洪堡特的思想并未引起关注,甚至算不上语言学家的共识。索绪尔说:“语言学的唯一的、真正的对象是就语言和为语言而研究的语言。”[24]这不难理解,语言学作为现代科学,必须有规定的对象和可靠的方法,不得不排除一些无法实际观察或实验证明的经验直觉和理论玄思。可就语言和为语言的研究固然能发现诸多语言学重要规则,却未必能找出人类语言的究竟。如果拿地球来做比喻,现在能够说清楚的,只是语言的“地表”层的规则。语言学家正在探索语言的“地幔”层的奥秘,希望最终能够到达“地心”。什么是语言的“地心”?这正是语言学研究的根本性问题。语言学家明确意识到,语言科学处在心理学、社会学和历史学的十字路口[22]前言,1,这个十字路口的交叉点即心理学、社会学和历史学有共同的核心因素,正是人。因此可以推论:语言的“地心”即语言学的究竟,也正是人。如语言学家所言,语言研究是人类探求自身奥秘的重要途径。换个角度也同样说得通:人类自身奥秘,自必包含语言和语言学的根本奥秘。有鉴于此,海然热写了《语言人:论语言学对人文科学的贡献》一书。首先声明:这本书产生于一个十分明确的意向,是想显示语言学在说明“什么是人”的问题上能够做出哪些贡献。人这个贪心无止境的造物总想凭借自身属性做到自我发现。这种属性正是本书的中心课题：与同类对话的顽固意愿，从事交流的天性……智人(homo sapiens)之所以是智人，首先因为他们是会说话的人，即语言人。——既然言语行为是人类物种的核心，语言研究工作就不应该继续孤芳自赏地闭门造车[1]法文版作者前言，5—7。

要完成“语言人”的课题，通过语言研究探索人类自身奥秘，并通过对人类奥秘的了解探索语言和语言学的究竟，尚路途遥远，且有太多断崖迷津，需要语言学家拓路修桥。语言人的问题包含了多个层次：一是不同语系及不同语言的语言人问题，涉及比较语言学及“比较语言人”的问题，亦即洪堡特所说的语言结构差异对人类精神发展的影响问题；二是同一语系或同一语言内部使用不同地域方言和不同的社会方言的语言人问题，即社会语言学所研究的诸多问题，包括性别、年龄、教育程度和社会阶层等语言人问题；三是同一语言内部的个体语言人问题，即语言的个性差异问题——因为语言渗透到了精神和情感最隐秘的深底，每一个人都使用同一种语言来表达他的特殊个性，所以，语言始终出自具体的个人，每个人运用语言首先是为了自身的目的。[23]200 以上三者互有关联，即：两种语言在词汇方面的数量差别——因而也是结构差别——也存在于同一语言内部两个以上的个人之间[1]65。同时，三者属于语言人问题的不同层次，其间自有不可忽视的差异。有学者细致研究群体变异和个体变异后，提出不能假定两者的变异趋势总是相同的，可能存在“个人模式的变异”，它不与外部社会因素共变，因为说话人既是某些群体的一员，又有属于个人的生活史。

通过人的言语研究语言人，最佳路径是通过日常言语的个人模式变异，探索说话者性格特征及语言人的一般规律。这一路径基于应用语言学的一个基本假设：一个人的语言又是这个人的第二形象；此外，语言能反映一个人的性格、修养、职业等；语言比外表等第一形象更内在，更真实。具体有不同研究路径可循。(1)可以从个人方言角度研究。语言学家指出：“谁都知道语言是可变的。即使是同一代、同一地、说一模一样的方言、在同一社会圈子里活动的两个人，他们的说话习惯也永远不会是雷同的。仔细考察一下每一个人的言语，就会发现无数细节上的差别，存在于词的选择，句子的构造，词的某些形式或某些组合的相对使用频率，某些元音、辅音或二者合并时的发音等方面，也存在于快慢、轻重、高低等给口语以生命的方面。可以说，他们说的不是完全相同的一种语言，而是这种语言的各种稍有分别的方言”。[2]135（2）语言学家指出：语言创新始于个人的说法虽不一定对，但人人都把自己的创新引入语言却是事实。所以，认为有多少个人就有多少种不同的语言，并非完全没有道理。[22]280 因此可以从语言风格学角度研究语言人：尤其是民族风格对比、时代风格对比和个人语言风格对比进行研究和风格统计，进行各种功能风格对语言表达手段的选择研究。① （3）还可以通过个人的口头禅研究语言人。这既可作为语言风格学的一个子目，亦可作为语言人研究的一条专门路径。个人口头禅与“嗯、啊、呃”等普遍性语气词或“这个、这个，那个、那个”等大众习惯语不一样，它是一些比较特别的词语，通常专属于某个人——或许存在多人拥有相同口头禅情况，亦可研究语言人的共同点及其规律——例如李宗仁先生喜欢用“几希”二字，这是他的口头禅，口述史家不大理解这一点，竟把它当作废话，说“他老人家一辈子也未把这个词用对过，那我就非改不可了”②。如果有语言学知识就不会那么干。作为个人言语习惯，口头禅是个人的性格、心理及潜意识的隐秘信息和独特标记。有人喜欢说“当然”，几乎每句话都以“当然”二字开头，其中或含有“当然逻辑”和“当然心态”。有人口头禅是“反正”，这与其表面随和内心固执的个性有关。有人口头禅是“说老实话”或“说真的”或“不骗你”，更需认真分析，或许是说话者非常重视真假，或许是意识对潜意识的提示，或许相反。究竟为何，需要与说话人的身份、个性及说话心态结合起来分析解读。一个口述历史受访人喜欢说“你听好了”，我知道他是大学教授、系主任、院长，当然懂得这是他的话语习惯，也是他对自己身份的强调。只要我们留心，多半能理解若干口头禅的“言外之意”，甚至能追溯其来龙去脉③。如上

①语言风格学又称语言修辞学，主要内容有：语言风格的性质、原理、方法以及研究的内容，语言风格的要求，语言风格的形成及演变的规律，语言风格的分类，风格对比（包括民族风格对比、时代风格对比、个人风格对比等），风格统计，各种功能风格对语言表达手段的选择，各种功能风格在不同语体、不同文体、不同语境中的表现，作家作品风格等。于根元主编《应用语言学概论》，第 29 页。

②见唐德刚《撰写〈李宗仁回忆录〉的沧桑》，李宗仁口述、唐德刚撰写《李宗仁回忆录》下册“附录三”，桂林：广西师范大学出版社，2005 年。

③我的同事张锦在一次年终总结时，开头第一句就说“然后”，这不符合语法习惯。对此我很好奇，问他是怎么回事，后来他解释说，这是做口述历史采访的后遗症，在采访时以倾听为主，经常要以“然后呢？”或“然后……”作为对话合作连接词，说多了，不知不觉地带入日常言语中，成了口头禅。

所述，有些口头禅相对易解，有些信息的意义还不得而知，并不是所有口头禅都能简单解析，李宗仁喜欢说“几希”，其中有什么道理，我就不懂。好在语言学家有研究口头禅的更多方法，如直接观察法、质性访谈法、统计分析法等。总之，口头禅是语言人的独特标记，值得专题研究。接下来的问题是，通过语言进行语言人研究，与口述历史有什么关系？为什么要结合口述历史语言做语言人研究？

首先，因为口述历史不仅是言语和语言研究的现场，也是语言人研究的现场。在口述历史的访谈现场，能够全面观察和研究语言和语言人的实际关联：不同的人有不同的个人方言和语言风格，同一方言乃至同一语句在不同的人及不同语境中又有不同的缘由、产生方式和具体意义。一个简单口头禅，如“你听好了”，说话者可能是循循善诱的老师、关怀备至的领导，也可能是颐指气使的丈夫或妻子、自以为是的父亲或母亲，还可能是模仿官腔的普通人。在口述历史现场，可以同时了解一个人的言语方式和这个人的文化修养，二者结合起来才能更深入地了解这个人。在口述历史采访现场，语言学家不仅可以直接观察到日常口语的种种特性，还可以直接观察不同口述人的不同习惯，并结合其社会身份等个人特征深入调查和研究口语的深层奥妙：为什么有人能够出口成章，少有赘语、断裂、重复、啰唆和歧义，而另一个人则不断跳跃、凌乱不堪、模糊不清？只有充分了解说话人，才有可能探索出其中的奥秘。实际上，在口述历史过程中，说得过于流利的人，固然可能是头脑灵活、训练有素而又准备充分的人，但也有可能是善于辞令、出口成章但却言不由衷的人；相反，说话时不断要“想词”或“找词”的人，固然可能是缺少语文训练或天性木讷羞于言表的人，但也可能是具有语言自觉且非常聪慧，每句话都试图找出最准确的词语来表达的人。只有直接面对其人，才能了解和理解其中的差异，观察语言和语言人的复杂而隐秘的关联。

其次，口述历史经常要面对一个根本性的质询：某个受访人所说是不是真话？这个问题，历史学家或口述历史工作者都无法做出令人满意的解答，因为这实际上是语言学问题，准确地说是语言人要研究的问题。语言学家警告说：对于个人和社会来说，语言都是表达的工具。因此，语言完全可能是骗人的。它只要求我们遵从一些结构规则，而这些规则没有理由精确反映世界的发现过程中的每一个步骤。[1]181 心理学家也发出类似警告:我们已了解潜意识因素的作用,对言辞必须持怀疑态度,不能只按表面价值定夺。[13]49 言语真或不真是一个极其复杂的问题,产生的原因有多种:一种可能是记忆错误或知识错误,即不自觉地提供不真实信息;一种可能是单纯的口误,即有口无心或口不应心,这是在特定语境下的言语事故;一种可能是压根儿就无法区分真实与想象的差异(如幼儿及心智水平不高的成人);一种可能是心口不一或心口分离,即缺少准确地表达自己的基本训练,或自我认识模糊,或模仿他人言语,或受到潜意识的暂时控制;还有一种可能是故意说谎。只不过即使故意说谎,动机和形式也不尽相同,一种是出于虚荣或自我保护的突发性说谎,一种是追求个人利益的习惯性说谎,一种是超强外力压迫下不得不说谎。在口述历史采访过程及档案中,上述情况都有可能存在。人为什么会说假话?人的言语为什么会真假掺杂?这固然是口述历史的巨大难题,也是语言学及语言人研究的大好机缘:言语不真既关乎语言的产生,更关乎语言和人的心理和社会本性。口述历史采访过程及档案正是研究这一问题的观察和实验现场。在口述历史现场研究语言人话语不真问题至少有下列特殊优势:(1)因为口述历史采访之前需要做功课,提前了解口述内容相关的重要情节及若干基本事实,有利于识别不真实信息;(2)口述历史采访前要了解受访人的家庭出身、成长经历、社会身份、职业特点、年龄和性别等因素,还要评估受访人的心理状况、个性特征、社交倾向、行为模式、记忆能力和语言能力等,对口述人的语言风格会有所了解,对某些不真实信息会更为敏感;(3)在倾听口述人言语表述的过程中,除了言语信息,敏感的研究者还可以从对方的神态、动作、眼神、表情甚至微表情中观察其言语的真诚度及真实程度,假如口述人故意说谎,有经验的采访人或多或少能有所察觉。倘若口述历史采访人是语言学家,那就更能从大量采访实践中,对不真信息进行识别、分类和专门研究,还可以对某些专题进行有计划的现场质性访谈,从而更加深入地探索不真信息与语言人的关联规律。

再次,结合口述历史进行语言及语言人研究,更重要的原因如语言学家所说:要彻底了解语言,就必须研究它和人类全部活动的关系,和生活的关系。口述历史正是通过个人生平的回忆和讲述,记录和探索个人的全部社会活动及生活轨迹。从中可以通过个人与家庭及家人的关系、受教育的过程、从事职业工作的经历的讲述，通过对个人与社会、个人与时代、个人与历史的质性研究访谈，探寻个人的语言习得、语言学习、言语理解、言语创造的基本模式及传播途径，以及个人方言、个人语言风格乃至口头禅等语言奥妙，进而了解个人心理和个人精神的后天建构过程及建构规律，最终了解语言人。从中可以探索语言的究竟，探索语言和语言人的相关性、描述方法及定理公式。

最后，结合口述历史进行语言人的研究，还有两条重要路径。一是口述历史的语言人研究，可以从历史人、社会人、心理人、传播人、教育人等研究中获得启迪，并提供语言学研究的新维度，综合起来就能大大提高语言人研究的认知复杂度。这是因为口述历史资源价值及其本性，本来就需要历史学、社会学、心理学、传播学、教育学和语言学等多种途径论证和分析。另一条路径是通过大规模的口述历史语言数据库——巨量的口述历史录音和录像档案库，即人类个体记忆库——进行语言人研究方向的数据挖掘和统计分析：包括单语者、双语者和多语者等个体语言人研究、方言学语言人研究、汉语语言人研究以及比较语言人的研究。进行这样的跨学科研究，需要切合实际的理论假说、跨学科研究的理论模式和更高的专业技能。这些究竟是否具有可能性及可操作性，还要指望具有学术好奇心和专业学养的语言学家、语言思想家、语言人专业科学家去证实或证伪。

六、口述历史与语言危机

最后讨论口述历史与语言的危机及语言的消亡等问题。先要了解有关语言危机、濒危语言及语言消亡的基本情况：(1)在过去的一个世纪，由于种种原因，先后已有上千种语言消亡。据统计，到 21 世纪末还将有 50％甚至 90％的语言不再使用。(2)据估计，世界上现有 6 000 多种语言，21 世纪将有大部分语言陆续失去交际功能(有人估计将消亡 70％～80％)而让位于国家或地区的官方语言。(3)中国有 120 多种少数民族语言，其中 20 多种使用人口不足 1 000 人，濒临消亡。①

一些语言已经消亡，一些语言濒临消亡。随着现代化和全球化的高速发展，还会有另一些语言濒危乃至消亡。这与口述历史有什么关系？口述历史能有什么作用？答案是：尽管口述历史工作者无法挽救濒危语言，但至少有一件事可做，那就是用口述历史的形式将那些濒危语言尽可能记录下来。对那些使用人口很少的语言群体，尤其要进行抢救性采访记录。语言学家、民族学家和文化人类学家都在设法以各自不同的方式进行采访记录，口述历史或许是最值得尝试和推荐的方式。因为口述历史是让受访人讲述自己的故事，在讲述自己的家庭及亲友、出生与成长、学习与劳动、结婚生育、分家自立、生老病死等人生经历的过程中，很自然地就包含了所在族群的集体生活、先民神话或祖先传说、民族风俗及文化细节；更不必说，每个人的口述言语本身就是最自然、最真实、最丰富且最鲜活的语言资料。假如被记录的语言最终还是消亡了，至少我们记录并保存了这门语言的录音录像档案，可供后人研究这门语言的实际情况，进而研究这个语言群体的文化和心智特点。此种口述历史语料档案有“语言种子库”的价值——以备某一天因某种原因，人类想要设法“复活”这门语言，让它再生。进而，这些口述历史录音录像档案又还有这门语言消亡前的“语言病历”价值，让后人去研究这门语言如何走向消亡，研究这个语言族群的语言态度是在怎样的环境压力下做出改变，做出怎样的改变，以及“语言生命轨迹”——假如被抢救性记录的这门语言最终竟没有消亡，而是在大规模语言接触和激烈的语言竞争中起死回生了，那就更好——人们可从口述历史所记录的“语言病历”中，寻找语言诊断的经验，乃至某种“语言药方”。

2014 年 10 月，我和几位作家朋友到云南省的一个县，和当地文化工作

①孙宏开《关于濒危语言问题》，载《语言教学与研究》2001 年第 1 期第 1—7 页。关于中国语言的数量，有几种不同说法。一种权威性的说法是：在中国当代语言文字中，56 个民族使用 65 种经过政府和学术界正式确认的语言（另有 45 种语言，学术界已做过一定的调查研究和论证，但它们的语言地位与身份还有待于进一步确认），34 种经过政府和学术界正式确认的文字（另有一些非通用文字、拼音方案、注音符号、少数民族方块字、停止试行的新文字等），见中国语言文字使用情况调查领导小组办公室编《中国语言文字使用情况调查·调查员手册》，第 332—336 页，北京：语文出版社，1999 年。另一种权威说法是：20 世纪 90 年代，中国社会科学院民族研究所主持进行“中国新发现语言调查研究”课题，到 1995 年先后共发现 120 多种语言，成果集中在《中国的语言》一书，由商务印书馆出版。见郭龙生《中国当代语言规划的理论与实践》，第 96 页，广州：广东教育出版社，2008 年。

者讨论“口述历史与乡村社区文化建设”问题，这其实是口述史家的共识：社区应通过口述历史研究揭示自身的历史，形成社会认同，而不是受惠于传统历史知识的假设。此行遇到好几个少数民族干部(分属于不同民族)，他们的汉语非常流利，但却不会说本民族语言。纵然我的语言文化知识非常有限，也能感到这是民族语言危机的一种征兆。我对当地朋友提出建议：应抓紧时间为说本民族语的长辈做口述历史，而且一定要以各自民族的语言及民族语的本地方言做。使用一种语言就意味着某种文化承诺，获得一种语言就意味着接受一套概念和价值[25]。语言不仅是一种工具、媒介，不仅是一种声音系统，同时也是概念系统、知识系统和价值系统。[26]

说到语言的危机，总会情不自禁地联想：汉语的前途如何？多年以前，国内出版过一部书，名为《汉语的危机》①。从书名可知，编者和作者忧患于汉语的前途。其中颇有值得注意的观点，如：“识字的人越来越多，字却越来越少。”1987 年公布的《常用字表》所列常用字仅为 2 500 个，这些常用字对现代出版物的覆盖率高达 97.97%；次常用字 1 000 个，覆盖率为 1.51%；常用字与次常用字两项合计 3 500 个汉字，覆盖率为 99.48%。[27]书中多数文章所涉问题主要是汉语文字和文学中存在的各种乱象，这些乱象是否真正构成了“汉语的危机”？这要语言学家去讨论评判。汉语使用人口多达十多亿，眼下汉语在世界上还颇热门，国内的日常言谈和网络话语中的新词、新概念层出不穷，显得生机勃勃，说汉语的危机恐怕让人难以相信。而按照联合国教科文组织关于语言危机的现行鉴定标准去衡量②，汉语也远未到濒危程度。

既然汉语远未濒危，谈论“汉语的前途”似乎杞人忧天，只不过汉语眼下虽是无虞，但仍不能掉以轻心，有些征象值得注意：(1)语言生态系统已出现一些值得注意的问题，部分少数民族语言濒危，还有些语言有濒危的征兆。

---

①朱竞编《汉语的危机》，分为“汉语与语境”“汉语与危机”“汉语与失语”“汉语与暴力”“汉语与忧思”“汉语与未来”6 辑，收入 33 篇文章，共 332 页，北京：文化艺术出版社，2005 年。

②联合国教科文组织于 2003 年 3 月在巴黎举行的国际专家会议的文献中，认可联合国教科文组织下设的语言专家特别小组提出的鉴别濒危语言濒危程度的标准：(1)代与代之间的语言传递情况；(2)语言使用者的绝对数目；(3)该语言的使用者在总人口中的比例；(4)该语言使用领域的趋向；(5)该语言对新语域和媒体的反应情况；(6)语言和识字教育的资料状况；(7)政府及机构的语言态度和政策，其中包括语言的正式地位和使用情况；(8)社区成员对他们自己语言的态度；(9)文献的数量和质量。见刘汝山、郭璐宁《国外濒危语言研究扫描》。

汉语方言中目前不仅弱势方言迅速萎缩，强势方言也呈萎缩趋势，地域方言正逐步向普通话靠拢。这虽不能直接推断为汉语的危机，但根据鲁伊斯提出的影响语言规划的三种取向即语言作为问题、语言作为权利、语言作为资源以及卡普兰和鲍尔道夫有关语言规划应针对“整个语言生态系统”的观念，不能说汉语的前途和命运毫无问题。推广普通话和普及普通话虽是语言规划的应有之义，倘若语言规划只强调语言统一，而不同时设法保护少数民族语言及汉语方言，就会出现语言生态的问题。(2)汉语虽然在国内是强势语言，但在当今世界却有比汉语更加强势的语言如英语。在国内，广大少数民族群众把掌握汉语文的人看作“文化人”，称汉语为“大众话”(西北地区)、“公话”(西南地区)；在条件许可的情况下，不同民族的人都愿意把子女送到用汉语文授课的学校，为子女创造学习汉语文的条件。[19]190 当今国际上英语的地位正是如此。过去30年，英语一直是中国中考、高考的必考科目，直到最近才稍有改变。在全球化时代，中国人将掌握英语当作必需，如此发展下去，多年以后汉语前途会如何？(3)如洪堡特所言：随着时光的流逝，当语言的发展仿佛超过了精神的成长，精神陷于松弛怠惰的状态，不再从事独立的创造，它虽拥有产生自实际运用的语词和形式，却只利用它们进行越来越空洞的游戏。① 村上春树针对日语中的此种现象指出：“那已经是在所有场合以所有方式用尽掏空了的语言。换言之，那已是沦为体制性质的沾满污垢的语言。使用这种体制框架内的语言来摇撼进而摧毁体制框架内的状况和僵化的情绪纵然并非不可能，恐怕也是伴随相当大困难的作业。”[28]

对汉语前途或汉语危机的进一步讨论超出本文范围，这需要中国知识界乃至全社会关心。本文提出这个虚拟性的问题，只是想讨论对此口述历史能做些什么？答案是：(1)记录和保藏当代汉语的语言资源；(2)借村上春树之说，现在需要的是来自新的方向的语言，以及用那些语言叙说的焕然一新的物语(旨在净化物语的其他物语)；(3)借保尔·汤普逊之说，口述史家能做到的最重要的社会贡献，是让普通人树立对自己言语的信心[16]21；(4)通过口述历史建立国民个体记忆库，积累历史学及社会科学研究资源，丰富国

①洪堡特《论人类语言结构的差异及其对人类精神发展的影响》，第200页。洪堡特将这种情况视为语言的第二次衰落，而把中止语言的外在形式的创造活动看作语言的第一次衰落。

家记忆，推动语言学、档案学、历史学、社会学、心理学、传播学和教育学等人文社会科学研究，促进我们自知，从多种维度认识我们是谁、长处和短处何在、与他人的差异何在、我们从哪里来、要到哪里去；(5)口述历史还有更重要的功能，可以让普通人建立生活的价值感和自信心，唤醒人的个性尊严感，激发国民精神消费、精神追求、精神活力、创造勇气和创造能力。上述第(4)(5)两点，看似与解决语言危机没有直接关联，但却可能是预防语言危机的根本方略。语言危机不只是语言问题，也是社会问题，更是社会语言人的问题。语言态度决定语言选择和语言使用，而语言态度与社会政治经济环境密切相关，当一种语言变体的社会地位和社会功能发生改变时，人们的语言态度和语言使用也会随之发生改变。语言的危机和语言消亡并非仅因为语言本身，更重要的是文化停滞和文化危机造成的生存压力和危机，其根本原因在于一个族群心灵僵化、精神活力不足而导致创造能力匮乏。假如一个语言群体缺少政治、经济、艺术、科学、技术和教育等方面的创造性，仅满足于体制和生活习惯上模仿前人，技术乃至学术上模仿他人，这个社会群体失去了活力，不能适应现代世界科学技术发展的加速度，那就不难预测，该群体的语言迟早要濒危，必将被更具文化创造性的强势语言所替代。基于政治权力的语言规划，并不能决定一种语言的命运。中国满语文盛极一时，不过两百年即走向衰落①，这就是最好的例证。汉语文的命运与满语文的盛衰虽然不可同日而语，语言兴亡的社会原因及其历史规律却不容忽视，在这个人类创新潜能开发不断加速的时代，只有拥有足够精神活力和创新能力的社会群体，才能避免生存和文化危机；只有避免了生存和文化危机，才能避免语言的危机。如布封所说：只有在开明的世纪，人们才写得好，说得好。

参考文献：

[1]海然热.语言人：论语言学对人文科学的贡献[M].张祖建，译.北京：生活·读书·新知三联书店，1999.

①清王朝顺、康、雍、乾四朝，满语文兴盛发达，统治者曾称满语文为“国语”“国书”，曾想使满语文成为全国通用的语言文字，但到乾隆末期开始衰落，到清末则基本消亡。见郭龙生《中国当代语言规划的理论与实践》，第150页。

[2]萨丕尔.语言论:言语研究导论[M].陆卓元,译.北京:商务印书馆,2009.

[3]格里,罗比,克拉克.口述历史与档案馆:以哥伦比亚大学口述历史中心的经验为例[G]//杨祥银.口述史研究:第1辑.北京:社会科学文献出版社,2014:31.

[4]张宜.中国当代语言学的口述历史[M].北京:中国社会科学出版社,2011.

[5]戚雨村.语言学引论[M].上海:上海外语教育出版社,1985:52－53.

[6]钱冠连.汉语文化语用学[M].北京:清华大学出版社,1997.

[7]赵蓉晖.语言与性别:口语的社会语言学研究[M].上海:上海外语教育出版社,2003.

[8]王德春.现代语言学研究[M].福州:福建人民出版社,1983:134.

[9]陈墨.实验性集体访谈录[M]//陈墨.花季放映——陕西女子放映人.北京:中国电影出版社,2014:45.

[10]陈墨.口述历史门径(实务手册)[M].北京:人民出版社,2013:276－277.

[11]陈墨.卢树坤访谈录[M]//陈墨.花季放映——陕西女子放映人.北京:中国电影出版社,2014.发表的编纂抄本中保留了口误记录,但在口误处做了注释说明。

[12]弗洛伊德.日常生活的精神病理学[M].彭丽新,等译.北京:国际文化出版公司,2000.

[13]弗罗姆.逃避自由[M].刘林海,译.第2版.北京:国际文化出版公司,2007.

[14]桂诗春.新编心理语言学[M].上海:上海外语教育出版社,2000.

[15]陈墨.袁秀英访谈录[M]//陈墨.花季放映——陕西女子放映人.北京:中国电影出版社,2014.

[16]汤普逊.过去的声音:口述史[M].覃方明,渠东,张旅平,译.沈阳:辽宁教育出版社,2000:21.

[17]赵元任.语言问题[M].北京:商务印书馆,1980:222.

[18]弗兰克尔.探索潜意识:深层分析的新途径[M].华微风,译.北京:国际文化出版公司,2006.

[19]于根元.应用语言学概论[M].北京:商务印书馆,2003.

[20]里奇.大家来做口述历史:实务指南　第二版[M].王芝芝,姚力,译.北京:当代中国出版社,2006.

[21]布洛赫,特雷杰.语言分析纲要[M].赵世开,译.北京:商务印书馆,2012.

[22]房德里耶斯.语言[M].岑麒祥,叶蜚声,译.北京:商务印书馆,2012.

[23]洪堡特.论人类语言结构的差异及其对人类精神发展的影响[M].姚小平,

译.北京:商务印书馆,2009.

[24]索绪尔.普通语言学教程[M].高名凯,译.北京:商务印书馆,1980:323.

[25]帕默尔.语言学概论[M].李荣,王菊泉,周焕常,等译.北京:商务印书馆,1983:148.

[26]张卫中.20世纪初汉语的欧化与文学的变革[G]//朱竞.汉语的危机.北京:文化艺术出版社,2005:125.

[27]王文元.语言的雅与俗[G]//朱竞.汉语的危机.北京:文化艺术出版社,2005:150.

[28]村上春树."没有标记的噩梦"——我们将要去哪里呢?[M]//村上春树.地下.林少华,译.上海:上海译文出版社,2011:407.

作者简介:陈墨,原名陈必强,中国电影艺术研究中心,研究员。

原文出处:《西南大学学报》(社会科学版)2015年第4期。

转　　载:1.《高等学校文科学术文摘》2015年5期长文转载,2.人大复印资料《语言文字学》2015年11期全文转载。

汉语量词语法化动因研究

李建平，张显成

摘　要：汉藏语系普遍的双音化趋势和基数词单音节的矛盾，是量词系统语法化的根本动因。从汉语来看，量词语法化历程和双音化趋势保持了很强的一致性，双音化推动了量词系统的建立与发展。从汉藏语系、南亚语系量词语言来看，量词系统的发达程度同数词的音节数量密切相关，只有基数词是单音节的语言才发展出了发达的量词范畴，而对音步感知基础的不同则促成了复数标记和量词系统的对立。从拷贝型和泛指性量词的兴替来看，调剂音节组成标准音步是量词的基本功能。

一、引　言

量范畴是不同语言普遍存在的语法范畴，但只有汉藏语系、南亚语系部分语言发展出了丰富的量词并成为这些语言的重要特点。汉藏语系中的量词都不是先在的语法范畴，而是经历了长期而复杂的语法化过程。从殷商到现代丰富的历史文献，为汉语量词语法化历程及其动因的研究提供了翔实的语料，使得量词研究成为汉语发展史研究中的重要课题之一。关于量词的语法化及其动因问题，学界主要有以下六种观点：

一是表量功能说。黄载君认为，个体量词的产生可能起于表货币单位[1]，强调表量功能是量词起源的根本动因。但在量词系统中处于核心地位的个体量词，表量功能并不突出，如“一人”和“一个人”在表量上就没有明显差异。也有学者认为量词受度量衡单位类化而来，虽然类化在量词发展中的确起到了重要的推动作用，但这并不能解释度量衡单位为世界绝大多数语言所共有，而其他许多语言却没有“类化”出量词。

二是个体标记说。大河内康宪[2]、戴浩一[3]都认为汉语名词都是指物质的（stuff），语义是不可数的，要计数物质一定要把物质量化或离散成类似物体（body）的个体才可数，数词后的标记成分正是起到了个化前一名词所指的作用。金福芬、陈国华[4]、张赪[5]认为作为个体标记是汉语量词存在的根本原因，分类功能则是次要原因。但这一观点无法解释为何在量词成熟前的漫长历史时期仍可精确称数，为何只有汉藏语系与南亚语系中部分语言量词特别丰富，并都经历了一个长期的语法化历程。

三是范畴化说。对客观事物进行分类并将其范畴化是量词的重要功能之一，如形状量词中的“条”称量条状物，“块”称量块状物等。Erbaugh 认为量词通过给中心名词分类增加其信息量，从而与其他同音词区分开来，同时强调中心名词。[6]但语法化程度和使用频率都最高的泛指量词选择搭配的名词可达数百个，这些名词却不具备共同特征而成为一类，可见范畴化并非量词的根本功能，也不是量词起源的动因。

四是修饰功能说。李若晖认为量词的产生是语言表达中修饰与表意要求综合作用的结果[7]。这同样无法解释为何量词为汉藏语系和南亚语系部分语言所特有，且泛指量词虽不具备修饰功能，却无论在量词产生之初还是在量词发达阶段都获得了广泛应用。

五是语言接触说。Erbaugh 认为汉语量词不是自源的[6]，这与汉语量词发展史的事实明显不符。

六是清晰表意说。桥本万太郎认为汉语是单音节语言，同音词多而又缺乏形态标记，使用量词可以区别同音词，并有一定的赘言性[8]；随着汉语复音化的发展，量词逐渐“个化”，直至像东干语一样只剩下一个“个”字，量词最终完全变为“躯壳”。桥氏认识到了音节结构与量词系统的关系。但从汉语发展史来看，量词却正是在汉语复音化过程中产生的，“个化”趋势并非量词的消亡，而是量词发达的标志之一。

此外，李讷、石毓智提出句子中心动词及宾语后谓词性成分的变迁是量词语法化的动因，并解释了汉魏至元“数＋量＋名”结构的发展，但对量词起源的动因问题未涉及。[9]戴庆厦通过对近 20 种藏缅语言的调查分析，发现数词为单音节的语言中量词较发达，数词为多音节的语言中量词不发达，为量词研究开辟了新的途径。[10]石毓智说，汉语量词的产生和发展的背后也有一个双音化趋势的动因。汉语的个体量词，萌芽于两汉，产生于魏晋，稳步发展于唐宋，牢固建立于宋元之际。[11]但戴先生未涉及汉语量词发展史，石先生对量词发展史的描述与事实不合。实际情况是，汉语个体量词在先秦即已产生，在两汉迅速发展，至魏晋南北朝趋于成熟。

系统的汉语量词发展史研究是厘清量词起源动因的基础，而目前这方面的研究远远不够，特别是量词从萌芽到初步发展的先秦两汉断代史研究不够，制约了进一步的研究。先秦两汉量词研究首先受到研究资料的制约，传世文献多思想性、政论性资料，量词使用频率低，而“没有材料，‘游谈无根’，要建立科学的汉语量词发展史那是永远也不会办到的”[12]3。近年来的大量出土文献特别是文书、医书类文献，为量词研究提供了良好的资料条件。通过对甲骨文、金文、简帛文献、碑刻文献的系统整理，结合传世文献量词研究，初步构建汉语量词发展史脉络，同时综合考察量词丰富的汉藏语系、南亚语系诸语言与量词不丰富的印欧语系、阿尔泰语系的量词使用情况，本文认为：在量词从萌芽到成熟的漫长而复杂的历时演变中，其表量功能、分类功能、修饰功能、个体标记功能在不同历史阶段、不同方面对量词发展起到了推动作用；但双音化趋势才是诱发量词产生的根本动因，并在量词语法化历程中始终起着推动作用。

二、汉语双音化趋势与量词语法化历程

双音化是汉语史发展的一条重要规律，王力把双音化列为汉语语法史最重要的五个变化之一[13]2。石毓智认为双音化趋势的意义远远超出了构词法范围，对促进整个语法系统的改变起了关键作用。[11]双音化进程早在甲骨文时代便已萌芽，春秋战国至秦获得初步发展，两汉时代加快步伐，魏晋以后得到长足发展，逐渐取得绝对优势地位。上古汉语以单音节为主，随着双音化的发展，双音节音步逐渐成为汉语的标准音步。冯胜利认为由于标准音步具有绝对优先的实现权，汉语中的“标准韵律词”只能是两个音节。[14]现代汉语中双音节词占绝对优势，在《普通话3000常用字表》中，双音词占

75%以上。双音词在句法上也更为自由,单音词则受到很多限制。[15]由于数词中使用频率最高的基数词从一至十都是单音节,在双音节音步占据主导地位后,单音节数词构成的"蜕化"音步并不具备优先实现权,要适应双音化趋势,数词必须和其他成分组成双音节韵律词才能自由使用,于是量词开始了由名词等其他词类的语法化历程。考察汉语量词系统的发展历程,可以发现量词发展史与双音化趋势有着相同的历史轨迹,双音化趋势构成了汉语量词系统起源的动因,并在漫长的历时演变中推动了量词系统的建立、发展与成熟。

(一)殷商时期双音化和量词的萌芽

1. 双音词的萌芽

上古汉语中单音词占绝对优势,但双音词早在殷代甲骨刻辞中就已存在。郭锡良以徐中舒主编的《甲骨文字典》为依据考察甲骨卜辞的词汇构成发现,在 2 859 个字头、3 899 条义项中,所举复音结构不到 100 个,仅占总数的 2.6%。[16]按殷代复音词的内容,大致可分八类:神祇名称、宗庙和神主名称、宫室名称、方国名称、地名、职官名、人名、时间名称。这八类复音结构大多是专有名词,而且几乎全是偏正结构,可见卜辞时代是双音词的萌芽时代。

2. 量词的萌芽

与双音化萌芽相适应,殷代甲骨卜辞中量词也已萌芽,迈出了量词发展史的第一步。对于甲骨文中量词的发展状况,人们进行了较深入的研究,由于对文意理解、量词界定等诸方面的差异,各家统计不尽相同。如果不包括时间量词,各家统计差别并不大,总计 10 个左右。

萌芽期殷代量词系统有两个特点:(1)数量结构一般位于名词之后,组成"名+数+量"结构,如"鬯六卣"(前 1.18.4)。在原始语言中,"名+数+量"语序最先产生是可以找到理据的,从发生学来看,称数方式都源于记数行为,因此在列举时采用"名+数"结构;在"数+名"结构中数词和名词的结合非常紧密,共同充当句子成分,但在"名+数"结构中当数词单独充当谓语时,数词单音节的不和谐性便突显出来,如现代汉语可以说"三人",也可以说成"三个人",但"人三"却不符合语言习惯,必须说成"人三个"。因此,量词首先出现在“名+数”结构之后构成“名+数+量”结构，这符合汉语双音化的趋势。(2)“拷贝型”量词的产生，如“俘人十又六人”(合 137 反)、“羌百羌”(合 32042)等。对后一个“人”“羌”性质的认识，目前学界还有争议，王力说“‘人’是一般名词，不是特别用来表示天然单位的”[17]236。多数学者认为已具备量词性质，管燮初说“后面一个人字的词性已介乎名词和量词之间”[18]；黄载君说，“第一个人是名词，而数词后加‘人’就只能属于量词”[1]。虽然其语法化程度还很低，却显示了量词语法化的趋势，量词正是在这一特定语法结构中开始其语法化进程的。

(二)西周时期双音化和量词的初步发展

1. 双音化的初步发展

程湘清考察《尚书·周书》中公认为西周作品的《大诰》等 13 篇、《诗经》中《周颂》《大雅》的双音词，列出 5 类 132 个；西周末期《诗经·小雅》有 57 个[19]。杨怀源统计西周金文复音词 412 个，其中双音词 385 个。[20]从数量上看，西周时期双音词明显增多，双音化得到初步发展。

2. 量词的初步发展

与双音化进程相适应，西周金文量词系统也获得了初步发展。从历时角度看，西周时期量词的发展有四个特征。

(1)数量迅速增多。管燮初统计西周金文中共有量词 33 个[21]，潘玉坤[22]、赵鹏[23]的统计都是 39 个，虽然部分量词还有争议，但量词数量无疑大大增加了。

(2)量词分工进一步发展，使用日趋严格。甲骨文用量词“丙”表示车马之量，是一种综合称量法。西周金文各有专门量词，车用“两”，马用“匹”，分工明确。甲骨文计量“鬯”时，量词可用可不用，西周金文则必须使用容器量词“卣”且无一例外。

(3)数量表示法中“名+数+量”结构大量使用。按赵鹏统计，西周金文中“名+数+量”结构总计已达 220 例[23]，但数词同名词直接结合来表示数量仍占绝对优势。

(4)西周量词系统仍然体现出量词萌芽阶段的诸多特点：第一，拷贝型量词仍较常见，如《小盂鼎》：“俘人万三千八十一人……俘牛三百五十五牛，羊廿八羊。”又:“获聝四千八百□聝,俘人万三千八十一人,俘(马)□□匹,俘车两,俘牛三百五十五牛,羊二八羊。”《舀鼎》:“凡用即舀田七田。”语法化程度很低的拷贝型量词的存在,显示出量词萌芽阶段的特点。第二,典型的“数+量+名”结构仍未出现。值得注意的是《贤簋》“公命吏贿贤百亩粮”中的“百亩粮”,很多学者视为汉语“数+量+名”结构的最早用例,但仅此一例,深入分析则可发现“亩”本是称量土地的面积量词,并不能与中心名词“粮”搭配,所谓“百亩粮”意为“一百亩地出产的粮食”,语义上相当于“百亩地之粮”,因此“数+量”结构和中心名词之间并没有直接语法关系,并非严格意义上的“数+量+名”结构。

(三)春秋战国至秦双音化的发展和量词系统的初步建立

春秋战国时期,新概念大量涌现,一词多义、词义引申的方法已无法满足人们的交际需要,于是,复音词以其灵活的结构和足够的容量迅速适应了人们日益增长的交际需要。随着双音词在汉语中地位的确立,与此相适应的是汉语量词系统在这一时期初步确立。

1.双音词地位的确立

从传世文献看,据程湘清的统计,《论语》总字数 15 883 个,总词数 1 504 词,单音词总计 1 126 个,占 74.9%;复音词总计 378 个(其中多音词 3 个),占总数的 25.1%,而双音词占总数的 24.9%;《孟子》总字数 35 402 个,总词数 2 240 词,单音词总计 1 589 个,占总词数的 70.9%;复音词总计 651 个(其中多音词 8 个),占总词数的 29.1%,双音词占总词数的 28.7%。[19]

从出土文献看,银雀山汉墓出土的《孙子兵法》《孙膑兵法》均成书于秦以前,具有更强的文献真实性。《孙子兵法》总词数 738 个,有单音词 565 个,复音词 173 个,其中双音词 167 个,已占总词数的 22.6%;《孙膑兵法》总词数 900 个,单音词 668 个,复音词 232 个,其中双音词 230 个,三音词 2 个,双音词占总词数的 25.6%。[24]

表1 春秋战国双音化发展简表(单位:个)

文献名	总词数	单音词	复音词	双音词	双音词占总词数比例
《论语》	1 504	1 126	378	375	24.9%
《孟子》	2 240	1 589	651	643	28.7%
《孙子兵法》	738	565	173	167	22.6%
《孙膑兵法》	900	668	232	230	25.6%

综合考察传世文献和出土文献,春秋战国时期双音词总体已占词汇总量的25%左右。由于书面语在记载时往往趋于简洁,可推测当时口语中汉语双音词所占比例应大大超过这一数量。春秋战国至秦,虽然双音词在整个汉语词汇系统中还没有占据优势,但双音词的地位已稳固确立。

2.量词系统的确立

随着双音词地位的确立,量词系统也在这一时期基本形成,主要体现为:

(1)名量词类系发展完备,量词数量大大增加,特别是在量词系统中处于核心地位的自然量词数量大大增加。按何乐士考察,仅《左传》中就有名量词69个,自然量词、借用量词、度量衡量词、军队或地方编制量词等各个小类都已齐备。[25]对这一时期量词系统进行全面统计,名量词总数已达207个之多,其中语法化程度最高的个体量词有46个,集体量词有52个,自然量词总计达到98个;而且这些量词往往具有较强的生命力,其中154个为汉代及后世所沿用,占总数的74.4%。

表2 春秋至秦名量词数量简表(单位:个)

量词类别	个体量词	集体量词	借用量词	制度量词	总计
量词数量	46	52	41	68	207
后世沿用	40	30	31	53	154

(2)"数+量+名"结构的产生与初步发展。在汉语量词发展过程中,"数+量+名"结构的产生是一个很重要的转变,可以说是一次飞跃,"因为当数词和单位词放在普通名词后面的时候,它们的关系是不够密切的(《左传》:'马牛各十匹','各'字可以把单位词和名词隔开);后来单位词移到了名词前面,它和名词的关系就密切起来,渐渐成为一种语法范畴"[17]242-243,

所以“数＋量＋名”结构的产生也是量词系统建立的重要标志之一。

典型“数＋量＋名”结构产生的时代对量词发展史研究具有重要意义。王力说：“上古时代，单位词是放在名词后面的……但同时我们也注意到，就在先秦时代，容量单位词已经可以用于名词前面了……到了汉代，不但度量衡单位词可以放在名词的前面，连天然单位词也可以放在名词的前面。”[13]32郭锡良也认为，在先秦典籍中，“数＋量＋名”这一称数构式只能用于容量单位。[26]从传世文献看，“数＋量＋名”结构在《左传》《论语》《孟子》《国语》《吕氏春秋》5 种文献中仅有 25 例，且基本限于度量衡量词和借用的容器量词，自然量词能够进入这一结构的仅 5 例，如：

君有楚命，亦不使一介行李告于寡君。（《左传·襄公八年》）

一介嫡女，执箕帚，以晐姓于王宫；一介嫡男，奉盘匜，以随诸御。（《国语·吴语》）

力不能胜一匹雏。（《孟子·告子下》）

尝一脟肉，而知一镬之味，一鼎之调。（《吕氏春秋·察今》）

对以上用例的理解，学界多有争议：有人认为“介”和“个”是“单独”之义，是形容词；“匹”，按朱骏声《说文通训定声》当为误字；“脟”，也可能是“肉”的修饰语，“脟肉”指割下来的肉。以上均非量词。出土文献具有传世文献无可比拟的真实性，从出土的简帛文献来看这一时期“数＋量＋名”结构的产生及量词系统的确立，是没有疑问的。考察目前已公布的 14 批战国楚简和 6 批秦简，共有物量表示法 2 337 例，量词 85 个，其物量称数构式情况如表 3。

表 3　先秦简牍数量表示法简表(单位:例)

形式	楚简	秦简	总计	占物量表示法总数(2337)百分比
数＋名	1095	328	1423	60.89％
名＋数	67	62	129	5.52％
数＋形	21	5	26	1.11％
数单用	3	38	41	1.75％
合计			1619	69.28％

续表

形式	楚简	秦简	总计	占物量表示法总数(2337)百分比
名+量	24	273	297	12.71%
名+数+量	192	106	298	12.75%
数+量+名	62	2	64	2.74%
量单用	0	29	29	1.24%
量+名	23	7	30	1.28%
合计			718	30.72%

秦简中“数+量+名”结构仅有2例,楚简中则达到62例之多。秦简2例中,量词一为描绘性量词,一为度量衡量词。楚简62例中,度量衡单位仅1例,容器单位7例,其余54例均为自然量词。如:

三匹驹骝。(《曾侯乙墓简》179)

裘定驭左殿:三真楚甲。(《曾侯乙墓简》127)

旅公三乘路车。(《曾侯乙墓简》119)

一两丝纴屦。(《信阳楚简·遣策》2)

数量结构和名词之间也可以插入助词“之”,如《上博简·容成氏》44:“是乎作为九成之台。”可见,早在战国时期“数+量+名”结构就已经产生并获得初步发展,标志着汉语量词系统的初步建立[27]。

(3)名量词使用频率大大增加,但地域发展不平衡。从表3看,先秦简牍文献中使用量词的用例达到718例,占30.72%,量词在数量表示法中的地位已经确立。另一方面,典型的“数+量+名”结构率先在楚简中大量出现,体现出楚、秦两地量词发展的不平衡。

(4)动量词系统的萌芽。无论从出土文献还是传世文献看,先秦时期典型的动量词还没有产生,但在秦简中已经开始萌芽,有“步”“课”两个,如:

已龋方:见东陈垣,禹步三步。(《周家台秦简·病方及其他》326)

今课县、都官公服牛各一课。(《睡虎地秦简·秦律十八种·厩苑律》19)

虽然其动词性仍很强，但动量词正是在这样的语法框架中开始其语法化进程的。

（四）两汉双音化的发展和量词系统的初步完备

1. 双音化的进一步发展

随着两汉时期社会政治文化的迅速发展，两汉时期的双音化趋势加快了步伐，我们对 9 种汉简构词法统计分析的结果如表 4[28]。

表 4　汉简构词法情况简表（单位：个）

文献名	总词数	单音词	复音词	双音词	双音词比例
《奏谳书》	157	110	47	44	28.0%
《武威医简》	517	289	228	207	40.0%
《神乌赋》	280	172	108	107	38.2%
《御史书》	155	86	69	68	43.9%
《胥浦遗嘱》	77	54	23	22	28.6%
《月令》	342	169	173	164	48.0%
《王杖诏令》	169	102	67	64	37.9%
《责寇》	201	151	50	45	22.4%
《悬泉书信》	109	76	33	31	28.4%
总计	2 007	1 209	798	752	37.5%

从统计表看，双音词比例大大增加，达到了 37.5%，部分文献甚至达到 48.0%。刘志生考察东汉碑刻文献 168 篇约 10 万字，发现复音词总数达到 5 167 个[29]。由于书面语相对于口语总是趋于简洁的，当时口语双音词数量应当已超过单音词数量，在词汇中占据优势地位。

2. 量词系统的初步完备

与双音词发展状况相适应，汉语量词系统也获得了巨大发展，主要体现在以下方面。

(1)名量词数量大幅度增加。对两汉出土文献和传世文献中的量词进行全面考察，发现两汉时期名量词迅速涌现，新生量词达到 102 个，加上沿用自先秦的 154 个，量词总数达到 256 个，其中个体量词 84 个，名量词系统基本稳定。

表 5　两汉名量词数量简表(单位:个)

量词类别	个体量词	集体量词	借用量词	制度量词	总计
新兴量词	44	11	29	18	102
沿用量词	40	30	31	53	154
总计	84	41	60	71	256

(2)名量词的使用频率迅速增高,使用量词在数量表示法中逐渐占据优势地位。从量词在数量表示法中的使用频率来看,我们对 24 种汉简中的称数构式进行了全面统计①。

表 6　汉简数量表示法简表(单位:例)

称数构式	例数	合计	占称数构式总例数比例
数＋名	231	798	46.40%
名＋数	484		
数词单用	83		
数＋量	130	921	53.60%
数＋名＋量	777		
数＋量＋名	9		
量词单用	5		
总计		1719	

按陈近朱对《居延新简》中的数量表示法进行的穷尽性统计,不使用量词的情况总计 1 534 例,而使用量词的情况则达到了 2 746 例。[30] 从上述统计看,在汉简数量表示法中,使用量词的情况已经开始超过不用量词的情况,可见在数量表示法中使用量词在汉代已开始成为一种规范。

(3)动量词系统正式确立。两汉时期动量词系统产生并迅速发展,新产生动量词 16 个,其中专用动量词 13 个,加上沿用自先秦的"步",总计达到

①本文所考察 24 种汉简为:焦山汉简、萧家草场汉简、未央宫汉简、清水沟汉简、高台汉牍、古人堤汉简、甘谷汉简、邗江汉简、平山汉楬、花果山汉简、海州汉牍、胥浦汉简、东牌楼汉简、罗泊湾汉简、大坟头汉简、孙家寨汉简、孔家坡汉简、凤凰山 8 号墓汉简、凤凰山 9 号墓汉简、凤凰山 10 号墓汉简、凤凰山 168 号墓汉简、凤凰山 167 号墓汉简、凤凰山 169 号墓汉简、马王堆 3 号墓汉简。

17个。魏晋南北朝所见动量词总计18个，其中13个沿用自两汉，占72.2%；可见两汉时期动量词系统已建立起来并获得初步发展。但是，两汉时期动量词的使用频率还很低，多数只有几例，且多见于医书和汉译佛经等特定文献中。

表7 先秦两汉动量词简表(单位:个)

产生时代	数量	借用动量词	专用动量词
先秦	2	步、课	
西汉	7	针、痏	过、壮、合、发、出
东汉	9	拳	遍、通、下、度、行、周、匝、反(返)

(五)魏晋以后双音词优势地位的确立和量词系统的完善

1. 双音词逐渐占据绝对优势

魏晋六朝以后，双音词在词汇中逐渐占据优势地位，按程湘清统计，《世说新语》中复音词总数达到2 126个，其中双音节词1 913个，占复音词总数的90%。[31]无论数量还是频率，魏晋六朝以后汉语中双音词的优势地位都已得到确立。

2. 量词系统的基本完善

与双音化发展相适应，“魏晋南北朝的名量词在数量、种类、分工、使用、词序各方面皆得到了空前的发展，可以说此时期已进入汉语名量词的成熟阶段”[32]。

从传世文献看，刘世儒对魏晋南北朝量词进行了全面考察：名量词217个，其中语法化程度最高的个体量词达到123个，使用频率也大大增加了；动量词迅猛发展，总计22个，其中专用动量词17个。“汉语名量词发展到这一阶段，可以说基本上已经进入成熟时期了”[12]4，动量词“也得到了迅速而广泛的发展，进入了初步成熟的阶段”[12]7。关键还在于，数量词开始转向以前附于中心名词为原则。数量词前置有几个优点：(1)词序一致，即与汉语“从”前“主”后的原则一致；(2)陪伴形态更为显著；(3)成分更为确定，数量词只能是向心于中心的定语；(4)表达更为清楚。[12]46—47

从出土文献看，考察旱滩坡晋墓木牍、南昌晋墓木牍、南昌吴高荣墓木牍、走马楼三国吴简、甘肃高台晋牍、鄂城吴墓木刺、南昌火车站晋牍、香港中文大学藏晋牍8种魏晋简牍，称数结构196例均为“名＋数＋量”结构，可见在称数中使用量词已成为规范。

从隋唐五代到现代，汉语中占据统治地位的双音词继续调整完善，汉语量词系统也在既有框架下进一步补充、调整，量词体系和规范逐渐趋于完备。

（六）小结

综上可见，殷商时代是汉语双音化的萌芽时期，也是量词从其他词类开始语法化的萌芽时期；西周随着双音化的发展，量词得到初步发展；春秋战国双音词得到进一步发展，相应的量词系统初步建立；两汉是双音化发展的关键时期，双音词在词汇系统中开始占据优势，量词系统确立，使用量词的称数构式第一次超过了不用量词的构式；魏晋六朝以后，双音词确立了词汇中的绝对优势地位，量词的使用成为一种规范。双音词和量词在汉语中都不是先在的，但词汇的双音化和量词语法化的历程却保持了很强的一致性，这说明二者的发展存在密不可分的关系：双音化趋势是汉语量词系统建立的动因与推动力。

三、汉藏语系和南亚语系量词产生与双音化的关系

汉语量词系统形成的动因在于双音化趋势和基数词单音节间的矛盾，可见双音化趋势和基数词单音节是量词系统得以建立的两个必要条件，缺一不可。从汉藏语系其他语言及南亚语系诸语言来看，在普遍的双音化历程中只有基数词为单音节的语言，才发展出了发达的量词系统。

（一）汉藏语系

从汉藏语系看，“大多数语言是由单音节向多音节发展”[33]，基数词的音节数量和量词的发达程度密切相关。戴庆厦对近20种藏缅语量词与基数词音节数量的研究为此提供了有力证据[10]，在此基础上，本文同时参考了《中国

少数民族语言简志丛书》《新发现民族语言丛书》，进一步对52种汉藏语系语言中基数词的音节数量和量词发展情况进行了系统考察，得到了如下发现：

苗瑶语族的苗语、布努语、巴哼语、炯奈语、畲语、勉语诸语言，侗台语族的壮语、布依语、傣语、侗语、水语、仫佬语、毛南语、佯僙语、拉珈语、黎语、村语、仡佬语、布赓语、木佬语，其基数词都是单音节的，其量词系统均比较发达，特别是个体量词特别发达，量词使用在数量表示法中具有强制性。

藏缅语族情况比较复杂，彝语支的彝语、傈僳语、拉祜语、哈尼语、基诺语、纳西语、毕苏语、卡卓语、柔若语、怒苏语、土家语、白语，缅语支的载瓦语、阿昌语、浪速语、仙岛语，羌语支的羌语、普米语都属于量词发达或准发达的语言，其基数词都是单音节的，量词的使用都有一定的强制性。与之相对应的是，景颇语支的景颇语、格曼语、达让语、苏龙语和藏语支的仓洛门巴语、错那门巴语，以及羌语支的嘉戎语，基数词往往不全是单音节的，其量词系统一般都不发达，即使有部分个体量词，其使用也不具有强制性。[①] 藏语支的情况较为复杂，藏语的基数词都是单音节的，量词系统却很不发达，但是白马藏语中的量词则比较发达，反映了藏语量词发展的不同历史层次。

（二）南亚语系

南亚语系很多语言也有丰富的量词系统，如孟高棉语族的德昂语、佤语、京语、徕语、克蔑语、布兴语等。越芒语族的越南语量词都比较丰富，其基数词也都是单音节的。[②] 与此相对应，孟高棉语族的布朗语基数词只有4、5、6是单音节的，越芒语族的莽语基数词1至6是单音节的，其量词则相对不发达，量词的使用没有强制性。

---

①景颇语支的独龙语基数词只有3个是单音节的，但量词比较发达，原因可能在于其双音节基数词都是带词头的，而词头有脱落的趋势，如基数词 abli(四)在怒江方言中词头 a 已脱落，数词由双音节变为单音节，这与双音化趋势背道而驰，从而促进了量词的发展。阿依语的情况也是如此。

②布兴语的基数词都是双音节的，但早已失去了使用功能，仅存在于传说中，实际使用的数词均借自傣语。

表 8　基数词与量词系统对照表(单位:个)

语系	语族	语言	基数词单音节数量	量词是否发达
南亚语系	孟高棉语族	德昂语/佤语/京语/徕语/克蔑语/布兴语	9	是
		布朗语	3	否
	越芒语族	越南语	9	是
		莽语	6	否
汉藏语系	藏缅语族	彝语/傈僳语/拉祜语/哈尼语/基诺语/纳西语/毕苏语/卡卓语/柔若语/怒苏语/土家语/白语/载瓦语/阿昌语/浪速语/仙岛语/羌语/普米语/白马语	9	是
		苏龙语/仓洛门巴语/错那门巴语	8	否
		景颇语	6	否
		达让语	3	否
		格曼语	2	否
		嘉戎语	0	否
		藏语	9	否
	侗台语族	壮语/布依语/傣语/侗语/水语/仫佬语/毛南语/佯僙语/拉珈语/黎语/村语/仡佬语/布赓语/木佬语	9	是

系属未定的朝鲜语情况比较特殊,数词有固有词与汉字词之分,xana(一)、tul(二)、set(三)、net(四)等是固有词,il(一)、i(二)、sam(三)、sa(四)等则是汉字词。其固有量词是以双音节为主的,而借自汉语的量词基本上都是单音节的。通常情况下,固有量词与固有数词组合,汉字量词与汉字数词组合。其固有数词中,一、五、六、七、八、九等六个都是双音节的,因此本身可以组成双音节标准音步使用,也可以与双音节的量词配合使用,而汉字数词则均为单音节的,要同单音节的汉字量词结合构成双音节音步配合使用。

最后,印欧语系的英语、德语、法语、西班牙语等,其基数词基本上也是以单音节为主的,但是也不属于量词发达语言,这可能与对音步的认知有关。印欧语社团以音素为语音感知基础,汉语社团以音节为语音感知基础。[34]印欧语语言学界的研究也体现了这一点，在他们的音系理论中竟没有音节这一级语音单位，而是由音段直接构成词音形。[35]双音节音步并非“标准”音步，因此没有发展量词以构成标准音步的动因。由此也可推测，在以音素为感知单位的语言中，倾向于发展以音素为单位的复数标记；而以音节为感知单位的语言，则更倾向于发展以音节为单位的量词；因此，“从语言类型学的角度考察的结果显示，一种语言不同时兼有复数标记和量词系统”[36]。

四、从拷贝量词和泛指量词的兴替看量词语法化的动因

拷贝量词和泛指量词在量词类系中最为特殊：前者产生于量词发展的初始阶段，语法化程度最弱；后者产生于量词系统初步建立的阶段，并在量词成熟阶段仍然广泛使用，语法化程度最高，源名词的语义特征几乎消失殆尽。二者表量、分类、修饰等功能都很弱，只有同数词补足为双音节的标准音步才是这两类量词的根本语法功能，其发展历程正可以充分证明双音化趋势是量词系统建立的根本动因。

（一）拷贝量词与量词的起源

汉语中的拷贝量词早在甲骨文时代就产生了，从名词到量词，是一个语法化的过程，拷贝型量词的出现是这一语法化过程的第一步。[37]缅语支、彝语支和藏缅语族一些语支未定的语言，如独龙语、载瓦语、阿昌语、基诺语、傈僳语、拉祜语、哈尼语、纳西语、怒语等，“已经萌生了发展个体量词的语言需要。为满足这种语言需要，最方便的办法便是拷贝名词而造出大量的个体量词，从而较快地解决了个体量词缺乏的矛盾”[37]。但这些语言为何萌生了发展个体量词的需要呢？根本动因就在于双音化的趋势。

首先，从汉语来看，基数词都是单音节的，与甲金文时代就开始的双音化趋势是矛盾的，而这种不适宜性构成了变化产生的动机，不适宜的形式有必要做出调整，即用音节进行调剂。改变基数词单音节形式最简单、最直接的方法就是重复前面的名词，组成数名结构共同修饰前面的名词，即“名＋数＋名”结构，如《小盂鼎》：“俘人万三千八十一人，……俘牛三百五十五牛，

羊廿八羊。”在使用中“数＋名”结构被重新分析为前面名词的修饰语，其中的名词与中心语名词在语法功能上也有了差异，成为拷贝量词。

其次，汉藏语量词萌芽阶段普遍出现了拷贝型量词，这与汉藏语普遍的双音化趋势是相适应的。上古汉语名词绝大多数是单音节的，加上方块汉字的不可分割性，“名＋数＋量”结构中的拷贝量词只能完全重复前面的单音节名词，“数＋量”结构组成双音节的标准音步；形式上的一致也导致了学界对拷贝型量词是量词还是名词的争议。但是，从其他语言中的量词来看拷贝型量词，与源名词在功能上就有了明显差异，如当名词是多音节时可以采用“半拷贝”的方式，即复制名词的部分音节，拷贝名词前一音节称为前半拷贝。如：

哈尼语 bu^{31}za^{31}（罐）tɕhi^{31}（一）→bu^{31}（bu^{31}za^{31} 前一音节）（一个罐）

纳西语 khon^{33}lo^{33}（洞）ndɯ^{33}（一）→khon^{33}（khon^{33}lo^{33} 前一音节）（一个洞）

但更多的方式是拷贝名词的后一音节，即后半拷贝。如：

阿昌语 a^{55}mu^{55}（事情）ta^{21}（一）→mu^{55}（a^{55}mu^{55} 后一音节）（一件事情）

基诺语 ɑ^{44}vu^{33}（蛋）thi^{44}（一）→vu^{33}（ɑ^{44}vu^{33} 后一音节）（一个蛋）

傈僳语 ɣɑ^{44}fu^{33}（鸡蛋）thi^{31}（一）→fu^{33}（ɣɑ^{44}fu^{33} 后一音节）（一个鸡蛋）

纳西语 sɯ^{33}dzɯ^{31}（树）dʅ^{33}（一）→dzɯ^{31}（sɯ^{33}dzɯ^{31} 后一音节）（一棵树）[37]

其他如哈尼语、拉祜语等都是如此，单音节的数词和由名词“半拷贝”而来的一个音节，组成了一个和谐的双音节音步。纳西语中甚至还有全拷贝、前半拷贝、后半拷贝、省略拷贝均可的情况：

全拷贝：dv^{33}phi^{31}（翅膀）dɯ^{33}（一）dv^{33}phi^{31}（翅膀）

后半拷贝：dv^{33}phi^{31}（翅膀）dɯ^{33}（一）phi^{31}

前半拷贝：dv^{33}phi^{31}（翅膀）dɯ^{33}（一）dv^{33}

省略拷贝：dv^{33}（翅膀）dɯ^{33}（一）dv^{33}（翅膀）[38]

单纯词中的一个音节一般不能独立充当句子成分，其作用只是与数词组成双音节音步来调剂音节，至于拷贝哪个音节都不会影响这一语法功能。可见“半拷贝”的方式更明确地体现了量词语法化与双音化二者之间的密切关系。

（二）泛指量词的兴替与量词的基本功能

泛指量词几乎没有分类、表量、修饰等功能，这自然突显了其调剂音节的功能。汉语量词史上的泛指量词有“枚”“个”两个，二者的兴替和“个化”的发展体现了调剂音步在量词语法化历程中的重要作用。

两汉时代，随着双音词在词汇中优势地位的初步确立，双音节作为标准音步也基本确立，单音节数词的使用逐渐不再自由，需同量词组成双音节标准音步才能更为自由地充当句子成分。但量词的发展相对滞后，绝大多数名词还没有专属量词，解决这一矛盾有两种方式：一是采用拷贝的方式，但拷贝量词有很大的局限，一个名词使用一种量词很不经济，大量同形同音现象模糊了名、量两类词的界限。另一种方式是采用泛指量词。量词“枚”由于其特殊的语义基础迅速崛起，解决了双音化趋势与个体量词缺乏的矛盾。王力认为“枚”用作量词源自其本义“树干”，虽然“现存的古书中，没有树一棵为一枚的例子”[13]27。张万起举出《汉书》《后汉书》中的4例[39]，我们又举出汉简中的3例。但从文帝至景帝时期的凤凰山汉简看，汉初量词“枚”已相当成熟，产生伊始就是泛指的，不存在从专指到泛指的过渡，因此其语源并非“树干”而是“算筹”义[40]。《左传·昭公十二年》“南蒯枚筮之”孔颖达疏：“今人数物云一枚两枚，则枚是筹之名也。”“算筹”是计数的辅助工具而不区分具体事物，具备了泛指量词的语义基础。“枚”补足音步的性质在汉初简牍中体现得很明显，如凤凰山8号与167号汉墓时代均为文帝至武帝之间，前者有简176枚，当用量词的情况96例，其中16例使用了专属量词（“乘”2例、“匹”3例、“艘”1例、“合”9例、“枚”1例），80例不用量词；有趣的是，后者62例中，17例使用了专属量词（“人”12例、“乘”1例、“两”1例、“匹”1例、“合”2例），8例不用量词，其他37例均用量词“枚”。同时代同类文献中，有的不用量词，有的则30多种不同物品均用同一个量词“枚”，可见量词“枚”的首要语法功能就是补足音步。

魏晋至唐，量词的使用成为规范，8种魏晋简牍196例称数结构均为“名＋数＋量”结构，无一例外。但量词产生的速度显然不能满足语言的需要，因此泛指量词“枚”的使用频率在魏晋时期达到了顶峰，如吴高荣墓《遣策》木牍所计量事物几乎全部用“枚”来称量：

> 故练襐一枚；故绢襐一枚；故绢襐一枚；故练襐一枚；故练襐一枚；故练緮裙一枚；故绢緮褋一枚；故练两裆一枚；故练单褋一故。故绢单褋一枚；故半⿰糹僉緮缚一枚；故半⿰糹僉緮缚一枚；故练緮缚一枚；故练緮缚一枚；故练小缚一枚；故练緮襐二枚；故练緮绔一枚；故緮裳二枚；故緮褋一枚；故旱丘单一枚。

该木牍79个称数结构中使用量词“枚”达到了75例之多，约占总数的95%。唐至五代，量词系统进一步成熟，多数范畴有了专属量词并被普遍接受。专属量词除补足音步外，还有修饰、分类等功能，于是“枚”完成了其历史使命，应用范围逐渐紧缩。洪艺芳考察敦煌吐鲁番文书认为，“枚”在3世纪中叶到6世纪中叶具有很强的适应性，但以6世纪中叶为分水岭而骤然下降，6世纪中叶至9世纪中叶修饰的中心名词仅有9个；敦煌文书中仅有7例。[41]量词分工日趋细密，使得语言表达更为清晰、形象，但也造成了人们记忆的负担。语言经济原则要求使用具有较大普遍性的语言单位来承担其核心功能——补足音步，语言中仍然存在对泛指量词的需要，于是量词“个”脱颖而出。

个，有“个”“箇”“個”三个来源。个是“介”的讹误字，按王引之《经义述闻・通说》“介”与“个”隶书形体相近，“省丿则为个矣”。《广雅・释诂》：“介，独也。”“单独”义对名词没有太多要求，因此一经产生就是泛指的。箇，《说文・竹部》：“竹枚也。”最早称量“竹”，如张家山汉简《算数书》：“八寸竹一箇。”個，洪诚认为“是介字从泰部音变以后形旁取介，声旁取箇另造的异体字，继承介字作为计数词”[42]。魏晋以后三者合流。唐以前量词“个”使用频率很低，因为无论“单独”还是“竹枚”义，在语法化过程中较“算筹”义的

"枚"源词义更强,对名词的适应性就弱,语义滞留原则决定了在与"枚"的竞争中处于弱势。基于语言经济原则,"枚"的强势满足了语言对泛指量词的需要,也抑制了"个"的发展,因此虽然量词"个"先秦已见,但到魏晋简牍中"枚"达到125例,而"个"竟然未见。隋唐时代,随着量词系统的完善,"枚"的使用范围迅速缩小。量词分工日趋细密造成了人们记忆的负担,经济原则要求使用具有较大普遍性的语言单位来承担其补足音步的基本语法功能。"个"在同旧质的"枚"的竞争中取得了优势,唐代吐鲁番文书中有41例,而中唐到五代的敦煌文书中则达到了206例,成为唯一的泛指量词。宋元以后,使用频率进一步增加,《朱子语类》中竟达到5 000多例。泛指量词的广泛应用,突显出补足音步在量词发展中的重要性。

为适应双音化的发展而补足音步虽然是量词最核心的语法功能,但不是唯一的语法功能,因此泛指量词"枚"由于不具备其他语法功能而逐渐被专属量词所取代;"个"的兴起正在于解决"枚"衰落以后量词繁多给人们带来的记忆负担,但它同样缺乏范畴化和修饰等语法功能,导致表意不够明晰,过度泛用就会打破语言表达明晰性和趋简性之间的平衡,适度原则必然会将其拉回到相对平衡状态。总之,量词丰富多彩同个化之间的"矛盾"是由语言发展明晰性与趋简性的原则所决定的,这也反映了作为量词根本功能的补足音步和其他功能之间的互补性。

五、结　语

徐通锵谈到语言演变的原因时认为"其'罪魁祸首'往往就是语音"[43],为了适应语音简化带来的一系列问题,汉语走上了双音化的道路,而基数词单音节同双音化趋势的矛盾,促使汉语量词系统的建立成为必然。由于汉语的双音化是一个漫长的渐进历史过程,因此量词的发展也是一个渐进的语法化过程。双音化趋势与基数词单音节的矛盾是促成量词系统建立的动因,二者缺一不可。从汉藏语系、南亚语系诸多语言的量词使用情况来看,随着双音化的发展,只有基数词为单音节的语言发展出了发达的量词系统,而基数词为双音节的语言和不存在双音化趋势的印欧语系诸多语言则没有发展出量词范畴,从而产生了量词语言与非量词语言的对立。从拷贝量词和泛指量词的兴替来看，无论在量词的产生阶段还是在量词的完善时期，与单音节数词组成双音节的数量结构以调剂音步，始终是量词的基本功能，也证明双音化是量词产生的根本动因。但调剂音步并非量词的唯一功能，量词一旦产生并进入句法结构，其语法功能就体现出了多向性，分类、修饰等功能也迅速产生，从而要求量词系统更加丰富、更加细致。语言经济原则始终制约着语言各方面的发展，从而导致了量词语言中专属量词丰富多彩和泛指量词广泛应用的对立统一。

参考文献：

[1]黄载君.从甲文、金文量词的应用考察汉语量词的起源与发展[J].中国语文，1964(6)：432－441.

[2]大河内康宪.量词的个体化功能[G]//大河内康宪.日本近、现代汉语研究论文选.北京：北京语言学院出版社，1993：426－446.

[3]戴浩一.概念结构与非自主性语法：汉语语法概念系统初探[J].当代语言学，2002(1)：1－12.

[4]金福芬，陈国华.汉语量词的语法化[J].清华大学学报(哲学社会科学版)，2002(S1)：8－14.

[5]张赪.类型学视野的汉语名量词演变史[M].北京：北京大学出版社，2012.

[6]Erbaugh M. Talking stock：the development of Chinese noun classifiers historically and in young children[M]. Amsterdam：John Benjamins Publishing Company，1986.

[7]李若晖.殷代量词初探[J].古汉语研究.2000(2)：79－84.

[8]桥本万太郎.语言地理类型学[M].余志鸿，译.北京：北京大学出版社，1985.

[9]李讷，石毓智.句子中心动词及其宾语之后谓词性成分的变迁与量词语法化的动因[J].语言研究，1998(1)：40－54.

[10]戴庆厦.藏缅语族个体量词研究[G]//《彝缅语研究》编委会.彝缅语研究.成都：四川民族出版社，1992：355－373.

[11]石毓智.语法化的动因与机制[M].北京：北京大学出版社，2006.

[12]刘世儒.魏晋南北朝量词研究[M].北京：中华书局，1965.

[13]王力.汉语语法史[M].北京：商务印书馆，1989.

[14]冯胜利.汉语的韵律、词法和句法[M].北京:北京大学出版社,1997.

[15]吕叔湘.现代汉语单双音节问题初探[J].中国语文,1963(1):10—22.

[16]郭锡良.先秦汉语构词法的发展[M]//郭锡良.汉语史论集:增补本.北京:商务印书馆,2005:143—165.

[17]王力.汉语史稿(中册)[M].北京:中华书局,1980.

[18]管燮初.殷虚甲骨刻辞的语法研究[M].北京:中国科学院,1953:25.

[19]程湘清.先秦双音词研究[G]//程湘清.先秦汉语研究.济南:山东教育出版社,1992:45—113.

[20]杨怀源.西周金文词汇研究[D].成都:四川大学,2006:59.

[21]管燮初.西周金文语法研究[M].北京:商务印书馆,1981:178—180.

[22]潘玉坤.西周金文语序研究[M].上海:华东师范大学出版社,2005.

[23]赵鹏.西周金文量词析论[J].北方论丛,2006(2):60—62.

[24]苟晓燕,张显成.银雀山汉简《孙子兵法》《孙膑兵法》词汇研究[G]//张显成.简帛语言文字研究:第1辑.成都:巴蜀书社2002:65—143.

[25]何乐士.《左传》的数量词[M]//何乐士.古汉语语法研究论文集.北京:商务印书馆,2000:318—351.

[26]郭锡良.从单位名词到量词[M]//郭锡良.汉语史论集:增补本.北京:商务印书馆,2005:34—38.

[27]李建平,张显成.从简帛文献看汉语量词系统建立的时代[J].古籍整理研究学刊,2011(1):73—77.

[28]张显成,等.秦汉简帛构词法分析十二则[G]//张显成.简帛语言文字研究:第1辑.成都:巴蜀书社,2002:162—190.

[29]刘志生.东汉碑刻复音词研究[D].上海:华东师范大学,2005.

[30]陈近朱.《居延新简》中物量词和称数法探析[D].上海:华东师范大学,2004.

[31]程湘清.《世说新语》复音词研究[G].//程湘清.魏晋南北朝汉语研究.济南:山东教育出版社,1992:1—85.

[32]洪艺芳.敦煌社会经济文书中之量词研究[M].北京:文津出版社,2004:25.

[33]马学良.汉藏语概论[M].第2版.北京:民族出版社.2003:26.

[34]何丹.试论汉语的音节结构与认知模式——从对外汉语教学中的“经典案例(‘爱’〔ai〕的发音)”谈起[G].//华东师范大学中国文字研究与应用中心.中国文字研究.2007年.第1辑:总第8辑.郑州:大象出版社,2007:201—206.

[35]王洪君. 汉语的特点与语言的普遍性——从语言研究的立足点看中西音乐理论的发展[G]//北京大学中文系. 缀玉二集:北京大学中文系青年教师学术论文选编. 北京:北京大学出版社,1994:303－314.

[36]李艳惠,石毓智. 汉语量词系统的建立与复数标记"们"的发展[J]. 当代语言学,2000(1):27－36.

[37]李宇明. 拷贝型量词及其在汉藏语系量词发展中的地位[J]. 中国语文,2000(1):27－34.

[38]木仕华. 论纳西语拷贝型量词的语法化[G]//李锦芳. 汉藏语系量词研究. 北京:中央民族大学出版社. 2005:141－165.

[39]张万起. 量词"枚"的产生及其历史演变[J]. 中国语文,1998(3):208－217.

[40]李建平,张显成. 泛指性量词"枚/个"的兴替及其动因——以出土文献为新材料[J]. 古汉语研究,2009(4):64－72.

[41]洪艺芳. 敦煌吐鲁番文书中之量词研究[M]. 北京:文津出版社,2000:183.

[42]洪诚. 略论量词"个"的语源及其在唐以前的发展情况[M]//洪诚. 洪诚文集:雒诵庐论文集. 南京:江苏古籍出版社,2000:139－149.

[43]徐通锵. 结构的不平衡性和语言演变的原因[M]//徐通锵. 徐通锵自选集. 郑州:河南教育出版社,1993:218－243.

作者简介: 李建平,文学博士,山东师范大学文学院,副教授。

原文出处:《西南大学学报》(社会科学版)2016 年第 5 期。

转　　载: 1.《高等学校文科学术文摘》2016 年 5 期长文转载;2. 人大复印资料《语言文字学》2017 年 2 期全文转载。

下篇

中国侠文化

论金庸小说的影剧式技巧

严家炎

摘　要:金庸小说的叙事艺术,得力于戏剧、电影尤多。戏剧的影响主要表现为小说场面和人物调度的舞台化,电影的影响表现在笔墨描写的视觉化和场景组接的蒙太奇化。影剧式技巧的运用,使金庸创造了一种新的武侠文体。

一

金庸小说艺术上的成功,是多方面地借鉴融会了中西文学艺术的结果,中期得力于戏剧、电影者尤多。在金庸看来,中国古典小说艺术表现上的有些特点,也是和戏剧、电影相通的。他曾说,《三国演义》等古典小说“写人物不直接叙述其内心,单凭言语动作,人物精神自出,这是戏剧的手法。戏剧和电影只表现角色的言语及动作,但内心生活自然而然的显露出来”[1]。20世纪50年代的一个时期,金庸非常关心戏剧和电影艺术,专门钻研戏剧理论和戏剧技巧。他在《射雕英雄传·后记》中曾说:“写《射雕》时,我正在长城电影公司做编剧和导演,这段时期中所读的书主要是西洋的戏剧和戏剧理论,所以小说中有些情节的处理,不知不觉间是戏剧体的。”我们也可以找到其他许多材料证明这一点。例如,在《袁崇焕评传》一条注释中,金庸对戏剧理论所说“反高潮”这个词语的使用,提出过不同意见。他说:“戏剧结构上高潮过后的余波(anti-climax),通常译作‘反高潮’,似不甚贴切。”[2]在《韦小宝这小家伙》一文中,金庸说过一段话:“西洋戏剧的研究者分析,戏剧与小说的情节,基本上只有三十六种。也可以说,人生的戏剧很难越得出这三十六种变型。然而过去已有千千万万种戏剧与小说写了出来，今后仍会有千千万万种新的戏剧上演，有千千万万种小说发表。人们并不会因情节的重复而感到厌倦。因为戏剧与小说中人物的个性并不相同。当然，作者表现的方式和手法也各有不同。”[3]可见金庸很了解戏剧艺术。那时他进了香港长城电影公司工作，写过一批剧本，像《绝代佳人》《兰花花》《不要离开我》《三恋》《小鸽子姑娘》《午夜琴声》等。《绝代佳人》是根据郭沫若的《虎符》改编的，曾得过中国文化部的奖。这些戏剧和电影方面的实践，对他的小说创作很有影响。细心的读者会看出金庸小说里有许多戏剧和电影的成分。如果说小说场面和人物调度的舞台化来源于戏剧的话，那么笔墨描写的视觉化、场景组接的蒙太奇化等，就得力于电影。金庸对戏剧、电影技巧的吸取和借鉴，大大丰富了小说的表现手段，将武侠小说的艺术表现力提高到一个前所未有的水平。

二

戏剧和小说虽然都要表现人物并有一定的情节内容，但二者很不一样。小说最便于自由挥洒，它的描写简直可以说无所不能。但长处同时也是短处。太自由了就容易散漫，缺少规范（尤其那种每天写一段在报纸上连载的小说更易流于散漫），而艺术有时要“带着镣铐跳舞”——需要一点规矩准则的。在这方面，戏剧就可以弥补小说的不足，因为戏剧是一种时间和空间都有很多限制的艺术。当金庸用戏剧的方式去组织和结构小说内容，使某些场面获得舞台的效果时，那就无疑增进了小说情节的戏剧性，并且促使小说结构趋于紧凑和严谨，使读者耳目为之一新。

在金庸笔下，许多小说场面都转化成了舞台，大如玉笔峰上的前厅，小如饭铺、茶馆、破庙，乃至于篷车、床底，都成为各类角色集中演出好戏的所在。具体来说，金庸在小说中运用戏剧技巧，也许可以归结为四种形态。

第一种，小说场面固定犹如舞台，每个登场人物都有戏可做，他们各自以动作和对话引发着性格冲突，逐步推动小说情节走向戏剧性的高潮。读者都不会忘记《天龙八部》第15、16章所写杏子林中发生的一切：从丐帮帮众骚乱，到帮主乔峰以巨大的魄力、出众的才能快刀斩乱麻地迅速稳住局面，又到马副帮主夫人、智光大师等陆续出场，局面重新动荡，出现极富戏剧性的场面，真可以说情节波谲云诡，风潮迭起。作者利用杏子林这个大舞台，用整整两章的篇幅，让许多重要人物一一登场，各自发挥作用，这是地道的戏剧的写法，而且写得极为出色。不过我们在这里愿意举同一部小说中另一个例子来讨论，那就是《天龙八部》第48章临近全书末尾时发生在王夫人庄院中的场面，这是更富戏剧性的场面，是小说中继萧峰之死后的又一个高潮。此刻冤家路窄，几组情敌和几组政敌都碰到了一起：像王妃刀白凤和段正淳其他四个相互仇恨的情妇——阮星竹、秦红棉、甘宝宝、王夫人，像大理国前太子段延庆（四大恶人之首）和现居镇南王之位的段正淳，像野心勃勃争夺帝位、妄图恢复后燕国的慕容复和被他恨之入骨的段誉，等等，真是仇人见面，分外眼红。而且段誉、段正淳一伙是被王夫人俘获，作为阶下囚出现的，他们与成为胜利者的对手们，同台演出一场精彩的戏。被俘者之间固然矛盾重重，而所谓胜利者的王夫人、慕容复、段延庆三方，他们又各怀鬼胎。加上段誉和南海鳄神的师徒关系，慕容复和几个比较正直的家将包不同、风波恶等的主从关系，段延庆与刀白凤20年前的孽缘，段誉和王夫人女儿王语嫣的爱恋，种种复杂因素的制约和不同性格间的冲突，终于导致一个出人意料的结局：慕容复为逼迫段正淳同意传位给义父延庆太子以实现自己的野心，先后杀了段的情妇阮星竹、秦红棉、甘宝宝，进而造成段正淳以及另一情妇王夫人、妃子刀白凤的痛苦殉情，段誉的身世也因之大白于天下，然而慕容复想夺大理国王位的狼子野心却也彻底暴露，连几员家将也唾弃了他。这个舞台上可以说好戏连场：既有王夫人主演的别出心裁的扫除情敌戏，也有段正淳夫妇连同王夫人自己上演的凄艳浪漫的相继殉情戏，还有慕容复演出的尚未登基先杀忠良的认贼作父戏，段誉蒙在鼓里却又不得不参与的生父仇人戏。读完金庸仿佛一口气写下的这四五十页文字，一些大出意料的事纷至沓来，读者的感受也如段誉一样，感到"正如霹雳般一个接着一个，只……惊得目瞪口呆"。即使真是舞台剧，也不大容易像金庸小说这样写得戏剧矛盾如此集中，悲剧性又如此强烈的。

第二种，小说场面像舞台那样固定不变，然而作为演员的那些人物自己的表演很少，他们主要在讲述别人的故事，如《雪山飞狐》中玉笔峰前厅的那个场面。小说第3、4、5章用了整整三章让书中人物作为见证人共同来说故事,你说一阵,我说一阵,合起来就成为胡一刀、苗人凤两位豪杰相互交往、相互倾心,最后却落个悲剧结局的完整情节。这是将说故事与戏剧的方式结合起来,借“一天”表现一百多年(小说交代,这一天是乾隆四十五年三月十五日,距离李自成兵败九宫山已一百多年),写得相当别致。作者不是让英雄人物自己去行动,而是一切借助于旁观者之口。用这种方法写人物很容易平面化,可以说是吃力不讨好的,但金庸却运用得很成功。小说全是粗笔勾勒,犹如刀劈斧削,对胡一刀与苗人凤两个人物的刻画十分有力。也有人说这是金庸学日本电影《罗生门》(由芥川龙之介原作小说改编),因为那个电影里三个人讲故事,讲同一件事,不过讲法不同。我曾就此请教过金庸,金庸说他不是从《罗生门》学的,而是从《天方夜谭》那种讲故事的方法受到启发,加上了一些戏剧的成分。

第三种,更为别开生面的是,作者将小说场面变成的舞台分隔成两半,大半在明处,小半在暗处。舞台明处展现的多种人物、多条线索、多重矛盾,不但能呈现在读者面前,而且也呈现在舞台暗处的特定人物面前,甚至作者就通过这特定人物的眼睛和耳朵,来描绘舞台明处所发生的一切。《射雕英雄传》第 24 回郭靖和黄蓉在牛家村“密室疗伤”的几天,黄蓉借隐蔽的小窗口观察外面的动静,就是这样写成的。这种写法的好处,是可以虚写一部分情节,使小说结构显得更为集中,故事容量也能大为增加。像黄蓉、郭靖两人通过小孔向外张望,就看到了各色人物你来我往到店里活动的种种戏剧性场面:先是完颜洪烈、欧阳锋、杨康、彭连虎、侯通海等从南宋皇宫盗到石匣,以为《武穆遗书》已经到手时的得意扬扬,后来发现石匣竟空空如也时的目瞪口呆;接着,已经明白自己身世的杨康,有机会刺杀完颜洪烈,却反而脱下自己衣服为他披盖御寒,对他关怀备至;当夜重进皇宫盗宝的人狼狈逃回,侯通海竟被戴着脸谱的人割了耳朵,沙通天的衣服被人撕得粉碎,灵智上人双手给铁链反缚在背后,梁子翁满头白发给人拔得精光——读者通过黄蓉的眼睛,知道了皇宫里打斗的结果。这就节省下许多笔墨。再下面,欧阳克企图污辱程瑶迦、穆念慈,被杨康进来瞧见,杨康就钻到桌下趁欧阳克不备之时,从下腹部刺杀了他。以后,杨康又和丐帮八袋弟子拉上关系,为此后故事发展准备了伏线。这些都被郭靖、黄蓉看在眼里,避免了作者再另作交代。就这样,傻姑的小店成了一个热闹的戏剧舞台,一场场悲喜剧、一场场文武斗都在这里演出。类似的手法，还有《笑傲江湖》第 2 章林平之化装成驼背，坐在衡山一家茶馆里看各色客人进进出出的场面，他在那里偷听各帮派人物海阔天空的谈话，掌握了许多信息。舞台虽未划成两半，性质却是相同的。还可以举《射雕英雄传》第 35 回里铁枪庙那个特定场面，黄蓉通过与傻姑、欧阳锋、杨康的对话，揭开江南六怪在桃花岛被害之谜（颇有推理影片的味道），还点出欧阳克之死与杨康的关系，这也是戏剧式的，而且是把舞台划分为明与暗两部分：暗的部分藏着瞎子柯镇恶，黄蓉很多话实际上是说给柯镇恶听的，目的在消除柯心中的误解。小说这部分写得非常巧妙，这同样得力于戏剧的功夫。

第四种，作者将有些人和事放到后台作暗场处理。像《书剑恩仇录》中，文泰来负伤躺在车上，他的妻子将她看到的外面打斗的景象描述给文泰来听。这是通过一个在场人物的眼睛和嘴巴来做暗场处理，避免了有些人物正式出场，既节省了笔墨，小说的结构手法也多样化了，不单调了。《碧血剑》第 1 回里，少年袁承志等人和老虎搏斗，也是通过室内杨鹏的听觉来写的。书中有这样一段描述：

> 只听得门外那姓倪的吆喝声、虎啸声、钢叉上铁环的呛啷声、疾风声、树枝堕地声，响成一片，偶然还夹着小牧童清脆的呼叫声，两人一虎，显是在门外恶斗。过了一会，声音渐远，似乎那虎受创逃走，两人追了下去。

这也是虚写，性质和《书剑恩仇录》中文泰来妻子转述的例子相同，不过一个是用眼睛，一个是用耳朵罢了。《碧血剑》第 17 回写袁承志与焦宛儿两人躲藏到床底下，听夏青青、何铁手、何红药三人谈话；《连城诀》第 11 章写戚芳躲进公公床下，听万震山父子商量采用当年对付戚长发的方法杀害吴坎。这些也都很有戏剧性。这是把床底下当作哑剧的舞台，对进房的几个人的活动做了暗场处理。运用这种手法最妙的，是在《倚天屠龙记》第 32 回：正当武当四侠——宋远桥、俞莲舟、张松溪、殷梨亭怀疑张无忌勾结赵敏杀害莫声谷，而张无忌自己因为在放有莫声谷尸体的山洞里待过，已经有冤难辩的时候，大路上响起一阵马蹄声，来了宋青书、陈友谅等人。张无忌和武当四侠躲在路边岩石后面，听到了宋青书和陈友谅的对话，得知莫声谷原来是宋青书为遮掩自己的丑行才杀的。武当四侠和张无忌之间的误会，一下子得到了消除。暗场处理的方法，在这里收到了很好的效果。

引入戏剧因素将小说场面舞台化，其结果是十分积极的：不仅满足了特定环境下情节发展的需要，而且促使小说结构趋于严整，人物对话趋于精致，表现手法趋于多样，从而大大丰富了小说自身的技巧，推动了小说艺术的革新。这是小说家金庸的引人注目的贡献。

三

至于将电影技巧引进小说，我认为这更构成了金庸作品艺术上一个根本的长处和特色。

电影虽是一种综合艺术，但主要还是视觉的艺术。电影语言的最大特点，首先在它充分的具象性，直接诉之于观众的感受——尤其是视觉。金庸由于在电影公司工作所养成的职业习惯，下笔时特别注意运用视觉形象鲜明突出的具象性语言。他用这种电影语言来刻画人物，烘托气氛，表现心理，营造意境，自《射雕英雄传》以后，更加明显。

不妨随手举例。先看《连城诀》第 6 章描写汪啸风等十七骑追到后与血刀老祖对阵的景象：

> 斜眼向血刀老祖瞧去，只见他微微冷笑，浑不以敌方人多势众为忌，双手各提一人，一柄血刀咬在嘴里，更显得狰狞凶恶。待得群豪奔到二十余丈之外，他缓缓将狄云放下，小心不碰动他的伤腿，等群豪奔到十余丈外，他又将水笙放在狄云身旁，一柄刀仍是咬在嘴里，双手叉腰，夜风猎猎，鼓动宽大的袍袖。

这里所写的血刀老祖，全用地道的充分视觉化而又洗练、传神的电影语言。作者没有采用“骠悍”“泼辣”“强横”“镇定自若”“豪气逼人”之类抽象的形容词，只写血刀僧面对人多势众的敌手“微微冷笑”，“一柄血刀咬在嘴里”，“双手叉腰，夜风猎猎，鼓动宽大的袍袖”，寥寥数语，就在读者眼中为他立起了一尊鲜活的雕像。

运用电影语言以烘托气氛，直接关系到人物形象的塑造。《神雕侠侣》中女魔头李莫愁之所以给读者留下深刻印象，除她本身凶残变态的行为外，很大程度上也得力于作者在她最初出场和最后毁灭时所用的烘云托月手法。作品第1回中，李莫愁在采莲越女口唱欧阳修《蝶恋花》词的一派欢悦、和平、宁静的气氛中登场。其时嘉兴南湖景色如画："一阵轻柔婉转的歌声，飘在烟水蒙蒙的湖面上。歌声发自一艘小船之中，船里五个少女和歌嬉笑，荡舟采莲。""一阵风吹来，隐隐送来两句：'风月无情人暗换，旧游如梦空肠断……'歌声甫歇，便是一阵格格娇笑。"正当读者为配有音响的这般美好画面感到沉醉时，一位左手掌"染满了鲜血"的道姑即在岸旁不满地喃喃自语："那又有什么好笑？小妮子只是瞎唱，浑不解词中相思之苦、惆怅之意。"这就自然地构成一种反衬：以平和愉悦的氛围烘托乖戾变态的性格。但令人更加难以忘怀的，则是第32回李莫愁甘于在烈火中自焚的最终结局：

> 李莫愁撞了个空，一个筋斗，骨碌碌的便从山坡上滚下，直跌入烈火之中。众人齐声惊叫，从山坡上望下去，只见她霎时间衣衫着火，红焰火舌，飞舞身周，但她站直了身子，竟是动也不动。众人无不骇然。
>
> 小龙女想起师门之情，叫道："师姐，快出来！"但李莫愁挺立在熊熊大火之中，竟是绝不理会。瞬息之间，火焰已将她全身裹住。突然火中传出一阵凄厉的歌声："问世间，情是何物，直教生死相许？天南地北……"唱到这里，声若游丝，悄然而绝。

一代魔头，终于在熊熊烈焰和凄厉歌声中灰飞烟灭。令人惊骇，令人称快，也令人恻然生悯！这一气氛烘托颇有象征意味，蕴蓄着电影式具象语言所特有的感人力量！

金庸也用电影画面式的叙事方法来表现人物的心理。如《飞狐外传》第1章中田归农与苗人凤妻子南兰私奔，刚要离开商家堡而被苗人凤截住的那一段：

> 猛听得一人嗓子低沉，嘿嘿嘿三下冷笑。

> 这三声冷笑传进厅来，田归农和那美妇登时便如听见了世界上最可怕的声音一般，二人面如白纸，身子发颤。田归农用力一推，将那美妇推入车中，飞身而起，跨上了骡背，双腿急夹，挥鞭催骡快走。
>
> ……但大汉拉着车辕，大车竟似钉牢在地上一般，动也不动。此人神力，实足惊人。
>
> ……车中的美妇却已跨出车来，向那大汉瞧也不瞧，昂然走进厅去。田归农……全身被雨淋得湿透，却似丝毫不觉，目光呆滞，失魂落魄一般。

整段没有一句对白，三个当事人各自的心态已跃然纸上，读者清楚地意识到他们之间的矛盾和关系，极有电影的特点。

再看《神雕侠侣》第32回写杨过先是要求与陆无双、程英结拜成为兄妹，后来又留言和她们告别的情景：

> 一日早晨，陆无双与程英煮了早餐，等了良久，不见杨过到来，二人到他歇宿的山洞去看时，只见地下泥沙上划着几个大字："暂且作别，当图后会。兄妹之情，皎如日月。"
>
> 陆无双一怔，道："他……他终于去了。"发足奔到山巅，四下遥望，程英随后跟至。两人极目远眺，惟见云山茫茫，哪有杨过的人影？陆无双心中大痛，哽咽道："你说他……到哪里去啦？咱们日后……日后还能再见到他么？"
>
> 程英道："三妹，你瞧这些白云聚了又散，散了又聚，人生离合，亦复如斯。你又何必烦恼？"她话虽如此说，却也忍不住流下泪来。

这里几个电影式画面（人去洞空，茫茫远山，白云聚散），就营造出了意境，启人深思。一般作家写临别留言，一封短信足矣，金庸却别致地让杨过在地下划出大字，用镜头显示给观众，这就见出电影编剧家的功力，于主人公性格又甚切合。

金庸不仅用具象性很强的电影语言来刻画人物、烘托气氛、表现心理、营造意境，而且经常用组合得极好的成套镜头（包括远景、中景、近景、特写以及长短镜头的搭配）来描写相当宏大、复杂的场面。金庸的一支笔，就是一部甚至多部摄像机，对准着各种不同的场景，调整各种不同的距离和角度，变换着各种不同的拍摄手法，使小说中复杂场面的描写显得层次井然，而又毫不单调。

例如，《倚天屠龙记》第10章写武当七侠为对付少林派和其他各路群豪，在紫霄宫内堂商量摆设“真武七截阵”，决定让张翠山妻子殷素素代替瘫痪在床的俞岱岩。这时小说作者通过不同人物的言语动作，将镜头分别给了宋远桥、莫声谷、俞莲舟、殷梨亭、张翠山诸人。随后，由于要请俞岱岩向殷素素讲授方位、步法，镜头移向了俞岱岩的卧室，谈话间便出现殷素素和俞岱岩的几个特写。当殷素素开口说话时，俞岱岩一下子从声音上辨认出她很像十年前发针暗算自己的人，“脸上肌肉猛地抽动，双目直视，凝神思索”，“眼色中透出异样光芒，又是痛苦，又是怨恨，显是记起了一件毕生的恨事”。而殷素素，“她也是神色大变，脸上尽是恐惧和忧虑之色”。事情真相摊开以后，原先蒙在鼓里的张翠山深受刺激，痛苦之极，“目光中如要喷出火来”（亦为脸部表情的特写），却又不忍动手杀妻，“突然大叫一声，奔出房去”。这时小说作者实际将镜头摇前，跟着张翠山来到大厅，让读者看到他“向张三丰跪倒在地”，交代后事，壮烈地谢罪自杀。随即又是童年张无忌发出的“爹爹，爹爹”的画外音以及张三丰到窗外接进无忌的动作。后来，殷素素叮嘱张无忌要记住厅上群豪、为父报仇时，既有他们母子二人的近镜头，又有通过张无忌的目光而对厅上众人神情的扫描。小说这一长段精彩的文字描写，其实也是一大节分镜头脚本。

再如《连城诀》第7章写血刀老祖与南四奇“落花流水”的一系列厮杀，正面呈现的第一个镜头是通过狄云眼睛看到的远景：

> 凝目向峭壁上望去，只见血刀僧和刘乘风已斗上了一座悬崖。崖石从山壁上凸了出来，凭虚临空，离地少说也有七八十丈，遥见飞冰溅雪，从崖上飘落，足见两人剧斗之烈，料想只要谁脚下一滑，摔将下来，任你武功再高，也非粉身碎骨不可。狄云抬头上望，觉得那二人的身子也小了许多。两人衣袖飘舞，便如两位神仙在云雾中飞腾一般。
>
> 天空中两头兀鹰在盘旋飞舞，相较之下，下面相斗的两个身法可快

得多了。

这里借崖下狄云仰视角度来写，金庸先生又信笔拈来“天空中两头兀鹰”，衬出崖上拼斗者武功之高妙和处境之凶险。看他轻飘飘写来，实乃极高明之笔法。接着第二个镜头，又通过花铁干眼睛来写，角度稍有变换：

> 花铁干正要去杀狄云，忽听得铮铮铮铮四声，悬崖上传来金铁交鸣之声，抬头一望，但见血刀僧和刘乘风刀剑相交，两人动也不动，便如突然被冰雪冻僵了一般。知道两人斗到酣处，已迫得以内力相拼，寻思：“这血刀恶僧如此凶猛，刘贤弟未必能占上风，我不上前夹击，更待何时？……”当即转身，径向峭壁背后飞奔而去。

再下面，镜头向前推移，逐渐由远景转成近景：

> 花铁干见两人头顶白气蒸腾，内力已发挥到了极致，他悄悄走到了血刀僧身后，举起钢枪，力贯双臂，枪尖上寒光闪动，势挟劲风，向他背心疾刺。

在血刀老祖突然惊觉而跳崖的情况下，花铁干误刺刘乘风便不可避免，它成为意外的惊险而又可悲的特写镜头：

> 花铁干这一枪决意致血刀僧于死地，一招中平枪“四夷宾服”，劲力威猛已极，哪想得到血刀僧竟会在这千钧一发之际堕崖。只听得波的一声轻响，枪尖刺入了刘乘风胸口，从前胸透入，后背穿出。他固收势不及，刘乘风也浑没料到有此一着。

而血刀僧从崖上跳落，“一砍一掌十八翻”的一段描写，恰像是一组慢镜头：

> 血刀僧从半空中摔下，地面飞快地迎向眼前。他大喝一声，举刀直斩下去，正好斩在一块大岩石上。当的一声响，血刀微微一弹，却不断

> 折。他借着这一砍之势，身子向上急提，左手挥掌击向地面，蓬的一声响，冰雪迸散，跟着在雪地中滚了十几转，一砍一掌十八翻，终于消解了下堕之力，哈哈大笑声中，已稳稳地站在地下。

这些场景描写，同样可以说是分镜头脚本，导演几乎不做调整就能拍成电影，足见金庸小说运用电影化语言以描写复杂的场面和事件之成功。

金庸在小说中还借用了电影的某些特技，以突破小说的叙事模式并丰富小说的表现手法。

电影中的蒙太奇，或灵活地用来衔接过去和现在，或交替穿插多线索展开的故事情节。20 世纪 30 年代起，这种技巧就开始在林徽因、穆时英等中国作家的小说中得到运用（如林的《九十九度中》，穆的《上海的狐步舞》《夜总会里的五个人》）。它也是金庸小说中经常出现的一种写法。如《笑傲江湖》第 4 章写女童曲非烟正在嘲弄青城派并和其掌门人余沧海发生争执时，作者笔头一转，又接回到仪琳身上："仪琳泪眼模糊之中，看到了这小姑娘苗条的背影，心念一动：'这个小妹妹我曾经见过的，是在哪里见过的呢？'侧头一想，登时记起：'是了，昨日回雁楼头，她也在那里。'脑海之中，昨天的情景逐步自朦胧而清晰起来。"接着，因对女童的回忆，"眼前似乎又出现了令狐冲的笑脸……"，衔接得相当巧妙自然。第 33 章写嵩山大会上岳灵珊与令狐冲比剑，两人不约而同地用上了当年自创的"冲灵剑法"，在使出"同生共死"一招、双剑剑尖相抵时，令狐冲不禁回想起当初此招取名的过程：

> 当他二人在华山上练成这一招时，岳灵珊曾问，这一招该当叫作甚么。
>
> 令狐冲道："你说叫甚么好？"岳灵珊笑道："双剑疾刺，简直是不顾性命，叫作'同归于尽'罢？"令狐冲道："同归于尽，倒似你我有不共戴天之仇似的，还不如叫作'你死我活'！"岳灵珊啐道："为什么我死你活？你死我活才对。"令狐冲道："我本来说是'你死我活'。"岳灵珊道："你啊我啊的，缠夹不清，这一招谁都没死，便叫作'同生共死'好了。"令狐冲拍手叫好。岳灵珊一想"同生共死"这四字太过亲热，一撤剑，掉头便跑了。

由于这一组接,令狐冲唤起往日恋情就显得合情合理。而在听到林平之一声冷笑之后,令狐冲“胸口一酸,种种往事,霎时间都涌向心头,想起自己被师父罚去思过崖面壁思过,小师妹每日给自己送饭,一日大雪,二人竟在山洞共处一宵;又想起那日小师妹生病,二人相别日久,各怀相思之苦,但便在此时,不知如何,林平之竟讨得了她的欢心,自此之后,两人之间隔膜日深一日;又想起那日小师妹学得师娘所授的‘玉女剑十九式’后,来崖上与自己试招,自己心中酸苦,出手竟不容让……”这种将过去与眼前交错起来的组接方法,其功效等同于电影中的蒙太奇。

电影中还有“定格”:当观众以为影片情节未完时,银幕上却出现一个长久不变的固定画面,使观众浮想联翩,反复咀嚼。金庸小说的有些结尾,亦颇收“定格”的功效。如《雪山飞狐》止于胡斐举刀这个动作;《笑傲江湖》结束于盈盈幸福、顽皮的笑脸;《倚天屠龙记》则以张无忌“百感交集,也不知是喜是忧,手一颤,一枝笔掉在桌上”终结。这些也可看作金庸笔下的“定格”,余味无穷,启人遐想。

金庸还常常把小说中十分快速的打斗,在描述时分解成许多慢动作,给予读者细致精彩的解说。这或许也受到电影中“慢镜头”的启示。

至于《鹿鼎记》第32回,一边写陈圆圆追忆往事,满怀沧桑,一边写李自成与吴三桂拼死相搏,持续恶斗,犹如银幕上两个系列的画面交替出现,一会“淡入”,一会“淡出”。这也明显地运用了电影的手法,同样是金庸小说中的创新。

总之,金庸借鉴电影技巧对叙事艺术所做的试验和革新,不仅强化了小说的画面感与具象性,大大丰富了小说的表现手法,最大好处还在于调动了读者的想象力,通过一系列电影语言帮助读者参与形象的塑造,自行创造感觉,使小说阅读超越单纯的书面形态而进入无比活跃、宽广、栩栩如生的艺术天地。

参考文献：

[1]金庸，池田大作.对谈录(十一)[J].明报月刊，1998(2).

[2]金庸.碧血剑：下册[M].北京：生活·读书·新知三联书店，1994：826.

[3]金庸.韦小宝这小家伙[J].明报月刊，1981(10).

作者简介： 严家炎(1933—)，男，上海市人，北京大学中文系，教授，博士生导师，主要研究中国现代文学。

原文出处：《西南师范大学学报》(人文社会科学版)2005年第4期。

转　　载：《新华文摘》2005年8期论点摘要。

《留东外史》的"武侠小说"叙事语法

——论平江不肖生武侠小说创作的转型

李东芳

摘　要：平江不肖生从谴责留日学生道德不轨的《留东外史》到为爱国英雄霍元甲立传的武侠小说《近代侠义英雄传》，创作转型迅速取得成功。《留东外史》中叙述者的两种矛盾声音中隐含的情节模式，已经表露出作者后来武侠创作的主题思想。探寻其转型原因，一是作者一以贯之的个人无意识——强国保种的深化，二是寻找市民趣味和精英文化共同接纳的契合点。如果说由于对市民趣味的过度倾斜，使得《留东外史》蒙上"嫖界指南"的恶名；那么摒弃性描写，强化风俗描写，强化武术救国保种的主题思想，使得平江不肖生终于成功打造出现代武侠小说的领袖地位。这从另一个角度也反证出通俗文学被精英文化接纳的价值原则。

一、引言：从《近代侠义英雄传》回溯《留东外史》

作为民国武侠小说南派作家的领袖人物，平江不肖生以1922年上海《红杂志》第22期起连载的武侠小说《江湖奇侠传》而引领武侠小说热潮。而在当代武侠小说研究界则多公认他的《近代侠义英雄传》为"民国武侠小说中的扛鼎之作"。该书以近代大侠大刀王五和霍元甲的武术生涯为主要线索，贯穿起近代许多爱国武术家武术救国的感人故事。在此后的创作中，"武术救国"思想是平江不肖生一以贯之的主题。其实"武术救国"思想早在他留日期间的小说《留东外史》中已经流露，但它由于蒙上骂名而为研究者所回避，这让我有兴趣重新翻读这部作品，希望从中找到作者创作转向并迅速受到市民阶层和精英知识分子阶层共同认可的原因。

平江不肖生(1890—1957),原名向恺然,湖南平江人。出生于一个富裕家庭,其父向碧泉是个秀才,在乡间颇有文名。5 岁时,他就开始随父攻读。14 岁时,清政府废科举,改办学校,向氏考入长沙高等实业学堂,当时正值同盟会在东京成立,创办《民报》鼓吹革命,日本政府于 1905 年颁布《取缔清韩留日学生规则》,镇压中国留日学生的革命活动,陈天华投海自杀,长沙各界公葬陈天华,掀起政治风潮,向恺然因积极参与这次风潮被开除学籍,随后自费赴日留学。1913 年,向恺然回国参加了“倒袁运动”,任湖南讨袁第一军军法官。讨袁失败后,再赴日本,结交武术名家,精研武术。因不满于包括亡命客在内的所谓“留日”中国人,写了《留东外史》。1915 年回国,参加中华革命党江西支部,继续从事反袁活动。[1]112 后移居上海专事著述,多为讲述拳术的短篇文章。抗战中,曾随二十一集团军转战大别山区,任办公厅主任,并兼任安徽学院文学系教授。

台湾学者叶洪生说:“在向氏诸作中,尤以《近代侠义英雄传》体大思精,寓意深远,堪称武侠典范。它既为清末民初出入于现实与理想间的游侠立传,演叙武术源流历历如绘;复紧紧扣住时代脉动,为社会名绅及市井细民写心;进而彰民族大义、爱国精神,令人奋然思以强身、强种。”[2]《近代侠义英雄传》于 1923—1924 年间在世界书局出版的《侦探世界》杂志连载,几与《江湖奇侠传》同时。然而,和由女明星胡蝶主演、改编为电影《火烧红莲寺》从而一度红遍上海滩的《江湖奇侠传》相比,新文学家和当代研究者都更为看好《近代侠义英雄传》,后者的武术救国、强国主题无疑是被遴选的主要标准。

《近代侠义英雄传》第一回便声称:“这部书本是为近二十年来的侠义英雄写照。”[3]1 以清末大侠王五和霍元甲为全书中心人物,塑造了一代侠肝义胆的武林豪杰形象。其中最能表现作者爱国情绪的是神拳霍元甲“三打外国大力士”的传奇故事。“三打”的对象分别是俄、英、非洲的三位大力士,霍元甲执意与之比武,只是因为“(外国人)居然也敢到中国来耀武扬威,若竟无人给点儿厉害他看,就怪不得外国人瞧不起中国人,说中国人是病夫了”[3]413。

陈平原称“每种小说类型都有其区别于其它小说类型的基本叙事语

法”[4]190。作为南派武侠小说的开山之祖，平江不肖生是如何寻找并且构置这种基本的武侠小说叙事语法的呢？

其实，《留东外史》中已经蕴含着他后来武侠创作的基本叙事因子，比如富有侠气精神的中国人不惧外侮，和洋人“打擂台”这个核心场面屡屡出现。爱管闲事的主人公黄文汉，打的“抱不平”多和“国家”有关。这一“拳打洋人”模式在《近代侠义英雄传》中成为一个经典场面，不断被后世的小说家、电影家改编、复写，霍元甲成为中国人不惧外侮的文化符号，满足了一般民众积蓄压抑的民族心理。况且，清代武侠小说受到欢迎正是在“西洋的武力侵入中国之时”，可见平江不肖生善于捕捉时代心理，而促成其武侠小说畅销。

《留东外史》里好色却又有“侠”的精神气质、敢于与日本人对抗的黄文汉等人物，被颠倒和变形为《近代侠义英雄传》中“不近女色”的纯粹习武救国的民族英雄。这种对“男女之欲”叙事的反写，形成后世武侠小说的一个基本叙事语法元素，即侠客多不允许放纵自己的情欲，从而将武侠小说作为“脂粉之谈”的对立面，纯洁化了自己的类型身份。

《留东外史》出版后，即被蒙上“嫖界指南”的恶名，是因为书中不厌其烦地对如何勾引女子的各种手段津津乐道。周作人曾说过，《留东外史》的“价值本来只足与《九尾龟》相比，……那些描写显然是附属的，没有重要的意义，而且态度也是不诚实的”[5]。书中对如何吊膀子津津乐道，让人怀疑作者的道德倾向，尤为新文化运动的知识分子所不齿，被讥为有“诲淫”之嫌（如老舍写《二马》时，很担心与《留东外史》为伍）；然而其销量之好，充分说明了它能够迎合当时一般市民读者的趣味。

向恺然“自传”说其创作动机：“民国三年因愤慨一般亡命客的革命道德堕落，一般公费留学生不努力、不自爱，就开始著《留东外史》，专对以上两种人发动攻击。”[1]112 并因此不敢写出真名实姓，故名“平江不肖生”。在第一章“说源流不肖生晓舌，勾荡妇无赖子销魂”里说：“不肖生自明治四十年即来此地，……既非亡命，又不经商，用着祖先遗物，说不读书，也曾进学堂，也曾毕过业。说是实心求学，一月倒有二十五日在花天酒地中。近年来，祖遗将罄，游兴亦阑”，基本上可以作为“不肖”的含义。[6]1-2 然而在连篇累牍地描写留日学生道德堕落，专门勾引日本女子的无耻意象反复出现时，我们怀疑这种描写是否构成了对那种投机钻营的留日学生的“攻击”，因为在展现这些无耻之徒的秽行时，叙述者又不由自主地进行维护，这两种矛盾的声音体现在作品隐含的情节模式上。

《留东外史》表层叙事如作者标榜，是攻击当年流亡日本的革命党人。作者一开头描述民国初年留日学生的情况是：“原来我国的人，现在日本的虽有一万多，然除了公使馆各职员及各省经理员外，大约可分为四种：第一种是公费或自费在这里实心求学的；第二种是将着资本在这里经商的；第三种是使着国家公费，在这里也不经商、也不求学，专一讲嫖经、读食谱的；第四种是二次革命失败，亡命来的。第一种与第二种，每日有一定的功课职业，不能自由行动。第三种既安心虚费着国家公款，饱食终日，无所用心，就不因不由的有种种风流趣话演了出来。第四种亡命客，就更有趣了。诸君须知，此次的亡命客与前清的亡命客大有分别。前清的亡命客，多是穷苦万状，仗着热心毅力，拼的颈血头颅，以纠合同志，唤起国民。今日的亡命客则反其事了。凡来在这里的，多半有卷来的款项，人数较前清时又多了几倍。人数既多，就贤愚杂出，每日里丰衣足食。”[6]1 并说，主要是第三种和第四种留日学生。小说中试图描写两个留日学生世界：一个是卑鄙、肮脏、淫乱、滑稽、荒唐；一个则是有正义感、富有爱国热忱。前者的代表是周撰、王甫察；后者的代表是吴大銮、黄文汉。

但是作品中的深层叙事却是隐含的两个重要情节模式：一个是中国男子对日本女子的性征服；第二个则是中国男子在武术擂台上对抗日本人的连连得胜。如果把它放在辛亥前后日中强弱关系的背景中，还是可以发现作者想要表达一种民族情绪，虽然这种情绪表现方式未必高明。

二、情节模式之一：“中国功夫”对抗日本/西方人的胜利

从好色却又任侠仗义的黄文汉身上，可以见到作者对他的偏爱，正是由于他以“中国功夫”对抗日本人的无畏。“为人颇聪明，知道两手拳脚”的留日学生黄文汉，有时也去上课，既好酒又嗜色，“与嫖字上讲功夫，能独树一帜”，他和臭名昭著的周撰合称“北黄南周”。他勾引女子的绝招是吹牛皮：“曾著‘牛皮学’讲义万余言，内载有数十种的吹法。说是若能依法吹得圆

熟,像中国这种社会,只须一阵牛皮,就能吹上将坛,吹入内阁。”待女子识破他的牛皮,他则借口要挟:“或说要告知其父母,或说要宣布其秘密,使那女人害怕,服服帖帖地跟他。”勾引女子的招数被总结为“吹要警拉强”,即吹牛、要挟、串通警察、拉皮条、动武。[6]22

但是这么一个好色人物,偏有侠肝义胆,在日本人面前最有胆量对抗。作者着墨甚多的场景,就是黄文汉等人公然对抗日本人。

第四章讲到黄文汉和郑绍畋一起去找日本妓女,碰到两个日本兵,受到日本妓女的冷遇,黄文汉当即“一拳已打跌了一个”,另一个“视黄文汉凶猛,不敢上前”,正是“中国功夫”捍卫了“尊严”。[6]25

第九章写到黄文汉教训日本警察。黄和郑二人在街上打着赤脚走路,被警察拦住。警察说:“你难道不知道法律吗?怎么敢公然打着赤脚在街上走?你们中国下等社会人打赤脚,没有法律禁止。既到我日本,受了文明教育,应该知道我日本的法律,不能由你在中国一样的胡闹。”黄文汉等警察来到近前,手一起,警察已经跌进了岗棚,爬起来拔刀欲砍,黄文汉一把按住他执刀的手腕,仰天打了个哈哈。作者不无夸张地描述,单只黄文汉那个哈哈,就“如鹄鸣如豹吼”,“如青天霹雳”,警察那拔刀时的勇气,不知吓往哪儿去了。黄文汉不但几下就下了警察的刀,还振振有词地教育了一番:“你这种不懂事的警察,在我中国下等社会中也没有见过,……你这种态度,莫说对外国人不可,就是对你日本人也不可。你今晚受了我的教训,以后对我们中国人宜格外恭敬些才对。”[6]59—60

日本陆军少尉中村清八拜访黄文汉,中村有意挑衅,“穿一件白纱和服,并未系裙”,见客而不系裙,很不礼貌,他是专为显示日本的强势地位,羞辱黄文汉。中村问道:“贵国是清国么?”黄:“不是。”中村:“日本吗?”黄:“不是。”中村:“那就是朝鲜了。”黄:“不是。”中村:“那么是哪里哩?”黄正色道:“是世界各国公认的中华民国。”接着,黄文汉又款款说道:“我看世界上的国家,最危险最没有希望的,就是你日本。你还得什么意!我是个中国学生,你是个日本军人,彼此风马牛不相及,要寻人闲谈消遣,未尝不可。只是须大家尊重人格。什么话不可说,何必拿着国家强弱来相较量?如定要争强斗胜,我们不在疆场,就只有腕力的解决。”结果吓跑了中村清八。[6]105—108

第三十三章写黄文汉和日本人比试剑术、拳术、射箭,大获全胜。其实黄的得胜全是因为规则和招数不同，如用中国拳术胜了吉川的剑术和今井的柔道，作者并不管这“胜利”的水分，反倒对黄文汉的“胆识”有几分欣赏。[6]292－293

黄文汉观看“相扑”，受激比试，并不用实力，而是中国功夫加上一点中国“智慧”。小说很精彩地描写了得胜的关键——腰带的奥妙。第一场比试，黄文汉先是“使气将肚子一鼓，那腰带直陷入腰眼里去了”，使日本大汉抢不着腰带。第二场，黄文汉不得不按照比赛要求，将腰带松松系上，却“虚系在腰里，并未打结”，大汉抓到了腰带，腰带却早离了黄文汉的腰。第三次，黄文汉被日本人亲自系了腰带，却又用中国拳术躲过，并露了一下脚上功夫，让一根灯柱掉下一块，众人心服。黄文汉虽然脚上受了大创，精神上却觉得异常愉快。因而再次大获全胜，为中国人争了面子。正是这样一个总是在个人武力角逐中大获全胜的黄文汉，捍卫着个人/民族尊严。[6]422－423

双十国庆，黄文汉等聚众喧哗，骚扰邻里，日本人前来质问。他却义正词严：“今日十月十日，是敝国的国庆纪念日，敝国脱离数千年的专制政府，新建共和，国庆纪念的这一日，是应该竭欢庆祝的。虽在他人国内，只要没有妨害治安的行动，旁人安得加以无礼的干涉！”舌战前来质问的日本人，又获胜利。[6]587

这样一个颇有豪侠之风的黄文汉，对于女人却是喜新厌旧，只有“欲”而无“情”。对女人颇为随意的黄文汉，后来碰到委身于他的日本妓门出身的圆子，却表现得有情有义，更显得“英雄多情”。他并不是正人君子，在电车上对粉妆玉琢的胡女士借机“揩油”，就显出这是个无视儒家规范的侠客式的“英雄”。

叙述者一再让会几下中国武术的中国留学生在擂台上以个体的拳脚功夫战胜日本人和西方人，若和中日战场上国人的失败体验联系起来，这就颇有意味。我们看到，在叙述者的视野里，在个体中国人对个体日本人或西方人的角逐比试中，“中国功夫”的个体胜利，想象性地解构掉了中国在战场上的集体失败经验。在叙述者的这种民族情绪支配下，黄文汉的不务正业、好酒嗜色、狎妓出游等行为，都因为在和日本人的对抗中显示出的民族尊严，从而减弱了道德谴责的意味，反倒因此具有“侠”的特点。

侠，是在与儒道法墨等中国文化基本要素的交互影响中形成的一种个性气质以及行为方式。作者不厌其烦地描述黄文汉的任侠仗义，不畏日本人的强权，正是突出其侠客精神——要求在现实社会中获得正义、公平和自由。在中国历史上，侠一度活跃于民间，肩负着下层百姓的社会理想和正义之气。黄文汉基本符合这一人物类型的特征，他精通中华武术，对女性抱随意态度，但又重情；为人行事只遵循自己的道德原则，特别是具有强烈的民族主义情绪。比如他好酒嗜色，是个酒色之徒；却又故意无视日本人的法规，故意赤脚走路，双十节聚会喧哗，我行我素，并能或以武力或以智慧得胜。再如和日本兵争风一场，两个日本妓女怠慢了他们，黄文汉主动挑衅，"日本又不像中国，可以借势欺人"。因为他深知，"日本有身份的人顾忌名誉"。所以，日本兵只有吃不讲名誉的中国人的亏，黄文汉不仅让他们不能"独揽"妓女，而且还讹诈他们一顿饭，让他们一块儿吃饭做东，甚至抢夺了他们的外套，方才了事。最终两个日本兵连连道歉："算是我们错了，我和你赔不是，以后再不敢惹你了。"[6]25-26 在作者看来，虽然黄文汉的敢作敢为有一定的无赖成分，但因对手是日本人，就显出"强悍"和不惮强者的侠气来，而且对手是日本人，黄文汉简直就成了一个民族英雄。

《留东外史》续集中的萧熙寿，也是愿为中国人争一口气的侠义之士。他路过三崎座，看到广告牌上写着"六国大竞技"，有"英国、奥国、意国、葡国、美国力士团共十二人，来日本与柔术家大竞技"[7]，就想，应该有中国人参与。于是自荐参加，但是比试中，却屡屡被日本人诈称"犯规"而无法战胜。但是其主动参与的热情，和日本人对他的限制与惧怕，充分说明了中国人"必胜"的实力。

官场腐败，国家积弱，作者一腔民族不平之气只有寄于个体身上，每当个体的中国人无论运用什么手段，和日本人对抗得胜，都意味着对中日甲午战争失败的颠覆。黄文汉利用舌战和中华武术上阵均取得胜利的故事，表明了作家强烈的受到压抑的个人无意识。精神分析学派认为，艺术就是凭借幻想来满足自己的愿望，文学就是作家的一场白日梦。弗洛伊德认为："艺术家原来是这样的人，他离开现实，因为他无法做到放弃最初形成的本能满足。在想象的生活中则允许他充分地施展性欲和野心。"[8]正是作者在留日期间遭遇的身份认同危机，才使得他把弱势民族身份的抑郁之气投射到文字中，完成白日梦中的想象性宣泄和释放。

三、情节模式之二：中国男人对日本女人的性征服

《留东外史》把日本描写成一个充满卖淫风气、道德低下的国家。如留学生周撰说：“日本女子有种特性，只怕不能时常看见。凡得时常看见的，只要自己不十分丑陋，就没有弄不到手的，除了他丈夫朝夕守着。”[6]8 还吹嘘道：“不吹牛皮，我在日本，除非他皇宫里没有去嫖过，余都领略过来。……殊不知那淫卖国的根性，虽至海枯石烂，也不得磨灭。”[6]111－112 借郑绍畋之口，说出日本是世界上公认的卖淫国，日本女子只有“卖淫、当下女、充艺徒、做苦工”[6]65 几种。这样读解日本文化，他们是为自己的“嫖”做辩解：“贵国不是从有留学生才有淫卖妇的，是留学生见贵国有淫卖妇可嫖才嫖的。”[6]85 “日本人具有一种特性，无论什么人，只要有钱给他，便是他自己的女人姊妹，都可绍介给人家睡的。”[6]330－331 并且，诬蔑日本著名女子教育家下田歌子，以“当淫卖妇为女子第一要义”[6]112 教育日本女子，才是最有效力的爱国；这不啻为对日本文化的刻意扭曲。正如鲁迅引述日本汉学家安冈秀夫对《留东外史》的看法：“安冈氏又说，‘去今十余年前，有……称为《留东外史》这一种不知作者的小说，似乎是记事实，大概是以恶意地描写日本人的性底不道德为目的的。然而通读全篇，较之攻击日本人，倒是不识不知地将支那留学生的不品行，特地费了力招供出来的地方更其多，是滑稽的事。’”[9] 这种对日本文化的读解全然不能当真。

仿佛正是日本的不良风气，才使得他们这班留学生玩物丧志，如有人叱骂周撰：“女人本是两脚狐，一入女人万事无。可怜祖国苍生血，供养倭姬叫不敷。”[6]123 留学生们多将日本比作一个专事勾引中国男子的狐狸精，在钻研“嫖学”，争风吃醋，甚至在彼此叱骂、描述中国留学生为了吊膀子、千方百计勾引女子的种种不堪的同时，他们还保有道德上的优越感。仿佛好端端的中国精英，一到了日本，就全然不知廉耻，不仅互相探讨“嫖学”，取经钻研，而且还干尽了欺诈、勒索、撒谎、反目为仇等等丑剧。尽管如此，还对日本充满了大国文化的优越心态。这是因为中国传统文化主要是一种道德文化，在他们眼里，既然日本是个道德低下的国家，那么它虽在战争中战胜了中国，但是在道德上却是居于下风的。

小说里随处可见的是，中国男留学生偶然遇到一个相貌可人的日本女子，便设计如何吊膀子，无非花钱、赠物、眉目传情等，最终以肉体结合为结束。作者并不属意进行性描写，而是津津乐道于“吊”的过程，一旦说到两相情愿地相与相从，也就戛然而止。综观全书，比比皆是这类故事，男留学生多冒充有钱的官员或者阔少，引动日本女子的虚荣心，从而很容易使男学生达到目的。这是个空前的没有歧视和不平等的世界，一方是有着翩翩风度和留学身份以及可观资财、归国后有“好位置”的中国留学生，一方是色艺双全的日本佳人，实际上就是钱和色的交易，并由于“中国”在此是财大气粗的男性主体，“日本”在此是图谋以美色换取终身保障的女性客体，作者的津津于此类雷同故事，不能说没有民族情绪在想象中的胜利，尽管这种“民族情绪”是何等的狭隘和幼稚。

男留学生“吊”到手的日本女子多是暗娼和妓女，并非良家女子，因而减少了对其荒唐和欺骗手段（比如厌烦之后，就弃之而去）的道德谴责。周撰最先勾引到的松子，其实是假扮女学生的暗娼。黄文汉的圆子，也是妓院出身。当然也有良家女子，男留学生为其美色所流连，往往多费工夫，但总能得手。比如张孝友，一掷千金地摆出阔少姿态，无奈波子乃良家女子，就一心想只有通过结婚，才能得到波子。花得无钱了，就“拟了个病重的电报”，向家里要钱。直到最后因为没钱而心急如焚，就不辞而别。王甫察将纯洁无辜的藤子骗到手，一去不返。如果说，中国男子的所谓“尊严”和体面，已经在中日战场上的挫败中丧失殆尽，那么通过勾引日本女子获得肉体欢娱，证明自己的性别特征尚存，获得心理满足，只能反证“中国”的孱弱。实际上，在中国男留学生和女子（尤指日本女子）的关系模式中，中国男子因为相貌齐整、挥金如土而赢得女子们的青睐，又恰好说明“富有”之于贫穷、强之于弱的支配关系指涉着的主体地位，要靠“富有”和“强”的手段才可能获得。

从叙述者对女性的描述看，无论中日女子，一律是中国男人色欲目光下注视的对象。日本女子或是天生淫荡，以勾引男子得钱为生；或者是纯情易骗，一旦失身或爱上男子，便忠诚不贰。中国女留学生则也是或淫荡，如讲革命的新派人物胡蕴玉，以玩弄男子为乐；或是头脑简单、容易上当，如陈蒿。从对女性形象的塑造上，可以看出作者出于男权中心的思想观念，对走出家门的新女性有刻意丑化的痕迹。她们的世界只是男人，而中国男人的世界才是民族国家。这样，他们勾引日本女子，就有了民族英雄的快意，如周撰向陈蒿解释他从前对松子的欺骗，只强调她是个日本淫卖妇，就得到陈蒿的谅解。

留学生的种种丑行，除了研究吊膀子的"嫖学"之外，肉体之欢是他们的留学目的，他们的"聪明才智"几乎都用在"嫖"上，为此而不惜欺骗和出卖朋友，并引以为荣。比如王甫察，同乡生病住院，他却借机勾引护士，并偷窃藏匿死者的500元汇票；谎言欺骗好友吴嘉召，得到钱后，又去荒唐；摆派头骗了旅馆200块钱，甚至在欺骗相好的妓女梅太郎并得了她的积蓄后，又去骗嫖梅太郎的姐姐多贺子；最终，使得贞洁的藤子也成了囊中物，又一去不返，可谓天良丧尽。性的意义本身就是一种文化体验，它一方面表现为人在现实生活中的自我感受方式，另一方面又表现为个体的生存状况与文化实践形态之一。小说对他们的肉体之欢并无细节描述，更无隐喻化的曲折叙述，可见作者的本意不在于此，而是对如何费尽心思勾引女子上钩的过程详加描写，一旦大功告成，最多加一两句"交颈叠股"，这段故事就告一段落。

作者在着力批判留日学生们性道德的不轨时，隐隐有某种赏鉴倾向，对男性之于女性的占有和玩弄有一种快感，仿佛证明了自身的价值和尊严，女性被玩弄和欺骗后还恋恋于他们，更加强了中国男子的"尊严"和价值，加强了他们的自恋妄想。他们以勾引女子时的互相拆台、竭尽欺骗为能事，见利忘义才是作者不露声色的批判之处。他们显然不是君子，然而偏偏中国的政治命运掌握于他们手中，回国后这帮留学生多是政府官员，作者对当下政治的失望可见一斑。

在巴赫金的狂欢诗学里，由于性和肉体的欲望具有潜在的颠覆性和解放性，它属于狂欢节的一部分，在狂欢节的特定时空之内，人们得以从现存的权力秩序中摆脱，一切既有的等级、限制、规矩均得以消除。从这个意义上，《留东外史》里留学生们沉溺于肉体之欢，不务正业，也具有颠覆日本之于中国的强/弱等级关系的含义。其实，黄文汉们貌似得胜的策略，诸如强词夺理，以无赖哲学对抗讲身份、讲规则的日本人，又何尝不是狂欢节的逻辑呢？如果抛弃作者对女性赏玩心理的负面倾向，从中国男子之于日本女子的关系上着眼，这些“嫖学”故事是和晚清以来的专写妓院生活的狎邪小说有所区别的。它隐晦地折射了中国男子的“大国”自居的心态，因无力改变积弱事实，只有性的消费和对女人的占有和征服才能使这些在疆场上失败的中国男子变成自我想象的“英雄”，想象性地释放出对民族国家无所认同的心理焦虑。

四、《留东外史》对作者转向武侠小说的启示

《留东外史》里时常纠缠着两种矛盾的声音：一方面在批判这些不务正业，只讲吃喝嫖赌的留日学生的恶行；另一方面对他们在日本人面前表现出的“民族气概”表示嘉许。在叙述者看来，他们留学日本，却不学无术，以勾引日本女子为主业，是不折不扣的流氓；然而叙述者又觉得他们玩弄的女性对象是当时为中国带来民族危机的日本人，因而这种不择手段地勾引和抛弃玩弄女性的伎俩反倒因此而具有民族主义的“英雄”感。于是乎，我们看到男权意识形态中男性之于女性的支配关系，个体的武勇战胜另一个男性个体的武力竞技关系，都和积弱的中国与空前强大起来的日本之间的关系画上了同构的等号，似乎以挑逗、玩弄日本女子（包括妓女）为快的“嫖界”故事，似乎男性个体胜利于擂台上的打擂故事，都使得在甲午战争中战败，在日本人面前抬不起头来的中国男子（无论是主人公、作者，还是男性为主的读者）在文本的想象性空间内获得了写作快感和阅读快感，仿佛日本之于中国在现实中的强势关系一下子为此颠覆。

这种矛盾的叙述声音暴露出作者那种压抑已久的个人无意识，即强国保种的主题思想，这一动机支持着他的创作迅速转向，并能够在得到主流文坛认可的情形下迅速走红。

包天笑《钏影楼回忆录》说：“《留东外史》……出版后，销数大佳，于是海上同文，知有平江不肖生其人。”[1]113 但是转向武侠的向恺然并不只是将《留东外史》带给他的“名”作为畅销小说家的资本，而且保留了其中的风俗描写技巧。和主流文坛对《留东外史》的批判不同，沈从文曾对《留东外史》的记人记事描写技巧大加称赞：“辛亥革命的大动力，为留日学生和新军。……

至于记叙这个时代留学生的种种活动，写得有声有色，人物性格背景突出，‘五四’前最有号召力一个小说作品，实应数湖南新化人‘平江不肖生’向恺然先生写的《留东外史》。这个作品连缀当时留日学生若干故事，用章回谴责小说体裁写成。一般来说，虽然因为对于当时革命派学生行动也带有讽刺态度，常常被人把它称为‘礼拜六’派代表作品，亦即新文学运动所致力攻击的‘黑幕派’作品之一看待。然吾人若能超越时代所作成的偏见来认识来欣赏时，即可知作者一支笔写人写事所表现的优秀技术，给读者印象却必然是褒多于贬。且迄今为止，即未见到其他新作品处理同一题材，能作更广泛的接触，更深刻完整的表现。”[10]

从题材角度看民国初年中国留学生在日本的生活状况和心理状况，该书确是当时独一无二的。单看小说中把有异域风情的日本人的生活习俗描写得生动、鲜活，就是一大长处。如有人认为，《留东外史》使人既可以真实地了解部分留学生的生活实况，又能从中了解海外有关国家的社会生活和民俗民风，甚至补充了日本人对本国的若干民俗民风的知识。中国小说里的外国，在《山海经》《西游记》《镜花缘》等作品中均有过描绘，但多是运用夸张、虚拟的笔法，王韬笔下的外国还不脱海外仙山的痕迹，《孽海花》里的欧洲缺乏生气，而《留东外史》却以写实地描绘异国风情而赢得众多读者的欢迎。

比如第十三章写黄文汉去找旧相识艺妓千代子，唱日本歌曲《追分曲》。黄文汉介绍《追分曲》：“在明治维新以前，越后箱根的交通不便，那旅行的人，都骑着马翻山越岭的走，马夫……信口编成一种歌，发抒自己的郁结。……(有一支)却用反写。说我一见北山的雨，便想到越后的雪。我那越后，就是夏天，也是有雪的。……虽是流泪舍不得，于今则想起越后的风，都是讨厌的。……意思却仍是舍不得越后，故一见北山的雨，即触动了他自己的乡思。”只听黄文汉弹着三弦，唱道：“北山微雨雨迷濛，越后雪飘入思中，越后夏日雪蔽空。离越后时泪涟涟，如今反厌越后风。”[6]100－101 读者一下子领略到浓浓的日本风情，并对日本的传统音乐有所了解。

《留东外史》既没有给平江不肖生带来文坛的美誉，也没有带来现实的好处，据说因为得罪了书中的原型人物，做了官的“人物”使得向恺然一度没有安身之所。但是职业作家对于市场的敏锐嗅觉,使得他迅速从备受压抑的个人无意识中寻找到和主流文坛以及市场大众的契合点。

在《江湖奇侠传》中,作者弃绝了精英文化深恶痛绝的人性恶的描写,而保持并加强了风俗描写,湖南的民风民俗是其中一大看点,并且延续了中国读者接受神怪小说的审美习惯,将武侠小说神魔化,一时间竟洛阳纸贵。据郑逸梅《武侠小说的通病》说,当时"那个付诸劫灰的东方图书馆"里,《江湖奇侠传》竟然被翻得"书页破烂,字迹模糊",不得已一度购买新书 14 次,可见其风行程度。[11]但此后的《近代侠义英雄传》,则绝对地反感侠客对女人用情,仿佛正如作者在《江湖奇侠传》第 88 回中声称,对于习武的人来说,"越是不近女色越好"。作者的题材转向可谓使武侠小说作为"淫词艳曲"的对立面的类型身份更加纯粹了。男女之欲一度是武侠小说家描写侠客修道行侠的障碍,也是被市民读者认可的武侠小说类型的要求。我们通过对《留东外史》的分析,可以发现从蒙羞"嫖界指南"骂名而转向为武侠小说的向恺然,弃绝描写男女之欲,而保留了武术救国强种的主题思路,从而受到广泛欢迎,使得平江不肖生终于赢得市民趣味和精英文化的共同认可,而成功打造出近代武侠南派小说的领袖地位。这一个案也从另一个角度反证出精英文化接纳通俗文学的价值原则,仍然是将其置于民族救亡的宏大叙事结构中来评价。

参考文献:

[1]张赣生.民国通俗小说论稿[M].重庆:重庆出版社,1991.

[2]叶洪生.论剑——武侠小说谈艺录[M].上海:学林出版社,1997:89.

[3]平江不肖生.大刀王五、霍元甲侠义英雄传[M].长沙:岳麓书社,1984.

[4]陈平原.千古文人侠客梦——武侠小说类型研究[M].北京:人民文学出版社,1992.

[5]周作人.沉沦[M]//周作人.自己的园地.石家庄:河北教育出版社,2002:61.

[6]不肖生.留东外史[M].北京:中国华侨出版社,1998.

[7]不肖生.留东外史续集[M].北京:中国华侨出版社,1998:44.

[8]弗洛伊德.弗洛伊德著作选[M].里克曼,选编;贺明明,译.成都:四川人民出

版社,1986:54—55.

[9]鲁迅.马上支日记[M]//鲁迅.华盖集续编.北京:人民文学出版社,1973.

[10]沈从文.湘人对于新文学运动的贡献[M]//沈从文.沈从文文集:第12卷文论.广州:花城出版社,1984:194—195.

[11]陈颖.中国英雄侠义小说通史[M].南京:江苏教育出版社,1998:185.

作者简介:李东芳(1972—),女,山西大同人,北京语言大学汉语进修学院,讲师,文学博士,主要研究中国现当代文学。

原文出处:《西南师范大学学报》(人文社会科学版)2006年第6期。

转　　载:人大复印资料《中国现代、当代文学研究》2007年1期全文转载。

美学修改与道德修改：论金庸小说再修改

寇鹏程，韩云波

摘　要：世纪之交金庸对自己作品的再一次修改，显示出有三对逻辑关系需要认真处理，即创作逻辑与修改逻辑、科学逻辑与艺术逻辑、生活逻辑与审美逻辑。从金庸先生再修改的整体情况来看，是外在的科学律、道德律大于内在的艺术律，美学修改的成分少，"道德"修改的成分多，这种大规模的全面再修改应该慎重。

自从1955年金庸开始创作武侠小说，就持续创造着一个伟大的传奇。而在1972年金庸宣称"退出江湖"之后，金庸不断修订其全部武侠小说，到今天已经有了三个版本：1955年至1972年的初稿，主要以报刊连载形式发表，称为连载本，目前已很难看到；1970年起，金庸着手修订所有作品，到1980年完成，以《金庸作品集》之名出版，共36册，称为新版，大陆地区由三联书店出版，称为"三联版"；1999年，金庸重新开始修订工作，称为新修版或第三版，至今已全部完成，并结集出版。

修改自己的作品是作者自己的权力，但另一方面也会颠覆已经在读者中建立起来的既有印象，尤其是像金庸小说这样的"流行经典"，更易造成种种争议乃至混乱。金庸在第三版的修改过程中，不时透露出来的一些信息，在网上引起了极大争议。2007年底以来，学术界也出现了一些反对的声音，如汤哲声认为金庸完全没有必要修改，认为"在听取别人意见的同时，金庸先生更应该尊重自己当年处于创作爆发期的灵感"[1]；马睿也认为，金庸的这一次修改，"就金庸对武侠小说这一文体的贡献来看，并没有新的突破"[2]。当然，也有一些学者希望能够允执厥中，探寻金庸小说再修改的深层次内在原因，比如韩云波就认为，金庸小说再修改的内在动力，是金庸希望将自己的作品由“流行经典”变成“历史经典”[3]。

无论人们是否赞成金庸小说再修改，到今天，金庸小说第三版已成为一个不可改变的既成事实。那么，与其多谈赞成与反对，不如多谈成功与失败。因此，本文拟在已就纵向流传角度探寻金庸小说从“流行经典”到“历史经典”的内在动力机制基础上，再进一步从横向提升角度探讨金庸小说再修改中“美学修改”与“道德修改”的矛盾及其实际效果，具体从创作与修改、科学与艺术、生活与审美三对逻辑关系入手来进行分析。

一、创作逻辑与修改逻辑

在讨论金庸小说再修改之前，有一个重要的逻辑事实需要确认，即创作与修改是否属于同一逻辑关系。

当年，欧阳修用八百里快马追回自己写的《昼锦堂记》，把文章开头一句“仕宦至将相，富贵归故乡”改成了“仕宦而至将相，富贵而归故乡”，然后心安理得，觉得是完成了一件大事。但这种增加两个“而”字的修改在一般读者看来似乎可有可无，大可不必如此兴师动众。这样看来，作家修改作品的“微言大义”，一般读者似乎并不能深味个中三昧。这次金庸先生全面修改自己的作品，似乎就有点这个意思。修改惹得很多“金迷”强烈抗议，他们扼腕叹息，认为金庸这是“糟蹋”了自己的作品，由潇洒不羁的“金大侠”蜕变成了婆婆妈妈的“琼瑶奶奶”。一些网友毫不领情地批评金庸此举是“自废武功”“挥刀自宫”，把好好的作品变成了“现代肥皂剧”，毁了金先生“一世英名”，是老年金庸的一大“败笔”。有的“金迷”还发起“罢读”联盟，抵制新修版；有的读者批评金庸为了版税，利欲熏心；有的人干脆骂起街来，认为金庸“老糊涂了”，是想要“不朽”，失去了“大侠”的风范。金庸先生看到这些，也许会痛心疾首自己的良苦用心竟不被理解。

本来，修改自己的作品在文学史上是常有的事情，没什么大惊小怪。多少诗人“吟安一个字，捻断数茎须”，弄得“郊寒岛瘦”也在所不惜。歌德24岁开始写《浮士德》，84岁才终于完成，反复修改终成千古绝唱。《红楼梦》也

"增删五次，批阅十载"才得以面世。历史上字斟句酌的"推敲""一字之师"等佳话不胜枚举。为何金庸改不得？这主要是因为修改本身是一把双刃剑。好的作品并不一定都需要反复修改，同样是歌德，一部《少年维特之烦恼》仅仅半个月就一气呵成，成为不刊之论，成为文学史上的经典。也有反复修改反倒把经典改成庸作的现象，比如1949年后，巴金、老舍、曹禺等都对自己前期的代表作品《家》《骆驼祥子》《雷雨》等进行过"改造"，但修改后作品的艺术性却打了折扣，远不如前了。所以，"按照美的规律"进行的修改就会锦上添花，反之恐怕就是画虎不成反类犬了。因此，文学修改本身并没有直接的对和错，修改本身是复杂的，它的作用是双面的。

在总体上来说，金庸这次修改基于"责任"的"道德"修改大于美学的修改，是勉强的。因为他没有按照艺术的内在规律来对待艺术，更多的是用一些外在的道德律、科学律来修改作品，没有按照艺术的逻辑而更多的是按照理性的逻辑来修改作品，没有按照审美的超越方式而是按照日常生活的功利方式来处理情节，说教的成分多了而想象的成分少了，客观的成分多了而激情的成分少了，世俗的成分多了而理想的成分少了，美学的修改少了而知识的修改多了，这些都使得作品艺术性退化而庸常性增加了。

二、科学逻辑与艺术逻辑

之所以说这次修改是勉强的，是因为金庸试图用科学的逻辑代替艺术的逻辑，追求更加客观正确的效果，而这恰恰减损了作品的艺术性。对那些以科学的标准来要求艺术的批评，本来大可不必太认真，这在艺术史上是常有的事情，金庸小说作品本身也曾遇到过要以物理学的定律来衡量郭靖等人武功的无理苛求[4]。又如卢纶《和张仆射塞下曲》："月黑雁飞高，单于夜遁逃。欲将轻骑逐，大雪满弓刀。"华罗庚曾写过一首诗批评说："北方大雪时，群雁早南归。月黑天高处，怎见得雁飞？"[5]这就是用科学的眼光来评价艺术。此类逻辑在古代就有，杜牧写了一首《江南春》："千里莺啼绿映红，水村山郭酒旗风。南朝四百八十寺，多少楼台烟雨中。"明代杨慎《升庵诗话》卷八批评说："千里莺啼，谁人听得？千里绿映红，谁人见得？若作十里，则莺啼绿红之景，村郭楼台，僧寺酒旗，皆在其中矣。”面对这些批评，我们恐怕不会真的去把“千里莺啼”改成“十里莺啼”，把“月黑雁飞高”改成“月白雁飞高”。因为艺术有自己的逻辑，不同于科学的客观性和确定性。科学中不可能的事情，艺术中却是可能的。杜丽娘“生者可以死，死者可以生”，梁、祝化蝶成双，在科学中不能，在艺术中却可以。孙悟空七十二变，聊斋花妖狐媚，科学中似乎不可能，艺术中却是可能的。按照科学逻辑，地球上的月光一样的明亮，但在艺术中偏偏“月是故乡明”；同一片枫叶，一个看去“霜叶红于二月花”，一个却是“晓来谁染霜林醉，总是离人泪”。所以，艺术的逻辑不同于科学的逻辑，以科学的逻辑要求艺术是一种“错位”。

但在这次修改中，金庸先生的一大出发点就是试图解决所谓“漏洞”问题，对许多情节做出“合理”的解释，笔者认为这是对“科学主义”的一种误解。比如，有人怀疑陈玄风如何能将数千字的《九阴真经》下卷刻在自己胸腹皮肤上，那么，且不说侠客“神通”广大，刻下这部真经完全可能，单说这个情节本身是相当成功的一个神奇想象，这正是武侠作品神奇玄幻令人想象无穷的地方，是令人拍案叫绝的神来之笔，是一个美妙的情节，根本用不着理会解释。但在新修版中，金庸却对《九阴真经》的原始本、首抄本、二抄本的来龙去脉一一进行解释，对陈玄风的刻写进行解释，结果这个富有想象力的情节变成了一杯索然无味的白开水。再如欧阳锋的“蛤蟆功”为何能释放极强的爆发力？黄蓉为何叫郭靖“靖哥哥”？蒙古军队为何有汉人大将？守宫砂是否真有其事？宋代才女为何唱元曲？建宁公主最早怀孕，她怎么可能比阿珂、苏荃更晚生产呢？连韦春芳都不记得韦小宝的年纪，但在通吃岛上，韦公与众夫人排年岁大小时，为何竟连差几月几天都算得清清楚楚？……这些问题，金庸都要依据史实或者自己的想法来一一回答，简直成了一个“答辩会”。且不说是否真的是错误，即使是，也许会像纸币和邮票错版因为错误而升值，用不着把“错误”全部销毁，单说这些问题本身，它们并不是“错误”，而是一个个留待读者想象的空间。

实际上，金庸作品留下的这些“空白”正是“召唤”读者自己来“具体化”作品的成功之处，它不需要金庸自己来反复地注释论证。而现在，金庸偏偏要一个问题一个问题来回答，把这些引起读者议论的地方都“圆通”了，堵住读者的嘴了，那读者反倒没事做了，这样倒是更严密了，但作为文学作品，却更失败了。金庸是陷入了一个读者疑问的“圈套”了，被读者牵着走了，想让所有读者满意，结果却让更多的读者失望。因为读者有“理想的读者”“合格的读者”，是谓“知音”。但也有“不及格的读者”，望文生义，牵强附会，或者张冠李戴，混淆是非，或者不懂艺术规律，只以生活常识待之的读者。所以，对于读者，也必须甄别，不必都来回应，让他们自己去自由讨论。读者的金庸世界也是一个独立的世界，与金庸的金庸世界是两个不同的天地。

文学作品不是历史著作，也不是科研论文。“尹志平”与历史上真正的那个“尹志平”不是一一对应的，“西藏血刀门”与历史上的藏传佛教也没有关系，大可不必改来改去，《易筋经》也大可不必改为《神足经》来“名实相符”，地理名称、行政区划也不必完全依当时文献所载一一对应更改，真正需要审美享受的读者是不会翻查历史著作来一一对号入座的。上面提到的那些疑问，“一千个读者有一千个解释”才是可行之道，而不是金庸自己通过修改来给出一个唯一的“正确答案”。在新批评文论里，他们认为作品一旦产生，作者就死了，对自己的作品也没有权力任意改变了。而金庸一而再，再而三修改自己的作品，恐怕最后弄成一个“四不像”的大杂烩，因为现在他是在多重逻辑、多重目的之下重新审视自己的作品，这种混乱在所难免。

在新修版中，金庸特别加重了“知识性”内容的比重。也许是人生阅历大大增加了，文化积累越来越丰富了，知识越来越渊博了，金庸恨不能把所学的东西作为新增内容“倾囊以授”地灌输给大家。所以，金庸新增大量《易经》、佛经、《可兰经》的阐释。为了更详细地诠释陈家洛与香香公主之间生死与共的深情，以及木卓伦、霍青桐族人间的大义，修订期间，金庸专门找来《可兰经》全文，反复研究，增补一章《魂归何处》，约 5 000 多字，从陈家洛口中，引出金庸对人生、情爱、民族的种种深刻思索。这种人生哲理、民族大义、家国天下的理性说教成分大大增加，“掉书袋”的大段搬用，是新修版的一大特色，但却可能也正是作为武侠精品的失败。在《碧血剑》新修版中，金庸以极大的热情详细新写了李自成入北京、与“左革五营”内斗、当上皇帝后身不由己终致一败涂地的缘由，发挥了他自己的民族观、历史观。这种修改确实显示出金庸越来越深刻与成熟的价值观，显示出智慧的光芒与哲理的沉思。但是这种修改也让作品显得越来越概念化、教条化，变得枯燥无味了。作家想要表达的知识和道理，要让读者自己去体会玩味，“如盐溶于水，无痕有味”，让读者在不知不觉中领会到一些人生世界的真谛，而不是大段大段讲解、抄录、解释，所谓“诗有别材，非关书也”，就是如此。而且，艺术的“理”也是“想象以为事，幽渺以为理”，它不是三段论之下的逻辑推理，而更多的是“情理”。人们厌恶那种面孔化的僵化说教、口号化的宣传，就因为它们违背了艺术之道。现在，金庸重改自己的全部作品，其诚可贵可感，但他这时的老成持重，对知识性、可靠性的追求，长篇的教训、抄录，使修改反而远离了艺术。相比之下，他在 1966 年以“一个讲故事人”自居时说的一段话更加符合艺术之道，他说：“我以为小说主要是刻画一些人物，讲一个故事，描写某种环境和气氛。小说本身虽然不可避免地会表达作者的思想，但作者不必故意将人物、故事、背景去迁就某种思想和政策。”[6]

三、生活逻辑与审美逻辑

金庸这次修改的另一个特点在于他用一些日常生活的功利逻辑代替了审美的超越逻辑。日常生活判断往往是一种基于计算的交换原则，是在现实生活中可以具体应用的。文学中的生活是对日常生活的提升，就武侠小说而言，已有学者认为：“新武侠小说对文学的最大贡献”，“在审美的意义上，更重要的一方面则是它的超现实性”，即“生活逻辑与事理逻辑的艺术融合”[7]。审美是非功利的，是超越了日常生活的判断逻辑，这正是新武侠小说的成功之处。我们看到齐白石画的白菜、徐悲鸿画的奔马，并不是想到它们可以吃、可以骑才说它们很美。这种审美的逻辑往往是一种超越了日常生活“常情常理”的规则，而指向一种理想性的生活。

而金庸在这次修改中，却每每用一种日常生活的功利逻辑来修改他的情节。比如他认为这次“最满意的修改”就是段誉终于突破“心魔”，从对王语嫣的迷恋中解脱出来。因为王语嫣老是不理他，于是段誉也跟她普普通通了，最后不了了之，去做和尚了。这里把段誉作为现实生活中一个要求等价交换的俗物，人物性格所代表的那种理想性、执着性、审美的超越性没有了,“情痴”段誉成了一个功利的现实中萎缩的人物,他身上具有的那种审美特性荡然无存了,这样一种想法也就俗不可耐了。总以常人的功利主义原则来衡量武侠作品中那些豪杰之士,那种空灵和超越就没有了。金庸说自己不能“认同”袁承志怎么会爱上刁蛮任性的温青青,却不爱楚楚可怜的阿九。于是这次修改他让袁承志对阿九有了更多的温情表白,他们之间的感情戏大大加重。且不说爱情这个神秘的东西本来就不是一种条件对等的“应该”,它本身就是神秘莫测的,单说金庸先生现在这种想法,更多的是以一种世俗的功利计算标准来衡量袁承志和青青、阿九的关系了。按照现实的功利想法,袁承志不爱温柔爱刁蛮的选择确实是“不可理解”的,但在审美的世界中这却是魅力之所在。美丽高贵、十全十美的女主角却爱上了叫花子,这当然不是现实生活的原则,却是艺术中荡气回肠的情节,这种“合情合理的不可能”,在艺术中比“不合情合理的可能”要好。而金庸先生现在竟不能接受这种“任性”的爱情了,要变成“门当户对”“礼尚往来”的对等交换,金庸从那种颇具浪漫色彩的审美世界“下”到了计算主义的世俗世界,这种世故、这种修改实在令人惋惜。

无疑,金庸武侠世界的精髓核心是“情”和“义”。那种不计任何回报的痴情、忠情、深情、浓情、友情、爱情、亲情,情不知所起却一往而深,九死不悔,这种情才感人至深。那种不怕任何牺牲、不带任何附加条件的侠义、道义、大义、忠义,不为个人利益却一往无前,赴汤蹈火,成就“侠之大者”,这种义才振聋发聩。这种充塞天地之间的“浩然之气”,洒脱不羁的侠气,“笑傲江湖”的自由,是金庸作品成为经典的精神支柱。这种“情”和“义”,绝不是一种对等交换才付出的“情”和“义”,它是无条件的,不要对等回报的“大情”“大义”。而现在金庸竟然用常人的交换原则来审查修改作品中的人物,失去了那种“你对我不好,我还是对你好”的精神,只要那种“你对我好,我才对你好”的世俗原则,这种对等交换也就没什么震撼力了。这使金庸的两大法宝“情”和“义”大大降低了品位,减弱了感染力。失去了这种超越性的“情义”,没有了这种武侠精神,金庸的武侠世界也就没有了灵魂。

因此,在这次修改中金庸以“常人之心”度之的情节,大都表现得比较勉强。比如小龙女因为杨过对她好,所以她也不再“冷若冰霜”了,和杨过大谈爱情，香侬软语一大堆，变成了“肉麻女”。这样以对等交换逻辑修改出来的情节，把那个令人难忘的高洁的“冷美人”的形象破坏殆尽，变成一个风尘小姑娘了，与其他的一般常人没什么区别了。在《倚天屠龙记》的结尾，金庸让张无忌表面上选择了赵敏，但仍然期待周芷若、小昭、蛛儿等“五人行”的大团圆。这种想法也许实在是很“真实”，但没有任何审美的超验意义，一代传奇宗师张无忌竟然变成了一个市井小无赖。在新修版中，黄药师从恶妇家中救出了梅超风，收其为徒，还爱上了她。黄药师一遍遍抄录欧阳修的词“恁时相见已留心，何况到如今”，借以抒发对梅超风的爱恋之意。这种具有“爆料”性质的“师生恋”内容的增加，具有很大的随意性，它打破了整个作品自身的逻辑，使具有仙风道骨的一代宗师黄药师的形象七零八落。福楼拜面对包法利夫人的死只有放声大哭，他也不能把她写活，因为作品中的人物有自己的性格和命运。我们从黄药师的一生来看，这样的情节添加是“突兀”的，只能说是受当前“娱乐新闻”的影响而不是作品人物自身性格发展的必然。

这次修改，外在的道德、知识、责任、教化的目的太浓重了，显得有点“主题先行”的味道，这就有点从概念到个别而不是从个别到概念了。金庸先生在新修版序中说：“武侠小说虽说是通俗作品，以大众化、娱乐性强为重点，但对广大读者终究是会发生影响的。我希望传达的主旨，是：爱护尊重自己的国家民族，也尊重别人的国家民族；和平友好，互相帮助，重视正义和是非，反对损人利己，注重信义，歌颂纯真的爱情和友谊；歌颂奋不顾身地为了正义而奋斗；轻视争权夺利、自私可鄙的思想和行为。武侠小说并不单是让读者在阅读时做‘白日梦’而沉湎在伟大成功的幻想之中，而希望读者们在幻想之时，想象自己是个好人，要努力做各种各样的好事，想象自己要爱国家、爱社会，帮助别人得到幸福，由于做了好事、做出积极贡献，得到所爱之人的欣赏和倾心。”正是为了这样的目的，金庸对于“混混”韦小宝却金钱美女在怀，享尽荣华富贵，一直耿耿于怀，这次他要好好“教训”一下韦小宝，让他不配享有好的命运，让他的 7 个老婆跑掉 4 个。殊不知这对于奇书《鹿鼎记》真是一个莫大的损失，“恶有恶报”的良好愿望固然实现了，但艺术史上的一个传奇却黯淡了。金庸先生现在以德高望重之身提出的这些“主旨”，当然是非常好的。其作品受众如此之大，这种潜移默化的教化主旨就显得更加重要。但是这些“主旨”必须艺术地、审美地传达出来，不能是概念化的、生硬的教训。当年巴尔扎克虽然不喜欢只知道钻营往上爬的资产阶级，却又只能让他们享有好的命运，恩格斯称之为“现实主义的最伟大胜利之一”[8]。韦小宝在他那个生活环境与逻辑之下，他的命运是必然的，我们不能因为要“德育”就“砍掉”他几个老婆，这不是“现实主义”的，千古奇书《鹿鼎记》却因为过于强烈的道德律在修改中星光黯淡了。

金庸的武侠作品已经深入人心，影响深远，成为经典，几乎有华人处就有金庸，金庸的一举一动自然受到人们的关注，再次全面修改自己的武侠小说，更是惹人关注。在文学史上，作品面世定稿之前反复修改是常有的事，但作品面世多年后，已经广为流传，再来修改却比较少见。而在广为流传多年后再来对自己的全部同一类型作品而不只是某一部作品系统修改，这在文学史上更是绝无仅有的。而且金庸先生还宣称“再过十年，还要改第四遍。多改一定好”[9]，这更是空前绝后的豪言壮语。从目前的修改情况来看，差强人意，有点违背艺术规律的味道。笔者认为，这种大规模的全面修改应该慎重，本可“缓行”。

参考文献：

[1]汤哲声．删改还需费思量：金庸小说是否需要再次修改[J]．西南大学学报(社会科学版)，2008(1)：34－38.

[2]马睿．金庸小说再修改：通俗文学、大众传媒、世俗化社会的互动[J]．西南大学学报(社会科学版)，2008(1)：44－47.

[3]韩云波．金庸小说第三次修改：从“流行经典”到“历史经典”[J]．西南大学学报(社会科学版)，2008(1)：41－44.

[4]陈东林．人妖的艺术：金庸作品批判[M]．长春：时代文艺出版社，2000：26－118.

[5]李定广．近年通行本《唐诗三百首》若干注释商榷[J]．汕头大学学报(人文社会科学版)，2004(1)：8－12.

[6]金庸．一个“讲故事人”的自白[J]．香港：海光文艺，1966(4).

[7]朱丕智.新武侠小说创作方法论——生活逻辑与事理逻辑的艺术融合[J].西南师范大学学报(哲学社会科学版),1995(1):119－122.

[8]马克思恩格斯列宁斯大林著作编译局.马克思恩格斯选集:第4卷[M].第2版.北京:人民出版社,1995:684.

[9]郑媛.80多岁金庸读完硕士读博士[N].南京晨报,2007－6－17.

作者简介：寇鹏程(1972—)，男，四川达州人，文学博士，西南大学文学院、中国侠文化研究中心，副教授，主要研究文艺美学。

原文出处：《西南大学学报》(社会科学版)2008年第4期。

转　　载：《新华文摘》2008年20期论点摘要。

华语武侠巨制的产业意义与市场策略

刘　帆

摘　要：华语武侠巨制的类型框架性重启了观众走进久违的影院进行国产影像消费的欲望。武侠巨制以其票房实绩奠定了其对于中国电影市场的产业经济意义，以"巨片主义"和"饱和放映"为重要表征的产业结构和市场策略在创造出一个个票房神话的同时，也在进一步考验着观众同质消费的承受力。

华语武侠电影巨制在作为"事件"的《英雄》出现以后，迅速成为当下华语电影市场中题材与类型的热点与批评的焦点。巨片主义的普适原则与中国电影市场规律的效率结合造就了短期历时性与箱体式出现的武侠电影群的巨额票房"神话"，对这类影片精神分裂式的价值判断又镜射了大众文化和精英文化对于这种票房神话的双重困惑与焦虑。本文的重点在于对近年华语武侠巨制的产业经济意义和市场策略的观照与考量。

一、产经实绩与经济原则

新华网2008年1月11日发布消息，援引国家广播电影电视总局电影局局长童刚的说法，2007年国内电影票房达到33.27亿元，国产片票房连续5年超过进口片。国内电影票房年度同比增长26%，这是2002年以来国内票房拉出的第6根年度大阳线，且呈现加速上扬的态势。从2002年到2007年，国内票房总收入从9亿、10亿、15亿、20亿、26.2亿到33.27亿，呈加速递增。从国内市场总票房和国产电影票房来观照，国内电影市场和国产片电影市场的复苏、回暖乃至升温应是不争的事实。

在2007年票房总量中，一部《投名状》的票房贡献就超过了2亿，占整个市场份额的6%。中国电影产业规模从2002年开始跃升，考察2002年以来的市场存量攀升轨迹[1]，据北美票房专业网站 www.boxofficemojo.com 以及《中国电影报》、《新京报》和《电影艺术》2006年第2期所载尹鸿、詹庆生《2005年中国电影产业报告》的数据，可以看到华语武侠巨制在票房上的整体支撑性贡献：

投放市场年度	片名	该片国内票房（亿元）	该年度主要武侠片总票房（亿元）	当年度电影市场总票房（亿元）	主要武侠片占该年度总票房百分比
2002	英雄	2.50	2.50	9.0	27.8%
2003	天地英雄	0.40	0.40	10.0	4.0%
2004	功夫	1.80	3.33	15.0	22.2%
	十面埋伏	1.53			
2005	无极	2.10	3.89	20.0	19.5%
	神话	0.96			
	七剑	0.83			
2006	霍元甲	1.04	5.39	26.2	20.6%
	满城尽带黄金甲	3.00			
	夜宴	1.35			

由上表可知：2002年《英雄》票房占当年总票房的27.8%；2004年《功夫》《十面埋伏》两部武侠片占当年总票房的22.2%；2005年《无极》《神话》《七剑》三部武侠片占当年总票房的19.5%；2006年《霍元甲》《满城尽带黄金甲》《夜宴》三部武侠片占当年总票房的20.6%。而如果只算这些武侠巨制占当年度国产电影票房份额的话，以上数字还要增加近一倍。

从票房出发，以数据说话，不管主观上我们对武侠巨制有多少褒贬乃至批判，市场在看得见或看不见的手掌控下的回应是武侠巨制引导了市场的回暖，这种引导力量尤其体现在国产电影市场上，毫无疑问，是这样的类型整体/框架性重启了观众走进久违的影院进行国产影像消费的欲望。市场实绩对武侠巨制在中国电影产经史上的地位做出了自己的评价。

为什么是武侠巨制这个类型成了中国电影市场体量于波谷中触底反弹

的牵引性力量？或者说市场为何选中了武侠巨制？表面看起来是《卧虎藏龙》的成功催生了《英雄》这部投资2.4亿元人民币、国内票房2.5亿元、全球票房1.77亿美元的武侠大片，进而激发了投资商在利益驱动下对武侠巨制的集体热情，然而更深层的原因在于大众电影经济原则统领下武侠巨制类型的经济意义。

我们可以把类型影片制作以及在一般的通俗、商业性艺术中的这种物质与叙事经济的共存称为电影中的经济原则。从商业操作策略层面考察，2002年以来的华语武侠巨制是好莱坞式“巨片主义”(blockbuster mentality)策略在中国的植入。希冀以巨额的制片与营销费用，取得巨额资本基础上的天量利润，其看重的并不只是相对的投入产出率或投资回报率，更注重所获取绝对利润的额度，而“blockbuster”词源就是“重磅炸弹”，能够聚合与释放出巨大的能量。大片是典型的大众主流商业电影，为了攫取利润的最大化，必然要在题材、内容和表现力的选择上充分考量受众的最大化。

相比好莱坞这个最为成熟的电影市场上爱情、科幻、动作、惊悚、灾难、动画、喜剧等影片类型和片种的丰富与优质，进入票房榜前列的国产电影在类型上显得十分单一，科幻、传奇、灾难、动画等题材长期缺位。特别是“中国式大片”在题材上形成了武侠共识，这样的共识就是取决于对投资商非常重要的类型的经济意义。电影是一种依靠预售期望来换取观众的商品，如果观众在决定进入影院之前，对未知电影中的某种类型有所期待，那么就意味着这部电影非常有市场。从投资方和制片人的角度来讲，也就是说一些类型相对于其他类型具有更高的预期收益性。“武侠是以强力达成和平的，强力主义是手段，和平主义是意识形态，武侠的意识形态准则，进一步被梁羽生理解为对大多数人有利的正义，被金庸理解为自由人性和平等人权基础上的正义。”[2]在此基础上，武侠电影建立了简单的正邪二元对立的公奉价值体系，在“以暴制暴”这个貌似正义的外衣下包裹的奇观性武舞动作呈现，架构起一个或华美或悲壮的神话般的通俗故事，能够充分唤起和逢迎国人集体无意识中的侠义情结。

这样的神话故事有如理查德·霍加特中以赞赏的口吻谈到作为1930年代工人阶级文化之代表的“通俗故事”那样：这些故事描写的是一个有限的纯朴的世界，以几种公认并信奉已久的价值为基础，它往往是一个幼稚而华美的世界，感情的迸发形成巨大的热情。在中国这个武侠类型电影的原发地和最大消费国，选择武侠类型在商业回馈上是一个比较保险的做法，有基本的观影群落和基本得利。自《英雄》始，华语武侠类型巨制在五六年间，跨界组合出武侠魔幻、武侠战争、武侠喜剧、武侠动作、武侠科幻等亚类型，特别是武侠战争题材成为热点，2006 年的《墨攻》和 2007 年攫取亚洲市场 2.9 亿票房的《投名状》是其典型代表，2008 年的《赤壁》《见龙卸甲》等也都是沿着这一亚类型继续越界拓延。

《卧虎藏龙》的全球成功让中国电影人开始实质性重新审视武侠这一类型，重点是对中国电影市场的高附加值和海外市场回馈率的审视。近年武侠巨制动辄过亿的投资，按照“三三”制原则，显然仅在国内基本上不可能收回全部投资，于是投拍之初就已经预设了海外市场尤其是北美市场的收入。投资方在所有类型电影中选择了具有较小文化折扣/阅读背景的动作/武侠类型电影作为大制作、大营销、大回收的“中国式大片”，正如北美电影票房跟踪统计机构总裁保罗·德加拉伯的观点：“《卧虎藏龙》大量借助武打动作，尤其是人物在屋顶上飞来飞去和在小竹林打斗的镜头，取悦观众。他更坦率地表示：《卧虎藏龙》可能超越其外语片的身份，原因就在于它是一部动作片。片中有许多视觉信息，而国外受众对于这种视觉信息领会得很好。”[3]

张艺谋的首部武侠巨制《英雄》、周星驰主演的《功夫》、李连杰主演的《霍元甲》在国内市场和北美市场都获得了很好的票房；而成绩不理想的三部片子《满城尽带黄金甲》、《无极》和《天地英雄》，在北美市场票房相对较低的情况下，国内票房就成了其全球票房收入的主要来源。据 www.boxofficemojo.com，其北美票房收入见下表：

片名	北美票房(万美元)
英雄	5 371
功夫	1 710
天地英雄	8
十面埋伏	1 105
无极	67
霍元甲	2 463
满城尽带黄金甲	656

西方学者论及全球电视和电影产业经济学时曾说："共同消费产品的文化贴现和市场大小的交互作用是微观经济学认为拥有最大的国内市场的国家最具竞争优势的核心原因。"[4]事实上，即使是具有全球最大营销网络和市场终端的好莱坞电影，也鲜见有在美国本土票房不佳而获得不相称的巨额海外收益的。本土市场在很大程度上实际是电影全球营销的试金石，如果国产武侠大片欲在全球市场取得好的票房成绩，国内市场的经营才是其核心的竞争要因，特别是在同类型产品/可替代产品越来越多、海外片商的选择更多也更加理性的情况下。

二、产业结构与市场策略

下表是国产主要武侠大片的制片发行情况：

片名	主要制片发行公司	北美发行公司
英雄	北京新画面影业有限公司	米拉麦克斯
功夫	华谊兄弟影业投资有限公司 哥伦比亚电影制作（亚洲）有限公司	索尼经典
天地英雄	华谊兄弟太合影视投资有限公司 哥伦比亚电影制作（亚洲）有限公司	索尼经典
十面埋伏	北京新画面影业有限公司	索尼经典
无极	中影集团	华纳独立
满城尽带黄金甲	北京新画面影业有限公司	索尼经典
夜宴	华谊兄弟影业投资有限公司 香港寰亚电影有限公司	
霍元甲	香港安乐电影发行公司	罗格影业
墨攻	华谊兄弟联合韩、日、港共同投资	
投名状	中影集团 香港寰亚电影有限公司	
赤壁	中影集团	
功夫之王	华谊兄弟	
见龙卸甲	泰元娱乐有限公司 天翔制作有限公司	

北京新画面影业有限公司投资了张艺谋的三部电影，从公司运作方式来看，新画面影业其实相当于只为张艺谋而存在的大型经纪人公司，它并不拍其他人的电影。比较而言，华谊兄弟的公司结构比较像经典好莱坞大制片厂时期的电影公司格局，华谊兄弟公司旗下不仅有导演工作室、影视发行公司，也有演员经纪公司、电视剧制作公司，这样的横向整合有向大娱乐产业聚集的趋势。华谊兄弟通过与哥伦比亚电影制作有限公司的合作拍摄了《大腕》《可可西里》《天地英雄》《手机》《功夫》五部电影，“与美国哥伦比亚多部影片的合作，使华谊兄弟在吸引外资这方面走到了国内很多民营企业的前面”，其“管理方式进入了一个真正科学的、成熟的新阶段”[5]，正在逐步形成竞争优势。

在“大投入、大制作、大明星、大产出”的巨片主义策略“中国化”和“中国化的巨片策略”运行过程中，票房神话产生了。巨片主义的普适原则与中国国情及中国电影市场规律的结合造就了这一神话。

不论是在福特主义盛行的垂直联合制片厂体系下还是在电影小子们跃进的新好莱坞时期，好莱坞主流电影从输出美国本土那一天起，就在不断寻觅适合更广范围、更多元人群观赏消费的电影，以及在此基础上利益最大化的营销和放映模式，不断拓展其抵达的疆界。尤其是进入影片题材/范式越界化、制作国际化、收益全球化和貌似文化杂糅多元化的时代，巨片主义从内容供应到营销获利的普适原则得到了极大的推崇。在影片的大银幕营销方面，当代好莱坞有一个核心的策略，就是不同的影片类型对应不同的轮次放映类别。这里的影片类型所指并非题材与美学格调意义上的“genre”，而是侧重传播、受众面的考量。低预算小众艺术电影对应的是排他性独映，主流非巨片式电影对应的是多银幕放映，而巨片对应的是饱和式轮次放映(saturation run)，这是伴随着媒体的全面深度促销，该巨片能够同时集束式覆盖巨量的影院及银幕，有的暑期档发行的超级巨片能够在 3 000 张以上的北美院线银幕上同时放映。这种遍地开花式的饱和放映普遍能够保障影片的票房收益，尤其是能够保障影片评论出炉前的首周末票房。一部巨片上映前的大规模商业造势，早早吊起了观众的胃口，而饱和式的轮次放映则能够顺势在最短时间内满足消费者的这种期待，此间，媒体/书写的和民间/口头的评论处于相对滞后的位置，至少不能左右这样的放映方式取得至关重要的首周末票房。正如托马斯·沙兹所说,饱和预定破坏了否定的口头广告,一部广告做得好的电影可以在对它的质量(或缺乏质量)的评语在那些犹豫的观众中传播开来以前就挣了好几百万美元了。

如果说华语武侠巨制在影像本体上从好莱坞电影中"拿来"的是扑面而来、强势皮下注射般的视听效果,那么在营销策略上的"拿来主义"就集中体现在对饱和式轮次放映模式的全面植入。中影公司从 20 世纪 90 年代中期起经营起来的美国大片发行网络以及进入 21 世纪以来各类资本加速投入新建、改建、参建的多厅影院,为武侠巨制饱和式放映理念的嵌入提供了必要的硬件支撑,而自《英雄》始的媒体整合式促销、遍及全国的发行宣传、同时海量投放的数百个拷贝等制作线下的巨资投入,则完成了饱和式放映的技术作业,这些较之以往中国电影史上罕有的线下投资和作业,直接创造了中国电影史上前所未有的首周末天量票房。据《北京晨报》和相关影片官方网站的数据,部分华语武侠巨制其首周末票房如下表:

片名	首周末票房(单位:万元人民币)
英雄	6 200
功夫	6 400
无极	7 452
满城尽带黄金甲	9 600

这些巨片的首周末票房占据了各自国内票房的四分之一到三分之一强,首周末票房以其对整体票房的引领和主力支撑,确认了饱和式放映在华语武侠巨制运营中的强势位置。

从海外发行情况来看,虽然《英雄》等电影在北美市场获得了不错的票房,但由于国产大片海外发行的主要模式依然是买断版权,比如《英雄》的北美版权就由米拉麦克斯公司花 2 500 万美元买断,这种选择当然是和初次"敲门式"操作海外市场有关,对投资商来说是一个投石问路的选择;这样一来,无论在美国赚多少,都被收进了外国片商的口袋,其诱人的海外票房数字背后,和新画面有关的实际收入并不如想象中那么大。那么,在经历初期的磨合和学习之后,摆在国产片商全球化运作利益分配中最重要的问题,就是如何更好地控制和获取海外市场利益,合作分成还是买断版权?或者是尝试保底分账?国产大片的海外发行还有很长的探索之路要走。

从当下完整的大电影产业链条来看，电影下游产品/后产品开发的收入在整个电影类产品的收入中占有重要位置，电影本体是大电影产业这个创意产业的龙头，其衍生产品则与电影本体互为加值。好莱坞主流商业片票房占30%而其他收入占70%的比例结构，为中国式大片的整体营销提供了可贵的参照。整体产业利润的增值和附加值的擢升，需要在产业链条的衍生上做足文章，充分利用好电影这种文化产品在产权细分后多层次多维度获取利润的特殊性。武侠大片在产业链的延伸上已经做出了初步的尝试，徐克在《七剑》制作后期接受记者采访时表示：《七剑》自电影筹备之初，便建立了一套严谨的计划，以电影为龙头，开发了电视剧、网络游戏、漫画、衍生产品、娱乐游艺事业等项目，各项目在投资、上市时间、宣传推广计划上，互相配合，互为推进，是到目前为止，走得最早、开发范围最广泛的一部电影。徐导说，一部电影可以带动起许多相关行业的开发，是很有意思，也是很有意义的一件事。比如游戏、漫画、旅游，甚至时装！但从效果来看，反响平平。2007、2008跨年上档公映的《投名状》和《七剑》开发产业链的模式几乎一样，下游产品的开发集中在漫画、网络游戏、电视剧及形象开发。不同的是《七剑》等武侠大片是公映之后才开始网络游戏改编，而《投名状》和《赤壁》都选择了电影上映前推出网络游戏。前后时段的差异反映出开发/营销策略的不同：选择映后开发游戏是延续影片的“事件”和“口碑”效应，属于典型的后产品开发；而映前游戏开发则属于前产品开发，在获取相应版权利润的同时也预热作为泛本文的将要上映的影片。电影和网络游戏的观众有很高的重叠性，这两个产业的结合不仅互补，而且能降低双方投入风险，增加成功概率，从理论模型上讲是一个双赢的合作模式。然而，理论上的双赢要进入实际盈利层面，依然是一个复杂的系统工程。电影《E.T》改编成游戏后的效果，反证了这两个产业间的转换还需要各自产业要素的和谐组配，对华语武侠大片来说更是如此。一方面，国内游戏产业的孱弱对这种异业结合能起多大的推动还有待实践检验；另一方面，武侠片在内容上的一些先天局限如嵌入式广告无法置入电影，也就无法像《疯狂赛车》《古墓丽影》这样的游戏去引入他界的商家，电影和界外企业间的整合营销效果不容乐观。

三、票房神话的困境

在电影史上恐怕很难再找到像中国式武侠巨制所遭遇的这种悖论:巨额的票房比肩近乎全民性的批判。从市井小民到专家教授,从纸媒、电视到网络,从媒介批评到学术批判,一部部武侠大片成了言语和语言暴力的中心。《无极》《满城尽带黄金甲》等电影一再被影迷以戏仿、拼贴、戏谑的方式暴力解构。武侠巨制存在着高强度、高密度的造势与观影后落差之间形成的张力危机[6],而诸如"俗艳"[7]、"笨拙"[8]则以学术之名坦陈出武侠巨制遭遇精英文化与大众文化的双重遗弃。

如果说精英文化对近年武侠巨制的批判源于深度缺失与价值无根,那么在大众文化与大众媒介方面造成这样局面的关键还是边际效益的递减和消费者宽容的问题。所谓边际效益递减,指如果一直给予我们同质享受,那么所增加的愉悦感和满足感就会逐渐减少。从好莱坞"拿来的"华丽置景、花哨镜头、视听盛宴与在叙事、人物形象塑造及情感经营上的相对滞后,一次次考验着消费者的热情。

对于这场狂欢式的批判盛宴更直接的缘起是消费宽容问题。撇开消费品的内容和品质空谈价格毫无意义,同样,没有比较的商品价格也没有意义。如果说只是单纯的票价高,那么 10 年前《泰坦尼克号》卖到 80 元一张票,也没有铺天盖地的批评,反而是一片叫好,同样形成鲜明比照的是观众和舆论对待同是国产大片的《集结号》上。同样 50 元的票价,看一场《金刚》或《集结号》,和看一场《满城尽带黄金甲》得到的享受、满足和愉悦感如果存在巨大的差异,从消费的角度看,当然会存在巨大的口碑落差。但试想,如果把《满城尽带黄金甲》的票价向下调整,至少在普通观众这一块,批评的声音会减弱许多,道理也很简单,文艺产品的消费价格也应取决于其使用价值即内容带给消费者的满足感,一旦此类电影消费超出了观众的消费宽容度,消费者当然需要渠道来排遣超出消费宽容后产生的失落、压抑和烦躁。于是,与其说媒体在全民性的批评中推波助澜,倒不如理解为媒体与普通观众的情绪发泄做了一次互动,并进一步加强了作为"事件"的武侠巨制的力场,循环作用于影像文本和阅读消费主体,影像的暴力与言说的暴力于镜式中互为加值。当然，文本本身就存在于阅读之中，从读者/反应批评的角度理解，这样的全民性的批判面目背后的抵制性阅读行为本身组成了完整叙事，观众在与看不见的主体对话中真正完成了影像消费。

在票房神话背后暴露出的危机，还有票房明升过程中观影人次的暗降。2004 年至 2006 年北京新影联北京地区影院票价和观众人次变化的两组数据对比[9]，可以明显看出这个趋势：

	2004	2005	2006
平均票价(元)	25	28	31
国产电影平均票价(元)	24	26	31
进口电影平均票价(元)	27	29	31
观众总人次	5 513 980	5 525 343	5 687 048
国产电影总人次	3 099 929	3 059 872	2 822 128
进口电影总人次	2 414 051	2 465 471	2 864 920

在《满城尽带黄金甲》公映时，张伟平说过："这一次观影人数只有 800 万，几年前的《英雄》是 1 100 万，下降了不少，虽然现在票价高了，总体收入比《英雄》高，但看的人少了，不是好现象！"票价的拉升与观影人次的实降形成对比，当票价拉升的正贡献大于人次减少的副作用时，整体票房随着拉升，那么相反的情况呢？

在我们拥有了"拿来"的视听奇观制造能力和巨片发行策略，拥有了"自醒"的"武舞"动作场面设计以后，走出武侠类型遭遇的票房悖论的根本，应该还在于对"正义""侠义""情义"精神的鼓吹，对于核心叙事策略和情节冲突的精心打造，对于人物形象塑造的潜心研究……否则，依靠"巨片惯性"牵引的武侠电影市场无法步入持续、健康、稳步发展的轨道，而今天的票房神话也可能会遁入明天"竭泽而渔"的陷阱。

参考文献：

[1]刘帆. 2006 年中国电影产业报告[J]. 西南大学学报(社会科学版)，2007(3)：162—167.

[2]韩云波. "三大主义"：论大陆新武侠的文化先进性[J]. 西南师范大学学报(人

文社会科学版),2006(2):63—69.

[3]吴晶.专家谈中国武侠电影:英雄辈出还是末路黄花?[EB/OL]ent.sina.com.cn/m/c/2005—12—14/0747928073.html,2005—12—14.

[4]考林·霍斯金斯,斯图亚特·迈克法蒂耶,亚当·费恩.全球电视和电影:产业经济学导论[M].刘丰海,张慧宇,译,北京:新华出版社,2004:56.

[5]丁一岚,刘卫星.民营资本的发展博弈——华谊兄弟的市场竞争策略浅析[G]//刘浩东.中国民营影视企业现状和发展——第十三届金鸡百花电影节学术研讨会论文集.北京:中国电影出版社出版,2005:316.

[6]王郁斌.造势之后,谁为我们的注意力负责[J].广告大观(综合版),2004(10):62—63.

[7]尹鸿.《满城尽带黄金甲》:岂一个俗艳了得[J].大众电影,2007(1):1.

[8]杜庆春.菊花、毒药和被暴露的计时器——《满城尽带黄金甲》的笨拙威权叙事[J].电影艺术,2007(1):6—9.

[9]尹鸿,詹庆生.2006中国电影产业备忘[J].电影艺术,2007(2):5—14.

作者简介: 刘帆(1979—),男,云南昆明人,西南大学文学院、中国侠文化研究中心,讲师;上海大学影视艺术与技术学院,博士研究生,主要研究电影学。

原文出处:《西南大学学报》(社会科学版)2008年第5期。

转　　载: 人大复印《影视艺术》2008年12期全文转载。

大陆新武侠呼唤“后金庸时代”

汤哲声

摘　要:在21世纪崛起的大陆新武侠小说创作群体,将武侠小说推进到了一个不同于“金庸时代”的新的武侠时代,虽然其特色明显,但其成就与金庸时代相比仍然存在着重大差距。大陆新武侠小说创作应该进入“后金庸时代”,其所表现的新世纪“当下经验”是前辈们所无法经历的,但文化素养和生活学识则应大力补充,也应有意识地进行武侠自身的媒体革新,才能不仅仅满足于畅销,而更要追求长销,形成经典。

如果以1970年代末金庸小说登陆大陆为起点审视30年来中国大陆武侠小说的发展状况就会发现,中国大陆的武侠小说始终笼罩在金庸小说巨大的阴影之中。这既不符合30年来中国大陆武侠小说的创作状况,更不符合人们的阅读期待。30年来中国大陆的武侠小说有很大的发展,但为什么人们就看不到这样的发展,还是仅仅限于论述金庸小说呢?中国大陆的新武侠究竟有什么问题值得我们思考?大陆新武侠的创作群体究竟有没有能力创造“后金庸时代”?这是本文所要思考的问题。

一、大陆新武侠呼唤“后金庸时代”

在今天,中国大陆已形成一个武侠小说作家群,代表作家有沧月、王晴川、凤歌、小椴、步非烟、沈璎璎、红猪侠、时未寒、杨叛等,他们以大量作品建立了较稳定的创作阅读圈,成为新时期武侠小说的生力军。在我看来,这支生力军更重要的意义在于,他们继承了中国武侠小说创作的历史,成了当代中国武侠小说的正宗血脉。1949 年以前中国武侠小说创作的生力军在大陆，向恺然、李寿民（笔名“还珠楼主”）、王度庐、白羽、郑证因、朱贞木等以各具风格的创作为中国现代武侠小说留下了不同的创作流派。1949 年以后武侠小说的创作中心在台、港地区，台湾有柳残阳、司马翎、古龙等人，香港有金庸、梁羽生、温瑞安、黄易等人，而中国大陆在相当长一段时期内武侠小说基本上是绝迹的。1980 年代以后，台、港地区武侠小说开始走下坡路，我们惊喜地发现中国大陆的武侠小说崛起了。更为惊喜的是他们不是一两个人，而是一个作家群，他们的崛起标志着中国武侠小说创作的话语权重归中国大陆。

中国大陆崛起的武侠小说作家群，有“新武侠”的风格。首先，这批作家大多具有高学历的身份，经历过较完整的学院式教育。他们学历教育的时期正值中国大陆改革开放，开放的国际视野使得他们所受的文化熏陶更为广阔而庞杂。表现在他们接受中国传统文化的教育，但并不偏重于儒、墨、道、佛哪一家，他们受到现代外国文化的影响，却是感性多于理性；他们生活在中国社会，却又努力地感受西方社会生活态度，并从中归纳出自己的生活哲学，注重的是生活在当代社会中的“活法”以及感觉。他们身上的文化构成具有改革开放以来中国大陆那一代人共有的特征，并在他们的小说中纤毫毕露地表现了出来。我们可以在金庸等人的小说中分析出什么是“儒家之侠”“道家之侠”等指归型的结论，对大陆新武侠小说中的人物却很难做出这样指归和结论。沧月的小说（例如《镜》系列）、步非烟的小说（例如《人间六道》系列）、沈璎璎的小说（例如《琉璃塔》等）常常被人说是表现了中国道家的文化观念，可是仔细分析就会发现，她们小说中的人物行为看起来似乎很有道家的气息，但小说人物评判是非的标准却是中国传统道德文化，而中国传统道德文化却是儒家观念的核心思想。再仔细分析那些小说人物的行为动力，似乎真正的推动力又不是中国传统的“理念”，倒有不少是西方文化中的“意念”。例如“献身”是武侠小说重要的情节模式，金庸等人小说中有，沧月等人的小说中也有（如“听雪楼”系列中的人物迦若），金庸小说中的“献身”或者是“侠之大者，为国为民”的儒家式献身（如萧峰），或者是“至情至性”的道家式献身（如小龙女），或者是“我不入地狱谁入地狱”的佛家式献身（如石破天），他们都是为了一个理念，他们都是以生命的可贵衬托出更可贵的东西；可是沧月小说中的“献身”就是为了“意念”，活在世界上该做的事情都做了，到了该死的时候了，于是就要献身了，这样的献身不是说明生命的可贵，而是轻视生命，从中我们体会到的是生命的价值与生活的质量成正比，生活没有了质量那么生命也就没有了价值，死亡就是生命过程的一个组成部分，没有什么可贵不可贵之分。这样的“献身”观念，充满着现代个性主义的色彩，是生活在当代社会接受外国文化思想的沧月等人所具有的文化理念。再例如凤歌、王晴川、红猪侠、时未寒、杨叛等人，他们被认为是中国武侠小说的“传统派”，小说走现实主义的路子。中国现实主义小说一般以儒家的文化思想作为小说的价值判断，但他们小说中的人物同样充满着现代人生的情绪。例如“孤独”情绪是武侠小说突出的情感表达，金庸等人的小说中也有孤独的情绪，杨过、萧峰、令狐冲等人身上都有，但他们的孤独是所谓的主流派别对他们的排挤或者是他们人格境界的高尚而得不到别人的理解，有很强的社会色彩。凤歌等人小说中的孤独不仅仅是与社会的格格不入，更多的是感叹人生的无定和世事的伤感，有着更多的生命价值的思考，有很强的个人主义色彩。正因为这样，金庸等人的小说中的人物再孤独也有几个朋友，凤歌等人的小说中的人物的孤独是很彻底的一个人，因为感叹人生的无定和世事的感伤完全是个人经验，是无人可以理解的。根据这样的分析，可以认为：大陆新武侠小说的文化构成实际上是一个结合了中国传统文化与当代西方文化的混合体。正是以这样的文化混合体，大陆新武侠体现出了与金庸等人小说的切割，展现出了自己的面貌。

大陆新武侠作家都是编故事的高手，情节传奇，故事生动，都能刺激和满足读者的好奇心。但他们的故事没有“根”。金庸等前辈的小说很注重事情发生的人文环境描述，写大山就写出是哪一座山（例如李寿民《蜀山剑侠传》等小说），写历史就写出哪一个朝代（例如金庸、梁羽生的小说）。大陆新武侠也写山，但并不指明是哪座山，而是“有那么一座山”；大陆新武侠也写历史，但读不出是哪一个朝代，而是“有那么一个皇帝”。金庸等前辈们编故事是要在传奇之中突出故事的真实性，那些真实的人文环境是故事的“根”，传奇故事似乎是从“根”中生发出来的“果”；大陆新武侠追求的不是故事的真实性，他们需要的就是传奇，需要的就是那些“果”。正因为这样，大陆新武侠的故事显得很飘逸，主体色彩很浓。这样飘逸的主体色彩有时还蔓延于小说文字的描述中，小说人物（或作者）的主观感觉和对客观事物描写混合在一起，这样的文字在沧月等女性作家的作品中显得特别突出。看得出来，大陆新武侠作家们根本不耐烦金庸等前辈作家作品中的那些铺陈，而是迅速地切入小说的主要情节，迅速地将作者的思想感情传导给读者。

应该说，大陆新武侠的出现有着重要的历史意义，在文化追求和美学追求上都有自己的特色，但是，为什么他们至今还担当不起一个新的武侠小说时代代表性作家群体的重任呢？其中的原因应该在他们与金庸等武侠小说前辈作家的差距中寻找。

二、大陆新武侠与“金庸时代”的差距

与金庸等武侠小说前辈作家们相比，大陆新武侠创作群体的差距表现在内在和外在两个方面。

内在方面有两个层面。首先是知识层面。金庸等前辈作家的作品无不涉足生活各方面，以生活知识引人入胜，又无不是以某一个（或层面）的知识描述的突出而引领一个时代。向恺然《江湖奇侠传》中对中国中南部乡村世俗的描写至今武侠小说作家无人能及；李寿民写《蜀山剑侠传》“三上青城，五登峨眉”，其描写的奇异的自然风光和怪异的奇珍异兽不断为后来者所学习；王度庐小说中的爱情描写给阳刚的武侠小说带来缠绵；白羽、郑证因小说中对山寨、会党、镖局的描述如数家珍；朱贞木对四川风土人情和明末张献忠事迹的描述深刻细致。到了金庸，他对生活知识的描述更是达到了前所未有的广度和深度，琴棋书画、诗词歌赋、经典乐章、茶酒食花等等，几乎样样都有别有新意的表述。不要小看这些生活知识的描述，它是武侠小说创作中的重要“关目”。武侠小说当然要有趣味，这些知识的描述自然会大大增强小说的趣味性；武侠小说追求大众话语，却也追求雅化阅读，这些知识的描述不但体现了作者的文化修养，也提高了小说的雅化境界。武侠小说是中国特有的小说类型，“中国元素”自不可少，知识描述大大增强了小说的民族性。更重要的是，在这些知识的延伸中武侠小说开创了新的境界。我们可以说向恺然把中国武侠小说带入了“江湖世界”，可以说李寿民开了中国武侠小说的“神魔境界”，可以说王度庐的小说是现代“侠情小说”，可以

说白羽、郑证因的小说开辟了江湖世界的“底层空间”，可以说朱贞木的小说是“历史武侠”，至于金庸小说，人们基本认可是“文化武侠”。知识层面的变换必然带来创作风格的转换。道理很简单，不同的知识层面要求不同人事的描述和不同趣味的追求。从这样的观点出发，我们再来看大陆新武侠小说创作就会发现，他们缺乏的就是这样的知识描述。在他们的小说中满眼都是武功描写，绝杀、绝技、绝器的描述，作家津津乐道、乐此不疲，可是读者除了感受到一片砍杀声，几乎没有什么文化修养的熏陶。武功是武侠小说的共性，优秀的武侠小说一定是在共性中写出武功的个性来，写出武功的文化涵养来。优秀的武侠小说从来都是写“武外之意”。值得欣喜的是这两年来，凤歌的《昆仑》标志着大陆新武侠小说以武论武的局面有了改变。在《昆仑》中凤歌将一些科学常识穿插其中，试图开辟一个“科学武侠”的新境界，甚至有学者称之为“科学主义”[1]，确实给了人新鲜感。但目前这种情况还远远不够圆熟，圆熟的知识描述是将知识和武功的展开、人格行为表现水乳交融地融合在一起，而不仅仅是知识介绍。

其次是文化层面。有一种观点很流行，认为武侠小说是中国传统小说，就应该表现中国传统文化，大陆新武侠之所以开创不了新局面就是因为太淡漠了传统文化。这种观点应该加以纠正。武侠小说是中国传统小说，武侠小说表现的文化不能崇于一尊。崇于一尊只会束缚武侠小说的发展。武侠小说的发展也说明只有文化价值判断的变化才能推动武侠小说新境界的产生。向恺然偏向儒家，李寿民偏向道家，王度庐将新文学人学引进武侠小说，白羽、郑证因引进了帮会文化，朱贞木却有着正统的“朝廷意识”。金庸、梁羽生、古龙除了传统文化的描述之外，还将现代西方文化和情绪引进武侠小说。实践证明，武侠小说要开创新境界，文化的表述就必须流动。大陆新武侠注重当代社会的文化诉求，引进当代西方流行文化，这样的秉持和表现无可厚非。那么，是什么问题阻碍了大陆新武侠开辟新的境界呢？我认为是在文化的写作中。武侠小说写文化绝不仅仅是简单诉求和表现文化，而是用武侠故事和武侠人物来思考文化。这些思考表现在两个方面，一是文化的演绎和反思，一是社会政治的演绎和反思。这两个方面我分别各举两例来说明。王度庐《卧虎藏龙》中的玉娇龙形象为人称道，就在于这个人物具有闺秀和侠女两重性格，白天是闺秀读书刺绣，晚上做侠女骑马奔驰，前者尊崇礼法，后者个性张扬，最后冲出家庭走向自己选择的生活道路，以“深入骨髓的孤独感”生动地表现了“生命力的飞跃和突进”[2]。这样的人物形象和价值追求，放在武侠小说系列中看很有新意，但如果从新文学角度追寻创作灵感的来源，就会发现这在1930年代是一种风气，巴金的《家》中就有典型的演绎。王度庐是从写新小说转向写武侠的，他用新小说中的文化来演绎武侠人物。再如金庸《天龙八部》中虚竹的形象是用佛家文化来演绎的，他的人生命运天生注定，随缘而动。但他偏偏又喝酒，又吃肉，还近了女色。虽然这些行为是被迫的，却也不符合佛家的规矩。不合规矩的人同样做成了大英雄，说明了什么呢？说明了金庸既推崇佛学，又对佛家有自己的反思。至于对社会政治的演绎和反思，这些武侠小说的大家们更是特别注重。朱贞木的小说强调“朝廷意识”，与他在1940年代的创作背景有很大关系，社会动乱国家为上，朱贞木写的是武侠小说，思考的是当下社会。这类例子在金庸小说中就更多了，比如令狐冲的形象，这个形象在你争我夺的江湖世界中张扬个性独自逍遥，正是对“文革”纷乱背景下人生态度的反思。用文化来构造情节、塑造人物、反思社会，带给小说的不仅是深度和内涵，还有批判的力量。因为作家所秉持的文化总是自我独特的，自我独特的文化总是不合潮流。特异于潮流，批判的力量也就蕴含其中了。只是表现，很少思考，只停留在江湖世界，很少关注现实世界，武侠小说就显得内涵薄，格局小，风格飘，这恰恰是大陆新武侠创作的问题。

外在方面指大陆新武侠缺少大众强势媒体的扶持。大陆新武侠作品主要集中在《今古传奇》（武侠版）和《武侠故事》等刊物中，或者自由地散见于网络媒体，有质量的小说然后再结集出版。虽然很多作品都成了畅销书，总的来说影响力仍然不够。一是传播媒体少，就那么几本杂志；二是受众面窄，主要是青少年读者。怎样突破这样的“瓶颈”，就需要强势媒体的介入。金庸等之所以能够开辟出一块广阔的天地，与当时强势媒体的扶持密不可分。向恺然《江湖奇侠传》影响力那么大，重要的原因是它被改编成电影《火烧红莲寺》，并且连续拍了18部。电影是当时都市社会的强势媒体。除电影之外，大众杂志和报纸副刊也是当时的强势大众媒体，李寿民、王度庐、白羽、郑证因、朱贞木等人都是当时大众杂志和报纸副刊热捧的作家。到金庸等人，这种现象更加明显。金庸一边创作小说，一边就在报纸上连载小说，最多的时候整个东南亚的华文报纸都在连载他的同一部小说，如《射雕英雄传》同时在11家报纸上连载。除了大众杂志和报纸，电台是20世纪50年代以后的强势媒体，金庸等人的小说同样受到电台热捧。这样的状况在80年代以后的中国大陆也屡屡出现。一部电影《少林寺》就能引起武侠电影的热潮。李安的一部电影《卧虎藏龙》就将王度庐推到当下武侠的前沿。强势媒体的介入和扶持能迅速将作家作品推向社会各阶层。当下最有影响的强势大众媒体是电视，可电视关注的仍是金庸小说。金庸武侠小说被反复改编重拍，而大陆新武侠作品却几乎没有受到关注，大陆新武侠作品也就只能小声小气地存在着，只能被金庸武侠作品所笼罩。

与金庸等前辈相比，大陆新武侠的差距十分明显。发现问题只是第一步，解决问题才是关键，只有解决问题才能寻找到出路。

三、大陆新武侠在“后金庸时代”的出路

大陆新武侠要真正创作出“后金庸时代”需要大的格局。大陆新武侠不能满足于畅销，应该追求长销。只有在相当长的时期内一直有卖点的小说才能称为经典。大陆新武侠作家不能满足于做一个写手，应该追求成为一个大家，甚至是大师，只有成了大家或大师才能成为一个时期武侠小说创作的代表。“心大”是基础，“视野大”是条件。“视野大”是指对文化和社会人生的深入思考，这是任何想成为经典作家作品的不二途径。作为一种类型小说，武侠小说的突破有一定难度，例如一些模式已经成为武侠小说的“武侠元素”，争霸、夺宝、情变、行侠、复仇，武侠小说没有了这些模式就没有了武侠味道。怎样调动和激活这些武侠元素，是武侠小说作家必须思考的问题。金庸等前辈的小说以其文化思考和人生价值赋予了这些武侠元素的自有风格，大陆新武侠也应该把自己的文化思考和自己的人生价值判断贯注到自己的小说中。大陆新武侠作家有没有这样的条件呢？有，那就是武侠小说前辈们所无法经历的“当下经验”。社会的发展变化提供着生活在当下社会中的人思考文化的新的角度，更何况当今时代还在向我们不断输送着外国文化资源，让我们有更多的文化参照系。社会发展同样也带来了发展中的社会问题，这些社会问题与我们的生活息息相关，我们有切身的感受。

"当下经验"必然是新的思考和新的角度,当我们将这些"当下经验"带入到武侠小说创作之中,武侠小说必然会出现大的视野。武侠小说要有突破就绝不能只停留在武侠之中,就绝不能用别人的生活体验和已经用过的思考视角,否则只能是一种重复。

将大陆新武侠作家与金庸等前辈相比,就可以清楚地看到大陆新武侠小说作家们的创作准备期是相当不够的。大陆新武侠作家大多是武侠小说爱好者,在武侠小说的阅读中(甚至是网络游戏的玩耍中)产生创作冲动,逐步成为武侠小说的写手、作家。人生履历和文化修养都相当单薄。金庸等前辈就不一样了,他们在创作武侠之前的人生履历和文化修养都相当厚实。我举几个例子。还珠楼主 1932 年写《蜀山剑侠传》时 30 岁,他 18 岁时供职北平内务部,公暇常至中央图书馆看书,涉猎极广,经史子集、佛经道藏,稗官野史、医卜星象,无所不窥;后在爱国名将胡景翼戎幕中当记室,行军所至,遍及泰山、华山、祁连山、点苍山等名山大川,为后来从事武侠小说创作打下了厚实的基础。[3]之后又经历了婚姻的波折,上过法庭,挨过打,在有了这样一些文学准备和生活经历之后,他才开始武侠创作。而白羽在写武侠小说之前,一直努力创作新文学,阅读了大量中外文学名著,1920 年代中期又在京、津地区从事新闻工作,对社会底层有很深的了解,在这个基础上,他在 1937 年创作《十二金钱镖》并一举成名[4]。金庸的生活经历就更为人们所熟悉了。他在重庆读书时在中央图书馆阅读了大量的中外文学经典,在 1950 年代初又经历了一次外交梦的破灭,之后编《新晚报》副刊,同样是在深厚的文学和生活的准备之后进行武侠小说创作的。其实,人生履历和文化修养不够可以靠后天来补。可从大陆新武侠创作状况看,他们没有注重这个问题。他们的小说内涵没有能够做到转换和深入,好的作家还能保持原有的状态,次一些的作家只能每况愈下。其中透露出来的信息,是他们没有补充自己的文化和生活的修养和学识,只是在反复地挤榨自己那一点已有的"油"。当然也不能一概而论,有些作家已经意识到创作的危机性,已经意识到文化和生活学识补充的重要性。如凤歌将自己的写作计划暂时搁置起来,专门利用一段时间来读书。

要使大陆新武侠能够开创新的境界,媒体同样起着重要的作用。大陆新武侠能够与电视等大众媒体相结合当然是努力的方向,但是这样的结合受到主客观因素的影响，只能等待水到渠成。武侠小说自己的媒体的革新应该是当务之急。如果我们审视大陆武侠小说杂志的历史和现状，就会发现两个问题很值得我们思考。首先是办刊方针。武侠小说的杂志应该明确提倡武侠小说创作的创新意识，可是在这个问题上一直做得不够，甚至还有误导的嫌疑。例如1983年《今古传奇》连载聂云岚的《玉娇龙》，这部小说引起的反响曾经给《今古传奇》带来最辉煌的时期。但是这部小说给武侠小说所带来的负面影响也不应该小觑，因为它是根据王度庐《卧虎藏龙》改编的，改编缺少的是创新意识。杂志的主编们显然没有注意到其中的负面影响，因为隔了几年以后，他们又组织人将王度庐的另一部小说《铁骑银瓶》改编成《春雪瓶》，试图再创辉煌。《今古传奇》是当代中国最有影响的通俗小说杂志之一，它的办刊方针影响着中国武侠小说乃至整个中国通俗小说的创作走向。想想看，武侠小说作品都可以改编，接受金庸等武侠小说前辈的影响进行创作似乎有了更充足的理由，何况金庸等武侠小说前辈们的作品是那么的经典而有影响力呢？其次，武侠小说杂志专门化的做法是否合理值得推敲。同样以《今古传奇》为例，2001年《今古传奇》专门将武侠小说从综合版中脱离出来，创办了《今古传奇》(武侠版)。武侠小说杂志的专门化有好处，它能够集中地刊发武侠小说的稿件，但是有没有负面的后果呢？也还是有的。它使得杂志的读者专门化了，专门化的读者会造成杂志的单一风格。如果武侠小说的读者主要是青少年，为了抓住青少年读者，杂志就会要求作者创作出青少年愿意读的风格，于是杂志就会形成“青春版”了。武侠小说要创造出新的境界就不能局限于某一个阶层，它必须向中老年阶层渗透。中老年读者的阅读更注重小说的内涵而不仅仅是离奇的情节。问题还在于青少年的阅读热点转换很快，当一个阅读热点吸引他们的时候，原有的阅读热点被抛弃在所难免。这些负面的后果在综合性杂志中都可以避免。从历史的角度来看，有教训可以接受。1924年，鉴于当时武侠、侦探小说的红火，有人专门办了一个杂志《侦探世界》，专门刊载武侠、侦探小说，可是仅仅一年杂志就停刊了。为什么呢？杂志读者的专门化和创作风格的单一化是重要的原因。从现实角度看，一些经验可以吸取。现在一些纸质媒体都受到网络媒体的冲击，武侠小说杂志也不例外。但是仔细想过吗？网络媒体之所以能够压制纸质媒体，除了快速方便的优势之外(这是网络媒体的特点),它的综合性的信息是专门化纸质媒体无法抗衡的。单就武侠小说来说,网络上的武侠小说质量根本不能与纸质媒体上的武侠小说相比,但是它的读者很多,重要原因是人们在看其他信息时会关注到存在于一旁的武侠小说。办杂志要追求经济效益,没有经济效益什么都谈不上,但又不能只追求经济效益,也需要大的格局,有大的格局才有大的视角,才有大的收获。

参考文献:

[1]韩云波."三大主义":论大陆新武侠的文化先进性[J].西南师范大学学报(人文社会科学版),2006(2):63-69.

[2]徐斯年.生命力的飞跃和突进——评王度庐的小说《卧虎藏龙》[J].西南师范大学学报(人文社会科学版),2006(3):61-68.

[3]周清霖.还珠楼主李寿民先生年表[J].西南大学学报(社会科学版),2008(6):40-50.

[4]宫捷.鲁迅与通俗小说作家白羽[J].通俗文学评论,1997(2):100-106.

作者简介:汤哲声(1956—),男,江苏镇江人,苏州大学文学院,教授,博士生导师,主要研究中国现当代文学。

原文出处:《西南大学学报》(社会科学版)2009 年第 5 期。

转　　载:《新华文摘》2009 年 23 期论点摘要。

明代泰州学派与“侠”略论

何宗美，张　娴

摘　要：泰州学派是明代心学流变中特殊的一脉，其思想游离于传统价值观之外，饱受争议却又颇具魅力。分析泰州学派种种“出位”言行的产生原因，备受其推崇的侠精神之作用不可小觑，可以说，正是尚侠的理念引领他们在心学“异端”的道路上走得更加坚定，深刻地影响了其思想言行以及后来的文风。同时，侠这一源远流长的文化元素经由泰州学派之手，也呈现出了不同于先前的特征，不仅与心学紧密联系，更与儒家、佛家思想交相辉映，在实践层面、思想层面和文学层面都产生了巨大的影响。

由阳明心学演化而成的泰州学派，是中国哲学史、思想史上影响极其深远的一个重要思想流派。近些年来，随着学术研究的进一步繁荣，特别是明代研究领域内对心学运动以及晚明思潮研究的不断推进和深化，泰州学派也被置于更引人瞩目的学术地位受到研究者的高度重视。张树俊《泰州学派的创新精神》（中国文联出版社 2001）、《泰州学派宣传教育思想研究》（群言出版社 2004），蔡文锦、杨呈胜《泰州学派通论》（江苏人民出版社 2005），季芳桐《泰州学派新论》（巴蜀书社 2005），姚文放等《泰州学派美学思想史》（社会科学文献出版社 2008），胡学春《真：泰州学派美学范畴》（社会科学文献出版社 2009），吴震《泰州学派研究》（中国人民大学出版社 2009），宣朝庆《泰州学派的精神世界与乡村建设》（中华书局 2010）等学术专著相继问世，泰州学派研究取得了丰硕成果，正朝着多领域、系统化的学术指向稳步迈进。本文在上述研究基础上，提出一个新的讨论话题——泰州学派与侠的相关性研究，即从“侠”的角度对泰州学派所表现的独特思想气质和精神内涵寻求合理的解释:侠之精神气质是泰州学派思想体系中重要的构成部分,或者说正是侠因素的介入促使泰州学派形成了一种特殊的思想文化形态。这种结合研究的视角,既有益于促进泰州学派以及在这一学派推动下的晚明思潮研究,也有益于在中国思想史特别是明代社会思潮史的大背景下审视古代中国侠文化之流变。

一、泰州侠的呈现方式

泰州学派是中国思想史上为数不多的存在较大争议的思想派别,这种争议自它产生之日起即已形成,究其原因是由它的特殊思想气质即"豪侠"性所致。王世贞《嘉隆江湖大侠》曾对该学派作如是论:"嘉隆之际,讲学者盛行于海内,而至其弊也,借讲学而为豪侠之具,复借豪侠而恣贪横之私,其术本不足动人,而失志不逞之徒相与鼓吹羽翼,聚散闪倏,几令人有黄巾、五斗之忧。盖自东越之变为泰州,犹未至大坏;而泰州之变为颜山农,则鱼馁肉烂,不可复支。颜山农者,其别号也,楚人,读经书不能句读,亦不多识字,而好意见,穿凿文义,为奇邪之谈。间得一二语合,亦自洒然可听。所至,必先使其徒预往,张大炫耀其术。至则无识浅中之人亦有趋而附者。……何心隐者,其材高于山农而幻胜之。少尝师事山农。……因纵游江湖。有吕光者,力敌百夫,相与为死友。……久之,益纵游江湖间,放浪大言,以非久可以得志于世。而所至聚徒,若乡贡、太学诸生以至恶少年,无所不心服。吕光又多游蛮中,以兵法教其酋长。稍稍闻江陵。属江西、湖广抚按密捕之。后得之于岭北。"[1]附录,143-144 这段文字对泰州学派的兴起背景、思想性质、社会影响及其危害做了较详的载录和评述。与泰州学派同时代的王世贞将王艮、颜钧、何心隐、吕光等思想家定性为"江湖大侠",较为真实地反映了泰州学派在思想史上曾经扮演的社会角色,对我们真切地了解其思想异端及其深层成因不无重要启示。

泰州学派是"尚侠"的学派,是思想之侠的代表。侠之风范与气度,成就了这一思想学派的特色与魅力,其思想家言必称"侠义""英雄""豪杰",且以非凡的举动践行豪侠之实,并非虚妄夸谈。这可从泰州学派传人之一李贽的一段经典论述得到证实,他说:"当时阳明先生门徒遍天下,独有心斋为最英灵。心斋本一灶丁也，目不识一丁，闻人读书，便自悟性，径往江西见王都堂，欲与之辩质所悟。此尚以朋友往也，后自知其不如，乃从而卒业焉。故心斋亦得闻圣人之道，此其气骨为何如者！心斋之后为徐波石，为颜山农。山农以布衣讲学，雄视一世而遭诬陷；波石以布政使请兵督战而死广南。云龙风虎，各从其类，然哉！盖心斋真英雄，故其徒亦英雄也。波石之后为赵大洲，大洲之后为邓豁渠；山农之后为罗近溪，为何心隐，心隐之后为钱怀苏，为程后台：一代高似一代。所谓大海不宿死尸，龙门不点破额，岂不信乎！心隐以布衣出头倡道而遭横死；近溪虽得免于难，然亦幸耳，卒以一官不见容于张太岳。盖英雄之士，不可免于世而可以进于道。”[2]卷2,80 不难看出，李贽的立论姿态与王世贞完全不同，但赞誉王艮、徐樾、颜钧、赵贞吉、邓鹤、罗汝芳、何心隐、钱同文、程学颜等思想家为“真英雄”，却与王世贞之称“豪侠”惊人相似，只不过李贽是以一种极其欣赏的眼光来评价的，其间既流露出对泰州学派思想胆识的钦敬，也表达了对这一学派诸“思想英雄”惨遭非命或不幸的同情。李贽本人后来下狱死，更为泰州学派所谓英雄之士“不可免于世而可以进于道”增添了又一典型个案。总之，英雄讲学，豪侠倡道，为泰州学派的特色，这是此前其他思想派别所不具备的。若论该派人物，其思想之异端，命运之悲剧，皆由其思想家的英雄本色和豪侠气质所注定。

侠作为一种文化因素和思想气质进入一个时代，渗透到代表这个时代思潮的一大批思想家的精神世界和思想体系之中，并由此而产生一个影响广泛而深刻的学派，这是晚明社会的产物，更是晚明思潮的结晶。泰州学派所体现的侠，具有晚明性，本原于心学，是晚明心学与侠相结合的产物，其表现是传统侠文化的精神与士大夫理想人格的高度契合，泰州学派之侠具有新的时代特征和思想内涵。归纳言之则是以下三端：

其一，以侠之精神求诸己身。明代自中后期起，政治危机不断加深，社会问题随之凸显。一方面，享有至尊地位的统治集团因内部的分崩离析和执政的绵软低效而陷入空前的信任危机，朝纲不振、王化倾覆的现状将士人从传统的入仕情结中剥离出来，迫使他们去庙堂之外寻求新的信仰与生存方式。另一方面，纸醉金迷、眠花卧柳的享乐之风在当时盛行宇内，在这种慵懒绵软的风气里淡漠了应有的危机意识与责任意识。此时，昂扬振奋、有魄力、敢担当的侠的品格却在阳明心学和佛教禅学中逐渐壮大，并在最终成为狂禅运动的过程中萌发起来，担负着扫除时弊、重振风俗的重任，尤其成为泰州学派共同具备的思想气质和人格气象。

真正的侠者其自身必然持有理想情怀和救世勇概，侠者也就是圣者，不侠之圣不过明哲保身之辈而已，侠而圣者才是担负天下之豪杰。由此不难理解泰州学派在其思想和言谈中时常流露出侠者的魄力，也不难解读泰州学派创始人王艮的经典一梦："一夕梦天堕压身，万人奔号求救，先生举臂起之，视其日月星辰失次，复手整之。觉而汗溢如雨，心体洞彻。"[3]第7册,828 王艮之梦既是圣者之梦，更是侠者之梦，大有开天地、辟洪荒之英雄气概，这与他"大丈夫以天地万物为一体，为天地立心，为生民立命"[4]55 的远大理想极相一致，彰显了思想圣杰那种阔大的胸怀和超凡的魄力。此一脉昂扬的精神自他以后在泰州学派内部代代相传：其徒颜钧"颇欲有为于世，以寄民胞物与之志"[3]第7册,821，万民在其心中，天下为其己任；何心隐作《原学原讲》，希望能"诣阙鸣之于朝廷，以鸣于天下"[1]卷4,96，上至庙堂，下及百姓，无不在其胸中。而在李贽看来，以为身居庙堂，"忠臣侠忠，则扶颠持危，九死不悔"；人在江湖，"志士侠义，则临难自奋，之死靡他"。[2]卷4,193 以无畏之心行侠之大义，成为其人生最好的写照。

侠是"叛逆""放纵""平等"等多种思想因素的融合统一[5]54—76，也是自信、自尊人格气质的显现。此于泰州之侠尤为突出，倡导"尊身"主义，大胆突破中庸人格，表现为不失凛然之态和浩然之气的新人格。"鹰犬，禽兽也，天地间至贱者。而至尊至贵，孰与吾人？君子不以养人者害人，今以其至贱而贻害于至尊至贵者，岂人情乎？"[4]年谱,69 王艮发出的这种思想之声到今天听来仍不无振聋发聩的震撼作用。颜钧"以学自任乎放言矢口，得过缙绅不少，南刑曹业置之死地矣"[6]卷6上,252，在权势面前不改铮铮铁骨，死生之间全无畏惧之色；何心隐更是时常挑战权威，上至当朝宰辅，下至地方宦吏，无有受其仰视者。虽有目空一切之嫌，但他确实是以这样的方式捍卫着自身笃信的公理与正义，书写了人生可歌可泣的勇者乐章。这无疑超出了一般思想家的常态，纯然是思想史上的一种另类——思想侠客之所作所为。

其二，以侠之义概对待师友。司马迁笔下的游侠"其言必信，其行必果，已诺必诚，不爱其躯，赴士之厄困"[7]卷124，界定了"义"在侠的文化范式中的重要地位。以侠践"义"，值得以生命去捍卫。以义待人，以命济友，是传统之侠观念里十分重要的部分，也正是荀悦所谓“游侠之本，生于武毅不挠，久要不忘平生之言，见危受命，以救时难，而济同类”[8]之深意所在。

泰州学派在传统儒家观念的人伦体系中最为推崇“师友”。何心隐说：“可以相交而友，不落于友也。可以相友而师，不落于师也。此天地之所以为大也。”[1]卷2,28 诚然，这种随缘而定的人际关系最能满足其追求“平等自由”的理念，但也因其缺少了法律和伦理的支撑而显得脆弱且充满变数，因此，泰州学派诸人选择以“义气”这种侠性十足的方式来维系这种交往模式，仗义轻财，急人之难，为朋友两肋插刀，为同道赴汤蹈火，成为他们侠义情结的呈现方式。

王艮以其阳明高足的身份保护其后人免遭清算，这一壮举揭开了泰州学派师友之间以“义气”相待的序幕。其徒颜钧“好急人之难。赵大洲赴贬所，山农偕之行，大洲感之次骨。波石战没沅江府，山农寻其骸骨归葬”[3]第7册,821。这种豪侠性质的行为体现了对“义气”的传承与发扬。“钧系南京狱当死，汝芳供养狱中，鬻产救之，得减戍。汝芳既罢官，钧亦赦归。汝芳事之，饮食必躬进，人以为难。”[9]颜钧落难时，门徒罗汝芳亦以同样豪迈的举措救之于水火，“义气”传统得以延续。何心隐蒙难而死，“(周)复走抱尸，大哭，守卒呵挞不能止。会张出，仪卫甚严，复犯前驱，声汝元冤，……鬻衣装，备槥车，跣足三千里，至孝感，葬之程氏山，守庐三年”[1]附录,139，不仅周复如此，另一门徒吕光午“犯相国之怒，仰天大哭，收其遗骸，为之掩葬”[1]附录,139。二人敢于不惧权相张居正之淫威，其慷慨侠义的行为绝不可等闲视之。综合上述事迹整体来看，足以说明这样一种事实，师友之间“义气”相待的观念与举动，已成为泰州学派内部代代传承、绵延不绝的精神脉络，印入泰州学派每一个成员的内心深处，激励其思想，支配其行为。需要指出的是，这种师友之间“捐躯赴难，视死如归”的刻骨情谊，较之当时薄情寡信的炎凉世态，愈发彰显出极大光彩，非但成就了流派自身的巨大吸引力，也成为世人心中“真”与“善”的象征。

其三，以侠之气魄拯救众生。侠是“社会苦难的救星”，是“社会正义的化身”[5]54，故真正的侠者即为拯救者，正如金庸所说“侠之大者，为国为民”。在中国侠文化史上，随着社会演进和思想发展，侠逐步脱离了先秦时期散兵游勇的状况，成为“当乱世则辅民，当治世则辅法”[10]19 的具有抗争意识和正义色彩的文化象征，这是侠的文化精神的重要升华。在此过程中，人们赋予了侠更多的信赖和期望，也使得后来侠者背负了更多的责任和道义。泰州学派以拯救者的形象出现在社会大众的文化视野内，这与该学派思想家高远的人生志向是一致的。

首先，泰州学派诸人面对百姓之不幸遭遇，往往倾力相助。邹元标在《梁夫山传》中，曾提及何心隐公然抗议邑城令而保护百姓民居的一段经历："粤寇窃发，将抵邑城，邑令暨诸缙绅议毁近城内外民居，而公独持不可，邑令等竟莫之听，而且嗔公甚。公乃移书冯兵备，有云：'未遭贼寇之害，先被御寇之惨。'词气切直，不少假借。开罪贵势，削名被毒，欲置之死。"[1]附录,120《明儒学案》谈到罗汝芳时亦有这样一段记载："先生过麻城，民舍失火，见火光中有儿在床，先生拾拳石号于市，出儿者予金视石。一人受石出儿，石重五两，先生依数予之。其后先生过麻城，人争睹之，曰：'此救儿罗公也。'"[3]第8册,55—56 或许保护几幢民居、拯救些许孩童并不算惊天之举，然而这些行为却向我们传递了这样一个信息：泰州学派诸人之侠的行为，其所关怀的对象已具有了相当的普遍性，不局限于狭隘的师友关系，推而至于芸芸众生，成为一种具有范型意义的文化形态，产生了深刻影响。

其次，泰州学派善于发展民间组织，并于其中充当统领者与保护者。从历史渊源看，自墨家起就有在野成立社会组织进行统一作息、生产和安全防范的早期实践；加之明代文人结社和讲学的团体化、组织化进一步强化，为泰州学派的实践方式提供了现实基础。颜钧说："大赉以足民食，大赦以造民命，大遂以聚民欲，大教以复民性……如此救溺，方为务急；如此济世，是为雷雨动满盈也。"[11]卷6,53—54 泰州学派以强烈的社会责任感与担当意识，从群体层面去积极履行救世职责，以期改良社会，安抚黎民，收到了一定的社会效果。王艮在家乡安丰场讲学倡道，"四方来学之士云集安丰者，日不下百人，率皆先生应酬之，内外上下帖然也"[4]先生行状,209；针对豪强盐霸大肆侵占草荡之地，王艮提出了"均分草荡"的举措，保护了下层盐户的利益。颜钧立萃和之会，"人人亲悦，家家协和，踊跃奋励，虽少小童牧，尽知惭悔省发"[11]卷3,24；何心隐构聚和(亦名萃和)之堂，"身理一族之政，冠婚丧祭赋役，一切通其有无，行之有成"[3]第7册,821。在泰州学派这种新型民间组织中，实现的是所谓"克明俊德以亲九族，而族无不睦；又以此而平章百姓，而百姓无不昭明；又以此而协和万邦，为之于变时雍”的社会理想，在当时可说是侠之“为国为民”实践的成功范例。

二、泰州侠的独特阐释

纵观泰州学派之言行，侠之精神风骨的影响无处不在，但这并不代表成为纯粹意义上的侠客即是他们人生追求的最高境界。一方面，侠长期得不到主流文化认可，侠客往往游移于绿林草莽之间，在社会体制中缺乏参与空间；另一方面，侠文化自身没有完整的理论体系，更多地停留在个体性和偶然性层面，能救一事之急而难平天下之乱，在经国治世等宏观方面无法发挥主导作用。泰州学派诸人皆心性甚高而志向远大，从不以侠者自居，也不以行侠仗义为宣扬重点，在他们看来，单纯的成侠非但难以达到人生期许，甚至会削弱个人价值。事实上，泰州学派更多的是将侠看作行为方式而非行为目的，最终追求的是更具掌控力和话语权的社会地位。泰州学派诸人期望将个人的价值观念转化为政治力量和思想力量，转化过程则以侠作为推进，以期为自身争取极高的个人成就、平等的社会地位及广泛的话语权，进而全面而长久地对社会产生积极影响。既然泰州学派之于侠主要是取法其形式，那么，侠究竟在哪些方面能为其用，在运用过程中对侠的观念又有什么独到的阐释呢？

（一）侠是成为圣人的必经之路

泰州学派言行看似离经叛道，“非名教之所能羁络”[3]第7册，820，但实际上对圣人有深深的向往，在其心路历程中，成圣情结贯穿始终并成为其最高人生追求。传统观念里的侠往往代表着叛逆与不羁，独立于正统思想之外，与文治礼教相对立，那么，渴望成圣的泰州学派为何要选择侠这种看似最不搭调的行为模式呢？“古今贤圣皆豪杰为之，非豪杰而能为圣贤者，自古无之矣”[2]卷1，4，李贽的这段话可谓一语中的。在泰州学派看来，行侠非但不会和成圣背道而驰，且是成圣的有效途径。泰州学派以侠成圣的观念，可谓剑走偏锋，独辟蹊径，看似悖逆却又不无道理，细较之下，主要源于两个方面：

一是原始儒教。泰州学派之叛逆主要针对程朱理学而言，而非否定整个儒教体系。事实上，他们对早期儒家的孔孟二圣始终持推崇与奉行态度："直须出身以主大道，如孔孟复生于世，则大道有正宗，善人有归宿，身虽不与朝政，自无有不正矣。"[1]卷3,73 在他们看来，孔孟之道为正宗，原始儒学中英勇无畏、个性张扬的部分更为他们所接受继承。孔孟儒者从来不乏勇者的身影，虽强调礼治天下却从不失个人风骨气魄。孔子说"勇者不惧"，提倡"宁为狂狷，不为乡愿"，自身文武兼修，弟子中也不乏豪迈磊落之辈。亚圣孟子的"浩然之气"之说、"舍生取义"之论和"大丈夫"之操，较之孔子更为激进，言语之间锋芒毕现，卓尔不群，铁骨铮铮。这些汉代以后沉寂多年的儒者风骨，千年之后为泰州学派所拾取，"掌握乾坤大主宰，包罗天地真良知，自古英雄谁能比？开辟以来惟仲尼。仲尼之后惟孟子，孟子之后又谁知？"[4]大成学歌寄罗念庵,55，此数言可谓道出了他们共同的心声。

二是阳明心学。在泰州学派眼中，先师王阳明无疑是成圣道路上的又一典范。王阳明自身并不反对狂放不羁的个性，他说："我今才做得个狂者的胸次，使天下之人都说我行不掩言也罢"[12]卷3,116，他也认同狂狷亦能成为圣人："狂者志存古人，一切纷嚣俗染，举不足以累其心。真有凤凰翔于千仞之意，一克念即圣人矣。"[12]卷35,1287－1288 王畿说："狂者之意，只是要做圣人，其行有不掩，虽是受病处，然其心事光明超脱，不作些子盖藏回护，亦便是得力处。"[13]卷1,4 由此可见，在阳明心学体系中，"狂狷"被认同为成圣的前提，并非泰州学派一家之见，乃有先例可循，这种学派内部的统一认识无疑为泰州诸人由侠成圣观念的产生提供了理论依据。王阳明跌宕起伏的人生经历亦为泰州学派所心驰神往，他作为思想家和军事家均取得了令人瞩目的成就，这虽然不是由侠成圣的标准范式，却不无相通之处，这对泰州学派起到了某种心理暗示，为他们坚信侠之与圣并行不悖提供了心理上的保障。

（二）侠是追求"尊身"的重要手段

侠对自尊的高度重视和对自由的高度渴望，历代皆为关注重点，亦是其性格卓尔不群之根源，侠者需要在传统社会结构之外构建一个新的阶层，以期在其中能享有理想中的自尊与自由。这与泰州学派的"尊身"思想有共通之处：泰州学派着力追求个人的独立与自主，"尊身"是他们的强烈渴求，"身与道原是一件，至尊者此道，至尊者此身"[4]答问补遗,37。一方面，以布衣阶层为主的泰州学派，其豪放不羁的个性使得他们不甘于泯然众人，任人摆布；另一方面，他们又不愿通过出仕的传统途径来实现个人价值。在他们看来，官场黑暗，难以施展拳脚，会过多地受到礼教、官阶的束缚，“若在樊笼恋恋，纵得以展高才，不过一效忠、立功、耿介之官而已，于大道何补”[1]卷3,73，因此势必要在“布衣”和“官员”之外另辟蹊径，寻找一种更受重视、更有自主、更具影响的身份，以此推动社会进步，实现个人价值。

本文前述泰州学派侠义行为，曾提到他们豪情万丈、不畏强权，亦提及他们为师友捐躯赴难、侠义相待。在这些行为背后，“尊身”的色彩早已暗含其中。从自身方面讲，极高的自我定位和昂扬的斗志使得他们在任何高官权贵面前均无丝毫怯懦和自卑，“顶天立地丈夫身，不淫不屈不移真”，“豪杰原来共此身，聪明独自发天真”。正是“尊身”的思想赋予了王艮“欲为帝王师”的豪情、何心隐“英雄莫比”的气度和李贽“七十老翁何所求”的坦荡，赋予了他们不可轻、不可欺的值得敬畏的社会地位。从师友方面说，相互之间的肝胆相照和生死与共，使泰州学派从内部建立起了稳定而值得信任的群体关系。他们以实际行为证实了人与人之间“信”与“义”的可行，在权力倾轧、尔虞我诈的官场之外建立了一种全新的生存模式，为“尊身”理念的实现寻找到了立足的平台，并在社会上赢得了极高的信誉和威望。

（三）侠是扩大影响的有效途径

中国文化中的侠最初表现为个体性、随机性的救助，并无社会普遍认同。随着侠文化与主流文化的不断碰撞，其在被赋予公正、良知等道德色彩的同时，日渐成为百姓心目中值得信赖和托付的正义力量，其“拯救者”形象深入民心。为民请命、以天下为己任的担当精神历来是泰州学派的可贵传统，诚如罗汝芳所言，人之“参三才、灵万物”，必以“立身行道”为要义：“夫所谓立身者，立天下之大本也，首柱天焉，足镇地焉，以立人极于宇宙之间。所谓行道者，行天下之达道也，负荷纲常，发挥事业，出则治化天下，处则教化万世，必如孔子大学，方为全人，而无忝所生。”[14]此种兼济天下的豪情，使他们在行为选择上不自觉地达成共识，张扬多于内敛，担当多于避匿，以布衣阶层而表现出对话语权和影响力的强烈诉求。因此，对侠这种方式的运用就成为他们的一步妙棋，换言之，他们希望以最符合百姓心态、最容易受到认可的侠义行为来最大限度地赢得平民阶层的认可与支持，以期兼济天下，教化万民，也为学派的进一步扩展积累必要的社会力量。

此外，泰州学派多布衣，文化水平的参差使得他们在“理论性”上相对薄弱，难以匹敌其他门派，王世贞就曾讥颜山农“读经书不能句读，亦不多识字”。在“囊中羞涩”的情况下，要想为社会广泛认可，为自身理念争取到宣扬空间，就必须在“实践性”方面大力加强。他们广泛讲学，创立民间组织，保障百姓生活质量和教育水准；他们带头抵制统治者的不合理行为，为百姓在第一时间赢取实实在在的权益；他们为百姓、为朋友粉身碎骨而在所不辞，在百姓心目中赢取信誉和威望……可以说，侠的意识形态的通俗易懂、实践层面的简单可行、行为结果上的轰动效应等，成为泰州学派寻求独树一帜的最佳选择，也成为其在思想驳杂的晚明时期迅速扩大影响力而占据一席之地的有效途径。

可以看出，泰州学派结合自身实际，对侠进行了巧妙而灵活的理解与运用。他们所构建的侠，不但用于满足平等自尊的人格需求，还与圣人这一崇高身份挂钩，更被广泛而深刻地运用于社会改造，成为实现政治抱负、保障集体利益的有力武器。这些独特的阐释也将古老而边缘的侠提升到新的高度。泰州学派之后，人们对侠有了更高的评价：“豪侠之质，可与入圣人之道者……彼其能力救穷交者，即其可以进援天下者也”[15]；“天下有亟事，非侠士无足属……当乱世则辅民，当治世则辅法”[10]19。总之，泰州学派对侠文化的整体提升，脱离了原始的散兵游勇状态，摒除了匹夫之勇的狭隘和个体力量的单薄，积极地参与国计民生等重大事务，具有了更为深刻的思想文化意义。

三、泰州侠的思想特征

泰州学派行为颇具侠风，对侠文化的内涵见解独到，侠赋予他们行为上的张扬和思想上的不羁，对其流派特色的形成影响可谓深远，侠在某种程度上成为泰州学派定性的标准，造就了其独树一帜的精神面貌和广泛深远的社会意义。然而，事物之间影响的途径往往是相互而非单一方面的，泰州学派与侠之关系亦是如此，其学派本身对侠文化的改造与重塑同样不容忽视。

经由泰州学派之手，侠文化在晚明语境下被拆分重组，以崭新的面貌出现在时代洪流之中。侠文化焕发出前所未有的生机，呈现了不同于此前的特征，对当时的思想界、政治界、宗教界和文学界产生了深远影响。

（一）与心学相结合

心学是泰州学派尚侠的理论基础。泰州学派之所以大胆摒弃理学桎梏，丝毫不掩饰其侠者风范，上不畏政治之压力，下不惧世俗之不解，这种高度的自信与自立，源于阳明心学提倡的“崇尚本心”“自性自主”，亦源于其对自身价值观近乎偏执的认同。同时，这种将内心想法付诸实践的勇气，使得心学从思想领域扩展到生活层面，脱离了水月镜花的虚幻而成为可触可感、可用可行的实实在在的东西。

首先，以气质相类聚的泰州学派，从量的层面上实现了对阳明学说的发扬。泰州学派尚侠乃其宏观风格，学派内部并没有将侠作为既定行为准则而统一要求，侠也并不成为他们衡量自身合格与否的考察标准，他们每个人所实施的侠义行为都是在不同情境中自发进行的。但这些看似随机、零散的行为，其背后蕴含的是一种共同的气度和精神，是一种统筹于个性之上的共性，是同类人格的自发集结。尽管王阳明心学依然是主观形态下的产物，但对各类心性的认识和包容、对主观本源思想的充分肯定，实际上已能为各种人格的自由发展营造相对宽松的空间。相比于理学对人性的压制，心学能为人们提供更大的自由度。秉承侠气的泰州诸人，因心学之鼓舞而敢于释放天性、彰显个性，始终坚持自己的行为准则与价值观念，坦然接受非主流的侠文化，合理进行运用，将其发扬光大，这一成就亦是阳明心学之成就、晚明思潮之成就。

其次，泰州学派重侠，从质的层面上讲是对阳明学说的开拓。尽管阳明自身及王学其他派系并不反对“做个狂者”，但也并非如泰州学派般极力推崇。在他们看来，“狂者”是万不得已之选择，狂者的意识形态里，对现实是消极接受而非积极改造，作为君子，首选的主流处世态度仍是“君子素其位而行，思不出其位”，而不能动辄“谋其力之所不及而强其知之所不能”。[12]卷2,73 对于王畿等其他派系的王学人物来说，如果“狂者”尚能为其所接受，侠则因逞匹夫之强而缺乏远大理想，往往成为抨击对象，“自古圣贤须豪杰人做，然豪杰而不圣贤亦多有之，以其习气胜而志不远也。入圣入贤自有真血脉路，反身而求，万物皆备，自成自道，乃为大乐。非意气所能驰骋，非知解所能凑泊，非格套所能摹仿”[12]卷12,315。事实上，王阳明心学理论在客观上是存在着矛盾的：他既提倡遵从“本心”，却又不能完全摒弃外部约束，结果是人们价值选择的标准实际上被模糊化了。自由该不该有限度？在这一分歧面前，王学左派、右派分道扬镳，各自谱写新的历史。泰州学派对侠的重视即是“师心不师古”态度的缩影。“荆轲、聂政以意气而蹈白刃，且个个争效法之，是做好人的不以中庸做好人矣。”[16]这看似是对王阳明的悖逆，实则是对心学的开拓。

（二）以儒教为根源

尚侠的泰州学派时时被冠以“异端”之名，以“出位之思”著称，但其思想仍以儒教为根本。侠文化产生初期存于民间，体现为个人之间的武力行为，政治色彩和集体意识十分淡薄。儒家在汉代改革之后更注重符合统治要求的“共性”，成为统治阶级的附属品并延续千年，故而渐渐隐去了昔日锋芒毕现的个性与风骨。在这样的文化氛围里，侠与儒渐成水火，在很长时间内找不到可以互通的可能性。然泰州学派对儒家的取法独辟蹊径，跨越千年沉寂而直达孔孟旧学，吸取了儒家思想中积极进取、桀骜狂放的一面。因此，“儒而侠”成为其典型特征，以侠的手段和方式去追求儒的济世结果，以儒的责任感与价值观来保证侠的合理地位。其对原始儒和原始侠进行了拆分重组，摒弃了儒的阶级限制和侠的狭隘思想，构建出一种有担当、有风骨、有节义、重平等的理想型儒侠形态，其目的则是要在社会认同度和实践效果上达到双赢的效果。

泰州学派诸人在其侠言侠行背后，儒家修齐治平的责任意识成为其行动的最高宗旨。在王艮看来，之所以有“出位”，是因为“某草莽匹夫，而尧舜君民之心，未尝一日忘”[4]年谱,70；李贽认为但凡英雄豪杰，就应当“不可免于世，而可以进于道”[2]卷2,80。泰州学派的侠义行为并非逞强负气，而是要立足于国计民生，对社会问题进行干预和补救。“惟君臣而后可以聚天下之豪杰，以仁出政，仁自覆天下矣。”[1]卷3,66 在他们近乎单纯的理想里，不入主流的侠行或当得到统治阶级的认同，自身也能以在野身份参与国家大事，进而与统治阶级成为“君臣”关系，顺理成章地实现政治价值和人生理想。

泰州学派的侠，遵从儒的忠君思想，以“辅佐王道”为己任，其批判并试图改变的对象往往限于“愚民”和“佞臣”，并未上升到推翻帝王、革新政权的高度。“易天而不革天，易地而不革地”[1]卷2,27，“忠臣侠忠，则扶颠持危，九死不悔；志士侠义，则临难自奋，之死靡他”[2]卷4,193，看似叛逆不羁的泰州学派，事实上始终恪守着儒者这种宁为忠臣，不做明君的思想，这是传统意义上的侠所未能体现甚至未能意识到的。诚如何心隐所说：“战国诸公之意之气，相与以成侠者也，其所落也小。”[1]卷3,54 虽以“义”作为宗旨，但始终落于小处，这是传统侠之局限，也是泰州学派之所以忌讳被称为侠的心理渊源。千百年来，侠未能自成一家，无法媲美儒、道思想，更无法广泛而深刻地影响时代进程，正是因为其行为中缺少了清晰的思想倾向和明确的社会意义。泰州学派通过对儒家思想的借鉴，赋予了侠忠君护民、惩奸除恶和保政治清明、还天下安康的高尚行为动机，赋予了侠更高的时代使命和更大的影响力，使其对整个社会来说具有了更为深远的意义。

然而，泰州学派的此种“儒侠”实践从结果来看并不成功。封建社会在政治和思想上占据主导地位的，往往是群臣与君主相依存的体系而不只是君主单方之权威，正是庞大的官宦群体构建了完整的封建政治体制，并在其中发挥主导作用，君主在更多的时候只是一种权力的象征，这种情形至明代后期更显突出。因此，泰州学派期望以蔑视群臣、直面君主的方式来获得话语权并实现政治理想的想法，显得理想化而不切实际：他们不但无法得到君主的支持，反而招来上下一致的打击，被定性为“大者摇撼朝廷，爽乱名实；小者匿蔽丑秽，趋利逃名”[17]，并因此付出了沉重的代价。

（三）以民间为舞台

从民间角度看，侠更多的时候是以一种“侠性心理”[5]297 的“情结”形式，深埋于饱受压迫的民众心中，其理想色彩往往大于实用功效。在平民百姓眼中，侠者仿佛上天派来的救星，抑或是传奇小说中的高人，隐逸而虚幻，其自由、洒脱与狂放不羁，令人憧憬却又距离日常生活很远，非常人所能企及。泰州学派的侠却恰恰选择以广大平民阶层作为实施舞台，以可见可感的英雄行为印证着民众对侠者的期许，以实实在在的功效打破了侠的神秘与渺茫。

泰州学派的侠是进取的、改良的、入世的侠。隐匿世外、飘然若仙的生存状态不在他们视野范围之内；即便游走绿林劫富济贫的梁山英雄，被泰州一派像李贽这样的思想家所激赏，但他们自身却不会去效仿，因为出自作家虚构的梁山水浒之侠事实上无法贴近百姓生活，亦不能在广阔范围内产生影响，换言之，只能被远观而羡慕，却不能被信任和依靠。与之相对，泰州学派的侠呈现出更贴近百姓日用、更符合现实状况的特征，在他们看来，为侠者要成为社会的侠而非个体的侠，为侠的目的更多的是为了改变社会、拯救百姓，“为天地立心，为生民立命”方为英雄豪杰之毕生使命。在这种意义上讲，泰州之侠实质上是思想之侠，或者说是以侠的思想和气质影响民众，使人人皆侠，如同人人皆圣。

在行为举止方面，泰州学派秉承了“急人之难”的侠义传统，救民于水火成为他们秉承的传统。然而，救人莫若救心，采取武力方式“以暴易暴”只能解决暂时性的问题，长久的策略是要将自由平等、尊身立命的思想以讲学布道的方式播撒民间：“大丈夫存不忍人之心，而以天地万物依于己，故出则必为帝者师，处则必为天下万世师。出不为帝者师，失其本矣；处不为天下万世师，遗其末矣。进不失本，退不遗末，‘止至善’之道也。”[4]语录,13 诚然，讲学布道并传播思想是他们最为倚重的事业，而在明代政治高压之下，他们每每被冠以“妖孽”之名而受到官方镇压。面对这样的情况，怯懦之人或许会黯然退场，只有真的勇士方能直面考验，杀出重围。王世贞曾说泰州学派“借讲学而为豪侠之具，复借豪侠而恣贪横之私”[1]附录,143，虽为贬斥之语，却从侧面印证了泰州学派讲学活动中侠气充盈的事实。一方面，他们需要这样的气度来支持自身的讲学行为，即便处于风暴中心仍能屹立不倒，薪火相传；另一方面，他们以布衣身份指点江山的英雄气魄，本身就为处于社会底层的民众树立了自立自强的榜样。他们引领民众对统治阶级的执政水准和社会大众的生存状况进行深刻内省，追问宗法制度的合理性，探索苦难和压迫的根源，为民众思想的启蒙开辟了途径，成为民众心目中可信、可敬的真英雄。

（四）与佛教相辉映

后世学人在论及泰州学派之时常以“狂禅”为词：“（瞿汝稷）痛疾狂禅，

于颜山农、李卓吾之徒，昌言击排，不少假易”[18]；“盖志道之学出于罗汝芳，汝芳之学出于颜钧，本明季狂禅一派耳”[19]。“狂禅”几乎成为泰州学派的代名词。何谓“狂禅”？其思想实质是心学范围内的“以禅释儒”，其外在形态则以侠风著称而趋于狂放恣肆。有明一代，佛与侠这两种看似毫无联系的文化元素，呈现出相互影响、相互照应的新特征，佛教界涉世入俗的态度日趋强势，而侠之气息也日渐弥漫在晚明佛教领域，催生出了一批崇侠尚义的“豪僧”，并深刻影响了佛教发展的形态。

晚明时期，儒佛两家呈现合流趋势，王阳明及其心学弟子成为主要践行者，“明之中叶，自阳明王氏倡为良知之说，以禅之实而托儒之名……龙溪、心斋、近溪、海门之徒从而衍之”[20]卷2。在“以禅释儒”的潮流中，泰州学派显得尤为独特：“诸公掀翻天地，前不见有古人，后不见有来者。释氏一棒一喝，当机横行，放下拄杖，便如愚人一般。”[3]第7册，820 他们以狂放桀骜的行为否定权威、追求自主，并以侠之精神来驾驭佛教“明心见性”“自度度人”等观念，成就了其“荡轶礼法，蔑视伦常，天下之人恣睢横肆，不复自安于规矩绳墨之内”[20]卷2 的叛逆精神，成就了其“满街皆是圣人，酒色财气不碍菩萨路”[21]第1册，78 的狂放性格，也成就了其“解缆放船，顺风张棹，则巨浸汪洋，纵横任我”[3]第8册，8 的万丈豪情。在佛禅宗教性和权威性基础上，侠的实践更加自信而自由，佛与侠的结合成为泰州学派催生狂禅思潮的重要原因，构建了明代思想史奇特的景观。

晚明佛教经世思潮盛行，打破了佛教自古以来出世和超脱的状态。即便如此，泰州学派涉足之前的明代佛教，整体风貌依然以不逾规矩、儒雅平和为宗，罕有狂侠之气出现。泰州学派之后，侠之观念形态对整个时代造成巨大冲击，佛门之中对“英雄豪杰”的态度渐由漠视转为提倡，其中不乏当时名僧：如紫柏“经世能以出世为宗，谓之豪杰而圣贤；出世能以经世为用，谓之圣贤而豪杰”[22]；智旭“夫豪杰者，圣贤之基址也；圣贤者，佛祖之阶梯也。不能为豪杰，而能为圣贤，吾所不信；不能为圣贤，而能为佛祖，吾尤不信”[23]。这些“豪僧”不光从意识形态而更从行为方式上秉承侠者济世救俗、传道布法、勇往直前、万死不悔之精神。面对佛门“法道下衰，僧多拜俗，乞尾哀怜，有损圣贤之体，循情询俗，全无道者之风”的疲软状况，达观大师“深痛时弊，有仿古人，忍使杀身，不甘坐视”[24]；面对世间“缁侣乐于庵居，苍生哭于原野”的凄凉现实，云栖大师果断倡导“以忠君爱民为处官之正务，次乃及于护法”[25]的思想；至于弘扬佛法而以身殉难的紫柏大师，更是将侠者坚韧不拔之信念和勇敢无畏之精神发挥到了极致。可以说，具备侠之风骨的豪僧群体，为晚明佛教注入了昂扬无畏的精神，成了佛教济世救俗、弘法布道的主导力量，为晚明社会注入了巨大活力。

四、泰州侠的文学影响

此前笔者撰有《李贽与“侠”略论》一文，实乃泰州学派与侠的典型个案研究，其中特别涉及“‘侠’与李贽的文风及其文学思想”[26]。从整体来看，泰州学派之侠作用于文学领域，其影响力和冲击力不容忽视。第一，泰州学派的侠重塑了文人精神和思想人格，赋予其独立自主的个性和大胆革新的勇气。中明以来，社会风气绵软，士人多无风骨、个性可言，无为而平庸，“男子多化为妇人，侧行俯立，好语巧笑，乃得立于时。不然，则如海母目虾，随人沉浮，都无眉目，方称盛德”[27]卷45,1356。模拟因袭之风盛行，创新精神缺失，陈旧而无生气。“今儒者溺于章句，纵有杰出者，不过谓士生斯世，第能孝能忠廉信节，即是此道。”[28]卷41,1225 泰州侠的横空出世无疑为当时文坛注入了一剂强心针，唤起了文人对个性张扬的深切渴望和对文学改革的强烈要求，徐渭、汤显祖、公安三袁等进步文人成长为文坛革新之核心人物，受泰州学派和晚明思潮影响，纷纷以重塑精神气概、追求率性本心为目标，着力于塑造“不务饰其声，而务养其气；不务工其文字，而务陶其性情”[29]的率真人格和“性之所安，殆不可强，率性而行，是谓真人”[28]卷4,193 的坦荡情怀。他们相互之间亦以侠者风范相称许，如袁宏道传徐渭：“自负才略，好奇计，谈兵多中，视一世士无可当意者。……故其为诗，如嗔如笑，如水鸣峡，如种出土，如寡妇之夜哭，羁人之寒起。”[28]卷19,716 区区数言，徐渭的狂傲与英豪跃然纸上。如袁中道传李贽：“若夫骨坚金石，气薄云天，言有触而必吐，意无往而不伸。排揚胜己，跌宕王公。孔文举调魏武若稚子，嵇叔夜视钟会如奴隶。鸟巢可覆，不改其凤味；鸾翮可铩，不驯其龙性。斯所由焚芝锄蕙，衔刀若卢者也。”[30]卷17,724 寥寥数笔，李贽的丰骨与豪气展露无遗。如徐渭“胸中又有勃然不可磨灭之气”[28]卷19,716、袁宏道“凤凰不与凡鸟共巢，麒麟不共凡马伏枥”[30]卷18,756、袁中道“慷慨为人,却有些侠气”[30]附录二,1482,这样的新型文人,为晚明文坛注入了无限活力,亦成为那一时代不可磨灭的印记。

李贽之后,泰州学派再无真正意义上的思想家,其在理论方面的影响力亦趋于微弱,然而,侠的精髓却以文学的形式得以传承。它赋予了文人们自由的创作理念和狂放的革新精神,成就了文人“胆量愈廓,识见愈朗,的然以豪杰自命,而欲与一世之豪杰为友……泛舟西陵,走马塞上,穷览燕、赵、齐、鲁、吴、越之地”[28]卷4,187的潇洒和“情致所极,可以事道,可以忘言。而终有所不可忘者,存乎诗歌序记词辩之间。固圣贤之所不能遗,而英雄之所不能晦”[27]卷30,1098-1099的率性,更成就了“主情说”“性灵说”等颠覆性的文学理念。他们敢于抨击当时文坛弊病:“今之为诗者……不出于己之所自得,而徒窃于人之所尝言”[31];敢于遵从本心而不囿于古法:“能为心师,不师于心;能转古人,不为古转。发为语言,一一从胸襟流出,盖天盖地,如象载急流,雷开蛰户,浸浸乎其未有涯也”[30]卷18,756;更敢于以狂者姿态直抒胸臆:“大丈夫意所欲言,尚患口门狭,手腕迟,而不能尽抒其胸中之奇,安能嗫嗫嚅嚅,如三日新妇为也。不为中行,则为狂狷。效颦学步,是为乡愿耳。”[30]卷10,486这些勇气,这些魄力,这些源于侠所赋予的革新精神和文学观念,引领了轰轰烈烈的晚明性灵文学思潮,成为文学史上华丽的篇章。

何心隐的遇害和李贽的自杀,宣告了泰州学派侠的政治实践以失败告终。这对于晚明文坛的中流砥柱们无疑是巨大的冲击,自此再难从后人文字中读到那些赤肝侠胆的语句、扭转乾坤的理想和近乎虔诚的执着。豪情虽然被隐性所代替,自由洒脱的个性之风却得以保存,文人不再流连于浮华的辞藻,拘泥于僵化的思维,而是以真情真性注入作品,并以满腔的激情彰显着沉寂已久的尊严和个性。政治上的变革失败了,文学上的变革却取得了巨大的成功,晚明性灵文学风骨棱棱,独树一帜,巍然屹立于文学历史的长河之中。晚明文人的自由与洒脱,晚明作品的不羁与豪放,晚明文坛的峥嵘与繁华,正是侠之精神在文学世界里不朽的延续。

参考文献：

[1]何心隐.何心隐集[M].北京：中华书局，1960.

[2]李贽.焚书；续焚书[M].北京：中华书局，1975.

[3]黄宗羲.黄宗羲全集[M].杭州：浙江古籍出版社，2005.

[4]王艮.王心斋全集[M].南京：江苏教育出版社，2001.

[5]韩云波.中国侠文化：积淀与承传[M].重庆：重庆出版社，2004.

[6]邹元标.愿学集[M].上海：上海古籍出版社，1993：252.

[7]司马迁.史记[M].北京：中华书局，2000：2413.

[8]荀悦.前汉纪[M].光绪丙子八月岭南述古堂刊本：4.

[9]张廷玉，等.明史[M].北京：中华书局，2000：4863.

[10]章炳麟.儒侠[M].//章炳麟.訄书.上海：古典文学出版社，1958.

[11]颜钧.颜钧集[M].北京：中国社会科学出版社，1996.

[12]王阳明.王阳明全集[M].上海：上海古籍出版社，1992.

[13]王畿.王畿集[M].南京：凤凰出版社，2007.

[14]罗汝芳.孝经宗旨[M]//四库全书存目丛书编纂委员会.四库全书存目丛书·经部第146册.济南：齐鲁书社，1997：12.

[15]曾国藩.曾国藩全集[M].长沙：岳麓书社，1986：442.

[16]罗汝芳.近溪子明道录[M]//《续修四库全书》编纂委员会.续修四库全书·第1127册·子部·杂家类.上海：上海古籍出版社，2002：83－84.

[17]张居正.张太岳集[M].上海：上海古籍出版社，1984：362.

[18]钱谦益.牧斋初学集[M]//钱谦益.钱牧斋全集：第72卷.上海：上海古籍出版社，2003：1610.

[19]纪昀等.孟义订测[M]//四库全书总目提要·四书类存目.

[20]陆陇其.三鱼堂文集[M]//文渊阁四库全书.

[21]梁启超.饮冰室合集[M].北京：中华书局，1989：78.

[22]曹越.明清四大高僧文集·紫柏老人集[M].北京：北京图书馆出版社，2005：323.

[23]曹越.明清四大高僧文集·灵峰宗论[M].北京：北京图书馆出版社，2005：119.

[24]蓝吉富.禅宗全书：33 宗义部3[M].北京：北京图书馆出版社，2004：208.

[25]曹越.明清四大高僧文集·竹窗随笔[M].北京:北京图书馆出版社,2005:406—407.

[26]何宗美.李贽与“侠”略论[J].西南大学学报(人文社会科学版),2007(1):33—41.

[27]汤显祖.汤显祖全集[M].北京:北京古籍出版社,1999.

[28]袁宏道.袁宏道集笺校[M].上海:上海古籍出版社,2008.

[29]屠隆.鸿苞[M]//四库全书存目丛书编纂委员会.四库全书存目丛书·子部第89册.济南:齐鲁书社,1995:254.

[30]袁中道.珂雪斋集[M].上海:上海古籍出版社,1989.

[31]徐渭.徐文长三集[M]//徐渭.徐渭集.北京:中华书局,1983:519.

作者简介:何宗美(1963—),男,湖南永兴人,文学博士,西南大学文学院、中国侠文化研究中心,教授,主要研究明代文学。

原文出处:《西南大学学报》(社会科学版)2011年第5期。

转　　载:《新华文摘》2011年24期论点摘要。

“金庸”与中国当代文学的危机

(德)顾　彬[1] 著;杨青泉[2] 译,朱寿桐[2] 校

摘　要:在精英与大众、高雅与通俗的文学区分视野之下,金庸作为一名畅销书作者,他所提供的快速消费型文学并不能成为经典的文学作品。金庸小说代表了中国极度向往的传统精神,从这个意义上来说,他不是一个真正具有“现代性”的作家,他的创作不是应对当代汉语文学60多年来面临危机的解决方案。

“仿佛一切都是打着‘后现代’的口号来进行的,这意味着一个人无论写了什么东西,都将或多或少被看作‘文学’作品。”①对于读者、作者和评论者来说,似乎不再有精英与大众、高雅与通俗的区分了。现在任何形式的写作都被称为文学,因此任何受到欢迎的作品,几乎都可以称之为好的文学作品。那么我们写的任何东西都能自动地冠上优秀文学作品之名吗?像任何一场街头足球赛都可以被看作是精彩的表演,并被看作是“欧洲冠军杯”比赛了吗?

汉语文学世界在1912年后,特别是在1949年后失去了什么是好的文学作品和什么应该是好的文学作品的标准。时下甚至那些没有什么思想深度,只知道和自己的母语(汉语)做“斗争”,仅存有一些模糊文学形态的创作者,竟然成了国内外的畅销书作者。这是为什么?因为在作者、读者和评论者眼中,已经不再用“文学类型”来界定什么是好的文学作品,不过像那些娱乐或诽谤的文学一样,仅仅是看看内容的“噱头”而已。甚至连陈思和这样

①然而我不得不承认,这是一个将任何书写出来的文字都看成是文学的时代。见 Peter Wapnewski: Zumutungen. Essays zur Literatur des 20. Jahrhunderts. Nördlingen: Deutscher Taschenbuch Verlag 1982, p. 15.

有名的中国现当代文学评论家，在公开场合也几乎只讨论某一些作品的内容而不讨论它们的“文学类型”。

当然我们不能把类似这样的事例看作是中国独有的问题，这也是一个普遍的国际现象。例如德国的夏洛特·罗奇(Charlotte Roche，1978—)以她贫乏的文学经验写出了她所谓的小说，赚取了数百万稿酬。帮助她赢得了名声和让那些感情饥渴的观众欣赏的东西，正是她那有着令人厌恶内容的自传、色情的倾向和她在开始写作生涯之前曾是一名电视明星的事实成了“噱头”。

一、现代性与危机

请不要误解我：我并不反对畅销书作者本人，我也不认为谁可以比得上金庸。在我看来，所谓的当今美女作家还没有她们的作品那么吸引人。然而，毫无疑问的是，世界上确实不能没有某些畅销书，例如《圣经》、歌德的《少年维特之烦恼》、柏拉图的哲学。还比如《红楼梦》的德文译本，甚至在德语世界里依然畅销，据说它已经被纳入德国的文学史了。但是此类“畅销书”是经久不衰的，与现在的许多仅在几年时间里卖得好的畅销书的状况是不同的。一些经典著作的作者现在被看作是世界顶级的作者，可能在其生前却是穷其一生卖不出去一本书。弗里德里希·尼采(Friedrich Nietzsche，1844—1900)在精神失常之前，因找不到出版人而不得不自费出版所有自己写的书，如我们所知，正是他的这些书确立了20世纪的现代性。

毫无疑问，金庸对汉语的把握具有中国古典文学的韵味，这要比现在北京和香港的某些作家所使用的呆板的汉语好很多。与那些不懂得怎样讲述故事的人不同，金庸知道他作为一名叙述者的职责是什么，并且能够塑造出那些尽管有些老套但仍比较生动的人物形象来。简而言之，他是可以掌握作家自己权利的创作者。但是，金庸是一位用几百年前的传统方式讲述、复述故事的现代作家吗？提出这个问题时，我们就触及了一个非常严肃的问题。我的回答是，我把金庸看作是当代汉语文学60多年来所面临的危机中的重要部分，我不认为他穷尽毕生精力创作的作品是上述问题的答案或作为应对这场危机的解决方案。

德国虽然是一个小国，然而在过去的一百多年里，一小群翻译家和学者志愿出版了几乎全部的可以被德国接受的杰出的中国古典文学作品，包括诗歌、小说、戏剧以及哲学作品。同时比之于中国现当代文学来说，情况却不是这样。当你听到我的报告后一定会感到惊讶，因为与英语世界不同，同期的许多中国武侠小说译本中，迄今为止还没有一本金庸的作品被翻译成德语，恐怕今后也根本不会出现他的作品的德语译本。这样看来，金庸在提到“西方”对他的毕生之作没有太大的兴趣上的看法是对的。但是理由却不是像他所说的“国粹”，而是一种“娱乐和消遣”，因为西方人可以轻而易举地从众多作家那里得到“娱乐和消遣”。

被誉为中国当代武侠小说之父的金庸在德语世界无人问津，他或许既对德国汉学家的忽视无能为力，又对其作品翻译可能遭遇的困难同样无能为力。事实上，在德国已经出现了有相当深度的金庸研究，甚至还有专书出现。中国博大精深的思想著作一直以来被翻译成常见的优秀德语书籍，例如《道德经》有 100 多个德语版本，《易经》有 6 个德语版本。

德语世界忽视那些最广为传阅的中国作品，原因是非常深刻的，这就是现代性的问题。尽管有些怀旧的倾向和对现代性的持续批判，德国实际上在浪漫主义运动之后已经是一个非常现代的国家了，从格奥尔格·威廉·弗里德里希·黑格尔(Georg Wilhelm Friedrich Hegel，1770－1831)和伊曼努尔·康德(Immanuel Kant，1724－1804)的现代哲学到卡尔·马克思(Karl Marx，1818－1883)的政治思想都反映了这一点。法国大革命之后的“现代性”意味着确定性、永久性和整体性的消失，最后的“理性”终将不再。一个人没有了确定性他就不知道自己是谁，从哪里来，去往何方；没有了永久性，他周遭环境只不过是暂时的，所有的事物都处在不断的变化中；没有了整体性，他眼中的人类存在将被打破成支离破碎的碎片，曾经清晰的存在变得含混不清。这一切对 20 世纪的文学产生了巨大的影响。讲故事不能再用明确的方式了：没有情节，没有可信的讲述者，没有正面的主角，这就是世界广为流传的现代文学的特征。最明显的发展是故事情节的消失，在詹姆斯·乔伊斯(James Joyce，1882－1941)的小说《尤利西斯》(1922)中就会发现这样的情形。与英语文学世界以情节来叙事的方式不同，在近几十年里，好的德语文学叙事手法仍然是避免将整个故事讲述下去，他们宁可专注于讲述一个人的人生中的几个片段。

然而,我不得不承认,听故事仍然是社会上男男女女的需求,不论他们是不是足够现代。我们读到《旧约》中的记载,没有机会听故事的人是会得病的。这个有趣的观点现在看起来也是真的。我们可能喜欢也可能不喜欢这个故事,偏爱传统情节和拥有许多主要人物的故事,并且有着数十年的影响力,这些作品的读者会比 20 世纪所有畅销小说的读者之和还多。

无论是男性还是女性,都需要以故事为向导,指引他们渡过难关并借此理解自己的人生。这就是为什么一个叙述者应该是可靠之人的原因,他会与(保守的)读者一起分享自己的价值观。这种现象就是所谓的共识。读者仅想全知叙述者所想,反之亦然。

金庸提供的此类叙述满足了读者的期望。20 世纪 80 年代后期中国大陆文学有回归到传统中国故事讲述方式的倾向,然而你要知道他并不是第一个因此而导致武侠小说复兴的作家,实际情形更为复杂。在他之前,毛泽东 1942 年在延安文艺座谈会上的讲话已经要求中国作家应该回到传统的中国写作形式上来。无论你是否喜欢,毛泽东和金庸是有共同之处的。金庸反对像巴金(1904—2005)、茅盾(1896—1991)、鲁迅(1881—1936)这些现代作家,而更重要的是他并非西方民主政治的特殊密友。不必惊讶于邓小平喜欢读金庸的小说,也不必惊讶于邓小平甚至愿意接纳他。文学和政治融合的原因可以通过这一事件取得验证:金庸的小说代表了中国极度向往的传统精神。

他的"功夫小说"正如那些肤浅的人常常看到的是不太现实的探险,可爱的少女与思想单纯的武士之间发生的让人难以置信的爱情。事实上,他们展现的是塑造了向一切中国人最感到骄傲的东西的致敬:中国的历史、文学、艺术、思想、社会秩序、传统和道德价值。这是中国人认同的最宝贵的东西,并且在他们灵魂深处极为小心地进行珍藏。金庸帮助他的中国读者战胜了自第一次鸦片战争以来的自卑情结和那种乏味生活的共鸣感。

让我们回到传统和现代的不同上来:将现代文学转变成政治宣传的工具是不可能的,然而,很有可能利用传统形式来改革社会。如果我们不将诗歌或特定时期的先锋文学考虑进来,中国的当代文学必然走向传统而非"西方"现代性的道路。这就是我常常提到的当代汉语文学可以等同于长篇小说一样是无可救药地倒退的原因之一。这是一个传奇，是汉语和非汉语读者从中国语言叙述中所期望得到的传奇。金庸满足了读者的期望。但是问题还没有解决，为什么他在德国没有取得丝毫成功？甚至在消遣小说领域也没有取得成功？这里很难给出一个满意的答案，不过还是有可能进一步解释：为什么金庸是当代汉语文学的危机之一。

二、低端文学的问题

通常认为一件好的文学作品必须首先是“纯文学”，例如，一种可以为任何读者所阅读并欣赏的文学作品。目前我对这个假设十分怀疑。任何人的一生都可能经历相同的令人震惊的事情，就是我们都会随着年龄的增长而产生与年轻时对问题的不同看法，我们年轻时不喜欢的东西在我们五六十岁的时候却突然发现它有吸引人的地方。一部好的作品允许有不同的观点出现，这是我们走向成熟之路的一个进程。这样看来，恐怕我们不得不告别“纯文学”，一种被所有年龄的人广泛喜爱和接受的文学这一观念了。同时，我还认为任何文学作品都受到一定的年龄、性别和文化教育背景的限制。因此，要求所有人去喜欢或不喜欢这个还是那个作者是毫无道理的。但是，问题仍然存在，什么是好的文学作品？谁来制定最佳文学作品的标准？

在德国，文学评论家做出了精英文学、娱乐文学（大众文学）和通俗小说的区分。在英语世界通常仅有精英文学和大众文学之分，这与德国强调的东西有所不同。但是我们仍然可以看出与德国的三种区分方式所类似的高端、中端和低端的区分方式[1]。那么，在德国人眼中，金庸属于哪一个层次呢？恐怕要划分在中端或偶尔的低端范围内了。这有什么区别呢？像诗歌这样有些难度的文本，德国人将其划分为高端文学。这意味着在任何一种文化中，仅有少数的文学作品归属于这一类范畴，而其他的大多数文学作品将划入中端和低端的范围。这也意味着划入中端文学范畴的作品通常被看作是有价值的文学作品。不过，在高端文学和大众文学之间不存在清晰的分界线。以德国最著名的探险小说作家卡尔·梅（Karl May，1842－1912）为例，我12岁时，几乎读遍他所有的长篇小说。1968年前，也就是“文化大革命”时期我们所说的西德，人们认为他写的书或多或少是给青少年看的，成年人看的话会认为太过烦琐。然后，在1968年之后，德国学界的精英们发现他的作品具有道德价值，甚至是哲学思想。因此，他们把他的作品推向了中端文学的范围。现在我可以想象，如果我12岁时有机会读到金庸小说的话，我也会非常喜欢读它们，其实就是被一些学者和作家称为写给年轻人看的小说。

文学界有一个奇怪的现象：大众读者对他们喜爱的阅读材料，从来不会产生固定和持续的阅读稳定性，他们甚至会扔掉读过的东西。从这个角度上来说，可以将低端文学称为“快速消费型”文学，是这个快速消费型社会的快速消费品[2]。尽管大众读者在所有读者中占据了大多数，尽管他们的读物有上百万的印刷量和销量，但是一段时间后，能够留在图书馆书架上的读物却不多，除非是某些学者发现有价值的作品，而广大读者在读后通常可能几乎忘记了。另一方面，总会有一些严肃的文学作品有着不变的标准以及少量的无法供养作者的读者。保存下来的读物在文学史和专栏副刊有着固定的地位，哪怕它在全世界仅有很少的读者。

那娱乐文学和中端文学又怎么样呢？在英语和德语世界里，著名的作家知道怎样利用他们的小说来娱乐，他们可能会很严肃地处理社会问题、政治问题或生活问题。他们的书通常经过时间的考验而成为国际文学史的一部分。他们允许学者来验证特定时期的时代精神。问题在这里又出现了，当代中国文学通史是否把金庸的小说当作中端文学的例子呢？

我们不得不在中国和其他地区严肃地应对当代文学的危机。这不单单是一场叙事上的危机，更加可能是一场道德价值上的危机。现代性意味着道德是没有约束的。面对“亚洲人的价值观”，基督教的价值在一百多年前就已得到了全面审视。但是在一段特定的时间内，传统价值体系是会引发焦虑并被现代世界里的现代人的新理解所取代的，他们并不想受到以上提到的（神职人员、统治阶级的）任何约束。其特别真实地体现在世俗化的进程中，例如尼采曾公然宣称基督教的道德已经死亡。一个特别明显的价值转换的例子是第二次世界大战后的“英雄观”，没有人再心甘情愿地为“上帝、君主和国家”牺牲自己了，好战的英雄似乎只会出现在小说、电影和电玩中。

高端读者不想听别人告诉他们什么是好的，什么是坏的，他们可能会因了解一个人的颓废感而得到阅读享受，但是大多数的中端读者和大众读者却想知道明确的价值观。现代人也许仍然会孕育着再次遇见大师的梦想，以此来经历一种启蒙，随后加入兄弟姐妹的行列。但是今天只有普通读者会继续相信人在其一生中可能会找到一位真正的大师，为我们指点迷津，然而这种假设不过就是某一处境中因为迷茫所产生的生存幻觉。金庸的小说代表了什么？公正、荣誉和正义的武士精神，超自然的真实和宗教的狂热，最终在打斗和报复、酗酒和杀戮以及介于对与错之间的斗争中结束。这些共同构建了一个完整的世界，武士的行侠仗义展示了生命中重要的东西：敬畏、孝、仁和义。通过他们的寻宝之旅或寻找自我身份的道路履行这些精神，也就是在神秘故事里，伴随着阴谋的冒险完成英雄的建构。英雄形象被两倍或三倍放大，承担着特定符号，例如印记或光环，一同经历考验并最终结合，等等。[3] 如果谁读过他的一部小说，谁就可以说几乎读过他所有的小说。

三、文学的危机

大众文化热潮是当代文明的特征，并持续高涨。这其实是媒体的产物，在文化发达的地区并非很受欢迎，因为媒体需要尽可能多的消费者来消费他们的产品，于是制造了“幻象”。金庸的小说有很多版本并被翻拍为系列电视剧，这是大众传媒活动的一部分，同时也对很多艺术产生了冲击。他的成功就可以自然而然地证明他是一个好作家吗？他当然不是一个严格意义上的现代作家。依我看，只有我们从当代汉语文学所处的危机这一点来看他时，我们权当他是作家。这场文学危机的评判标准是什么，至少有以下四点：

（一）审美疲劳

尽管金庸宣称自己再次开始动笔，但自那时开始他并没有创造出新的东西让我们来阅读。他不过是修改和重写他在 1955 年到 1972 年所创作的全部作品。可以说他将近 40 年没有继续创作小说的意识了，现在已经 80 多岁的德国的中端文学作家如君特·格拉斯（Günter Grass，1927—）或马丁·

瓦尔泽(Martin Walser,1927—),则从没有停止过写作。可以说,他的审美疲劳是20世纪中国文学的一个例子。白先勇(1937—)和张爱玲(1920—1995)早期都很有成就,而后来只能重写或改写他们几十年前出版的作品。沈从文(1902—1988)和钱锺书(1910—1998)在1949年后就开始保持缄默。不必谈20世纪80年代所有那些明星作家们,在1989年之后就远离文学,开始赚钱并变成了有钱人。这种作家的疲劳仅仅是中国才有的问题吗?不,国际文学圈子里也是如此。最著名的例子就是亚瑟·兰波(Arthur Rimbaud,1854—1891)在17岁时为我们留下了不朽的诗篇,然后就再也没有写过什么。杰出的德国作家沃尔夫冈·柯本(Wolfgang Koeppen,1906—1996)和乌韦·约翰森(Uwe Johnson,1934—1984)每个月从著名的祖尔坎普出版社领取大量的费用,但是却有十来年没有发表过一行字了。也许我们应该因此而重新来理解作家了。他们很像运动员:只在年轻的时候做大量的工作,然后就停滞不前了。

(二)大本厚书

低端文学在德国被称为bacon(培根)。我们可以说,金庸给我们看的就是这种书。不仅在德国和英语世界的出版社,而且连中国的出版社都知道怎样做广告和发行这种书。一本成功的小说必须是厚重的书并且有吸引眼球的装帧设计。因此在世界上任何地方,一个高端读者或者大众读者无论何时进入书店,他都会知道这本书是我想要的书,或这本书不是我想要的书。

(三)过量生产

金庸以连载的形式发表他的小说,是为了提升他在香港《明报》上的影响力。任何连载都是有限的。好像一个传统的故事叙述者想赚钱,他就不得不在剧情到达高潮时中断。因此不用怀疑,金庸的读者迫不及待地想要看到第二天故事情节的发展。真正的现代文学是充满悬念的,不是以情节来吸引人的。情节也许没那么有意思,最吸引高端读者的是语言和任何隐藏在其中的深层思想。

（四）字数稿费

如果中国作家的小说或散文要是以字数赚稿费的话，那么他们当然会卖字数。他们一天的高额产量是一个高端作家至少一个月的工作量。金庸一天可以写一万字，而一个优秀的德国作家每天将难以应付到250字，也许他要花上三天时间才能写出一页文章。快速写作意味着要遵循着一个时间表，一个众所周知的时间表。这不是金庸一个人面临的问题，而是很多中国小说家面临的问题，熟悉大众文学的作者轻车熟路知晓下面会发生什么事情以及怎样进行表达。

这样说来我终于触及了评估的问题。当然没有一种客观的判断可以说明哪一类的文学作品可以被放置在什么文明和文化中的人来进行评判。人与人之间的审美需求迥异，但是还是有些或多或少合乎时宜的标准来进行评估。当我阅读小说《鹿鼎记》，看到韦小宝有七位漂亮的妻子的时候，我立即产生这样的意识，小说中一定有些“反女性”的倾向，当主人公和他的母亲谈到他的父亲时，这种情况更糟。一旦他得知自己的父亲不是外国人后，他才感到如释重负，这难道不是一个明显的仇外的表现吗？我们不能为此而责备叙述者，作为主要人物的感觉，将七个女人和一个男人绑在一起，也就是一周内每天换一个女人，仅仅是一个叙述者用来满足他的男性读者的幻想而已。一个高端的读者在看到小说中出现这样让人难以接受的情节时会立即停止阅读。

如果有人想评论金庸现象，那就必须在更广阔的语境中去讨论。意大利文学家安伯托・艾柯（Umberto Eco，1932－）在某种意义上恢复了欧洲传统故事的叙述方式，他的小说《玫瑰之名》（1980年）的故事情节发生于中世纪，但其传奇色彩与金庸作品不同。不过，金庸和安伯托・艾柯的作品是容易被读者接受的，他们的作品也因此而经不起时间的考验，因为经典文学著作会在很长的时间里给读者以启迪[4]，虽然这些非经典的作品在今天仍有一席之地，但是当它们的第一批读者（可能也是仅有的这一批读者）去世之后，或许这样的阅读接受就烟消云散了。

参考文献：

[1]Gelfert，Hans－Dieter. Was ist gute Literatur? Wie man gute Bücher von schlechten unterscheidet[M]. Munich：Beck，2004:161－163.

[2]Klüger，Ruth. Von hoher und niedriger Literatur[M]. Göttingen：Wallstein，1996:6,17.

[3]Leitner，Christian. Repetition as a Structuring Element of Popular Narrative. Instances of Doubling and Trebling in Jin Yong's Novel Tian long ba bu[J]. Orientierungen，2011(2).

[4]Hass，Hans－Egon. Das Problem der literarischen Wertung [M]. Darrnstadt：Wissenschaftliche Buchgesellschaft，1970:63－68.

作者简介：沃尔夫冈·顾彬(Wolfgang Kubin)，德国波恩大学汉学系，教授；北京外国语大学，教授。

原文出处：《西南大学学报》(社会科学版)2012 年第 2 期。

转　　载：1.人大复印资料《中国现代当代文学研究》2012 年 6 期全文转载，2.《高等学校文科学术文摘》2012 年 3 期论点摘要。

论金庸小说的新法家文化形态

韩云波

摘　要：金庸小说在对中国传统文化进行细致梳理和深刻理解的基础上，全面探讨了以儒家主流文化为核心的中国传统文化之“成法”，以“为国为民，侠之大者”的理念进行了侠的思想实验。金庸在小说中思想实验的最终结论是必须“变法”，以《鹿鼎记》为核心，金庸在小说中构建了一个相对完整的“变法”系统，并最终在他的社会实践中得出了“自由＋法治＝稳定＋繁荣”的结论，由此构建起了金庸小说的新法家文化形态。这对理解中国文化传统与重现武侠光辉，无疑都具有积极的意义。

金庸小说深刻地反映了中国传统文化并以现代性的眼光进行批判性和反思性的表现，这已是学界共识。问题在于，中国传统文化和现代性这两个概念，无论是在考察的维度还是在内涵的构成上，都具有高度的复杂性，研究者往往取其一隅，从而导致了某些遮蔽。本文试图从一个前人尚少论及的角度进行新的解读，以此为金庸小说的文化解读提供进一步深化的借鉴。

本文将中国传统文化大背景下的既有武侠模式称为“成法”，金庸小说以儒家文化为起点，经过对不同文化形态的探索，最终走向了法家文化。法家文化的核心是“变法”，本文将侠在儒、法文化的矛盾统一中的“变法”归纳为三个层面、两大境域、三个阶段。金庸的“变法”思想在1980年代初关于香港出路发表的系列社评中得到了印证，他进而总结出了一个公式，即“自由＋法治＝稳定＋繁荣”。本文的结论是，金庸小说所探讨的法家文化，已经不再是中国传统文化中的法家文化，而是中西合璧的现代性的法家文化，是一种“新法家文化”，这为探求人类文明的未来与人民大众的福祉提供了一个良好的思路，也对理解中国文化传统与重现武侠光辉具有积极的意义。

一、金庸小说之“成法”：从儒家走向法家的文化轨迹

15 部金庸小说，构成了一个中国传统文化探索的完整链条，学界对此已高度认同。金庸小说的经典文化模式，在以儒家文化为主体而对诸子及三教文化的全面观照中，形成了“侠之大者”的经典命题，进而成为中国现代武侠文化的普遍和基本的“成法”，也由此奠定了金庸“武林盟主”的崇高地位。但是，经历了中国内地“大跃进”以及中国香港“逃亡潮”和“香港式文化大革命”之后的金庸，开始对这一“成法”进行清理和深化、反思与质疑，最后在 20 世纪 60 年代末 70 年代初走向了“变法”，并在 80 年代前期形成了金庸本人的现代“法治”观。

金庸试图以武侠理解历史，以潜在的亚文化映现主流文化，他首先从映现中国传统知识谱系的经史子集四部中，分离出经史维度和子集维度，将侠的属性归于诸子，进而分析侠的行为和伦理特征。在侠的诸子维度中，横向是儒墨、儒道、儒佛三种文化，纵向是显学、三教合一、自由法治，其历史逻辑发展的结果，最后必然导致“变法”。

（一）两个维度：宏观视野的经史维度与子集维度

在中国传统目录学四部分类中，经部是官方主流文化，史部融合了正史与野史两种文化因而成为人类历史的互补记录，子部是文化意识形态的多样性所在，同时也是传统小说的寄身之所，集部是文人学士的主体创作，因而反映了文化上的主流意识形态。四部又综合而成为两个维度：一是经史维度，古典传统本有“六经皆史”之说，可以作为史文互动小说传统的延续，寄托了作家基于主流意识形态对民族既有传统的看法；二是子集维度，是主流意识形态之外知识群体对主流意识形态的补充与别释。在金庸小说的文化分析中，大致也存在着经史和子集两种分析维度。

就经史维度而言，金庸小说文化观念的逐渐形成，组合成了一个发展中的社会形态等级序列。敬文东总结为“四重世界”，即正史世界（儒道互补）、野史世界（杨墨互补）、佛禅世界（佛道互补）、流氓世界，以此作为阐释金庸

小说创作历时发展的内在文化逻辑，也是观照金庸小说的总体框架。这一阐释框架揭示了在主流意识形态新陈代谢的过程中，社会发展动力从庙堂走向民间的过程，代表了必然陈腐的传统文化的最终走向，正如作者最后的结论所说："韦小宝的大团圆正是金庸在创作上的大团圆，也是中国文化的极致。流氓文化就是中国传统文化最终发展的现实方向。中国文化向来号称博大精深，却在深入思考者的眼中露出了它可笑的原形。"[1]

就子集维度而言，可以明显看到金庸小说对诸子百家综合于社会生活所形成的文化形态进行全面巡礼，从诸子角度可以看到金庸小说文化逻辑的渐进发展，总结出"侠"的诸子属性，将其归属于某一种诸子之"侠"，如笔者就曾以贵族化的儒家之侠、平民化的儒家之侠、墨侠、道侠、佛侠、无侠、非侠来概括从陈家洛到韦小宝的人物属性，同时也是作品的文化属性。[2]71－96

以上两种维度，无论是流氓世界还是非侠，抑或"反武侠"[3][4][5]、"反文化"等最后结论，都不约而同地指向金庸在《鹿鼎记》后记中宣称的"与一般的价值观念太过违反"的"最后的一部武侠小说"[6]第5集，后记，2131，由此推导出来的是对武侠也是对传统文化的悲观结论。这可以解释金庸的"金盆洗手"，按照武侠的内在逻辑，武侠已走入穷途末路，武侠既已不再是真正的武侠，也就不再需要大书特书了。从陈家洛、袁承志、郭靖、胡斐、杨过、张无忌、乔峰、虚竹、段誉、石破天、令狐冲、陈近南、韦小宝这样一个人物序列来看，武侠当然可以不必再写。无论是从《书剑恩仇录》乾隆盛世儒家有侠的角度，还是从《鹿鼎记》康熙盛世流氓非侠的角度来看，侠都是一个可悲的角色。由此，古典封建历史的结束，在金庸小说中无疑也喻示着侠的结束，这当然也就是侠文化的结束。

（二）两种特征：侠的行为特征和伦理特征

历代以来对侠的判断，有两个不同的角度。

第一个角度是侠的行为特征。最早始于韩非对侠的批判性描述，《韩非子》从四个不同角度定义侠：一是《八说》"弃官宠交谓之有侠"[7]423，描述的是侠的小圈子组织特征；二是《八说》"人臣肆意陈欲曰侠"[7]430，是侠追逐权力和消费的利益特征；三是《五蠹》"侠以武犯禁"[7]449，是侠的暴力化行为特征；四是综合形成的侠的危害性特征[8]。这样的侠实与黑社会相差无几。后世史家进一步对正反两面皆具清醒认识,如东汉末荀悦说:“游侠之本,生于武毅不挠,久要不忘平生之言,见危授命,以救时难而济同类,以正行之者谓之武毅,其失之甚者至于为盗贼也。”[9]卷10,孝武一 这也是后来正史摒弃“游侠列传”的史学潮流所向。在后世武侠小说中,亦不能回避上述小圈子组织、追逐权势利益、暴力行为及其综合表现出来的危害性特征。武侠小说津津乐道于所谓“正邪”,实即荀悦所言游侠本身存在着“以正行之”与“失之甚者”的两面性,由此形成了游侠世界必然具有的内部冲突。由于游侠世界无论如何都只是一个小圈子,如果要提升游侠文化品位,必须突破其封闭的圈子意识而进入到更广阔的人类生活之中,追求普世性价值,接下来就有了游侠判断的第二个角度。

第二个角度是侠的伦理特征。对这一特征的强调最早始于《史记·游侠列传》,司马迁说:“今游侠,其行不轨于正义,然其言必信,其行必果,已诺必诚,不爱其躯,赴士之厄困,既已存亡死生矣,而不矜其能,羞伐其德,盖亦有足多者焉。”[10]3181 这里主要是一种私人化的叙述,游侠仍被局限在小圈子内,仅仅只是褫夺了韩非所指出的利益特征,将侠变成了在个人道德上不利己而利他的信义之士。真正从伦理上将游侠提升到“大侠”境界,是从现代“武侠”概念的诞生开始。梁启超、谭嗣同等人以游侠为救国济时的天下公器,到平江不肖生《近代侠义英雄传》,侠“不再仅仅只是江湖世界的非主流,而是成了民族国家自尊自立的主流人群”[11]。不过,随着 1931 年以后新文学界对武侠小说的激烈攻讦,武侠伦理提升的热潮被暂时中止而未能继续下去。[12]

直到金庸小说的出现,侠的伦理特征才真正得到提升并达到极致,这就是《神雕侠侣》中多次出现的“为国为民,侠之大者”八字真言,这几乎成了金庸小说的标签。“为国为民”的具体内涵是什么呢?这里还是八个字,即同书中多次出现的“锄奸杀敌,为国为民”。两组短语同义互释,侠之大者并不主要是排解江湖恩怨,而几乎是承担了军队的使命,只不过大侠本领更高、能力更强,大侠不是普通一兵而是“特种兵”,首要信条是“国事为重”,然后才是解救个体。金庸小说就这样将侠从小圈子江湖提升到主流社会家国同构,对武侠伦理判断做出了巨大贡献。金庸进一步设想:“‘为国为民,侠之大者’,这句话在今日仍有重大的积极意义。但我深信将来国家的界限一定会消灭，那时候'爱国''抗敌'等等观念就没有多大意义了。"[13]第4集，后记，1671－1672 这里表现了金庸小说的理想主义风范，把侠的境界提升到国家消灭以后的人类大同境界。

经过从游侠"以武犯禁"的黑社会性质行为特征到武侠"为国为民"的民族英雄伦理特征的提升，流年暗换地进行着从中国传统文化到现代性的转换。然而无可否认的是，侠作为一种实体存在，本身是传统文化的产物，故侠的确认亦必须在传统文化坐标上进行。金庸从传统文化主流形态儒家开始，历经了儒墨、儒道、儒佛的渐次探索，揭示在这些传统综合形态中的内在遮蔽及其无法克服的先天缺陷，一步步走向对传统文化的否定。

（三）三种文化：儒墨、儒道、儒佛

儒墨即儒侠与墨侠的并举，二者皆宁损己而利人。陈家洛和袁承志是金庸小说最初塑造的贵族化儒侠，有报国安邦之志，但同时也有"儒者，柔也"的缺乏大丈夫艰难历练的内在性格缺陷，导致了武侠大业的失败。金庸小说接下来转向"无产阶级或贫下中农革命者"郭靖，一位平民化儒侠，虽然克服了性格软弱的缺点，但却受到成长过程中曾施予他无数恩惠的种种感情牵扯，仍不能成为坚定的"侠之大者"。那么，如果抛掉一切个人感情后会怎样呢？胡斐不仅具有孟子所谓"富贵不能淫，贫贱不能移，威武不能屈"的"大丈夫"品格，更具有金庸"不为美色所动，不为哀恳所动，不为面子所动"[14]下册，后记，802 的强化要求，结果又怎样呢？虽然杀了坏人凤天南，却死了好人程灵素和无辜者马春花，还是得不偿失。如此下去，大侠就会像墨家一样，因为补充新人的速度远远跟不上墨者决然赴死的速度，结果是好人渐渐死光。郭靖在众多力量牵制之下，并没有大的成就，但其精神却闪射着耀眼光辉，这是典型的儒家"浩然之气"精神力量的象征。郭靖的无能与胡斐的悲哀，生动地展现了儒墨之侠的无奈。

儒道即儒侠与道侠的互补，更倾向于不损人而利己。相比而言，道侠使个人力量得到了无上发挥，杨过、虚竹、令狐冲都是这样的典型。不过，他们的兴趣以及他们在极限情境中升华起来的智慧，都并不在于救助众人而只在于钟情特定对象，之死矢靡它。大团圆之后，他们累了，要去享受此前付出的回报。即使"为国为民"，也不过是钟情丽人时的顺水推舟，从某种意义

上说，这本身带有很大的偶然性而无必然性可言。杨过助守襄阳，不过是他顺便送给异性小朋友郭襄的生日礼物。郭靖对杨过以“为国为民，侠之大者”相期许，还不如说是郭靖自许，杨过对此似乎并不太感兴趣。接受生日礼物的郭襄也没有像父亲那样去做一个民族英雄，而是到云山深处去发展自我的兴趣了。当然，就人类社会的长时段历史来说，这些由兴趣而起的种种，同样推进了人类文明的发展。不过，道侠本身并不以“国事为重”，正如虚竹、段誉以高超武功轻松擒住辽国皇帝耶律洪基，却不能如萧峰“自幼在咱们汉人中间长大，学到了汉人大仁大义”[15]第5集，2118 而慷慨赴死。结合于儒的道侠，可以在某些关键时刻惊鸿一瞥，而在总体上他们宁愿做一个旁观者。意图借助道侠之力的儒侠，也几乎都在孤独中壮烈赴义去了。

佛侠与儒侠的结合，就更加缺乏入世的精神了。少林佛侠调解萧远山与慕容博的方法，是灰衣老僧的一声棒喝：“咄！四手互握，内息相应，以阴济阳，以阳化阴。王霸雄图，血海深恨，尽归尘土，消于无形！”[15]第5集，1829 就儒家而言，萧氏放弃亲人之仇、慕容忘却灭国之恨，难道不是对齐家、治国的儒家信条的背叛？当然，从佛家角度看，他们更注重的是如何消解武功杀生戾气的“武学障”（在认识论上则叫作“知见障”）从而达到慈悲度世的大境地。这形成了与儒家及中国传统文化的一种若即若离状态，佛的度世与儒的平天下有相似之处，消除“武学障”也可以说类似于平江不肖生以“近代侠义英雄”来消解日本押川春浪“武侠小说”的日本军国主义侵略成性的暴烈戾气。但是，佛家和道家一样，他们也仅仅只是在顺水推舟之时才会偶一为之去做一个“侠之大者”，做大侠并不是他们的追求，也不是他们的本分。

（四）三种形态：显学、三教合一、自由法治

从《书剑恩仇录》到《笑傲江湖》的金庸小说，以儒家为核心，与墨、道、佛相结合，形成了不同的文化体系，分别代表了远古和近古的传统文化形态。“世之显学，儒、墨也。”[7]456 其后，儒分为八，墨分为三，共同形成了先秦时代浩荡的文化江湖。其中，漆雕氏之儒以及墨家各派在后世往往都被指认为侠。秦汉以后，中国文化经过新的综合，形成了儒道佛“三教合一”，金庸小说中的儒道、儒佛结合，就是这一大文化形态下的两个分支。由此，金庸小说中的传统文化形态，自然形成了远古儒墨“显学”和近古儒道佛“三教合

一”两个古典形态，金庸小说的探索顺序就是顺着这一历史发展的阶段性而展开的。

更重要的倒不在于时间上的先后，而在于其内在逻辑上的递进。显学形态是积极入世的，故显学儒侠陈家洛和袁承志都付出了极大代价。在杨过怀揣从绝情谷中带出来的利刃意欲刺杀郭靖的那个夜晚，郭靖对杨过嘱咐的是“为国为民，侠之大者”，名扬天下，万民景仰。郭靖对自己的表白是“鞠躬尽瘁，死而后已”[13]第2集,826。三教合一形态敬天顺命，人力不可为之时便走上了出世之路，杨过、张无忌、令狐冲等尽皆退隐而去。江湖风波一时荡平了，大侠个人一时全身保真了，如何保障无辜的百姓万民能够生活在一个稳定繁荣的社会中，如何建立一个长效机制，这些却不是儒侠所能担当的。这就必须呼唤在显学和三教合一之后的第三形态，即基于现代性的当下文化形态，本文把这样的形态称为“自由法治”的现代性文化形态。

“自由法治”形态随着《鹿鼎记》的情节展开，走向了金庸小说的最终文化归宿，也走向了金庸武侠的最后逻辑终结，走向了一个“流氓世界”。中国封建政治的本质似乎也就是这样的流氓政治，这可以作为批判封建文化的文学武器来看。然而，《鹿鼎记》所揭示的文化本质真是这样的吗？这就导出了金庸小说的最终文化归宿问题。

（五）变法：金庸小说文化历程的必然逻辑

无独有偶，金庸的第一部小说和最后一部小说都选择了清代盛世作为背景，而且都是以“反清复明”作为情节主线。《书剑恩仇录》对“反清复明”寄予了大汉族主义的同情，书末的碧血香魂铭文，充满了无尽的凄美。然而，同样是“反清复明”的失败，《鹿鼎记》的结尾却是一副嘻哈模样。这说明金庸对历史的认识发生了根本变化。在十余年小说与社评左右开弓的文化层累中，金庸的政治敏锐性迅速增强了，对历史的认识也迅速升华了。考察金庸长篇小说的历史背景，可以看到一个有趣的现象，在1963年到1969年间，经历了“难民潮”的金庸首先创作了淡化历史背景的《连城诀》和强化历史背景的《天龙八部》，接下来经历了“香港式文化大革命”的金庸创作了进一步淡化历史背景的《侠客行》和《笑傲江湖》，这四部作品和1963年以前的其他作品形成明显反差，人性占据了较之于政治远为突出的地位。然而，在

1969年开始创作的《鹿鼎记》中，金庸为什么又突然对历史背景产生了异常强烈的兴趣？这只能说金庸的文化观念在此发生了深刻变化。这就是历史上每每濒于积贫积弱或民族复兴之际都会出现的一个现象，这就是“变法”——历史上的商鞅变法和戊戌变法都将中国带入到一个历史新时期，并在文化上形成了新的意识形态。《鹿鼎记》对于武侠来说，也无异于是一部“变法”之作。

二、金庸小说之“变法”：从传统法家到“新法家文化”

任何一种文化产物都必有其“法”。两千余年的游侠历史和半个世纪的武侠小说，大致形成了自己的“成法”。陈平原抽象出仗剑行侠、快意恩仇、笑傲江湖、浪迹天涯“四个陈述句”作为武侠小说的“基本叙事语法”[16]，庶几可作侠的行为特征来看。在侠的理想价值方面，笔者曾将自由和兼爱作为两大支柱：“自由——是侠对自身价值的肯定，其中包含着侠的自我放纵和对朝廷及其统治精神的叛逆。兼爱——是侠对他人价值的肯定，其中包含着侠的博爱平等和在游侠阶层内部的义气相倾。”[17]这两类武侠“成法”也鲜明地在金庸小说中表现出来。陈平原的研究以金庸小说作为重要文献依据，“追求个性解放”则被金庸认为“向来是最突出的主题”[18]第4册，后记，1691－1692。但到了《鹿鼎记》，金庸却并没有再遵循上述“成法”，他要“变法”，并最终试图创造出一种基于现代性的中西合璧的“新法家文化”。

从“成法”到“变法”的蝶变，是一个复杂的过程。金庸立足于政治、人性、武侠三个层面，基于儒法、侠法两种对立，确立了大侠、大儒、大法三个主体，并以遗忘历史、消解武侠为其基本步骤，最终走向了变法时新。

（一）变法三层面：政治、人性、武侠

金庸在《鹿鼎记》里的变法，体现在以下三个层面：

第一，政治层面上的“变法”，从“反清复明”到遗忘历史。

“反清复明”的意义并不仅仅是民族之间的改朝换代，其后进一步演绎而成的“排满”，寄寓着从帝制到共和的历史进化之路，因而具有重大的历史意义。但人们往往执着于种族而忘却了其后的政治架构，在金庸看来，“根

本关键不是种族问题，而是制度问题”[19]，只有得到制度的保障，才可能有理想的生活方式。而良好的政治制度，最重要的是在公平正义的基本原则下，为人民谋取福祉。封建制度本来就不是建立在公平正义前提之下的，因此，只要是为百姓谋取福祉，在有限条件下，公平正义倒可以“事急从权”了。这不仅是金庸在小说中的态度，也是他在现实政治中的态度。譬如他在香港特区的选举办法上，就一直主张属于“有限民主”的功能团体选举办法，而反对貌似“纯粹民主”的直选办法，并在香港引发了“民主派”对他的围攻。

第二，人性层面上的“变法”，从揭示人性缺陷到探求人性解放的出路。

人性是金庸中后期小说创作的核心主题，他从正反两个方面进行了探讨。在1963年动笔的《天龙八部》中，他说：“天龙八部这八种神道精怪，各有奇特个性和神通，虽是人间之外的众生，却也有尘世的欢喜和悲苦。这部小说里没有神道精怪，只是借用这个佛经名词，以象征一些现世人物，就像《水浒》中有母夜叉孙二娘、摩云金翅欧鹏。”[15]第1册，释名，8 金庸在1962年的“逃亡潮”中经历了对人性的思考，也促进了他在小说中进一步探讨人类行为的深刻内在动因，这些显然不是仅仅可以用善恶来表达的，而是有着更深层次的“奇特个性和神通”所带来的心态原因和思维原因。在经历了“香港式文化大革命”之后，金庸更深刻地感受到个人可能受到的群体行为的裹挟，在1969年写完的《笑傲江湖》中，他的核心主题就改变为致力于探讨人类生活方式的可能性了。因为这样的原因，萧峰的悲剧结局才改变成为令狐冲的喜剧结局。然而，令狐冲的喜剧也仅仅只是个人的喜剧，虽然魔头伏诛，却并不代表江湖福祉，有太多的人为此牺牲。真正的福祉是“每一个人都有平等的权利去拥有可以与别人的类似自由权并存的最广泛的基本自由权”[20]，罗尔斯在其“正义的两个原则”中对第一个原则如是说。但在江湖中，人们往往以“正邪”名义来阻止他人的“基本自由权”，“正”者在此过程中往往充当了强迫者角色，并在强迫他人的过程中事实上剥夺了他人的自由权。“正”者自己也被扭曲为独裁者和暴君，这成为“中国三千多年来政治生活中的若干普遍现象”。这使金庸认识到“我写武侠小说是想写人性，就像大多数小说一样”。他进一步认为，“影射性的小说并无多大意义，政治情况很快就会改变，只有刻划人性，才有较长期的价值”[18]第4集，后记，1690。

第三，武侠层面上的“变法”，从强调“侠之大者”的过程与功能性到强调其结果与实效性。

在金庸前期小说中,“为国为民,侠之大者”强调的是“鞠躬尽瘁,死而后已”的精神,这也是儒家“知其不可而为之”的精神,是中国传统文化人格力量的表现。但郭靖并不能改变南宋后期的腐朽政治,也未能终结蒙古铁蹄的南下,他的侠义更多的是内心的力量而未必在实际上带给人民更多的福祉。正因如此,金庸中期小说的大侠转而追求个体的完善而藐视外在的困苦,从杨过到令狐冲都是“人不知而不愠”的“君子”。到金庸后期小说,这种状况有了很大改变,社会和历史所需要的不再是空泛的“浩然正气”,而在于《鹿鼎记》里的百姓要比《书剑恩仇录》或《射雕》三部曲里的百姓生活得更好,至于是什么样的“侠”倒在其次。《鹿鼎记》一反《笑傲江湖》中的正邪之见,对人物进行价值判断时不再看他的动机,甚至也不看过程,只需要看效果。还有跨得更大的一步是,金庸从《书剑恩仇录》开始就十分执着且津津乐道的“血统论”,包括出生的血缘血统和民族的文化血统,也在《鹿鼎记》里被有意模糊了。中国人在“文革”当中已经因为“动机论”而吃尽了苦头,为了万民福祉,再也不能让血统论和动机论占据价值生活的主流!那么,所谓“侠之大者”,不必是动机论者的“为国为民”,却必须是效果论者的“利国利民”!这几乎与邓小平著名的“猫论”不谋而合。1962 年 7 月 7 日,邓小平在接见出席共青团三届七中全会全体同志的讲话中说:“刘伯承同志经常讲一句四川话:‘黄猫、黑猫,只要捉住老鼠就是好猫。’这是说的打仗。我们之所以能够打败蒋介石,就是不讲老规矩,不按老路子打,一切看情况,打赢算数。”[21]金庸小说在侠的终极层次上也正是遵循了“猫论”,不管是汉族还是满族,不管是人在江湖还是身处朝廷,不管是“流氓”还是“英雄”,只要能为万民带来福祉,就是真正的“大侠”!由此,金庸小说对侠的法则进行了深刻的“变法”,从传统以来侠的人格论范式又回到了先秦韩非时代侠的行为论范式。

(二)变法两境域:儒法对立与侠法对立

由金庸晚期小说的“变法”自然而然导致了武侠境域的巨大变化。其中最重要的是儒和侠在武侠世界所处位置的变化,由此形成了金庸小说互动于中国传统文化的两重武侠世界:第一重武侠世界基于近古“三教合一”形态下儒的相对位置的确立，这时，处于儒家辅助地位是道与佛，处于儒家对立地位的是法家，形成的是“儒法对立”的世界；第二重武侠世界基于远古“显学”形态下侠的相对位置的确立，处于儒家辅助地位的是墨，儒、墨并称“显学”共同构成了一个联合阵线，韩非往往又以儒、侠并称，儒、墨的联合阵线也就是儒、墨与侠的联合阵线，处于儒家对立地位的还是法家，但由此形成的却是“侠法对立”的世界。儒法对立发生于朝廷之内，侠法对立发生于朝廷之外，两者具有不同的性质。

先说“儒法对立”。

儒法对立始于汉朝。西方学者在论及汉代政治家的不同态度时，创造了“时新派”(modernist)和“改造派”(reformist)两个术语。时新派的目标是“有效地利用国家的资源，以使中国富强；它们从物质的角度去构想其目标，着眼于现在或将来，而不是过去”，而改造派则“设法恢复他们所认为的传统价值，以图清除中国的积弊”。虽然论者特别声明“它们不完全等同于有时称之为‘法家’和‘儒家’那样的学派，这只是因为在公元开始前的两个世纪中两个学派并不是以分离的、有明确界限的实体出现的”[22]122—123，但从文化观念及文化渊源上看，时新派与法家、改造派与儒家基本一致。时新派与改造派的对立，大致也就是“儒法对立”。儒家主张礼治秩序，法家主张法治秩序。二者的差异可用《吕氏春秋·仲冬纪·长见》中的一段记载来佐证：

> 吕太公望封于齐，周公旦封于鲁，二君者甚相善也。相谓曰“何以治国”？太公望曰：“尊贤上功。”周公旦曰：“亲亲上恩。”太公望曰：“鲁自此削矣。”周公旦曰：“鲁虽削，有齐者亦必非吕氏也。”其后齐日以大，至于霸，二十四世而田成子有齐国；鲁日以削，至于觐存，三十四世而亡。[23]

齐、鲁两国分别是法家和儒家的发祥地。“亲亲上恩”的礼治实质是在宗法制血缘基础上发展为“修齐治平”构建的理想秩序。“尊贤上功”的法治实质发展成为“以法为教、以吏为师”的“法、术、势”三者融合构建的现实秩序。其现实功能是强大的，但缺乏可持续发展的长效机制，更像是一种应急机制。二者相较，法家“并非不重视礼，只是其对礼的看法和使用与儒、道、墨诸学派大异其趣”，如商鞅就主张“更礼”[24]。儒家向过去看，是“法先王”的圣贤政治，重视内心体验；法家向现在看，是“法后王”的集权政治，重视现实体验。就金庸小说来说，明太祖是“先王”，康熙是“后王”。

儒法对立表现于金庸前中期武侠世界。在从《书剑恩仇录》到《笑傲江湖》的众多小说中，出现了众多的孤儿主人公，持续着对血缘根系的寻找。有的进一步背负了家国天下的责任而成为陈家洛、郭靖那样“为国为民”的“侠之大者”，有的卸下了家国天下的责任而成为“悄然西去”[13]第4集，1336的“神雕大侠”。无论哪种情况，大侠们对“亲亲”都看得十分之重，亲亲甚至成了小说情节发展的核心动力。进一步扩大到民族情感，可以为了儒家信条而逆向解释历史，比如开创了“乾隆盛世”的满族皇室，无条件地被大侠们认定为坏人，有不少论者提到了金庸小说的“大汉族主义”，而本文以为这只是金庸小说前中期的民族心态。亲亲状态中的大侠，更加重视的是宗法关系中的血缘传统，对事功的效果倒反而在其次。此时的金氏大侠大多在社会上是失败者，虽有救世之心却无回天之力，即使天仍可回而回天者也不是他们。更重要的是，短暂胜利往往并不能获得具有长效机制的保证，就金庸所选择的历史背景而言，也都不过是衰朽没落之前的回光返照。历史上乾隆唯一的维吾尔族妃子容妃和卓氏去世之时，已经到了乾隆五十三年（1788年），大清盛世已近尾声。同样，郭靖抗蒙、萧峰抗辽，也分别是南、北宋的尾声。大侠们虽无事功上的成就，却有人格上的伟岸，以“英雄”之名光耀人寰，并形成巨大的历史惯性，一直延续到后期《鹿鼎记》里“平生不识陈近南，就称英雄也枉然”的江湖谣谚。当然，这里已是作为世俗传闻而不是真实的历史洞见来出现的了。

儒家之侠成为悲剧，重要原因之一在于他们对法家的顽固拒斥。历史证明，儒、法皆各有其先天不足，辩证的态度是一分为二，取长补短。《汉书·元帝纪》曰：

> 孝元皇帝，宣帝太子也。母曰共哀许皇后，宣帝微时生民间。年二岁，宣帝即位。八岁，立为太子。壮大，柔仁好儒。见宣帝所用多文法吏，以刑名绳下，大臣杨恽、盖宽饶等坐刺讥辞语为罪而诛，尝侍燕从容言：“陛下持刑太深，宜用儒生。”宣帝作色曰：“汉家自有制度，本以霸王

道杂之，奈何纯任德教，用周政乎！且俗儒不达时宜，好是古非今，使人眩于名实，不知所守，何足委任！”乃叹曰：“乱我家者，太子也！”[25]卷九，元帝纪，277

史家评汉宣帝曰：“功光祖宗，业垂后嗣，可谓中兴，侔德殷宗、周宣矣！”[25]卷八，宣帝纪，275 西汉王朝从“柔仁好儒”的汉元帝开始走下坡路，到高度崇信儒家“五经”的王莽改制，则将王朝带入了坟墓。上文值得注意的是宣帝的告白“本以霸王道杂之”，霸道就是法家，王道则是儒家。从汉元帝开始以儒对立于法，造成两败俱伤，到王莽时代就更加为甚。当然，事功的失败并不能掩盖人格的勇气，有人提出要给予王莽“新的评价”，看到他作为“那个制度到这个制度的连接过渡者”和“改革家”的“系统探索”的意义[26]，在这个意义上，可以说王莽就是儒法对立之后高度儒家化的悲剧英雄，这一历史惯性甚至贯穿了汉代以来的整个封建历史，即使“三教合一”也无法解救这一历史的宿命。不仅历史是如此，金庸武侠世界里不知变通的儒家和墨家大侠们又何尝不是如此呢？

儒法对立的武侠世界是悲剧的世界，因此，金庸后期小说摒弃了这一意识形态结构，回复到“显学”形态下原始儒家的初衷中去，在儒、侠与社会发展的关系中映现新的“侠法对立”界说。

再说“侠法对立”。

侠法对立映现的是“显学”形态下的文化结构。先秦儒、墨并称“显学”，法家理论的兴起则在“显学”之后。虽然韩非将“显学”作为法家对立面来看，但法家与儒家实有紧密联系。孔子死后，子夏创立西河学派，西河弟子中有不少人在后世被认作法家，如魏文侯、李悝、吴起等人。战国晚期，大儒荀子最重要的两位弟子李斯和韩非，更是著名的法家。如果说儒家与法家在师承上有密切联系，那么侠与法家则在地理上有密切联系。东周前期法家从地域上可分为重实践的齐法家和重理论的晋法家，齐、晋两地也是先秦两大游侠渊薮，战国四公子中齐有孟尝君，三晋有信陵君、平原君，这三位都是后世游侠世界的楷模，曾经于国有大功。从这里看，儒、侠本是法家的同盟军。但到韩非那里，儒、侠以及与游侠江湖有着密切关联的纵横家、门客、工商者，都被一体视为于国无利而有害的“五蠹”，儒、侠都成了法家的对立物,即所谓“儒以文乱法,而侠以武犯禁”。到了汉代,这个观点仍有很大市场,《史记·游侠列传》一开篇就特别对此进行了强调。可以认为,自韩非提出“侠”的概念之后,侠和法家的关系就一改过去的相辅相成而处于相颉颃的状态,法家处于强势地位而侠(顺带还拉上了儒家等)处于弱势地位。纯粹的侠并不多见且名声不彰,司马迁距韩非仅约百年,已无法列举出几个先秦游侠。不过,侠的外延却极其丰富,尽管《淮南子·说山训》特别分辩说“喜武非侠也”[27],但在一般人看来,具轻剽之行、有武功在身的,大致都可称之为侠。秦汉社会上弥漫的浓烈侠风,按章太炎在《訄书·正葛》中所说,“其在蒿莱明堂之间,皆谓之侠”,当时社会上已经形成了一个庞大的游侠世界。

在韩非的世界里,游侠和儒家扰乱社会秩序,是法家之敌。在大众的世界里,游侠和儒家倒并非坏人,但也没有对社会秩序起到重大影响,《史记》以前的秦汉文献很少有侠的记载,就是一个明证。从这里可以看到两点:其一,侠的力量十分有限,作用也有限;其二,侠虽然在民间可能受到欢迎,却始终受到“以霸王道杂之”的“汉家制度”严厉打击。据史料记载,即使是在无为而治的时代,照样有济南大侠瞷氏、陈国大侠周庸被汉景帝派遣使者灭了满门;到汉武帝时,更是以“解布衣为任侠行权,以睚眦杀人,解虽弗知,此罪甚于解杀之。当大逆无道”的“莫须有”罪名,族灭了大侠郭解满门。然而,侠似乎并不畏死,一代大侠被杀,反而“自是之后,为侠者极众”,只不过大侠难以再现,芸芸众生皆“敖而无足数者”,众多游侠之中,既有“虽为侠而逡逡有退让君子之风”者,也有“盗跖居民间者”。[10]卷124,游侠列传,3188—3189 黑道、白道各自占据地盘,形成了当时纷纭的游侠江湖,也形成了一个“侠法对立”的时代。人们常把西汉称为游侠的“黄金时代”,这为后世武侠小说营构侠的江湖世界提供了极好的蓝本。

(三)变法三主体:大侠、大儒、大法

如果说金庸前中期小说反映了人们对武侠世界的理想化图景,那么《鹿鼎记》里的武侠世界则相对接近于历史上的游侠世界。在小说中可以看到侠、儒、法三者各自的表现。

在小说中,侠的世界当以江湖中人直呼“侠”者为正宗,核心圈层是天地

会，核心人物是陈近南。从个人素质来说，陈近南的武功和智慧都胜过郭靖。他具有坚定的心理素质，这与张无忌的软弱和犹豫形成鲜明对比。陈近南还领导着比陈家洛的红花会组织更严密、人数更众多、力量更强大的天地会，他的对手却并无乾隆的狡诈与成吉思汗的强悍，可以说陈近南在金庸小说中更加拥有空前的优势。然而，陈近南最终却无价值地死于内讧，天地会众人心灰意冷，渐渐沉寂下去了。这固然是他个人时运不济，但更是大侠多无善终的历史真实。站在金庸小说整体的高度来评价陈近南，可以有两个角度：一个是小说里江湖中人的角度，陈近南是公认的天下“英雄”，但他失败了，只是一个悲剧英雄；另一个是金庸的角度，陈近南不是“侠之大者”，他虽然“死而后已”，却并非“为国为民”，他只是一个狂热而坚定的民族主义者。既然如此，陈近南也算是死得其所了。

儒者的出现是《鹿鼎记》的一个总框架。小说第一回以黄宗羲、顾炎武、吕留良三位“当世大儒”心伤国变引出儒家所深恶痛绝的著名文字狱“《明史》案”。小说最后一回，三位大儒再次出场，还加上了另一位大儒查继佐，这个庞大的豪华儒家阵容力劝韦小宝“高举义旗，自立为帝”，以为“天下百姓一定望风景从”[6]第5集，2109。然而，四位“当代大儒”心中也极明白，“明朝各朝的皇帝，自开国的明太祖直至末代皇帝崇祯，若不是残忍暴虐，便是昏庸胡涂，有哪一个及得上康熙”？按康熙自己所说，是“天下百姓的日子，就过得比明朝的时候好”[6]第5集，2108。至此，四位大儒要韦小宝自立为帝的提议，就不过是自我慰藉以求心安罢了。大儒过去未能谋得万民福祉，现在也只能退居幕后；大儒不能办到的事，大侠也办不到。

既然江湖上再无“大侠”，大儒亦无“侠之大者”的作用，那么就有了另一个层次的人物，就是“大法”，其代表人物是康熙和韦小宝。他们有两副面孔：一副是居于明堂的皇帝和鹿鼎公；一副是居于江湖的小玄子和小桂子。就韦小宝的事迹而言，大致可分三类：一类是天地会韦香主的江湖行为；一类是奉康熙之命或以公开的鹿鼎公或以秘密的小桂子执行的使命；一类是半黑半白的扬州妓女之子捞取私利的行为。从这三类行为而言，他几乎完全不具备大侠素质，而且绝对不愿“死而后已”。但是，他擒奸臣、灭邪教、平动乱、固边防、扬国威种种，小玄子和小桂子联合出演的这些节目，却无疑是“为国”的，有效地避免了社会动乱，缓解了民族矛盾。更重要的是，两人联手的这些行为，消除了“康乾盛世”到来之前的种种障碍，“从物质的角度去构想其目标，着眼于现在或将来，而不是过去”[22]，使老百姓大受其益，此为“为民”。到此，郭靖当年念念不忘而终未能做到的“侠之大者”，却在小玄子、小桂子二人组这里完成了。

《鹿鼎记》构建了一个新的武侠世界，法家排斥江湖之侠和在野之儒的联合体，以自己的所作所为活生生地塑造出一个新的“为国为民”形象，按照金庸早中期小说的观念，这才是真正的“侠之大者”。在此，《鹿鼎记》恢复了韩非时代“显学”的原初形态，百废待兴之时，一切以现实为重，其中又以社会安定（在韩非时代是国家强盛）为核心，这是法家的基本要义，韩非排斥儒侠的原因即在于此。到社会安定之后，法家要追求物质的强盛，即老百姓的日子过得更好。当然，法家在历史上常常被痛诋“用法刻深”，缺乏宽容性，只允许单向的顺从而扼杀个人的自由，因此需要以其他文化形态来调剂、补充。《鹿鼎记》在揭示法家规范儒、侠以追求社会福祉的同时，也揭示了法家将侠逼到穷途末路而最后导致金庸小说武侠终结的现实。但既然小玄子、小桂子二人组以朝廷和江湖双管齐下的方式，达到了“为国为民”的实效，也就可以按金庸小说的逻辑称其为“侠之大者”。不过需要特别指出的是，这里的侠，已不是金庸小说塑造过的儒侠、墨侠、道侠、佛侠、无侠等等之中的任何一种，笔者过去将其称之为“非侠”，即“用并非侠的手段甚至和侠背道而驰的手段事实上成了侠”[2]88，实是一种命名之误，本文认为，准确的命名应是“法侠”，即法家之侠。

（四）变法三阶段：遗忘历史、消解武侠、变法时新

法家本来是侠的对立面，法家如何消解对侠的责难而与侠结成“统一战线”呢？本文通过对《鹿鼎记》的考察，发现有三个步骤：首先通过“遗忘历史”营造一个非对立的环境；其次通过抹杀自由“消解武侠”的江湖选择；最后通过“变法时新”达到稳固秩序的建立。

先说“遗忘历史”。

历史书写的是过去，而遗忘总是与记忆相关的。金庸小说对历史的处理，有一个从记忆到遗忘的渐变过程。在金庸小说最初的“书剑恩仇”阶段，江湖正义的价值判断被置于民族矛盾的交锋之中，民族战争的惨痛历史记

忆,成为儒家亲亲价值观不共戴天的"大义"所在,朝廷与江湖于是构成一个二元对立的简单世界。到第二阶段,大侠逐渐参与朝廷事务,才发现二元对立是复杂的,适时提出了"国"的命题,进一步将"国"放到"民"的前面,"侠之大者"的标准由"为国为民"代替了"反清复明",从本质上说,这里已经开始遗忘历史。虽然在主体思想上试图遗忘历史,但当时的现实却一直在延续昔日的历史记忆,历史于是从本质上无法忘记。第三阶段试图以逃避来对抗历史,人物结局走向退隐,思想主流关注人性,《天龙八部》中的结义三兄弟就分别走向了执着历史与逃避历史的不同道路,并抬出了一个神秘的灰衣老僧来试图消解萧远山与慕容博的历史记忆。到《笑傲江湖》,干脆摒弃了具体的历史记忆而只写普遍的个性解放。从金庸小说的渐进发展可以看到,随着儒侠困境的加深,金庸一步步疏离了"六经皆史"的历史记忆。

然而,为什么《笑傲江湖》已无具体的历史背景之后,紧接着的《鹿鼎记》却一下子来了一个突变,甚至"已经不太像武侠小说,毋宁说是历史小说"[6]第5集,后记,2131呢?本文认为,这是在对旧的历史记忆进行消解之后,所建立的一个替代性的新的历史记忆。旧的历史记忆是向后看的,新的历史记忆却是小说故事的"现在",只是相对于20世纪以来的读者才是"历史",而且是一种经过了柔化的"中国往事"式的选择性变形和选择性记忆的历史。清军征服江南,在历史上空前野蛮,康熙初期的江南人,可谓无不对此有着深刻的惨痛记忆。《鹿鼎记》第七回擒鳌拜之后,韦小宝初遇天地会青木堂会众,有一段心理描写:

> 韦小宝听到这里,更无怀疑,知道这批人是反对朝廷的志士。他在遇到茅十八之前,在扬州街坊市井之间,便已常听人说起天地会反清的种种侠义事迹。当年清兵攻入扬州,大肆屠杀,奸淫掳掠,无恶不作,所谓:"扬州十日,嘉定三屠",实是惨不堪言。扬州城中几乎每一家人家,都有人在这场大屠杀中遭难。因之对于反清义士的钦佩,扬州人比之别地人氏,无形中又多了几分。其时离"扬州十日"的惨事不过二十几年,韦小宝从小便听人不断说起清军的恶行,又听人说史阁部如何抗敌殉难,某人又如何和敌兵同归于尽。这次茅十八和众盐枭在丽春院中打架,便是为了强行替天地会出头而起,一路上听他说了不少天地会的

英雄事迹，又有什么"为人不见陈近南，就称英雄也枉然"等等言语，心中早已万分向往仰慕，这时亲眼见到这一大群以杀鞑子为己任的英雄豪杰，不由得大为兴奋，一时竟忘了自己是鞑子朝廷中"小太监"的身份。[6]第1集,275

从这段文字看，刚刚开始参与康熙大计的韦小宝，早在扬州的汉人氛围中，就已种下了深刻惨痛的历史记忆。可到了第二十四回，即全书近半之时，韦小宝却对历史记忆有了另一种理解：

韦小宝道："奴才在扬州之时，也听人说过从前清兵杀人的惨事。"

康熙叹了口气，道："扬州十日，嘉定三屠，杀人不计其数，那是我们大清所做下的大大恶事。我要下旨免了扬州和嘉定的三年钱粮。"

韦小宝心想："扬州人三年不用交钱粮，大家口袋里有钱，丽春院的生意，可要大大兴旺了。怎生想个法子，叫小皇帝派我去扬州办事？我叫妈妈不用做婊子了，自己开他三家妓院，老子做老板，再来做庄，大赌十日，也来个'扬州十日'。然后带了大批银两，去嘉定赌他妈的三次，这叫做'嘉定三赌'。"又想："老皇爷和皇上都说嘉定三赌杀人太多，是件大大的惨事，为什么赌三次钱，便杀不少人？不知嘉定在什么地方。这地方的人赌钱本事厉害，倒须小心在意。"[6]第3集,996

如果不是金庸有意遗忘前情，那就是韦小宝有意对历史进行选择性记忆式的理解。历史记忆已经与现实人生没有太大关联，更重要的是现在的老百姓过得好不好。即使是在一个小流氓眼里，也需要老百姓手中有钱，才能够快快活活地大嫖大赌。更进一步，韦小宝把这种惨痛看成一种历史的常态并津津乐道起来，在第三十六回中，他把这种经验援用到俄罗斯去发动政变，果然大获成功：

清兵入关之后，在江苏等地遇到汉人猛烈抵抗，扬州尤其坚守不下。清军将帅就允许士兵破城之后，可以奸淫掳掠，一共十天。这"扬州十日"，实是惨酷无比。韦小宝自幼生长扬州，清兵如何攻城不克，主

> 帅如何允许部卒抢钱抢女人，清兵如何奋勇进攻，这些故事从小听得多了。后来在北京，又听人说起当年李自成的部下如何在北京城里抢钱抢女人，张献忠又如何总是先答应部下，城破之后，大抢三天。看来要造反成功，便须搞得天下大乱，要天下大乱，便须让兵士抢钱抢女人。因此眼见火枪营士兵不敢造反，他自然而然的将“抢钱抢女人”五字真言说了出来。果然罗刹兵和中国兵一般无异，这五字秘诀，应验如神。[6]第4集，1517

原来这是和民族矛盾的历史记忆无关的，因此，韦小宝就更可以名正言顺地有意遗忘历史了。不过，历史的惨痛记忆毕竟为时不久，书中还不时提醒他记起那段历史，但问题在于，这样的记忆却又总是和康熙减免钱粮、修忠烈祠等等搅在一起，上一任皇上的不好与这一任皇上的好形成的巨大反差，康熙完全把韦小宝给收买了。书中最后一次讲到扬州，包括韦春芳这些惨痛记忆的亲历者在内，想到的不再是历史，而是现实，是“小宝这小贼挑女人的眼力倒不错，他来开院子，一定发大财”[6]第5集，2120，到此完成了一个全民“向钱看”的社会转型，这哪里还有当年儒家讲究“亲亲上恩”的脉脉温情？又哪里还需要急难之际一诺千金的游侠横空出世？历史就这样被遗忘掉，接下来是武侠也这样被消解掉。

再说“消解武侠”。

《鹿鼎记》致力于消解武侠，首先是改变大侠的观念。自金庸提出“为国为民，侠之大者”以后，大侠就被定位于民族英雄的高度，包括反抗外族侵略和谋求万民福祉两种民族英雄，又结合了武侠世界的特殊性，还包括了消除江湖浩劫与谋求江湖自由的英雄行为。金庸描写陈近南的出场，可谓精心设计，第一回陈近南人未出场声名已闻：

> 吴六奇道：“‘海内奇男子’五字，愧不敢当。只要查先生肯认我是朋友，姓吴的便已快活不尽。我们天地会总舵主陈永华陈先生，又有一个名字叫作陈近南，那才真是响当当的英雄好汉，江湖上说起来无人不敬，有两句话说得好：‘平生不识陈近南，就称英雄也枉然。’在下尚未见过陈总舵主之面，算不了什么人物。”查伊璜想像陈近南的英雄气概，不

禁神往。[6]第1集,35—36

吴六奇是坐镇饶平的总兵官,查伊璜是一代大儒,这一文一武对陈近南可谓崇拜已极。在第一回末尾,陈近南第一次现身,就出手救了顾炎武、黄宗羲、吕留良三位大儒。从这里来看,侠、儒的合谋本应顺理成章,陈近南所经营的天地会比陈家洛的红花会更成气候,本应更有前途。但随着小说情节的发展,陈近南的光辉越来越黯淡。历史上的陈近南在台湾威望极高,但后来受排挤忧郁成疾,不久病逝。金庸故意改写了陈氏结局,改成大业将成之际因利益冲突而被小主人郑克塽偷袭殒命,一代英雄被写成如此虎头蛇尾,金庸所昭示的,乃是侠已成旧时代的产物,当康熙致力于改善民生之际,陈近南还执着于一家一姓之天下,这本身就已不符合历史潮流,自然不是真正的"为国为民"了,这样的侠还能受到"万民景仰"吗?

"为国为民,侠之大者"是贯穿全部金庸小说的总纲,既然江湖之侠不再具备这样的功能,那就应该退位。问题在于,长期以来,武侠本是江湖的专利,而现在江湖却无侠可称,于是金庸就要在"非江湖"的世界创建一个江湖,这就是小玄子和小桂子的世界。章太炎说,蒿莱明堂之间皆谓之侠:蒿莱是编户齐民,也就是韩非理想中君主治下一心不二用的耕战世界;明堂则是朝廷,即王法主宰的世界。韩非的侠法对立,也就是侠与蒿莱明堂的对立,即侠与现实的主流社会秩序的对立,这是一般社会的常态,随着"法"进一步扩大为不仅仅是"法家"而更是"王法"并进而是"法治",正史叙述中仅仅只有《史记》和《汉书》为游侠专门列传,就是侠的空间日益逼仄的潮流所向。后世主流文化常常期望以儒家甚至墨家来改造侠,如中唐名相李德裕、清代名臣曾国藩都进行过这种尝试,近代变法者梁启超、谭嗣同也进行过这种尝试,然而,侠终究未能再造西汉帝国黄金时代的游侠盛世。金庸的策略是有意"遗忘历史"以颠覆传统的游侠观念,他再造了小玄子和小桂子的新的大侠世界,我们暂且称之为明堂江湖,也就是朝廷的江湖。

金庸小说的明堂江湖默认的是先秦法家的法则。韩非总结先秦法家各派理论,提出了法、术、势三位一体的法家法则。"法"是固定下来的法律典籍,是可以具体遵循的规则;"术"是君主管理臣下、治理国家的权术;"势"是由制度所赋予的权势。按现代角度来理解,法就是法律条文,术是领导艺术，势是制度保障。康熙正是创造性地运用了法家三位一体的理论，有效地用之于明堂江湖，做到了江湖大侠想做而做不到的事，有效地净化了大侠的道义内涵。在现代管理学中，有所谓“六力整合”，即干部的领导力、执行力、决策力、洞察力、学习力、创新力的综合培养。在《鹿鼎记》的明堂江湖中，小玄子与小桂子的互补，即形成了“六力整合”的黄金组合。康熙的领导力发挥了“势”的效用，使韦小宝乖乖听话而不敢为非作歹，遏制了韦小宝的流氓本性；韦小宝发挥“术”之极致的强大执行力，能够贯彻战略意图，完成预定目标，并在完成任务的意愿、能力和程度上都达到了几乎完美的地步，完成了很多他人看来不可能完成的任务；康熙在关键时刻总是有强大的决策力，做出正确的选择；康熙对他人的了解，对鳌拜、吴三桂、韦小宝、陈近南等人，都有极深刻的洞察力；康熙还从汉族文化那里学到了长治久安之策，具有优秀的学习力，连带着韦小宝也学会了“鸟生鱼汤”（尧舜禹汤）；小玄子和小桂子黄金组合的明堂江湖，创造了“侠之大者”的新模式，具有强大的创新力。

在完成“六力整合”之后，旧的江湖被证明是没有生气、没有前途的，新的江湖消解了“武侠”而创新了“大侠”。旧的武侠模式按陈平原的仗剑行侠、快意恩仇、笑傲江湖、浪迹天涯“16 字叙事语法”来衡量，都在法家规则之外，与法、术、势的三位一体不在同一层面，与“六力整合”也不在同一层面。新的大侠模式提出了新的要求。按《鹿鼎记》后记中的说法，是“尽可能的尝试一些新的创造”，金庸提醒读者尤其是“天真的小朋友们”，“韦小宝重视义气，那是好的品德，至于其余的各种行为，千万不要照学”。[6]第5册，后记，2132 正是由于韦小宝具备了“讲义气”这一江湖的基本品德，所以他还是侠；但显然他又只能是封建时代无奈的糟粕，明堂江湖对武侠江湖的改造，也只能是一种权宜之计。

明堂江湖的最终目的，当然还是消解武侠而创造一个新的秩序。韦小宝曾企图在两个江湖跨界，当康熙消解武侠的目标基本达到之后，这一跨界行为就不再被容忍了。封建制度是独裁制度，而更重要的是武侠江湖非要逼迫人们做出一个唯一不二的选择，康熙也为之无可奈何。随着局势的发展也只能有一个唯一的选择。在第五十回即小说最后一回中，康熙感叹道：“这些反贼逼你来害我，你说什么也不肯答应，你跟我很讲义气，可是……可是小桂子，你一生一世，就始终这样脚踏两头船吗？”在确认“现下风调雨顺，国泰民安，皇上鸟生鱼汤”而好于明朝任何一个皇帝之后，康熙的这种无奈就更加突出了，他说：“父皇是满洲人，我亲生母后孝康皇后是汉军旗人，我有一半是汉人。我对天下百姓一视同仁，决没丝毫亏待了汉人，为什么他们这样恨我，非杀了我不可？”[6]第5集，2090 接下来是一段韦小宝的心理描写：

> 心道：“天地会众兄弟逼我行刺皇上，皇上逼我去剿灭天地会。皇上说道：‘小桂子，你一生一世，就始终这样脚踏两头船么？’他奶奶的，老子不干了！什么都不干了！”心中一出现“老子不干了”这五个字。突然之间，感到说不出的轻松自在……总而言之：“老子不干了！”
>
> “一不做官，二不造反，那么老子去干什么？”想来想去，还是回扬州最开心。
>
> 一想到回扬州，不由得心花怒放，大叫一声：“来人哪！”[6]第5集，2091－2092

尽管小说的结局是韦小宝携母带妻到了大理，但这里特别提到扬州，具有深刻的意味。扬州既是惨痛历史记忆的象征，又是选择性遗忘之后稳定繁荣的象征。“一不做官”是退出明堂江湖，“二不造反”是退出武侠江湖。总之，回扬州就是退出江湖，进入到蒿莱明堂的世界，进入到编户齐民遵纪守法的世界，进入到“自由＋法治”的世界。不过，这样的理想并不容易实现，明堂江湖的小玄子想念他，但在法家的形式下却不能容忍他；武侠江湖的四大儒惦记他，但在儒家的形式下却不能放过他——他只有隐姓埋名，和前辈大侠杨过、张无忌、令狐冲们走向同样的侠隐结局去了。不过，他应该要比前辈们过得幸福，因为前辈们虽退隐而仍是武侠江湖的人，随时都会出山；韦小宝却没有这种牵扯，康熙六下江南又派韦小宝昔日部属曹寅为江宁织造，“命其长驻江南繁华之地，就近寻访韦小宝云”[6]第5集，2119－2120，却终于也没有打扰到韦小宝的清梦。

在遗忘历史之后选择性记忆历史，儒家之侠就转到了法家之侠的道路上，“三教合一”形态下的儒法对立就变成了“显学”形态下的侠法对立，其对策是创建明堂江湖以消解武侠江湖，并进而消解明堂江湖以实现在“为国为民”标准下的总体正义原则。

金庸在《神雕侠侣》后记中“深信将来国家的界限一定会消灭”，如果真是这样，那么儒与法的界限、明堂与江湖的界限还有什么必要存在呢？写完《鹿鼎记》不再创作武侠小说，是因为武侠的世界在人类历史的发展道路上必然会让位于“自由＋法治”的世界。

消解武侠之后，剩下来的就是“变法时新”了。如何在康熙时代“变法时新”，金庸没有写下去，实际上也不用写下去。在《书剑恩仇录》里，时代背景依然还是“康乾盛世”，但内里已经腐朽，无论是法律条文、领导艺术、制度保障或即法、术、势的任何一个方面，都已经不能为大清王朝提供保障，封建时代的传统文化早已堕入速朽的历史必然，不用多说。本文对此也不必加以讨论了。

三、结语：“自由＋法治＝稳定＋繁荣”

在改完了全部15部小说之后，金庸关注“香港的前途”，而尤其关注“保持目前的生活方式”，具体列举了四点：第一是“生活上的自由”即“个人的事情，自己有充分的选择自由”；第二是“‘法治’，一切事情根据法律办理”；第三是“容易赚钱”也就是生活费用的保障；第四是熟习的环境，中国人的社会，中国人的传统习惯、风俗、语言、文字等等[28]。这被他进一步浓缩为“自由＋法治＝稳定＋繁荣”的简明公式，他说：“‘自由’是指目前香港居民所享受的一切自由与个人权利。‘法治’是指目前存在于香港的法治制度，包括司法独立、法律之前人人平等、根据证据而公开审判等等。香港的稳定与繁荣，以自由与法治为基础。”[29]只要自由与法治还在，稳定和繁荣就可以成为必然：

> 香港有时并不稳定，有时并不繁荣，例如一九六七年暴动之时，例如去年和今年。但自由与法治始终并不失去。只要自由与法治能够维持，暂时不稳定可以转为稳定，暂时不繁荣可以转为繁荣。但如自由与法治的制度不能维持，就不可能再有过去三十多年来的那种繁荣了。[29]

在金庸小说中，一方面提倡“为国为民”，一方面提倡“个性解放”。中国传统文化中的儒家以“仁政”为其政治理想，以“大同”为其政治图景，以“修身齐家治国平天下”为其人生模式，可以提供“为国为民”的阶梯，然而却反对提供“自由”。中国传统文化中的法家文化，以国家强盛为其目标，以当前利益为其宗旨，以法、术、势为其手段，可以提供“法治”，却未必能够提供“自由”。金庸小说的魅力，在于从根本上清理了传统文化从而引进了现代性，启示人们中国文化必须走上现代化的道路，传统文化由于其固有的内在缺陷已无法充当中国文化伟大复兴的核心力量了。

金庸小说关注了人如何与外部世界在传统文化境域中进行协调，人可以在外部世界战胜自己；金庸小说成功地指出并解决了关于“为国为民”与“个性解放”的困境。因此，如果武侠要继续创新，在现有的文化背景下，已经很难再在金庸的传统文化道路上创新。但这并不意味着无法在其他路径上创新，比如大陆新武侠兴起以来对人的内在困境的探索，人如何在内心世界战胜自己，已成为大陆新武侠的重要主题[30]。但无论怎样求新求变，金庸小说对传统文化的现代探索，以及他最终确立的“自由＋法治”的文化归宿，永远都是中国武侠小说以及20世纪后50年来的社会文化发展之中高高矗立起来的一个丰碑。

1993年，金庸曾作《参草有感》四首，其三诗云：“法无定法法治难，夕改朝令累卵危。一字千金筹善法，三番四复问良规。难言句句兼珠玉，切望条条奠固基。叫号长街烧草案，苦心太息少人知。”金庸新法家文化的真正的“自由法治”仍方兴未艾而任重道远。同样，新世纪武侠小说的突破与创新，依然方兴未艾而任重道远。

参考文献：

[1]敬文东. 流氓世界的诞生：重读金庸[M]. 广州：花城出版社，2003：221－222.

[2]韩云波. 谁是英雄[M]. 成都：四川人民出版社，1995.

[3]吕进，韩云波. 金庸“反武侠”与武侠小说的文类命运[J]. 文艺研究，2002(2)：65－73.

[4]韩云波.“反武侠”与百年武侠小说的文学史思考[J]. 山西大学学报(哲学社会科学版)，2004(1)：18－24.

[5]韩云波，何开丽. 再论金庸“反武侠”：终结还是开端[J]. 江汉论坛，2006(12)：

130－134.

[6]金庸.鹿鼎记[M].第15版.香港:明河出版社,1994.

[7]王先慎.韩非子集解[M].北京:中华书局,1998.

[8]韩云波.黑社会性质组织犯罪与中国侠文化负面批判[J].西南大学学报(社会科学版),2010(2):35－39.

[9]荀悦.前汉纪[M].四库全书本.

[10]司马迁.史记[M].北京:中华书局,1959.

[11]韩云波.平江不肖生与现代中国武侠小说的内在纠结[J].西南大学学报(社会科学版),2011(6):33－39.

[12]刘中望.政治化与大众化的双重逻辑——论针对1930年代中国武侠小说的批评热潮[J].西南大学学报(社会科学版),2010(1):36－40.

[13]金庸.神雕侠侣[M].第19版.香港:明河出版社,1994.

[14]金庸.飞狐外传[M].第13版.香港:明河出版社,1994.

[15]金庸.天龙八部[M].第15版.香港:明河出版社,1994.

[16]陈平原.千古文人侠客梦——武侠小说类型研究[M].北京:人民文学出版社,1992:196.

[17]韩云波.中国侠文化:积淀与承传[M].重庆:重庆出版社,2004:55.

[18]金庸.笑傲江湖[M].第14版.香港:明河出版社,1994.

[19]查良镛.在制度而不在种族[N].明报,1982－8－12:社评.

[20]罗尔斯.正义论[M].何怀宏,何包钢,廖申白,译.北京:中国社会科学出版社,1988.

[21]邓小平.怎样恢复农业生产[M]//邓小平.邓小平文选:第1卷.第2版.北京:人民出版社,1994:323.

[22]崔瑞德,鲁惟一.剑桥中国秦汉史:公元前221年至公元220年[M].杨品泉,等译.北京:中国社会科学出版社,1992.

[23]陈奇猷,校释.吕氏春秋新校释[M].上海:上海古籍出版社,2002:612.

[24]孔毅.商鞅“更礼”论[J].重庆师范大学学报(哲学社会科学版),2011(4):5－11.

[25]班固.汉书[M].北京:中华书局,1962.

[26]周桂钿.秦汉思想史[M].石家庄:河北人民出版社,2000:325－327.

[27]刘文典.淮南鸿烈集解[M].北京:中华书局,1989:532.

[28]查良镛.保持目前的生活方式[N].明报,1982－08－31:社评.

[29]查良镛.稳定繁荣以自由法治为基础[N].明报,1983－07－06:社评.

[30]韩云波."三大主义":论大陆新武侠的文化先进性[J].西南师范大学学报(人文社会科学版),2006(2):63－69.

作者简介:韩云波,文学博士,西南大学学报编辑部编审,西南大学文学院中国侠文化研究中心,教授。

原文出处:《西南大学学报》(社会科学版)2013年第2期。

转　　载:《高等学校文科学术文摘》2013年3期长文转载。

论两个金庸与两种金庸武侠小说

高　玉

摘　要:不论是在文学修养、爱好还是文学天赋上,金庸都具有雅俗二极性,有两个金庸:通俗文学的金庸和纯文学的金庸。金庸武侠小说可以从文本性质上区分为两种"版本":一种是通俗文学版的金庸小说,可称之为"旧版";一种是纯文学版的金庸小说,可称之为"新版"。在文学观和写作方式上,1970 年代之前的金庸小说是通俗文学性的,1970 年代之后的金庸小说是纯文学性的。1970 年代之前金庸把武侠小说当作通俗文学来写,读者也当作通俗文学来读;1970 年代之后金庸从纯文学角度来修改他的武侠小说,读者把它当作纯文学来读。作家金庸不具有统一性,金庸作品也不具有统一性。

一、两个金庸与金庸武侠小说三大版本系统

人的性格构成是复杂的,现实生活中的人是这样,文学中的人物形象也是这样,金庸的性格就具有多层次性。他是一个雅人,极重视精神生活,把名誉看得很重;他也是一个俗人,追求世俗的生活和享乐。他是一个政治的人、经济的人,极善于权衡利弊;他又是一个文化人,追求情趣和闲适,对利益和金钱很淡泊。他的现实生活常常是双重的:他一方面办报,写现实针对性极强的社论,和各种生意人打交道且应付裕如;另一方面他又沉浸在想象中,写娱乐性极强的武侠小说,在写作中享受逃避尘世的乐趣,所谓左手写社论,右手写小说。他外表木讷、严肃,但内心"本性活泼"。写《金庸传》的傅国涌曾写《金庸的另一面》称金庸"对金钱不但不是没有兴趣,而且非常在意,甚至可以说锱铢必较,在《明报》内部一直被称为'抠门'的老板","金庸

嗜玩‘沙蟹’，牌艺高明，据说在《明报》创办早期，由于经济拮据，他每次给员工发工资以后，就会邀请他们到自己家里‘打沙蟹’，然后将他们的钱逐一赢回来”。[1]但另一方面，金庸在金钱上又非常大方，“有一次金庸应邀去香港中文大学讲演，讲演完了后，校方不失时机地向金庸委婉提出让金庸捐赠一事。金庸早有准备，拿出支票，当场就签了一张400万元的支票。这一笔捐赠不算少了，校方已是喜出望外。当时校长在喜悦的气氛中，不禁异想天开地开了个玩笑说：‘如果再多一个零头就太好了！’金庸看了看对方一眼，二话不说，居然又提笔在400万之后添了个零。金庸捐赠了4 000万！”[2]

在文学方面，不论是修养、爱好还是天赋，金庸都具有雅俗二极性。金庸写武侠小说虽出于偶然，但其文学天赋、对文学的热爱和广泛的阅读以及写作训练、作为作家的文化素养等却非偶然。早在中小学时，金庸就阅读了大量中外文学名著，既有雅的经典性文学，也有俗的通俗性文学。在和池田大作的对话中，金庸谈到他儿时的读书状况，谈到对鲁迅、巴金等人的理解，他说：“对于我们这一代的青年，巴金先生几乎是我们唯一喜爱而敬佩的当代中国作家。鲁迅先生太深刻而锋锐、太强调严肃的社会主义；周作人意境冲淡而念意深远，非我们年青人所能引起共鸣；老舍嬉皮笑脸，似乎不太认真；沈从文的文章美得出奇，但他所写的东西，对于我们江南人似乎充满异国情调；茅盾的革命情怀我们不太了解。”[3]这既反映了少年金庸对文学的深刻理解，也反映了他对文学的偏好。巴金小说属于纯文学，属于那种具有深刻社会意义的小说，但在五四时期的纯文学中又是最富于情感性和感染力的小说，相对通俗、浪漫、轻松，可读性很强，由此可见金庸在文学观和文学喜好上的雅俗二重性。

其实大多数作家在文学修养和文学爱好上都具有两面性，文学的雅与俗当然具有性质上的差别，但有时也是层次、内容的不同。人在精神上对文学的需求犹如人在肉体上对食物的需求，也是多方面的，偏食是有的，但大多数人是肉食、蔬菜、水果都吃。对作家来说，在文学修养和爱好上，大多数人既有高雅一面也有通俗一面，极端的纯文学观念和纯粹的高雅爱好是少见的。由于传统和观念的不同，再加上运行模式、精神向度、社会效益的不同，作家在创作上必须有所选择。金庸的特殊性在于，他最初选择了通俗文学的道路，也在通俗文学创作上取得了巨大成功，但后来他改变立场，对已创作的通俗文学进行纯文学性质的改造，即大规模、高密度修改，从而在纯文学上也取得巨大成功。

所以，我认为有两个金庸，有两种金庸武侠小说。1970 年是一个大体的分界线：1955 年到 1970 年的金庸为通俗作家的金庸，1970 年到 1980 年的金庸为纯文学作家的金庸；1955 年到 1970 年创作和一定程度修改的小说总体上属于通俗小说，1970 年到 1980 年创作和修改的小说总体上属于纯文学性质的小说。

从版本上说，金庸小说可分为三大系统："初版本""修订本""新修本"。初版本指从 1955 年 2 月 8 日《书剑恩仇录》在《新晚报》连载开始，到 1972 年 9 月 23 日《鹿鼎记》在《明报》连载结束，主要是报刊上的"刊本"和各种单行本。修订本指 1970 年到 1980 年金庸对旧作修改之后，在香港明河社、台湾远景及远流、北京三联、广州出版社出版的《金庸作品集》。新修本指金庸于 1999 年至 2006 年对修订本再次修订的版本，香港和台湾都有出版，但具体情况笔者不详，中国内地由广州出版社和花城出版社联合出版，2008 年全部出齐。这只是就大体情况而言，金庸小说版本非常复杂，且不说盗版与翻版，仅就正版而言，学术界至今未能厘清，也许只有金庸自己清楚，但他本人的资料也未必齐全。据倪匡讲，金庸的儿子为了读初版本还得找他借，且"都要还了一部，再借一部新的"[4]22。倪匡此话讲于 1980 年 5 月，当时修订版出版不久，明河社的《金庸作品集》还没有出全。

金庸小说版本的复杂性在于既众多又有差异。林保淳说："报纸或杂志上直接刊载的版本，可以称为'刊本'，这是金庸作品问世的首度面貌，但并未正式发行印售。"[5]林先生在金庸小说版本研究方面具有开创性，但即便是权威也有很多不甚明了之处，比如这里就有两处错误：第一，不是所有金庸小说的"刊本"都是首度面世，金庸所有小说都是先在报刊连载，且很多小说不只连载一次，金庸自己就说《天龙八部》1963 年开始在《明报》及新加坡《南洋商报》同时连载，《笑傲江湖》1967 年在《明报》连载，西贡的中文报、越文报和法文报有 21 家同时连载。不知前一个"同时"是否是日期和内容上的完全同步，不知后一个"同时"是否和《明报》连载同时，但可以肯定有不"同时"、不同步的连载，对金庸小说香港版本非常有研究的陈镇辉说：部分正版金庸旧版小说，先后有两次连载。[6]56《武侠与历史》杂志由金庸创办，《飞狐外传》

1960年至1962年首度在上面连载，原来除了《飞狐外传》之外，《倚天屠龙记》《鸳鸯刀》《天龙八部》，都曾于《武侠与历史》连载过[6]55，只是不知《倚天屠龙记》等在《武侠与历史》上连载时是否有所修改，但可以肯定的是，金庸小说不仅初版本有连载、有"刊本"，修订本也有连载、有"刊本"，比如1971年"5月24日，修订后的新版《碧血剑》在《明报晚报》开始连载"[7]180，1974年"12月，修订《雪山飞狐》，同时在《明报晚报》连载"[7]184，1979年"9月7日，台湾《联合报》开始连载《连城诀》。9月8日，台湾《中国时报》开始连载《倚天屠龙记》，《工商时报》开始连载《白马啸西风》"[7]187，1980年"10月，广州《武林》杂志连载《射雕英雄传》"[7]188，这说明"刊本"不仅有不同版本，本身也存在不同文本。同时，金庸小说在最初连载的同时就有各种"书本版"，虽然很多是盗版或翻版，但也有正版而且不止一种正版。陈镇辉详细翻阅过部分金庸武侠小说的连载，发现金庸或报馆偶尔会在连载后的剩余位置答复读者提问，涉及"书版本"问题，如《碧血剑》"1956年12月6日的连载后，金庸答张兴先生：'《书剑恩仇录》8集已出齐，《碧血剑》已出至第4集，可请向正式书店购买。'"[6]57《射雕英雄传》"1957年10月4日的连载后，金庸答振华先生：'《射雕英雄传》有单行本，届至第4集。三育、东南、百新、三联等书店均有出售。'"[6]59《神雕侠侣》"1959年7月19日的连载后，金庸答XX（按：引文中'XX'为字迹模糊难以辨认者）先生：'《神雕侠侣》之正版本即将由三育图书公司出版，普及版之薄本及厚本，增多已由邝拾记报局出版。'"[6]63 此类说明很多，结论是："邝拾记报局发行正版金庸旧版小说'书本版'，似乎是毋庸置疑的。而武史出版社所出版的金庸旧版小说'书本版'，应为金庸授权出版。至于胡敏生记出版、发行、代理的金庸旧版小说'书本版'，也该是正版。"[6]77

金庸小说经过反复修改，从新修版各后记看，较大的修改一般都在三次以上。如《天龙八部》新修版后记："《天龙八部》的再版本在1978年10月出版时，曾作了大幅度修改。这一次第三版又改写与增删了不少（前后共历三年，改动了六次）。"《雪山飞狐》三联版后记："于1959年在报上发表后，没有出版过作者所认可的单行本。坊间的单行本，据我所见，共有八种，有一册本、两册本、三册本、七册本之分，都是书商擅自翻印的。""现在重行增删改写，先在《明报晚报》发表，出书时又作了几次修改，约略估计，原书十分之六七的句子都已改写过了。原书的脱漏粗疏之处,大致已作了一些改正。"该后记未署时间,内容和明河版、远景版、远流版无差别,而明河版初版于1976年12月,可以肯定这个后记早于1976年12月。新修版后记在三联版后记基础上修改而成,据新修版后记:"本书于1974年12月第一次修订,1977年8月第2次修订,2003年第三次修订,虽差不多每页都有改动,但只限于个别字句,情节并无重大修改。"金庸虽然把修订情况讲得很具体,但仍有很多疑问:金庸从前讲"原书十分之六七的句子都已改写过了",后来又讲"差不多每页都有改动,但只限于个别字句",这是矛盾的。1974年修订本后来在《明报晚报》上连载过,1976年明河版应该就是这个文本,而远景版和远流版都是明河版的翻版,笔者核对过,连页码都一样。那么,1977年修订本是否正规出版过,三联版是否用的就是1977年修订本,需要仔细核对才能确定。查严晓星《金庸年谱简编》,还有1985年"4月,第三次修订《雪山飞狐》",这第三次修订是否反映在三联版上呢?这需要核对,且很难确定,即使能够发现三联版与明河版、远景版、远流版的不同,也难以区别哪些是1977年修订,哪些是1985年修订。2003年的新修改肯定反映到广州新修版上来。金庸不厌其烦地修改,有的反映在版本上,但大多数修改都无法从版本上予以确定,其"修改"和"版本"并非一一对应,金庸小说并不是修改一次就出一个版本。同时,金庸小说不仅是文本相同的小说有不同版本,还有文本不同的各种不同版本。由此可见金庸小说版本之复杂,版本研究将是"金学"中一个长久的话题。

从传统版本学角度研究金庸小说非常有意义和价值,但我更愿意从文本性质角度来划分金庸小说的"版本"。我认为金庸小说可以从文本性质上区分为两种"版本":一种是通俗文学版的金庸小说,可称之为"旧版",其中有各种版本;一种是纯文学版的金庸小说,可称之为"新版",其中也有各种版本。"修改"是写作的应有之义,是创作的一个重要阶段,与一般作家写作的修改不同,金庸的"修改"时间跨度长,修改幅度大,文本差距大,甚至发生了文本性质变化,最初的文本和修改之后的文本完全是两种性质不同的文本。所以,我认为,金庸的小说写作实际上可分为两个阶段,也可以说是两个部分,由于写作态度、写作方式特别是文学观念的不同,最初的文本和修改之后的文本实际上是两种性质不同的文本,因而是不同的金庸小说,相应地从写作历程的角度来说，有两个金庸，即通俗文学的金庸和纯文学的金庸。其中大致以1970年为界，之前各种版本为“旧版”，之后各种版本为“新版”，“修订”和“新修”有版本的差别，但没有文本性质的差别，这和传统版本划分有很大差异。

二、第一个金庸：通俗文学的金庸与金庸武侠小说

我认为1970年代初的金庸在文学观念和文学写作方式上已经发生了很大变化，这表现在两方面：一是小说观念和写作态度发生了很大变化，主要体现在1969年10月开始的《鹿鼎记》的写作中；二是表现在从1970年3月开始作者对自己过去的作品进行大幅度修改，用了10年时间到1980年才初步结束，之后到2006年，这种修改一直持续着。

《鹿鼎记》新修版后记说：“《鹿鼎记》和我以前的武侠小说完全不同，那是故意的。”“已经不太像武侠小说了，毋宁说是历史小说。这部小说在报上刊载时，不断有读者写信来问：‘《鹿鼎记》是不是别人代写的？’因为他们发觉，这与我过去的作品有很大不同。”这里的“故意”充分说明了金庸小说观念的变化，主人公竟然不会武功，这不仅不同于金庸过去的小说，也不同于过去所有的武侠小说，这种变化不是简单的风格、形式的变化，而是文本性质的变化，正如有学者将其称之为武侠小说的“变法”之作[8]，《鹿鼎记》由武侠小说变成了“历史小说”，由通俗文学变成了纯文学。武侠小说本来不以现实见长，现实层面上的“真实”本来不是武侠小说的标准，但金庸写作《鹿鼎记》时却非常重视“社会”、“时代”、“现实”以及“真实”，他在新修版后记中甚至说：“在康熙时代的中国，有韦小宝那样的人物并不是不可能的事。”“这部小说写的是清朝盛世康熙时代的故事，主要抒写的重点是时代而非人物。在那个时代中，可以有那样的故事。”这明显是纯文学的视角、观念和要求。我认为，金庸写作《鹿鼎记》时不仅文学观念与标准发生了变化，因而发生了“文类”变化，而且作者态度也严谨、严肃得多，语言文字相对干净，情节结构更加自然。金庸写《天龙八部》时曾赴英国参加学术会议并到欧洲旅游，小说连载由倪匡代笔，这在纯文学写作中是很不严肃的，但在通俗文学写作中却不算出格。而写《鹿鼎记》时金庸两次外出，都没有请人代笔，而是暂停连

载，反映了金庸写作态度上的严肃性。这种严肃性同样反映在《天龙八部》的修改上，金庸征得倪匡的同意，把这一部分删除重写。正因为写作非常严谨，所以在金庸小说中《鹿鼎记》虽然篇幅最长，但修改最少，“刊本”和修订版本之间差距非常小，金庸曾准备进行大的修改，但最后还是“决定不改”，为什么不改？我认为主要有两个原因：一是《鹿鼎记》写作时的文学观念和他修改其他作品的观念一致，都是纯文学观念，不用大的修改，也没法进行大的修改；二是按“纯文学”观念，《鹿鼎记》的写作已相当严谨，构思精密，疏漏很少，需要改动的地方不多。

从1955年开始写作到2006年的修改，金庸小说写作实际上持续了50多年，时间跨度如此之大，作者的文学观念和写作方式都发生了巨大变化，这是可以理解的，也是合理的。金庸的特殊性在于，他的文学观念和写作方式不是一般性的风格上的变化，不是题材和情节结构的模式变化，而是文学品质的变化，从通俗文学变成了纯文学。同时，一般作家写作的变化表现在不同作品或不同体裁的选择上，比如前期作品不同于后期作品，从前写小说而后来写散文等，但金庸的变化体现在修改上，是在相同的作品上完成的，出现了同一作品两种完全不同性质的文本。

与大多数作家走上写作之路不同，金庸是偶然进入的，梁羽生写《龙虎斗京华》走红，武侠小说风靡香港，报纸如果不登武侠小说便会失去很多读者，但武侠小说家又非常少，一时之间报纸便出现了严重的武侠小说“稿荒”，金庸正是在这种情况下被罗孚“赶鸭子上架”“抓丁”而写武侠小说的。金庸多次强调“我写武侠小说完全是娱乐”[9]，后来则是为了报纸的需要而写作，但娱乐性仍是重要的特性，他说：“只是为了写武侠小说可以帮忙增加销路，所以每日在自己的报纸上面写一段，这是有这个必要，非写不可，所以酬劳和一般的情形就有点不同，报馆给我的稿费也很少，假定报纸与我没有关系，我就一定不写了，(众笑)我现在写是为了娱乐。但是十部写下来。娱乐性也很差了。也许要停写几年，才再继续写下去也说不定。现在娱乐自己的成分，是越来越少了，主要都是娱乐读者。”[10]114 后来又说：“我写小说实际上是当时的一种副业，我主要是办报纸。报纸要吸引读者，那么我写点小说就增加点读者。”[11]18 这是20世纪70年代之后说的，金庸有意淡化写作的商业化，有意淡化写作的实用功利目的，有意把话说得很轻松，但事实上写小说对金庸的办报是非常重要的，特别是《明报》草创之初，步履维艰，武侠小说的连载是报纸的重要支撑点，帮助金庸度过了报业的难关，也是他人生中的最大难关。所以，当金庸度过了最艰难的时刻，武侠小说对他的报纸不再有多大意义时，特别是武侠小说不再“娱乐自己”时，便要“金盆洗手”，不再创作新的武侠小说了。

对于武侠小说，金庸在写作过程之中和之后都有明确的定位和评价，他说：“武侠小说虽然也有一点点文学的意味，基本上还是娱乐性的读物，最好不要跟正式的文学作品相提并论，比较好些。”[10]112 这里“娱乐”的意思是相当贬损的，近于“儿戏”或“游戏”，金庸1960年代末在文学层面上使用这个词时的贬义远多于我们今天，“有一点点文学的意味”和不能“跟正式的文学作品相提并论”就是对“娱乐”的具体注释。金庸在1970年代之前虽然自己很喜欢武侠小说，自己也写武侠小说，武侠小说给他个人带来了巨大声誉，对他的报业也非常有帮助，但他对武侠小说的评价却相当低，他说：“武侠小说本身在传统上一直都是娱乐性的，到现在为止好像也没什么有重大价值的作品出现。”[10]116“武侠小说本来是一种娱乐性的东西，作品不管写得怎样成功，事实上能否超越形式本身的限制，这真是个问题。你可以这么写，同时也要读者接受才可以。如果看的人一直不当它是严肃的作品来看，写的人也一直不当它是严肃的作品来写，总是儿戏的东西，而自己却尝试在这儿戏东西里面，加进一些言之有物的思想，有时连自己也觉得好玩。”[10]118 上述言论的时间是1969年8月22日，金庸已经写了14部武侠小说，“到现在为止好像也没什么有重大价值的作品出现”也应包括他自己的14部作品。1970年代之前，金庸对自己的作品评价是不高的，《书剑恩仇录》完成后，金庸自己说：“这部小说只是一部娱乐性的通俗读物。”[12] 他在接受林以亮等人的采访时说：“一些本来纯粹只是娱乐自己、娱乐读者的东西，让一部分朋友推崇过高，这的确是不敢当了。我觉得继续写下去，很困难。虽然为了报纸，有这个必要。”[10]115 这不是谦虚，这是金庸当时对武侠小说的真实看法，虽然这种看法不一定正确。由此可见，1970年代之前的金庸不仅对整个武侠小说文类而且也对自己的武侠小说持悲观态度，如非因为报纸的需要，也许他早已放弃武侠小说写作了。

写作的实用功利目的和娱乐态度，决定了金庸武侠小说最初的写作方式与文本品格。既然为“娱乐”写作，就没有必要那么认真；既然为报纸写作，就要充分考虑报纸读者的阅读喜好。从文学作为一种事业来看，从纯文学角度看，金庸的写作是极不“严肃”的，金庸自己比谁都清楚他小说的问题，他说：“我并不以为我写得很成功，很多时候拖拖拉拉的，拖得太长了。不必要的东西，太多了，从来没有修饰过。本来，即使是最粗糙的艺术品吧，完成之后，也要修饰的，我这样每天写一段，从不修饰，这其实很不应该。就是一个工匠，造成一件手工品，出卖的时候，也要好好修改一番。将来有机会，真要大大的删改一下，再重新出版才是，所以如果问哪一部小说是我自己最喜欢的，这真的很难答复。其中也许只有《雪山飞狐》一部，是在结构上比较花了点心思的。”[10]113 对武侠小说的写作，金庸可以说准备不足，“在写《书剑》之前，我的确从未写过任何小说，短篇的也没有写过。那时不但会受《水浒》的影响，事实上也必然受到了许多外国小说、中国小说的影响。有时不知怎样写好，不知不觉，就会模仿人家。模仿《红楼梦》的地方也有，模仿《水浒》的也有。我想你一定看到，陈家洛的丫头喂他吃东西，就是抄《红楼梦》的。你是研究《红楼梦》的专家，一定会说抄得不好。”[10]114 正因如此，最初的“刊本”存在很多问题，如语言文字缺乏修饰、历史知识错误、前后矛盾、情节不连贯、胡编乱造等，一般武侠小说存在的问题在金庸武侠小说初版本中都存在。真正的写作在创造上是快乐的，在写作过程中却是痛苦的，需要全身心投入，殚精竭虑，需要耗费巨大的精力，完美的作品需要无数次的反复思考、斟酌、修改。金庸的写作可以说是非常简单的，没有充分的构思，没有修改，只有单一的写作，且是“业余”的，他的主业是写“社评”以及报社管理，白天工作，晚上创作。金庸固然有文学天赋，固然有过人的精力，但金庸不是神，这样的作品如果不经过大的反复修改甚至重写，就不可能成为经典。

金庸的写作方式是一边写作一边发表，即“连载”。连载有各种方式，有的是作品完成之后一段一段发表，有的是大部分完成之后才开始连续发表，有的是一边写作一边发表。金庸小说的连载是最后一种方式，也是最不严谨的一种方式。金庸武侠小说从一开始就是连载的，每天写一段，到了规定字数就送印刷厂排印。这种状况竟然整整持续了10年，这固然让人佩服金庸的毅力，但同时也让人质疑这种写作的随意性、生硬性。真正的创作是张弛有度的,但金庸小说却是如机器一样制造出来的。这就势必如顾彬所认为的,金庸作为一名畅销书作者,他所提供的快速消费型文学并不能成为经典的文学作品。[13]写作高潮可以持续一天甚至几天,但却无法持续10年,所以我认为"连载"的方式深刻地影响了金庸小说的艺术性,也决定了小说必然存在很多问题。

1970年之前的金庸总体上是一个通俗作家,虽然此时的金庸在骨子里具有纯文学的素质和渴求,他写作并发表的武侠小说总体上是典型的通俗文学,虽然这些作品也具有雅的因素和潜质。一句话,金庸是把他的武侠小说当作通俗文学来写作的、来运作的,读者也是把它当作通俗文学来阅读的、来消费的。

三、第二个金庸:纯文学的金庸与金庸武侠小说

1970年之后,金庸的武侠小说观念发生了根本变化,这在和林以亮等人的对话中已显出端倪,他说:"数十年后,等到有很多真的好作品出来了,那么也许人们也有可能改观,觉得武侠小说也可以成为文学的一种形式。""假如武侠小说在将来五六十年之内,忽然有一两个才子出来,把它的地位提高些,这当然也有可能。"[10]116 我没有找到关于金庸本人试图突破及改变武侠小说状况和地位的言论,但他的行动实际上表明了这种雄心。《鹿鼎记》是把武侠小说提高到文学形式的一种尝试,已不再是传统的武侠小说,和金庸已有的武侠小说也迥异,是用武侠小说方式来写历史小说,属于"纯文学"范畴。如果不是为了完善自己的武侠小说,提高自己武侠小说的品位;如果不是为了改变武侠小说的形象,提高武侠小说的文学档次和文学地位;如果不是在文学上有高远的志向比如改变文学史的格局、创造一种文体,很难想象金庸会花30多年时间对自己的作品进行大幅度的反复修改。钱可能是一种动力,但我觉得钱没有这么大的动力,况且对金庸来说钱从来都不是问题,不修改照样可以出版,照样有读者,并不影响其"钱途"。

1970年之后,金庸接受了很多访谈,也到大学和书院演讲,被问得最多、讲得最多的是武侠小说。在这些访谈、演讲及部分文章中,金庸对武侠小说的看法完全变化了。他说:"俗中也有高雅的俗和一种所谓的庸俗的

俗。”[11]25 并不否认武侠小说是通俗文学，但认为通俗文学也是文学，通俗有“雅”“庸”之分与“高”“低”之分，庸俗、低俗的武侠小说固然不好，但令人精神向上的武侠小说未必不好，他发明了“高俗”这个概念，可惜没有流行开来。《金庸作品集》三联版序说：“武侠小说继承中国古典小说的长期传统。中国最早的武侠小说，应该是唐人传奇中的《虬髯客传》《红线》《聂隐娘》《昆仑奴》等精彩的文学作品。其后《水浒传》《三侠五义》《儿女英雄传》等等。现代比较认真的武侠小说，更加重视正义、气节、舍己为人、锄强扶弱、民族精神、中国传统的伦理观念。”此文写于 1994 年，这和 1960 年代金庸的观念完全不一样甚至相反。金庸通过追根溯源，承认武侠小说的文学价值、文类价值，承认中国古代就有优秀的武侠小说，也承认武侠小说在内容上的严肃性、内涵上的民族性以及文化品格和思想上的深刻性等，实际上是承认了武侠小说也是很正式的文学，否定了从前认为武侠小说只有娱乐性、游戏性而没有价值的观念。同年，金庸在北京大学演讲指出：“武侠小说比较能受人欢喜，不因为打斗，情节曲折离奇，而主要是因为中国传统形式。同时也表达了中国文化、中国社会、中国人的思想感情、人情风俗、道德与是非观念。”[14] 这从一个极端走向了另一个极端，有些过犹不及了，武侠小说固然不只是娱乐，但娱乐性却不可否认，打斗和情节在任何时候都是武侠小说的重要特点，武侠小说在艺术上的民族形式，在思想内容上的中国人的情感、道德等当然也是武侠小说的重要内容，但这和武侠小说的娱乐性并不矛盾，而恰恰是相得益彰的。金庸在初写武侠小说时强调其娱乐性，否定其文学和思想价值，而之后又反过来强调武侠小说的思想性、文学价值而否定它的娱乐性，这是很有意味的。我认为不能简单地把这看作是“矛盾”，而应从“变化”的角度来看问题，反映了金庸文学观念的巨大变化，特别是武侠小说观念的巨大变化。

文学观念的巨大变化表现在创作上就是对从前的作品进行大规模修改，这是金庸与一般作家很不相同的地方。首先，一般作家的变化很少有这么大的，很多作家都有变化，但大多是思想观念、写作技巧、审美追求、文体风格上的变化，而金庸的变化是根本性的，是文学观念、文学性质的变化，前后文学观念几乎完全相反，1970 年之前他认为武侠小说根本上是娱乐性的东西，之后则几乎否定武侠小说的娱乐性而强调其思想性、历史性、文化性。

其次，一般作家的不同体现在不同的作品中，但金庸小说文类和性质的变化则是在同一作品中完成的，除《鹿鼎记》以外，其他 14 部小说都有两种不同的文本，“旧本”总体上是通俗小说，而修改之后总体上是纯文学。很多人都被金庸小说的同名迷惑了，再加上现在很少有人能够看到“旧本”金庸武侠小说，或看到了也不愿仔细进行比较，所以，在一般人的印象中，金庸武侠小说各种“版本”之间在“文本”上并没有多大差别，不过是有差异而已，这是很大的误解。

一般作家也会修改自己的作品，但金庸的修改时间之长、幅度之大、结果之差异却十分突出。《书剑恩仇录》三联版后记说：“几乎每一句句子都曾改过。甚至第三次校样还是给改得一塌糊涂。”新修版后记进一步称：“第三版又再作修改。”《碧血剑》新修版后记说：“曾作过两次颇大修改，增加了四分之一左右的篇幅，这一次修订，改动及增删的地方仍很多。修订的心力，在这部书上付出最多。初版与目前的三版，简直面目全非。”《射雕英雄传》三联版后记说：“修订时曾作了不少改动。删去了一些与故事或人物并无必要联系的情节……也加上一些新的情节。”新修版后记称：“本书第三版于 2001 至 2002 年再作修订，改正了不少年代的错误，黄药师和诸弟子的关系也重写了。”《倚天屠龙记》新修版后记说：“因为结构复杂，情节纷繁，漏洞和缺点也多，因之第三次修改中大动手术。”有些修改与其说是“修改”，不如说是“重写”，作品的面貌和品质都不一样，比如《白马啸西风》，各种版本都没有后记，金庸本人也没有讲修改情况，但实际上，“《白马啸西风》一篇，是专为电影创作的电影故事，发表之后，看了哗然，每有机会，便说：‘这算是什么小说！’金庸可能听得多了，深以为恨，于是花心机彻底改写。改删之多，是金庸修订他的作品中最甚的一篇”[4]146。通过对照部分初版本与修订版本及其他资料，修订之后的金庸武侠小说主要有五个方面的变化：一是文字的修饰，不仅通顺，而且非常雅驯、优美；二是增加小说的历史内涵、现实意义、知识和思考等，加强了小说的思想内涵和深度；三是修改情节和人物形象，增加细节，使故事更加合情合理，使人物形象更加丰满；四是改正错误和疏漏及前后矛盾；五是增加插图、印谱，加强形式上的庄重、严肃、高雅。[15]这与初版本的前后矛盾、模仿、形式上的粗糙、错别字多、情节雷同离奇等，形成了鲜明的对比。

今天谈论金庸武侠小说，并没有对“旧版”和“新版”区别看待，很重要的原因就是很少有人真正读过旧版，即使是专门研究金庸小说的学者。目前的金庸研究者中，笔者仅知道香港的陈镇辉曾翻阅过金庸小说的“初刊本”，他非常详细地列出了“初刊本”的出版和刊载时间，但却未从艺术上进行文本比较。金庸武侠小说影响了一代又一代华人，但最初跟踪读“初刊”报纸版的那一代人主要是香港人，这些人中并没有产生金庸研究专家。读初版本的人较多，也产生了一些金庸研究名家，除陈世骧以外，如倪匡、潘国森等所依赖的还是新版，《金庸茶馆》的作者多数读的是修订版。潘国森“从中学四年级开始看金庸小说”[16]，但旧版金庸小说也只看过《笑傲江湖》、《书剑恩仇录》和《射雕英雄传》三部。倪匡曾“参与”金庸武侠小说创作，本人藏有金庸旧版小说，并且极力抬高旧版，在情感上更认同旧版，但他的“看金庸小说”从第一到第五所依托的全是修订本，引用的文字也都是修订本的。非常有意思的是，《我看金庸小说》一书在金庸研究上具有开创性，它的写作时间是 1980 年 5 月，即《金庸作品集》修订工作全部完成之时。我觉得，倪匡认为金庸武侠小说的初版本很好，是从阅读快感上而不是从艺术上来说的，但阅读快感恰恰是通俗文学的特点、追求和效果，并不能说明金庸武侠小说在艺术上的成就。

事实上，很多研究者虽然曾读过金庸武侠小说旧版，也声称更喜欢旧版，但谈论的对象却是新版，谈论的时间也是在修订版出版之后，即金庸小说得到广泛认同之后。潘耀明说：“较早期的金庸作品的读者群主要是小市民。他的几部畅销武侠小说如《射雕英雄传》《神雕侠侣》均在以小市民为对象的报纸刊载。……金庸作品的读者群发展到后来，读者层次不断提升，逐渐为文化教育高的中产阶级所接受，包括专业人士、文化人，后者更包括大学教授、著名学者。”[17]我认为，从读者群体角度来研究金庸武侠小说非常重要。文学本身的品位层次和文学消费的品位层次具有对应关系，较早的金庸小说，读者主要是小市民，这是由金庸小说旧版的娱乐性、消遣性所决定的，对一般市民来说，读金庸小说主要追求故事情节的惊险曲折所带来的紧张感，追求武功描写在阅读上的身体快感，趣味和快感是其主要目的（当然也会无意识地受到某种教益），阅读通常是较粗略的，对小说的历史性、真实性、前后矛盾、语言粗疏、模仿等问题，市民读者既不会在意也不会去发现。

当然，这并不是说金庸武侠小说旧版就没有艺术价值，旧版小说的纯文学因素也是不可否定的，问题的关键是小市民读者对这种艺术性是忽略的、没有感觉或视而不见的。深受小市民的喜欢，正好说明金庸小说旧版的通俗性。金庸武侠小说的读者群体后来主要是中产阶级，包括专业人士、文化人，这是由新版的文学性决定的，新版在思想内涵、艺术水准上和旧版很不一样，文学品位、文化品位都有质的提高，正是这种作品本身层次的提高，才有了读者层次的相应提高。对中产阶级和文化人来说，他们读金庸小说，不只是追求娱乐消遣的快感，还希望得到精神和文化的满足，希望完美，希望有思想的深度，希望有文化的品位，他们相对而言读得精细，容不得粗糙。修订本得到中产阶级包括专业人士和文化人的喜爱，从另一方面说明了金庸武侠小说新版的纯文学性，一句话，两个不同的读者群体实际上阅读的是两个不同的文本。

金庸小说初刊时，包括出单行本，虽然有很多读者，但谈论得非常少，这与文本本身的价值有关，更与读者层次有关，小市民可以读金庸武侠小说，但他们却没有评论的能力。评论是在修订本出现之后，在中产阶级和文化人读者产生之后，“金学”与“金庸研究”都是在此基础上产生的。多年来，学界一直有人呼吁出版金庸武侠小说旧版，金庸本人就是不首肯，现在研究的金庸武侠小说实际上是新版的金庸武侠小说，是不涵盖旧版的，我们所说的金庸小说的优缺点其实都是新版的优缺点。有意思的是，有时我们所说金庸武侠小说语言优美、文字流畅、构思精巧、有很强的历史文化意义、具有强烈的现实批判性等，但这些在旧版本中恰恰都是问题，或者是不存在的。

当然，把金庸小说从总体上分为旧版与新版，并认为旧版主体上是通俗文学而新版主体上是纯文学，这只是就大体情况而言，事实上，旧版总体上属于通俗文学，但它具有纯文学因素，这正是它能够被修改、能够转变性质的根本原因。金庸武侠小说旧版虽然总体上属于通俗文学，但和一般流行的通俗文学是有差别的，比一般武侠小说的层次要高，根本原因在于具有较高的艺术性。1998 年在台北举行的“金庸小说国际学术研讨会”上，林保淳说：“金庸于此曾花了十年的精力，而其他作家则一仍旧貌，没有提供最佳面目的机会。”[18]金庸当场给予回应：“其他作家也可以改嘛！”[19]金庸的话是有根据的，也是有底气的，根本原因在于：一是金庸武侠小说具有可以修改的基础；二是金庸具有修改的实力。和一般武侠小说家不一样，金庸不是为了钱而写作，在满足娱乐性的前提下，他的写作有一些很严肃的东西。最重要的是，金庸在骨子里具有纯文学作家的素养和追求，他虽然是在写娱人娱己的通俗文学，但他坚持不重复自己，绞尽脑汁不断翻新，使他的武侠小说一开始就和其他武侠小说有所区别，从而为后来的修改奠定了坚实基础。金庸武侠小说新版主体上是纯文学的，但它仍然保留了通俗文学的因素，仍然具有娱乐性、消遣性，这也是不能否定的。

金庸是一个具有远大志向的人，最初为了报纸而写作，也取得了很大成功，但金庸显然不满足于这种成功。他显然不满足于只是一个通俗文学作家，因为通俗文学作家在文学史上是没有地位的。他也不满足于通俗文学的成功，因为通俗文学在文学史上同样是没有地位的。他要当一个纯文学作家，要把作品修改成纯文学作品，他不满足于只是小市民来阅读，消遣完了就从历史上消失了，他要提高读者的层次，成为中产阶级、文化人甚至专业人士阅读和研究的对象。正如有学者所指出，这是一个从“流行经典”走向“历史经典”的过程[20]。与一般作家的另起炉灶不一样，金庸花更多的时间对过去的作品进行修改，创造了文学史的奇迹。他的修改非常成功，为他赢得了巨大的声誉，使他的作品进入经典之列，他本人也在中国文学史上占有重要的地位。

总之，金庸不具有统一性，写作初稿时的金庸不同于修订旧版时的金庸，前者是一个通俗文学作家，后者是一个纯文学作家。同样，金庸作品也不具有统一性，可以分为两个版本体系，旧版是一个系统，新版又是一个系统。最初发表在报刊上的连载金庸小说以及根据这种连载版发行的各种单行本属于旧版体系，旧版体系总体上属于通俗文学，后来经过修订之后出版的金庸小说包括多次修订出版的金庸小说属于新版体系，新版体系总体上属于纯文学。

参考文献：

[1]傅国涌.金庸的另一面[G]//葛涛.金庸评说五十年.北京：文化艺术出版社，2007.

[2]覃贤茂.金庸智慧[M].成都：四川人民出版社，1996：16－17.

[3]金庸，池田大作.探求一个灿烂的世纪——金庸/池田大作对话录[M].北京：北京大学出版社，1998：244.

[4]倪匡.我看金庸小说[M].重庆：重庆大学出版社，2009.

[5]林保淳.解构金庸[M].北京：中国致公出版社，2008：33.

[6]陈镇辉.金庸小说版本追昔[M].香港：汇智出版有限公司，2003.

[7]严晓星.金庸年谱简编[M]//严晓星.金庸识小录.北京：中华书局，2012.

[8]韩云波.论金庸小说的新法家文化形态[J].西南大学学报(社会科学版)，2013(2)：90－103.

[9]卢玉莹.访问金庸[G]//江堤，杨晖.金庸：中国历史大势.长沙：湖南大学出版社，2001：103.

[10]林以亮.金庸访问记[G]//江堤，杨晖.金庸：中国历史大势.长沙：湖南大学出版社，2001.

[11]金庸.答现场观众问[G]//江堤，杨晖.金庸：中国历史大势.长沙：湖南大学出版社，2001.

[12]金庸.从一位女明星谈起[G]//金庸，梁羽生，百剑堂主.三剑楼随笔.上海：学林出版社，1997：201.

[13]顾彬."金庸"与中国当代文学的危机[J].杨青泉，译.朱寿桐，校.西南大学学报(社会科学版)，2012(2)：75－80.

[14]金庸.谈武侠小说[M]//金庸.金庸散文集.北京：作家出版社，2006：259.

[15]高玉.论"修改"对金庸武侠小说经典化的意义[J].东岳论丛，2009(11)：71－74.

[16]潘国森.话说金庸[M]//金庸茶馆(一).北京：中国友谊出版公司，1998：5.

[17]潘耀明.《金庸研究》总序[M]//倪匡.我看金庸小说.长春：时代文艺出版社，1997：1.

[18]林保淳.解构金庸[M].北京：中国致公出版社，2008：57.

[19]陈硕.经典制造——金庸研究的文化政治[M].桂林:广西师范大学出版社,2004:97.

[20]韩云波.金庸小说第三次修改:从“流行经典”到“历史经典”[J].西南大学学报(社会科学版),2008(1):41-44.

作者简介:高玉,浙江师范大学人文学院,教授,博士生导师。

原文出处:《西南大学学报》(社会科学版)2014年第3期。

转　　载:1.《新华文摘》2014年16期论点摘要,2.《中国社会科学文摘》2014年9期论点摘要。

后记

HOUJI

2017年6月，本社决定以《西南大学学报》(社会科学版)多年设立的主要栏目为基础，收录2005—2016年间发表的高水平代表性论文，编集《马克思主义与哲学文集》《文学与中国侠文化文集》《教育学研究文集》《心理学研究文集》和《明清史研究文集》5种专题论文集，由原责任编辑担任分册执行编辑；与自然科学版编纂的《"领跑者5000"论文集》一起，定名为"《西南大学学报》建设丛书"，作为创刊60周年暨改版10周年的纪念，由西南师范大学出版社出版。

社会科学版各集的论文入选标准是：(1)在考虑实际发文情况的前提下，入选论文应覆盖相应学科的主要分支；(2)入选论文以高转载、高被引为遴选标准，具有显著的学术影响，并兼顾本校优势学科、本刊发稿质量及作者代表作等诸方面因素；(3)入选作者在相关学科领域具有代表性，校内作者数量控制在三分之一以内；(4)一位作者一般入选一篇独立署名论文。总体上，每种专题文集入选论文20余篇。

经过多年努力，《西南大学学报》(社会科学版)取得了良好的社会效益，扩大了学术影响力：入选《中文社会科学引文索引(2017—2018年)来源期刊》(南京大学)、《中文核心期刊要目总览(2014年版)》(北京大学)、《中国人文社会科学核心期刊要览(2014年版)》(中国社科院)；2010年荣获首届重庆市政府出版奖期刊奖，是唯一获得此奖的高校社科学报；同年被评为全国高校三十佳社科期刊；2014年被评为"全国高校精品社科期刊"。2015、2016、2017年度均获得重庆市重点学术期刊建设工程出版专项资金资助。吸引了国内(含港澳台)国外专家、学者的关注和支持，年均接收稿件超过5 000篇次以上，采用率不到3%。《西南大学学报》(社会科学版)正在成为国内有重要影响的学术发表平台，在重庆市内居于领先地位，在选题策划、期刊编辑、稿件组织、学术研究等方面逐步形成自身特色。

据CSSCI(2017—2018)南大核心目录报告，在收录的70种综合大学学报中,《西南大学学报》(社会科学版)综合评价居第17位,较以前有较大幅度的提升,在重庆市学术期刊中名列前茅。

据中国科学文献计量评价研究中心《中国学术期刊影响因子年报》2017年版统计,《西南大学学报》(社会科学版)的复合总被引为3 466,复合影响因子0.940,综合影响因子为0.592,影响力指数为130.594,在617种综合性人文、社会科学期刊中,按学术期刊影响力指数及影响因子,排名为52位。

《文学与中国侠文化文集》是《〈西南大学学报〉建设丛书》的社科专题文集之一,所收录的文章出自2005—2016年间《西南大学学报》文学学科的相关栏目。

《西南大学学报》文学学科除按学科目录设置栏目之外,2004年起设置了两个特色栏目:一是《中国现代诗学》,2004年开设,到2012年第1期结束,总共发表文章125篇;二是《21世纪中国侠文化》,2004年开设,2006年更名为《中国侠文化》,作为学报的特色栏目一直延续至今,设立栏目以来总共发表文章117篇。2005—2016年,文学学科总共发表文章510篇。

本文集从上述510篇文章中精选出23篇文章,在结构上分为上下两篇:

上篇为“语言文学研究”。辑入除《中国侠文化》栏目之外的文章14篇,包含了中国古代文学、中现当代文学、文艺学、语言文字学等不同二级学科的文章。主要涉及中国古代作家研究、中国现代新诗的基本理论与未来发展、中国现代文学体制、中国现代文学史编纂、中国现代作家与流派、身体美学、审美意识形态、图像意识、口述历史与语言学、汉语词汇等方面的内容,所选文章作者皆有较为深厚的理论基础,其文章文献引证丰富,论述精到,产生了较大的学术影响。

下篇为“中国侠文化”。《中国侠文化》栏目开办十余年来,致力于推进中国侠文化研究的学理深化与学科融合,也致力于中国侠文化的产业发展与观念创新,取得了良好的学术影响。因《中国侠文化》栏目文章涉及多学科,具有综合性质,且长期延续,受文集篇幅所限,在此很难展示其全貌,所以本文集仅从该栏目精选出9篇具有代表性的文章,单列为一部分,其主要内容涉及金庸小说、中国现代武侠小说、中国古代侠文化、武侠电影等多个方面,希望能大略展现栏目特色与建栏以来所取得的成绩。

《文学与中国侠文化文集》由栏目编辑韩云波编审负责编纂成书。

编者

2018年09月